古代漢語八千詞

吾三省 著

商務印書館

古代漢語八千詞

作　　者：吾三省
責任編輯：楊克惠　鄒淑樺
封面設計：lipwaining
出　　版：商務印書館 (香港) 有限公司
　　　　　香港筲箕灣耀興道 3 號東滙廣場 8 樓
　　　　　http://www.commercialpress.com.hk
發　　行：香港聯合書刊物流有限公司
　　　　　香港新界荃灣德士古道 220-248 號荃灣工業中心 16 樓
印　　刷：美雅印刷製本有限公司
　　　　　九龍觀塘榮業街 6 號海濱工業大廈 4 樓 A
版　　次：2022 年 6 月第 1 版第 6 次印刷
　　　　　© 2017 商務印書館 (香港) 有限公司
　　　　　ISBN 978 962 07 0501 4
　　　　　Printed in Hong Kong

漢語歷史悠久，文獻資料十分豐富。從年代上講，自有文字記載開始，一直到二十世紀初五四新文化運動，這三千多年積存的古書上的語言，都屬於古代漢語的範圍。多數學者認為，古代漢語可以分為兩個性質不同的系統：一個是以先秦口語為基礎而形成的上古漢語書面語，以及後代作家用這種書面語寫成的作品，也就是通常所說的文言；一個是唐宋以來以北方話為基礎而形成的古白話。本書所探討的對象，以文言為主，包括文言文和文言詩，涉及古白話的地方很少。

為甚麼要學習文言？道理很簡單：我們祖先遺留下來的絕大部分文學、歷史、哲學、科技、醫藥等方面的著作，都是用文言寫成的，我們要繼承這份寶貴的文化遺產，就必須學習文言。學習文言，語音、語法、詞彙三方面都要學，其中最重要的是詞彙。因為漢語語法古今差異不大；語音雖有變化，但不會影響我們閱讀古書；唯有詞彙，既有繼承又有發展。要想準確地掌握詞義，辨別古今詞義的異同，那是非下一番功夫不能辦到的。歸納起來，大致有下列幾點可說：

第一，經常出現於古今文史著作中的文言實詞，為數眾多，雖然今天已不再使用，但是我們閱讀古書會隨時碰到它們，因而有必要對它們的詞義作出明確解釋；其中一些反映歷史情況的實詞，如"天子"、

"陛下"、"宰相"、"黎民"、"社稷"、"版圖"、"簡牘"、"符節"之類，今天我們在敍述歷史事實時還離不開它們，當然更應予以介紹和説明。

第二，同一事物或者現象，古今稱説不一：現在的"眼"，古人叫做"目"，而古人説的"眼"，相當於現在的"眼珠"；現在的"走"，古時稱為"行"，而古時的"走"，相當於現在的"跑"。舊詞在文言中使用，新詞在白話裏流通，新舊並行，易生含混，這就需要從歷史發展的角度分辨明白。

第三，有些詞，古今詞形相同，但詞義有別："消息"原義是消長，指一消一長互為更替，後來才有了音訊的意思；"顏色"的古義是臉色，成語有"和顏悦色"，今義是色彩，成語有"五顏六色"。古今詞義不同，辨析尤為必要。

第四，文言成語、典故一向以生動精煉、表現力強見稱，除部分過分古奧冷僻的以外，大多數在今天仍有旺盛的生命力，但使用成語典故，不能望文生義或者斷章取義："相敬如賓"只能用以表示夫妻之間的互相尊敬，而不能用於一般朋友之間；"不刊之論"指的乃是確鑿不移的至理名言，而非沒有發表價值的言論。為了防止發生這類誤用和濫用的情況，就得窮源溯流，把它們的來龍去脈了解清楚。

所有以上這些，都是本書特別致力的目標。

本書除了在普通詞語方面釋疑解惑以外，也適當地介紹一些歷史文化知識。舉人名地名為例。古人有名有字又有別號，有的一人有幾個別號；古書中行文記事，除稱人別號之外，還有以官爵相稱的和以地望相稱的，情況相當複雜。地名也是如此，許多地方在本名今名之外，還有古稱別稱，如果不明底細，往往會造成誤會。為了幫助讀者掃除閱讀中所遇到的攔路虎，本書搜集了部分習見常用的人名地名資料，人名按時代先後排列，地名按行政區劃排列，雖屬一項小製作，有時卻能解決大問題。

本書的釋詞方法獨創一格。傳統的釋詞方法主要有兩種：一種是像古代訓詁學家為古書作注那樣隨文釋義；一種是像現有各種詞典那樣分條釋義，然後按一定方式(部首、音序、筆畫、筆形)排列。本書釋詞的特點是分類串聯，其具體做法是：吸取古代類書之所長，採擇習見常用的詞語，按詞義的相同、相近和相關，分門別類地集中起來，以篇為單位作串聯式的解釋，每篇釋詞從幾條到幾十條不等。本書採取這種分類串聯的釋詞方法，對於讀者來說，除了直接了解單個詞的本義和引伸義之外，更便於比較多個同義詞之間的詞義差別，和探究多個同類詞之間的詞義聯繫；既可以在遇有疑難時查考，也可以在平時作為參考用書閱讀，從而收到一書多用、一查多得的功效。另外，本書釋詞力求簡明扼要，通俗易懂，避免繁瑣考證，不用那些難以見字明義的專門術語。凡引述古書原文，大都用白話作了對譯或者串講。本書以使用漢語而又具有一定閱讀能力的大多數人為讀者對象，相信讀者不論文化程度高低，年齡大小，都能從中受到教益。

附帶還有兩點說明：

一、本書收詞總數約為八千條。從詞形上說，雙音節的合成詞居多數，單音詞（單字）次之，三音節以上的詞語又次之。從詞性上說，本書所收都是文言實詞，不收虛詞，因為講解文言虛詞的用法早有專書；實詞之中，以名詞居多，動詞和形容詞也各有一些。本書正文中出現的詞目一律排成中黑體。書後附有全部詞目的筆畫索引，可供查檢。

二、在正文中，對少數詞目加注了漢語拼音，這有兩種情況：一種是字有異讀而易誤讀。如湯湯（shāng shāng）；一種是字冷僻而易誤讀，如讞（yàn）。

著者

2006 年 10 月 7 日

生　活

筆畫索引

本索引按筆畫多少排列,同筆畫的字,則按字的起筆,以橫(一)、豎(丨)、撇(丿)、點(丶)、折(一)為序。詞目第1個字相同的,則按第2個字的筆畫和筆順,依次類推。詞目右邊的號碼是正文的頁碼。

2

4

8

11

15

16

天文時令

古人心目中的
"天"和"地"

天柱　圓方　皇天后土
乾坤　世界　昊天　大塊

在古人的心目中，**天**和**地**是對立的。**天**就是懸在我們頭頂上的天空以及天空中的日月星辰。**地**就是踏在我們腳底下的地面以及地面上的山嶽河湖。圓而隆起的天，蓋着方而扁平的地。古代神話說，有九根柱子支撐着天，使天不下塌；有四條大繩維繫着地的四角，使地有定位。《列子·湯問》和《淮南子·天文訓》都記載了關於不周山的傳說，說是共工氏因與顓頊爭奪帝位，怒而猛觸西北的不周山，致使"天柱折，地維絕"，"天傾西北"，"地不滿東南"。**天柱**、**地維**這兩個詞，正反映了古人對於天地對立關係的看法。

《莊子·說劍》說："上法圓天，以順三光；下法方地，以順四時。"《淮南子·天文訓》說："天道曰圓，地道曰方；方者主幽，圓者主明。"古人認為天圓地方，因以**圓方**作為天地的代稱。人生活在天地之間，頭頂天空，腳踏地面，所以說是**戴天履地**或者**戴圓履方**，簡稱**戴履**或者**履戴**。古人還把作為人類特徵的**圓顱方趾**與天圓地方聯繫起來，說是"頭之圓也象天，足之方也象地"（《淮南子·精神訓》）。又《管子·內業》有"乃能戴大圓而履大方"的話，《呂氏春秋·序意》有"大圓在上，大矩在下"的話，南朝梁陸倕《石闕銘》有"色法上圓，制模下矩"的話，**大圓**、**上圓**都指天，**大方**、**大矩**、**下矩**都指地。

《禮記·中庸》說："今夫天，斯昭昭之多，及其無窮也，日月星辰繫焉，萬物覆焉。今夫地，一撮土之多，及其廣厚，載華嶽而不重，振河海而不洩，萬物載焉。"古人認為天覆地載，故也以**覆載**作為天地的代稱。

古人還把天空比作被覆萬物的蓋笠，把地面比作裝載萬物的車輿，《淮南子·原道訓》有"以天為蓋，以地為輿"的話，宋玉《大言賦》有"方地為車，圓天為蓋"的話，因稱天為**蓋天**、**天蓋**、**圓蓋**，稱地為**輿地**、**地輿**、**方輿**，舊時的地圖也有叫**輿圖**或者**輿地圖**的。

皇天后土是古人對天地的尊稱，皇和后都作君主解釋；有時也單說**皇天**或**后土**。《左傳‧僖公十五年》有云：“君履后土而戴皇天，皇天后土實聞君之言。”

　　《詩經‧小雅‧蓼莪》有“欲報之德，昊天罔極”之句，朱熹注：“言父母之恩如此，欲報之以德，而其恩之大如天無窮，不知所以為報也。”**昊**（hào）是廣大無邊的意思，**昊天**本是天的泛稱，但有時又專指一定季節的天，如《爾雅‧釋天》所說“夏為昊天”。

　　對**旻天**的**旻**（mín），有兩種截然不同的解釋。一種解釋為憐恤，與閔、憫、愍通。《尚書‧大禹謨》有“日號泣于旻天”之句，孔傳：“仁覆愍下，謂之旻天。”意思是說，天帝憐恤下民，故稱之為**旻天**。另一種解釋為幽遠。《詩經‧小雅‧小旻》有“旻天疾威，敷于下土”之句，朱熹注：“旻，幽遠之意。”**旻天**就是幽遠的天空。兩種解釋比較起來，似以後者為妥。又《爾雅‧釋天》有“秋為旻天”的說法，郭璞注：“旻猶愍也，愍萬物雕落。”解釋更嫌牽強，也於理不通。

　　《文選‧晉張華〈答何劭〉詩之二》：“洪鈞陶萬類，大塊稟群生。”李善注：“洪鈞，大鈞，謂天也；大塊，謂地也。”鈞是古代製作圓形陶器所用的轉輪，古人把天造萬物比作鈞製陶器，因稱天為**洪鈞**或**大鈞**。塊是土塊，即《禮記‧中庸》所說的“一撮土”，積至廣厚而成地，因稱地為**大塊**。

　　乾和**坤**都是八卦之一，古人用以代表陽和陰兩種對立物。陽為乾，乾之象為天；陰為坤，坤之象為地。由此引伸開去，**乾坤**二字連用，可以指自然界的天地、日月，也可以指人世間的男女、父母。

　　世界兩字分開來講：**世**是指時間，**界**是指空間。佛教以東、西、南、北、東南、西南、東北、西北、上、下為界，以過去、現在、未來為世。**宇宙**也是這樣：**宇**是指空間，**宙**是指時間。《淮南子‧原道訓》有“紘宇宙而章三光”之句，高誘注：“四方上下曰宇，古往今來曰宙，以喻天地。”**世界**和**宇宙**這兩個詞結構一樣，意思有同有異：同的是兩者都可以作為天地萬物的總稱，不同的是**宇宙**一般用來指包括地球及其他一切天體的無限空間，而**世界**一般指地球上的所有地方。

天高地厚

九天　穹廬　上蒼　碧落
青天　太虛　天壤之別

《孫子·形篇》有云："善守者藏于九地之下，善攻者動于九天之上。"這裏用了**九天**、**九地**兩詞，**九**極言其多，並非實指，故梅堯臣注："九地言深不可知，九天言高不可測。"

不過也確有人把**九天**、**九地**當成實指，因而牽強附會、湊合成數的，如揚雄《太玄·玄數》說："九天：一為中天，二為羨天，三為從天，四為更天，五為睟天，六為廓天，七為減天，八為沈天，九為成天。九地：一為沙泥，二為澤地，三為沚崖，四為下田，五為中田，六為上田，七為下山，八為中山，九為上山。"又《呂氏春秋·有始》和《淮南子·天文訓》都說"天有九野"，即中央的鈞天，東方的蒼天，東北的變天，北方的玄天，西北的幽天，西方的顥天（亦作昊天），西南的朱天，南方的炎天，東南的陽天；**九野**指天的中央和八方，也就是**九天**。

《楚辭·天問》有"圜則九重，孰營度之"的話，《淮南子·天文訓》也說"天有九重"；古人傳說天有九層，以形容其高不可測，後因以**九重**作為天的代稱。

北朝《敕勒歌》有句："天似穹廬，籠蓋四野。"物體形狀中間高周圍低的，都叫**穹隆**或簡稱**穹**。從地面看天空，天空彷彿也是中央隆起而四周下垂的，因而**穹隆**或**穹**也用作天的代稱，並由此產生**天穹**、**上穹**、**蒼穹**、**昊穹**、**穹天**、**穹蒼**、**穹昊**、**穹旻**、**穹冥**等一系列詞。至於《敕勒歌》中所說的"天似穹廬"，**穹廬**指古代游牧民族居住用的氈製帳篷，像是現今的蒙古包，它也由於中間高周圍低的形狀而得名。

天空晴朗時，一般呈現藍色；**青天**、**青冥**、**蒼天**、**上蒼**、**蒼極**、**蒼昊**、**蒼旻**、**蒼冥**、**碧空**、**碧落**、**碧虛**等詞都指天，其中的**青**是藍色，**蒼**是深藍色，**碧**是淺藍色。還有在雲霞映日時，天空呈現紫色（藍紅合成色），因而**紫冥**、**紫虛**、**紫清**也指天。

《詩經·秦風·黃鳥》有"彼蒼者天"之句，翻譯成白話就是那個深藍色的天，**彼**是代詞，**蒼**是形容詞。後來有人截其尾而留其頭，用**彼蒼**兩字作為天的歇後語，並寫進作品中，如孟浩然《行至漢川作》詩"萬壑歸於海，千峯劃彼蒼"就是。

冥有高遠義，**青冥**、**蒼冥**、**紫冥**、**穹冥**等詞，都指天空的高遠。

天際空闊，故稱**太空**、**太虛**、**紫虛**。

古人認為天是由輕清上浮的氣體構成的，因稱天為**太清**。

天空籠罩大地，有如一座特大的房宅，因稱天為**大區**。《淮南子·原道訓》有"縱志舒節，以馳大區"之句，高誘注："區，宅也；宅謂天也。"

天空的高處有雲，**青雲**、**雲霄**、**重霄**、**九霄**、**碧霄**這些詞都指高空。

白居易《長恨歌》有"上窮碧落下黃泉"之句，**黃泉**是地下泉水，引伸指地下深處。**下泉**、**重泉**、**九泉**意思相同。

人們常用**天壤之別**、**宵壤之別**、**天淵之別**、**雲泥之別**，來形容相隔極遠或相距極大，**天壤**、**霄壤**、**天淵**、**雲泥**實際上都是說**天地**，只不過**天**改用**雲**、**霄**替代，**地**改用**泥**、**壤**、**淵**替代罷了。

"日月麗乎天"

太陰　太陽　晨曦　煦日　金烏
玉兔　玉桂　蟾宮　嫦娥

《周易》有"日月麗乎天"(《離卦》)和"日月得天而能久照"(《恆卦》)的話，《詩經》有"日居月諸，照臨下土"(《邶風·日月》)和"如月之恆，如日之升"(《小雅·天保》)的話，這裏所說的**日月**，就是太陽和月亮。古人常把太陽和月亮相提並論，認為它們是所有天體之中兩個最大最亮的天體。古人還把夜晚吐輝播明的月亮稱為**太陰**，以與白晝光芒四射的**太陽**相對；至於太陽和月亮以外的天體，則統稱之為**星**或**星辰**。

太陽每天清晨從東方升起，黃昏從西方降落。《尚書·堯典》："分命羲仲，宅嵎夷，曰暘谷。"又說："分命和仲，宅西，曰昧谷。"孔傳："暘，明也；日出于谷而天下明，故稱暘谷。昧，冥也；日入于谷而天下冥，故稱昧谷。"古代傳說**暘**(yáng)**谷**是東方日出之處，**昧谷**是西方日入之處，兩者都是虛擬的地名。《楚辭‧天問》：「出自湯谷，次于蒙汜，自明至晦，所行幾里。」王逸注：「言日出東方湯谷之中，暮入西極蒙水之涯也。」**湯**（yáng）**谷**即**暘谷**。《淮南子‧天文訓》：「日出于暘谷，浴于鹹池，拂于扶桑，是謂晨明。……淪于蒙谷，是謂定昏。」**蒙谷**即**昧谷**。

曜指日光，也泛指光耀；**曜**與**耀**相同，一般以**曜**用作名詞，以**耀**用作動詞。

暉指日光，也泛指光輝；在光輝的意義上，**暉**與**輝**相同。

暾是初升的太陽，如**朝暾**。

曦是早晨的日光，如**晨曦**。

曛是日落時的餘光，如**夕曛**。

旭日的**旭**表示太陽初升時的明亮，**煦日**的**煦**表示太陽的溫暖，**旭**和**煦**是同源字。

夏日可畏和**冬日可愛**是一對比喻。春秋時趙衰（即趙成子）、趙盾（即趙宣子）父子，先後在晉國執政。據《左傳‧文公七年》記載，有人在評論他倆的不同作風時說：「趙衰，冬日之日也；趙盾，夏日之日也。」後因以**冬日**形容為人慈祥可愛，以**夏日**形容為人嚴厲可畏。

舊時章回小說寫到晝夜時間交替，常用「金烏西墜，玉兔東升」的句子。**金烏**指太陽，**玉兔**指月亮；古時有神話說太陽裏面有三足烏，月亮裏面有白兔搗藥，故有此稱。日月並稱時，可以說**東烏西兔**或**陽烏陰兔**；如果說**烏飛兔走**，那就是表示日月運行不息的意思了。

除以**烏兔**代指日月外，還有**玉羊**和**金虎**的說法。南朝劉孝綽《望月有所思》詩有句：「玉羊東北上，金虎西南昃。」**玉羊**象徵月亮的柔和，因而用作月亮的代稱；**金虎**象徵日光的猛烈，因而用作太陽的代稱。

古人想像日月運行不息都有神在主持，傳說羲和是駕御日車行進的神，望舒是駕御月車行進的神，於是**羲和**和**望舒**也成了太陽和月亮的代稱。附帶說一下，羲和見於古籍有多處，解釋不一：一說羲氏和氏是帝堯時執掌天文的官員，見《尚書‧堯典》。一說羲和是駕御日車的神——太陽乘着由六條龍拉的車子，由羲和趕着周天而行，見《楚辭‧離騷》洪興祖補注。一説羲和是太陽的母親，她是帝俊之妻，生下十日；帝堯時十日並出，草木焦枯，帝堯命后羿仰射十日，中其九日，留其一日，見《山海經‧大荒南經》及《楚辭‧天問》王逸注。

古時傳説月亮裏面有蟾蜍，有桂樹，因以**蟾蜍、玉蟾、玉桂**指稱月亮。

嫦娥奔月的神話，給月亮染上一層神奇的色彩。**嫦娥**又作姮(héng)娥，是后羿之妻，后羿從西王母處得到不死之藥，嫦娥偷吃以後，飛奔到月亮上成了仙女，終日與白兔、蟾蜍、桂樹為伴，過着淒涼孤獨的生活。嫦娥容貌俏麗，因而**月裏嫦娥**成了人們對女性美的最高讚詞。嫦娥居住的地方，被美稱為**月宮**，又稱**蟾宮、桂宮**。舊時傳説唐明皇夢遊月中，看到宮前題有"廣寒清虛之府"的匾額，因而有人又把月宮稱為**廣寒宮**。

"月有陰晴圓缺"

朔　上弦　望
下弦　朔望　晦朔

"人有悲歡離合，月有陰晴圓缺，此事古難全。"這是蘇軾中秋詞《水調歌頭》中的名句。

在地球上看來，月球的形狀經常在變化，它圓了又缺，缺了又圓，時而彎弓斜掛，時而銀鏡高懸，有時是半個夜晚的弦月，有時整夜都看不見它。這種圓缺盈虧的現象是怎樣產生的呢？

誰都知道，月球是地球的衛星，它本身不發光，只能反射太陽的光，因此，它總是一半光明，一半黑暗——面向太陽的一半是光明的，背着太陽的一半是黑暗的。月球圍繞着地球在旋轉，它永遠以同一面對着地球，而地球又圍繞着太陽在旋轉，由於月球、地球和太陽三者之間的相對位置在不斷變化着，所以從地球上看，就會產生**朔、上弦、望、下弦**四種月相依次輪番出現的現象。

夏曆每月初一，月球運行到地球和太陽之間，以其黑暗的一半朝向地球，一般與太陽同時東升和西落，地球上看不到月光，這種月相叫**朔**，也叫**新月**。因為這種現象出現在初一，故也稱初一為**朔日**或**朔**。《釋名·釋天》有云：「朔，月初之名也；朔，蘇也，月死復蘇生也。」新月習慣上也用來稱月初細彎的月亮。

新月過後，地球上可以看見月球明亮半球的一小部分，形似蛾眉，這時的月亮叫**蛾眉月**，黃昏時出現在西方天空。

夏曆每月初八或初九，當月球運行到太陽東九十度時，地球上可以看見月球西邊明亮的半圓，一般在中午東升，黃昏中天，夜半西落，這種月相叫**上弦**。《釋名·釋天》有云：「弦，月半之名也；其形一旁曲，一旁直，若張弓施弦也。」

上弦過後，地球上可以看見月面的大部分，這時的月亮叫**凸月**。

夏曆每月十五日或十六日，地球運行到月球和太陽之間，地球上可以看到整個月面，當太陽西落時，月球正好東升，這種月相叫**望**，這時的月亮叫**滿月**。因為這種現象多出現在十五日，故也稱十五日為**望日**或**望**。《釋名·釋天》有云：「望，月滿之名也；月大十六日，小十五日，日在東，月在西，遙相望也。」

滿月過後，地球上可以看見明亮的圓月開始虧缺，這時的月亮叫**殘月**。

夏曆每月二十二日或二十三日，當月球運行到太陽西九十度時，地球上可以看見月球東邊明亮的半圓，一般在夜半東升，清晨中天，中午西落，這種月相叫**下弦**。

下弦過後，地球上可以看見月球的明亮部分逐漸縮小，又變為**蛾眉月**，清晨時出現在東方天空。再後便回復到**新月**。

除了**朔**、**上弦**、**望**、**下弦**以外，古人還把夏曆每月最後一天叫做**晦**。《釋名·釋天》有云：「晦，月盡之名也；晦，灰也，火死為灰，月光盡似之也。」**朔望**連稱，指夏曆每月初一和十五日。**晦朔**連稱，通常指月末和月初；但有時也指早晚，因**晦**有夜晚義，**朔**有早晨義，如《莊子·逍遙遊》有「朝菌不知晦朔」之句，意思是說，朝生暮死的蟲子，不知道一天的時光有多長。

古代還有一種利用月球圓缺盈虧現象來記錄日期的方法，它把夏曆每個月的天數劃分為四段，四段各有專稱如下（參見王國維《觀堂集林·生霸死霸考》）：

自朔至上弦為**初吉**。《詩經·小雅·小明》有"二月初吉"的用例。

自上弦至望為**既生魄**。《尚書·武成》有"既生魄，庶邦塚君暨百工受命於周"的用例。魄本作霸，指月末盛明時所發的光。

自望至下弦為**既望**。《尚書·召誥》有"惟二月既望"的用例。後世以夏曆每月十五日為望，望後一日為既望。

自下弦至晦為**既死魄**。《逸周書·世俘》有"二月既死魄"的用例。

詩人稱美月亮

玉輪　玉盤　玉弓　冰盤
冰魄　冰鑒　金鏡　金盆　金丸

在古典詩文中，對月亮有着各種各樣的美稱，其中多數是由名詞加定語組成的雙音詞或詞組。

先說名詞。

人們在地球上看月亮，總覺得它在圓滿時最為美麗動人，因而愛以各種圓形物來比喻它，包括**輪**、**盤**、**鏡**、**環**、**盆**、**丸**、**餅**之類，而在月亮虧缺時，用來比喻的則是**弓**、**鈎**等彎形物：所有這些喻體當然都是名詞。

歷來關於月亮的神話，說月亮裏面有美女嫦娥，有白兔，有蟾蜍，又古人把月初出或將沒時的微光叫做魄，因而在月亮的美稱中也有帶**娥**、**兔**、**蟾**、**魄**等字的，這些也都是名詞。

以下列舉一些常見的定語，並把定語相同的詞或詞組歸納在一起，分別引詩詞曲和駢文中的例句來說明。

一是"**玉**"，形容月亮像玉一樣的皎潔晶瑩。

玉輪——駱賓王《在江南贈宋五之問》詩："玉輪涵地開，劍匣連星起。"

玉盤——李群玉《中秋君山看月》詩："汗漫鋪澄碧，朦朧吐玉盤。"

玉鏡——鄭谷《春夕伴同年禮部趙員外省直》詩：“冰含玉鏡春寒在，粉傅仙闈月色多。”

玉環——白居易《和櫛沐寄道友》：“高星粲金粟，落月沉玉環。”

玉弓——李賀《南園》詩：“尋章摘句老雕蟲，曉月當簾掛玉弓。”

玉鈎——李賀《七夕》詩：“天上分金鏡，人間望玉鈎。”

玉兔——辛棄疾《滿江紅·中秋》詞：“着意登樓瞻玉兔，何人張幕遮銀闕。”

玉蟾——李白《初月》詩：“玉蟾離海上，白露濕花時。”

二是“冰”，月亮沒有太陽的輻射熱，它反射的光是冷光，因而用冰來形容它的冷清。

冰輪——朱慶餘《十六夜月》詩：“昨夜忽已過，冰輪始覺虧。”

冰盤——高觀國《齊天樂·中秋夜懷梅溪》詞：“素景中分，冰盤正溢，何啻嬋娟千里。”

冰鏡（冰鑒）——元稹《月》詩：“絳河冰鑒朗，黃道玉輪巍。”又孔平仲《八月十六日玩月》詩：“團團冰鏡吐清輝，今夜何如昨夜時。”

冰蟾——湯顯祖《牡丹亭·鬧殤》：“海天悠，問冰蟾何處湧？玉杵秋空，憑誰竊藥把嫦娥奉？”

冰魄——錢惟善《八月十五夜風雨見月有懷》詩：“玄雲忽開黃道明，顧兔涵秋抱冰魄。”

三是“金”，形容月亮閃耀着金色的光彩。

金鏡——杜牧《寄沈褒秀才》詩：“仙桂茂時金鏡曉，洛波飛處玉容高。”

金盆——杜甫《贈蜀僧閭丘師兄》詩：“夜闌接短語，落月如金盆。”

金丸——蘇轍《中秋見月寄子瞻》詩：“浮雲捲盡流金丸，戲馬台西山鬱蟠。”

金餅——蘇舜欽《和解生中秋月》：“銀塘通夜白，金餅隔林明。"

金娥——李白《明堂賦》:"玉女攀星於網戶,金娥納月於璇題。"

金兔——盧仝《月蝕詩》:"朱弦初罷彈,金兔正奇絕。"

金蟾——令狐楚《八月十七日夜書懷》詩:"金蟾著未出,玉樹悲稍破。"

金魄——李白《古風五十九首》:"圓光虧中天,金魄遂淪沒。"

附帶說一下:**金輪**或**黃金輪**,指太陽,不指月亮。

此外,在月亮的美稱中,還有用**瑩、晶、素、清**等字作為定語的,這裏不再贅述。

星辰和星宿

二十八宿
蒼龍、白虎、朱鳥、玄武
太白 啓明 歲星 辰星

星是宇宙間除太陽和月亮以外發亮的天體的總稱,按其性質可分為恆星、行星、衛星、彗星、流星五類。太陽就是一顆恆星,是太陽系的中心天體,地球圍繞它旋轉,而月亮則是地球唯一的衛星。由於太陽和月亮離地球比較近,從地球上看起來比其他天體大得多,也亮得多。

辰與**星**同義,**星辰**連稱,泛指眾星;一說**星**指金木水火土五星,**辰**指二十八宿。

星宿的**宿**,有停留的意思。在漫無邊際的天空中,**二十八宿**就像是二十八家可供留宿的旅店,古人常利用它們作為標誌,以便於說明日月五星在運行中所到達的位置。正如《論衡·談天》中所說:"二十八宿為日月舍,猶地有郵亭為長吏廨矣;郵亭着地亦如星舍着天也。"**二十八宿**又稱**二十八舍**或**二十八次**,**宿、舍、次**是同義字。**宿**一讀肅(sù),在用於**星宿**和**二十八宿**時讀繡(xiù)。另外,古人又將二十八宿平均分為四組,每組七宿,與東西南北四個方位和**蒼龍、白虎、朱鳥、玄武**(龜蛇)四種動物形象相配，其排列次序是：東方**蒼龍**七宿——**角宿**、**亢宿**、**氐宿**、**房宿**、**心宿**、**尾宿**、**箕宿**；北方**玄武**七宿——**斗宿**、**牛宿**、**女宿**、**虛宿**、**危宿**、**室宿**、**壁宿**；西方**白虎**七宿——**奎宿**、**婁宿**、**胃宿**、**昴宿**、**畢宿**、**觜宿**、**參宿**；南方**朱鳥**七宿——**井宿**、**鬼宿**、**柳宿**、**星宿**、**張宿**、**翼宿**、**軫宿**。

星榆是比喻的説法。古樂府《隴西行》有云：“天上何所有，歷歷種白榆。”**榆**是一種落葉喬木，生果莢形似小銅錢，俗稱**榆錢**，可供食用。古人以**星榆**泛指眾星，意謂天星羅列有如榆錢串聯；一般辭書解釋為“以榆樹林立形容天星密佈”，是不對的，李商隱《一片》詩有“榆莢散來星斗轉”之句，可以為證。

古代把日月星三者稱為**三辰**。《左傳·桓公二年》：“三辰旂旗，昭其明也。”杜預注：“三辰，日月星也；畫於旂旗，象天之明。”又稱**三光**。《莊子·説劍》：“上法圓天，以順三光。”《白虎通·射公侯》：“天有三光日月星。”又稱**三靈**。揚雄《羽獵賦》：“方將上獵三靈之流，下決醴泉之滋。”顏師古注：“三靈，日月星垂象之應也。”另外，道家還有把日月星稱為天之**三明**的。

這裏要特別説一説**三星**。與上述稱日月星為**三辰**不同，**三星**指的是明亮而接近的三顆星，在天空中有參宿三星、心宿三星、河鼓三星。**三星**一詞最早見於《詩經·唐風·綢繆》篇，三章三見，毛傳認為均指參宿三星，鄭箋認為指心宿三星。但據近代天文考古學家朱文鑫研究，此詩三章所言**三星**，是説一夜之間三個星座順次出現，並非專指一宿而言。具體地説，首章“綢繆束薪，三星在天”，指參宿三星；次章“綢繆束芻，三星在隅”，指心宿三星；末章“綢繆束楚，三星在戶”，指河鼓三星。詳見《天文考古錄》。

五星是金木水火土五大行星的合稱。《史記·天官書》：“天有五星，地有五行。”在古代，五大行星都另有名稱，現分述如下：

金星最接近地球，是全天空最亮的星，光色銀白，故稱**太白**。又因為金星黎明時出現於東方，黃昏時出現於西方，古人分別叫它作**啟明**和**長庚**，如《詩經·小雅·大東》所説“東有啟明，西有長庚"，實際上同指金星。又**明星**一詞意為明亮的星，但有時也專指金星，如《詩經·鄭風·女曰雞鳴》"子興視夜，明星有爛"就是。

木星大約每十二年運行一周天，每年行經一個特定的星空區域，因而稱為**歲星**。

水星最靠近太陽，常在太陽左右一辰（古人將地平圈劃為十二等分，叫十二辰）之內，因而稱為**辰星**。

火星光呈紅色，熒熒似火，亮度常有變化，而且從地面上看它在天空中運行的方向，有時從西向東，有時又從東向西，情況複雜，令人迷惑，因而稱為**熒惑**。

土星大約每二十八年運行一周天，好像每年鎮守二十八宿中的一宿，故名**鎮星**；或叫**填星**，就是每年填充二十八宿中的一宿。

滿天星斗

北斗　南箕　斗轉星移
拱辰　牛郎織女　星漢　雲漢

作為星名，斗字在古籍中常見。它既作專名用，如**北斗**、**南斗**；又作通名用，如說**滿天星斗**，**星斗**實與**星辰**同義。

北斗也叫**北斗七星**，就是在北天上空排列成斗形的七顆亮星。這七顆星的名稱是：**天樞**、**天璇**、**天璣**、**天權**、**玉衡**、**開陽**、**搖光**（或作**瑤光**）。古人用假想的線條把這七顆星連接起來，成為舀酒用的斗形，前四星為斗身，古時叫**斗魁**，也叫**璇璣**；後三星為斗柄，古時叫**斗杓**。古人重視**北斗**，因為可以利用它來指示方向。**北斗**有時也單稱**斗**，如**斗極**指北斗七星和北極星；**斗南**指北斗星之南，猶言天下。**斗南一人**語出《新唐書·狄仁傑傳》："狄公之賢，北斗以南，一人而已。"原謂唐代名臣狄仁傑是天下唯一的賢相，後常用以形容僅見的傑出人才。**泰斗**是泰山北斗的縮略，比喻為大眾仰慕的人。**斗轉參(shēn)橫**是說北斗轉向，參星橫斜，表示天色將明。**斗轉星移**是說北斗轉向，星座移位，表示時序變遷，歲月流逝。

天空有**北斗**，又有**南斗**。**南斗**指的是二十八宿中的斗宿，有星六顆，因同北斗相對來說它的位置在南，故有此俗稱；但在古代詩文中多徑稱為斗，特別是在與別的星宿並列之時。王勃《滕王閣序》有"物華天寶，龍光射牛斗之墟"，蘇軾《前赤壁賦》有"月出於東山之上，徘徊於斗牛之間"，**斗牛**、**牛斗**都指相鄰的斗宿和牛宿。《詩經·小雅·大東》説："維南有箕，不可以簸揚；維北有斗，不可以挹酒漿。"這裏的**箕**和**斗**都是星宿名。箕宿四星，連接起來像隻簸箕；斗宿六星，連接起來像隻酒斗。當箕宿和斗宿都在南天上空時，箕宿在南而斗宿在北，因而根據《詩經》原意，形成成語**南箕北斗**，用作"徒有虛名而無實際"的比喻。請注意這裏的**北斗**，是相對於**南箕**而言的，它實際上是南斗而不是北斗，指斗宿六星而非北斗七星。

北極星簡稱**北極**，又叫**北辰**，它是出現在北天上空的一顆亮星，距離天球北極很近（並不是剛好位於天球北極）。孫詒讓在《周禮正義》卷八十二中解釋得很明白："北極正中即天之中，古謂之天極，又謂之北極樞，後世謂之赤道極。然天中之極無可識別，則就近極之星以紀之，謂之極星。沿襲既久，遂並稱星為北極，又謂之北辰，然則北極者以天體言也，北辰者以近極之星言也。"因為北極星差不多正對着地球自轉軸，從地球上看，它的位置幾乎是不動的，而眾多星辰則圍繞着它在轉動，所以航海和旅行的人常靠它來辨認方向。又成語**眾星拱北**，也簡作**拱辰**，源出《論語·為政》："為政以德，譬如北辰，居其所而眾星共（拱）之。"意謂天上眾星拱衛北辰，常用以比喻有德行的君主得到天下臣民的擁戴。

南極星又稱**老人星**或**壽星**，因為古人把它作為長壽的象徵。

牽牛星又叫**河鼓**或**大將軍**，俗稱**牛郎星**；**織女星**又叫**天孫**：它倆一東一西，隔着銀河相對。民間有**牛郎織女**的神話，説織女是天帝孫女，長年織造雲錦，天帝憐她獨處，許她與河西牛郎成婚，婚後她中斷織錦，天帝聞知大怒，責令她仍回河東，與牛郎分離，只准夏曆每年七月初七夜相會一次。這個故事曾見於多種古籍，並為歷代文人所詠歎，故事中的人物即由星名衍化而來。古籍中的**牛女**是牽牛星和織女星的合稱，也有稱**靈匹**的。

古人常用**參商**或**參辰**比喻彼此分離不得相見。**參**（shēn）是二十八宿中的參宿，**商**或**辰**均指心宿，參宿與心宿此出彼沒，因以為喻。

天狼星也稱**封狼**，意思是天上的大狼。古人認為天狼星主侵略，後來用**天狼**比喻殘暴的侵略者。

彗星形似掃帚，俗稱**掃帚星**。古籍中稱**孛星**，意謂彗星光芒四出掃射；又稱**欃槍**（chán chēng），形容彗星頭光尾長。

流星在天空中飛奔而過，也稱**飛星**或**奔星**。古人以為流星是天帝的使者，因稱**天使**或**使星**。

在晴朗的夜空，可見成帶狀的密集星群，古人稱為**天河**、**天漢**、**星河**、**星漢**、**雲漢**，又簡稱為**河**、**漢**，也就是今人所說的銀河。

光陰似箭

光陰　曆法
流年　物換星移　白駒過隙

時間，照哲學家的解釋，是物質存在的一種客觀形式，是由連綿不斷的過去、現在、將來構成的。在漢語中，**時間**這個詞出現得比較晚，早期表達時間的意思，一般單用一個**時**字，或者用**日月**、**光陰**、**歲月**、**時光**、**年華**之類的合成詞。

時間是連續不斷的，需要用曆法來量度和計算。曆法主要分陽曆和陰曆兩種：陽曆以地球環繞太陽旋轉一周的時間為一年，以地球自轉一周的時間為一日；陰曆以月球環繞地球旋轉一周的時間為一月。用**日月**來表示時間，實際上是用日月的推移來說明時間的流逝。

光陰也指時間。**光**和**陰**相反，實際上就是明和暗，或者說白晝和黑夜。也可以單說**陰**，如**惜陰**就是愛惜時間。

古人慣於用江河裏的流水來比喻迅速消逝的時間，所以有**流年**、**流光**的說法。據《論語·子罕》記載："子在川上曰：逝者如斯夫，不捨晝夜。"李白《古風》有詩句云："逝川與流光，飄忽不相待。"李光《新年雜興》詩也有句云："世事悠悠委逝波，六年歸夢寄南柯。"**逝川**、**逝波**指逝去的流水，都用以比喻過去了的時間。

物換星移，是説景物變換，星辰移動，表示光陰流逝，時序變遷，語本王勃《滕王閣》詩："閒雲潭影日悠悠，物換星移幾度秋。"

歲月不居指時光流逝，不居是不停留，語本孔融《論盛孝章書》："歲月不居，時節如流，五十之年，忽焉已至。"

長繩繫日，是説用長繩把太陽拴住，意思是想留住時光，語本傅玄《九曲歌》："歲暮景邁群光絕，安得長繩繫白日。"李白《惜餘春賦》也有句："恨不得掛長繩於青天，繫此西飛之白日。"

白駒過隙，是説白色的駿馬在狹小的縫隙中飛駛而過，比喻時間迅速流逝，語本《莊子・知北遊》："人生天地之間，若白駒之過郤（隙），忽然而已。"成玄英疏："白駒，駿馬也，亦言日也。"在古代詩文中可見**駒光**、**駒陰**、**駒隙**、**隙駒**一類説法，都來源於白駒過隙。

在舊時通俗小説中，常見**光陰似箭**、**日月如梭**的比喻，都是形容時間飛速流逝的。前者出自韋莊《關河道中》詩："但見時光流似箭，豈知天道曲如弓。"後者出自趙德麟《侯鯖錄》卷二："纖烏，日也，往來如梭之織。"

光陰荏苒是説時間漸漸過去，**歲月蹉跎**是説時間白白過去：**荏苒**（rěn rǎn）、**蹉跎**（cuō tuó）都是聯綿詞。

談到愛惜時間，晉代陶侃説過一段有名的話："大禹聖者，乃惜寸陰；至於眾人，當惜分陰。"見《晉書・陶侃傳》。**寸陰**指短暫的時間，**分陰**當然更加短暫。成語**寸陰尺璧**，出自《淮南子・原道訓》："故聖人不貴尺之璧，而重寸之陰，時難得而易失也。"寸陰比尺璧更加貴重，就因為時間難得而易失，珍寶有價而時間無價。

"彈指一揮間"

瞬息萬變　旋踵　頃刻　未幾
俄而　倏忽　逡巡　須臾　刹那

在現代漢語中，一般都把很短的時間叫做一會兒或一下子，而古人對此卻有更多的不同説法。

有說一瞬的，是指一次眨眼的時間。有說一息的，是指一次呼吸的時間。瞬、息兩字可以組合成詞，成語有瞬息萬變。還有說一瞥的，則是用眼看一看的時間，引伸指一眼看到的大概情況，多用作文章的題目。

轉眼和轉瞬，都是用眼珠的快速轉動，來形容時間的短促。

彈指或者一彈指，指彈擊一次手指，也形容時間短促。

指顧是一指手一回頭，極言時間之短，如班固《東都賦》有"指顧倏忽，獲車已實"之句。

旋踵是旋轉腳跟，也就是轉身，不旋踵是來不及轉身，兩者都極言時間之短：前者如沈約《七賢論》"受禍之速，過於旋踵"之句，後者如王安石《和吳沖卿雪》"紛華始滿眼，消釋不旋踵"之句。

晌本作曏。《說文》："曏，不久也。"段玉裁注："曰一晌，曰半晌，皆是曏字之俗。"一晌、半晌都是不久的時間。一晌在詩詞中多見，如戎昱《苦辛行》："險巇唯有世間路，一晌令人堪白頭。"又李煜《浪淘沙》詞："夢裏不知身是客，一晌貪歡。"也有作一向的，如薛濤《柳絮》詩："他家本是無情物，一向南飛又北飛。"還有作一餉的，那實際上是指吃一頓飯的時間，如白居易《對酒》詩："無如飲此銷愁腸，一餉愁消直萬金。"

《說文》："暫，不久也。"暫是短時間，與久相對，如江淹《別賦》："誰能摹暫離之狀，寫永訣之情者乎？"請注意暫字的古義與今義有微別：現在的暫，指暫時這樣，將來不這樣；古代的暫，只指時間短，沒有與將來對比的意思。

頃也是短時間，也與久相對。由頃字構成的詞，有有頃、少頃，有頃刻、俄頃，都是不久的時間。還有食頃，指的是吃一頓飯的時間。

間（jiàn）也是短時間，由間構成的詞有有間、少間、為間，也都是不久。

片有少的意思，片刻、片時都是說時間不多。

未幾、無幾、無何都是說沒有很多時間，也就是不久。

俄和旋都可以解釋為不久。俄字常與而連用，如俄而日出；

旋字常與即連用，如旋即告退。

倏和忽都有迅速和突然的意思，並列成倏忽一詞，一般用以指極短的時間，如《淮南子·修務訓》說的"倏忽變化，與物推移"；也有用以表示時間迅速消逝的，如杜甫《百憂集行》詩句"至今倏忽已五十，坐臥只多少行立"就是。

逡巡（qūn xún）本義形容欲行又止，引伸指頃刻，如陸游《除夜》詩有"相看更覺光陰速，笑語逡巡即隔年"之句。

須臾和斯須，大致與片刻同義，在先秦古籍中多見，如《禮記·中庸》說的"道也者，不可須臾離也"，《孟子·告子上》說的"庸敬在兄，斯須之敬在鄉人"。

剎（chà）那為梵語的音譯，意譯為一念，印度古代曾用作最短促的時間單位，現在也常用於漢語口語之中。另有霎（shà）時也是說時間很短，但使用時剎那不能寫作霎那，霎時也不能寫作剎時。

晝夜二十四小時

| 平明 | 黎明 | 拂曉 | 朝暮 | 旦夕 |
| 日中 | 午夜 | 時辰 | 五更 |

上古時代，人們還不懂得怎樣把一天的時間等分為若干時段，更不曾發明任何一種計量時間的工具。人們要知道時間的早晚，最方便也是最普遍使用的方法，就是看太陽的位置，看天色的明暗。因之，在古代漢語中，大部分表示時間的詞，都同太陽和天色有關，所用的字大多是以日為偏旁的。

早、晨、朝、旦這些單音詞，平明、平旦、明旦、質明這些雙音詞，指的都是日出和天亮的時間，有如我們現在所說的清早、清晨。黎明、向明、昧旦、昧爽、凌晨、迎晨、侵早、侵晨都是天將亮而未亮的時間。曉是天亮，分曉、拂曉是天快亮，破曉是天剛亮。曙是日剛出。昕是日將出，大昕是日出。

晚、昏、暮、夕和黃昏、薄暮，都指日落和天黑的時間，有如我們現在所說的傍晚。晚和夕有時也指夜間。

在**早**和**晚**對舉時，可以有**早晚、晨昏、朝暮、旦夕、朝夕、旦暮**等多種説法。**夙夜**也和**早晚**同義，**夙興夜寐**就是起早睡晚，常用以形容一個人的勤奮不懈。

現在我們所説的中午、正午，古人叫做**日中**，表示太陽正中。將近日中的時間叫做**隅中**，意思是説太陽走過了東南角上，但還不到正中。

太陽西斜的時間叫做**日昃**，也寫作**日仄、日側** (zè)，還有叫**日昳**的。

從太陽西斜到太陽落山這段時間叫做**晡時**。古人每天吃兩頓飯，上午下午各一頓，**晡時**就是吃下午飯的時間，所以又作**餔時**。吃上午飯的時間叫做**食時**。

《説文》説："畫，日之出入，與夜為界。"**畫**與**夜**為界，**畫**是從天亮到天黑，**夜**是從天黑到天亮，故也説**白畫、黑夜**。黑夜又叫**夕**，或叫**宵**。**子夜、午夜、中夜、中夕、中宵、夜分、宵分**都相當於現在我們所説的夜半、半夜。**夜闌**是夜將盡。**夜未央**是夜深而未到天明。**夤夜**是深夜。**徹夜**是整夜。

《樂府詩·孔雀東南飛》有"奄奄黃昏後，寂寂人定初"之句，**人定**指夜深人靜的時間。《詩經·鄭風·女曰雞鳴》有"女曰雞鳴，士曰昧旦"之句，**雞鳴**指半夜雞叫的時間。這兩個詞所指的時間都在沒有陽光的黑夜，因而不能用視覺所及的光度來説明，而是用聽覺所及的聲音來表示。

計時工具的發明，大約在春秋以前。一種叫**日晷**，也叫**日規**，是利用日影來測定時間的。一種叫**漏壺**，又叫**壺漏、刻漏、漏刻、銅壺滴漏**，是用滴水或漏沙計時的。後一種使用的年代很長，直到明代以後才為鐘錶所代替。

有了計時工具以後，人們也就有了**時辰**的觀念。**時辰**是舊時計算時間的單位。把一天的時間分為十二段，每段為一個時辰，合現在的兩小時。以十二地支為名，從半夜起算。半夜十一點到一點是子時（十二點是子正），中午十一點到一點是午時（十二點是午正），餘類推。拿十二時辰與上述一些表示時間的詞相對照，大致如下表：

子時——**夜半**	午時——日中
丑時——**雞鳴**	未時——日昃
寅時——**平旦**	申時——**晡時**
卯時——日出	酉時——日入
辰時——**食時**	戌時——**黃昏**
巳時——**隅中**	亥時——人定

古代還有夜間擊鼓報更的制度，將一夜分為**五更**，每更約合現在的兩小時，依次名為**一更、二更、三更、四更、五更**，也叫**五鼓**或**五夜**，**一更**為**起更**或**初更**，**三更**正當夜半，**五更**便是天明了。

一年四季

年成	太歲	四時	青陽
朱明	白藏	玄英	三春　夏曆

《爾雅・釋天》說："夏曰歲，商曰祀，周曰年，唐虞曰載。"祀字早已不用來稱年了，**年、歲、載**三字則一直通用至今。

年是穀物成熟的意思。農作物大都是每年收穫一次，中國自古以農立國，古人把**年**作為歲名，正表示對農業的重視。在古代史書上，常有**有年**或**大有年**的記載，**有年**就是豐收，**大有年**就是大豐收。人們至今還把一年中農作物的收穫情況稱為**年成**。

歲是太歲，即木星。木星大約每十二年運行一周天，每年行經一個特定的星空區域，因而古人用來紀年。此外**歲**字也有穀物成熟的意思，古人說**望歲**就是盼望好收成。

載字原來解釋為開始。用**載**稱年，就和人們平常說的"歲序更新"是一樣的意思。

除上述**年、歲、載**三字外，古代還有用**稔、茲**稱年的。

稔與**年**為同源字，也是穀物成熟的意思。古代穀物一熟為年，因而也叫年為**稔**。《國語・鄭語》有"凡周存亡，不三稔矣"的話，**三稔**就是三年。

茲字，《說文》解釋為"草木多益"，也就是草木滋長繁茂。"離離原上草，一歲一枯榮"（白居易《賦得古原草送別》），如果說把年作為歲名起源於農業社會的話，那麼把茲作為歲名就該是發生於游牧社會的事了。《呂氏春秋·任地》有"今茲美禾，來茲美麥"的話，今茲、來茲就是今年、明年。

年歲還有不少的代稱，如星霜，因為星辰運轉一年循環一次，霜則每年至秋始降；如寒暑，因為"寒往則暑來，暑往則寒來，寒暑相推而歲成焉"（《周易·繫辭下》）；再如通常說的寒暄，意思是人們見面時談一些天氣冷暖之類的應酬話，其實寒指冬季，暄指夏季，一寒一暄，也就代表一年。

中國在地球的北半球上，大部分地區屬於北溫帶，一年分為春夏秋冬四季，也稱四時。據近人考證：在商代和西周前期，一年只分為春秋二時，所以稱春秋就意味着一年。《莊子·逍遙遊》有"蟪蛄不知春秋"的話，意思是說蟪蛄生命短促，不到一年。此外上古史書也稱為春秋，因為記載史事必先標明年份。後來曆法日趨詳密，由春秋二時再分出冬夏二時。現在我們還可以看到，有些古書上所列的四時順序不是春夏秋冬，而是春秋冬夏，就是這個緣故。過去有一種說法，認為春秋二字是春夏秋冬的節略，用來代表四時的，其實並非如此。

關於一年四季的劃分，中國古代是以每三個月為一季，即以夏曆正月至三月為春季，四月至六月為夏季，七月至九月為秋季，十月至十二月為冬季，但也有以立春、立夏、立秋、立冬作為四季的開始的。這和國外的情況有些不同。歐美各國，通常都以春分、夏至、秋分、冬至作為四季的開始；由於公曆一月在一年中最冷，七月在一年中最熱，所以將一月作為冬季的中心月份，將七月作為夏季的中心月份，即以公曆三月至五月為春季，六月至八月為夏季，九月至十一月為秋季，十二月到次年二月為冬季。當然，由於各地地理位置不同，冷熱時節長短不一，上述各種辦法有時並不切合實際，因此現今氣象學界多主張用候溫（五天為一候，候溫就是每五天的平均氣溫）來劃分四季——候溫大於 22℃ 的為夏季，小於 10℃ 的為冬季，介於兩者之間的分別為春季和秋季。

《爾雅·釋天》有云："春為青陽，夏為朱明，秋為白藏，冬為玄英。"據郭璞注：春季"氣清而溫陽"，因稱**青陽**；夏季"氣赤而光明"，因稱**朱明**；秋季"氣白而收藏"，因稱**白藏**；冬季"氣黑而清英"，因稱**玄英**。另外，古人還慣於以青、朱、白（素）、黑（玄）四色與四季相配，稱春季為**青春**，稱夏季為**朱夏**，稱秋季為**素秋**，稱冬季為**玄冬**。

《爾雅・釋天》又云："春為發生，夏為長嬴，秋為收成，冬為安寧。"**發生**、**長嬴**、**收成**、**安寧**也是四季的別稱；**長嬴**亦作**長赢**。

東陸、**南陸**、**西陸**、**北陸**四者本是太陽在一年四季裏行經的方位，後來用作春夏秋冬的代稱。《隋書・天文誌中》說得很明白："日循黃道東行，一日一夜行一度，三百六十五日有奇而周天：行東陸謂之春，行南陸謂之夏，行西陸謂之秋，行北陸謂之冬。"

在古籍中，秋季的別稱特別多。古人用五行學說說明季節演變，秋季於五行屬金，樂音配商，色尚白（素），用此數者組成的詞，如**金秋**、**金商**、**金素**、**商秋**、**商素**、**白商**、**素商**、**高商**，都指秋季。

古代以每三個月為一季，也就是説，春夏秋冬四季都是一樣長短，為此又給夏曆一年十二個月排定了次序，即以正月為**孟春**，二月為**仲春**，三月為**季春**，四月為**孟夏**，五月為**仲夏**，六月為**季夏**，七月為**孟秋**，八月為**仲秋**，九月為**季秋**，十月為**孟冬**，十一月為**仲冬**，十二月為**季冬**。古書上常見**三春**字樣，其含義有三，須視具體情況而定：一是指春季三個月，即孟春、仲春、季春的合稱；二是單指春季的第三個月，即季春；三是指三個春天，即三年。**三夏**、**三秋**、**三冬**同此。古書上有時又可見**四孟**字樣，是孟春、孟夏、孟秋、孟冬的合稱；**四仲**、**四季**同此（與春夏秋冬合稱**四季**不同）。另外還有把春季稱為**九春**的，因為春季三個月共有九十天，**九夏**、**九秋**、**九冬**同此。

夏曆各個月份的別稱很多，這裏分三個方面來作介紹。

一是見於《爾雅・釋天》的月名：正月為**陬**（zōu）**月**，二月為**如月**，三月為**寎**（bǐng）**月**，四月為**余月**，五月為**皋月**，六月為**且**（jū）**月**，七月為**相**（xiàng）**月**，八月為**壯月**，九月為**玄月**，十月為**陽月**，十一月為**辜月**，十二月為**塗**（chú）**月**。

二是見於《禮記・月令》的月名：十一月為**暢月**。

三是見於梁元帝《纂要》的月名（《初學記・歲時部》轉引），分列如下：

正月——**孟陽、孟陬、上春、初春、開春、發春、獻春、首春、首歲、初歲、開歲、發歲、獻歲、肇歲、芳歲、華歲**

二月——**仲陽**

三月——**暮春、末春、晚春**

四月——**維夏、首夏**

六月——**徂暑**

七月——**首秋、上秋、肇秋、蘭秋**

八月——**仲商**

九月——**暮秋、末秋、暮商、季商、杪秋、授衣**

十月——**上冬、陽月**

十二月——**暮冬、杪冬、除月、暮節、暮歲、窮稔、窮紀**

此外，還有以花果為月名的，如二月為**杏月**，三月為**桃月**，五月為**榴月**，六月為**荷月**，七月為**蘭月**，八月為**桂月**，九月為**菊月**；有以農事活動為月名的，如三月為**蠶月**，四月為**麥月**；有以民間習俗為月名的，如五月為**蒲月**，六月為**伏月**，七月為**巧月**，十二月為**臘月**。

夏曆有大月、小月之分：**大盡**指三十天的大月，**小盡**指只有二十九天的小月。**歸餘**指閏月。

二十四節氣

黃道　節氣　八節　冬至
夏至　春分　秋分　驚蟄　清明

中國古代曆法，根據太陽在黃道上的位置，把一周年劃分為二十四個等分，用來表示季節的更替和氣候的變化，統稱二十四節氣。如果分開來說，則又有**節氣、中氣**的不同：從立春起，到大寒止，單數的是**節氣**，雙數的是**中氣**；或者說在月初的是**節氣**，在月中以後的是**中氣**。

二十四節氣的劃分，起源於中國黃河流域。至遲到春秋時期，古人就發明了用圭表觀測日影的方法，定出**冬至**和**夏至**、**春分**和**秋分**四大節氣，以後又定出**立春**、**立夏**、**立秋**、**立冬**，並逐步充實完善，到了漢武帝時成書的《淮南子》，已經有了完整的二十四節氣的記載，名稱和順序同現在完全一致。

　　二十四節氣名稱的含義，有屬於天文方面的，有氣象方面的，也有物候和農作物方面的，現分別簡釋如下：

　　立春：立是開始的意思，春天開始，萬物復蘇。

　　雨水：嚴寒已過，雨水增多。

　　驚蟄：春雷響動，蟄伏地下冬眠的動物被雷聲驚醒，破土而出。

　　春分：春季九十天的中分點，這一天晝夜相等。

　　清明：天氣清澈明朗，草木萌發繁茂。

　　穀雨：雨生百穀，適時的降雨有利於穀物生長。

　　立夏：夏天開始。

　　小滿：夏熟作物籽粒飽滿，但尚未成熟。

　　芒種：有芒作物播種。

　　夏至：白天最長，黑夜最短，這一天中午太陽位置最高，日影最短，古代又稱**日北至**或**長日至**。

　　小暑：暑是炎熱，此時還未到達最熱。

　　大暑：炎熱到達最高程度。

　　立秋：秋天開始，作物漸次成熟。

　　處暑：處是住的意思，暑氣到此為止。

　　白露：地面水氣凝結為白色的露，天氣轉涼。

　　秋分：秋季九十天的中分點，這一天晝夜相等。

　　寒露：水露先白後寒，天氣轉冷。

　　霜降：初次見霜。

　　立冬：冬天開始。

　　小雪：開始下雪，但還不多。

　　大雪：雪量由小到大。

　　冬至：這一天中午太陽位置最低，日影最長，白天最短，黑夜最長，古代又稱**日南至**或**短日至**。

小寒：冷氣積久而為寒，但尚未冷到頂點。

大寒：寒冷到頂點。

二十四節氣之中，**立春、春分、立夏、夏至、立秋、秋分、立冬、冬至**八個節氣是最先測定的，也是最重要的，它們被稱為**八節**。同時又有**分至啟閉**的說法：**分**指春分秋分；**至**指夏至冬至；**啟**指立春立夏，意為開放的節氣；**閉**指立秋立冬，意為閉藏的節氣。

傳統節日

春節　元旦　元宵　修禊
端午　七夕　中秋　重陽　除夕

在夏曆整個一年中，舊時民間有着各種各樣的節日，它們有的一直保留到今天，有的則隨着時間的推移逐漸被廢棄了。

春節就是夏曆的新年。夏曆正月初一這一天，過去稱為**元旦**，又稱**元日、元辰、元朔、元正、正旦、正朔、歲旦、歲朝、端日**。中華人民共和國成立後，採用公曆紀年，通用陽曆，一年之中不能有兩個新年，所以把夏曆新年叫做**春節**。

屠蘇也作**酴酥**，酒名，據說是用屠蘇草浸泡過的。古代風俗，夏曆正月初一，家人先幼後長，依次飲屠蘇酒，以避疫病。王安石《元日》詩有"爆竹聲中一歲除，春風送暖入屠蘇"之句。

舊俗以正月初一為雞，初二為狗，初三為豬，初四為羊，初五為牛，初六為馬，初七為人，因稱正月初七為**人日**。

正月十五為**上元節**，這天晚上叫**元夜**，也叫**元宵**。唐代以來有元宵觀燈的習俗，所以又叫**燈節**。蘇味道《正月十五夜》詩有云："火樹銀花合，金橋鐵鎖開。"後以**火樹銀花**形容節日夜晚燈光煙火絢麗燦爛的景象。又唐人有**三元**的說法：**上元節**是正月十五，**中元節**是七月十五，**下元節**是十月十五。

古時農家每年春秋兩次祭祀土神，春季的一次在立春後第五個戊日，叫**春社**；秋季的一次在立秋後第五個戊日，叫**秋社**。社的本意是土神，這裏是指祭祀土神的節日。

清明前一天為**寒食節**，相傳是為悼念介之推而設。介之推是春秋時晉國貴族，曾經跟隨晉文公流亡國外十九年，文公回國後賞賜隨從功臣，卻把他給忘了，他也不爭功，便隱居到了綿山中，後來晉文公派人放火燒山，想逼他出來受賞，他卻堅決不出，終於抱着一棵枯柳，活活燒死在綿山上。燒山的那一天正是清明前一天，從此人們便定每年清明前一天為**寒食節**，禁止舉火，以示悼念，稱為**斷火**；事後重新起火，稱為**新火**。

舊俗以夏曆二月十五日或十二日為**百花生日**，亦稱**花朝節**。俗語有**花朝月夕**的說法，**花朝**特指二月半，**月夕**特指八月半。

讀過王羲之《蘭亭集序》的人，也許對文中說到的"修禊"和"流觴曲水"留有印象。原來古人有一種習俗，每年春秋二季要歡聚水邊舉行一種儀式，以除災去邪，叫做**禊**（xì），也叫**祓**（fú）或**祓除**。春季的一次流行最廣，稱為**春禊**，在夏曆三月上旬的巳日舉行（魏晉以後固定為三月初三），這一天就叫**上巳**或**三巳**；秋季的一次稱為**秋禊**，在夏曆七月十四日舉行。後來**春禊**逐漸變成了郊外遊春和水邊宴飲取樂的節日，人們還特地引水環曲成渠，聚會時將盛酒的漆製酒杯放在水上，從上流飄浮而下，停在誰的面前，誰即取飲，因此稱為**流觴曲水**或者**曲水流觴**。

夏曆五月初五是**端午節**，本名**端五**，又名**端陽**、**重午**、**重五**，別稱**天中節**。民俗在每年端午節盛行龍舟競渡，以紀念戰國時代懷石投江的詩人屈原，因稱**龍舟節**。又民俗以菖蒲葉作劍，在端午節懸於門首，用以辟邪，因稱**蒲節**。

七夕是夏曆七月初七夜，傳說牛郎織女每年此夕在天河相會。牛郎和織女都是古代神話人物，故事說織女是天帝孫女，長年織錦，自嫁與河西牛郎後，織乃中輟，天帝大怒，責令她仍回河東，與牛郎分離，只准每年七夕相會一次。每年七夕織女渡河與牛郎相會時，烏鵲在天河上替他們搭橋，名為**鵲橋**。又因為織女精於織造，民俗每年七夕婦女們用針線做各種遊戲，表示向織女乞求刺繡和縫紉的技巧，名為**乞巧**。

夏曆八月十五為**中秋節**。中秋是一年中賞月的極好時光，因為這時不僅適逢滿月，而且由於秋高氣爽，月亮似乎比平時顯得更圓更亮。明亮的圓月象徵着美滿團圓，所以人們總愛在中秋之夜闔家團聚，並把這一天稱為**團圓節**。

夏曆九月初九為**重陽節**，又名**重九**，舊時在這一天有佩茱萸囊、飲菊花酒和登高避災的習俗。王維《九月九日憶山東兄弟》詩中有"遙知兄弟登高處，遍插茱萸少一人"的句子，是大家熟讀的。

夏曆一年中的最後一天叫**歲除**，這天晚上叫**除夕**，除是以新換舊的意思，舊的一年過去，新的一年就來到了。

寒來暑往

伏天　梅雨　數九寒天　朔風
雪虐風饕　春寒料峭　負暄

人們常把炎熱的天氣稱為**暑天**。《說文》說："暑，熱也。"段玉裁注："暑與熱渾言則一，析言則二：暑之義主謂濕，熱之義主謂燥。"**盛暑、隆暑、酷暑**都是說天氣很熱。如果說到**溽暑**，那就不僅極為炎熱，而且十分潮濕，這個詞源出於《禮記·月令》所說的"土潤溽暑"，溽是潮濕的意思。

盛夏、炎夏都指很熱的夏天。

夏天之所以炎熱，主要是由於強烈日光的照射，**烈日、驕陽、亢陽**這些詞兒，指的就是夏天的太陽。韓愈《遊青龍寺贈崔大補闕》詩中有"赫赫炎官張火傘"之句，**火傘**也指夏天的太陽。

流金鑠石也作**鑠石流金**，形容天氣之熱，能把金屬熔為液體，把石頭熔為岩漿，語出《楚辭·招魂》："十日代出，流金鑠石些。"

夏季最熱的時期稱為**伏天**。夏至後第三個庚日為**初伏（頭伏）**，第四個庚日為**中伏（二伏）**，立秋後第一個庚日為**末伏（三伏）**，總稱**三伏**。初伏和末伏都是十天，中伏一般為二十天，少數年份為十天。從**入伏**到**出伏**，約相當於公曆七月中旬到八月下旬。

夏天多南風，相傳是虞舜所作的詩中有"南風之熏兮"之句，因稱南風為**熏風**。白居易《首夏南池獨酌》詩有云："熏風自南至，吹我池上林。"

初夏在江淮流域常有較長時期的連續陰雨天氣，因時值梅子黃熟，稱為**梅雨**或**黃梅雨**；又因此時溫度高，濕度大，衣物容易發霉，也稱**霉雨**。常年公曆六月中旬**入梅**（梅雨開始），七月上旬**出梅**（梅雨結束），連續約二十天。

中暑也稱**中熱**，是夏季多發的一種急性病，症狀常為突然暈倒，嚴重時昏迷不醒，四肢抽搐，由長時間受烈日照射或室內溫度過高所引起。**疰**（zhù）**夏**也發生於夏季，症狀常為微熱食少，身倦肢軟，由皮膚排汗不暢所引起。

每年冬至過後，天氣日漸寒冷。中國民間習慣，從冬至起，每九天為一個九；從第一個九數起，一直數到第九個九，共計八十一天，稱為**數**（shǔ）**九寒天**。其中第三個九，也就是冬至後第十九天到第二十七天，即公曆一月九、十日至十七、八日，是一年中最冷的日子，稱為**三九天**。

嚴寒、**隆寒**、**酷寒**是説天氣很冷。**嚴冬**、**隆冬**是説很冷的冬天。

冬季多吹西北風或偏北風，風從西北內陸吹來，寒冷而乾燥，古代把北方叫做**朔方**，因而把北邊吹來的寒風叫做**朔風**。

冬季又多冰雪，**冰天雪地**、**雪窖冰天**都指嚴寒的地方，而**雪虐風饕**則用以形容極冷，這裏的**虐**和**饕**都作殘害解。

《詩經·豳風·七月》説："一之日觱發，二之日慄烈，無衣無褐，何以卒歲。"**觱**（bì）**發**、**慄烈**都是形容寒風刺骨或者寒氣逼人的。還有**凜冽**，也表明同樣的意思。

在嚴寒的冬天，人體有時會因禁受不住風寒的侵襲而顫動發抖，**瑟縮**一詞就是形容這種情況的。**料峭**也形容顫抖，但一般用於春寒或微寒，**春寒料峭**之類的話在詩文中多見。

嚴寒季節，人的皮膚特別是手腳會因寒冷乾燥而裂開，情況輕的叫**皴**（cūn），重的叫**皸**（jūn），生凍瘡叫**瘃**（zhú）或**凍瘃**。

冬天曬太陽取暖，稱為**負暄**或**負日**，也叫**曝日**。

冬季遇到手指僵凍的情況，人們常會用口吹氣使之溫暖，稱為**呵凍**；如果毛筆凍結不能寫字，則**呵筆**使之融解。

五風十雨

鳴條　破塊　八風　扶搖　時雨
淫雨　旱澇　傾盆　商羊起舞

空氣流動而生風，從雲層中降落到地面上來的水滴是雨。**風調雨順**，有利於工農業生產和人民生活，風雨過多過少或者失時，往往造成巨大的災害。

五風十雨，也説**十風五雨**，形容風調雨順，氣候適宜。語出《論衡·是應》："風不鳴條，雨不破塊，五日一風，十日一雨。"**鳴條**是風吹樹枝發聲，**破塊**是雨澇損毀農田。

風雨是十分重要的自然現象，人們常有用來與某些社會現象作比的：如**狂風暴雨**、**暴風驟雨**比喻聲勢猛烈；**淒風苦雨**比喻境況悲慘；**風雨飄搖**比喻局勢動盪不安；**和風細雨**比喻耐心細緻的説服教育方法。

風有風向，在古籍中，從各個方向吹來的風，都有一定的名稱，即所謂**八風**。八風的説法，見於《呂氏春秋·有始》、《淮南子·地形訓》和《説文》，但各書記載不盡相同，特列表如下：

風向	《呂氏春秋》	《淮南子》	《説文》
東北風	炎風	炎風	融風
東風	滔風	條風	明庶風
東南風	熏風	景風	清明風
南風	巨風	巨風	景風
西南風	淒風	涼風	涼風
西風	飂（liù）風	飂風	閶闔風
西北風	厲風	麗風	不周風
北風	寒風	寒風	廣莫風

另外，在《爾雅·釋天》中，還有"南風謂之**凱風**，東風謂之**谷風**，北風謂之**涼風**，西風謂之**泰風**"的説法。

從這些不同的記載可以看出，所謂八風並不能成為各種風向的專名，而只是古人對颳風時的感受的一種粗略的描寫，如**炎風**就是炎熱的風，**寒風**就是寒冷的風，**厲風**就是猛烈的風，**融風**就是溫和的風。

旋風是呈螺旋狀運動的暴風。《莊子·逍遙遊》有大鵬"搏扶搖羊角而上者九萬里"的話，**扶搖**、**羊角**都是旋風的代稱：前者形容它急速上升的樣子，後者是說它在螺旋上升時狀如羊角。此外還有**焚輪**，指的是從上而下的旋風。

飆和**狂飆**都是大風暴。**飆塵**是被狂風捲起的塵埃，常用以比喻人生的行止無常。《古詩十九首》之四有云："人生寄一世，奄忽若飆塵。"

《詩經·邶風·終風》有"終風且暴"、"終風且霾"、"終風且曀"之句，**暴**是強風，**霾**是大風颳得塵土飛揚，**曀**是天陰而又有風。《爾雅·釋天》解釋説："日出而風為暴，風而雨土為霾，陰而風為曀。"

戰國作家宋玉寫過一篇意含諷喻的《風賦》，其中說到風的來由時說："夫風生於地，起於青蘋之末。"青蘋浮在水面之上，微風起處，蘋葉尖端抖動，因而**蘋**（píng）**末**成了微風的代稱。

時雨、**甘雨**、**膏雨**都是下得適時而有益於農事的雨。**苦雨**、**淫雨**是久下成災的雨。

《說文》説："霖，雨三日以往。"又説："澍，時雨，澍生萬物。"**霖**是連下三天以上的雨，**澍**（shù）是下得適時的雨，**甘霖**、**嘉澍**義同**時雨**。

霽指雨止，引伸為霜雪消，雲霧散，天氣放晴。成語有**光風霽月**，形容雨過天晴時風清月明的景象，也比喻人物的品格高尚，胸襟開闊，如黃庭堅《濂溪詩序》："舂陵周茂叔，人品甚高，胸中磊落如光風霽月。"又比喻政治清明，如《宣和遺事》元集："上下三千餘年，興亡百千萬事，大概光風霽月之時少，陰雨晦冥之時多。"另外**霽**還有消釋的引伸義，如**色霽**、**霽顏**都表明怒氣消釋，臉色由嚴厲轉為和悅。

旱和**澇**是一對反義詞。**旱**是久晴不雨或者雨水太少，因而影響農作物的正常生長，甚至使作物枯死。**澇**是因雨水太多太急致使農作物被淹沒，也寫作**潦**。

銀竹比喻大雨，李白《宿蝦湖》有"白雨映寒山，森森似銀竹"的詩句。

傾盆形容雨水急劇，蘇軾《介亭餞楊傑次公》有"前朝欲上已蠟屐，黑雲白雨如傾盆"的詩句。

　　商羊是古代傳説中的一足鳥，大雨前常"舒翅而跳"，見於《説苑·辨物》和《論衡·變動》，後因以**商羊起舞**作為天將大雨的徵兆。

　　有關風雨的聯綿詞和疊音詞很多，習見常用的，如**颼颼**（sōu sōu）、**蕭蕭**、**淅淅**、**颯颯**（sà sà）、**獵獵**是形容風聲的，**拂拂**、**習習**是形容微風吹動的，**淅瀝**、**淋鈴**是形容雨聲的，**瀟瀟**是形容小雨的，**霏霏**是形容密雨的，**滂沛**、**滂沱**是形容大雨的，**涔涔**（cén cén）是形容雨水流下的。

地理區劃

中國　中華　華夏

中國　京師　四方　中華
華夏　諸夏　中華民族

中國作為一個專有名詞，用來指稱在中國主權下的全部領土，是辛亥革命以後才有的事。在古代文獻中，也常見中國一詞，但只當普通名詞用，含義並不固定，往往隨着時間空間條件的變化而變化着。

　　首先，古代有用**中國**指稱京城、都城的。這可舉西周為例。西周實行分封制：周天子將封地連同居民分賞王室子弟和功臣，建立起眾多的諸侯國，由各國國君世代掌握統治大權，而京城及其附近地區則由周天子直接控制。《詩經·大雅·民勞》有"惠此中國，以綏四方"的句子，又有"惠此京師，以綏四國"的句子，顯然這裏的**中國**與**京師**同義，指的是西周天子直接控制的京城，而**四方**、**四國**則指分佈在四周的各諸侯國。

　　其次，**中國**常用來指稱中原地區，這是因為古代漢族建國於黃河中下游一帶，以為居天下之中，故稱中原地區為**中國**，而將周圍地區稱為**四方**。下面舉幾個例子：

　　【一】《孟子·滕文公上》："陳良，楚產也，悅周公仲尼之道，北學於中國，北方之學者未聞或之先也。"

　　【二】《韓非子·孤憤》："夫越雖國富兵強，中國之主皆知無益於己也，曰：非吾所得制也。"

　　【三】《鹽鐵論·申韓》："大河之始決於瓠子也，涓涓爾，及其卒，泛濫為中國害。"

　　【四】《世說新語·言語》："江左地促，不如中國。"

　　【五】宋惠洪《冷齋夜話·嶺外梅花》："嶺外梅花與中國異，其花幾類桃花之色，而脣紅香著。"

　　復次，**中國**又用來指稱漢族居住的地區，這是因為中國自古就是一個多民族的國家，在漢族的周圍居住着許多兄弟民族，於是人們便把漢族居住的地區稱為**中國**，以與兄弟民族居住地區相對。下面也舉幾個例子：

　　【六】《禮記·中庸》："是以聲名洋溢乎中國，施及蠻貊。"

【七】《孟子·梁惠王上》："然則王之所大欲可知已，欲闢土地，朝秦楚，莅中國而撫四夷也。"

【八】《史記·孝武本紀》："天下名山八，而三在蠻夷，五在中國。"

總之，在中國古代歷史上，從來沒有一個王朝曾用**中國**作為它的正式國名，例如漢朝的正式國號是漢，唐朝的正式國號是唐，其後宋、遼、金、元、明、清各代也都用各自的朝代名作為國號；至於正式用**中國**作為國名的簡稱，那是從辛亥革命以後建立了中華民國開始的，一直延續到今天的中華人民共和國。

與**中國**一詞密切相關的，還有**中華**、**華夏**、**諸夏**等詞。**中**的意思是居四方之中；**華**，《說文》解釋為"榮"；**夏**，《說文》解釋為"中國之人"。古代漢族自稱**華夏**或**諸夏**，建國於黃河中下游一帶，由於認識條件的限制，他們認為自己所居住的中原地區位於天下的中央，並認為這是經濟富庶、文化發達的地方，所以又稱為**中華**。華夏族的基礎，相傳奠定於中國原始社會的後期，也就是約公元前 30 世紀黃帝被擁戴為部落領袖之時。從公元前 21 世紀到公元前 770 年，經過夏、商、西周三個王朝，華夏族和中國其他各部落長期相處，逐漸走向統一和融合，到公元前 221 年秦始皇統一中國，終於形成了一個以華夏族為主體的、統一的、多民族的中央集權制國家。漢代以後，華夏族漸稱**漢族**；漢族以及這個統一的多民族國家內的所有少數民族，則總稱為**中華**民族。

九州　赤縣　神州

天下　六合　宇內　瀛寰
禹跡　九州　五服　赤縣神州

天下一詞的含義，古今範圍有別。古人以地與天相對，地在天之下，故稱大地為**天下**。古人又認為中國位居大地的中心，中國四周的小邦都是中國的藩屬，因而在古籍中，**天下**多指中國範圍內的全部土地，也就是全中國。到了現代，天下除沿襲古例仍然指稱全中國以外，在更多的場合則往往用作世界的同義詞，範圍包括地球上所有的地方。

六合本指天地四方，因泛指天下，如李白讚美秦始皇統一全中國，有"秦皇掃六合，虎視何雄哉"的詩句（《古風》）。

古人以為中國大地四周有海環繞，故稱國境以內為**海內**，稱國境以外之地為**海外**；**四海**與**天下**義同。

五湖四海，本意是泛指全中國各地，並非實指某個水域，有人把它坐實，以東海、西海、南海、北海為**四海**，以鄱陽、青草、太湖、丹陽、洞庭為**五湖**，但亦因時而異，說法很多。

宇的本義是屋簷，引伸為國境或者疆界。**宇內**意為四境之內，也就是國內。**海宇**同此。

寰的本義指廣大的境域，**寰中**、**寰宇**、**寰區**、**寰海**都與**宇內**的意思相同。

還有**瀛寰**或者**寰瀛**，常用作世界的代稱，**瀛**是大海，**寰**是大陸。

大禹治水的傳說是廣為人知的。古史相傳在堯舜時代，大地經常為洪水所淹沒，堯派鯀去治理洪水，他用築堤堵截的方法，九年未能治平；舜改派禹（鯀的兒子）繼續治水，他領導群眾疏通江河，導流入海，並且興修溝渠，發展農業生產，歷時十三年，三過家門不入。禹以治水有功，成為舜的繼承人，被稱為大禹，死後由他的兒子啟建立了中國歷史上第一個王朝，也就是夏朝。《左傳·襄公四年》有云："茫茫禹跡，畫為九州。"據說大禹在擔任部落聯盟領袖時，曾將他治水足跡所到的地方，實際上也就是他所統治的地區，劃分為**九州**，後人常把中國的疆域稱為**禹跡**、**禹域**、**禹甸**，就是由此而來的。

長期以來，人們慣於用**九州**泛指整個中國，但具體州名迄無定說。拿先秦典籍來說，《尚書·禹貢》所列**九州**為**冀州**、**兗州**、**青州**、**徐州**、**揚州**、**荊州**、**豫州**、**梁州**、**雍州**，《周禮·職方》有**幽州**、**并州**而無**徐州**、**梁州**，《爾雅·釋地》有**幽州**、**營州**而無**青州**、**梁州**。實際上這些書上所說的**九州**，都只不過是當時學者各就其所知提出的劃分地理區域的設想，並不是甚麼行政區劃[1]。在古代文獻中，除**九州**外，還出現過**九有**、**九區**、**九圍**、**九原**、**九域**、**九壤**、**九野**、九隅等多種名目，足見這裏的**九**不一定是實指，而只是表示多數的意思。

與**九州**相對應的是**五服**，即以王都為中心，向四周擴展，視距離之遠近分為五等：王都五百里內為**甸服**，甸服外四方五百里為**侯服**，侯服外五百里為**綏服**，綏服外五百里為**要服**，要服外五百里為**荒服**。也有分為九等的，是為**九服**或**九畿**，它們的名稱依次是**侯服、甸服、男服、采服、衛服、蠻服、夷服、鎮服、藩服**。當然不論是**五服**還是**九服**，都只是古人臆想中的劃分，從來沒有實行過，也根本不可能實行。

還有古代中國又別稱**赤縣神州**，它來源於戰國時陰陽家鄒衍提出的大九州地理學說，説"中國名曰赤縣神州"，是天下八十一州中的一州。後人把它割裂開來，也稱中國為**神州**或者**赤縣**。

注：

[1] 九州是先秦傳説中的地理劃分，並非行政區域。漢武帝時，為了加強中央對地方的控制，將全國劃分成作為監察區的十三刺史部，其中十一部採用了《尚書·禹貢》和《周禮·職方》傳説中的州名，即冀州、兗州、青州、徐州、揚州、荊州、豫州、梁州、雍州、幽州、并州，並改梁州為益州，雍州為涼州；至東漢末年這些州才正式成為政區名，並為後代所沿用。

古今地名——舊稱、別稱

燕京　津門　汴梁　長安
金陵　姑蘇　臨安　羊城

中國是一個歷史悠久的古國，許多地方除了本名今名以外，還流傳下來各種古稱別稱。常有這樣的情況：人們在寫詩作文中涉及某個地方時，往往不直呼其本名今名，而是轉彎抹角地用一些古稱別稱來代替，其目的無非是要顯示作品的文辭典雅，炫耀作者的知識廣博，而因此受累的則是廣大不知底細的讀者。這裏特介紹一些省市習見常用的古稱別稱，以供讀者參考。

中國的首都北京，是春秋戰國時燕國國都薊城所在，也是漢代以後幽州州治所在，**燕**（yān）**京**、**薊門**、**幽都**都是北京的古稱。又秦始皇滅燕後曾在其地置廣陽郡，因而**廣陽**也指北京。清代地理學家劉獻廷自號廣陽子，著有《廣陽雜記》，都由此得名。

津沽、**津門**都指天津。因天津本名直沽，明朝永樂年間築天津城後，即別稱**津沽**。又以明成祖遷都北京後，其地正當畿輔門戶，故別稱**津門**。

現今一般把河北省簡稱為**冀**，因漢代為冀州屬地。**燕**（yān）是河北省的古稱，因春秋戰國時為燕國屬地。

承德因地處灤河之北，故稱**灤陽**。清代學者紀昀所著《閱微草堂筆記》有《灤陽消夏錄》。

把山東省簡稱為**魯**，是因為泰山以南的汶水、泗水、沂水、洙水流域，在春秋時為魯國屬地。

把濟南稱為**泉城**，是因為這裏"泉甲天下"。

把曲阜稱為**闕里**，是因為孔子曾在城內闕里聚眾講學，而歷代在此疊加增修的孔廟幾佔全城面積之半。

晉是山西省的簡稱，因春秋時晉在此建國。又春秋末年晉國為韓趙魏三家所瓜分，成為戰國時的韓趙魏三國，歷史上稱作三晉，後來也有稱山西省為**三晉**的。

并（bīng）**州**指太原，因太原為漢代以後并州州治所在。

山東省別稱**山左**，因其地在太行山之左；山西省別稱**山右**，因其地在太行山之右。

豫是河南省的簡稱，因漢代為豫州屬地。

洛陽和開封都是中國有名的古都。洛陽稱**京洛**。開封稱**汴京**，汴是古代水道名，唐代曾在此置汴州。又開封在戰國時為魏都大梁，故又稱**梁**，或與汴合稱**汴梁**。

陝西省簡稱為**秦**，因戰國時地屬秦國。

西安是中國古都之一，古稱**長安**。

甘肅省簡稱為**隴**，因秦漢時為隴西郡地。

蘭州別稱**皋蘭**，皋蘭山為市區遊覽勝地。

上海簡稱為**滬**，因境內吳淞江（蘇州河）下游近海一段古稱滬瀆。又一簡稱為**申**，因境內黃浦江舊稱春申江或簡作申江。附帶說一下，春申君是戰國時代楚國貴族黃歇的封號，舊說黃浦江是他所開鑿，實屬誤傳。

華亭、雲間都是松江的別稱，前者得名是因三國吳封大將陸遜為華亭侯於此地；後者得名是因西晉文學家陸雲（字士龍）家在華亭，對客自稱雲間陸士龍。

南京是中國古都之一，戰國時楚威王曾在此設金陵邑，秦時改為秣陵縣，三國時孫權遷都於此，改名建業，晉時改為建鄴，後因避皇帝諱，改為建康。**金陵、秣陵、建業、建康**本是南京的古稱，後來都成了南京的別稱。南京又簡稱為**寧**，因為這裏曾是清代江寧府的治所。南京還有兩個特殊的異稱：一個叫**白門**，本指南朝都城建康的西門（西方金，金氣白）；一個叫**白下**，本指東晉南朝時建康附近濱江要地。

揚州古稱**廣陵**，秦代曾在此設縣；又稱**江都**，隋代曾在此設郡，煬帝時定為行都。又《尚書·禹貢》有"淮海惟揚州"之句，惟一作維，後因摘取**維揚**二字作為揚州的別稱。

鎮江在東晉南朝時稱為**京口**，因其地憑山臨江，為長江下游軍事重鎮。

常州在春秋時為吳國貴族季札的封地延陵邑，漢時置毗陵縣，晉時改名晉陵：**延陵、毗陵、晉陵**都指常州。清代散文流派之一的陽湖派，**陽湖**指的也是常州，清初曾在此置陽湖縣，縣東有陽湖。

宜興古稱**陽羨**，秦代曾在此設縣。

無錫別稱**梁溪**，因城西梁溪得名。宋人筆記《梁溪漫誌》作者費袞即為無錫人氏。

蘇州在春秋時是吳國的都城，**吳門、中吳、吳中**等別稱都由此而來。另外，蘇州西南有姑蘇山，蘇州城西閶門外舊有金閶亭，**姑蘇、金閶**也都成了蘇州的別稱。

江陰別稱**澄江**，因為長江東流至此，江面驟寬，流緩沙停，渾水變得清澈了。

常熟別稱**琴川**，因為古時這裏有七條橫港東注運河，形似琴弦。

太倉別稱**婁江**，因境內婁江得名；又稱**弇**（yān）**山**，因明代文學家王世貞在其家鄉修建名園弇山得名。

杭州也是中國古都之一，秦代曾置錢唐縣，唐代改為錢塘，南宋時遷都於此，並為臨安府治所在；後來**錢塘、臨安**便都由古稱變成了杭州的別稱。又杭州西湖西部靈隱、天竺諸山，古時統稱武林山，故杭州也別稱**武林**。

紹興在春秋時為越國都城，秦置山陰縣，隋時改為會稽，**山陰、會**（kuài）**稽**都指紹興。又紹興境內有鑒湖，**鑒湖**也成了紹興的代稱，如清末革命黨人秋瑾自號"鑒湖女俠"就是。

寧波境內有甬江，故簡稱為**甬**；又有四明山，故別稱為**四明**。

皖是安徽省的簡稱。因省境西部有皖山（即天柱山，又稱潛山），通稱山南為**皖南**，山北為**皖北**。

廬州指合肥，因隋代置廬州，合肥為州治所在。

湖北省簡稱為**鄂**，因舊時省會武昌為隋代以後鄂州州治所在。

漢口在漢水入長江的北岸，故稱**漢皋**（皋是水邊之地）。又稱**夏口**，因漢水下游古稱夏水。

武昌古稱**江夏**，隋代曾在此設縣。

渚宮是春秋時楚成王所建別宮，其故址在今江陵城內，後因以**渚宮**作為江陵的代稱。

湖南省簡稱為**湘**，因湘江縱貫省境。

三湘之名說法不一。一說湘江發源於灕水（桂江上游）合流後稱灕湘，中游與瀟水合流後稱瀟湘，下游與蒸水合流後稱蒸湘，總名**三湘**。一說湘鄉為下湘，湘潭為中湘，湘陰為上湘，合稱**三湘**。古代詩文中的**三湘**，多指洞庭湖沿岸和湘江流域，近代則以**三湘**作為湘東、湘西、湘南三地區的總稱，泛指湖南全省。

臨湘、潭州都指長沙，因秦代設臨湘縣，隋代置潭州，長沙是其治所。

江西省簡稱為**贛**，因贛江縱貫省境。

"豫章故郡，洪都新府"，是初唐作家王勃所作《滕王閣序》

的首句。南昌在漢代是豫章郡（轄境相當今江西省境）的治所，在隋唐時是洪都府的治所，後世因以**豫章**作為江西省的別稱，以**洪都**作為南昌的別稱。

潯陽為古江名，即長江流經九江市北的一段，唐時設潯陽郡，後因以**潯陽**作為九江的別稱。

閩是福建省的簡稱，因閩江為省境最大河流，秦代又在此設閩中郡。又宋時將閩地分為八個府、州、軍，元代分為八路，因而福建別稱**八閩**。

福州別稱**榕城**或**榕海**，是因為北宋時曾在城內遍植榕樹。又舊時福州城內東有九仙山，西有閩山（烏石山），北有越王山，故福州又稱**三山**。

泉州別稱**刺桐**或者**桐城**，是因為五代時曾在城周環植刺桐樹；宋元時代由海路東來的外國商人常以此名載入他們的旅行記中。泉州又有**溫陵**之稱，因為這裏氣候溫和，少有寒冷。

廈門別稱**鷺島**、**鷺江**、**鷺門**，是因為廈門島形似白鷺，一說古時此地為白鷺棲息之所。

粵是廣東省的簡稱，因其地為古百粵（百越）。

廣州別稱**五羊城**、**羊城**或**穗城**，其來源有兩種不同的說法。一是傳說古代有五仙人乘五色羊執六穗到此，其後州廳樑上繪有五仙人和五羊像。二是說戰國時此地屬楚，南海人高固任楚相，有五羊銜穀穗到庭，以為祥瑞，因用作地名。兩說之中，以前者流傳為廣。

桂是廣西壯族自治區的簡稱，因秦代曾在此置桂林郡。

南寧別稱**邕城**，因其地瀕臨邕江（西江支流），又為唐代邕州州治所在。

渝是重慶的簡稱，因隋唐時曾置渝州於此。又重慶全年霧日在一百天以上，故別稱**霧都**。

蜀是四川省的簡稱，因此地古為蜀國，秦置蜀郡，三國時又為蜀漢地。

錦官城和**芙蓉城**都是成都的別稱：前者的得名是因為成都盛產蜀錦，蜀漢時有管理織錦事務的官員駐在城南；後者的得名是因為五代時後蜀孟昶下令在城上遍種芙蓉。錦官城又簡稱**錦城**或**錦里**，芙蓉城又簡稱**蓉城**。

雲南省簡稱為**滇**，因省境東北部在戰國至漢武帝以前為滇國地。

昆明因終年氣候溫和，夏無酷暑，冬無嚴寒，人稱**春城**。

貴州省簡稱為**黔**，因省境東北部在戰國和秦代屬黔中郡，在唐代屬黔中道。

貴陽簡稱為**筑**，因明代先後為貴筑司、貴筑鄉，清代為貴筑縣。

拉薩是西藏自治區的首府，光照充足，全年無霧，有**日光城**之稱。

古今地名——泛稱、特稱

中原　關中　關東　河東
江東　江南　嶺南　關外　西域

在古代文獻中，時常可以看到這樣一些地名，它們有的是某幾個地區的泛稱，有的是某一個地區的特稱，有的依山河分界，有的因關隘得名。這種地理上的名稱，不像政區名稱那樣有確定的範圍，卻比政區名稱應用得更普遍更長久，如果不知道它們的來歷，往往會造成誤會。這裏舉一些重要的例子來說明。

中原——也稱**中州**或**中土**。中國古代曾有劃分為九州的傳說，豫州居九州之中，今河南省一帶為漢代豫州屬地，故相沿稱河南省為**中原**。但**中原**作為地區名，範圍並不確定，有時又可指黃河中下游地區，甚至整個黃河流域。**中原**還可作為內地的同義詞，以與邊疆地區相區別。

關中和**關東**——秦朝定都咸陽，漢朝和唐朝定都長安，都在今陝西省中部渭河平原，因稱函谷關或潼關以西王畿附近地區為**關中**，以東地區為**關東**。**秦中**含義與**關中**略同，因戰國時地屬秦國而得名。

山東——戰國秦漢時代，通稱崤山或華山以東為**山東**，含義與**關東**略同，一般專指黃河中下游地區，有時也泛指戰國時秦國以外的六國領土。

河東、河內、河南和河西——黃河中下游，先是由北向南穿行在山西、陝西兩省之間的黃土高原峽谷中，到風陵渡後向東轉彎，經孟津流入遼闊平坦的華北平原，直到入海口。春秋戰國時代，通稱今山西省西南地區為**河東**，因其位置在黃河東岸；稱黃河北岸地區為**河內**，黃河南岸地區為**河南**或**河外**。**河西**也稱**河右**，本指今陝西省東部黃河西岸地區，漢唐疆土西拓，改指今甘肅、青海兩省黃河以西地區，即河西走廊和湟水流域。

江東和江西——長江在蕪湖、南京間大體上是由南向北流的，秦漢以後是長江兩岸主要往來渡口的所在，因稱自此以下的長江南岸地區為**江東**，又稱**江左**；稱長江北岸淮水以南地區為**江西**，又稱**江右**。

江南和江北——古時泛指長江以南和以北的廣大地區；近代則以**江南**專指今蘇南和浙江北部，以**江北**專指今蘇北。古時還有把長江以南稱為**江表**的，**表**是外的意思，因為在中原人看來，其地在長江之外。

淮東和淮西——隋唐以前，從長江下游通向中原，一般都在今安徽壽縣附近渡淮，這一段淮水的流向是自南向北，因稱今安徽淮河南岸一帶為**淮東**，又稱**淮左**，稱今皖北豫東淮河北岸一帶為**淮西**，又稱**淮右**。

嶺南——嶺南指五嶺以南地區，即今廣東、廣西一帶。又稱**嶺表**、**嶺外**，因為在中原人看來，其地在五嶺之外。又稱**嶺海**，因為其地南臨南海。

口北——也稱**口外**，泛指長城以北地區，因長城關隘多稱口，如古北口、喜峯口、殺虎口。**北口**指今河北省長城諸口，**西口**指今山西省長城諸口。

關外和關內——舊時稱今遼寧、吉林、黑龍江三省為**關外**，因位在山海關以外得名；與此相對，稱今河北省山海關以西地區為**關內**。又舊時也有稱今甘肅西部和新疆為**關外**的，因位在嘉峪關以外得名；與此相對，稱今甘肅嘉峪關以東地區為**關內**。

漠南和**漠北**——古代泛稱蒙古高原大沙漠以南地區為**漠南**，以北地區為**漠北**。清代以**漠南**指內蒙古，以**漠北**指外蒙古。

西域——古代對玉門關、陽關以西地區的總稱，狹義專指葱嶺以東而言，廣義包括中亞、西亞、印度、南歐、北非在內。

東洋和**西洋**——元明稱今南海東部及其附近諸島為**東洋**，稱南海以西的海洋及沿海各地為**西洋**，遠至明初鄭和船隊所曾到達的印度半島和非洲東岸。清初以後，又稱日本為**東洋**，稱歐美各國為**西洋**。

北洋和**南洋**——清末至民國時稱今山東、河北、遼寧等省沿海地區為**北洋**，稱今江蘇、浙江、福建、廣東等省沿海地區為**南洋**。

地名中的"陰"和"陽"

華陰　衡陽　江陰　淮陰
洛陽　濟陽　咸陽

陰、**陽**兩字的本義與日照有關：日光照到的地方為**陽**，日光照不到的地方為**陰**，或者説向日為**陽**，背日為**陰**。

中國地處地球的北半部，山脈的走向多數是從西到東的，當太陽照射時，由於山體高於地面，南坡受光，北坡背光，因而在地理上有"山南為陽，山北為陰"的説法。《史記‧貨殖列傳》有"泰山之陽則魯，其陰則齊"的話，就是一個明顯的例子。

河流的情況正好相反。雖然中國多數河流的走向也都是從西到東的，但是由於河身低於地面，當太陽照射時，北岸受光，南岸背光，因而又有"水北為陽，水南為陰"的説法。這種情況，生活在河面寬闊的平原地區的人們，是不大容易察覺到的。如果你去中華民族的發祥地黃土高原漫遊，就會發現那裏地形破碎，溝壑縱橫，溝壑的底部往往有一股潺潺東去的流水。每當太陽從頭頂偏南方向照射下來時，流水北岸一片光明，因此古人説"水北為陽";南岸則由於高深的溝壑遮掩,陽光照射不到,因此古人說"水南為陰"。

中國是一個廣土眾民的古國,全國有兩千多個縣市,它們的名稱絕大多數由兩個字組合而成,其第二字用**陰**或**陽**的,有些與附近山水的相對位置有關。大致有下面幾點情況可說。

【一】相對來説,由山得名的遠比由水得名的為少。舉其著者,如**華陰**是在西嶽華山之北,**衡陽**是在南嶽衡山之南。至於**岳陽**在幕阜山之南,**蒙陰**在蒙山之北,知道的人就不太多了。

【二】由水得名的,**陽**比**陰**多得多。用**陰**的如**江陰、淮陰、漢陰、湯陰**,屈指可數。用**陽**的如**洛陽、濟陽、汾陽、瀋陽、富陽、資陽**,各省都有,加在一起不少於五十個。

【三】**咸陽**的得名有點特殊:咸者都也,其地既在山之南,又在水之北,山南水北都為陽,故名**咸陽**。

【四】漢水於明朝成化年間改道,原來位於漢水北岸的**漢陽**移到了漢水南岸,但**漢陽**的名稱未改。

【五】千萬不要誤以為帶**陽**字的地名都一定與某山或某水有牽連。許多以**陽**結尾的地名與山水毫無關係,僅僅是因為**陽**字是好字眼,就比**陰**字更多地使用在地名上。

"普天之下,莫非王土"

疆土　江山　版圖　金甌
疆界　京華　畿輔　日下　桑梓

一個國家行使主權的區域,現在稱為領土(包括領陸、領水、領海和領空)。領土是國家的物質基礎,國家對它享有完全的支配權和管轄權。

在中國古代,表達領土的意思,一般用**疆土、疆域**等詞。**疆**是邊界,**疆土、疆域**就是邊界以內的地方。

江山、山河常用作領土的代稱,如**江山多嬌、錦繡山河**,因為在諸種地形之中,高山和大河是最顯而易見的。

幅員的**幅**是地的寬度,**員**是周圍,合起來指領土面積。

廣袤也指領土面積，東西為**廣**，南北為**袤**。也説**廣輪**、**廣運**，**廣**是橫長，**輪**和**運**是縱長。

　　版圖的**版**指居民名冊，**圖**指地圖，兩者都是國家對領土行使主權的象徵，因而用作領土的代稱。

　　人們還用**金甌**來比喻領土，**金甌**是金屬的酒杯，**金甌無缺**説明領土完整而又堅固。

　　邊界、**疆界**是國與國之間的界線。**邊境**、**邊疆**、**邊陲**、**疆場**（yì）都是靠近邊界的地方。**邊關**是邊境上的關口。**邊塞**是邊境上的要塞。

　　京和**都**都指國都。**京**的本意是大。在先秦，**京師**連用才指國都（**師**的本意是眾），單用一個**京**字來指國都是後來的事。**都**本指大城市，漢以後才指國都。此外，**京華**也指國都，因為國都為人文薈萃之地。

　　畿和**輔**都指國都四周地區。**畿輔**也可連用，意思一樣。如果**京畿**連用，那是指國都及其附近地區。

　　古時皇帝所乘的車子叫**輦**（niǎn），車輪中心的圓木叫**轂**（gǔ），因稱國都為**輦下**、**轂下**、**輦轂下**，也稱**京輦**，表示其地在皇帝車駕之下。

　　古時以皇帝比太陽，因稱國都為**日下**。初唐王勃《滕王閣詩序》有"望長安於日下"之句。清人朱彝尊編有《日下舊聞》一書，專收有關國都北京的歷史資料。

　　帝鄉指皇帝住的地方，也用作國都的代稱。

　　在城市的意義上，**都**和**邑**是同義詞：**都**是大城市，**邑**是小城市；又古時以有宗廟者為**都**，無宗廟者為**邑**。在城鄉劃分上，**都**與**鄙**相對：**都**是城市，**鄙**是鄉村；引伸作形容詞用，**都**解釋為高雅大方，如《詩經‧鄭風‧有女同車》的"彼美孟姜，洵美且都"，**鄙**解釋為庸俗淺陋，如《左傳‧莊公十年》的"肉食者鄙，未能遠謀"。

　　古代有"五家為鄰，五鄰為里"、"二十五家為閭"、"五百家為黨，二千五百家為州，一萬二千五百家為鄉"的説法，因此有關家鄉的詞兒，大都由這些名稱組合而成，如**鄉土**、**鄉井**、**鄉**

里、鄉黨、里黨、州里、州閭、里閭、閭里、鄰里等。另外，故鄉、故里、故土、故園也指家鄉，故是原來、本來的意思。

《詩經・小雅・小弁》説：“維桑與梓，必恭敬止。”桑和梓是古代家宅旁邊常栽的樹木，這詩是説，見到桑樹和梓樹，容易引起對父母的思念，所以對它們要表示敬意。後來用桑梓或梓里作為家鄉的代稱，就是從這裏來的。

“五嶽歸來不看山”

巔 麓 坡 谷 五嶽
嶺 峯 巒 丘陵

中國是一個多山的國家，山區面積佔全國總面積的三分之二以上。

山是陸地表面上由土石構成的隆起部分。巔是山頂；麓是山腳；坡或山坡是山頂至山腳的傾斜面；谷或山谷是兩山之間的狹長地帶，多有溪澗流過。

山椒也是山頂。謝莊《月賦》有“菊散芳於山椒，雁流哀於江瀨”之句，《文選》李善注：“山椒，山頂也。”

高大的山稱為嶽或山嶽。舊時把山東泰山稱為東嶽，陝西華（huà）山稱為西嶽，河南嵩山稱為中嶽，湖南衡山稱為南嶽，山西恆山稱為北嶽，總稱五嶽。歷代統治者宣稱高大的五嶽是群神所居，有的帝王還親臨舉行祭典。在中國群山之中，五嶽並不算特別高大，它們之所以得到古代統治者的青睞，主要是由於它們處於平原地區的邊緣，交通比較方便，同時它們大都邊線平直，比較陡峻，從平地遠望，氣勢磅礴，自然令人生敬畏之心。現在名山五嶽以其風景優美，成了旅遊勝地，又以其保存着大量古建築物和碑刻，成了文物寶庫。

泰山別稱岱。又稱岱宗，意謂泰山為諸嶽所宗。泰山南麓有岱廟，為歷代帝王舉行祭典之處。

華山別稱太華，其西有少華山。

嵩山別稱嵩高。又稱嵩室、嵩少，因嵩山由太室山、少室山組成，太室在東，少室在西。據《漢書・武帝紀》載，漢武帝登嵩山，隨從官員聽到山間有三次高呼萬歲的聲音，後世因稱臣下祝頌帝王高呼萬歲的儀式為**嵩呼**或**山呼**。

衡山又稱**岣嶁山**，岣嶁為衡山七十二峯之一，古人以為衡山主峯。

恆山又稱**常山**，恆常兩字同義。

有些高大的山，呈條形脊狀延伸，稱為**嶺**或**山嶺**，如作為中國南北分界線的**秦嶺**，作為長江珠江分水線的**南嶺**。**嶺**又專指**五嶺**（越城嶺、都龐嶺、萌渚嶺、騎田嶺、大庾嶺的總稱，在湘贛和粵桂邊境），**嶺南、嶺外、嶺表**都指五嶺以南。

峯是山的突出的尖頂。蘇軾《題西林壁》有"橫看成嶺側成峯，遠近高低各不同"的詩句，寫廬山面貌的變化多姿：橫看是一條雄渾的巨嶺，側看時又成了一座峻峭的高峯，從這裏可以看出**峯**和**嶺**的不同。

巒是連綿的山，也指山脊。**岡**是比較低平的山脊。**岡巒**並列，泛指連綿起伏的群山。**嶂**是直立如屏障的山峯，成語有**層巒疊嶂**。

丘和**陵**都是土山，陵大而丘小。並列成**丘陵**，泛指起伏不平、連綿不斷的低矮土山。

形容山勢雄偉險峻的詞很多，大都是以山為意符的雙音聯綿字，如**崔巍**（cuī wēi）、**嵯峨**（cuó é）、**崢嶸**（zhēng róng）、**崚嶒**（léng céng）、**巉岩**（chán yán）、**嶔崎**（qīn qí）。魯迅在《人生識字糊塗始》一文中很有風趣地說到："假如有一位精細的讀者，請了我去，交給我一支鉛筆和一張紙，說道：'您老的文章裏，說過這山是崚嶒的，那山是巉岩的，那究竟是怎麼一副樣子呀？您不會畫畫也不要緊，就勾出一點輪廓來給我看吧。請，請，請⋯⋯'這時我就會腋下出汗，恨無地洞可鑽。因為我實在連自己也不知道崚嶒和巉岩究竟是甚麼樣子，這形容詞，是從舊書上抄來的，向來就並沒有弄明白，一經切實的考查，就糟了。"魯迅的意思是，寫白話文應該明白如話，從活人的嘴上採取有生命的詞彙，如果復活文言詞語，一是要有選擇，二是要切實弄明白它所含的意義。

"江""河"是通名又是專名

水陸　江河　幹流　支流　上游
中游　下游　湖泊

河流是大地的動脈。在古代，水是河流的通稱，許多河流都以水為名，如淮水、濟水；《水經》便是中國第一部記述河流情況的專書。後來水的字義擴大，泛指包括河流、湖泊、海洋在內的所有水域，與陸相對；水陸連稱，統指地球上的水域和陸地。

江和河，既是通名，又是專名。至少在漢代以前，江是長江的專稱，河是黃河的專稱，江河兩字連用，專指長江、黃河。後來長江、黃河的支流也稱江、河，不過黃河的支流只稱河，不稱江，如汾河，長江的支流只稱江，不稱河，如湘江。再後來，江、河成了河流的通稱，但因受原義的影響，還是北方河流稱河的多，南方河流稱江的多。

川也是水道。《説文》解釋説："川，貫穿通流水也。"成語有川流不息、百川歸海。

中國的河流多數是自西向東流入大海的。《爾雅·釋水》説："江淮河濟為四瀆，四瀆者，發原注海者也。"古人把江、河、淮、濟四條獨流入海的河流，總稱為四瀆。江是長江。河是黃河。淮河下游原有入海河道，自從黃河奪淮以後，河道淤塞，河水逐漸向南流入長江。濟水源出河南濟源縣王屋山，故道本過黃河而南，東流至山東，與黃河並行入海，後來下游為黃河所奪，至今只留下它的源頭可供後人探尋。這樣看來，古時淮河和濟水都是獨流入海的，所以得與長江、黃河並列，後來由於淮河和濟水河道改變，四瀆並列已無實在意義。又《水經注·河水》云："自河入濟，自濟入淮，自淮達江，水徑周通，故有四瀆之名。"這裏將四瀆解釋為四條水徑周通的河流，於理亦通。

長江是中國第一大河。長江是總稱，各個河段又有其特定的名稱。上游從青海玉樹到四川宜賓的一段稱金沙江，因古時出產金沙而得名。從四川宜賓到湖北宜昌的一段稱川江，因大部奔流在四川境內而得名；其中從四川奉節到湖北宜昌的一段，因穿過三峽（瞿塘峽、巫峽、西陵峽），又名**峽江**。從湖北枝城到湖南城陵磯的一段稱**荊江**，因流經古荊州地區而得名。流經江西九江附近的一段稱**潯陽江**，因唐代曾在九江置潯陽郡而得名，白居易《琵琶行》有“潯陽江頭夜送客”之句。流經安徽境內的一段稱**楚江**，因春秋戰國時安徽為楚國屬地而得名，李白《望天門山》詩有“天門中斷楚江開”之句。江蘇揚州以下稱**揚子江**，近代外國人則以**揚子江**作為長江的通稱。

比較大的河流，按其水量和從屬關係，可以分為**幹流**和**支流**。派就是支流，長江在湖北、江西一帶有許多支流，所以稱為**九派**。

河流的發源地叫**河源**，流注海洋、湖泊或另一河流的河段叫**河口**。河流通常分為**上游**、**中游**和**下游**：**上游**是在河源以下的一段，**下游**是在河口以上的一段，**中游**介於上游和下游之間。

湖和泊都是被陸地包圍着的大片積水，如長江沿岸的**鄱陽湖**和**洞庭湖**，江蘇南部的**太湖**，新疆塔里木盆地的**羅布泊**。也有別稱**海**、**池**、**淀**的，如**青海**、**滇池**、**白洋淀**。

池、**塘**、**沼**、**澤**都是地面聚水之處，可以並列組成**池塘**、**池沼**、**沼澤**等詞。**池**又指護城河，舊時都市四周有城牆和護城河，以資防守，因有**城池**之稱。成語**金城湯池**就是防守嚴密的城池，“金以喻堅，湯喻沸熱不可近”（顏師古《漢書注》）。**塘**又指堤岸，**河塘**就是河堤。

水流和水中陸地

洪水　枯水　汛期　州　洲
五洲　洲渚　洲沚

江河裏有水，水是流動的，遇到起風，水面上就會生出波浪來。

在中國，由於季節的變換，江河水位時漲時落，通常有**洪水期**和**枯水期**之分。每年夏秋季節，由於連降暴雨，江河水流量激增，水位陡漲，是為**洪水期**；這時的**洪水**，來勢猛，洪峯高，歷時長，為害也就大。春季大量融雪，也會引起水位上漲，也是**洪水**，但一般峯低量小，歷時短。冬季降雨稀少，甚至久旱無雨，因而造成江河水流量減少，水位下降，甚至出現乾涸現象，是為**枯水**。

江河漲水，大都有一定的時間，稱為**汛期**。分別言之，江河春季漲水叫**春汛**，又叫桃花汛，因其時正值桃花盛開；三伏前後漲水叫**伏汛**，立秋以後漲水叫**秋汛**。還有，在每年二三月間，江河上游冰雪先融，而下游河道尚未解凍，漂浮的流冰壅塞在河灣、淺灘或河道狹窄處，結成冰壩，阻斷水流，以致水位急速抬高，這種現象稱為**凌汛**。

在文言文中，形容水流的雙音詞很多，主要是疊音詞和連綿詞，如**決決**、**汪洋**是形容水面廣闊的，**渙渙**、**滔滔**、**浩渺**是形容水勢盛大的，**滾滾**、**湯湯**（shāng shāng）是形容大水奔流的，**涓涓**是形容細水慢流的。還有一些擬聲詞，如**汩汩**（gǔ gǔ）、**瀝瀝**、**淙淙**、**潺潺**（chán chán）、**濺濺**（jiān jiān）都是摹擬流水聲的。

波浪、**波瀾**、**波濤**、**浪濤**都是並列結構的合成詞，**瀾**和**濤**解釋為巨大的波浪。**狂瀾**和**怒濤**都是偏正結構的合成詞，常用以比喻來勢猛烈的社會潮流或政治運動。

有關波浪的形容詞，如**洶湧**是形容波浪奔騰上湧的，**澎湃**是形容波浪互相撞擊的，**瀲灩**（liàn yàn）是形容水波流動的。**漣漪**或者**漪漣**，是風吹水面所形成的波紋，多作名詞用。

州和**洲**是一對古今字。在甲骨文裏，**州**字像是水中的一塊陸地，是個象形字。《說文》裏只有**州**字，沒有**洲**字。《說文》解釋**州**字說："水中可居者曰州，水周繞其旁。昔堯遭洪水，民居水中高土，故曰九州。"段玉裁注："州本州渚字，引伸之乃為九州，俗乃別制洲字，而小大分係矣。"意思是說，**州**字從水中陸地這個本義逐漸引伸成了一級政區的通稱 [1]，以至於喪失了表達它的本義的功能，於是人們另造了一個**洲**字，就是給州字加上水旁，成為一個形聲字，用以表示水中陸地的意思。這樣一來，**州**和**洲**就成了一對古今字，兩者的字音相同，但是字形和字義有別。

這裏要說明的是，用**洲**作為地名來表達水中陸地的地理概念，其範圍可大可小，而且大小懸殊。範圍大的可舉**五洲**為代表。中國自明清以來，習慣於把世界大陸稱為**洲**，因而有**五洲**的說法，如亞歐大陸就稱為亞洲和歐洲[2]。這個道理很明顯：地球表面總面積，海洋佔七成多，陸地不足三成，大陸雖大，但它總是被更大的大洋包圍着的。範圍小的洲，如湖北武漢的**鸚鵡洲**，湖南長沙的**橘子洲（水陸洲）**，江西南昌的**百花洲**，都只是江湖中的一小塊坡度不大的平地，在普通地圖上連它們的名字也找不到。

表達水中陸地的地理概念，除洲字外，還有**渚、沚**兩字。《爾雅・釋水》説：“水中可居者曰洲，小洲曰渚，小渚曰沚。”《詩經・國風》有“江有渚”“宛在水中沚”之句。**洲、渚、沚**三字既是同義字，又是同源字，還可以並列成**洲渚、洲沚**等詞。

陸地濱臨江河的邊緣稱為**岸**；在決定江河的左右岸時，以面向下游作準，在左邊的為**左岸**，在右邊的為**右岸**。又，以水為形符的**濱、涯、浦、滸、涘、湄**等形聲字，都作水邊解釋。《詩經・魏風・伐檀》還有“置之河之干兮”之句，**干**也指水邊。

【 地理區劃 】

注：

[1] 早在春秋戰國時代，在中國中原地區，就有劃分為九州和十二州的傳説。東漢末年地方政區開始實行州郡縣三級制，州正式成為郡以上的一級政區，歷經魏晉南北朝未有改變。隋朝廢郡存州，又改州為郡。唐朝州屬於道，宋朝州屬於路，元朝州屬於路或府。明清有散州與直隸州之分，散州屬於府，直隸州屬於省。現今在全國範圍內已不設州了（民族自治州除外），但有一些市一級的行政區劃單位，仍然保留着州的名稱，其中省會就有五個，這就是甘肅的蘭州，河南的鄭州，浙江的杭州，福建的福州，廣東的廣州。

[2] 五洲的名稱，在明末來華傳教士利瑪竇（意大利人）繪製的《坤輿萬國全圖》中，在明末來華傳教士艾儒略（意大利人）著的《職方外紀》和清初來華傳教士南懷仁（比利時人）著的《坤輿圖説》中，有如下相同記載：一是亞細亞洲；二是歐羅巴洲；三是利未亞洲，今稱阿非利加洲；四是亞墨利加洲，今稱亞美利加洲，又可分為南北二洲；五是墨瓦臘尼加洲。《職方外紀》《坤輿圖説》兩書都説，墨瓦臘尼加是因墨瓦蘭而得名。墨瓦蘭今譯麥哲倫，他是十六世紀歐洲大航海家，曾帶領船隊從西班牙出發，越過大西洋，沿巴西海岸南下，經南美洲大陸和火地島之間的海峽（後來叫麥哲倫海峽），進入太平洋，西行直至菲律賓。自從麥哲倫船隊完成了這第

一次環繞地球的航行以後，歐洲地理學界就確認地球的南半部有一塊未知的大陸，並給它取名為墨瓦臘尼加洲，只是那裏的"疆域道里尚莫得詳焉"。近代所稱五洲，指亞洲、歐洲、非洲、美洲、澳洲；現今地理學界將全球大陸分為亞洲、歐洲、非洲、北美洲、南美洲、大洋洲、南極洲，共七大洲，但習慣上仍以五洲作為全世界的代稱。

形體

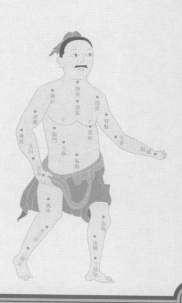

身體　皮膚　肌肉

身　體　軀　皮　膚
肉　骨　骼　骸

在現代漢語裏，身和體是組成雙音詞身體的詞素，皮和膚是組成雙音詞皮膚的詞素，肌和肉是組成雙音詞肌肉的詞素，骨和骼是組成雙音詞骨骼的詞素，而在古代，**身、體、皮、膚、肌、肉、骨、骼**卻都是獨立存在、獨立使用的單音詞。

　　身本來是指人或動物的生理組織的全部，但有時也指除去頭部（或除去頭部和四肢）所餘下的部分。清代學者王引之在《經義述聞》中說得很明白："人自頂以下，踵以上，總謂之身；頸以下，股以上，亦謂之身。"後者如把人被砍頭說成**身首異處**，就是一個例子。**體**也是這樣，既可指全身，也可指人體的某一部分，如頭、手、足、肩、背、股等；有時還可冠以數字，如《論語·微子》所云"四體不勤，五穀不分"，**四體**指人的兩手兩足；"**五體投地**"為佛教最隆重的禮節，**五體**指人的兩膝兩肘和頭。

　　軀是**身**的同義詞，當說**七尺之軀**時，**軀**指的是全身；而當說**軀幹**時，軀指的卻又限於胸腹背腰部分了。

　　皮和**膚**，在古代分別很清楚：禽獸的皮叫**皮**，人的皮叫**膚**，兩者不相混用。**肌**和**肉**也是這樣。《說文》肉字段玉裁注："人曰肌，鳥獸曰肉。"朱駿聲注："在物曰肉，在人曰肌。"肌是人的肉，肉是禽獸的肉（特指供食用的肉），兩者也不相混用。《左傳·襄公二十一年》記晉國大夫州綽出奔齊國後對齊莊公說："然二子（指齊國大夫殖綽、郭最兩人，均曾在齊晉兩國交戰中為州綽擒獲）者，譬如禽獸，臣食其肉而寢其皮矣。"這裏用了"譬如禽獸"的話，說明是把所仇恨的人當禽獸看待，所以才把**皮**、**肉**兩字移用到人的身上。在後來的文獻中，用**皮**指稱人皮，用**肉**指稱人肉的例子逐漸多了起來，但用**膚**指稱禽獸的皮，用**肌**指稱禽獸的肉的卻始終少見。還有，在古代，革也指禽獸的皮，它與**皮**的分別是：帶毛的叫**皮**，去了毛的叫**革**。合稱**皮革**。

　　關於**骨**和**骼**的分別，《說文》有"禽獸之骨曰骼"的說法，但在古代文獻中骼字少見，見得較多的是骸字。**骸**是人骨，借指人的身體，如**形骸**即人體，**四肢百骸**等於説全身。**骸骨**並列也指人的身體，古代官員因年老自請退休，稱為**乞骸骨**，**乞骸骨**義同乞身。

頭腦和臉面

頭　首　顱　顛　頸　項　額
顙　頤　頷　臉　面　顏　色

頭和首是同義字，同指人體的最上部。在《周易》《尚書》《詩經》這幾部儒家典籍裏，只有首字，沒有頭字；頭字是在戰國時代才出現的，從此在口語裏逐漸代替了首字。頭和首又都有起始和第一的引伸義，如**頭尾**、**首尾**、**頭等**、**首次**等。

元也是人頭。《孟子·滕文公下》有"勇士不忘喪其元"的話，意思是説勇士見義而為，不怕丟掉自己的腦袋。古代稱君主為**元首**，稱主將為**元帥**，稱首功為**元勳**，稱首惡為**元兇**，都取頭的引伸義。古代科舉考試，鄉試第一名稱**解**（jiè）**元**，殿試第一名稱**狀元**，也取頭的引伸義，故又稱**解**（jiè）**首**、**狀頭**。

顱是頭骨，顱腔內有**腦**（腦髓），**顱**和**腦**都借指人頭。**頭顱**、**頭腦**也指人頭。

頂和**顛**都指頭頂。**滅頂**是説水漫過頭頂，表示致命的災禍。**華顛**是説頭頂黑髮白髮相間，表示年老。

脖子本來叫**領**，**引領而望**是説伸長脖子遠望。後來叫**頸項**，分開來説，前為**頸**，後為**項**。**刎頸**是説用刀割前頸自殺。**強項**是説挺直後項，不肯低頭屈服。項連着背，**項背相望**是説後面的人望着前面的人的項背，表示前後相顧，也用來形容行進的人連續不斷。

額是眉上髮下的部分。**額手**就是把手舉在額邊，表示慶倖。**顙**也是額。古人把居喪時答謝來賓所行的跪拜禮稱為**稽顙**（qǐ sǎng），就是屈膝下拜，以額觸地，表示極度悲痛。

頤、**頷**兩字都指下巴。**頤指**或者**頤令**，是用下巴的動向來指揮或命令別人，常用以形容身居高位掌握大權的人的傲慢態度。**頷**又作點頭講，有時也説**頷首**。

頭的前面，從額到下巴，稱為**臉**或者**面**。《説文》只有**面**字而無臉字。大約在魏晉以後，才有臉字出現，不過當時的臉只指面部的兩頰，也就是婦女面上搽胭脂的部分，所以從南朝到唐宋時代的詩詞中，常見紅臉、胭脂臉等字眼，而且有雙臉、兩臉的説法。後來臉的字義擴大了，從頰擴大到面，於是成了面的同義字，並且在口語中逐漸代替了面。

頰是臉的兩側。批頰就是俗話説的打耳光。兩頰的下半部為腮，俗稱腮幫子。

附帶説一説顏、色兩字。

顏字本指額，引伸指臉部，更多指表現在臉上的神情氣色，大致相當於今人口語中説的臉色或容貌。用顏字構成的詞，如玉顏指年輕婦女美麗的容貌，慈顏指母親慈祥的容貌，酡顏是飲酒臉紅，汗顏是因羞愧而臉上出汗，開顏意為臉上露出笑容，破顏意為改愁容為笑容，駐顏意為使容貌保持不變。

色字的情況有所不同，它有兩個基本意義。《説文》説："色，顏氣也。"段玉裁注云："顏者，兩眉之間也；心達於氣，氣達於眉間，是之謂色。"這是它的第一義，實際上也作臉色或容貌解釋，可以看作是顏的同義字；用它構成的詞，如愠色是怨恨的臉色，愧色是慚愧的臉色，作色意為改變臉色，失色意為因驚恐而改變臉色。色字又特指婦女的美容，因而把男子沉溺於情慾稱為好色。色字還有第二義，那就是色彩義，如色澤、五光十色。

還有，由顏和色並列而成的雙音詞顏色，早期是作臉色或容貌解釋的，後來卻漸次當色彩講了。在現代漢語裏，顏色幾乎全都當色彩講；作臉色或容貌解釋的古義，只保留在和顏悦色、正顏厲色等少數文言成語裏，另外在口語裏也偶有殘存，如"給他一點顏色看看"就是。

五官七竅

五官　七竅　目　眸
天柱　準　口　唇齒　咽喉

人的頭部有着眼、耳、鼻、口、舌、齒等多種重要器官。古時有五官和七竅的説法。五官是鼻、目、口唇、舌、耳的合稱，説見《靈樞經・五閱五使》："鼻者肺之官也，目者肝之官也，口脣者脾之官也，舌者心之官也，耳者腎之官也。"它認為五臟與五官之間有其內在聯繫。**七竅**又稱**七孔**，指的是兩眼、兩耳、兩鼻孔和口腔。《莊子·應帝王》有云："人皆有七竅，以視聽食息。"

眼是管視覺的。在現代漢語裏，眼和目是同義字，古代卻不然。現在的眼，古人叫**目**，而古人所說的**眼**，是**睛**的同義字，指的是眼珠，不包括眼眶在內。至於把**眼睛**兩字並列為雙音詞，用來作為整個視覺器官的通稱，那已是相當晚的事情了。

眸或**眸子**本指眼珠，也泛指眼睛。**瞳仁**或**瞳人**是眼珠的中心。**瞼**是眼皮，邊上長着睫毛。**眥**是眼角，成語**目眥盡裂**，形容憤怒到極點。

耳主管聽覺，兼管身體的平衡。**天柱**是舊時相士對耳的別稱。

鼻管嗅覺。**鼻**又叫**準**。**準頭**是鼻尖。高鼻叫**隆準**，也叫**蜂準**。

口和**嘴**是同義字，同指進食和發音的器官。口字產生得早，**嘴**字晚出。在古籍中，用**口**的多，用**嘴**的少。在現代漢語裏，書面語多用口，口語多用嘴。

喙本指鳥獸的嘴，有時也借指人嘴。成語有**不容置喙**，意思是不容插嘴；**喙長三尺**形容能言善辯。

脣是口的邊緣，口內有**舌**有**齒**，這些都是重要的發音部位，**脣舌**、**口舌**、**口齒**常用作言辭的代稱。

還有**脣齒**，比喻互相接近而且有着共同利害關係的兩方面，即所謂**脣齒相依**。《左傳·僖公五年》上記載着一個歷史故事：春秋時晉獻公派人帶了千里馬和玉璧送給虞國國君，要求允許晉國軍隊經過虞國去攻打虢國。虞國大夫宮之奇勸諫說："虢，虞之表也；虢亡，虞必從之。……諺所謂輔車相依、脣亡齒寒者，其虞虢之謂也。"虞君不聽勸諫，竟然答應了晉國的要求，結果晉軍滅了虢國之後，在回師途中把虞國也滅了。這裏說到的古諺**脣亡齒寒**，就是表示互相依存、利害與共的意思。至於另一古諺**輔車相依**，歷來有兩種不同的解釋：一種說輔車是人的頰骨和牙牀，兩者互相依靠；一種說車是載物的車子，輔是車旁橫木，用以夾持車上所載之物，車依靠輔，輔也依靠車。

咽喉是咽頭和喉頭的並稱，指人口腔深處，為消化和呼吸的共同通道，常用以比喻形勢險要之地。喉頭又有發音功能，俗稱**喉嚨**或**嗓子**，**引吭高歌**的**吭**也就是喉頭。

"兩旁曰牙，中間曰齒"

年齒　齠齔　齒列　齒冷
切齒　齟齬　牙門　牙人

　　牙齒是高等動物咀嚼食物的器官，在人還有輔助發音的作用。**牙**和**齒**是同義字。上古時代，這兩個字是有分別的："兩旁曰牙，中間曰齒。"也就是說，排在牙牀後部的大牙叫**牙**，對着嘴唇的牙叫**齒**；但是至遲到了中古，這兩個字就混用了。至於現在人們常説的牙齒，則是兩個同義字的並列。

　　齒字除了解釋為咀嚼食物的器官以外，還有它的引伸義，用**齒**字構成的雙音詞也有一些。

　　首先，在人的一生中，共兩次萌出牙齒：**乳牙**從嬰兒半歲起開始萌出，共二十個，六七歲時乳牙開始脫落，換生恆牙；恆牙共三十二個，其中的**盡根牙**（智齒），要到十八至二十二歲時才逐一萌出，及至進入老年，隨着歲數的增長，恆牙又漸次脫落。正因為牙齒數目的多少與年齡有關，所以齡從**齒**旁，**齒**又可當年齡講，如**年齒**就是年齡，**序齒**就是按照年齡大小排列座次，**壯齒**、**茂齒**等於説壯年，**暮齒**等於説暮年。另外還有**馬齒**一詞，是因為幼馬每年生一齒，故看馬齒的多少就知道馬的歲數。

　　齠（tiáo）和**齔**（chèn）都是説兒童換牙——脫去乳牙，長出恆牙，因而**齠齔**、**齠年**均借指童年。**毀齒**也是説兒童換牙，《白虎通·嫁娶》有云："男八歲毀齒，女七歲毀齒。"

　　其次，人的牙齒是上下左右排列得很整齊的，因此**齒**有排列和收錄的意思：**齒列**就是依照一定的次序排列，**齒錄**就是收錄敍用。人們常説的**不齒**於人類，**不齒**作不與同列解釋，表示極端鄙視。附帶説一下，**不足掛齒**和**不足齒數**（shǔ）也表示極端鄙視，解釋為不值得一提，與**不齒**不是一回事。

再說**齒冷**解說為恥笑，因為要笑必須張口，笑的時間長了，牙齒就有冷的感覺，所以**令人齒冷**就是**令人恥笑**的意思。

切齒是咬緊牙齒，形容憤恨到極點，成語有**切齒拊心**。

齟齬（jǔ yǔ）是上下牙齒不齊，比喻彼此意見不合，關係不融洽。

牙字的情況有所不同。上述**齒**的引伸義，**牙**都沒有，而**牙**的某些義項，卻是與牙齒毫無關聯的。這可以舉兩個例子。一個例子是**牙門**：古代軍營門口樹立以象牙為裝飾的大旗，因稱營門為**牙門**，後來，則把一般官署也稱為**衙門**，**衙門**由**牙門**訛變而來。另一個例子是**牙人**或者**牙儈**，就是為買賣雙方撮合從中取得佣金的人，**牙**本作**互**，因字形相似而誤寫，後來還有把介紹買賣的商號稱為**牙行**，把介紹人口買賣的婦女稱為**牙婆**的。

最後再解釋一些與牙有關的成語。一是**以牙還牙**，意思是用牙咬對付牙咬，常與**以眼還眼**連用，比喻用對方使用的手段回擊對方。一是**犬牙交錯**，形容地形交界處參差不齊，像犬牙一樣；犬牙牙冠銳利，便於撕裂肉食，犬科動物的犬牙特別發達，因以為名。

頭髮和鬍子

髮 髫 兩髦 總角 束髮
笄年 結髮 鬢 髭 鬚

髮是生長在頭上的毛。據慧琳《一切經音義》引《說文》說："髮，頂上毛也。"在文言文中，有不少詞語與頭髮的生長和修飾有關。

古代兒童不束髮，頭髮任其自然下垂。**髫**（tiáo）指的就是兒童頭上下垂的頭髮。用**髫**字構成的雙音詞，如**垂髫**、**髫年**、**髫齡**，均借指童年。

古人沒有剪髮的習慣，男女在成年以前，前額頭髮分向兩邊披着，長齊眉毛，額後則束成兩個小髻，左右分開，稱為**兩髦**。《詩經·齊風·甫田》有"總角丱兮"之句，**總**是束髮的意思，**角**是說兩髻左右分開形如羊角，**丱**（guàn）是羊角的象形字，後人因以**總角**、**髫角**借指少年。

成年以後，男子把束在一起的頭髮在頭頂上盤成一個椎形的髻，用一塊黑布包住，戴冠之後再用笄簪橫插冠圈和髮髻加以固定。古時以**束髮**作為男子成年的代稱，就是這樣來的。女子不戴冠，但也用笄簪固定髮髻。《禮記·內則》有"女子……十有五年而笄"的話，後人因稱女子年到十五為**及笄**(jī)，把女子可以盤髮插笄的年齡（也就是可以出嫁的年齡）稱為**笄年**。附帶說一下，作為男女插定髮髻用的一種長針，**笄和簪**兩個字都從竹，可見最早本是用竹子做的，後來則以用金、玉、骨、牙做的為多，裝飾也越來越精美。至於把**簪**作為婦女插髻首飾的專稱，當是比較晚近的事。還有由兩股簪合成的另一種婦女插髻首飾，像個叉子的樣子，這就是**釵**，釵多用金屬做成，所以其字從金。

鬟是古代婦女的環形髮髻，**雲鬟**形容婦女的髮髻濃密捲曲如雲。古時青年女子多梳雙髻，形似樹丫，因稱**丫頭**或者**丫鬟**，後來又用以稱巨富豪貴之家受役使的婢女。丫**鬟**也有寫作丫**環**或者**鴉鬟**的。

人在壯年時頭髮是純黑的，到老則由黑變白。**青絲**比喻黑髮，李白《將進酒》詩有"君不見高堂明鏡悲白髮，朝如青絲暮成雪"之句。形容白髮的則有**皓首、戴白**。形容頭髮花白也就是白髮黑髮相間的更多，如**華髮、華顛、華首、斑白、班白、頒白**都是。

頭上不長髮或頭髮脫落的叫**禿頂**，也叫**頭童**（無草木的山為童山）。《孟子·告子上》有云："牛山之木嘗美矣，以其郊於大國也，斧斤伐之，可以為美乎？是其日夜之所息，雨露之所潤，非無萌蘗之生焉，牛羊又從而牧之，是以若彼濯濯也。"**牛山濯濯**本來形容草木不生，後借喻為人的頭髮脫落禿頂的樣子。**髡**(kūn)**首**是古代剃去頭髮的刑罰。

《玉台新詠》載蘇武《留別妻》詩有"結髮為夫妻，恩愛兩不疑"之句。**結髮**是古時新婚夫妻舉行婚禮中的一種儀式，就是男女各剪下一綹頭髮，綰在一起作為信物。舊時把原配夫妻稱為**結髮夫妻**，把原配妻子稱為**髮妻**，即來源於此種儀式。

頭部除髮之外，還有**鬚**，俗稱**鬍子**。**鬚**是統稱，分而言之，長在嘴周圍的叫**髭**，長在下巴上的叫**鬚**。**髯**是長在腮邊連着鬢角的鬍子，俗稱**絡腮鬍子**；**虬髯**是說絡腮鬍子呈捲曲狀。

"迫在眉睫"

眉宇　印堂　畫眉　眉月
眉睫　鬚眉　眉語　眉婚　眉壽

眉是眼上額下的毛。古代詩文中常出現眉宇字樣，説面之有眉猶如屋之有宇，可見眉毛在人的面部佔有十分顯著的地位。

眉毛分列人面兩側。**眉頭**是兩眉附近的地方。**眉心**是兩眉之間的地方，舊時相面人稱為**印堂**。**眉梢**、**眉端**是眉毛的末尾部分。**眉棱**是生長眉毛的略微鼓出的部位。

黛是青黑色礦物顏料，古代婦女在化妝時先要把眉毛全部去掉，然後用黛墨重新畫過，這就是**畫眉**。據《漢書·張敞傳》載：張敞官做到京兆尹，常為妻子畫眉，以致長安城中傳出"張京兆眉嫵"（意思是説他畫的眉式樣好看）的美談，後來**畫眉**就作為一個形容夫妻相愛的典故，經常出現於詩文之中。畫眉用的黛墨常製成螺形，叫**螺黛**或**黛螺**；用黛墨畫成的眉毛，叫**眉黛**或**黛眉**：這些詞都可以作為婦女眉毛的代稱。

形容婦女眉毛秀麗的詞很多，如**眉山**、**眉峯**、**遠山眉**是説眉如遠山，**眉月**是説眉如新月，**柳眉**、**柳葉眉**是説眉如柳葉，**蛾眉**（亦作**娥眉**）是説眉像蠶蛾觸鬚那樣細長而彎曲。

眉毛和眼睛接近，在人的面部都十分突出，因而**眉目**、**眉眼**都泛指容貌；**眉清目秀**就是容貌清秀，**眉開眼笑**（一作**眉花眼笑**）就是滿面笑容。**眉目**又引伸指事情的頭緒或者條理，如**眉目清楚**。

眉睫是眉毛和睫毛，泛指人的面部表情，如**看人眉睫**就是看人臉色，但**眉睫**更多的是用來比喻近在眼前，如**迫在眉睫**。

鬚眉是鬍鬚和眉毛，這是男子的代稱，因為男子以天然的濃眉長鬚為美，與婦女的畫眉無鬚大異其趣。

眉毛有表情的功能，如**喜上眉梢**、**眉開眼笑**表示喜悦，**眉飛色舞**、**揚眉吐氣**表示得意，**愁眉苦臉**、**雙眉緊鎖**表示憂愁，**橫眉怒目**、**雙眉倒豎**表示發怒。

皺眉是不愉快的表示，古時稱為**顰**或**顰眉**。**東施效顰**是《莊子·天運》中的一則有名的寓言，説美女西施因為生病，常在別人面前捂着胸口，皺着眉頭，鄰居有個醜女東施見了，覺得她這樣

64

很美，也學她這樣做，別人見了都趕緊跑得遠遠的。後人因用**東施效顰**比喻胡亂學樣，不但學不到好東西，還會鬧出笑話來。皺眉又可以表示深思熟慮，"**眉頭一皺，計上心來**"，舊時章回小說常用此語形容書中人物的足智多謀。

更妙的是，眉毛還會傳情示意。李白《上元夫人》有"眉語兩自笑，忽然隨風飄"的詩句，**眉語**就是以眉毛的舒展或收斂來代替語言；至於**眉目傳情**、**眉來眼去**，則是眉毛和眼睛配合行動，效果更為明顯。另外還有男女以眉目傳情相許成婚的，稱為**眉婚**。

眉毛與年壽也有關係。人到老年，眉上常有長尖的細毛長出，稱為**豪眉**或**秀眉**，古人以為是長壽的徵兆，因用**眉壽**為祝人長壽之辭。

手足四肢

四肢	手足	交臂	掣肘
扼腕	巨擘	促膝	旋踵

人體有兩上肢和兩下肢：自肩至手指端為**上肢**，自髀臼至腳趾端為**下肢**，上下左右相合，是為**四肢**。

人們通常把上肢稱為**手**。手的概念有大有小：大可指人體的整個上肢，包括上臂和前臂在內；小僅指腕以下能拿東西能做事的部分。下肢本稱為**足**，後來又稱為**腳**。足和腳的概念也有大小之分：大可指人體的整個下肢，包括大腿和小腿在內；小僅指踝骨以下接觸地面的部分。**手足**或**手腳**對舉，泛指舉動或者動作，如成語有**手舞足蹈**、**手足無措**，俗語有**手忙腳亂**、**七手八腳**。

肩是手臂和身體相連之處。**並肩**和**比肩**，都是肩挨着肩，常用以比喻行動一致。**摩肩接踵**和**比肩繼踵**，都是肩挨肩，腳碰腳，形容人多擁擠。**脅肩累足**是說聳起雙肩，並攏雙腳，形容畏懼的狀態。**脅肩諂笑**是說聳起雙肩，強裝笑容，形容逢迎奉承別人的醜惡面貌。肩可以挑物，因而引伸作責任、任務解，如**仔**(zī)**肩**就是所承擔的任務，**息肩**、**卸肩**就是卸除責任。

臂，俗稱**胳膊**，是肩以下腕以上的部分。**交臂**是兩人以臂相接觸；**交臂失之**或**失之交臂**，是說雖遇良機卻當面錯過。**把臂**是握人手臂表示親密，又引伸為會晤。**奮臂**是高舉手臂，**振臂**是揮動手臂，**攘臂**是捋袖伸臂，都表示情緒的激昂振奮。

肱（gōng），一般指上臂，但有時也指前臂或整個手臂，如**曲肱而枕**就是彎着胳膊做枕頭。

肘是上臂和前臂相連之處。**掣肘**是捉住別人的肘臂，比喻在別人做事時從旁牽掣。**捉襟見肘**或**捉襟肘見**，是說拉一拉衣襟就露出了肘臂，形容衣服破爛，生活貧窮；也比喻顧此失彼，窮於應付。**腋**是肩下胳肢窩。**肘腋**連稱，比喻切近的地方，如**變生肘腋**就是變故發生在近處。

腕是手臂和手掌相連之處。**扼腕**是用手握腕，表示情緒激動或惋惜。

掌是手在握拳時指尖觸着的一面，也就是手背的反面。**撫掌**和**拊掌**，都是鼓掌表示歡樂。**抵**（zhǐ）**掌**是擊掌，**抵掌而談**形容無拘無束，暢所欲言。**反掌**是翻轉手掌，成語有**易如反掌**，極言事情的容易。

兩手各有五指，依次名為**巨指**、**食指**、**將**（jiàng）**指**、**無名指**、**小指**。**屈指**是扳指頭計數，**屈指可數**（shǔ）言其少，**指不勝屈**言其多，**首屈一指**表示位居第一。**擘**（bò）是大拇指，**巨擘**比喻特出的人物。**食指**是第二指，古人以**食指動**為"必嚐異味"的先兆。

股是大腿。**脛**是小腿。**膝**是大腿和小腿的交接部分，內有膝關節。**臏**是膝蓋骨，又是古代剔除膝蓋骨的一種肉刑。**促膝**是說膝碰着膝，形容坐得很近。

踝（huái）是小腿和腳的交接部分，內有踝關節。**跖**（zhí）是腳底。**跗**（fū）是腳背。**踵**是腳跟。**舉踵**和**企踵**都是踮起腳跟，形容盼望殷切。**旋踵**是旋轉腳跟，表示後退，亦用以形容時間短促。**踵武**意為循着前人的腳跡行走，比喻繼承前人的事業。

兩腳各有五**趾**。**歧**是多出的腳趾。成語有**駢拇枝指**，簡作**駢枝**：腳上大拇趾和第二趾連成一趾為**駢拇**，手上大拇指旁生一指為**枝**（qí）**指**，多用以比喻多餘無用之物。

五臟六腑

五藏　三焦　臟腑　五內
心腹　心肝　肝膽　腹背

人體軀幹部分有兩個空腔：一個是胸腔，裝着心和肺；一個是腹腔，裝着胃、腸、肝、膽、脾、腎、膀胱等。中醫把心、肝、脾、肺、腎叫做**五藏**（zàng）或**五臟**，把膽、胃、大腸、小腸、膀胱、三焦（以胸膈部、上腹部和臍腹部的器官組織為**三焦**：自膈以上為**上焦**，自臍以上為**中焦**，自臍以下為**下焦**）叫做六府或**六腑**；合起來稱**五臟六腑**，簡作**臟腑**。成語有**五內如焚**或**五內俱裂**，形容悲痛至極，**五內**也就是**五臟**。另外，還有把胸部和腹部各器官統稱為**內臟**的。

《孟子‧告子上》說："心之官則思，思則得之，不思則不得也。"古人認為心是人體的思維器官，人的思想、感情、情緒、智謀等等都是由心產生的，同時心也是人的思想、感情、情緒、智謀的載體，因此習慣上往往把這一切都說做心。在漢語中，**心**字的使用頻率特別高，表達的意思各式各樣，下面舉若干雙音詞和成語為例：

心情	心緒	心神	心意	心境	心跡	心聲
心靈	心願	心機	心術	心曲	心事	心潮
良心	善心	忠心	丹心	恆心	信心	決心
用心	專心	盡心	動心	熱心	傾心	知心
同心	誠心	精心	小心	匠心	野心	禍心
心安理得	心甘情願	心曠神怡	心猿意馬
心花怒放	心照不宣	居心叵測	問心無愧

除心以外，古人又認為胸部和腹部各器官都具有一定的思維功能[1]，只是不及心那樣地位重要，因之也有用**胸**（**膺**也是胸）、**腹**、**肺**、**肝**、**腸**、**膽**等字來表示思想活動的，下面也各舉若干例子：

心胸	心腹	心肺	心肝	肺腸	肝腸	肝膽
胸懷	胸襟	胸臆	衷腸	愁腸	斷腸	腸斷
膽量	膽略	膽識	膽壯	膽寒	放膽	喪（sàng）膽
胸有成竹	義憤填膺	腹誹心謗	推心置腹

古道熱腸　　搜索枯腸　　膽大心細　　心驚膽戰

　　順便說一下，有些由人體軀幹部位和器官名稱並列而成的雙音詞，各有其獨特的比喻義，這裏也分別說明如下：

　　心腹，也有說**腹心**的，比喻左右親信。《韓詩外傳》卷三說："夫重臣群下者，人主之心腹支體也。"又比喻要害部位，**心腹之患**和**腹心之疾**都是隱藏在內部的嚴重禍患。

　　心肝比喻最親切可愛的人。《晉書·劉曜載記》有云："隴上壯士有陳安，軀幹雖小腹中寬，愛養將士同心肝。"

　　肝膽比喻關係密切。《文心雕龍·比興》有"物雖胡越，合則肝膽"之句，肝和膽是接近的，胡和越是隔絕的（胡在北方，越在南方），用**肝膽**與**胡越**相對，一個表示密切，一個表示疏遠。

　　腹背比喻前後兩面，成語有**腹背受敵**。

注：

[1]　據成書於戰國時期的《黃帝內經·素問》說："心者，君主之官也，神明出焉，肺者，相傅之官，治節出焉。肝者，將軍之官，謀慮出焉。膽者，中正之官，決斷出焉。膻中者，臣使之官，喜樂出焉。脾胃者，倉廩之官，五味出焉。大腸者，傳道之官，變化出焉。小腸者，受盛之官，化物出焉。腎者，作強之官，伎巧出焉。""脾為諫議之官，智周出焉。"可見古人認為內臟都具有一定的思維功能。

視聽　見聞　聰明

視朝　聽政　視事　聽訟　見解
聞望　振聾發聵

目是人體的視覺器官，耳是人體的聽覺器官。在古代漢語中，有關視覺和聽覺的單字很多，其中又常見**視**與**聽**對舉，**見**與**聞**對舉，**聰**與**明**對舉，舉例如下：

　　【一】《禮記·大學》："心不在焉，視而不見，聽而不聞。"

　　【二】《荀子·勸學》："目不能兩視而明，耳不能兩聽而聰。"

　　【三】《荀子·君道》："此所謂視乎不可見，聽乎不可聞。"

【四】《韓非子‧解老》："視強則目不明，聽甚則耳不聰。"

【五】《史記‧商君列傳》："反聽之謂聰，內視之謂明。"

【六】漢徐幹《中論》："明莫大乎自見，聽莫大乎自聞。"

一般地說，**視**和**見**是同義字，**聽**和**聞**是同義字，但是彼此的內涵不完全一樣。**視**相當於現代漢語中的看，是使目光接觸客觀事物，**聽**是用耳朵接受外界聲音，至於看到還是沒有看到，聽到還是沒有聽到，並沒有表示出來。**見**與**聞**的意思就深了一層，不但看了，而且看見了，不但聽了，而且聽到了。總起來說，**視**與**聽**說的是具體的動作，而**見**與**聞**指的是動作的結果。人們常用"**視而不見，聽而不聞**"來形容漠不關心的態度，就清楚地表明了**視**和**見**、**聽**和**聞**的分別。

視與**聽**本指人體具體的動作，後來引伸為治理、處理一類抽象意義，因而舊時把君主臨朝主持政務稱為**視朝**或者**聽政**，把官吏到職工作稱為**視事**，把官吏審判訟案稱為**聽訟**。此外，**視**和**示**是同源字，**視**是以目視物，**示**是以物示人；**聽**和**廳**也是同源字，**聽**是辦理公務，**廳**是辦公場所。

見與**聞**也都各有自己的引伸義。**見**由看見引伸為對於客觀事物的認識和理解，如**見解**、**見識**；**聞**由聽見引伸為人的名望，如**聞望**，舊時還有把名人稱為**聞人**的。**見聞**為並列式合成詞，義同知識。

聰是耳力好，聽得清楚，**明**是目力好，看得明白。**耳聰目明**，說明人的感覺靈敏。**失聰**是耳聾，**失明**或**喪**（sàng）**明**是眼瞎。

古人認為人的智慧表現為頭腦通達，而頭腦的對外通道是耳。人頭之有耳，正如房屋之有門有窗，所以聞和門同出一源，**聰**和**窗**同出一源。也就因此，表示聽覺靈敏的聰兼有了智慧義，如**聰慧**、**聰穎**、**聰敏**、**聰瞭**等詞都在古籍中多見。至於將表示聽力好的**聰**與表示視力好的**明**並列成**聰明**一詞，形容人的智力強和天資高，則是比較晚期的事；杜甫《不歸》詩有"數金憐俊邁，總角愛聰明"之句，蘇軾《洗兒》詩有"人皆養子望聰明，我被聰明誤一生"之句，都是很明顯的用例。

與耳聰目明相反，形容耳目失聰失明的也有一些專用字，如聵（kuì）是天生耳聾，成語有**振聾發聵**；眇是一隻眼瞎，**盲**和**瞽**是兩眼都瞎，**瞽**又是樂官的代稱，因為古代以瞽者為樂官。

"看" 的同義字

視　觀　察　望　瞻　眺
瞥　窺　注目　騁目

眼和目都是人體視覺器官的名稱。目是個象形字，早在甲骨文中就出現了；**眼**是個形聲字，出現較晚。在先秦古籍中，用**目**的多，用**眼**的少；兩漢以後，用**眼**的逐漸多起來。再說，**眼**在先秦指眼珠，直到晉代阮籍"能為青白眼"（見《晉書·阮籍傳》），**眼**還是指眼珠，**青眼**是黑眼珠，**白眼**是白眼珠；大約到了唐代，**眼**才用來指稱整個視覺器官，成為**目**的同義字，而**晴**則接替**眼**表示眼珠。現今口語中有眼睛一詞，由眼和睛並列而成，義同於目。

眼是管看的，在漢語裏表示看的單字很多，它們同中有異，有的意思不一樣，有的用法上有差別。

視相當於現今口語中的看，《禮記·大學》有"十目所視"的話，目視就是眼看。**看**本作看望、探訪解釋，如《韓非子·外儲說左下》有云："梁東新為鄴令，其姊往看之。"直到中古以後，**看**才有了現在這樣的意思，成了**視**的同義字，並在口語中逐漸取代了**視**。另外，**視**還有看待的引伸義，如**重視**、**珍視**、**鄙視**、**蔑視**、**歧視**、**忽視**、**一視同仁**、**視死如歸**，這是**看**所沒有的。

觀是細看，有意識地看。《左傳·僖公二十三年》有云："曹共公聞其駢脅，欲觀其裸；浴，薄而觀之。"這是說晉國公子重耳逃難到了曹國，曹共公聽說他身上的肋骨合併在一起，想要看到他裸體時的形象，便趁他洗澡時隔着簾子觀看。這裏的**觀**就是有意識地細看。由細看引伸開來，**觀**又有欣賞、玩味的意思，如**觀賞**，**觀摩**。觀還可用作名詞，解釋為值得欣賞的事物或景象，如**大觀**、**壯觀**；有時又指對事物的認識或看法，如**達觀**、**樂觀**。

察是仔細看，看清楚。《孟子·梁惠王上》有"明足以察秋毫之末"的話，意思是說眼力能夠把秋天鳥身上的細毛看得一清二楚。由看清楚引伸開來，**察**又有了解、考查的意思，如**察覺**、**考察**。

望是向遠處看。引伸為希望，如**盼望**、**企望**。又作名詞用，表示名譽，如**名望**、**聲望**，成語有**德高望重**。

瞻是抬頭看，也就是向前看或向上看。**顧**是回頭看，也就是向後看。成語有**瞻前顧後**、**高瞻遠矚**、**左顧右盼**。**瞻**可以引伸為**瞻仰**，表示崇敬之意；**顧**可以引伸為**照顧**，表示關切之意。**盼**是目光隨着頭向左右轉動，引伸為**盼望**。

眺是從高處往遠方看，如**遠眺**。**瞰**是從高處往下面看，如**俯瞰**、**鳥瞰**。

瞥是眼光掠過，也就是很快地看上一眼。**一瞥**指極短的時間，引伸為短時間所看到的大略情況，現時在報刊標題中多見。

窺是暗中察看，如**窺探**、**窺測**。也指從小孔或縫隙裏看，成語有**以管窺天**，是說所見甚小。又有**管中窺豹**，是說所見到的是局部而非整體。

注目、**屬**（zhǔ）**目**是把視線集中在一點上。**矚目**與**屬目**同。

縱目、**騁目**是放眼四望。**游目**是由近及遠地望去。**極目**是盡目力之所及望去。

目擊是親眼所見。**目耕**是用眼睛看書。

目逆是迎面注視着走近的人。**目送**是遠望着離去的人或物。

目不轉睛，解釋為看東西時眼珠不轉動，說明注意力很集中。**目不暇給**，一作**目不暇接**，解釋為眼睛來不及應付，說明可看的東西很多。

喘息　作息　消息

氣息　太息　休息　作息
消息　息錢　息壤

息字的本義是一次呼吸。人從體內往外出氣叫**呼**，從體外向內進氣叫**吸**。息是一呼一吸，也指呼吸時進出的氣，即**氣息**。**鼻息**指鼻中呼吸，成語**仰人鼻息**，比喻依賴別人，或看人眼色行事。**屏息**是抑制呼吸。**窒息**是呼吸受到阻礙。

在呼吸的意義上，**息**和**喘**是同義字，但又有程度上的差別：**息**是舒緩的呼吸，**喘**是急促的呼吸。《說文》解釋**息**字為"喘也"，解釋**喘**字為"疾息也"；段玉裁在**息**下注云："口部曰喘疾息也，喘為息之疾者，析言之；此云息者喘也，渾言之。人之氣，急曰喘，舒曰息。引伸為休息之稱，又引伸為生長之稱，引伸義行而鼻息之義廢矣。"**喘**和**息**，渾言則義同，析言則義有微別。並列成**喘息**，義同呼吸。**太息**、**長息**、**長太息**都指歎氣。

人在緊張勞動之後，呼吸急促，需暫時停止一下，使呼吸舒緩下來，因此**息**字可由呼吸義引伸出止歇義。在這一意義上，用**息**字構成的雙音詞，有**休息**、**止息**、**停息**、**歇息**、**憩息**、**安息**、**將息**、**棲息**等，成語有**自強不息**、**川流不息**、**息事寧人**、**偃旗息鼓**等。又在這一意義上，**息**與**作**相對：**作**是工作，**息**是休息，古代《擊壤歌》有"日出而作，日入而息"之句。可並列成**作息**。還有**熄**字，解釋為滅火，或者說停止燃燒，**息**、**熄**本同一詞，**熄**是後起形聲字。

人的呼吸是反覆進行連續不斷的，因此**息**字又可由呼吸義引伸出增長義和滋生義，與**消**（消減、消失）相對。並列成**消息**，義同**消長**。略舉數例如下：

【一】《周易·豐卦》："日中則昃（西斜），月盈則食（虧缺）；天地盈虛，與時消息。"意思是說，太陽位居中天就逐漸西斜，月亮圓滿了就逐漸虧缺，天氣的遷移，地形的變異，都是隨着時間而增損的。

【二】《莊子·秋水》："年不可舉（保存），時不可止（挽留），消息盈虛，終則有始。"意思是說，年歲不能保存，時光無法挽留，消失和生長，充實和空虛，終結了再開始。

【三】蘇軾《赤壁賦》："客亦知夫水與月乎？逝者如斯而未嘗往也，盈虛者如彼而卒莫消長也。"逝者指水流，盈虛指月的圓缺。

以上各例，【一】【二】用的是消息，【三】用消長，意思相同。

大約從漢末魏晉時代起，**消息**一詞又指音訊，因為音訊所傳達的正是人事物事的消長狀況，包括盈虛、得失、盛衰、吉凶之類。魏時王朗在給人的一封信上說："消息平安，甚休甚休。"這是說得到你的平安音訊，感到非常高興。晉代陸機對他養的狗說："我家絕無書信，汝能齎書取消息否？"這是要他的狗送信回家，並取回家裏的音訊。漢末女詩人蔡文姬在她的《悲憤詩》中也有用例："有客從外來，聞之常歡喜，迎問其消息，輒復非鄉里。"此後唐詩宋詞裏的消息，大都作音訊解。現代把報紙上的新聞稱為消息，就是從音訊義上來的。

消息還有一種特殊的用法，在《紅樓夢》第四十一回有例子："原來是西洋機括，可以開合，不意劉姥姥亂摸之間，其力巧合，便撞開消息，掩過鏡子，露出門來。"這裏的消息一詞，指的是某些機械裝置的關鍵部位，也就是樞紐。

最後再回到息字的增長、滋生義上來，從此義出發，放債所得的利錢稱為息錢，能夠生長不已的田地稱為息壤，親生兒子稱為息男，兒子的妻子稱為息婦（後作媳婦），鼻腔或腸道黏膜表面多長出來的肉稱為息肉：所有這些在古籍中都有用例，這裏不必贅引。

"徐行曰步，疾行曰趨，疾趨曰走"

敗走　奔命　行止　亦步亦趨
趨向　跬步　一蹴而就

人是能夠直立行走的高等動物，人的下肢擔負着支撐身體和行走的任務。

在現代漢語裏，走是步行的通稱，如說走路，就是在道路上一步一步地向前行進。古代的走卻不然，它相當於現在的跑，也就是跑步前進。走還有逃跑義，如敗走、不戰而走。

奔也是跑，在古代與走同義，奔、走兩字常並列成詞。奔還有為某事而奔忙的意思，如奔命、奔喪。

現在的走，古代稱為行。行的本義是道路，引伸為行走。行與止相對，表示走開了，不停留在原來的地方了。**行止**並列成詞，相當於動靜。

《莊子·田子方》有"夫子步亦步，夫子趨亦趨，夫子馳亦馳"的話，原意是說孔子學生顏淵學習孔夫子的一舉一動，後來縮寫成為成語**亦步亦趨**，用以比喻事事模仿和追隨別人。這裏說的**步**是普通速度的走，**趨**是快走。《釋名·釋姿容》說得很明白："徐行曰步，疾行曰趨，疾趨曰走。"

在古代，疾行的**趨**，被認為是表示敬意的一種方式。這裏舉兩個例子來說明。據《論語·子罕》記載："子見齊衰者、冕衣裳者與瞽者，見之，雖少必作，過之必趨。"意思是說，孔子會見穿喪服的人、穿戴禮帽禮服的人以及盲人，即使年齡比自己輕，也一定要站起來；走過這些人時，一定要快走幾步。這裏的**作**是起立，**趨**是疾行，都是表示敬意的。再有《史記·蕭相國世家》有"賜帶劍履上殿，入朝不趨"的話，是說劉邦戰敗項羽，建立了西漢王朝，論功行賞，以蕭何為功臣第一，特賜他帶劍穿履上殿，朝見皇帝時不必疾行。從這裏可以看出，"入朝不趨"只是對於個別大臣的特殊禮遇，而一般臣僚為了表示敬意都是"入朝必趨"的。**趨**又由表示敬意的疾行，引伸為嚮往、歸向，如**趨向**、**趨勢**是事物發展的動向，**趨附**、**趨奉**是迎合和依附別人，**趨時**是追逐時尚，**趨利**是追逐利益。

步是徐行，因稱**步行**。**步**也可以用作量詞，意為腳步。古時稱人行走跨出一足為跬（kuǐ），跨出兩足為**步**。《荀子·勸學》有"不積跬步無以至千里"的話，**跬步**就是跨出的一腳、半步，相當於今天的一步。又古時以六尺為**步**，半步為**武**，**步武**連稱表明相距很近。另有一解，**步**是舉步，**武**是足跡，**步武**是說踩着前人的腳印走路，比喻追隨效法。再有**步驟**一詞，**步**是緩行，**驟**是急走，兩字並列義同緩急、快慢，現今多指事情進行的程序或者次第。

徒或**徒步**也是步行。《周易·賁卦》有"捨車而徒"的話，說是放棄坐車，甘願步行。**徒步**又是平民的代稱，因為古代平民大都出行無車。

由於人在行走時姿態的不同和腳步大小快慢的不同，因而產生出不同的形容詞，常見的就有：

　　徘徊（pái huái），在一個地方來回地行走。

　　徜徉（cháng yáng），自由自在地往來。

　　彳亍（chì chù），小步，走走停停。

　　踟躕（chí chú），心裏遲疑，要走不走。

　　躊躇（chóu chú），猶豫不前。

　　躑躅（zhí zhú），徘徊不進。

　　踉蹌（liàng qiàng），走路不穩。

　　蹣跚（pán shān），腿腳不靈便，走路緩慢搖擺。

　　蹀躞（dié xiè），小步走路。

　　踶跢（dié duó），走路忽進忽退。

　　跈踔（chěn chuō），跛者用一隻腳跳着走路。

　　蹉跎（cuō tuó），失足跌倒。

　　趔趄（liè qiè），身體歪斜，腳步不穩。

　　趑趄（zī jū），想前進又不敢前進。

　　踽踽（jǔ jǔ），一個人獨自走路。

　　下肢除了行走和奔跑以外，還可以做跳、踢、踩、踮等多種動作。**踴躍**本義是跳，後來用以形容情緒熱烈，爭先恐後。**踐踏**、**蹂躪**本義是踩，後來用以表示暴力摧殘。**蹴**（cù）既可以解釋為踢，如**蹴鞠**是古代的一種足球運動，又可以解釋為踩，如形容輕而易舉的成語**一蹴而就**，是說踏一腳就能成功。**跂**（qǐ）是踮起腳尖的意思，與**企**相通。

　　人們常用**跋涉**來表明長途旅行的辛苦。**跋**是登山，**涉**是渡水，合起來為**跋山涉水**，簡稱**跋涉**。**陟**（zhì）也可以作登山講，如《詩經·周南·卷耳》的"陟彼高岡"，但比較少見。

人之初生

妊娠　珠胎　夢蘭　弄璋　弄瓦
夢熊　設弧　設帨　抓周

婦女從受孕到產出胎兒，這整個過程稱為**妊娠**。在古書上，**妊娠**有多種說法，有說**有身**的，等於說有了一條新的生命；有說**重**（chóng）**身**或者**身重**的，等於說身中有身；有說**身懷六甲**的，**六甲**傳說為天帝造物的日子。還有所謂**珠胎**，那是用蚌腹內尚未剖出的珠，來比喻母體內尚未產出的胎兒。

據《左傳‧宣公三年》記載，鄭文公妾燕姞夢見天使賜蘭而生穆公，舊時因用**夢蘭**或者**徵蘭**作為婦女懷孕的雅稱。

胎兒從母體內產出，叫做**免身**，也叫**分娩**或者**娩出**，免、娩兩字同音。

孿生即雙生，謂一胎生兩個嬰兒。**寤生**乃逆生，謂產兒足先出。

婦女臨產及產後一月內休息調養，叫做**坐蓐**（rù），**蓐**是牀上草墊，俗稱**坐月子**。

老蚌生珠比喻老年得子，特指年紀較老的婦女生子。**遺腹子**是懷孕婦女在丈夫死後所生的孩子。

"男尊女卑"，"男主外，女主內"，是中國古代社會佔統治地位的思想意識。從孩子初生的時候起，男女所受到的待遇就根本不同。《詩經‧小雅‧斯干》說："乃生男子，載寢之牀，載衣之裳，載弄之璋。……乃生女子，載寢之地，載衣之裼，載弄之瓦。"據此，後人以**弄璋**作為生男的代稱，以**弄瓦**作為生女的代稱。**璋**是古代貴重的玉製禮器，**瓦**是原始的紡錘，**弄**是說放在手邊作玩弄狀。**弄璋**表示男性的尊貴和希望男孩將來能獲取功名，**弄瓦**表示女性的卑賤和希望女孩將來能操持家事。

熊和羆是兩種勇猛的大獸，古人迷信以夢中見熊羆為生男孩的徵兆（以夢中見虺蛇一類爬蟲為生女的徵兆）。《詩經‧小雅‧斯干》說："吉夢維何？維熊維羆。……維熊維羆，男子之祥。"舊時常以**夢熊**、**熊夢**或熊羆入夢作為賀人生男的吉祥語，就是由此而來的。

《禮記‧內則》上說："子生，男子設弧於門左，女子設帨於右。"後來便稱男子生日為**設弧**或**懸弧**，稱女子生日為**設帨**（shuì）。**弧**是木弓，生了男孩，陳設木弓於門左，左為"天道所尊"，用以象徵男性的陽剛；**帨**是佩巾，生了女孩，陳設佩巾於門右，右為"地道所尊"，用以象徵女子的陰柔。從此可見，**設弧**、**設帨**這兩個詞兒來源於古代的一種習俗，而這種習俗正是古人重男輕女思想的具體反映。

誕是生育，因稱生日為**誕日**。舊時有稱自己的生日為**母難日**的，意謂自己出生時母親正在受難。

舊俗嬰兒出生後第三天設宴招待親友，稱為**湯餅宴**。嬰兒滿月時洗身，稱為**洗兒**。

舊俗嬰兒周歲時，在盤中陳列各種生活用品和玩具，讓嬰兒抓取，以為這樣可以預測其一生的志趣，稱為**抓周**或者**試兒**；所用的盤子稱為**晬**（zuì）**盤**，**晬**作嬰兒周歲解釋。

談情說愛

青梅竹馬　耳鬢廝磨　采蘭贈藥
桑中之約　山盟海誓　投梭折齒

性愛是男女雙方結合的基礎。在漢語中，許多帶有情字的詞語，都與男女兩性相愛有關。如**情侶**是相愛中的男女；**情人**是相愛中的男女的一方；**情郎**是相愛中的男方；**情敵**是因向同一異性求愛而發生矛盾的人；**情話**是男女間表示愛情的話；**情書**是男女間表示愛情的信；**豔情**是豔麗的愛情；**癡情**是癡迷的愛情；**調情**是男女間互相挑逗戲謔；**偷情**是男女暗中相戀；**鍾情**是愛情專注；**殉情**是為愛情而犧牲自己的性命；**情竇初開**是說少年男女開始懂得愛情；**情網已張**是說男女為愛情纏身，無法擺脫。

李白的《長干行》，是一首以商婦的愛情和離別為題材的五言樂府詩，它以女子自述的口吻，抒寫對遠出經商的丈夫的懷念，開頭六句回憶童年時與丈夫一起長大的情景說："妾髮初覆額，折花門前劇，郎騎竹馬來，繞牀弄青梅，同居長干里，兩小無嫌猜。"**青梅**是青的梅子，**竹馬**指兒童用竹竿當馬騎。由此形成的成語**青梅竹馬**和**兩小無猜**，常用以形容幼男幼女相處融洽，天真無邪，特別適用於那些從小在一起生活而終於相愛成婚的夫妻。

耳鬢廝磨，是說耳接耳，鬢磨鬢，形容男女兒時親密相處的情景。

《詩經·鄭風·溱洧》描寫青年男女在河岸遊春並互贈香草的熱烈場面，中有句云："士與女，方秉蘭兮。……維士與女，伊其相謔，贈之以勺藥。"毛傳："蘭，蘭也；勺藥，香草。"後因以**采蘭贈藥**作為男女互贈禮物表示相愛的代詞。

《詩經·鄘風》有《桑中》一篇，是民間男女的戀歌，中有"期我乎桑中，要我乎上宮，送我乎淇之上矣"之句，後因指男女幽會的密約為**桑中之約**。**桑中**有說是桑樹林中；有說是古衛國地名，即**桑間**。

桑間是古衛國地名，在濮水之上，民間男女常在此聚會，互相以歌謠贈答。《禮記·樂記》說："桑間濮上之音，亡國之音也。"《漢書·地理誌下》也說："衛地有桑間濮上之阻，男女亦亟聚會，聲色生焉。"後因稱男女幽會為**桑間濮上之行**，稱頹廢淫蕩的樂曲為**桑間濮上之音**。

逾牆鑽穴或作**逾牆鑽隙**，解釋為鑽洞來窺望，爬過牆去私會，語出《孟子·滕文公下》："不待父母之命，媒妁之言，鑽穴隙相窺，逾牆相從，則父母國人皆賤之。"原指青年男女自由相戀，後也指男女偷情。

白居易《老病》詩有云："盡聽笙歌夜醉眠，若非月下即花前。"**月下花前**本意為景色優美的環境，後多指男女談情說愛的處所，也作**花前月下**。

山盟海誓或作**海誓山盟**，是說指山海為盟誓，極言男女深切相愛，永不變心。

對愛戀中的異性，稱為**心上人**或**意中人**。

蕭郎本為對姓蕭的男子的稱謂，後常用在詩詞中泛指女子所愛戀的男子，並以**蕭娘**泛指男子所愛戀的女子。崔郊《贈去婢》詩有"侯門一入深如海，從此蕭郎是路人"之句，楊巨源《崔娘》詩有"風流才子多春思，腸斷蕭娘一紙書"之句。

【生命】

據《晉書·潘岳傳》載：文學家潘岳容貌秀美，年少時乘車外出，婦女們手拉手地圍着他團團轉，紛紛向他投擲果品，以至滿載而歸。後以**潘郎**借指婦女所愛慕的美男子，以**投果**或**擲果**表示婦女對美男子的愛慕。又因潘岳小名檀奴，也有不說**潘郎**而說**檀郎**或**檀奴**的。

又據《晉書·謝鯤傳》載：謝鯤年少時挑逗鄰家高姓美女，高女正在織布，就手將梭子向他投擲過去，折斷了他的兩顆門牙，後以**投梭**或**投梭折齒**表示對男子挑逗的抗拒。

春秋時魯莊公喜愛大夫党氏的女兒孟任，答應娶她為妻，於是她"割臂盟公"，見《左傳·莊公三十二年》。後因稱男女相愛而私訂婚約為**割臂盟**，也有說**齧**(niè)**臂盟**的。

西漢時卓文君新寡，司馬相如彈奏自己所作的琴歌《鳳求凰》向她求愛，歌詞說："鳳兮鳳兮歸故鄉，遨遊四海求其凰，有一豔女在此堂，室邇人遐毒我腸，何由交接為鴛鴦。"文君為琴聲所感動，深夜與司馬相如私奔，終於結為夫婦，見《史記·司馬相如列傳》。**鳳凰**是古代傳說中的鳥王，雄的叫**鳳**，雌的叫**凰**，後世把男子尋求配偶稱為**求凰**、**鳳求凰**，即來源於司馬相如琴挑文君的故事。

據《世說新語·惑溺》和《晉書·賈充傳》記載：西晉大臣賈充的女兒賈午與屬官韓壽私通，並且偷了武帝賞賜她父親的西域奇香給韓壽使用，事為賈充察覺，即以女嫁與韓壽為妻。後以**偷香**指男女暗中通情，也可與竊玉連用，組成成語**竊玉偷香**。

"婚，婦家也"
"姻，婿家也"

婚姻　親家　于歸　歸寧
秦晉　結縭　片合

婚姻，簡單地說，就是男女雙方結合成為夫妻。《說文》說："婚，婦家也。禮，娶婦以昏時，婦人陰也，故曰婚。"**婚**字從昏，據說上古時代婚禮都在黃昏舉行。《說文》又說："姻，婿家也。女之所因故曰姻。"**姻**字從因，因解釋為就，意思是說女方趨就男方。**婚姻**又可作稱謂詞用，大致與**親**（qìng）**家**相當。《爾雅‧釋親》說：“婦之父母、婿之父母相謂為婚姻。”又說：“婿之父為姻，婦之父為婚。”具體地說，親家之間，男方父母稱女方父母為**婚**，女方父母稱男方父母為**姻**。

婚姻有男女雙方，對女方來說是**嫁**，對男方來說是**娶**，一**嫁**一**娶**，從這兩個字的構成就可以看出古代男尊女卑的禮俗來。《說文》說：“嫁，女適人也。”“娶，取婦也。”**嫁**字從家，表明女子出嫁才算有家，或者說出嫁的女子以男家為家。**娶**字從取，表明男子把別家的女子取到自己家裏來。**嫁**對於女子來說是被動的，權操在父兄之手，所以古代多說**嫁女**或**嫁妹**，很少說**嫁夫**；**娶**對於男子來說是主動的，所以古代常說**娶妻**、**娶婦**（婦就是妻）。

適也指女子出嫁。**適**的本義是往，女子出嫁實際上就是女往男家，所以說**適**。如《世說新語‧任誕》載：“袁彥道有二妹：一適殷淵源，一適謝仁祖。”據說古代**嫁**和**適**雖然同義，但應用場合不同：女子嫁給大夫以上叫**嫁**，嫁給士或庶人叫**適**，不過到了後來，這兩個字就相互混用，不再分彼此了。

古代又有把女子出嫁稱為**于歸**或者單說**歸**的。《詩經‧周南‧桃夭》有“之子于歸”之句，《召南‧江有汜》又有“之子歸”之句（之子意為這個姑娘）。**歸**是歸向。于有人解釋為往，也有人說它是語助詞，並無實在意義。這裏應該注意的是，古代還有所謂**歸寧**，指的是已經出嫁的女子回娘家探望父母，這個**歸**字是回歸，與上面所說歸向之歸不同，兩者不可相混。

在古代，男婚女嫁主要是為家族傳宗接代打算，很少考慮到當事者的個人利益。《禮記‧昏義》說：“昏禮者，合二姓之好，上以事宗廟，而下以繼後世也。”後因以**二姓之好**指兩家結成姻親。**秦晉**、**朱陳**都是常見於古代詩文中的兩姓聯姻的代稱。史載春秋時秦晉兩國國君世為婚姻。又白居易有《朱陳村》詩云：“徐州古豐縣，有村曰朱陳……一村唯兩姓，世世為婚姻。”這兩個例子都是世代為婚，親上加親，是古代婚姻制度落後的具體表現。

此外，關於男女成婚，還有多種代稱。如**結縭**，源出《詩經‧豳風‧東山》“親結其縭，九十其儀”，是說古代女子出嫁時，母親把佩巾結在女兒身上。如**絲蘿**，源出《古詩十九首》"與君為新婚，兔絲附女蘿"，兔絲和女蘿都是蔓生植物，糾結一起不易分開，因以比喻男女結合。另有**片合**、**判合**、**胖**（pàn）**合**，都是兩性結合的意思。

婚嫁"六禮"

納采　問名　納吉　納徵
請期　親迎　文定　合卺

婚姻嫁娶是人生中的一件大事，古人十分重視，並為之制定了一套隆重而繁瑣的禮儀，總括起來就是《儀禮·士昏禮》所說的**六禮**，實際是必要經過的六道手續。

第一是**納采**。男方先遣媒人去女家通話，女方應允之後，男家便用雁作為禮物，向女方提出締結婚姻的請求。這裏所說的雁是一種外形略似家鵝的大型游禽。為甚麼要用雁作為禮物？說法有多種。一說雁是隨陽的鳥，用雁象徵着妻子隨從丈夫。一說雁終身專一，用雁象徵着婚姻的和諧。又一說雁是候鳥，每年春分後飛往北方，秋分後飛回南方，用雁作為禮物，取其能互通往來之意。

委禽是**納采**的別稱。據《左傳·昭公元年》記載："鄭徐吾犯之妹美，公孫楚聘之矣，公孫黑又使強委禽焉。"這裏說的**委禽**，委是致送的意思，**禽**特指作為禮物的雁。

第二是**問名**。男方再遣媒人問明女子的名字和出生年月日，以便占卜吉凶。舊時男女議婚時雙方互換**庚帖**，上寫姓名、出生年月日時等，即是古代**問名**的遺跡（**庚帖**又叫**八字帖**。舊時迷信的人認為每個人出生的年月日時，各有天干地支相配，每項用兩個字代替，四項共有八個字，根據這八個字所屬五行生尅關係，可以推斷一個人的命運以及人與人之間的命運關係）。

第三是**納吉**。男方在祖廟卜得吉兆之後，再遣媒人通知女家，決定締結婚姻。

第四是**納徵**。男方將聘禮送給女家。聘禮有財物，有金錢，所以又稱**納幣**。

第五是**請期**。男方選定完婚日期,向女家徵求同意。

第六是**親迎**(yìng)。到了婚期,新郎在黃昏時分乘車到女家迎娶新娘。

六禮之中,**納徵**和**親迎**最為重要。由於六禮過於繁瑣,耗費人力物力很多,因而後世多有予以減省的,但來源於納徵的訂婚,和來源於親迎的完婚,仍然是婚姻禮儀不可缺少的內容。

關於婚姻禮儀,還有一些專用詞語應予介紹。

文定——《詩經‧大雅‧大明》有"文定厥祥,親迎於渭"之句,鄭玄箋:"問名之後,卜而得吉,則文王以禮定其吉祥,謂使納幣也。"說的是周文王卜得吉兆後納幣訂婚,並到渭河邊去迎娶太姒的事,後世因以**文定**作為**訂婚**的代稱。

共牢和**合卺**(jǐn)——《禮記‧昏義》說到親迎後新郎新娘"共牢而食,合卺而酳"的話。**牢**是牲畜,"共牢而食"就是新郎新娘共食一牲。**卺**是剖開葫蘆做成的瓢,"合卺而酳"就是新郎新娘各執一瓢對飲(一說用酒漱口)。後世稱男女成婚為**共牢**、**合卺**,均來源於此。後來**合卺**又演變為**交杯**,就是新婚夫妻互換酒杯飲酒。

"媒,謀也" "妁,酌也"

媒妁　掌判　柯人　冰人
　　　蹇修　月老　紅娘

在古代社會裏,男婚女嫁須有人做媒。《孟子‧滕文公下》說:"不待父母之命,媒妁之言,鑽穴隙相窺,逾牆相從,則父母國人皆賤之。"**媒妁**指說合婚姻的人,也就是舊時以做媒為職業的媒人。《說文》說:"媒,謀也,謀合二姓。"又說:"妁,酌也,斟酌二姓。"一說男方為**媒**,女方為**妁**。

《周禮‧地官》說:"媒氏,掌萬民之判。凡男女自成名以上,皆書年月日名焉,令男三十而娶,女二十而嫁。"鄭玄注:"判,半也,得耦為合,主合其半,成夫婦也。"判解釋為半,男女各為一半,兩半配合而成夫婦。後因以**掌判**稱媒人。

把做媒說成**作伐**、**伐柯**或者**執柯**,把媒人稱為**柯人**或者**執柯**

人，都來源於《詩經‧豳風‧伐柯》：「伐柯如何，匪斧不克；娶妻如何，匪媒不得。」《詩經》慣用比喻，這裏是用木工製作斧柄定要用斧頭，來比喻男女結婚定要有媒人。**伐**解釋為砍伐，**柯**是斧柄。

《詩經‧邶風‧匏有苦葉》有「士如歸妻，迨冰未泮」的話，這是一個女子惦記着住在河那邊的未婚夫，盼望他趁着河裏的冰還沒有融化，趕快過來迎娶。**泮**解釋為融化。又據《晉書‧索紞傳》載：孝廉令狐策夢見自己站在冰上同冰下人談話，索紞解釋説：「冰上為陽，冰下為陰，陰陽事也。士如歸妻，迨冰未泮，婚姻事也。君在冰上與冰下人語，為陽語陰，媒介事也；君當為人作媒，冰泮而後成。」後來把媒人稱為**冰人**，就是由此而來的。

蹇（jiǎn）**修**是傳説中的古賢者，伏羲氏之臣，掌管行媒之事，因用作媒人的代稱。源出屈原《離騷》：「吾令豐隆乘雲兮，求宓妃之所在；解佩纕以結言兮，吾令蹇修以為理。」王逸注：「蹇修，伏羲氏之臣也。理，分理也，述禮意也。言己既見宓妃，則解我佩帶之玉，以結言語，使古賢蹇修而為媒理也。」郭璞《遊仙詩》之二有云：「靈妃顧我笑，粲然啟玉齒，蹇修時不存，要之將誰使！」這是稱媒人為**蹇修**的較早用例，意思是説，仙女對我顧笑有情，但因沒有媒人從中撮合，使我無法與之交談。

古人婚姻不能自主，因而迷信配偶的選擇全由天命所定，不是人力所能改變得了的。唐人李復言《續玄怪錄》記韋固一次夜經宋城，遇見一老人在月光中倚囊而坐，手裏在翻看一本書。韋固問這是甚麼書，老人説是天下的婚姻簿；又問囊中是甚麼東西，老人説是紅繩，是用來拴繫夫妻兩人的腳的，此繩一繫，哪怕是冤家對頭或是天各一方，到頭來定要成為夫妻，想躲也躲不開。後因稱主管男女婚姻之神為**月下老人**，簡作**月老**，也用以指媒人。

現今有稱婚姻介紹人為**紅娘**的。**紅娘**是元雜劇《西廂記》中崔家的婢女，她聰明勇敢，蔑視禮教，熱情地促成了崔鶯鶯和張生的結合，是極受讀者喜愛的文學故事人物。還有**撮合山**，多見於宋元通俗戲曲小説，指拉攏説合雙方成事的人，也用作媒人的代稱。

"一枕黑甜鄉"

交睫　酣睡　鼾睡　睡魔
黑甜鄉　寤寐　夙興夜寐

人有週期性睡眠的需要，在睡眠中人的腦功能和體力得到恢復，醒後便能繼續投入緊張的勞動和工作。

人在睡眠中一般都緊閉雙目，**睡**字本來的意思，便是因疲乏而坐着閉目安息，也就是現在說的打瞌睡；至於把**睡**字解釋為睡覺，那是後來的事情。**眠**和**瞑**本來是同義字，意思是閉上眼睛，後來字義分化了：**瞑**是閉眼，**眠**是睡覺。

交睫是兩眼上下睫毛相接，意思是合眼而睡；**目不交睫**指夜間失眠。

酣睡、**沉睡**都是睡得很熟的意思。**鼾睡**是熟睡而發出粗重的呼吸聲。"臥榻之側，豈容他人鼾睡"，是宋太祖趙匡胤的名言。據史書記載：趙匡胤建立宋朝並消滅了南方幾個割據政權之後，正準備大舉攻打南唐，南唐李後主派人請求宋朝休戰，趙匡胤就說了上面的話作為比喻，表示自己既然做了皇帝，就要統一天下，決不容許有別的獨立王國同時存在。果然宋軍很快就攻入南唐都城金陵（今南京），李後主被俘，南唐政權滅亡。此後也有人沿用趙匡胤這話的，則是表示決不容許別人侵犯自己權利範圍的意思。

人在疲乏時急欲入睡，像是受了魔力的驅使似的，稱為**睡魔**。入睡後的境界，稱為**睡鄉**。也有稱為**黑甜鄉**的，黑是兩眼漆黑，甜是睡得香甜。蘇軾《發廣州》詩有"三杯軟飽後，一枕黑甜餘"之句。馬致遠《陳摶高臥》曲也有句云："笑他滿朝朱紫貴，怎如我一枕黑甜鄉。"

臥本來是趴在几上睡覺，《孟子‧公孫丑下》就有"隱几而臥"的話，後來也指躺在牀上，可以是睡着，也可以是未曾睡着。

寢作動詞用，也指躺在牀上，可以是睡覺，也可以是休息；作名詞用，是指睡覺用的房間，如**正寢**、**內寢**。

《詩經‧周南‧關雎》有"窈窕淑女，寤寐求之"的話，睡醒為**寤**，睡着為**寐**，**寤寐**合成一詞，意思與日夜相同。**寐**字單用的機會比**寤**字多，如**夜不能寐**、**喜而不寐**都是。還有**假寐**，是和衣而睡的意思。

【生命】

附帶說一下：成語**夙興夜寐**，有人把它簡單地理解為早晨起身，夜晚睡覺，這是不對的。這成語出自《詩經‧衛風‧氓》"夙興夜寐，靡有朝矣"，原意是起早睡遲，朝朝如此，通常形容一個人做事勤勞刻苦，沒有絲毫的鬆懈懶惰，大致與**披星戴月**義近。

"日有所思，夜有所夢"

夢境　酣夢　夢魘　託夢
夢熊　夢蝶　南柯夢　黃粱夢

人在熟睡中常會做夢。俗話說："日有所思，夜有所夢。"夢的內容的確與清醒時意識中保留的印象有關，但在夢中這種印象是錯亂不清的，因而夢的內容常常是混雜的和虛幻的，有時甚至是本人無法想像到的。

夢境是夢中經歷的情景，多用以比喻美妙的境界。**夢幻**是說夢境的虛幻和沒有現實根據。**夢想**有時表示非分的希望，有時又表示迫切的希望。

酣夢指熟睡狀態。**夢鄉**是熟睡時的境界。

噩夢是可怕的夢。**夢囈**（yì）是夢中說話。**夢魘**（yǎn）是夢中遇到可怕的事而呻吟或者驚叫。

託夢是說親友的靈魂在夢中出現並有所囑託，**圓夢**是解說和推斷夢的吉凶：兩者都是舊時迷信的說法。

古人常以所夢附會現實，說是夢中的某種內容就是生活中將要發生某種事實的先兆，如**夢熊**是生男的先兆，**夢日**、**夢月**是生貴子、得高位的先兆。

還有用拆字的方法來解說夢的吉凶，因而成為典故的。如三國時吳國丁固夢見松樹長在他的肚皮上，說松字拆開來是"十八公"三字，"後十八歲吾其為公乎"。見《三國誌‧吳誌‧孫皓傳》。後人因以**夢松**作為祝人位登三公的典故。又如晉朝王濬夢見臥室樑上掛着兩把刀，一會兒又加了一把，醒後有人奉承他說：三把刀是州字，本來有兩把，又加一把，是益的意思，大概你要被派到益州去做官了。見《晉書‧王濬傳》。後人因以**夢刀**作為地方官吏升遷的典故。

《論語・述而》記載孔子的話説："甚矣吾衰也，久矣吾不復夢見周公。"孔子仰慕周公，以至形於夢寐，後來詩文中多有用**夢周**作為緬懷先賢的典故的，即來源於此。

《列子・黃帝》記載"黃帝晝寢而夢遊于華胥氏之國"，見那裏的百姓無拘無束，一切聽任自然。後來多有用**夢華**表示追思往事恍如夢境之意的，如宋人孟元老所著《東京夢華錄》，即因其內容為追憶汴梁舊事而題此名。

《莊子・齊物論》有一則寓言，説莊周夢見自己變成蝴蝶，翩翩飛舞，根本不知道自己原來是莊周，一會兒醒過來，發覺自己分明是莊周，不知道究竟是莊周夢裏化為蝴蝶，還是蝴蝶夢裏化為莊周。這則寓言原是宣揚消除物我界限的，後來則用**夢蝶**或者**蝶夢**表示虛無縹緲的夢幻世界，也説明人生的變化無常。

還要説一説唐代的兩篇傳奇小説。一篇是李公佐的《南柯太守傳》，大意是説淳于棼做夢到了槐安國，娶公主為妻，官做到南柯太守，享盡榮華富貴，後來帶領軍隊出征戰敗，公主也死了，他被國王遣送回來，醒後在住宅南邊大槐樹下尋得蟻穴，原來是夢中槐安國都。另一篇是沈既濟的《枕中記》，大意是説盧生在邯鄲客店自歎窮困，道士呂翁借給他一個枕頭，叫他枕着睡覺，這時店主正煮黃粱，盧生在睡夢中享盡一生榮華富貴，一覺醒來，店主的黃粱還沒有煮熟呢。後來詩文中常用的**南柯夢**是説富貴得失無常，**黃粱夢**或**邯鄲夢**是説富貴虛無縹緲，總之都是空歡喜一場。

"采薪之憂"與"違和"

疾病　沉疴　河魚　病入膏肓
易簀　撤瑟　屬纊

疾病是人體失去健康的狀態。預防疾病，治療疾病，現在我們時常這樣説。但是在古代，**疾**和**病**是有分別的：一般的病叫**疾**，嚴重的病才叫**病**。《論語・述而》有"子疾病，子路請禱"的記載，《論語・子罕》又有"子疾病，子路使門人為臣"的記載，都是説孔子病得很厲害，因此他的學生子路要替他禱告天地和準備喪葬後事了。

痼也是病，**養痼**就是養病，**沉痼**、**宿痼**指積久難治的病。

痼和**沉痼**，都指長期不易治癒的頑症，也比喻難改的嗜好或習慣。

恙字兼有疾病、憂患兩義。**無恙**就是無病無憂，可作互相問候語。後來恙字多指病。有病為**有恙**；小病為**微恙**；別人有病，敬稱**貴恙**；自己有病，謙稱**賤恙**。

《孟子‧公孫丑下》說："有采薪之憂，不能造朝。"《禮記‧曲禮下》說："君使士射，不能，則辭以疾，言曰某有負薪之憂。"**采薪之憂**是說因病不能打柴，**負薪之憂**是說因病不能背柴：後來兩者都用作自稱患病的婉詞。至於**違和**，則是稱他人患病的婉詞，意思是說身體因欠調和而不適。

河魚之疾指腹瀉，也簡作**河魚**，語出《左傳‧宣公十二年》："河魚腹疾，奈何！"

霜露之病指感冒，即因感受寒涼而引起的疾病，語出《史記‧平津侯主父列傳》："君不幸罹霜露之病，何恙不已。"

惡疾指肢體或器官方面的缺陷；**末疾**指手足癱瘓。

《左傳‧成公十年》記載着一個故事，說是晉景公病重，秦桓公派了一位名醫去診治，醫生還未到，晉景公夜裏夢見兩個小孩（**二豎**）在對話。一個說：醫生來了，一定要加害於我們，我們還是趁早逃走了吧！另一個說：不用害怕，我們住在肓之上，膏之下，再好的醫生也奈何我們不得。古人把心尖脂肪叫做膏，心臟和隔膜之間叫做肓，說**膏肓**是藥力達不到的地方。後因以**二豎**作為病魔的代稱，以**病入膏肓**形容病情嚴重，無法醫治。

病在骨髓出自《韓非子‧喻老》中的一則寓言，說是名醫扁鵲多次拜見蔡桓公，告訴他有病要及早醫治，蔡桓公不相信，終因病情日漸惡化而死亡。書中記扁鵲的話說："病在腠理，湯熨之所及也；在肌膚，針石之所及也；在腸胃，火齊之所及也；在骨髓，司命之所屬，無奈何也。"意思是說，病在皮膚，用熏蒸和熱敷的方法能夠達到；病在肌肉，用針刺的方法能夠達到；病在腸胃，用飲服湯藥的方法能夠達到；病在骨髓，那是司命神所管的事，做醫生的就無能為力了。後以**病在骨髓**形容病症之不可救藥，與**病入膏肓**同義；也比喻局勢惡化，無法挽回。

在文言文中，生病有**染疾、嬰疾、抱病、罹病**等多種說法。**病篤**是說病重；**病革**（jí）是說病危；**病間**（jiàn）是說病情好轉；**大漸**是說病勢加劇；**彌留**是說病重將死。**痊、瘥**（chài）、**瘳**（chōu）都是病已痊癒的意思；**霍然**形容病癒之速。

最後介紹來源於《禮記》和《儀禮》的幾個典故。

一個是**易簀**（zé），說的是曾子臨終時更換牀蓆的故事，見於《禮記·檀弓上》。曾子未曾做過大夫，而他所睡的牀蓆是只有大夫才能使用的，所以他臨終時要他的兒子把牀蓆換掉，以與自己的身份相應，等到牀蓆換過，他還沒有安下身子，就一命嗚呼了。後以**易簀**表明人之病危將死。

一個是**撤瑟**，見於《儀禮·既夕禮》。本意是說撤去琴瑟，使病者安靜，且示敬意，後用以稱人之病危將死。

一個是**屬纊**（zhǔ kuàng），見於《禮記·喪大記》。纊是新的絲綿，**屬纊**就是用新絲綿放在病人的鼻前，驗其是否斷氣，後來也用作病危將死的代稱。

岐黃　扁鵲　華佗

青囊　杏林　懸壺　針砭　藥石
本草　單方　四氣五味

中國的醫藥學有幾千年的歷史，是我們祖先長期對付疾病的經驗總結，在世界上有很大影響。

神農氏是神話傳說中的人物。相傳遠古時代，神農嘗百草，發現藥材，教人治病，民間奉為**藥王**。又傳說黃帝和他的臣子岐伯，兩人都會治病，被認為是醫家的始祖，而**岐黃之術**或**岐軒之術**（黃帝號軒轅氏），便成了祖國醫學的代稱。

戰國時代的扁鵲，東漢末年的華佗，是中國古代的兩位名醫，史書上記載着他們一些治病救人的神奇故事。直到現在，還常用**扁鵲復生、華佗再世**之類的話來讚揚醫生醫術的高明。又據《後漢書・華佗傳》記載，華佗被曹操殺害之前，曾以青囊交付獄吏，囊內盛醫書，因而**青囊**也成了醫術的代稱。

稱頌良醫多用成語，如**妙手回春**、**着手成春**、**手到病除**、**起死回生**都是。

成語**杏林春滿**或者**譽滿杏林**，是中國醫藥史上一段值得玩味的佳話。三國時有位醫生叫**董奉**的，隱居江西廬山，他替人治病不取分文，只要求治癒之後，病重的在山上種植杏樹五株，病輕的種植杏樹一株；這樣過了幾年，治癒的病人無數，杏樹蔚然成林。這個故事見葛洪《神仙傳》，它不只是稱道醫生醫術的高明，更重要的是讚頌醫生醫德的高尚。

說起良醫，自然會想起《左傳・定公十三年》中的"三折肱，知為良醫"，和《楚辭・九章・惜誦》中的"九折臂而成醫"。這裏的"三、九"都不是實數，只是表示多次或者屢次。作為習用的詞語，**三折肱**和**九折臂**的意思是說多次折斷手臂，就能懂得醫治折臂的方法。這兩個詞語並不限用於醫療場合，更多的用來比喻對某事閱歷多，經驗豐富。

把行醫說成**懸壺**，是根據《後漢書・費長房傳》所載的一個怪誕故事，說是東漢方士費長房看到市中有老翁賣藥，懸壺（葫蘆）於座，市罷便跳入壺內。這裏說的雖是賣藥，但因為古代醫藥不分家，後來就把**懸壺**作為行醫的代稱了。

對行醫的人，稱**醫師**，也稱**醫生**。**世醫**是世代行醫的人。**儒醫**指原本業儒而又習醫的人。**庸醫**是醫術低劣的醫生。**太醫**是古代宮廷中掌管醫藥事務的官員，也泛稱皇家醫生。宋代太醫局給屬下的醫生設有大夫官階，後因稱醫生為**大夫**，現今北方各地仍沿用此稱。稱醫生為**郎中**也始於宋代，郎中也是官名，現在南方各地仍有沿用此稱的。

望聞問切是中醫的四種診斷方法：**望診**是觀氣色；**聞診**是聽氣息；**問診**是詢症狀；**切診**是按脈象。醫家通常把這四種方法結合起來運用。

砭字從石，它是中國最古老的一種醫療工具，就是用石塊磨成的尖石或石片，用它在人體某一部位劃破一點皮，出一點血，就能治好某種疾病。這種醫療方法早已失傳了，代之而興的是用金屬製成的針刺進人體經絡穴位，這樣來防病治病。**針砭**並列，既是兩種醫療工具的合稱，也是兩種醫療方法的合稱。至於後來所說的**針灸**，**針**是用針刺，**灸**是用艾絨熏灼，兩者同樣作用於人體經絡穴位，並可配合使用。**針砭**一詞還有它的引伸義，那就是用治病作為比喻，表示規勸別人改正錯誤的意思，如**痛下針砭**。有時也單用一個**砭**字，如**痛砭時弊**。

《説文》説：「藥，治病草。」**藥**字從草，本指可以治病之草，後來泛指可以治病之物，故王筠注云：「依《五篇》引《急就篇》注，草木、金石、鳥獸、蟲魚之類，堪癒疾者，總名為藥。」又**藥石**也泛指藥物。《左傳・襄公二十三年》：「孟孫之惡我，藥石也。」孔穎達疏云：「治病藥分用石，《本草》所云鐘乳、礜、磁石之類多矣。」**藥石**也有規勸的引伸義，人們常説的**藥石之言**，就是勸人改過的話。

《墨子・貴義》有云：「譬若藥然，草之本，天子食之，以順（療）其疾。」不少記載中藥的書，都以**本草**為名，如明代傑出醫藥學家李時珍編纂的《本草綱目》，就是中藥學的一部總結性巨著。中藥包括植物藥、動物藥和礦物藥，其中以草藥為最多，因以**本草**作為中藥的統稱。正如五代後蜀韓保昇在《蜀本草》中所説：「按藥有玉石、草木、蟲獸，而直云本草者，為諸藥中草類最多也。」

根據病情需要，選配藥物，規定劑量，組配成方，是為**方劑**。古代醫家常用**君臣佐使**四字來説明方劑中諸種藥物的不同作用：藥物起主治作用的為**君**，起輔助作用的為**臣**，治療兼症和起制約作用的為**佐**，引藥直達病所的為**使**。

單方又稱**丹方**，指民間流傳的對某種疾病常用的藥方，其特點是藥物組成較為簡單，多能就地取材，便於應用。**偏方**指民間流傳不見於古代醫書的藥方。**秘方**指不公開流傳的藥方。**驗方**指經應用證明確有療效的藥方。

中藥有各種不同的製劑形式，現分別介紹如下：

【一】**湯劑**：將藥物加水煎煮，取汁飲服。這是最常用的。

【二】**酒劑**：將藥物浸入酒中（多用白酒），經過相當時日，

【生命】

93

濾去藥渣，即可飲用。酒劑古稱**醪醴** (láo lǐ)，俗稱**藥酒**。

【三】**露劑**：將芳香類藥物加水蒸餾，收集餾出的水分飲用。

【四】**丸劑**：將藥物研磨成細粉，加入適量的黏合劑如藥汁、水、蜜、麵糊、米糊、蜂蠟等，拌和後做成圓球形顆粒。丸藥有大有小，小的吞服，大的嚼服。

【五】**散劑**：有內服的也有外用的。內服的將藥物磨成粗末，用水調服。外用的將藥物研磨成細粉，用水調敷患處。

【六】**膏劑**：也分內服和外用兩種。內服的將藥物加水煎熬多次，去渣取汁，加冰糖或蜂蜜濃縮成膏，可隨時用開水沖服。外用的將藥物加食用植物油煎熬，去渣成膏，趁熱攤塗在紙或布上，製成**膏藥**外貼患處。

【七】**丹劑**：原指古代術士用金石煉製的成藥，後來把部分精製成丸狀、錠狀的成藥稱為**丹**。

關於中藥的性味和功能，一向有**四氣五味**之說。四氣指藥性的寒、熱、溫、涼，寒性與涼性相近，熱性與溫性相近，寒性或涼性的藥能治熱性病症，熱性或溫性的藥能治寒性病症。**五味**指藥味的辛、酸、甘、苦、鹹：辛能散，酸能收，甘能緩，苦能堅，鹹能軟。在四氣五味以外，還有將性平的藥另行歸入淡味一類的，那實際上就是五氣六味了。

"死者，人之終也"

大歸	物化	作古	瞑目
就木	賓天	修文	自裁

《列子·天瑞》說："死者，人之終也。"在文言文中，關於人死的異稱特別多，這是有道理的：第一，古代等級森嚴，人的身份不同，死的說法也就不同。第二，死的情況有異，表達的詞語也就有異。第三，人死被認為是極不吉利的事，因而人們往往諱言死字，而用一些委婉的說法來表示。

死和**亡**是同義字，**死亡**是並列式合成詞。**歿、殂、殞**都是人死的委婉說法：**歿**也作**沒**，本義是沉入水中；**殂**也作**徂**，本義是來往的往；**殞**也作**隕**，本義是從高處落下。**斃**有兩義，都含貶斥意味：一是死，如**束手待斃**；一是倒下，如**多行不義必自斃**。

死意味着離開了人世，所以有**故世**、**逝世**、**去世**、**下世**、**絕世**、**棄世**、**辭世**、**謝世**等多種説法。有時也單用一個**故**字或**逝**字，如説**病故**、**病逝**。

死意味着生命的終結，所以有**喪**（sàng）**命**、**畢命**、**絕命**、**隕命**等説法。

死意味着永遠告別了親友，所以説**永別**、**永訣**。

《淮南子‧精神訓》説："生，寄也；死，歸也。"古人認為生似寄居，死如歸去，因以**歸**或**大歸**作為人死的諱稱。還有**捐館舍**，簡作**捐館**，意謂捨棄寄居的館舍，**捐背**（bèi）意謂棄之而去，也都是諱言人死的。

物化、**物故**都是人死的代稱。前者出自《莊子‧刻意》："聖人之生也天行，其死也物化。"後者出自《荀子‧君道》："人主不能不有遊觀安燕之時，則不得不有疾病物故之變焉。"

不諱是人死的代稱，意謂人死不可避免，無須忌諱，也説**不可諱**。

凋謝、**凋落**、**凋零**是用草木的凋殘萎落比喻人的死亡，也説**徂謝**、**徂落**。

作古是已作古人的意思，**仙遊**是遊於仙界的意思，都指人的死亡。

長眠、**永眠**都是人死的委婉説法。**瞑目**或**一瞑不視**也指人死，**死不瞑目**是説死而有憾。

舊時人死必備棺木裝殮屍體，埋葬土中，**就木**作為人死的代稱，意思是屍體入棺。

舊時迷信以為人生在世為陽間，死後靈魂在陰間為鬼，因而人死便稱為**登鬼錄**或**入鬼錄**，也稱**在鬼錄**，**鬼錄**指陰間死人的名冊。

嗚呼、**嗚呼哀哉**本是感歎之辭，舊時祭文中常用以表示對死者的悲悼，後來借指人的死亡，多少帶有詼諧或者諷刺的意味。

《禮記‧曲禮下》説："天子死曰**崩**，諸侯曰**薨**（hōng），大夫曰**卒**，士曰**不祿**，庶人曰**死**。"這是古代等級觀念在避諱問題上的具體表現。這裏要說明兩點：一、後世對帝王死的諱稱還有許多，如**山陵崩**、**晏駕**、**升遐**、**登遐**、**上賓**、**賓天**都是，**大行**則指皇帝初死。二、**卒**本指大夫死，後來用作死亡的通稱，如說生卒年月。

據《禮記‧檀弓上》記載，孔子臨死前作歌道："泰山其頹兮！樑木其壞兮！哲人其萎兮！"孔子自稱哲人，將自己的死比作泰山的崩塌和棟樑的毀壞，後世則以**泰山其頹**或**山頹木壞**作為對眾所仰望之人死去的喻稱。

傳說晉代中牟令蘇韶死後現形，對他的堂弟說，孔子的學生顏淵、卜商（子夏）現在地下任修文郎，見《太平御覽》卷八八三引王隱《晉書》，後因稱文人之死為**地下修文**，也簡作**修文**。

見背和**棄養**，都指父母死去：前者是說父母離開了子女，後者是說子女失去了奉養父母的機會。

《孟子‧盡心上》說："盡其道而死者，正命也；桎梏死者，非正命也。"人皆有一死，但死有**正命**和**非命**的不同：**正命**是壽終而死，也說**善終**、**令終**、**全活**；**非命**是遭遇意外災禍而死，也說**橫**（hèng）**死**、**強死**。**壽終正寢**是說年老時在家安然死去。**客死**是說死於他鄉。**瘐**（yǔ）**死**是說死於獄中。**殍**（piǎo）、**殣**（jìn）是餓死。**夭**、**夭折**、**短折**是早死。**殤**是未成年而死。

自殺的婉稱有多個，如**自引**意為自己承擔，**自裁**意為自己裁決，**自戕**意為自己傷害自己，**自盡**意為自己毀滅自己。自殺的方法也有多種：**經**、**縊**、**自經**、**自縊**、**投繯**（huán）是上吊而死，**刎**、**剄**、**自刎**、**自剄**是割頸而死，**自溺**、**自沉**是溺水而死，**仰毒**、**仰藥**是服毒而死。

"弔生曰唁，弔死曰弔"

訃告　弔唁　入殮　棺槨
出殯　人殉　梓宮　奉安

死是人生的終點。在中國古代，為死去的親屬治喪送葬，被認為是一件至關重要的事，有各種繁瑣的禮節和儀式，由此而產生的一系列特定詞語，有的至今仍然流傳眾口，有的則僅見於古籍之中。

訃告或者**訃聞**，是向死者親友報喪的通知，多附有死者生平事略。**訃告**本作**赴告**，取奔赴相告之意，**訃**是**赴**的後起分別字。《説文》説："赴，趨也。"段玉裁注："古文訃告字只作赴者，取急疾之意，今文從言，急疾轉隱矣。"

　　"弔生曰唁，弔死曰弔"，**弔**是哀悼死者，**唁**是慰問喪家；**弔唁**是並列合成詞。

　　古人死後，先要用水揩拭屍體，並裹上衣衾，這叫**小殮**；然後把裹上衣衾的屍體裝進棺材，這叫**大殮**：兩者統稱為**殮**或者**入殮**。入殮時要把珠玉貝米之類放在死者口中，因稱**飯含**（hàn）或者**含殮**。

　　裝殮死人的器具叫**棺**，棺外的套棺叫**槨**（guǒ）：外槨主要用來保護內棺，兩者合稱**棺槨**。棺是用木頭做成的，**棺材**、**棺木**本意是做棺所需用的木料，俗語也用以指已經做成的棺。另外古書上説的**櫬**（chèn）也就是棺。至於**梓器**作為棺的別稱，是因為梓木可以做棺。**壽器**是生前預先做好的棺，也指一般的棺。

　　柩是已經裝進屍體的棺，也叫**靈柩**、**靈櫬**。

　　死人入殮之後，一般都把靈柩停放屋內，時間長短不等，這叫**殯**。隨後把靈柩運到埋葬的地方去，叫**出殯**，也就是送葬。參加送葬的親友幫助牽拉柩車叫**執引**，幫助抬舉靈柩下壙叫**執紼**（fú），**引**和**紼**都是繩索。《禮記•檀弓下》説："弔於葬者必執引，若從柩及壙，皆執紼。"後來**執引**、**執紼**便都成了送葬的代稱。再有：**素車白馬**為送葬者所乘，人們也用它作為送葬的代詞。

　　古代貴族有死後用人陪葬的制度，稱為**殉**或**人殉**，有的**生殉**，有的**殺殉**。人殉的做法，以商代為盛，周代以後，則改用**俑**來代替，**俑**是木製或陶製的人偶像。還有**物殉**，起初是將死者生前的器物隨葬，後來則用陶木仿製的模型，稱為**冥器**或者**明器**、**盟**（míng）**器**；宋代以後，**冥器**又指舊時迷信焚化給死者的紙紮器物。

　　墳墓是埋葬死人的地方。古時**墳**和**墓**的分別是墳高而墓平，所謂"築土為墳，穴地為墓"，説明墓指的是埋葬死人的地穴，而墳指的是埋葬死人之後在地面上築起的土堆，只是後來多以**墳**、**墓**連用，便不再區分彼此了。再有，**塚**也是墳墓，是高而大的墳墓。

壙（kuàng）是墓穴；**生壙**是生前預造的墓穴。

窀穸（zhūn xī）由屯夕兩字加穴而成，"長埋謂之窀，長夜謂之穸"。**窀穸**本指埋葬，轉指墓穴。

穴是土室，也作墓穴講；夫妻合葬，稱為**同穴**。

塋（yíng）是墓地，**祖塋**是祖先的墓地。

厝（cuò）是安置的意思，引伸為停柩待葬或者淺埋以待改葬，也說**暫厝**、**浮厝**。

古代皇帝的靈柩稱為**梓宮**，下葬稱為**奉安**。

古代皇帝的墓地叫**陵**，規模特大的有陝西臨潼的**秦始皇陵**，陝西興平的**茂陵**（漢武帝葬此），陝西醴泉的**昭陵**（唐太宗葬此），陝西乾縣的**乾陵**（唐高宗和武則天合葬於此），河南鞏縣的**宋陵**（北宋皇帝葬此），內蒙古伊金霍洛旗的**成吉思汗陵**，江蘇南京的**明孝陵**（明太祖葬此），北京的**明十三陵**（明代皇帝葬此），遼寧瀋陽的**清昭陵**（清太宗皇太極葬此），河北遵化的**清東陵**和易縣的**清西陵**（清代皇帝葬此兩處），現均為全國重點文物保護單位。

"神女" 與 "青樓"

娼妓　神女　夜度娘　花柳
　　　青樓　北里

娼妓制度是人類文明的恥辱，它是剝削制度的產物，又必將隨着剝削制度的消亡而消亡。在古代，**娼**字本來寫作倡，指的是以表演歌舞為主的藝人；**妓**字本來寫作伎，指的是以表演技巧為主的藝人（在古書中，**倡伎俳優**四字常通用）。**倡**和**伎**最早有男也有女，他們都以供人玩賞為業，社會地位極為低下，後來其中的一些女藝人淪為**娼妓**，被迫以賣淫為生，因此娼妓多有能歌善舞的。**娼**、**妓**兩字都以女為義符，它們作為**倡**、**伎**的分別字，已經變成女性專用的了。

　神女是娼妓的別稱。戰國作家宋玉在《高唐賦》序中說："昔者先王（指楚懷王）嘗遊高唐，怠而晝寢，夢見一婦人，曰：妾，巫山之女也，為高唐之客，聞君遊高唐，願薦枕席。王因幸之。"

又在《神女賦》序中說："楚襄王與宋玉遊於雲夢之浦，使玉賦高唐之事，其夜王寢，果夢與神女遇，其狀甚麗。"事本假託，並非實有，後世稱娼妓為**神女**即來源於此。

《夜度娘》本為南朝樂府民歌的篇名，其辭為"夜來冒霜雪，晨去履風波，雖得敘微情，奈儂身苦何"，後世因以**夜度娘**指稱娼妓。

《戰國策·東周策》說："齊桓公宮中七市，女閭七百，國人非之。"鮑彪注："閭，里中門也，為門為市於宮中，使女子居之。"**女閭**（《韓非子·難二》作**婦閭**）本謂宮中設市，使婦女聚居於此，以便行商，後來即以稱娼妓活動的場所。

古樂府詩有《長安有狹斜行》，敘述少年出遊尋樂之事，首句為"長安有狹斜，狹斜不容車"，**狹斜**也作**狹邪**，是娼妓所住的狹路曲巷，後世因以為娼妓住處的代稱，而娼妓則被稱為**狹斜女**。

《史記·貨殖列傳》有"刺繡文不如倚市門"的話，舊時因以**倚門賣笑**形容娼妓生涯，意思是說她們以巧笑取媚於男子。

舊時一些無聊文人，把娼妓看作可以盡情戲弄的玩物，把她們比喻為**花**，因而產生了一些庸俗的詞語，如稱娼妓為**花娘**，稱娼妓中的有名者為**花魁**，稱挾妓飲酒為**花酒**；也有用**花柳**的，如稱妓院為**花柳場**，稱妓院所在之處為**花門柳戶**、**花街柳巷**，稱狎妓為**尋花問柳**，甚至把性病稱為**花柳病**。

青樓本指豪華精緻的樓房，也指娼妓住處。唐代詩人杜牧《遣懷》詩的"十年一覺揚州夢，贏得青樓薄幸名"，是大家熟悉的名句。

平康是唐代長安里名，里近北門，故又叫**北里**，其地為妓院所在，因即用為妓院的代稱。唐代文人孫棨著有筆記《北里誌》，記述當時娼妓的生活情況。

唐代成都名妓薛濤能詩文，王建在寄贈給她的詩中有"萬里橋邊女校書，枇杷花下閉門居"的句子，後因稱能詩文的名妓為**女校書**，稱名妓所居為**枇杷門巷**。

俗稱娼妓為**婊子**，**婊**本作**表**，是外室的意思；稱狎妓者為**嫖客**；北方稱妓院為**窰子**，南方稱妓院為**堂子**。

老鴇或者**鴇母**，是舊時對開設妓院的女人的稱呼。鴇是一種鳥，比雁略大，形亦近似。古人說是鴇有雌無雄，逢鳥則與之交，所以有"萬鳥之妻"的說法，其實並非如此，牠既有雌也有雄，而且和別的鳥一樣，也是通過同種相交來繁衍後代的。

社會

"人為萬物之靈"

圓顱方趾　戴髮含齒　橫目
噍類　生靈　人丁　生齒

在自然界中，在生物發展階段上，人類居最高位置。與其他高等動物相比，人具有完全直立的姿勢，解放了的雙手，複雜而有音節的語言和善於思維的大腦，並有製造和使用工具改造自然的本領。《尚書·泰誓上》有云："惟天地萬物父母，惟人萬物之靈。"後人據此以**萬物之靈**作為人類的代稱，説明人是一切生物之中最高貴最聰明的。

《淮南子·精神訓》在解説人的形體時説："頭之圓也象天，足之方也象地。"**圓首方足**是人的特徵，因而用它作為人類的代稱，但後來多寫作**圓顱方趾**或**圓頂方趾**。

《列子·黃帝》説："有七尺之骸，手足之異，戴髮含齒，倚而趣者，謂之人。"翻譯成白話就是：有七尺高的身軀，手腳功能不同，頭上長髮，口中含齒，能直立行走的，叫做人。這段話概述了人之所以異於禽獸的地方，後因以**戴髮含齒**指稱人類。

《逸周書·文傳》説："故諸橫生盡以養從生，從生盡以養一丈夫。"孔晁注："橫生，萬物也；從生，人也；一丈夫，天子也。"**橫生**指人以外的一切生物；從（zòng）與縱同，解釋為直，人體直立而行，故稱**從生**。

四足行走的獸類，眼睛大都生在顏面的兩側，人的眼睛則移到了顏面的中間，從側視變為雙眼前視。《莊子·天地篇》中有"夫子無意於橫目之民乎"的話，成玄英疏："五行之內，唯民橫目，故謂之橫目之民。"**橫目**也是人的特徵，也用作人類的代稱。

噍（jiào）是咬嚼食物；**噍類**指能吃東西的動物，特指活着的人。**無噍類**形容殺戮之慘，意謂一人不留。《漢書·高帝紀上》："項羽為人慓悍禍賊，嘗攻襄城，襄城無噍類，所過無不殘滅。"顏師古注引如淳曰："無復有活而噍食者也。青州俗呼無子遺為無噍類。"《史記·高祖本紀》作**無遺類**，義同。

生靈也指活着的人。《北史·四夷傳序》："萬物之內，生靈寡而禽獸多。"柳宗元《癒膏肓疾賦》："夫八紘之外，六合之中，

社會

103

始自生靈，及乎昆蟲，神安則存，神喪則終。”兩例都以**生靈**與動物（禽獸、昆蟲）相對稱。舊時常以**生靈塗炭**形容民眾處於極端困苦的境地，就像是陷入泥沼、落進火坑一般，苦不堪言。**生靈塗炭**又作**生人塗炭**或**生民塗炭**，意思一樣。

現在人們說的**人口**，古時稱為**人丁**或者**丁口**。丁指的是能夠服勞役和服兵役的成年男女，男的叫**丁男**，女的叫**丁女**。男女成年稱為**成丁**；能擔任全部丁役的成年人叫**全丁**，能擔任部分丁役的未成年人叫**半丁**。

生齒和**食指**也指人口，但所指範圍小，一般用於某個家族或家庭，如說**生齒日繁**、**食指日增**。前者是因為男女出生後要等到長出牙齒（男八月，女七月）方始登記入冊，後者是因為慣常用扳手指的辦法數點人口。

“人”與“仁”同源
“民”與“氓”同源

四民　百姓　子民　庶民　黎民
黔首　蒼生　布衣　匹夫

從中古起直到現代，人們習慣於把人和**民**當作同義字來使用。唐太宗姓李名世民，為了避他的名諱，唐代詩文中就有不少用**人**代**民**的，如柳宗元作《封建論》，不用人們熟知的**生民**，而用相當生僻的**生人**，就是把人等同於**民**的一個實例。至於**人民**連綴成詞，在現代語中更是到處可見，無須詳說。

但在先秦，**人**和**民**卻是有着明顯的分別，不能隨意混用的。

首先是字源不同。人與仁是同源字。在古籍中，人、仁兩字互訓的例子很多。《孟子·盡心下》：“仁也者，人也。”《說文》解釋說：“仁，親也。從人，從二。”意思是只要有兩個人在一起，便不能不有仁愛之心，而仁愛之心也只能在人與人之間產生。又人、仁兩字都有心義。《禮記·禮運》：“人者，天地之心也。”段玉裁認為果仁的仁也應作人，他在《說文》人字下注云：“天地之心謂之人，能與天地合德；果實之心亦謂之人，能復生草木而成果實：皆至微而具全體也。果人之字，自宋元以前，本草、方書、詩歌、紀載，無不作人字；自明成化重刊本草，乃盡改為仁字，於理不通，學者所當知也。"至於**民**，它與**氓**（méng）是同源字。《説文》説："民，眾氓也。"又説："氓，民也。"**民**、**氓**兩字互訓。**氓**又作**萌**，段玉裁注云："古謂民曰萌，漢人所用不可枚數。……萌猶懵懵無知貌也。……大抵漢人萌字，淺人多改為氓。"

其次是本義不同。**人**的本義是指區別於動物的所有的人，無貴賤智愚之分，而**民**的本義則指人中的蒙昧無知者，因此儘管**人**和**民**都表示人的概念，但**民**的內涵比**人**的內涵要多，**人**的外延比**民**的外延要大。**聖人**和**愚人**，**貴人**和**賤人**，都可以稱人，但**愚人**、**賤人**可稱**愚民**、**賤民**，而**聖人**、**貴人**不能稱聖民、貴民。

在先秦，凡是不擔任國家或政府職務的人，包括不居官位的奴隸主和地主在內，統稱為**民**。士農工商，合稱**四民**。《穀梁傳·成公元年》云："古者有四民：有士民，有商民，有農民，有工民。"《漢書·食貨誌上》亦云："士農工商，四民有業；學以居位曰士，闢土殖穀曰農，作巧成器曰工，通財鬻貨曰商。"

百姓最早本是貴族的統稱。《尚書·堯典》："百姓昭明，協和萬邦，黎民於變時雍。"《詩經·小雅·天保》："群黎百姓，遍為爾德。"兩例都以**百姓**與平民（黎民、群黎）相對稱。後來大量貴族失去了土地和官爵，社會地位下降到與平民相等，**百姓**漸次失去了貴族的意義，因而平民也稱為**百姓**。另有一種解釋，説是古代平民無姓，有姓的都是有土地有官爵的貴族，後來平民也有了姓，於是稱為**百姓**。

在君主專制時代，**君**是統治者，**民**是被統治者，**民**與**君**相對。《孟子·盡心下》有名言："民為貴，社稷次之，君為輕。"後人把它濃縮成為成語**民貴君輕**。**臣**與**民**相對：**臣**是官吏，**民**是民眾。韓愈在《原道》中説："是故君者出令者也，臣者行君之令而致之民者也，民者出粟米麻絲、作器皿、通貨財以事其上者也。"這段宣揚君權至上論的話，十分準確地説明了**君**、**臣**、**民**三者互相依存的關係。

舊時統治者宣揚自己愛民如子，君民或官民關係有如父子關係，因稱平民為**子民**或**赤子**，稱民眾歸附為**子來**。

眾、**庶**、**烝**都是多的意思。**眾民**、**庶民**、**烝民**都指眾多的平民。**眾庶**並列成詞，義同**眾民**、**庶民**。

元元指多數人，即眾民；一說**元**訓善良，**元元**是善良的眾民。也說**元元之民**。

對**黎民**的**黎**，有兩種不同的解釋。一說**黎**是多的意思，**黎民**就是眾民。一說**黎**是黑色，**黎民**因黑髮而得名。以**黎**字為頭，還可以組成**黎庶**、**黎烝**、**黎元**等雙音合成詞。

黔首意為黑頭，是戰國時秦國以及統一中國的秦朝對平民的稱呼；據說秦尚黑色，平民都用黑布包頭，故有此稱。**黔**、**黎**都表黑色，也常並列成詞。

蒼是深藍色或深綠色，也就是草木的本色。《尚書·益稷》有"帝光天之下至於海隅蒼生"之句。孔穎達疏："旁至四海之隅蒼蒼然生草木之處。"**蒼生**本指生長草木之處，後來借指平民。

兆，古代以百萬或者萬億為兆，用來表示極多；**兆民**、**兆庶**、**兆黎**是極言平民人數之多。

古時貴族穿絲織品，平民穿用麻葛織成的布，因此**布衣**成了平民的代稱。諸葛亮《出師表》有云："臣本布衣，躬耕於南陽，苟全性命於亂世，不求聞達於諸侯。"是一個極好的用例。

白丁、**白身**也指平民，沒有功名或官職者。

匹是配偶的意思。**匹夫匹婦**泛指普通平民，也可以單說**匹夫**，如"天下興亡，匹夫有責"[1]，就是說國家大事每個平民都有責任。

注：

[1] "天下興亡，匹夫有責"，一般都當作顧炎武的話來引用。經查證顧炎武《日知錄·正始》原作"保天下者，匹夫之賤，與有責焉耳矣"，八字成文的句型，實出自梁啟超《痛定罪言》："斯乃真顧亭林所謂'天下興亡，匹夫有責'也。"

童年　青年　壯年

孩提　發蒙　赤子　垂髫　華年
龍駒　芝蘭玉樹　雛鳳聲清

人從呱呱墜地到發育成熟，要經過嬰兒、幼兒、童年、少年、青年、壯年等幾個階段。

嬰是乳兒，**孩**是幼兒；一說女的叫**嬰**，男的叫**孩**。幼兒需要大人用手抱着或者牽着，因而有**孩抱**、**孩提**之稱。

童是尚未成人的幼兒，通稱**兒童**。**童蒙**是說兒童蒙昧無知，源出《周易·蒙卦》："匪我求童蒙，童蒙求我。"孔穎達疏："蒙者，微昧暗弱之名。"**發蒙**意謂開始教導處於蒙昧狀態的兒童識字讀書。又舊時稱專為兒童發蒙的學館為**蒙館**，稱蒙館教學用的課本為**蒙書**。

赤子指初生的嬰兒。《尚書·康誥》云："若保赤子，惟民其康乂。"孔穎達疏："子生赤色，故言赤子。"**稚子**指幼兒。**孺子**指兒童。

《詩經·衛風·芄蘭》云："芄蘭之支，童子佩觿，雖則佩觿，能不我知。"**觿**(xī)是古代用象骨製成的小錐，用以解衣帶的結，也作為飾物佩帶在身上。後人據此以**觿年**作為童年的代稱。

齠(tiáo)和**齔**(chèn)都是說兒童換牙，即脫去乳牙，長出恆牙，因而**齠齔**、**齠年**均借指童年。

髫是古時兒童頭上下垂的短髮，**垂髫**、**髫年**均借指童年。**總角**也指童年，意思是兒童把頂上的頭髮紮成小髻。

華年、**綺年**、**妙齡**都指青少年時期。**盛年**、**茂年**都指壯年時期。

神童是聰慧異常的兒童。《詩經·大雅·生民》追述古代周族始祖后稷的事跡，中有"誕實匍匐，克岐克嶷"之句，毛傳："岐，知意也；嶷，識也。"意思是說，后稷剛學會在地上爬行，就顯出特殊的智慧，後因以**岐嶷**形容幼兒聰慧。

《論語·子罕》記載孔子的話說："後生可畏，焉知來者之不如今也。"後多用**後生可畏**來稱讚有志氣有作為的青年人，**畏**是敬畏佩服的意思。

後起之秀原作**後來之秀**，指後輩中的優秀人物，語本《世說新語‧賞譽》所記東晉經學家范寧稱讚外甥王忱的話："卿風流俊望，真後來之秀。"

後來居上出自《史記‧汲鄭列傳》所記汲黯對漢武帝說的話："陛下用群臣如積薪耳，後來者居上。"原意是說資格淺的新人反而位居於元老舊臣之上，表示不以為然，後來則泛指後輩勝過前輩，新事物勝過舊事物，含有讚許之意。

駒是幼馬，**千里駒**、**名家駒**喻指英俊的少年。《漢書‧楚元王傳》："（劉德）少時數言事，召見甘泉宮，武帝謂之千里駒。"又《後漢書‧趙憙傳》："卿名家駒，努力勉之。"

龍和**鳳**都是古代傳說中的神異動物，因而**龍駒**、**鳳雛**也喻指英俊的少年。《晉書‧陸雲傳》："幼時，吳尚書廣陵閔鴻見而奇之，曰：此兒若非龍駒，定是鳳雛。"

據《世說新語‧言語》記載：東晉政治家謝安曾問家中諸子姪：為甚麼人們都希望自己的子弟才智過人？一時無人應對，惟有謝玄回答說：這就像是芝蘭玉樹一樣，誰都希望它生長在自己的庭院裏。後因以**芝蘭玉樹**形容子弟優異超群，有時也用以稱譽別人的子弟。

最後說一說**雛鳳聲清**的由來。**雛鳳聲清**是李商隱詩句"雛鳳清於老鳳聲"的縮寫，雛鳳指晚唐詩人韓偓（小名冬郎），老鳳指其父韓瞻（字畏之）。韓瞻是李商隱的故交和連襟，一次李商隱離開長安赴四川，韓偓才十歲，就能在告別宴會上即席賦詩，才華驚動四座；幾年之後，李商隱回到長安，重吟韓偓所贈詩句，追憶往事，寫詩酬答，詩中將韓瞻、韓偓父子比作鳳鳥，以"雛鳳清於老鳳聲"表明青勝於藍，子勝於父，也就是一代更比一代強的意思。

敬老與祝壽

三老　人瑞　龜齡　鶴年
海屋添籌　老驥伏櫪　華首　龍鍾

中華民族向來有尊敬老人的美德，而健康長壽是對老人的最好祝願。

古時把最高的年壽稱為**三老**或者**三壽**，即上壽、

中壽、下壽，其具體説法不一：有説上壽一百二十歲、中壽一百歲、下壽八十歲的，見《左傳·僖公三十二年》孔穎達疏；有説上壽一百歲、中壽八十歲、下壽六十歲的，見《莊子·盜跖》；有説上壽九十歲、中壽八十歲、下壽七十歲的，見《論衡·正説》。大致以最後一説較為接近事實。

古人認為高壽是吉祥的徵兆，因稱年壽特高的人為**人瑞**。

延年益壽是常用的祝人長壽的話，意思是説延長壽命，增加歲數。語出宋玉《高唐賦》："九竅通鬱，精神察滯，延年益壽千萬歲。"《史記·商君列傳》也有"君之危若朝露，尚將欲延年益壽乎"的話。

相傳龜鶴這兩種動物都是長命的，因而祝人長壽常説**龜鶴遐齡**，也單説**龜齡**或者**鶴年**。《抱朴子·對俗》有云："知龜鶴之長壽，故效其道引以增年。"

《詩經·小雅·天保》是一首臣子祝頌君主的詩，其第三章説："天保定爾，以莫不興。如山如阜，如岡如陵，如川之方至，以莫不增。"第六章又説："如月之恆，如日之升，如南山之壽，不騫不崩，如松柏之茂，無不爾或承。"詩的篇名為天保，篇中連用九個"如"字，也就是連用九個比喻，表示祝頌福壽綿長之意，後因以**天保九如**作為祝人長壽之辭。**壽比南山**也是從這詩裏得來的，祝頌別人壽命像終南山一樣長久。

海屋添籌出自《東坡誌林》卷二記載的一個説大話的寓言故事。説有三位老人相遇，有人問起他們的年齡大小。一個説：自己的年齡已記不起來，只記得年少時同開天闢地的盤古氏很有交情。一個説：每一次大海變農田時，我就放下一根籌碼，現在所放籌碼已經堆滿十間屋。又一個説：我每次吃蟠桃，都把桃核丟在崑崙山下，現在桃核已經堆得跟崑崙山一樣高了。因為原文有"海水變桑田時，吾輒下一籌，爾來吾籌已滿十間屋"的話，後人便用**海屋添籌**或**添籌**作為祝人長壽之辭，隱含"天增歲月人增壽"之意：**海屋**是容量極大的房間，**籌**是計數用的籌碼。

"丈夫為志，窮當益堅，老當益壯。"這是東漢伏波將軍馬援對賓客們説的話，見《後漢書·馬援傳》。王勃在《滕王閣序》中曾引用説："老當益壯，寧移白首之心；窮且益堅，不墜青雲之志。"後常以**老當益壯**表示年老而志氣應當更加旺盛，以**窮當益堅**表示處境困窮而意志應當更加堅定。

"老驥伏櫪，志在千里，烈士暮年，壯心不已。"這是曹操《步出夏門行·龜雖壽》中的名句，説老了的良馬雖伏處馬房，仍想去馳驅千里，比喻豪傑之士雖到了晚年，仍懷有雄心壯志。後以**老驥伏櫪**作為成語，表示人壽有限而壯志無窮，與**老當益壯**意思大致相同。

老年是人生的最後階段。有關老年的代稱很多，如**晚年、晚歲、暮年、餘年、殘年、衰年**是説年歲所剩無幾，**餘生、殘生**是説生命快要走到盡頭。**垂老、垂暮**是説已近老年，**垂**是將近的意思；**垂垂老**是説漸入老年，**垂垂**是逐漸的意思。

有關老年的比喻也有一些。如**日薄西山**是太陽迫近西山；**鐘鳴漏盡**是晨鐘已鳴，夜漏將盡；**風燭**是風中燭焰：都形容年老力衰，接近死亡。

老人最顯著的生理特徵，是頭髮由黑變白，皮膚因鬆弛而起皺紋，牙齒脱落，不少形容年老的詞語即由此而來。如**華髮、華首、華顛、皓首、戴白、斑白**（亦作**班白、頒白**）都指老人頭生白髮；**雞皮鶴髮**是説老人的膚皺髮白；**黃髮台背**（亦作**鮐背、駘背**）是説老人頭生白髮和背上生斑；**頭童齒豁**是説老人頭禿齒缺；**蓬頭曆齒**是説老人髮亂齒稀。

老人大都體虛力弱，視力聽力均日漸衰退，**龍鍾**或**老態龍鍾**就是形容老人行動呆滯的；反之，如果老人精神健旺，則可用**矍鑠**來形容。**矍鑠**和**抖擻**都表示精神狀態，但用法不同；**精神矍鑠**只能用於老人，而**精神抖擻**則不受年齡限制。

婦女半邊天

女士　女史　處子　閨秀
裙釵　巾幗　女禍

女在與男對舉時，統指女性，但如果分而言之，**婦**是已婚女子，**女**是未婚女子，已婚的可以稱**女**，未婚的決不可以稱**婦**。

婦女並列，是成年女子的通稱。

女士首見於《詩經‧大雅‧既醉》：“其僕維何，釐爾女士。”孔穎達疏：“女士，謂女而有士行者。”後來用作對女性的敬稱。

女史本為古代女官名，後來用作對知識女性的敬稱。

小姐是對未婚女子的敬稱。

女學士、女博士指有才學的女性。

女郎指年輕的女子。

女流舊時泛指女性，含輕蔑意。

某些女性親屬的專用稱謂，同時又可用作某種年齡婦女的通稱，如稱年長已婚婦人為**媽**為**婆**，稱已婚婦人為**嫂**，稱未婚女子為**姑**，而**娘**既可指老婦也可指少女。

媼和**嫗**是老年婦女的通稱，但有時也用於少婦。

姥和**孃孃**稱老婦；**娃**和**妮**稱少女或幼女。

未出嫁的女子為**處子**或**處女**；也說**室女**，意為在室之女。

閨和**閣**特指女子的臥房，並美稱為**蘭閨**或**香閨**。

閨女指未嫁的女子。**出閣**指女子出嫁。

閨秀也說**大家閨秀**，舊指世家望族中有才德的女子，也泛指有錢有勢人家的女兒，語本《世說新語‧賢媛》：“顧家婦清心玉映，自是閨房之秀。”

《紅樓夢》第一回：“我堂堂鬚眉，誠不若彼裙釵哉。”這裏是用鬚眉代指男子，用**裙釵**代指婦女。**裙**是婦女穿的裙子，**釵**是婦女頭上的飾物。

人們常把婦女中才智出眾的人物稱為**巾幗英雄**。**巾幗**是古代婦女的頭巾和髮飾，因而用來作為婦女的代詞。

舊時禮教有所謂**三從四德**，是專門對婦女講的。

三從語本《儀禮‧喪服‧子夏傳》：“未嫁從父，既嫁從夫，夫死從子。”又見《禮記‧郊特牲》：“婦人，從人者也：幼從父兄，嫁從夫，夫死從子。”意思是說，一個女子在出嫁之前要做父親的孝女，出嫁之後要做丈夫的賢妻和兒子的良母。這說明不讓婦女有獨立地位和獨立人格，而要她們永遠作為男子的附屬品。

四德也稱**四行**，指婦女應當具備的四種德行：一是**婦德**，二是**婦言**，三是**婦容**，四是**婦功**，見《周禮‧天官‧九嬪》和《禮記‧昏義》。號稱“女教聖人”的班昭在《女誡》中對此有明確的解釋：“夫云婦德不必才明絕異也，婦言不必辯口利辭也，婦容不必顏色美麗也，婦功不必工巧過人也。清閒貞靜，守節整齊，行己有恥，動靜有法，是為婦德。擇詞而説，不道惡語，時然後言，不厭於人，是謂婦言。盥洗塵穢，服飾鮮潔，沐浴以時，身不垢辱，是為婦容。專心紡績，不好戲笑，潔齊酒食，以奉賓客，是為婦功。此四者女人之大德而不可乏之者也。”她所説的“女人之大德”，實際上是古代社會對女人的極大壓迫。

在古代社會的家庭裏，還有所謂**貞操**或者**貞節**，也是專對婦女而言的，其具體內容有二：一是**不失身**，就是不與丈夫以外的男子發生性行為，不論是自願的還是被迫的；二是**從一而終**，就是丈夫死了不改嫁別人。做到了這兩條，就是**貞女、節婦**。至於**烈女、烈婦**，指的是那些為了保全貞操而犧牲自己性命的婦女，如有的婦女被人調戲或者姦污了，便自殺而死，也有的丈夫死了，妻子殉葬，這些都是被迫採取的極端愚蠢的行為。

舊時史家把由於君主寵信女子以致敗壞國事稱為**女禍**。有兩個關於女禍的詞兒，因為事涉迷信，見詞難以明意，特作解釋如下：

一是**禍水**。據《飛燕外傳》記載：漢成帝皇后趙飛燕有一個妹妹叫趙合德，當成帝召合德進宮時，有人在背後指斥道：“此禍水也，滅火必矣。”按照古代陰陽家“五德終始”的學説，漢朝得火德而興起，這話是説合德得寵將使漢朝滅亡，有如水之滅火。後因稱惑人敗事的女子為**禍水**。

一是**龍漦**(lí)，就是傳説中神龍的唾沫。據《史記‧周本紀》記載：當夏朝衰落時，有兩條神龍降臨庭中，自稱是褒國的君主，夏帝請求神龍吐出唾沫，用木盒藏起來，代代相傳，直到周厲王末年，打開木盒，唾沫化為玄黿進入後宮，一宮女感而有孕，生下褒姒。後來周幽王寵愛褒姒，廢掉王后和太子，因而招致殺身之禍，西周隨之滅亡。駱賓王《討武氏檄》中有“龍漦帝后，識夏廷之遽衰”之句，就是用**龍漦**喻指為禍於國的女子的一例。

美女如雲

佳人　尤物　碩人　楚腰　西子
傾國傾城　紅顏　沉魚落雁

在文言文中，有關美女的詞語很多，其中大部分是從女性的容貌和服飾兩方面着眼的。

美人、**佼人**、**佳人**、**麗人**都指容貌美麗的女子。**佳麗**是兩字同義並列。

女色指婦女的容貌。**美色**是容貌美麗的女子。**絕色**、**殊色**是容貌極美的女子。

《詩經‧唐風‧綢繆》說：“今夕何夕，見此粲者。”**粲者**指美女，等於說漂亮的人兒。

《左傳‧昭公二十八年》說：“夫有尤物，足以移人。”**尤物**是特別優異的人物，這裏指絕美的女子。

《詩經‧衛風》有《碩人》一篇，是為了讚美春秋時衛莊公夫人莊姜而作的。**碩人**本指莊姜，後來也用以稱美女。詩中有一章極寫莊姜容貌的美麗說：“手如柔荑，膚如凝脂，領如蝤蠐，齒如瓠犀，螓首蛾眉，巧笑倩兮，美目盼兮。”**荑** (tí) 是初生的茅草，**柔荑**比喻女子手的潔白細嫩；**凝脂**是凝凍着的油脂，比喻女子皮膚潔白柔滑；**蝤蠐** (qiú qí) 是天牛的幼蟲，色白身長，形容女子頸部之美；**瓠** (hù) 犀是瓠瓜的籽，潔白整齊，形容女子牙齒之美；**螓** (qín) 是蟬的一種，前額寬廣而方正，**螓首**形容女子面部之美；**蛾眉**是蠶蛾的觸角，細長而彎曲，形容女子眉毛之美；“巧笑倩兮”的**倩**指女子口頰之美，“美目盼兮”的**盼**指女子眼睛之美，**倩盼**兩字常連用。

靨 (yè) 是美女笑時面頰上露出的微渦，也叫**笑靨**、**酒靨**、**酒渦**、**梨渦**。

檀口和**櫻唇**都形容女子口唇之美；檀是淺紅色，櫻桃果小而紅潤，故以為喻。也有說**櫻桃**的，如白居易有“櫻桃樊素口”的詩句（樊素是白居易的侍妾，見《本事詩‧事感二》），而李後主《一斛珠》詞的“一曲清歌暫引櫻桃破”，則是用**櫻桃破**形容美女張開了小口。

春葱比喻美女纖細潔白的手指，白居易《箏》詩有云：“雙眸

113

剪秋水，十指剝春蔥。"**玉筍**有比喻美女手指的，如韓偓《詠手》詩有"腕白膚紅玉筍芽，調琴抽線露尖斜"之句；也有比喻美女腳趾的，如杜牧《詠襪》詩有"鈿尺裁量減四分，纖纖玉筍裹輕雲"之句。

《韓非子‧二柄》説："楚靈王好細腰，而國中多餓人。"將美女的細腰稱作**楚腰**，即由此而來。後世又有稱美女腰肢為**柳腰**的，則是以柳樹枝條細長柔韌為喻。

洛神是傳説中伏羲氏之女，因溺死洛水，成為洛水的女神。曹植名作《洛神賦》有"翩若驚鴻，婉若游龍"兩句，説洛神的體態輕盈，有如驚飛的鴻雁和在雲中游動的龍，後世因以**驚鴻、游龍**作為美女的代稱。

據《吳越春秋》《越絕書》記載：春秋末年，越國被吳國打敗，大夫范蠡求得美女西施獻給吳王夫差，夫差許和，越王勾踐入吳為奴；後來勾踐回到國內，臥薪嘗膽，經過廿年生聚教訓，終於轉弱為強，滅掉了吳國，西施跟隨范蠡泛舟五湖而去。**西施**又稱**西子**，後代常用作絕色美女的代稱。

樂府《陌上桑》是著名的漢代民間敍事詩，描述秦氏好女羅敷在陌上採桑，遇一顯赫的太守，太守見她貌美，要求帶她回去做侍妾，被她嚴詞拒絕，後代因用**羅敷**作為容貌美麗而志節堅貞的婦女的代稱。

傾國傾城，語出《漢書‧外戚傳》，説是李延年想把他的妹妹（就是後來的李夫人）進獻給漢武帝，在武帝面前歌唱道："北方有佳人，絕世而獨立，一顧傾人城，再顧傾人國。寧不知傾城與傾國，佳人難再得。"後以**傾國傾城**形容容貌絕美的女子，足以使一國人、一城人為之傾倒；一説傾是傾覆的意思。

漢成帝皇后趙飛燕體瘦，唐玄宗貴妃楊玉環體肥，兩人都以貌美見稱，故以**環肥燕瘦**形容婦女體態不同而各擅其美，也比喻藝術作品風格、樣式不同而各有所長。

徐娘半老指色衰而多風情的中年婦女，含輕薄意，語本《南史‧后妃傳》："徐娘雖老，猶尚多情。"**徐娘**是南朝梁元帝的妃子徐氏。

小家碧玉指小戶人家的美貌少女，語本古樂府《碧玉歌》："碧玉小家女，不敢攀貴德；感郎意氣重，遂得結金蘭。"有說碧玉原為人名。

在古典詩詞小說中，常有用紅顏、朱顏、紅妝、紅袖代指美女的。紅顏、朱顏是美女的紅潤臉色，紅妝是美女的漂亮打扮，紅袖是美女的豔麗衣衫。

紅粉、粉黛也代指美女：紅是塗在臉上的胭脂，粉是塗在臉上的白粉，黛是畫眉用的青黑色顏料，這三樣東西都是女子化妝必不可少的。

花容月貌，說美女有花一般的容顏，月也似的面貌。玉容、玉貌都指美女的容貌。

沉魚落雁之容，閉月羞花之貌，是舊小說戲曲中常用的陳詞濫調，意思是說美貌的女子，魚見了要沉入水底，雁見了要降落沙洲，可以使月亮躲藏起來，可以使花朵感到羞愧。這是用間接襯托的手法——連水裏的游魚、天上的飛鳥、皎潔的月亮、鮮豔的花朵，見了她都自愧不如，她的美貌還用得着細說嗎！

年齡的代稱

幼學　弱冠　耄耋　立年　不惑
　　　知命　耳順　從心　古稀

古典詩文寫到人的年齡時，往往不明說多少歲數，而是用各式各樣的代稱，有些代稱還是成系列的。

《禮記‧曲禮上》有一段話，說明人生各個階段的生理特徵，是一系列年齡代稱的由來。為了解方便，現分條列舉如下：

"人生十年曰幼，學。"——兒童長到十歲，開始出外就學。後來稱十歲為幼學之年。

"二十曰弱，冠。"——男子二十歲已經成人，可以加冠行禮，但體力還不夠壯實。後來有弱年、弱歲、弱齡、弱冠的說法，都指男子二十歲。

"三十曰壯，有室。"——男子到了三十歲，體力健壯，可以娶妻成家。後來把男子三十歲稱為**壯室**。

"四十曰強，而仕。"——男子到了四十歲，體力更強，辦事也日趨老練，可以服務於社會。後來把男子四十歲稱為**強仕**。

"五十曰艾，服官政。"——男子到了五十歲，稱為**艾**，可以出任官職。對於這裏的**艾**字，歷來有兩種不同的解釋：一種說**艾**是古代對長老的尊稱，見《方言》第六："艾，長老也；東齊魯衛之間，凡尊老謂之叟，或謂之艾。"另一種說艾草呈蒼白色，五十歲老人頭髮蒼白像艾草一樣，故稱為**艾**，見《禮記‧曲禮上》孔穎達疏："髮蒼白色如艾也。"兩相比較，以前者為可信。在表示老年的意義上，**艾老**、**耆艾**均可並列成詞。另外，**艾**字又有美好義。《孟子‧萬章上》："知好色，則慕少艾。"這裏的**少艾**指年輕貌美的女子。《戰國策‧趙策三》："（魏牟謂趙王曰）王不以予工，乃與幼艾。"這裏的**幼艾**指年輕貌美的男子（趙王男寵建陽君）。**艾**字為何既可作長老解又可作美好解呢？有人解釋說："古訓艾為白，而白義含有二：以髮蒼白言謂之老，以面白晳言則謂之美，同取於艾之色也。"（見翟灝《四書考異》）但也有人說，**艾**字因與乂通用而有美好義，"非取於艾色之白也"（見焦循《孟子正義》）。

"六十曰耆，指使。"——男子到了六十歲，稱為**耆**，這時體力逐漸衰退，不宜勞累，但可憑自己的經驗指導別人工作。

"七十曰老，而傳。"——男子到了七十歲，稱為**老**，這時已屆退休年齡，應把職責交付後輩。

"八十九十曰耄。"——**耄**和**耋**都是稱呼老年人的。古書上有"七十曰耄"、"八十曰耄"、"八十九十曰耄"和"六十曰耋"、"七十曰耋"、"八十曰耋"等多種不同的說法，實際上**耄耋**可看作是古代對高齡老人的通稱，不必拘泥於具體歲數。

"百歲曰期，頤。"——一般把百歲老人稱為**期頤**。期是期待，頤是供養，百歲老人飲食起居不能自理，一切期待別人供養；一說"人生以百年為期，故百年以期名之"。

《禮記‧內則》講到對兒童的教育時說："十有三年，學樂，誦詩，舞勺；成童舞象，學射御。"後因以**舞勺**作為童年的代稱，以**舞象**作為成童（十五歲以上）的代稱。勺是古樂器，即**龠**，形似笛而短小，可執之以舞，是為**舞勺**；**舞象**是武舞，與舞勺之為文舞不同，舞時執竿以象士戈。鄭玄注云："先學勺，後學象，文武之次也。"

《禮記・內則》又有"女子十有五年而笄"的話，笄是簪子，古時用來插住挽起的頭髮，女子挽髮插笄相當於男子加冠，後因稱女子年達十五歲為**及笄**（jī），把女子成年（也就是可以出嫁的年齡）稱為**笄年**。

《論語・為政》記載孔子自述進德修業過程的一段話說："吾十有五而志於學，三十而立，四十而不惑，五十而知天命，六十而耳順，七十而從心所欲不逾矩。"這是另外一系列年齡代稱的由來，也分述如下：

稱十五歲為**志學**之年，如曹植《武帝誄》："年在志學，謀過老成。"

稱三十歲為**立年**，如陶淵明《飲酒》詩之十九："是時向立年，志意多所恥。"也稱**而立**之年。

稱四十歲為**不惑**之年，如應璩《答韓文憲書》："足下之年，甫在不惑。"

稱五十歲為**知命**之年，如潘岳《閒居賦序》："自弱冠涉乎知命之年，八徙官而一進階。"

稱六十歲為**耳順**之年，如庾信《伯母李氏墓誌銘》："夫人年逾耳順，視聽不衰。"

稱七十歲為**從心**之年，如蘇舜欽《杜公求退第一表》："實已年近從心，體素多病，自忝魁任，於今累年。"

古代有賜杖給老人的定制。《禮記・王制》："五十杖於家，六十杖於鄉，七十杖於國，八十杖於朝。"意思是說，五十歲可以拄杖行於家，六十歲可以拄杖行於鄉里，七十歲可以拄杖行於國都，八十歲可以拄杖出入朝廷。後因以**杖家**作為五十歲的代稱；以**杖鄉**作為六十歲的代稱；以**杖國**作為七十歲的代稱，也指大臣年老告退；以**杖朝**作為八十歲的代稱，也指大臣年老而繼續居官。

其他的年齡代稱，還有：

知非，說的是春秋時衛國大夫蘧瑗的事。瑗字伯玉，孔子在衛時曾在他家住過。《淮南子·原道訓》有"蘧伯玉年五十而有四十九年非"的話，意思是說他到了五十歲就知道以前四十九年的過失，表明他是一位求進甚急和勇於改過的君子。後因稱五十歲為**知非之年**。如白居易《自詠》詩："誠知此事非，又過知非年。"李清照《金石錄後序》："余自少陸機作賦之二年，至過蘧瑗知非之兩歲，三十四年之間，憂患得失，何其多也。"（陸機二十歲作《文賦》，少二年，指十八歲；蘧瑗五十歲知非，過兩歲，指五十二歲。）還有，唐代詩人司空圖，宋代大臣趙抃，都以**知非子**為別號。

　　杜甫《曲江》詩有云："酒債尋常行處有，人生七十古來稀。"後因以**古稀**作為七十歲的代稱。當然這裏說的是舊時情況，現在由於社會進步，醫學發達，人的壽命在不斷延長，不但七十不稀見，八十九十也是常見的了。

　　豆蔻年華特指十三四歲的少女，出自杜牧《贈別》詩。杜牧年輕時曾隨丞相牛僧孺在揚州供職，後來離開揚州赴長安，臨行時寫了兩首七言絕句給一位少年女子，其一首有"娉娉嫋嫋十三餘，豆蔻梢頭二月初"之句。豆蔻是一種多年生常綠草本植物，高二至三米，外形像芭蕉，中國廣東、廣西、雲南、貴州等地都有出產，中醫用它的種子入藥。豆蔻每年春末開花，花色鮮豔，二月初正含苞待放，因而詩人用"豆蔻梢頭二月初"來比擬"娉娉嫋嫋十三餘"的少女，"梢頭"表示嬌嫩，"娉娉嫋嫋"形容體態柔美。後來人們稱十三四歲尚未成年的少女為**豆蔻年華**，就是從此而來的。

　　破瓜特指十六歲的少女，這是因為瓜字可以拆開成為兩個八字，八加八等於十六。翟灝《通俗編·婦女》說："宋謝幼詞：破瓜年紀小腰身。按俗以女子破身為破瓜，非也。瓜字破之為二八字，言其二八十六歲耳。"據類書《藝文類聚》載，東晉孫綽在《情人歌》中即有"碧玉破瓜時，郎為情顛倒"之句，可知此詞出現甚早。

父族　母族　妻族

皇考　皇妣　同胞　從父　嫡子
庶子　舅姑　妯娌　連襟

古人十分重視親屬的稱謂，為的是"序長幼，明尊卑"。《爾雅》特設"釋親"一篇，説的就是這件事。

親屬可以分為父族、母族、妻族三個方面。

父親古稱為**考**，母親古稱為**妣**（bǐ）。**考妣**二字後世專指已經死去的父母。**皇考、皇妣**和**顯考、顯妣**都是對死去的父母的美稱。徐乾學《讀禮通考》卷五十六説："古人於祖考及妣之上，皆加一皇字，逮元大德朝始詔改皇為顯，以士庶不得稱皇也。不知皇之取義，美也大也，初非取君字之義。"可知皇考、皇妣用於宋代以前，顯考、顯妣用於元代以後。

父之父為**祖父**，古稱**王父**；父之母為**祖母**，古稱**王母**。祖父之父母為**曾祖父母**，古稱**曾祖王父、曾祖王母**。曾祖父之父母為**高祖父母**，古稱**高祖王父、高祖王母**。

同父所生的男子，年長者為**兄**，年幼者為**弟**；同父所生的女子，年長者為**姊**（姐），年幼者為**妹**。

同父母所生的子女為**同胞**，互稱**胞兄、胞弟、胞姊、胞妹**；近代對同一個國家或民族的人都以**同胞**相稱，那是表示親如兄弟姊妹的意思。

子之子為**孫**，孫之子為**曾孫**，曾孫之子為**玄孫**。

父之兄為**伯父**（世父），父之弟為**叔父**，簡稱為**伯**為**叔**，合稱**從父**。伯父之妻為**伯母**（世母）；叔父之妻為**叔母**，後稱**嬸母**。伯叔之子為**從父兄弟**，後稱**堂兄弟**；伯叔之女為**從父姊妹**，後稱**堂姊妹**。

父之姊妹為**姑母**，其夫稱**姑夫**。

宗法社會中稱正妻為**嫡妻**，諸妾為**庶妻**。妾生的子女稱其父的正妻為**嫡母**，正妻生的子女稱父妾為**庶母**。正妻所生的兒子稱為**嫡子**（有時專指正妻所生的長子），妾所生的兒子稱為**庶子、孽子**或**庶孽**。

兄之妻為**嫂**，弟之妻為**弟婦**。兄弟之子女為**從子、從女**，後又稱為姪。兄弟之孫為**從孫**。

姊妹之子為**甥**，也稱**外甥**。

女之夫為**婿**，也稱**女婿**、**子婿**。

母之父母為**外祖父母**，古稱**外王父**、**外王母**。母之祖父母為**外曾祖父母**，古稱**外曾王父**、**外曾王母**。

母之兄弟為**舅父**；母之姊妹為**從母**，後稱**姨母**。

姑母的子女為**外兄弟姊妹**，舅父和姨母的子女為**內兄弟姊妹**，外為表，內為中，合稱**中表兄弟姊妹**，簡稱**中表**；分開來說則有**姑表**、**舅表**、**姨表**。

妻之父為**外舅**，後來稱為**岳父**、**岳丈**、**丈人**；妻子母為**外姑**，後來稱為**岳母**、**丈母**。妻之兄弟稱為**妻舅**，妻之姊妹稱為**姨**。

夫之父為**舅**，又稱為**嫜**（zhāng），後來又稱為**公**；夫之母為**姑**，後來又稱為**婆**。古時連稱為**舅姑**或者**姑嫜**，後又連稱為**公婆**，也有連稱為**家**（gū）**翁**或**阿家**（gū）**阿翁**的。夫之兄弟也稱**伯叔**，後來稱**大伯**、**小叔**。夫之姊妹統稱**姑**，後來又分稱**大姑**、**小姑**。夫之弟婦為**娣**（dì）**婦**，夫之嫂為**姒**（sì）**婦**，合稱**娣姒**，又叫**妯娌**。

妻之父母與夫之父母相謂為**婚姻**，後又稱為**親**（qìng）**家**，分開來說，則妻之父為**婚**，夫之父為**姻**。兩婿相謂為**婭**，後又稱為**連襟**，為**友婿**，或據兩婦長幼之序分稱為**襟兄**、**襟弟**。

對親屬的謙稱和敬稱

家嚴　家慈　舍弟　舍妹
令郎　令愛　賢內助

舊時禮俗，在一般社交場合和書信往來中，對自己的親屬應用謙稱，對對方的親屬應用敬稱。

首先說謙稱。在別人面前謙稱自己的親屬，輩分高的和年紀大的，一般在稱呼前加一個家字，如**家祖父**、**家祖母**、**家父**、**家母**、**家兄**、**家嫂**、**家姊**（家父也有說家嚴的，家母也有說家慈的）；輩分低的和年紀小的，則在稱呼前加一個舍字，如**舍弟**、**舍妹**；對自己的子女及其配偶，則加一個小字，如**小兒**、**小媳**、小女、小婿。請注意：這裏的家、舍、小已經包含"我的"意思在內，因此不能說"我家父、我舍弟"。

如果自己的親屬已經死去，可在謙稱時改家字為先字，改舍字為亡字，如**先父、先母、先兄、先姊、亡弟、亡妹**。

其次說敬稱。與別人談話或者給別人寫信，敬稱對方的親屬，一般用令、尊、賢三字。

令字有善良和美好的意思，作為稱人的敬詞，使用的範圍比較廣，長輩、平輩、晚輩都可以用。在一連串帶令的敬詞中，有些是見詞明義的，如稱對方的兄弟姊妹為**令兄、令弟、令姊、令妹**；有些則不能從字面上了解它們的確切意義，如稱對方的父親為**令尊、令嚴**，稱對方的母親為**令堂、令慈**，稱對方的兒子為**令嗣**（或**哲嗣**）、**令郎**，稱對方的女兒為**令愛**（或**令嬡**），使用時務必審慎小心，防止張冠李戴，貽笑大方。還有稱對方女婿為**令坦**的，王羲之少年坦腹東牀是歷史上著名的擇婿典故。

尊、賢兩字的情況有所不同。北朝學者顏之推在所著《顏氏家訓·風操》中說："凡與人言，稱彼祖父母、世父母、父母及長姑，皆加尊字，自叔父母已下，則加賢字，尊卑之差也。"按照歷來慣例，**尊**字多用於長輩，如稱對方的祖父為**尊祖**，稱對方的父親為**尊父**，稱對方的母親為**尊堂**，**賢**字多用於平輩和晚輩，如**賢兄、賢弟、賢姊、賢妹、賢媳、賢婿**；但也並不限定，如稱別人的妻子，有用**賢閣、賢內助**的，也有用**尊閫**（kǔn）、**尊夫人**的。

姓氏名字

正姓　庶姓　成名　表字
　　　　待字　排行

《通鑑外記》說："姓者統其祖考之所自出，氏者別其子孫之所分。"中國在上古時代有**姓**有**氏**。**姓**和**氏**是兩個既有聯繫又有區別的概念：**姓**是標誌家屬系統的稱號；**氏**是姓的分支，是標誌宗族系統的稱號。**姓**字以"女"為義符，不少古姓如姜、姬、姚、嬴等都加"女"旁，這暗示先民曾經歷過母權社會。後來由於子孫繁衍，同姓的家屬分為若干分支散居各地，每支又有一個特殊的宗族稱號,這就是**氏**。例如舊説商人的祖先是子姓,後來分為殷、時、來、宋、空同等氏。這樣**姓**就成了舊有的族號,而**氏**就成了後起的族號,所以姓又叫**正姓**,氏又叫**庶姓**。

　　姓是永遠不會改變的,而**氏**則隨時可以改變,正如顧炎武在《日知錄·氏族》中説的:"氏一再傳而可變,姓千萬年而不變。"例如周人以姬為姓,相傳是從黃帝時延續下來的;齊人以姜為姓,相傳是從炎帝時延續下來的;陳人以嬀為姓,相傳是從虞舜時延續下來的。儘管這些只是傳説,但是姬姓、姜姓、嬀姓經歷了千百年沒有發生變化,卻是可以肯定的。至於氏的變化就大了,往往相隔一兩代就會出現改氏的情況,例如春秋時楚國伍子胥,本以伍為氏,但他在吳國被殺後,他的兒子逃到齊國,改為王孫氏。也有本人就改氏的,例如春秋時陳厲公之子陳完,本以陳為氏,由於陳國發生內亂,他出奔到齊國做了大夫,於是改為田氏,史書上又稱他為田敬仲。

　　由於氏可以經常變化,因此它的來源呈現出種種複雜的情況:有以祖先的稱號為氏的,如軒轅氏、高陽氏、葛天氏、無懷氏;有以祖先的諡號為氏的,如文、武、昭、景等;有以祖先的國名為氏的,如齊、魯、吳、秦、趙、陳、曹、唐等;有以祖先的住地為氏的,如郭、東郭、南郭、東門、西門、南宮等;有以祖先的官職為氏的,如司馬、司徒、司空、司寇等;有以祖先的職業為氏的,如巫、卜、陶、甄等。

　　周代的姓氏制度與宗法制度有着密切的聯繫。一般平民沒有姓氏,例如在古籍中所見到的弈秋、庖丁、醫和、優孟等人,乃是在他們從事的職業或具有的技能之後加上人名來構成稱呼的。只有貴族才能有姓氏。貴族中男子稱氏,女子稱姓,這是因為氏所以"明貴賤",姓所以"別婚姻",兩者的作用不同。戰國之後,人們多有以氏為姓的,姓氏逐漸合而為一;到了漢代則全都稱之為姓,並且從天子到一般平民都能有姓,這種做法一直維持到現在。

　　每個人都有**名**。人名是在社會上使用的個人符號,以便與別人相區別。舊説孩子出生三個月後由父親取名,是為**成名**。人名有用一個字的，也有用兩個字的，大抵在魏晉南北朝以前，單名佔絕對優勢，唐宋以後雙名才逐漸流行起來。

古人有名又有字。《顏氏家訓・風操》説："古者名以正體，字以表德。"古人的字和名往往有着意義上的聯繫，也可以説兩者是相表裏的，所以字又稱表字。《禮記・曲禮上》説："男子二十，冠而字……女子許嫁，笄而字。"古代貴族男子二十歲結髮加冠，女子十五歲許嫁時結髮加笄，也就是説字是男女成年之後才取的，因此有時也稱女子許嫁為字，字人就是嫁人，未字就是未嫁，待字就是待嫁。

名、字相應的例子很多，這裏舉一些常見易解的。

戰國時代的大詩人屈原，名平，原是他的字，寬廣而平坦的土地叫原。

漢代史學家班固，字孟堅，堅、固兩字同義。

漢代天文學家張衡，字平子，平、衡兩字同義。

三國時蜀漢丞相諸葛亮，字孔明，孔明就是很亮。

三國時東吳名將周瑜，字公瑾，瑾、瑜都是美玉。

宋代大文豪蘇軾字子瞻，其弟蘇轍字子由，軾是車上的橫板，可以登在上面瞻望遠方的，轍是車輪所經由的道路。

宋代抗金名將岳飛，字鵬舉，鵬舉與飛是一回事。

宋代大理學家朱熹，字元晦，又字仲晦，號晦庵，熹是光明，晦是陰暗，兩者正好相反。

元代書畫家趙孟頫，字子昂，頫（同俯）是低頭，昂是抬頭，兩字正好相反。

清代散文家管同，字異之，同與異相反。

古人的名和字又常用來表示在家族中的行輩。先秦時常在名或字的前面加伯（孟）、仲、叔、季表示排行。漢代以後逐漸在名或字中用同樣的字或偏旁表示同輩關係，如唐代書法家顏真卿的一些堂兄弟名杲卿、曜卿、春卿，都有一個卿字；宋代作家蘇軾、蘇轍兄弟共用車旁的字，這種情況現在還可以見到。

古人還有只用字而不用名的，所謂以字行，如唐代以編撰《經典釋文》而著名的陸德明就是，陸德明名元朗，德明是他的字。

伯（孟）、仲、叔、季

伯仲　伯夷　叔齊　孟姜女

一家有兄弟數人，在給他們起名字的時候，有意用上**伯（孟）、仲、叔、季**等字，以示長幼有序；這種習慣做法，如果從西周初年算起，在中國至少已有兩千年以上的歷史。

　　伯是排行老大，**仲**是老二。《説文·人部》：“伯，長也。”“仲，中也。”舉孔子為例：孔子有一個同父異母的哥哥，名孟皮，字**伯尼**；孔子名丘，字**仲尼**。歷代統治者把孔子“抬到嚇人的高度”，孔子的名字是不准隨便提及的；近代孔子聲價大跌，客氣點稱他一聲**孔二先生**，不客氣就乾脆叫他作**孔老二**了。

　　伯仲兩字連用，表示相差不多，難分高下，成語有**不相伯仲**、**伯仲之間**。

　　排行老大也有不用**伯**字而用**孟**字的。有人解釋説“嫡長為伯，庶長為孟”，意思是説，古代貴族一夫多妻，如果長子是正妻所生用**伯**字，非正妻所生則用**孟**字，不過事實上似乎並不完全如此。

　　《説文·又部》：“叔，拾也。”**叔**字的本義是拾取，字形以手拾豆會意；表示排行次序是假借用法，後來假借義通行，而本義反倒廢棄不用了。**叔**通常是排行老三，但也可以是兄弟中較小的，如周武王滅商後，孤竹君的兩個兒子逃到首陽山，不食周粟而死，長子叫**伯夷**，次子叫**叔齊**，就是一例。

　　《説文·子部》：“季，少稱也。”段注：“叔季皆謂少者，而季又少於叔。”**季**是兄弟中最小的，可以是排行老四，但不一定是老四。漢高祖劉邦排行老三，因為他最小，所以又以**劉季**為字；他在當了皇帝以後，曾經得意洋洋地對父親説：“今某業之所就，孰與仲多。”意思是要同他的二哥劉仲比個我高你低。

　　兄弟講排行，姊妹也講排行；古代待嫁女子通常是在姓氏之前加**伯（孟）、仲、叔、季**等字，如**伯姬、叔姬**之類。文學故事人物**孟姜女**，相傳為秦始皇時人，以哭夫崩城而聞名，她姓姜，**孟**表示她排行老大，照現今的習慣説法就是姜家大小姐。

別號種種

別字　先生　居士　山人
地望　外號　排行

古人除名和字外，還有**號**，也稱**別號**或者**別字**。**別號**多半是自取的，它不像名和字一樣要受到家族行輩的限制，也無須與名字取得意義上的聯繫，字數多少不拘，因而可以比較自由地反映出個人的意趣和愛好。早在晉代即有少數文人雅士自取別號，唐宋時別號逐漸流行，到了明清，則幾乎人人都有別號。有的人別號多達幾個、十幾個，就像現代作家的筆名一樣，如明清之際哲學家傅山（青主），有**公佗**、**真山**、**濁翁**、**石人**、**朱衣道人**等別號；清初畫家朱耷，有**雪個**、**個山**、**傳綮**、**人屋**、**驢屋**、**八大山人**等別號。也有的人以別號聞名於世，而本名反而鮮為人知，如《紅樓夢》的作者曹雪芹，名霑，字夢阮，**雪芹**、**芹圃**、**芹溪**都是他的號；"揚州八怪"之一的鄭板橋，名燮，字克柔，**板橋**是他的號。

　　別號有兩個字的，有三個字以上的。不少別號帶有子、生、翁、先生、居士、山人等稱謂詞，後世更多帶**齋**、**庵**、**堂**、**園**、**亭**、**村**等建築物名稱，下面舉若干名人為例。

　　晉代葛洪號**抱朴子**；陶淵明號**五柳先生**。

　　唐代李白號**青蓮居士**；杜甫號**少陵野老**；白居易號**香山居士**；盧仝號**玉川子**；李商隱號**玉谿生**；皮日休號**鹿門子**；陸龜蒙號**天隨子**。

　　宋代歐陽修號**醉翁**，又號**六一居士**；王安石號**半山**；司馬光號**迂叟**；蘇軾號**東坡居士**；蘇轍號**潁濱遺老**；黃庭堅號**涪翁**，又號**山谷道人**；秦觀號**淮海居士**；陳師道號**後山居士**；晁補之號**歸來子**；李清照號**易安居士**；張元幹號**蘆川居士**；陸游號**放翁**；范成大號**石湖居士**；楊萬里號**誠齋**；張孝祥號**于湖居士**；辛棄疾號**稼軒**；姜夔號**白石道人**；嚴羽號**滄浪逋客**；劉克莊號**後村居士**；吳文英號**夢窗**、**覺翁**；文天祥號**文山**；周密號**草窗**、**蘋洲**。

　　明代祝允明號**枝山**；唐寅號**六如居士**；李夢陽號**空同子**；何景明號**大復山人**；楊慎號**升庵**；吳承恩號**射陽山人**；徐渭號**青藤道士**；李贄號**卓吾**，又號**溫陵居士**；張岱號**陶庵**；張煌言號**蒼水**。

清代錢謙益號**牧齋**；吳偉業號**梅村**；黃宗羲號**南雷**；王夫之號**薑齋**；王士禎號**阮亭**，又號**漁洋山人**；方苞號**望溪**；劉大櫆號**海峯**；吳敬梓號**文木**；袁枚號**簡齋**，又號**隨園老人**；趙翼號**甌北**；阮元號**芸台**；龔自珍號**定庵**；俞樾號**曲園**。

近代林紓號**畏廬**；文廷式號**芸閣**、**純常子**；辜鴻銘號**漢濱讀易者**；陳衍號**石遺老人**；吳沃堯號**趼人**；康有為號**長素**；梁啟超號**任公**；章炳麟號**太炎**；蔡元培號**子民**；王國維號**觀堂**。

以上所舉，都是最為常見的。這裏要說明的是：一、別號有兩個字的，有三個字以上的。兩個字的別號用起來同字沒有多大的分別，例如陸放翁、李卓吾；三個字以上的別號有時也可以壓縮為兩個字，例如蘇東坡、王漁洋。二、為了表示尊敬之意，古人行文記事向例稱人別號，無號則稱字，直書其名的很少；在給前人詩集文集題名時也是如此。因此，如能詳細了解和熟記一些著名歷史人物的字號，對於閱讀古籍將有一定的幫助。

古人又有以官爵或者地望相稱的習慣，一般地說，別人或者後人使用這類稱呼，是為了對被稱呼者表示尊崇和敬仰，而被稱呼者本人是不使用的。

先說以官爵相稱的。這有兩種情況：一種是用官名，一種是用封號。因為受字數限制，大都用簡稱或者加以縮略。下面舉一些有代表性的例子。

用官名的，如漢代班固曾任蘭台令史，因稱**班蘭台**；蔡邕曾任左中郎將，因稱**蔡中郎**；三國魏時阮籍曾任步兵校尉，因稱**阮步兵**；嵇康曾任中散大夫，因稱**嵇中散**；晉代王羲之曾任右軍將軍，因稱**王右軍**；南朝宋鮑照曾任臨海王前軍參軍，因稱**鮑參軍**；北周庾信曾任驃騎大將軍開府儀同三司，因稱**庾開府**；唐代王維曾任尚書右丞，因稱**王右丞**；高適曾任散騎常侍，因稱**高常侍**；杜甫曾任檢校工部員外郎，因稱**杜工部**；劉禹錫曾任太子賓客，因稱**劉賓客**。

用封號的，如南朝宋謝靈運曾在晉代襲封康樂公，故稱**謝康樂**；唐代張說封燕國公，故稱**張燕公**；顏真卿封魯郡公，故稱**顏魯公**；郭子儀封汾陽郡王，故稱**郭汾陽**；宋代寇準封萊國公，故稱**寇萊公**；王安石封荊國公，故稱**王荊公**；司馬光追封溫國公，故稱**司馬溫公**。

次說以**地望**相稱的。這也有兩種情況：一種是世居某地，如唐代韓愈稱**韓昌黎**（唐代系出昌黎的韓氏為一時望族，韓愈雖出生河南，系出潁川，但他自己說他的郡望為昌黎），柳宗元稱**柳河東**，宋代梅堯臣稱**梅宛陵**，王安石稱**王臨川**，都是如此。另一種是在某地做過官，如漢代賈誼曾任長沙王太傅，因稱**賈長沙**；孔融曾任北海相，因稱**孔北海**；晉代陸機曾任平原內史，因稱**陸平原**；南朝齊謝朓曾任宣城太守，因稱**謝宣城**；唐代駱賓王曾任臨海丞，因稱**駱臨海**；楊炯曾任盈川令，因稱**楊盈川**；劉長卿曾任隨州刺史，因稱**劉隨州**；岑參曾任嘉州刺史，因稱**岑嘉州**；韋應物曾任蘇州刺史，因稱**韋蘇州**；柳宗元曾任柳州刺史，因稱**柳柳州**；賈島曾任長江主簿，因稱**賈長江**。

古代文人還偶有以**外號**相稱的，不過這外號並無譏誚揶揄之意，卻有讚揚推許之實。這也可以舉幾個例子。如唐代大詩人李白到長安見賀知章，知章看了他的作品，讚歎說："子，謫仙人也。"後來就有稱李白為**李謫仙**的（意謂有如謫降人世的神仙）。又如唐代詩人溫庭筠文思敏捷，每入試，押官韻，八叉手而成八韻，人稱**溫八叉**。又如宋代詞人張先語言工巧，在他的作品中曾有三處善用影字，自稱**張三影**。

唐代文人還有以**排行**相稱的，這種排行並不是按同一父親所生兄弟先後來排定，而是按同曾祖兄弟的長幼次序來排定，因此有的數字比較大，如李白稱**李十二**，杜甫稱**杜二**，白居易稱**白二十二**，元稹稱**元九**。因為這種稱呼在唐代詩文中多見，近人岑仲勉編有《唐人行第錄》一書，可供查考。

自稱代詞

我 吾 余 予 在下
不才 稱孤道寡

說話人稱呼自己的代詞名為自稱代詞。在文言文中，常用的自稱代詞，有**我、吾、余、予**四字。**我**和**吾**古音相近，是同源字；在先秦時代，兩者的用法略有分别：吾字一般用作主語，不用作賓語，而我字則用作主語和賓語均可。我字還有一種擴張用法，就是指自己所屬的一方，像現在人們常説的我國、我軍、我校、我廠之類，實際上都不是個人的我，而是集體的我。我字有時又與敵相對，如説分清敵我、敵進我退。余和予是同音字，在用作自稱代詞時沒有分別。

除上述四字外，在先秦古籍中，還有用卬（áng）、台（yí）作為自稱代詞的，如《詩經·邶風·匏有苦葉》中的"人涉卬否"，《尚書·湯誓》中的"非台小子"就是。不過到了後來，人們就很少用到這兩個字了。

至於用咱、俺、儂作為自稱代詞，為時比較晚近一些，它們都來自方言，多見於宋元以來的通俗文學作品。咱和俺既可以表示單數的我，也可以表示複數的我們。在用咱表示複數時，通常包括聽話人在內，如"咱來談一談"就是我和你來談一談。儂本來指我，現在吳方言指你。

古人在對話中，為了表示自己的謙恭，往往不用一般的自稱代詞，而用一些特定的謙詞。

古代男人多自己謙稱為臣，女人多自己謙稱為妾。這裏的臣不是君臣的臣，妾不是妻妾的妾。《左傳·僖公十七年》有云："男為人臣，女為人妾。"臣和妾的本義是奴僕，用作謙詞意在極言其卑賤。與此相類似，男人還有自稱為僕的，女人還有自稱為奴家或婢子的。

卑人、賤子、在下是地位低微的人；鄙人、鄙夫是庸俗鄙陋的人；區區是不重要的人；下走或走是供奔走役使的僕夫；牛馬走是駕馭牛馬的僕夫；愚是愚笨的人；不才、不佞是沒有才能的人：這些都是常用的自稱謙詞。

小人是下屬對長官的自稱謙詞。小子是晚輩對尊長的自稱謙詞。不肖是説兒子不如父親，作為自稱謙詞，多用在父母死後。

在古代社會裏，作為最高統治者的帝王，有一些專用的自稱詞。大家比較熟悉的朕字，本來是人人可用的。屈原在《離騷》中説："帝高陽之苗裔兮，朕皇考曰伯庸。"這就是一個明顯的例子。從秦始皇起，**朕**字才專用作皇帝的自稱，太后聽政時也自稱**朕**。**孤**和**寡人**是古代帝王的自稱謙詞，意謂自己是少德之人。成語**稱孤道寡**，就是説身居帝王之位。古代帝王還有謙稱自己為**不穀**（gǔ）的，**不穀**是不善的意思。

對稱代詞

爾　汝　爾汝　君　公　卿　子

雙方在談話時或書信往來中，一方稱呼對方的代詞，名為對稱代詞。古代的對稱代詞，用得較多的是**爾**、**汝**兩字，不過它們都只能用於上級對下級，長輩對晚輩，或者親密無間的朋友之間，否則便是對對方的不尊重。至於下級對上級，晚輩對長輩，以及彼此地位年齡大致相等的人，為了表示禮貌，照例都要用**君**、**公**、**卿**、**子**一類敬稱。正如蘇軾在《墨君堂記》中所評論的：“凡人相與號呼者，貴之則曰公，賢之則曰君，自其下則爾汝之。雖王公之貴，天下貌畏而心不服，則進而君公、退而爾汝者多矣。”

　　爾、**汝**兩字都相當於現在的**你**。漢晉以來，草書久已把**爾**寫作尔，後來加上人旁就成了**你**。**汝**在古籍中多有寫作女的，**女**、**汝**是古今字。**爾汝**連綴成詞，古人常用以表示對人的輕視甚至侮辱，最早見於《孟子·盡心下》説的“人能充無受爾汝之實，無所往而不為義也”，意思是説，若要不受別人的輕視，自己便先應有不受輕視的言語行為。《魏書·陳奇傳》説：“（游雅）嘗眾辱奇，或爾汝之，或指為小人。”這是説當眾以**爾汝**相呼，無異於辱罵。不過也有朋友之間以**爾汝**相稱表示親昵的。漢末文學家禰衡與孔融友情深厚，其時孔融年已五十，而禰衡不足二十歲，人稱**爾汝交**，見《世説新語·言語》劉孝標注引《文士傳》。又唐代大詩人杜甫與廣文館博士鄭虔為好友，杜甫曾作《醉時歌》贈鄭，中有“得錢即相覓，沽酒不復疑；忘形到爾汝，痛飲真吾師”之句，説兩人在窮困中借飲酒排遣苦悶，彼此不拘形跡，見面都以**爾汝**相稱，毫無客套之可言。

作為對人的敬稱，**君**字用得最為普遍。古代**君**為各級據有土地的統治者的通稱。《儀禮·喪服》説："君，至尊也。"鄭玄注："天子、諸侯及卿、大夫有地者皆曰君。"後來**君**逐漸變為一般的敬稱，平民百姓也可以稱**君**，以及子稱父為**家君**、**嚴君**，妻稱夫為**夫君**，夫稱妻為**小君**；而更多的則是在別人姓氏或名字後面加上一個**君**字相稱，直到現在仍然流行。

公為古代爵位名，又為官名，後來作為敬稱，一般用於卑幼之對尊長，也可用於平輩之間。另外在史傳中還可見到若干以**公**相稱的特例。如據《史記·淮陰侯列傳》載，在楚漢戰爭中，一次蕭何得知韓信逃走，急忙前去追趕，幾天後蕭何回到南鄭，漢王劉邦罵他道："諸將亡者以十數，公無所追，追信，詐也。"這裏稱**公**是上對下。又據《漢書·晁錯傳》載，漢景帝即位，晁錯建議削減諸侯王國的封地，以鞏固中央集權制度，晁錯的父親預感這樣做必將招來大禍，特地從潁川老家趕到京城，質問晁錯道："上初即位，公為政用事，侵削諸侯，疏人骨肉，口讓多怨，公何為也。"這裏稱**公**是父對子。

卿為古代官名，也用作對男子的尊稱。《史記·孟子荀卿列傳》："荀卿，趙人。"司馬貞索隱："名況。卿者，時人相尊而號為卿也。"又《刺客列傳》："荊軻者，衛人也。其先乃齊人，徙於衛，衛人謂之慶卿。"索隱："卿者，時人尊重之號，猶如相尊美亦稱子然也。"後來君主對臣民、長輩對晚輩表示親昵也稱**卿**。另外，**卿**又是夫妻間的愛稱。據《世說新語·惑溺》記載："王安豐（戎）婦常卿安豐。安豐曰：婦人卿婿，於禮為不敬，後勿復爾。婦曰：親卿愛卿，是以卿卿；我不卿卿，誰當卿卿！遂恆聽之。"**卿卿**中上**卿**字為動詞，意謂以卿相稱呼；下**卿**字為代詞，猶言你；後將兩**卿**字連用，作為夫妻間的愛稱，有時隱含戲謔和嘲弄的意味。

子是古代對男子的美稱和尊稱，春秋戰國時代各家代表人物都以**子**稱，如孔子、老子、墨子、孫子、孟子、莊子、荀子、韓非子。後來作為表敬意的對稱詞，**子**的用法比較寬泛，上對下、長對幼可以稱**子**，平輩之間也可以稱**子**，還有夫妻之間互稱**內子**、**外子**。

稱謂中的“夫”和“父”

丈夫　壯夫　伕役
尼父　父老　台甫

夫和父都是古代成年男子的美稱，後來字義分化：夫一般指壯年男子，父則指老年男子。

《說文》說：“夫，丈夫也。”《穀梁傳·文公十二年》：“男子二十而冠，冠而列丈夫。”古代男子二十歲行成人禮，結髮戴冠，這才稱為夫或丈夫。先秦古籍中常見以丈夫與女子對舉：丈夫指成年男子，女子指成年婦女。如《晏子春秋·諫下》：“今齊國丈夫耕，女子織，夜以接日，不足以奉上。”正因為夫指成年男子，故有壯夫、勇夫、武夫、征夫、匹夫、獨夫、懦夫、病夫之稱。又舊時稱從事體力勞動或被役使的人為夫，如農夫、漁夫、牧夫、樵夫、屠夫、膳夫、車夫、船夫，在這一意義上，夫也寫作伕，統稱伕役，含有輕視的意味。至於婦女稱自己的配偶為夫，則可看作是成年男子義的縮小，因為男子娶妻應在成年之後。先秦古籍中多見夫妻、夫婦對舉的例子，《左傳·桓公十五年》還有“父與夫孰親”的話。後來也有婦女稱自己的配偶為丈夫的，多見於宋元以後通俗戲曲小說，並一直沿用至今，但大丈夫、美丈夫仍然用作成年男子的美稱，與男子漢、美男子同義。

《詩經·小雅·蓼莪》有云：“父兮生我，母兮鞠我，拊我畜我，長我育我。”生我之人，男曰父，女曰母。父本指生身男性，即口語中的父親，但古代也用作對年長男子的尊稱，如上古神話傳說中有巢父、壤父、夸父，《詩經》中有古公亶父（即周太王，周文王之祖父）。《廣韻》說：“父，尼父、尚父，皆男子之美稱。”《字彙》說：“父，古者以字配父，造父、慶父是也。”這裏說到的尼父，是春秋時魯哀公對孔子的尊稱，孔子字仲尼，尼父是在表字的後面加父。尚父是周文王對呂望（即姜太公）的尊稱，注家解釋為“可尚可父”，意謂可尊尚的父輩。造父是周穆王時的駕車能手，造作製造解釋。慶父是春秋時魯桓公之子，以製造內亂聞名於時，因有“慶父不死，魯難未已”的話。此外，歷代帝王尊稱年長大臣為父的，還有春秋時齊桓公尊稱相國管仲為仲父，戰國時秦王政尊稱相國呂不韋為**仲父**，楚漢戰爭中西楚霸王項羽尊稱謀士范增為**亞父**，唐代宗尊稱專權宦官李輔國為尚父，唐德宗尊稱平叛大將郭子儀為**尚父**。至於**父老**，是由父和老並列而成的集體名詞，作為對老年男性的敬稱，早在《史記》中就有用例，至今仍然通行。

《說文》說："甫，男子之美稱也。"關於甫字的用法，這裏有三點應予說明。第一，在古代文獻中，**父**、**甫**兩字可以通用，如《詩經》中說到的周宣王時大臣尹吉甫和仲山甫，在金文中甫本作父。尼父是對孔子的尊稱，後世也有寫作**尼甫**的。第二，古代男子常在自己的表字中加上一個**甫**字，尤以宋代文人為多，如王安石字介甫、陳亮字同甫都是。第三，舊時文人在社交場合向對方詢問表字時，照例都說請教台甫，**台甫**意為尊貴的表字。

稱謂中的 "因卑達尊"

足下 閣下 門下 座下
陛下 殿下 麾下 膝下

古人講究禮貌，在與人談話和通信中，照例都用尊稱。在習見的尊稱中，有一個"因卑達尊"的下字系列，包括**足下**、**閣下**、**門下**、**座下**、**陛下**、**殿下**、**節下**、**麾下**等等，分別適用於不同場合和不同對象，下面舉例加以說明。

最早使用的是**足下**，戰國時已見，多用於臣下之稱君主。如《戰國策·燕策一》記說客蘇代對燕昭王說："足下以為足，則臣不事足下矣。"又如《史記·秦始皇本紀》記咸陽令閻樂指責二世說："足下驕恣，誅殺無道，天下共畔足下，足下其自為計。"後來則專用於同輩之間，如韓愈《與孟東野書》有云："與足下別久矣，以吾心之思足下，知足下懸懸於吾也。"對於**足下**一詞的由來，歷代注家都認為是古代"因卑達尊"風習的反映。在森嚴的等級制度下，下級與上級談話，不敢直稱其名號，而用稱呼其身旁僚屬或侍從的辦法來代替，稱卑以達尊。正如明人陸容《菽園雜記》卷十三所解釋的："古人稱呼簡質，如足下之稱，率施於尊貴者，蓋不能自達，因其足下執事之人以上達耳。"舊時書信中還有不直稱對方名號，而稱呼**執事**或**左右**以示尊敬的，情況與此相同。

這裏有必要說明一下：有的辭書說**足下**的稱呼，來源於春秋時晉文公懷念功臣介之推的故事。據劉敬叔《異苑》卷十記載："介之推逃祿隱跡，抱樹燒死。文公拊木哀嗟，伐而製屐。每懷割股之功，俯視其屐曰：悲乎足下。足下之稱疑起於此。"這種說法純屬小說家言，不足憑信。

閣下本為古時對朝中高官的尊稱，多用於書信中，**閣**是中央官署名，後來則平民百姓也都互稱**閣下**。唐人趙璘《因話錄》卷五說："古者三公開閣，郡守比古之侯伯，亦有閣，所以世之書題有閣下之稱。……今又布衣相呼，盡曰閣下。"也有稱**門下**的。明人陳士元《俚言解》卷一說："致書稱門下，猶言閣下、殿下、麾下、節下、座下、足下之類。古之貴人殿閣門下有謁者……不敢斥言尊貴，故呼其門下足下諸人。"

座下或者**座前**，同為舊時書信中對尊長的敬稱。唐人李匡乂《資暇集》卷中解釋說："身卑致書於宗屬近戚，必曰座前，降幾前之一等。案座者，座於牀也。言卑末之使，不當授受，置其書於所座牀之前，俟隙而發，不敢直進之意。"

陛下在史書中多見，直譯為帝王宮殿的台階之下，從戰國到明清，一直用作對帝王的尊稱。漢代學者蔡邕在《獨斷》中解釋得很明白："陛下者，陛，階也，所由升堂也。天子必有近臣執兵陳於陛側，以戒不虞。謂之陛下者，群臣與天子言，不敢指斥天子，故呼在陛下者而告之，因卑達尊之意也。上書亦如之。"此外，還把大臣謁見天子稱為**陛見**，把大臣面見天子奏事稱為**陛奏**，把大臣辭別天子稱為**陛辭**。

殿下比**陛下**低一等，漢代起用作對皇太子和侯王的尊稱，唐代以後只用以稱皇太后和皇太子。宋人高承《事物紀原》卷二說："漢以來，皇太子、諸王稱殿下，漢以前未之聞。唐初，百官於皇太后亦稱之，百官洎東宮官對皇太子亦呼之。今雖親王亦避也。"

節下和**麾下**都是對統兵將帥的尊稱，本義是在將帥的節制之下和指揮之下。節是古代調遣軍隊的憑證，麾是指揮軍隊的旗幟，兩者都是軍中權力的象徵。

　　附帶說一下**膝下**。**膝下**本指幼兒依偎在父母膝前的親昵情景。《孝經·聖治》有云："故親生之膝下，以養父母日嚴。"邢昺疏："膝下，謂孩幼之時也。"後來人們在給父母寫信時，常在開頭稱呼下加"膝下"兩字，如"母親大人膝下"，以示親敬。**膝下**雖與前述的**足下**、**閣下**……系列形式相同，但它並不直接用於稱呼，也就是說用法有別。

父嚴母慈

嚴親　慈親　北堂　椿萱
庭闈　三父　八母

古時有"父嚴母慈"的說法，是說父親對子女管教嚴格，母親對子女態度慈祥，因而稱父親為**嚴父**、**嚴親**，稱母親為**慈母**、**慈親**。夏侯湛《昆弟誥》有云："受學於先載，納誨於嚴父慈母。"**嚴命**或者**嚴訓**是父親的教訓，**慈訓**是母親的教訓。

稱呼父親為**尊**，在《世說新語》中有較多用例，這裏舉兩個：

【一】"劉尹至王長史許清言，時苟子年十三，倚牀邊聽。既去，問父曰：劉尹語何如尊？長史曰：韶音令辭不如我，往輒破的勝我。"（《品藻》）——這是稱父為**尊**的例子。王長史是晉人王濛，苟子是王濛兒子王修的小名。

【二】"謝公問王子敬：君書何如君家尊？答曰：固當不同。公曰：外人論殊不爾。王曰：外人那得知。"（《品藻》）——這是稱別人之父為**君家尊**的例子。王子敬是晉人王獻之，他的父親是王羲之，父子倆都是大書法家，世稱二王。

北堂是古代居室東房的後部，因北向無牆，形似正堂，故得此名。《儀禮·士昏禮》有云："婦洗在北堂。"**北堂**為主婦長留之處，後世因以指母親的居處，並作為母親的代稱，如李白《贈歷陽褚司馬》詩有云："北堂千萬壽，侍奉有光輝。"

《莊子·逍遙遊》說："上古有大椿者，以八千歲為春，八千歲為秋。"**大椿**即香椿，為落葉喬木，古時傳說大椿長壽，因以**椿**為父親的代稱，以**椿庭**指父親的居處（也指父親），表示祝父長壽之意。五代末竇禹鈞五子相繼登科，馮道贈詩有"靈椿一株老，丹桂五枝芳"之句，**靈椿**即代指老父。

《詩經·衛風·伯兮》有云："焉得諼草，言樹之背。"**諼草**是可以使人忘憂的草（**諼**作忘記解釋），背指北堂階下。翻譯成白話就是：世上哪有忘憂草讓我種在北堂階下呢！也就是說要想忘掉自己的憂愁是不可能的。這裏要說明一下**諼草**和**萱草**的關係。原來**諼草**只是假想的可以使人忘憂的草，而**萱草**卻是實有的（俗稱金針菜或黃花菜，供食用），後人因為**諼**、**萱**兩字同音，便真的把**萱草**當作忘憂草來看待了。也就因此，相傳古時出門遠行的人，為免母親惦念，照例要在北堂階下種上一些萱草，正如晚唐詩人聶夷中在《遊子吟》中所寫的那樣："萱草生堂階，遊子行天涯，慈母倚門望，不見萱草花。"舊時人們之所以把**萱**作為母親的代稱，用**萱堂**指母親的居處（也指母親），即根源於此。

椿是父親的代稱，**萱**是母親的代稱，**椿萱**並列等於説父母。牟融《送徐浩》詩有云："知君此去情偏切，堂上椿萱雲滿頭。"

杜甫《送韓十四江東省觀》有"我已無家尋弟妹，君今何處訪庭闈"的詩句，**庭**是庭院，**闈**是閨門，**庭**在外而**闈**在內，本於"男子主外，女子主內"的傳統觀念。**庭闈**亦借指父母，**椿庭**、**慈闈**則分指父親和母親。

生我之人，男的為父，女的為母。除生父生母之外，古時還有**三父八母**的説法。**三父八母**身份各不相同，古人之所以把這些不同身份的親屬名稱串聯在一起，為的是分別親屬關係的親疏遠近，確定喪服的等級，詳細説明見《朱子家禮》和《元典章》《清會典》。

三父——生父死後，子女稱母再嫁之夫為**繼父**，也叫**後父**。**繼父**有與自己同居的，有先同居後異居的，有始終異居的，總稱**三父**。

八母——是**嫡母**、**繼母**、**慈母**、**養母**、**嫁母**、**出母**、**庶母**、**乳母**的總稱：一、妾所生子女稱父之正妻為**嫡母**；二、子女稱父後娶之妻為**繼母**，也叫**後母**；三、妾所生子女幼時母死，其父令別妾撫育成人，此子女稱此別妾為**慈母**（此與嚴父慈母的**慈母**不同）；四、被收養子女稱收養之母為**養母**，也叫**義母**、**寄母**；五、生母因父死改嫁，稱為**嫁母**；六、生母被父休棄，稱為**出母**；七、正妻所生子女稱父之妾為**庶母**；八、父妾中曾經哺乳過自己的，稱為**乳母**（後來也稱被僱替別人哺乳嬰兒的婦女為**乳母**，即**奶娘**）。

再説，我生之人為子女。古人有妻有妾，因而親生之子有**嫡子**和**庶子**之分：**嫡子**是正妻所生之子，**庶子**是諸妾所生之子。此外還有非親生子女：一是**嗣子**，即過繼之子，也就是説，本人無子，以兄弟之子為子，其地位與親子相同；二是**養子**、**養女**，即收養之子女，也就是以別人之子女為子女，也叫**義子**、**義女**。

螟蛉是養子的代稱，源出《詩經·小雅·小宛》："螟蛉有子，蜾蠃負之。"**螟蛉**是桑樹上的綠色小蟲，**蜾蠃**是一種寄生蜂，蜾蠃常捕捉螟蛉存放在窩裏，產卵在牠們體內，卵孵化後就拿牠們作為食物。古人觀察不周，誤以為蜾蠃不產子，餵養螟蛉為子，後來把養子稱為**螟蛉**或**螟蛉子**，就來源於這種錯誤的認識。

"父兮生我，母兮鞠我"

怙恃　聖善　陟岵　陟屺
瞻依　春暉

古人重視家庭，在家庭成員相互關係中，親子關係佔着主要的地位，反映這種關係的詞語也比較多，其中有很大一部分來自《詩經》。

《詩經·小雅·蓼莪》為子女追念父母而作，其第四章云："父兮生我，母兮鞠我，拊我畜我，長我育我，顧我復我，出入腹我，欲報之德，昊天罔極。"這裏的**鞠**和**育**是同義字，作撫養解釋，**顧**加**復**作反復顧視解釋，**鞠育**、**顧復**均連綴成詞，後世多用以形容父母對子女養育之辛勞和愛護之深切。又這裏的**罔極**解釋為無窮盡，後世因稱父母養育之恩為**罔極之恩**。

《蓼莪》第三章有"無父何怙，無母何恃"之句，意思是說，沒有了父母就沒有了依靠，後人因而把**怙** (hù) **恃**作為父母的代稱。分開來說，**怙**是父的代稱，**恃**是母的代稱，所以喪父便是**失怙**，喪母便是**失恃**。

《詩經·邶風·凱風》是一首人子讚頌母親的詩，其第一章云："凱風自南，吹彼棘心，棘心夭夭，母氏劬勞。"**凱風**是南風，**棘心**是未長成的棘苗，這裏是人子用棘苗比喻自己的稚弱，用南風比喻母親的養育，用棘苗成長的不易說明母親養育的辛勞，後因稱人子思念母親之心為**棘心**。

《凱風》第二章又有"母氏聖善"之句，是說母親明理而有美德，後因以**聖善**作為對母親的美稱。

《詩經·魏風·陟岵》寫遠行的人思念家鄉，有"陟彼岵兮，瞻望父兮"和"陟彼屺兮，瞻望母兮"之句，**陟**是登高，**岵** (hù) 是有草木的山，屺（qǐ）是沒有草木的山，後人因以**陟岵**表示思念父親，以**陟屺**表示思念母親。

《詩經·豳風·鴟鴞》是一首禽言詩，它用一隻母鳥的口氣，訴說自己築巢育子的艱辛，中有"恩斯勤斯，鬻子之閔斯"之句，朱熹注："恩，情愛也；勤，篤厚也；鬻，養；閔，憂也。"意思是說，以我情愛之心，篤厚之意，養育此子，實在是一件值得憐憫的事。後因取詩中**恩勤**二字合成一詞，表示父母養育子女的恩愛和勞苦。一說**恩勤**義同殷勤，也通。

瞻依是瞻仰和依恃。《詩經·小雅·小弁》有云："靡瞻匪父，靡依匪母。"鄭玄箋："此言人無不瞻仰其父取法則者，無不依恃其母以長大者。"後人因用**瞻依**表示對父母的敬意，有時也用作父母的代稱。

《詩經·小雅》有《南陔》一篇失傳，束晢根據《詩序》所云"孝子相戒以養"的話，為作《補亡詩》，內有"循彼南陔，言采其蘭，眷戀庭闈，心不遑安"之句，後人因採《詩序》和束詩之意，用**蘭陔**或**循陔**表示孝子奉養父母之意；清人趙翼將他在辭官侍奉母親期間所寫的筆記定名為《陔餘叢考》，即取義於此。

附帶說一說**春暉**。孟郊有《遊子吟》一首說："慈母手中線，遊子身上衣。臨行密密縫，意恐遲遲歸。誰言寸草心，報得三春暉。"**春暉**是春天和煦的陽光，這裏用來比喻母愛的溫暖，意思是說子女對母親的一點心意，不能報答母愛於萬一。這首詩傳頌極廣，因而**春暉**成了眾所周知的母愛的代詞，歷代文人學士用**春暉**兩字自題居室的也多，如清代藏書家黃丕烈所題春暉堂就是一例。

"孝，善事父母者"

冬溫夏清　昏定晨省　啜菽飲水
先意承志　反哺

《說文》說："孝，善事父母者。"古人重視親子關係，把**孝**作為一切道德的根本，認為**孝**是人們所應普遍遵行的天經地義的綱紀。儒家經典之一的《孝經》對此作過明確的解釋，它説：“夫孝，德之本也，教之所由生也。”又説：“夫孝，天之經也，地之義也，民之行也。”在長期的古代社會中，父子關係始終被列為人倫規範的首位，其次才是夫婦和兄弟。

孝的具體表現是多方面的，首要的一條就是盡心奉養父母。

《禮記·曲禮上》説：“凡為人子之禮，冬溫而夏清，昏定而晨省。”意思是説，人子侍奉父母，冬天溫被使暖，夏天扇席使涼，晚間服侍就寢，早上省視問安。由此形成的成語**冬溫夏清**（qìng）和**昏定晨省**（xǐng），常用以説明子女對父母日常生活的關心。在古人詩文中，還可見將**冬溫夏清**縮略為**溫清**的，以及將**昏定晨省**縮略為**定省**的。至於成語**晨昏定省**，則是**昏定晨省**的另一表現形式。

家境貧寒的人能不能盡孝呢？《禮記·檀弓下》記孔子的話説：“啜菽飲水，盡其歡，斯之為孝。”以豆為食，以水為飲，成語**啜菽飲水**，意謂生活清苦，常用以形容家貧而盡孝道。也有説成**菽水承歡**的，意謂侍奉父母以求得歡心。

問安視膳也是一種孝禮，説為人子的每天早晚要詢問父母的健康情況，每餐要察看父母的飲食如何。語本《禮記·文王世子》：“文王之為世子，朝於王季者三。雞初鳴而衣服，至於寢門外，問內豎之御者曰：今日安否何如？內豎曰：安。文王乃喜。及日中又至，亦如之。及暮又至，亦如之。……食上，必在視寒暖之節，食下，問所膳。”這裏講的是周文王關心他父親的日常生活，後來**問安視膳**同樣適用於一般平民，有時也單説**問安**。

孝的另一條表現，是對父母無條件的順從，因而**孝順**常連綴成詞。成語有**先意承志**，出自《禮記·祭義》所記曾子的話：“君子之所為孝者，先意承志，諭父母於道。”**先意**是説別人沒有想到，先已替他想到，**承志**是説順承別人的意志。**先意承志**本指不待父母説出，就能揣摩其心意去做，後來則泛指迎合別人的意向行事，特別是下級之對上級，而不限於子女之對父母，也可寫作**先意承旨**。另一成語**承顏順旨**，與**先意承志**情況相同。

愛惜自己的身體，也是孝的一條表現。《禮記·祭義》記孔子的話説：“天之所生，地之所養，無人為大。父母全而生之，子全而歸之，可謂孝矣。不虧其體，不辱其身，可謂全矣。"意思是說，子女的身體來自父母，應當終生愛惜，不使其受損受辱，以完全無垢的身體還給父母，成語**全受全歸**就是由此而來的。

古人常利用兩種動物的行為宣揚孝道。一種是烏的反哺。相傳烏是一種孝鳥，小烏出生以後，母烏餵養小烏六十天，等到小烏長大以後，會反過來餵養母烏六十天，舊時詩文中常見的**烏哺**或者**反哺**，就是比喻子女報答父母養育之恩的。另一種是羊的跪乳，據說母羊在給羊羔哺乳時，羊羔總是跪着吸食，**跪乳**也用以比喻子女對父母盡孝。

父教和母教

庭訓　舐犢　喬梓　三遷
斷機　封鮓　畫荻

古人重視家教，特別是父親對兒子進行的有關修身立業方面的教育，稱為父教。

王勃《滕王閣序》有"他日趨庭，叨陪鯉對"的話。鯉是孔子的兒子孔鯉，**趨庭**解釋為快步走過庭前，表示敬意。據《論語·季氏》記載：孔子曾獨立庭前，孔鯉趨而過庭，孔子問他學詩沒有，他說沒有學，孔子說，不學詩，說話便沒有根據，於是孔鯉退而學詩。又一次，孔鯉趨而過庭，孔子問他學禮沒有，他說沒有學，孔子說，不學禮，沒有立身的標準，於是孔鯉退而學禮。古代士大夫把這個故事傳為美談，因而常用**趨庭**、**鯉庭**作為承受父親教導的代稱，有時還把父親的教誨稱為**庭訓**。

老牛舐犢或簡作**舐犢**，是以老牛用舌頭舔小牛來比喻父親愛子情深。據《後漢書·楊彪傳》記載：楊彪、楊修父子倆都受到曹操迫害，曹操藉故殺了楊修，楊彪十分悲痛。一次曹操見到楊彪問道：你怎麼瘦得這樣厲害啊？楊彪語帶譏刺地答道："愧無日磾先見之明，猶懷老牛舐犢之愛。"翻譯成白話就是：我很慚愧沒有金日磾那樣的先見之明，自己把兒子殺掉；我還懷着老牛舐犢那樣的感情，深深地愛着自己的兒子呢！這裏所說的金日磾是西漢大臣，他的兒子幼時很受漢武帝寵愛，經常出入宮廷，後來兒子長大了，一次金日磾發現兒子和宮女在一起打鬧，認為這樣有失體統，一怒之下就把兒子殺死了。

成語**肯堂肯構**，有時也寫作**肯構肯堂**。**堂**是做地基，**構**是蓋房子。父親先設計好建築圖樣，然後由兒子來施工，因而用以比喻兒子能夠繼承父業。這句成語源出《尚書·大誥》："若考作室，既厎法，厥子乃弗肯堂，矧肯構？"孔傳："以作室喻治政也。父已致法，子乃不肯為堂基，況肯構立屋乎？"原文"弗肯堂，矧肯構"，說兒子連地基都不肯做，哪裏還談得到肯蓋房子，是從反面說的，後來把它寫作**肯堂肯構**，則是從正面來說了。

《禮記·學記》說："良冶之子，必學為裘；良弓之子，必學為箕。"孔穎達疏："言善冶之家，其子弟見其父兄世業陶鑄金鐵，使之柔合，以補治破器皆令全好，故此子弟乃能學為袍裘，補續獸皮，片片相合，以至完全也。善為弓之家，使幹角撓屈調和成其弓，故其子弟亦睹其父兄世業，仍學取柳和軟撓之成箕也。"意思是說，冶金能手的兒子一定會學會用鐵針縫製皮衣（為裘），製弓能手的兒子一定會學會用竹子編織簸箕（為箕），因為他們通過平時對父親勞動情況的觀察而觸類旁通了。後人因用**箕裘**表示兒子能夠繼承父業，成語還有**克紹箕裘**。

《左傳·隱公三年》記載：衛國公子州籲是寵姬所生，很受莊公的喜愛，大夫石碏勸諫莊公說："臣聞愛子，教之以義方，弗納於邪。"**義方**就是做人的正道，後用以代指父親的教訓，也泛指家教。

跨灶本指良馬奔跑時後蹄印越過前蹄印，比喻兒子勝過父親。高士奇《天祿識餘》引《海客日談》解釋說："馬前蹄之上有兩空處名灶門。馬之良者後蹄印地之痕反在前蹄印地之痕前，故名跨灶，言後步趕過前步也。"另有一種解釋，說是灶上有釜，父釜音同，故生子過父者為跨灶。蘇軾在《答陳季常書》中談到他的兩個兒子時就用了**跨灶**一詞，說："長子邁作吏，頗有父風。二子作詩騷殊勝。咄咄皆有跨灶之興。"

古人常用**喬梓**來比喻父子，也有寫作**橋梓**的。這本是兩種樹木的名稱：喬木果實上仰，梓木果實下俯。《尚書大傳·梓材》說：

"商子曰：'南山之陽有木焉，名喬。'二三子往觀之，見喬實高高然而上，反以告商子。商子曰：'喬者，父道也。南山之陰有木焉，名梓。'二三子復往觀焉，見梓實晉晉然而俯，反以告商子。商子曰：'梓，子道也。'"古人崇尚禮教，認為喬木象徵父道之尊，而梓木象徵子道之卑，故以**喬梓**表示父子關係。

下面再說一說**母教**，也就是母親對兒子的教育。

《三字經》說："昔孟母，擇鄰處；子不學，斷機杼。"**孟母擇鄰**和**孟母斷織**是兩個著名的母教故事。據《列女傳·母儀》載：孟子少時父親死去，母親仉氏守節，起初住家在墓地附近，孟子常學着做喪葬之類的遊戲，孟母說："此非吾所以居處子也。"於是搬家到市場附近，孟子又學着做買賣之類的遊戲，孟母又說："此非吾所以居處子也。"再搬家到學宮旁邊，孟子遊戲時學會了祭神祀祖和招待賓客的各種禮節，孟母這時才點頭說："真可以居吾子矣。"又有一次，孟子輟學回家，孟母拿刀割斷機上尚未織完的布，當場告誡孟子說：你讀書求學，和我穿梭織布一樣，必須窮年累月，日夜用功，才能收到效益。現在你中途輟學，我中途斷機，以前下了那麼大的工夫，不都是白費了嗎！從這兩個故事所產生的詞：**三遷**、**三徙**是說母親為使兒子成才，選擇良好的學習環境；**斷機**、**斷織**是說母親對兒子訓導有方。

封鮓（zhǎ）的故事很有教育意義。據《晉書·列女傳》記載：晉代以勉人愛惜分陰著稱的陶侃，年輕時任潯陽縣吏，負責管理魚塘，一次他託人將一罐醃魚帶給母親，母親湛氏見後，把醃魚照原樣封好退回給他，並寫信責備他說："爾為吏，以官物遺我，非唯不能益吾，乃以增吾憂矣。"陶母是歷史上一位以賢明著稱的女性，而**封鮓**作為母親教導兒子居官廉正的一個典型事例，更是長期受到人們的讚揚。

畫荻教子的故事出自北宋。據《宋史·歐陽修傳》記載：歐陽修四歲喪父，靠母親鄭氏刻苦教誨成人，家裏貧窮買不起紙筆，母親就用荻草稈當筆，教兒子在地上練習寫字，後來歐陽修終於學業有成，成為北宋文壇領袖。南宋作家劉克莊《輓劉母王宜人》有"分燈照鄰女，畫荻訓賢郎"的詩句，就是用**畫荻**來稱頌母教的。

"常棣之華"

棣華　脊令　鬩牆　塤箎
昆玉　孔懷　具爾　友于

《詩經‧小雅》有一篇題為《常棣》的詩，是周朝貴族歡宴兄弟時勉勵互相友愛的樂歌，全詩八章，每章四句，其第一章是："常棣之華，鄂不韡韡；凡今之人，莫如兄弟。"

常棣亦作**棠棣**，果木名，即郁李，果實像李子而較小，暗紅色；春季開花，花淡紅色，每兩三朵為一綴，莖長而花下垂。華與花同。**鄂**是萼的借字，指包在花瓣外輪的萼片。**不**在甲骨文中像花蒂形，是柎的古字。把這第一章的原文譯成白話就是：常棣花開照眼明，花萼花蒂同根生，試看如今世上人，沒有能比兄弟情（據程俊英譯文）。詩裏說常棣的花瓣花萼花蒂同生一枝，而又互相輝映，用以比喻兄弟的彼此相依；**花萼**、**棣華**、**棣萼**、**棣鄂**等作為兄弟的代稱，即來源於此。另有一說，認為詩人用常棣的花來比兄弟，是因其每兩三朵彼此相依，所以聯想，於理亦通。再有，因棣、弟兩字同音，古人為了表示文雅，常有在書信中以賢棣代替賢弟的習慣。

　　《常棣》第三章的前兩句是："脊令在原，兄弟急難。"**脊令**也作**鶺鴒**，是一種水鳥，詩裏說兄弟之在患難中互相扶持，正如脊令困在陸地時尋求牠的同類一樣，因此後人便用**鶺原**或者**脊令**來表示兄弟的遭遇不幸，也用作兄弟的代稱。

　　《常棣》第四章的前兩句是："兄弟鬩於牆，外禦其務（侮）。"**鬩**（xì）是爭吵的意思，務字在《左傳》和《國語》裏都引作侮。這兩句合起來是說兄弟雖有時在家爭吵，但一旦遇有外來侵擾，就會齊心合力去抵抗；不過一般都是單取上句，將**鬩牆**兩字結合成詞，表示兄弟失和，也可以引伸為內部相爭，與**同室操戈**同義。

　　從前兄弟之間慣以伯仲叔季排行。《詩經‧小雅‧何人斯》有"伯氏吹塤，仲氏吹箎"之句，**塤**（xūn）和**箎**（chí）都是古代的吹奏樂器，前者用土燒成，後者用竹削成，這兩種樂器合奏起來聲音和諧，因而**塤箎**被用來作為讚美兄弟和睦的詞，也可用作兄弟的代稱。

　　《詩經‧王風‧葛藟》有"終遠兄弟，謂他人昆"之句，**昆**就是兄長，**昆弟**就是兄和弟。**昆仲**、**昆季**則多用以稱呼別人的兄弟。還有**金友玉昆**或作**玉昆金友**，或簡作**昆玉**，都是讚揚別人兄弟才

【倫理】

德並美的。

附帶談一談藏頭語和截尾語的問題。古代文人沒有不熟讀經書的，取經書中的現成句子，或是藏其頭而留其尾，或是截其尾而留其頭，用來作為某種事物的代稱，這就是修辭學上所說的藏頭語和截尾語。舉幾個有關兄弟的例子如下：

一是《詩經·小雅·常棣》有"兄弟孔懷"之句，因而用**孔懷**代指兄弟。實際上"兄弟孔懷"整句是兄弟極為思念的意思，孔是副詞，懷是動詞，而一經藏頭，就把句子割裂開來，弄得意思殘缺不全，無法索解。《顏氏家訓·文章》在說到這件事時便提出了直率的批評："詩云'兄弟孔懷'；孔，甚也，懷，思也，言甚可思也。陸機與長沙顧母書，述從祖弟士璜死，乃言'痛心拔腦，有如孔懷'，心既痛矣，即為甚思，何故言有如也？觀其此意，當謂親兄弟為孔懷。詩云'父母孔邇'，而呼二親為孔邇，於義通乎？"

二是《詩經·大雅·行葦》有"戚戚兄弟，莫遠具爾"之句，因而用**具爾**代指兄弟。這裏的**具**與**俱**同，副詞，解釋為都；**爾**與**邇**同，動詞，解釋為親近：整句的意思是兄弟都應互相親近而不要疏遠。陸機《歎逝賦》有云："痛靈根之夙殞，怨具爾之多喪。"上句用**靈根**指祖考，是比喻；下句用**具爾**指兄弟，是藏頭。

三是《尚書·君陳》有"友于兄弟"之句，因而用**友于**代指兄弟。這裏整句的意思是對兄弟友愛，友是動詞，于是介詞。**友于**作為截尾語，在古代詩歌中常用。如陶潛《庚子歲五月從都還阻風》的"一欣侍溫顏，再喜見友于"和白居易《東南行一百韻》的"萬里拋朋侶，三年隔友于"都是。

"世間最難得者兄弟"

讓棗推梨　姜被　灼艾分痛
難兄難弟　煮豆燃其

"天下無不是底父母，世間最難得者兄弟。"在親屬中，除了父母子女以外，關係最密切的莫過於兄弟了。

歷史上有不少著名的有關兄弟的故事，後人常在詩文中把它

146

們作為典故使用，這裏舉幾個常見的例子。

東漢末年的孔融，兒時與哥哥們在一起吃梨，他總是挑小的吃，大人問他為何不取大的，他説：我人小，應當吃小的。與此相同的故事，還有南朝的王泰，兒時祖母聚集全家小輩，把棗子和栗子撒在牀榻上，孩兒們都爭着去取，唯有王泰一直不拿，別人問他為甚麼，他説：我自己不拿，祖母一定會獎賞給我的。前一個故事是**推梨**，見於《後漢書·孔融傳》李賢注引《孔融家傳》；後一個是**讓棗**，見於《南史·王泰傳》。後人把兩者合在一起，組成成語**讓棗推梨**，用來作為兄弟之間謙讓友愛的典故，讓、推兩字同義。

另一成語**兄肥弟瘦**，則是兄長對弟弟表示愛護和體恤的典故。據《後漢書·趙孝傳》載：王莽當政時天下大亂，食物奇缺，趙孝和趙禮是兄弟倆，有餓賊把弟弟趙禮捉了去，哥哥趙孝聞訊，唯恐弟弟會被賊人殺了吃掉，特地趕來對賊人説：弟瘦不如兄肥，還是讓我來代替弟弟吧！賊人深受感動，便把兄弟倆都放走了。

姜家大被也簡作**姜被**，説東漢時姜肱和弟弟仲海、季江三人都以孝行聞名，兄弟之間十分友愛，雖然都娶了妻子，還是不忍分居，於是作大被同榻而眠，見《後漢書·姜肱傳》。另有成語**長枕大被**，説唐玄宗李隆基為太子時，特地縫製長枕大被，與兄弟諸王共用，見《新唐書·讓皇帝憲傳》。這兩個故事的內容大致相同，但故事主人公的身份有別：姜氏兄弟是平民書生，而李姓諸王是王室皇族。

灼艾分痛講的也是皇族內部的故事，説宋代的開國皇帝太祖趙匡胤，對弟弟匡義（後繼位為宋太宗）非常友愛，匡義患病，太祖親自給他燒艾，並且在自己身上也燒起艾來，表示要分擔他的痛苦，見《宋史·太祖紀三》。

難兄難弟，是對東漢高士陳紀（字元方）、陳諶（字季方）兄弟的品評，説他們兩人的才德都很好，難以分別高下；也有作**元方季方**的，意思一樣。據《世説新語·德行》載：元方的兒子長文和季方的兒子孝先都誇耀自己父親的才德好，彼此爭論不決，便去問祖父陳寔。陳寔回答説："元方難為弟，季方難為兄。"作為一句成語，**難兄難弟**一般是用來恭維別人兄弟的，但現今多從反面説，用以譏諷兄弟兩人同樣惡劣。還有，**難兄難弟**的難本讀陽平聲，但偶爾也有破讀為去聲的，多用以指稱那些彼此曾經共過患難的人，或是彼此處於同樣困難境地的人，並不限於兄弟之間。

白眉最良，説三國時蜀漢馬姓兄弟五人都很有才學，在他們的名字中都帶有一個常字，其中馬良字季常，眉中有白毛，才學最優。當地人有謠語説："馬氏五常，白眉最良。"見《三國誌·蜀誌·馬良傳》。後人因以**白眉**或**白眉最良**讚揚同族兄弟間的優秀傑出者。

尺布斗粟和**煮豆燃萁**，都表示統治階級內部兄弟不和以至互相殘害，又都是古代詩歌的摘句。漢文帝劉恆的弟弟淮南王劉長謀反失敗，在押解外地途中絕食自殺，民間作《淮南王歌》云："一尺布，尚可縫；一斗粟，尚可舂；兄弟二人，不能相容。"對此歷來有兩種不盡相同的解釋。一種是説尺布斗粟都是價值低賤的生活用品，尚且不肯隨便拋棄，何況以兄弟情誼之貴重，而忍心把弟弟流放到外地去送死嗎？另一種是説貧民之家只有尺布斗粟，兄弟尚可和睦相處，皇帝富有天下，難道就不能容下一個弟弟嗎？又三國時曹操的兒子曹植，自幼富於才學，得到曹操寵愛，後來他的同母所生的哥哥曹丕稱帝，挾嫌猜忌，曾令他在走七步路的短時間內作詩一首，如果不成，就要殺頭。曹植應聲而成《七步詩》云："煮豆燃豆萁，漉豉以為汁。萁在釜下燃，豆在釜中泣：本是同根生，相煎何太急！"（有的本子只有四句，沒有第二句和第三句。）全詩用同根生的萁和豆來比喻同父母生的兄弟，用萁豆相煎來比喻曹丕對曹植的迫害，因為形象鮮明，語言生動，所以曹丕聽後也不覺面有愧色了。

"男以女為室，女以男為家"

家室　內子　外子　中饋
拙荊　良人　結髮

男大當婚，女大當嫁；男女結合而成夫妻，夫妻是組成家庭的基本成員。

古人有"男以女為室，女以男為家"的説法。**家**是大名，**室**是小名；男子是一家之主，所以妻子稱丈夫為**家**，女子的活動範圍限於內室，所以丈夫稱妻子為**室**。《孟子·滕文公下》説："丈夫生而願為之有室，女子生而願為之有家。"翻譯成白話就是：男孩子一生下來，父母便希望給他找妻室；女孩子一生下來，父母便希望給她找夫家。這裏的**有室**就是有妻，**有家**就是有夫。至於**家室**或者**室家**連稱，《詩經·周南·桃夭》有"之子于歸，宜其家室"和"之子于歸，宜其室家"的例子，它們實際上都是夫妻的代詞，或者是夫妻的同義詞。

舊時丈夫稱自己的妻子為**內人**或**內子**，這是根源於"男子主外，女子主內"的古代傳統觀念而產生的；與此相對，妻子便稱自己的丈夫為**外子**。清代學者錢大昕在《恆言錄》卷三説："夫婦相稱曰外內，晉魏以前無之，如秦嘉、顧榮皆有《贈婦詩》，不云贈內也。梁徐悱有《贈內詩》，又有《對房前桃樹詠佳期贈內詩》，其妻劉氏有《答外詩》，內外之稱起於是矣。"

內助指妻子，意謂能幫助丈夫處理家庭內部事情；現今還有讚揚別人能幹的妻子為**賢內助**的。

中饋源出《周易·家人》"無攸遂，在中饋"，原謂婦女在家主持飲食事務，後用作妻子的代稱；如男子尚未娶妻或妻死未再娶稱為**中饋猶虛**。

箕帚是灑掃用具，因為家中清潔工作向由婦女擔任，故也用作妻子的代稱；如說**願執箕帚**即表示願作妻子。

梁鴻是東漢文學家，家貧博學，其妻孟光相貌醜陋而有德行，兩人真誠相愛。**荊釵布裙**——荊枝作釵，粗布為裙，原是孟光平時的樸素服飾，人們據此在別人面前稱呼自己妻子為**拙荊**、**山荊**或**荊妻**、**荊室**，除了自謙之外，兼有表示貧寒之意。

夫人、**小君**本來是古代稱呼諸侯之妻的，後來用作妻子的通稱。

用**細君**稱呼妻子，源出《漢書·東方朔傳》。東方朔是西漢文學家，以詼諧滑稽著稱，一次漢武帝將以肉賞賜給隨從諸臣，東方朔先割了一塊帶回家去，武帝知道後令東方朔自責，東方朔説："受賜不待詔，何無禮也；拔劍割肉，一何壯也；割之不多，一何廉也；歸遺細君，又何仁也。"**細君**歷來有兩解：一說是東方朔妻子的名字，一說意思與**小君**相同。

　　古時妻子稱呼自己的丈夫，除了上述的**外子**以外，還有**夫子、夫君、夫婿**。**良人**原指善良之人，後來也有用來稱呼丈夫的。

　　在古代社會裏，妻子是從屬於丈夫的，因稱丈夫為**所天**。

　　最使人費解的是妻子把丈夫稱為**稿砧**，它源出於漢代《古絕句》："稿砧今何在？山上復有山；何當大刀頭？破鏡飛上天。"這首詩四句都用隱語寫成。第一句中的**稿砧**是丈夫的隱語。原來古代罪人被處死刑時，以稿（稻草或麥稈）為席，伏在砧（墊板）上，行刑的人用鈇（斧）去斬他——稿、砧、鈇三物有連帶關係，舉其中的兩物，就會聯想到第三物；這句以**稿砧**隱鈇，又因鈇和夫同音，便借作丈夫的隱語了。至於第二句"山上復有山"是出字；第三句"大刀頭"暗指環，又借作還；第四句"破鏡飛上天"是月半。四句連起來是兩問兩答：問夫在何處，答言外出；問何時回還，答言月半。

　　舊時男女成婚時須舉行結髮儀式，因稱原配夫妻為**結髮夫妻**，稱原配妻子為**髮妻**，也稱**嫡妻、正妻**；對於別人的正妻，則敬稱為**令正**。

　　舊時男子在正妻以外所娶的女人，稱**妾**或**姬**，**小妾**或**小星**，**如君**或**如夫人**，**側室**或**別室**，**簉**（zào）**室**或**傍妻**。從這些稱呼可以看出，在舊時的婚姻制度下，男子可以多妻，而女子則必須從一而終，男女之間是沒有平等可言的。

"鳳凰于飛"

伉儷　好逑　琴瑟　鸞鳳
鴛鴦　鶼鰈　比翼鳥　連理枝

　　男女結合而為夫妻，夫妻雙方互為**配偶**。夫妻和睦的為**嘉偶**，也作**嘉耦**；夫妻不和的為**怨偶**，也作**怨耦**：偶、耦兩字同音又同源。

　　伉儷義同配偶。**伉**是對等和相稱的意思，**儷**是成雙作對。**伉儷**並列成詞，古時多指嫡妻，後來用作夫妻的代稱。有時也可單用一個**儷**字，如**儷影**就是夫妻的合影。

逑也是配偶。《詩經・周南・關雎》有云："窈窕淑女，君子好逑。"**好逑**就是好配偶，又作**好仇**。在配偶的意義上，**逑**、**仇**兩字同音同義（仇，古音如逑，中古以後才有人讀仇如讎）。

《詩經・大雅・思齊》有"刑于寡妻，至于兄弟，以禦于家邦"之句。**寡妻**就是嫡妻；**刑**通**型**，解釋為示範。**刑于寡妻**是說周文王用禮法對待他的妻子，使她受到感化；後人據此把夫妻和睦稱為**刑于之化**，省作**刑于**。

夫唱婦隨，唱本作倡，語本《關尹子・三極》："天下之理，夫者倡，婦者隨。"原來是說妻子必須服從丈夫，後指夫妻和睦。

形容夫妻間相親相愛，多用器物或者生物作為比喻。

琴和瑟是古代兩種弦樂器，琴有七弦，瑟有二十五弦，奏時互相應和，因此**琴瑟**常用以比喻夫妻間感情融洽，《詩經・周南・關雎》曾有"窈窕淑女，琴瑟友之"之句；也有顛倒作**瑟琴**的，因《詩經・小雅・常棣》又有"妻子好合，如鼓瑟琴"之句。

鳳凰也作**鳳皇**，是古代傳說中的鳥王，雄的叫鳳，雌的叫凰，雌雄相伴而飛，相和而鳴。《詩經・大雅・卷阿》有"鳳皇于飛，翽翽其羽"之句，《左傳・莊公二十二年》也有"鳳皇于飛，和鳴鏘鏘"之句，後人因以**鳳凰于飛**比喻夫妻間相親相愛，有時也用作祝賀婚姻美滿之辭。

鸞鳳是傳說中的鸞鳥和鳳凰。**鸞鳳和鳴**與**鳳凰于飛**意思相同，而**鸞飄鳳泊**便是比喻夫妻離散了。

鴛鴦是一種水鳥，雌雄雙棲不相分離，古稱**匹鳥**，因而用作恩愛夫妻的比喻。

燕侶、**鴛侶**都比喻夫妻和諧，因為燕子和鴛鴦的雌雄偶居，有如夫妻之為形影不離的終身伴侶。

《爾雅・釋地》有云："東方有比目魚焉，不比不行，其名謂之鰈；南方有比翼鳥焉，不比不飛，其名謂之鶼。"後人因以**鶼鰈**(jiān dié) 或**鶼鶼鰈鰈**比喻夫妻親愛。就便說明一下：比目魚是鰈形目魚類的總稱，其特徵是身體側扁，不對稱，兩眼都在頭部的左側或右側；《爾雅》郭璞注說此魚"一眼，兩片相合乃得行"，不確。至於郭璞注所說比翼鳥"一目一翼，相得乃飛"，更屬傳說性質，不可信以為真。

三國魏明帝《種瓜篇》有"與君新為婚，瓜葛相結連"之句，瓜和葛都是蔓生植物，能纏繞或攀附在別的物體上，**瓜葛**並列成詞，通常比喻輾轉牽連的親戚關係或社會關係，有時也指親密無間的夫妻關係。白居易《長恨歌》有云："在天願作比翼鳥，在地願為連理枝。"**比翼鳥**已見前述，**連理枝**是說兩棵不同根的樹木，它們的枝條連生在一起，兩者都比喻夫妻關係的密不可分。

王實甫《西廂記》有云："地生連理木，水出並頭蓮。"**並頭蓮**是一蒂兩心的荷花，也作**並蒂蓮**，常用作夫妻好合的象徵。

"白頭偕老"與
"有女仳離"

出妻　寡婦　鰥夫　鼓盆之戚
孤鸞　斷弦　再醮

白頭偕老常用作對新婚夫妻的祝辭，然而事實上並不是每對夫妻都能恩愛相守直到老死的，其間會經歷種種變故：有的雙方因感情破裂而失和，有的雙方在戰亂中離散，有的一方未能終其天年，有的一方遭到遺棄，有的離婚，有的改嫁。所有這些，都在文言詞語中有所反映。

古代丈夫遺棄妻子，稱為**出妻**或者**休妻**。**七出**便是出妻的七種理由：一、無子，二、淫佚，三、不事舅姑，四、口舌，五、盜竊，六、妒忌，七、惡疾。見《儀禮‧喪服》賈公彥疏。也有說**七去**或者**七棄**的，分別見《大戴禮記‧本命》和《公羊傳‧莊公二十七年》。做丈夫的可以用**七出**中的任何一條作為藉口命妻子離去，這顯然是為了維護夫權而制定的壓迫婦女的禮教。

禮教在規定**七出**的同時，又提出了**三不去**，即丈夫不能遺棄妻子的三種情況：一、有所娶無所歸（無娘家可歸）不去，二、與更三年喪（曾為公婆守孝三年）不去，三、前貧賤後富貴不去。見《大戴禮記‧本命》。

被丈夫遺棄的婦女，稱為**棄婦**。唐代詩人顧況有《棄婦詞》，曹鄴、劉駕各有《棄婦》詩，都是訴說棄婦的悲苦境遇的。

《詩經‧王風‧中谷有蓷》是一篇描述棄婦悲傷無告的詩，中有"有女仳離，嘅其歎矣"、"有女仳離，條其嘯矣"、"有女仳離，啜其泣矣"之句，**仳**（pǐ）**離**是一個並列結構的合成詞，本意是分離，特指婦女被遺棄而離去。

　　死了丈夫的婦人，稱為**寡婦**。婦人死了丈夫以後獨居，稱為**寡居**或者**守寡**。這裏要說明兩點：第一，**寡**的原意是家中獨身一人，因此古代婦人喪夫，男子無妻或喪偶，都叫做**寡**；至於專稱婦人喪夫為**寡**，那是後來的事。第二，古代文獻中有**寡妻**一詞，解釋不一。《詩經‧大雅‧思齊》有"刑于寡妻，至于兄弟"之句，**寡妻**指嫡妻（此指周文王的嫡妻太姒），因為寡有少意，庶妻可以有多個，而嫡妻只有一個，相對來說是少。至於杜甫《無家別》中說的"四鄰何所有，一二老寡妻"，這裏的**寡妻**就是寡婦。

　　孀和**嫠**（lí）都是寡婦，也說**孀婦**和**嫠婦**。

　　偏棲本指獨居，晉代文學家陸機《擬青青河畔草》詩有"良人遊不歸，偏棲獨隻翼"句就是；後也稱寡居為**偏棲**。

　　未亡人是寡婦自稱；**未亡年**指寡居歲月。

　　鰥或**鰥夫**是無妻的男子，特指喪偶的老年男子。

　　《莊子‧至樂》有云："莊子妻死，惠子弔之，莊子則方箕踞鼓盆而歌。"**鼓盆**就是敲擊瓦盆。後因以**鼓盆之戚**作為喪妻的代稱。

　　孤鸞是孤獨的鸞鳥，比喻失偶或分離的夫妻。**離鸞**是鸞鳥離散，比喻夫妻分離。

　　脫輻是說夫妻離異。《周易‧小畜》有云："九三，輿說（脫）輻，夫妻反目。"車輪輻條散脫則車不行，夫妻反目離異則家不成，故用以為喻。

　　古人常以**琴瑟**比喻夫妻關係，因而男子妻死稱為**斷弦**，再娶稱為**續弦**，又稱**續膠**（用膠接續弦絲）或**鸞膠重續**（鸞膠是傳說中的一種能黏接弦絲斷處的膠）。

　　醮（jiào）是古代婚禮中的一種酌酒儀式，故男子再娶或婦人再嫁稱**再醮**，元明以後**再醮**專指婦人再嫁。

　　對於婦人再嫁，歷來有多種委婉的說法：如**更行**、**重行**來源於《詩經‧鄘風‧蝃蝀》"女子有行"之句，行就是出嫁；如**重適**，適也

【倫理】

是出嫁；又如**移天**，因古代禮教婦人以丈夫為天。還有**琵琶別抱**，是對婦人再嫁的隱語，出自白居易《琵琶行》中"門前冷落車馬稀，老大嫁作商人婦"及"千呼萬喚始出來，猶抱琵琶半遮面"之句。

夫妻關係及其變故

相敬如賓　舉案齊眉　牛衣　故劍
糟糠之妻　覆水難收　破鏡重圓

關於夫妻關係及其各種變故，歷史上有一些有名的成語典故，後人常在詩文中引用。

相敬如賓來源於《左傳·僖公三十三年》："初，臼季使過冀，見冀缺耨，其妻饁之，敬，相待如賓。"臼季即晉國大夫胥臣，臼是他的封邑，季是他的字。冀缺即晉國大大郤缺，他是冀芮的兒子，因世襲冀的封邑，也稱冀缺。（冀本是春秋時小國名，今山西省河津縣東北有冀亭遺址，即其國都，後為晉國所滅，用作郤氏封邑。）冀芮獲罪被殺，冀缺也被黜。胥臣出使過冀，見冀缺在田地裏耕作，他的妻子給他送飯，彼此都很尊敬，像是對待客人一樣。胥臣認為冀缺很有德行，便向晉文公推薦，任為下軍大夫，後來又因戰功而升為卿，並重新獲得冀的封邑，死後諡成，稱為郤成子。據上述來源可知，**相敬如賓**作為一句典故性的成語，只能用以表示夫妻之間的互相尊敬，而不應用於一般友人或同僚之間。

舉案齊眉來源自《後漢書·梁鴻傳》："（鴻）遂至吳，依大家皋伯通，居廡下，為人賃舂。每歸，妻為具食，不敢於鴻前仰視，舉案齊眉。"梁鴻是東漢文學家，家貧博學，其妻孟光相貌醜陋而有德行，兩人真誠相愛。梁鴻本來與妻子共同隱居在霸陵山中，以耕織為生，一次因事出關，路過洛陽，看見那裏的宮殿建造得十分富麗堂皇，便作了《五噫之歌》，對統治者有所諷刺，因而為章帝所不滿。他只得改變姓名，東逃齊魯，後又往吳地依大戶皋伯通，住在廊下小屋內，為人傭工舂米。每次回家，他的妻子孟光給他端飯，總是把食案舉得與自己的眉毛齊平，以表示對他的尊敬。皋伯通見了很驚異，認為梁鴻能夠使妻子如此敬重，定非平凡之輩，於是招待他在家裏居住。據此可知，**舉案齊眉**原是表示妻子對丈夫的尊敬，但後來也形容夫妻互敬，也可簡作**齊眉**。後世還有稱他人夫妻為**梁孟**的，那就顯然含有讚美和褒揚的意思了。

牛衣來源自《漢書・王章傳》："初，章為諸生學長安，獨與妻居。章疾病，無被，臥牛衣中；與妻決（訣）涕泣。"西漢王章為諸生時學於長安，生病無被，就用給牛禦寒遮雨的牛衣披裹在身上，哭着向妻子告別。妻子斥責他說：當今朝廷上的高官誰能超過你呢？現在不過是一時的困難，你自己不振作起來，反而傷心落淚，真是太沒有出息了。後來王章在朝廷做官，以正直敢言著稱。成帝時他做京兆尹，想要上疏舉發權臣誤國，妻子勸阻他說："人當知足，獨不念牛衣中涕泣時耶？"王章不聽，果然因此得罪專斷朝政的外戚王鳳，被陷害致死。後世有成語**牛衣對泣**形容夫妻共守窮困，其實史傳原文並沒有王章夫妻"相對而泣"的記載，也沒有"對泣"的字樣（只有"牛衣涕泣"），想必是在長期使用過程中訛傳之故。

故劍說的是漢宣帝的故事。漢宣帝生長民間，年輕時曾娶許廣漢女平君為妻，即位以後，平君為婕妤。當時朝廷大臣曾議立霍光女為皇后，宣帝乃下詔"求微時故劍"，大臣領會了他的意圖，於是改議立婕妤為皇后。見《漢書・外戚傳上》。後因以**故劍**稱舊妻，如**不忘故劍**、**故劍情深**。

糟糠之妻說的是宋弘的故事。宋弘是漢光武帝的大臣。光武帝的姐姐湖陽公主新寡，光武探知她有意於宋弘。一次光武帝特意召見宋弘，想要他離棄原來的妻子，便試探性地問道：俗話說，人貴了要更換朋友，人富了要更換妻子，這不是人之常情嗎？宋弘答道："臣聞貧賤之交不可忘，糟糠之妻不下堂。"當時湖陽公主正在屏風後面探聽消息，光武回過頭去對她說：事情沒有指望了。見《後漢書・宋弘傳》。這裏所說的**糟糠之妻**，指曾經共過患難的原配妻子（**糟糠**指窮人用來充飢的酒糟糠皮等粗劣食物），**糟糠之妻不下堂**就是不離棄原配妻子。後世成語有**不棄糟糠**，即從此而來。

覆水難收是說夫妻離異之後難以復合。民間傳說西漢朱買臣初時家貧，賣薪自給，其妻崔氏要求離異，改嫁於一田夫；武帝時買臣官拜會稽太守，榮歸故里，崔氏又求復合，買臣取盆水傾潑於地，令崔氏收取，崔氏羞愧自縊而死。後來戲曲界曾將此故事編為《爛柯山》《馬前潑水》等劇廣泛流傳，但與《漢書·朱買臣傳》所載並不相符。另有一說說是西周姜尚與其妻馬氏的故事。據宋人王楙《野客叢書》載："姜太公妻馬氏，不堪其貧而去。及太公既貴，再來，太公取一壺水傾於地，令取收之，乃語之曰：若言離更合，覆水定難收。"情節與朱買臣夫妻故事相同。又**覆水難收**作為一句成語，也用來比喻事成定局，無法挽回，如《後漢書·何進傳》："國家之事亦何容易，覆水不可收，宜深思之。"

分香賣履説的是三國時曹操的故事。曹操臨死立下遺囑，叫把餘下的香料分給諸夫人，眾妾可以學着織鞋賣錢度日，後因以**分香賣履**表示人在臨死時對妻妾的眷戀之情。宋代女詞人李清照在《金石錄後序》中説她的丈夫趙明誠"取筆作詩，絕筆而終，殊無分香賣履之意"，是一個明顯的用例。

破鏡重圓是一個情節曲折動人的故事。據《本事詩》載：南朝陳都建康將為隋軍所攻破時，駙馬徐德言料定會與妻子樂昌公主（陳後主叔寶之妹）離散，於是打破一面銅鏡，夫妻各執一半，約定正月十五日賣鏡於市，以相探訊。陳亡，樂昌公主果然沒入隋朝大臣楊素家。德言歷盡辛苦來到隋都長安，於約定之日見人叫賣破鏡，與自己所藏半鏡相合，因題詩道："鏡與人俱去，鏡歸人不歸，無復嫦娥影，空留明月輝。"公主得詩，悲泣不食，楊素得知，極表同情，隨即讓公主與德言重新團圓，同回江南終老。後因以**破鏡重圓**比喻夫妻離散或離異後重又完聚。再有，當樂昌公主與徐德言破鏡重圓以後，楊素曾約他們一同飲宴，席間公主賦詩道："今日何遷次，新官對舊官，笑啼俱不敢，方驗作人難。"成語有**啼笑皆非**，形容處境尷尬，即來源於此。

舊時稱人懼內為**季常癖**。季常是宋人陳慥的字。陳慥少時使酒好劍，曾與蘇軾馬上論用兵及古今成敗，自謂一時豪士；壯年折節讀書；晚歲隱居黃州的岐亭，自號龍丘居士，又號方山子，性好賓客，喜畜聲妓。陳慥的妻子柳氏十分嚴厲而又妒忌，每次陳慥宴客，有聲妓在座，柳氏就用木棍敲壁，客人只得散去。為此蘇軾曾寫詩《吳德仁兼簡陳季常》說："龍丘居士亦可憐，談空說有夜不眠，忽聞河東獅子吼，拄杖落手心茫然。"河東是柳氏的郡望，暗指陳妻柳氏；獅子吼，佛家比喻威嚴，陳慥好談佛，故蘇軾借用佛家語來跟他開玩笑。後世因用**河東獅吼**形容妻子妒悍和嘲笑懼內的男人。

附帶說一說**綠頭巾**。舊時稱妻子有外遇為戴綠頭巾，這是大家都知道的，但對**綠頭巾**一詞的來歷，則大都語焉不詳。根據現有材料，大致有兩種說法。一種說古時以綠頭巾為賤服，故後漢李封為延陵令時，如遇下屬官吏犯法，不加體罰，而罰戴綠頭巾，見唐代封演《封氏聞見記》。又元明時規定娼家男子戴綠頭巾，以示羞辱。一種是據宋代莊綽《雞肋編》云："浙人以鴨兒為大諱。北人但知鴨羹雖甚熱亦無氣，後至南方，乃知鴨若只一雄，則雖合而無卵，須二三始有子。其以為諱者，蓋為是耳，不在於無氣也。"因為公鴨頭上的毛是綠的，而鴨又是多雄共子的，可能綠頭巾的來歷就在於此。

"冰清玉潤"

丈人　丈母　泰山　翁婿
半子　乘龍　冰玉　東牀　快婿

丈人、**岳丈**是對妻子的父親的稱謂，**丈母**、**岳母**是對妻子的母親的稱謂。

丈人的來源很早，它本來是對老人或長輩的通稱，如《論語·微子》就有"子路從而後，遇丈人以杖荷蓧"的用例，到了盛唐以後，才逐漸成為對妻子父親的專稱。趙翼《陔餘叢考》卷三十七說："蓋唐以前，凡尊長及婦翁皆曰丈人，後遂專以屬之婦翁耳。今人呼婦翁為丈人，而稱交遊中尊者亦尚曰某丈，想六朝及唐亦如此也。"**丈母**的情況與此相同，它本來是對長輩婦人的通稱，是到了盛唐以後，才成為對妻母的專稱的。

岳丈的稱呼是怎麼來的？有多種說法。據段成式《酉陽雜俎》前集卷十二記載：唐玄宗到泰山封禪，丞相張說擔任封禪使，事後論功行賞，規定隨行的官員都可以升一級。張説有個女婿叫鄭鎰的，本是個九品官，可張説利用他手中掌握的大權，把他的女婿一下子升作五品。一次在宴會上唐玄宗見鄭鎰官服突然變了顏色，便問是怎麼一回事，鄭鎰不敢出聲，這時那位以諷刺滑稽著稱的宮廷藝人黃旛綽正好在場，便代他回答道："此泰山之力也。"這裏的**泰山**二字，表面看是山名，實際上指妻父。根據這個故事，後人便稱妻父為**泰山**，又因泰山為五嶽之長，轉而又稱妻父為**岳丈**或**岳父**，稱妻母為**岳母**。另一種説法：泰山頂上有丈人峯，妻父本有**丈人**之稱，因**丈人**而轉為**泰山**，再轉為**岳丈**。又一種説法：晉人樂廣是衛玠的妻父，**岳丈**實為樂丈之誤。多種説法，很難判定孰是孰非，但不管怎樣，早在唐朝或者宋朝，**岳父**、**岳母**的叫法就已經在民間廣泛使用了。

以上説的是唐宋以來的情況，而在此以前，如《爾雅·釋親》所説，妻之父稱為**外舅**，妻之母稱為**外姑**。有時還可以直稱妻之父母為**舅姑**或**翁姑**，正如妻子稱夫之父母為**舅姑**或**翁姑**一樣。

與**岳父**相對的是**婿**，也稱**女婿**或**子婿**。**翁婿**是岳父和女婿的合稱。

在先秦時代，還把女婿叫做**甥**。《孟子·萬章下》説："舜尚見帝，帝館甥於貳室。"舜娶堯女為妻，拜見堯，堯把女婿安置在副室裏。趙岐注云："禮謂妻父為外舅，謂我舅者吾謂之甥。"説明**甥**是與**外舅**相對的。

半子和**嬌客**都指女婿：前者為別稱，後者為愛稱。

乘龍是對別人女婿的美稱，成語還有**乘龍佳婿**。源出晉人張方《楚國先賢傳》（《藝文類聚》卷三十引），説後漢時孫俊（字文英）和李膺（字元禮）兩人都有高名，同娶太尉桓焉（字叔元）的女兒為妻，"時人謂桓叔元兩女俱乘龍，言得婿如龍也"。這裏的**婿**指的是夫婿，但後來説乘龍多指**女婿**。

前面説到晉人樂廣是衛玠的妻父，據《晉書·衛玠傳》載，當時有人評論説，岳父樂廣的人品如冰之清，女婿衛玠的人品如玉之潤。後因以**冰清玉潤**稱譽翁婿都有聲名，以**冰玉**代指翁婿，有時還敬稱別人的岳父為**冰翁**。

歷史上流傳着一些為女擇婿的有趣的故事。有一個故事是説大書法家王羲之的。據《世説新語・雅量》載：東晉時，太傅郗鑒派門客向丞相王導求婿，門客回來報告説，王家各位少年都不差，聽説我是來求婿的，一個個都很拘謹，很嚴肅，只有一個人在東牀上（牀是坐榻）坦露着腹部睡大覺，好像根本不知道有這回事似的。郗鑒説：這個人正是我要的好女婿啊！此人就是王羲之。根據這個**東牀坦腹**的故事，後來人們便稱呼別人的女婿為**東牀**，也有稱為**令坦**的。

另一個故事是**快婿**。據《魏書・劉昞傳》載：北魏博士郭瑀門下有弟子五百多人，一次他對弟子們説："吾有一女，年向成長，欲覓一快女婿。"弟子劉昞自薦説："向聞先生欲求快女婿，昞其人也。"於是郭瑀將女兒嫁給了他。這裏説的**快女婿**，後來多寫作**快婿**，意思是稱心如意的女婿。

另一個故事是説唐高祖李淵的。據《舊唐書・高祖竇皇后傳》載：竇毅為長女擇婿，特地在門屏上畫了兩隻孔雀，有求婚的人來，便給他兩支箭讓他發射，不少人試過了都沒有射中，李淵後到，連射兩箭，各中孔雀一目，竇毅大喜，於是把長女嫁給他為妻，就是後來的竇皇后。根據這個故事，人們便把擇婿中選或者求婚被允許，叫做**雀屏中目**，也可以説**雀屏中選**。

還有一個故事，見《開元天寶遺事》。唐朝宰相張嘉貞想納郭元振為婿，一次叫他的五個女兒各持一根絲線站在幕後，讓郭元振在幕前牽絲，郭元振牽了其中的一根紅絲，得第三女為妻。**紅絲待選**，表示為女擇婿，如果説成**牽絲**，那就是締結姻緣的意思了。

"師者，所以傳道授業解惑也"

先生　夫子　高足　莘莘學子
同門　木鐸　束脩　薪傳

師是傳授知識技術的人，通稱**教師**。"古之學者必有師，師者，所以傳道授業解惑也。"韓愈在名作《師説》開頭説的這些話，十分概括而明確地説明了教師在推動社會發展中所起的重要作用。

現今多稱教師為**先生**。據一些辭書記載，在古書中最早出現**先生**二字的，是《論語‧為政》的“有事，弟子服其勞；有酒食，先生饌”。不過，請注意：這裏的**弟子**不是指學生，而是指年幼者；**先生**不是指教師，而是指年長者，包括父兄在內——雖然**先生**和**弟子**兩相對舉，但詞義與現今不相同。一直到了《孟子》書上，出現“先生何為出此言也”（《離婁上》）、“先生將何之”（《告子下》）一類的話，**先生**才成為稱人的敬辭。從那以後，在一個相當長的時間裏，人們都用**先生**來指稱年長而有學問的人；至於通稱教師為**先生**，當是比較晚的事情。

夫子本是古代對有地位的男子的敬稱，在《論語》一書中，孔子學生多稱孔子為**夫子**，後因用作對教師的尊稱。

弟子本泛指年幼者，後來多指學生。**門下**、**門人**、**門生**、**門徒**、**門弟子**都指學生。**受業弟子**是直接受教的學生。**高足弟子**是高才學生，也省作**高足**。還有舊時人們對自己所敬仰但未能直接受教的前輩學者，往往自稱為**私淑弟子**，語出《孟子‧離婁下》：“予未得為孔子徒也，予私淑諸人也。”

《詩經‧鄭風‧子衿》有云：“青青子衿，悠悠我心。”毛傳：“青衿，青領也，學子之所服。”**學子**是學生的別稱，**莘**（shēn）**莘學子**是眾多的學生。在古代詩文中，還有用**青衿**指代學生的用例。

同學有稱**同門**的，有稱**同窗**的，有稱**同硯**或**硯友**的，彼此相稱為**硯兄硯弟**。

講席和**函丈**，作為學生對師長的敬稱，在書信中常見。**講席**是師長講學和授課的座位。**函丈**是說師生相對時座位相隔一丈的距離，以利講授工作的進行，來源於《禮記‧曲禮上》：“若非飲食之客，則布席，席間函丈。”鄭玄注云：“謂講問之客也。函猶容也，講問宜相對容丈，足以指畫也。”

古時賓主相見，主位在東，賓位在西，**西席**、**西賓**都是對於家塾教師的敬稱，有時也指幕友。

振鐸是從事教職的代詞。**鐸**是銅質的大鈴，以木為舌的叫**木鐸**，以鐵為舌的叫**金鐸**。古時政府有甚麼政教法令要宣佈，便搖響大鈴以引起公眾的注意，文事搖木舌的，武事搖鐵舌的，詳見《周禮》書中。又《論語·八佾》有"天將以夫子為木鐸"的話。後因以**木鐸**喻指導師，以**振鐸**喻指執教。

設帳也指執教。**帳**是供教學用的帷幕。據《後漢書·馬融傳》載："融才高博洽，為世通儒，教養諸生常有千數。……常坐高堂，施絳紗帳，前授生徒，後列女樂，弟子以次相傳，鮮有入其室者。"後來以**絳帳**作為師長或講座的代稱，以**設帳**作為從事教職的代稱，都含有尊敬稱美的意思。

舊時教師靠口頭講授以謀生，恰似農夫靠耕田以求得糧食，因稱教職為**舌耕**──這與把賣文為生稱為**筆耕**情況相同。

《論語·述而》記孔子的話說："自行束脩以上，吾未嘗無誨焉。"脩是乾肉，十條乾肉為**束脩**。**束脩**本來是學生初次拜見教師時致送的薄禮，後來就用作學費的代稱了。又舊時學生付給教師的學費，照例在封套上寫上**贄敬**字樣，**贄**也是見面禮物。

古人常用種植樹木來比喻教育人才，**培養、培育、培植、栽培**之類的詞即由此而來。**十年樹木，百年樹人**說明教育人才是一項長遠的事業，也說明教育人才的不易，語出《管子·權修》："一年之計，莫如樹穀；十年之計，莫如樹木；終身之計，莫如樹人。"在樹木之中，桃李是以果實甜美見稱的，因以**桃李盈門、桃李滿天下**來表示教師培養了眾多的優秀人才。

薪盡火傳，簡作**薪傳**，是說柴草燒盡，火種仍然流傳，語本《莊子·養生主》："脂窮於為薪，火傳也，不知其盡也。"原謂人的形骸有盡而精神不滅，後來比喻通過師生之間的教與學，使學問和事業得以一代一代地繼承發展下去。

尊師重道，是中國古代的優良傳統，**程門立雪**就是一個典型例子。這個成語說的是北宋理學家程頤和他的學生楊時之間的故事。據《宋史·楊時傳》載：楊時四十歲時和同學遊酢，去洛陽拜見程頤，到時程頤正在打瞌睡，他們兩人便侍立在旁邊，久久不肯離去。那天大雪，等到程頤醒過來，門外的雪已經積有一尺深了。這個故事是這樣地生動感人，以至**程門立雪**成了習見常用的成語，一直為人們所津津樂道。

"同門曰朋，同志曰友"

朋友　知己　諍友　執友　益友
忘年交　莫逆交　金蘭

《周易·兌卦》說："君子以朋友講習。"孔穎達疏："同門曰朋，同志曰友，朋友聚居，講習道義。"這裏有兩點值得注意：第一，**朋**和**友**本來是有分別的，後來則泛稱互相交好的人為**朋友**，並無彼此之分。

第二，**友**字的構詞能力比**朋**字強，因而在常見的合成詞中，用**友**的遠比用**朋**的多。

友情、**友誼**指朋友間的交情。**雅**有平素義，引伸指交情；**一日之雅**等於說一面之交，**無一日之雅**等於說素不相識。

交遊作動詞用是說結交朋友，作名詞用指往來的朋友。**故交**、**舊交**、**故舊**指結交長久的朋友，**新交**指結交不久的朋友。

朋友之間應該是互相了解得很深切的，因而有**知己**、**知交**、**相知**、**相與**之類的代稱。王勃《送杜少府之任蜀州》詩有"海內存知己，天涯若比鄰"的名句，即其一例。

至友、**至交**是交情深厚的朋友；**素友**、**素交**是真誠淳樸的朋友。

執友也說**友執**，是志同道合的朋友；父親的朋友稱**父執**。

王勃《滕王閣詩序》有云："十旬休暇，勝友如雲；千里逢迎，高朋滿座。"這裏的**勝友**義同良友，**高朋**義同貴賓。

畏友指品德高尚使人敬畏的朋友。**諍友**指有了過失能直言規勸的朋友。**摯友**指彼此相交以誠而又能互諒互助的朋友。

益友是對自己有益的朋友，**損友**是對自己有害的朋友。語本《論語·季氏》所記孔子的話："益者三友，損者三友。友直，友諒，友多聞，益矣。友便辟，友善柔，友便佞，損矣。"

面朋、**面友**是貌合神離的朋友，語本《法言·學行》："朋而不心，面朋也；友而不心，面友也。"

從小結交的朋友，稱為**總角交**，**總角**是古代兒童頭上梳成的小髻；又稱**竹馬交**，**竹馬**是小孩放在胯下當馬騎的竹竿。

忘年交是年齡相差大或輩分不相當而交情深厚的朋友。**忘形交**是不拘身份和形跡的知心朋友。

神交是説朋友間推心置腹，後來也指彼此慕名已久卻一直無緣見面的朋友。

　　金石交是説友情像金石一樣堅固；**石友、石交、碩交**義同。

　　布衣交是在貧賤時結交的朋友，語出《戰國策‧齊策三》記孟嘗君田文對他的舍人所説的話："衛君與文布衣交，請具車馬皮幣，願君以此從衛君遊。"

　　杵臼交，是説交友不嫌貧賤，語出《後漢書‧吳祐傳》："時公沙穆來遊太學，無資糧，乃變服客傭，為祐賃舂。祐與語，大驚，遂共定交於杵臼之間。"**杵臼**是舂米用的木棒和石臼。

　　乘車戴笠，也簡作**車笠交**或**戴笠交**，是説友情不因貧富貴賤的不同而有所改變，語出《古越謠》："卿乘車，我戴笠，後日相逢下車揖；我步行，卿乘馬，後日相逢卿當下。"**乘車**代指富貴，**戴笠**代指貧賤。

　　莫逆交首見於《莊子‧大宗師》："子祀、子輿、子犁、子來四人相視而笑，**莫逆於心**，遂相與為友。"莫逆於心的意思，是説朋友間彼此思想感情一致，沒有任何抵觸。

　　刎頸交首見於《史記‧廉頗藺相如列傳》，説戰國時趙國上卿藺相如與大將廉頗兩人本來不和好，"卒相與歡，為刎頸之交"。**刎頸交**的意思，是説彼此真誠相待，成為患難與共的朋友，即使割脖子也不後悔。

　　《周易‧繫辭上》有云："二人同行，其利斷金；同心之言，其臭（氣味）如蘭。"後人因而用**金蘭、蘭交**形容朋友之間的意見相合。舊時結拜兄弟，照例要交換譜帖，譜帖上面就題有**金蘭譜**或**金蘭簿**的字樣，以示交情深厚，不比尋常。

君子之交淡若水

嚶鳴　苔岑　同袍　舊雨
　　今雨　知音　管鮑

古人重視朋友之間的情誼，在儒家宣揚的禮教中，朋友是與君臣、父子、夫婦、兄弟並列成為五倫的。

　　《詩經‧小雅‧伐木》有

云："嚶其鳴矣，求其友聲。"**嚶**是鳥鳴聲，這裏是用鳥的招引同類比擬人的結交朋友，後因指朋友間志趣相同、互相應和為**嚶鳴**。

君子之交淡若水，是說君子交友講究純真質樸，不搞虛偽俗套，因此，在別人看來，他們之間的交情淡薄得像水一樣，常與**小人之交甘若醴**對舉。語出《禮記‧表記》："故君子之接如水，小人之接如醴；君子淡以成，小人甘以壞。"又《莊子‧山木》也有"且君子之交淡若水，小人之交甘若醴，君子淡以親，小人甘以絕"之句。

白頭如新，傾蓋如故是古代的俗諺，見於鄒陽《獄中上梁王書》，意思是說：朋友交情的深淺，不在於相識時間的長短，而在於彼此是否知心。因此，有的朋友結識已久，但直到年老，仍像初交時那樣不了解；有的初次見面，卻像老朋友一樣情投意合。古人乘車外出，在路遇友人停車交談時，兩車車蓋相接，是為**傾蓋**。**傾蓋**多用來形容朋友相遇親切談話的情況，這裏指初次見面的新朋友；**白頭**指老年朋友。

異苔同岑，是說不同的青苔生長在同一座小山上，比喻朋友之間彼此意氣相合，語出郭璞《贈溫嶠》詩："人亦有言，松竹有林，及爾臭味，異苔同岑。"也簡作**苔岑**。

袍澤之誼，專指軍人之間的友情，語出《詩經‧秦風‧無衣》："豈曰無衣，與子同袍。⋯⋯豈曰無衣，與子同澤。"**袍**是長袍；**澤**通襗，是貼身的衣服。因為這詩是反映戰士互相友愛和慷慨從軍的精神的，所以**袍澤**用於軍人互稱；有時也以**同袍**相稱，意思一樣。

陶淵明寫有《停雲》詩，在自序中說："停雲，思親友也。"杜甫寫有《夢李白二首》，中有"落月滿屋樑，猶疑照顏色"之句，當時杜甫流寓秦州，聽到李白在放逐途中遭逢不幸的謠言，因而憂思成夢，詩句說夢醒後在月光下彷彿還能見到李白的音容笑貌。後人因常在書信中用**停雲落月**表示思念友人的意思。

表示思念友人的成語還有**春樹暮雲**，出自杜甫《春日憶李白》詩："渭北春天樹，江東日暮雲。"當時杜甫在渭北，李白在江東，這裏說杜甫在渭北見到的是春樹，李白在江東見到的是暮雲，藉雲樹之景寫思友之情，是唐詩中的名句。

下雨也跟交友有關係。杜甫在《秋述》詩序中說："杜子臥病長安，旅次多雨。……常時車馬之客，舊雨來，今雨不來。"意思是說，舊日客人遇雨也來，如今遇雨就不來了。後因用**舊雨**作為老朋友的代稱，用**今雨**作為新朋友的代稱。這在詩詞中比較多見。范成大《題清息齋六言詩》有云："冷暖舊雨今雨，是非一波萬波。"

知音一詞常有人提到。據《列子·湯問》和《呂氏春秋·本味》記載：春秋時伯牙善於彈琴，而鍾子期則善於從伯牙的琴聲中聽出他的心意，兩人因此結為好友。一次伯牙彈琴，鍾子期在旁靜聽。當伯牙彈到表現高山的曲調時，鍾子期就說："善哉，峨峨兮若泰山。"當伯牙轉而彈到表現流水的曲調時，鍾子期又說："善哉，洋洋兮若江河。"後來鍾子期死了，伯牙傷心至極，從此不再彈琴，因為他認為沒有人比鍾子期更聽得懂他的琴聲了。這個故事是非常感人的，人們因而把**知音**作為知心朋友的代稱，把**高山流水**作為知音難遇的典故，同時也是讚揚樂曲高妙的一個形象化的比喻。

管鮑是春秋時代齊國的管仲和鮑叔牙，兩人從小交情深厚，後來齊國發生內亂，齊襄公被殺，公子糾和公子小白兩人爭奪君位，鮑叔牙是跟隨公子小白的，而管仲是跟隨公子糾的，雙方鬥爭結果，小白得勝為君，是為齊桓公。齊桓公有意要懲治管仲，鮑叔牙深知管仲才能出眾，極力向齊桓公推薦，於是齊桓公拜管仲為相國，銳意進行改革，國力大為增強，終於成為中原霸主。管仲曾經感歎地說："生我者父母，知我者鮑子也。"詳見《列子·力命》和《史記·管晏列傳》。因此後世言人之相知，必稱**管鮑**或者**管鮑之交**。

雷陳膠漆也是一個有名的故事。據《後漢書·獨行列傳》記載：東漢時雷義和陳重兩人從小結為朋友，一同學習詩書。當地太守薦舉陳重為孝廉，陳重讓給雷義，太守不允，次年雷義也被舉為孝廉。後來刺史又薦舉雷義為茂才，雷義讓給陳重，刺史不聽，雷義因是裝瘋賣傻，不接受薦舉。當地人傳唱道："膠漆自謂堅，不如雷與陳。"後以**雷陳膠漆**形容友情的真摯牢固，也簡作**雷陳**或**陳雷**。

三人一龍，語出《魏略》(《三國志‧華歆傳》裴松之注引)，說漢末華歆、管寧、邴原三人為好友，在一起遊學讀書，當時人稱三人為一龍，並按年齡長幼分別稱三人為龍頭、龍腹、龍尾。後以**三人一龍**形容幾人友好並各有聲名。

《後漢書‧王丹傳》說到交友之難時，有"張陳凶其終，蕭朱隙其末"的話。張耳和陳餘兩人都是戰國末年魏國的名士，早年結為生死之交，秦末一同起義，擁立武臣為趙王。後來兩人發生權力爭執，陳餘趕走張耳，張耳投奔劉邦，在漢軍破趙之戰中將陳餘殺死，是為**凶終**。又西漢末年的蕭育和朱博兩人也是好友，朱博出任朝官本得力於蕭育的援引，但後來朱博升遷比蕭育快，職位也比蕭育高，由是兩人發生嫌隙，是為**隙末**。**凶終隙末**並列成為成語，除表明好友終成仇敵之外，兼有感歎交友難於善始善終的意思。

曹操年輕時曾得到漢末大名士橋玄的賞識；二十多年之後，曹操統一了北方，在行軍途中寫了《祀故太尉橋玄文》，派人到橋玄墓前致祭，文中念及橋玄和他的約誓"殂逝之後，路有經由，不以斗酒隻雞過相沃酹，車過三步，腹痛勿怪"，認為"雖臨時戲笑之言，非至親之篤好，胡肯為此辭乎"。舊時以**斗酒隻雞**作為悼念亡友之辭，即出於此文。

賓至如歸

賓東　東道主　下榻　倒屐
接風　投轄　賓至如歸

客與**主**相對：客人是被邀請受招待的人，主人是接待客人的人。

賓和**客**是同義名詞，但用法不盡相同：**賓**通常指尊貴的或美好的客人，如**貴賓**、**嘉賓**；**客**除了指客人以外，還可以用來稱呼從事某些特殊活動的人，如**政客**、**墨客**、**門客**、**說客**、**俠客**、**刺客**，以及某些公共服務部門用來稱呼它們的服務對象，如**顧客**、**乘客**、**旅客**、**遊客**。

古時主位在東，客位在西，《禮記‧曲禮上》有"主人就東階，客就西階"的話，後因以**東**作為主人的代稱。**賓東**合稱主人和客人。推而廣之，舊時住戶對租給他房屋的房主，佃戶對租給他土地的地主，都稱**東家**。被僱用的職工或被聘用的塾師幕友對他的主人，也稱**東家**。還有財主稱**財東**，店主稱**店東**，集資經營企業的股票持有人稱**股東**。

　　東道主一詞的來源很早。據《左傳‧僖公三十年》載：晉國和秦國合兵圍鄭，鄭文公派大夫燭之武往見秦穆公，向他說明利害關係，勸他退兵解圍，理由之一是："若捨鄭以為東道主，行李之往來，共其乏困，君亦無所害。"翻譯成白話就是：如果秦國放棄圍攻鄭國，讓鄭國作為秦國東道上的主人，當秦國的使節出使東方各國時，鄭國可以就地接待他們，供給他們以資糧館舍，這對秦國有利而無害。秦穆公聽了十分高興，立即與鄭國結盟，並從鄭國撤兵，隨後晉國也撤了兵，一場戰爭得以避免。按鄭國在秦國之東，秦國與東方各國往來，必須行經鄭國，鄭國可以作為主人接待秦國的使節，故稱**東道主**。後來則以**東道主**泛指待客的主人，也有省去主字，以**東道**作為主人的代稱的。又世俗常稱以酒食請客者為**東道主**，請客為**作東道**或**作東**。

　　迎接客人，說**迎**，也說**逆**，也說**迓**（yà）。《說文》："逆，迎也；關東曰逆，關西曰迎。"《爾雅‧釋言》："逆，迎也。"又《釋詁》："迓，迎也。"**逆**、**迎**是同源字，**迓**、**迎**也是同源字。

　　道謝客人來訪，多用敬辭，如**光臨**、**光顧**意謂客人來訪給主人以光榮；**惠臨**、**惠顧**意謂客人來訪是對主人友好的表示；**枉駕**、**屈駕**是說客人屈尊前來；**惠然肯來**語出《詩經‧邶風‧終風》，是說對方友好地前來做客。

　　東漢陳蕃任豫章太守，從不接待客人，只遇郡中名士徐稚（字孺子）來訪時，特設一榻供他休息，徐稚走後又把榻懸置起來。初唐作家王勃在《滕王閣序》中有"人傑地靈，徐孺下陳蕃之榻"之句，下是放下來，相對於懸置而言；**下榻**連成動賓式合成詞，本指盛情接待客人，後來卻轉而指客人留下住宿了。又**掃榻以待**意謂拂去榻上灰塵，等待客人到來，也來自陳蕃為徐稚下榻的故事。

古人家居時，脫鞋席地而坐，當客人來訪時，主人急於出門迎接，慌忙中把鞋子倒穿了，這就是**倒屣**。《三國誌•魏誌•王粲傳》記蔡邕迎接王粲來訪的故事，有"（蔡邕）聞粲在門，倒屣迎之"的話，後因以**倒屣**形容熱情迎客。

古人迎候賓客，常**擁彗**致敬。**彗**是掃帚，**擁彗**就是手持掃帚，表示把道路清掃乾淨，以利行走；也有寫作**擁帚**的。

洗塵是客套話。《通俗編•儀節》："凡公私值遠人初至，或設飲，或饋物，謂之洗塵。"一般多用於設宴款待遠來的客人。也有稱為**接風**的。

投轄是古代詩文中常用的留客典故。《漢書•陳遵傳》："遵嗜酒，每大飲，賓客滿堂，輒關門，取客車轄投井中，雖有急，終不得去。"**轄**是插在車軸上的銷子，可以管住車輪使不脫落，去轄則車不能行，後因以**投轄**形容主人留客的殷勤。

不速之客是不請自來的客人。

賓至如歸是說客人來到這裏，就像回到自己家中一樣，形容待客殷勤周到。

杜門卻掃是說關上大門，謝絕來客，舊時指過隱居生活；也有單說**卻掃**的，意謂不復掃徑迎客。

元龍高臥是慢待客人的典故。元龍是三國時陳登的字。《三國誌•魏誌•陳登傳》載許汜遭亂過下邳，往見陳登，陳登"無客主之意，久不相與語，自上大牀臥，使客臥下牀"，上下牀高下懸殊，正反映出主人對客人的傲慢無禮。

生活

五穀　六穀　百穀

黍　稷　麥　菽　麻　稻　粱
社稷　餅　糕

中國早在商周時代就已進入農業社會，以糧食為主食。古人把糧食作物總稱為**五穀**、**六穀**。究竟**五穀**、**六穀**包含哪些作物品種，歷來說法不一，主要有下列兩種：一種說五穀是黍、稷、麥、菽、麻，六穀再加上稻，因為水稻本是南方作物，後來才傳到北方的；一種說五穀是稻、黍、稷、麥、菽，六穀再加上粱。至於所謂**百穀**，那只是表示多種穀物的意思。

　　稻和**麥**是現今人們普遍食用的兩種主要糧食作物。稻有**粳稻**、**籼稻**之分：粳稻黏性強而脹性小，籼稻黏性弱而脹性大。麥有**小麥**、**大麥**之分，大麥古代叫**麰**，也簡寫作**牟**。

　　黍和**稷**都是中國古老的糧食作物。現今北方把黍稱為**黍子**，去皮後叫**黃米**；把稷稱為**禾**或**穀子**，脫殼後叫**粟**或**小米**。也有人說黍和稷實是一類作物，分別是：黍的籽粒黃色，有黏性；稷的籽粒白色，無黏性。稷在古代黃河流域種植相當普遍，被稱為**穀神**，與作為**土神**的社並列，組成**社稷**一詞，用以代表國家，可見它的地位的重要。再說，先秦古書中常見**黍稷**連稱，表明黍的地位僅次於稷。

　　粱是稷的良種，籽粒似粟而大，就中又以**黃粱**為上品。古人常以**稻粱**並稱，認為是兩種好吃的糧食。

　　麻，古代專指**大麻**，它的種子稱為**麻仁**，常為貧苦人民所食用。大麻雌雄異株，古人分別稱其雄株為**枲**（xǐ），雌株為**苴**（jū）。麻主要不是糧食作物，它的纖維經常作為紡織原料，所以**絲麻**、**桑麻**並稱。

　　菽就是豆，上古時**豆**指一種盛放食物的器皿，與菽完全是兩回事；漢代以後，**豆**才逐漸代替了**菽**，成為豆類的總稱——在後一種意義上，豆有時又寫作**荳**。

　　關於糧食作物的名稱，在古書中常見專名與通稱混用的情況。如**禾**原指稷，**粟**原指稷的籽粒，後來禾常用作一般糧食作物的通稱，**粟**常用作糧食的通稱（再後禾又成為稻的專稱）。**粱**本

【生活】

171

指稷的良種，後來**粱肉**或**膏粱**並稱，用以代表精美的膳食。至於**穀**，它是所有糧食作物的總稱，已見上文所説五穀、六穀和百穀。

古代用糧食加工製成的食品，品種很多。**糗**（qiǔ）是把糧食炒熟成為乾糧，以便於行軍或旅行時食用，也叫**餱**（hóu）**糧**。古代的**餅**是各種麵製食品的總稱：將麵粉加水團成塊狀，放在籠屜裏蒸熟的叫**蒸餅**，相當於現在的饅頭（宋避仁宗趙楨諱，改蒸餅為**炊餅**）。將麵粉加水壓成條狀或片狀，放在熱水裏煮熟的叫**湯餅**，相當於現在的麵條和麵片；舊俗生兒三日設宴招待親友，稱為**湯餅宴**或**湯餅會**，其實就是吃麵條。將麵塊放在火爐上焙熟的叫**燒餅**或**爐餅**，相當於現在的大餅。還有米製食品總稱為**糕**，分而言之，**餌**是將米磨粉蒸熟的糕，**粢**是將米蒸熟搗碎的糕。

"菜，草之可食者"

五菜　葵　藿　薤　葱　韭
　　　蘿蔔　蕪菁　白菜

蔬菜或者説**菜蔬**，就是能作副食品用的草本植物。古代生產水平低下，貧苦人民吃不起魚肉，只能用蔬菜下飯；不幸遇到災荒年頭，穀物歉收，還不得不把蔬菜權當主食。《爾雅·釋天》説："穀不熟為饑，蔬不熟為饉。"郭璞注："凡草菜可食者通名為蔬。"**饑饉**並舉，説明古人把蔬菜看得與穀物同等重要。

説到蔬菜的品種，在古代醫書《素問》中有**五菜**的説法，指的是葵、藿、薤、葱、韭五種；《靈樞》又以五菜與五味相配，説是葵甘、藿鹹、薤苦、葱辛、韭酸。

葵，俗稱冬寒菜，學名冬葵，是屬於錦葵科的草本植物，嫩葉可食，現在江西、湖南、四川等地仍有少量栽培。**葵**是古代主要蔬菜之一，《詩經·豳風·七月》有"七月烹葵及菽"的句子，《齊民要術》把種葵列為蔬類第一篇，王禎《農書》尊葵為百菜之王，但是後來由於不斷育成和引進了一些新的蔬菜品種，葵的種植逐漸減少，到李時珍編纂《本草綱目》時，便以"今人不復食之"為由，把葵列入草部，不再當蔬菜看待了。

藿是大豆的嫩葉，也是古代主要蔬菜之一。《戰國策·韓策》有"民之所食大抵豆飯藿羹"的記載，說明當時人們常吃用豆葉煮成的濃湯，但是現在它也已經退出蔬菜領域了。

薤（xiè）、葱、韭三種都是屬於百合科的氣味劇烈的蔬菜，在古代蔬菜中獨成一屬，統稱葷辛。古時還有五辛或者五葷的說法，一般認為是指葱、韭、薤、蒜、興渠五種葷辛類蔬菜。其中興渠一作興瞿，是梵語的音譯，它的葉似蕪菁，根似蘿蔔，生熟味都像蒜，可以入藥。

除了上述五菜之外，屬於十字花科的蘿蔔和蕪菁，在中國古代也普遍種植，並且培育出了一些優良品種。蘿蔔又名萊菔，蕪菁又名蔓菁。《詩經·邶風·穀風》有"采葑采菲，無以下體"的話，葑就是蕪菁，菲就是蘿蔔，下體指它們的根莖。這兩種植物的葉和根莖都可食，但根莖有時味苦，詩意是說採摘的人不應因為根莖味苦而連葉也拋掉，後來便以葑菲之采作為有一德可取的謙詞。

白菜種植的歷史也很長，它也是屬於十字花科的。白菜本名菘，最早見於張仲景《傷寒論》，經過長期培育，現在品質有了很大改善，品種也多：色微青的叫青菜，色白的叫白菜，淡黃的叫黃芽菜，還有菜薹等幾個變種。

牲畜與肉食

六畜　牲畜　五牲　太牢
少牢　膾炙人口

《三字經》上說："馬牛羊，雞犬豕，此六畜，人所飼。"六畜之中，馬能負重致遠，牛能運貨耕田，犬能守夜防患，對人都十分有益；至於雞、羊和豬，則主要供人作為肉食的原料，當然食用家畜並不限於雞、羊、豬，牛肉和狗肉也可供食用，只有馬肉是不能食用的。

和種植蔬菜相比，飼養家畜既費成本也費工時，因此古代只有達官貴人才能經常吃肉。《左傳·莊公十年》記載魯國曹劌在著名的齊魯長勺之戰前求見莊公時說："肉食者鄙，未能遠謀。"肉食者指的就是那些居高位享厚祿的人。至於一般平民百姓，只有年屆七十的老人才有吃肉的福分，所以《孟子‧梁惠王上》說：“雞豚狗彘之畜，無失其時，七十者可以食肉矣。”

在先秦古籍中，豕、彘（zhì）指大豬，豬、豚指小豬，兩者區別明顯，但到後來，這些字就成為通名，沒有甚麼大小之分了。狗和犬也是通名，如果比較地說，則大狗為犬，小犬為狗。還有，犢是小牛，駒是小馬，羔是小羊。

牲是宰殺後供祭祀用和食用的家畜，也稱牲畜。六畜之中，除馬肉不能食用外，牛、羊、豬、狗、雞被稱為五牲，其中又以牛、羊、豬為最重要，被稱為三牲。現在人們常說的犧牲，指為了正義的目的而捨棄自己的利益以至生命，它的本義卻是古代為祭祀而宰殺的牲畜：毛色純正的叫犧，身體完備的叫牲。

古代盛牲的食器叫牢。太牢是大的牢，可盛牛、羊、豬三牲，因而祭祀或宴會時三牲齊備叫太牢，只用羊和豬叫少牢；後來又專以牛為太牢，羊為少牢。牛是農業生產的重要工具，飼養也不及羊、豬迅速，所以無故不殺牛，私自殺牛的要受罰。羊和豬是比較普遍的肉食。

古代食狗之風頗盛，因為食狗的人多，屠狗就成了一種專門職業。戰國時的刺客聶政，漢初將領樊噲，都是屠狗出身。屠狗作為出身微賤的代詞，之所以廣為人知，顯然和這些知名人物的活動有關。

古代的家禽有雞、鵝、鴨。鴨是後起的字，戰國時叫鶩，《楚辭‧卜居》有“將與雞鶩爭食乎”的話。

現在人們還常用膾炙人口來比喻好的詩文為讀者所普遍稱讚。膾是切細的肉。《論語‧鄉黨》記載孔子對肉食的要求是“膾不厭細”，翻譯成白話就是肉不嫌切得細。後來膾又特指切得很薄的生魚片。炙是烤肉。《詩經‧小雅‧瓠葉》有“燔之炙之”、“燔之炮之”的話，燔（fán）、炙、炮（páo）三者都是用火烤肉，但方法不同：燔是把肉放在火上焙熟，炙是把肉條用繩穿起來放在火上熏熟，炮是把連毛的雞、鴨用泥包起來放在火裏煨熟。

醢（hǎi）是肉醬，製作方法是先把肉曬乾切碎，再用酒麴和鹽攪拌，最後用好酒漬，密封在瓶子裏，過一百天才可食用。由此引伸，後來**醢**也解作古代的一種酷刑，即把人體剁成肉醬。

為了便於儲存，古人常把肉做成**脯**，也就是乾肉。乾肉又叫**脩**，將十條乾肉紮成一束，作為禮物相贈，稱為**束脩**。《論語·述而》記孔子的話說：“自行束脩以上，吾未嘗無誨焉。”後世因而以**束脩**專指致送教師的酬金。

古人還常吃**羹**。肉羹就是帶汁的肉，最初用清水煮製，後來烹飪技術進步，煮羹便加上五味調和。此外，用菜也可以煮羹，多為平民食用。

烹調與庖廚

烹飪　庖丁　膏粱　素食
葷辛　珍羞　山珍海錯

烹調是一個並列結構的合成詞，分開來說，**烹**是燒煮食物，**調**是將作料加在食物中。烹起源於火的利用，調起源於鹽的利用，烹調方法的發明和發展，對人類的進化有着直接的影響。中國傳統的烹調技術，在世界上是首屈一指的，它是中國一筆寶貴的文化遺產。

烹飪也是並列結構的合成詞，**烹**和**飪**都是燒煮食物。在通常情況下，**烹飪**可以當作**烹調**的同義詞來使用，也就是說兩者可以互相替代。

掌握一定烹調技術並以此為專業的人，現在稱為**廚師**，古時也有稱為**庖丁**的，《莊子·養生主》中的“庖丁解牛”，是一則有名的寓言故事。女的廚師則稱為**廚娘**。

庖和**廚**單用都指廚房，**庖廚**連稱也指廚房，如《孟子·梁惠王上》的“君子遠庖廚”。

美、甘、旨是同義字，都形容食物味道美好。《說文》說：“美，甘也。”又說：“甘，美也。”又說：“旨，美也。”**甘旨**或**旨甘**指美味的食物，特指奉養父母的食品。

膏，肉之肥者；**粱**，糧之精者。**膏粱**並列指精美的飯菜，又用作富貴人家的代稱；**膏粱子弟**是富貴人家的子弟。

菜的範圍有大有小。《説文》説：“菜，草之可食者。”古代的菜專指蔬菜，也就是無肉的素菜。後來的菜，相對於飯而言，包括下飯的葷菜和素菜在內：飯是煮熟的穀類食品，是主食；菜是經過烹調的蔬菜和肉類食品，是副食。

作為食物的名稱，葷菜、素菜也叫葷食、素食，或者肉食、菜食。下面分別加以説明。

素原是未經漂染過的本色生絲織品，可引伸出平常、純樸、不加修飾、不付代價等義。在先秦古籍中已有素食、素餐的説法，但並不等於菜食。《詩經·魏風·伐檀》説：“彼君子兮，不素食兮”，“彼君子兮，不素餐兮”，這裏的素食、素餐指不做事白吃飯，即不勞而食。《墨子·辭過》説：“古之民未知為飲食時，素食而分處。”這裏的素食指與熟食相對的生食。大約到了漢代，素食才有了菜食的意思。《漢書·王莽傳上》説：“每有水旱，莽輒素食，左右以白，太后遣使者詔莽曰：聞公菜食，憂民深矣。今秋幸孰（熟），公勤於職，以時食肉，愛身為國。”這裏以菜食作為素食的同義詞，並與食肉對文，意思是很明確的。

葷字從艸，本指葱、韭、薤、蒜之類味帶刺激的蔬菜；葷辛連稱，葷指有臭氣的，辛指辣味的。大約從唐宋時代起，葷食才改指肉類食品。究其原因，可能是由於人們在燒煮肉類食品時，常用葷辛蔬菜作為佐料，以達到去腥提味的目的，久而久之，葷食就逐漸轉過來指肉食了。

肴也作餚，一般指葷菜。蘇軾《後赤壁賦》有“有客無酒，有酒無肴”的話。美肴、佳肴、菜肴、酒肴在現今報刊中常見。

羞也作饈，指美味的食品，可組成珍羞、時羞等詞。

膳和饌都統指飯菜，可組成珍膳、盛饌、膳食、肴饌等詞。饌又作動詞用，指吃喝，如《論語·為政》所説“有酒食，先生饌”。

山珍海錯，指山間和海中出產的各種珍異味美的食品，語本韋應物《長安道》詩：“山珍海錯棄藩籬，烹犢炰羔如折葵。”海錯意謂海中產物種類複雜眾多，《尚書·禹貢》有“海物唯錯”之句，後多稱海味。

山肴野蔌，指山林中的野味和野菜，語本歐陽修《醉翁亭記》："山肴野蔌，雜然而前陳者，太守宴也。"蔌（sù）是蔬菜的總稱，後也有作**山肴野蔬**的。

白居易《輕肥》詩有"尊罍溢八醞，水陸羅八珍"之句，**水陸**指陸地和水域出產的各種食物，後以**水陸畢陳**作為成語，形容菜肴的豐盛。

龍肝豹胎，喻指極難得的珍奇食品。語出《晉書·潘尼傳》："厥肴伊何，龍肝豹胎。"

烹龍炮（páo）鳳，喻稱菜肴的豐盛珍奇，語出李賀《將進酒》詩："烹龍炮鳳玉脂泣，羅屏繡幕圍香風。"又據明代劉若愚《酌中誌》載："凡遇大典……有所謂炮鳳烹龍者，鳳乃雄雞，龍則宰白馬代之耳。"

一日三餐

朝食　夕食　饔飧　匕箸
刀俎　食案

《說文》說："餐，吞也。"**餐**用作動詞，相當於今人所說的吃飯，《詩經·鄭風·狡童》有云："維子之故，使我不能餐兮。"**餐**用作名詞，指飯食，如**用餐**、**進餐**、**早餐**、**晚餐**；又吃一頓飯為一餐，如**一日三餐**。

上古時代人們用餐的習慣，和今人不全相同，有的甚至完全不相同。

今日習慣於一日三餐，而秦漢以前因限於生產力水平，人們都是一日兩餐，也就是上午下午各吃一頓飯。上午的一頓在辰時（上午八點左右）吃，稱為**朝食**，下午的一頓在申時（下午四點左右）吃，稱為**夕食**，一般工作都在兩頓飯之間進行。到了漢代，人們才由一日兩餐逐漸改變為一日三餐。

再要說一下：朝食又叫**饔**（yōng），夕食又叫**飧**（sūn）。**饔**的本意是燒熟的飯食，**飧**的本意是吃剩的飯食。古人為了節省燃料和節約時間，一般早飯是現燒現吃，而晚飯則是把早飯吃剩的熱一熱再吃。古籍中偶見**饔飧**並列，如用作名詞是指燒熟了的夠吃一天的飯食，如用作動詞是說自己動手燒飯吃。

筷在周代就有了,但只用來夾取羹中的菜,吃飯一般不用筷,而是用手送飯入口。《禮記·曲禮上》有"共飯不澤手"的話,意思是說在與人共飯時,應當保持手的潔淨,不要臨時搓揉招人厭惡。從漢代起,吃飯就普遍用筷了。筷本來叫**箸**。**張良借箸**和**劉備失箸**都是有名的歷史典故。據《史記·留侯世家》載:在楚漢戰爭中,一次張良前去拜見漢王劉邦,劉邦正在吃飯,問張良說:有人建議我封立戰國時六國國君的後人為王,以削弱項羽的勢力,你看怎樣?張良以為不可,他回答說:"臣請借前箸為大王籌之。"翻譯成白話就是:臣請大王准許我用您面前的筷子,替您籌劃這件事。後因以**借箸**表示代人籌劃良策。又據《三國誌·蜀誌·先主傳》載:劉備因兵敗依附曹操,一次曹操對劉備說:當今天下英雄只有你和我,其餘都不足掛齒。劉備正在吃飯,聽到這話暗吃一驚,不覺將筷子和湯匙都掉在地上。原文有"先主方食,失匕箸"的話,後因以**失箸**表示受驚失措。**箸**之所以易名為**筷**,與舊時民間俗諱有關,原來行船的人諱言住字,**箸**和住同音,因而反其義為快,又加竹頭為**筷**。

古籍中多見**匕箸**並列。匕是盛取食物的用具,曲柄淺斗,大小長短因所用而異。匕之小者又名為**匙**,多用以舀取流質或粉末狀食物,如湯匙、茶匙之類。

古人吃肉的方法,是用匕將煮熟的肉從鑊中取出,放在一塊砧板上,然後用刀割着吃。砧板叫**俎**,**刀俎**本為宰割用具,後來常用以比喻宰割者,如**人為刀俎**、**我為魚肉**,就是說自己處於任人宰割的境地。

古人席地而坐,最早將食器直接放在席上,後來有了托盤,便將食器放在托盤裏,然後連托盤一起擺在席上。這托盤是木質的,叫**案**或**食案**,長方形或圓形,有四個或三個短足。東漢時孟光給丈夫梁鴻送飯時**舉案齊眉**的故事,是人所熟知的。因為食案既小又矮,所以很容易舉起來,又因為席地而坐,把食案舉到眉際並不太高,所以即使眼睛不看前面,也不難保持食案的平穩。

"食"的同義字

飯 啖 茹毛飲血 飲 啜 吸
吮 飢 餓 饉 果腹

把食物放到嘴裏經過咀嚼吞嚥下去的動作叫吃。在吃的意義上，**食、飯、啖、茹**是同義字。

食字用作動詞，有自食和使食兩義：自食是自己吃，使食是將食物給別人吃。在作使食用時，**食**字應讀去聲 sì，如《論語·微子》的"止子路宿，殺雞為黍而食之"就是；也有另寫作**飼**的，後來**飼**的字義縮小，只適用於餵養牲畜和昆蟲，如**飼豬、飼蠶**，餵養牲畜所需的穀物則稱為**飼料**。**食**字引伸作名詞用，統指糧食和其他一切食物，如**豐衣足食**。

在先秦兩漢古籍中，**飯**字多作動詞用。關於**飯**字的使動用法，可以舉兩個著名的典故為例。一個是說漢初大將韓信少時家貧，常在淮陰城下釣魚，有一位在水邊漂洗綿絮的老婦，見韓信餓得發慌，便把自己帶來的飯分一些給他吃，一連吃了幾十天；後來韓信拜將封王，特地把這位老婦找來，賜她千金以為報答。《史記·淮陰侯列傳》記載此事時有"諸母漂，有一母見信飢，飯信，竟漂數十日"的話，後因以**飯韓**或**漂母飯韓**作為窮途受惠的典故。另一個是說春秋時寧戚為了在齊國謀得官職，乘齊桓公出郊迎客的機會，守在車旁餵牛，一邊敲擊牛角，一邊唱歌，桓公知他有才，把他帶回去，後來任為相國。此事見載於多種古籍，在《呂氏春秋·舉難》中記有"寧戚飯牛居車下，望桓公而悲，擊牛角疾歌"的話，後因以**飯牛**或**寧戚飯牛**作為懷才未遇或自薦求官的典故。**飯**字作名詞用，指煮熟的穀類食品，主要是米飯；也泛指人每天三頓所吃的食物，如《說文》段玉裁注所說的"引伸之所食為飯"。

啖、啗、噉（dàn）三字音義俱同，今以**啖**為正寫。**啖**字多指吃瓜果菜蔬之類，"日啖荔枝三百顆，不妨長作嶺南人"，是蘇軾《食荔枝》詩中的名句。《世說新語·排調》記東晉畫家顧愷之吃甘蔗，總是先從尾梢吃起，順次吃到根部，有人問他為甚麼，他回答說：由淡到甜，漸至佳境。因為原文有**啖蔗**字樣，後人便以此形容境況漸好或興味漸濃。

茹字指吃粗劣的食物，也指一般的吃。**茹素**就是吃素，**茹葷**

就是吃魚肉葷腥。成語有**茹毛飲血**，是說遠古時代的人不懂得烹飪的方法，連毛帶血地生食鳥獸，源出《禮記·禮運》：「昔者先王……未有火化，食草木之實，鳥獸之肉，飲其血，茹其毛。」孔穎達疏：「飲其血茹其毛者，雖食鳥獸之肉，若不能飽者，則茹食其毛以助其飽也。」又陳澔集說：「茹其毛者，以未有火化，故去毛不能盡而並食之也。」兩說之中，似以後者為長。還有**飯糗茹草**，是說吃乾糧啃野菜，形容生活艱苦樸素，源出《孟子·盡心下》：「舜之飯糗茹草也，若將終身焉。」另外，**茹**字用作名詞，是蔬菜的統稱，《漢書·食貨誌上》有云：「還廬樹桑，菜茹有畦。」顏師古注：「茹，所食之菜也。」

關於**喫**、**吃**兩字，有三點可說。第一，**喫**字作為口語詞，多見於唐代以後的語體作品，杜甫詩中有多處用例，如《送李校書二十六韻》中的「臨歧意頗切，對酒不能喫」，《絕句四首》中的「梅熟許同朱老喫，松高擬對阮生論」，宋人黃徹在《䂬溪詩話》中評論說：「數物以個，謂食為喫，甚近鄙俗，獨杜屢用。」可知**喫**是一個文人避用的俗字。第二，**喫**的對象不限於食物，飲用液體也可以叫喫，如說**喫茶**、**喫酒**等於說喝茶、喝酒。第三，**喫**、**吃**本是音義都不相同的兩個字，**吃**字在古籍中早見，讀音為 jí，本義是說話不流暢，即所謂口吃；後來兩字有通用現象，現今廢**喫**存**吃**，兩字合而為一，口吃的吃也就改讀 chī 音了。

在**喝**的意義上，**飲**、**啜**、**吸**、**吮**是同義字。

《釋名·釋飲食》說：「飲，奄也，以口奄引咽之也。」**飲**字的詞義比較複雜，這裏說三點。第一，與**食**字的情況相同，**飲**字用作動詞，有自飲和使飲兩義：自飲是自己喝，使飲是將飲料給別人喝，也指讓牲畜喝水解渴，如**飲馬**，古樂府詩有《飲馬長城窟行》。在作使飲用時，**飲**字應讀去聲 yìn。第二，**飲**的對象是液體，如《孟子·告子上》所說，「冬日則飲湯，夏日則飲水」，但因酒為古代主要飲料，**飲**常特指飲酒，如**飲徒**就是嗜好喝酒的人，**飲器**就是喝酒用的器具，**對飲**是說彼此相對飲酒，**豪飲**是說放量飲酒。第三，**飲**有隱沒和含忍的引伸義，由此構成的詞，如**飲刃**是說被刀砍殺；**飲彈**是說中彈身亡；**飲泣**是暗自流淚，成語有**飲泣吞聲**；

飲恨是把仇恨藏在心裏，成語有**飲恨含冤**；**飲德**是有恩德於人而不張揚；**飲章**是匿名控告的文書。

《説文》説："啜，嚐也。"**啜**的本義是品嚐。**啜茗**是品茶，也是喝茶。**啜汁**意為吃喝殘湯剩飯，比喻乘機邀功得利。人在抽噎時一吸一頓，動作很像啜食，**啜泣**就是一面流淚一面抽噎。**啜**也可作吃解釋，形容生活清苦的成語**啜菽飲水**，意為吃豆類，喝清水。

吸本指吸氣，喝水的動作與吸氣有相同處，因稱喝為**吸**。舊時稱剝削者為**吸血鬼**，把剝削行為説成是**敲骨吸髓**，都是十分形象化的比喻。

吮是口中含吸，有如嬰兒之吮吸母乳。**吮疽**、**吮癰**是兩個歷史典故。**吮疽**説的是戰國兵家吳起在任魏將時，與士卒同甘共苦，一次有一個兵士生瘡化膿，吳起親自用嘴把膿液吮吸乾淨，使兵士很受感動。後以**吮疽**作為戰將愛兵、兵士用命的典故，見《史記·孫子吳起列傳》。**吮癰**説的是漢文帝生毒瘡，寵臣鄧通為他吮吸膿液，文帝很不高興，問鄧通道：世上最愛我的是誰？鄧通答道：當然是太子。等到太子前來探病，文帝命太子吮吸膿液，太子面有難色，並因此怨恨鄧通。文帝死後，太子繼位，是為景帝，鄧通即被罷官家居，終至窮困而死。後以**吮癰**作為諂媚之徒趨奉權貴不得善終的典故，見《史記·佞倖列傳》。

飽、**饜**、**飫**三字都有吃飽義。**飽**與**飢**相對，意思是吃飽肚子，不拘何種食物。**饜**（yàn）是指吃飽之外，還吃得有味，吃的多為粱肉之類的精美食品。**飫**（yù）是吃得很飽。三字各有其引伸義，如**飽學**意謂學問淵博，**饜事**意謂任事繁多，**飫聞**意謂所聞已經足夠。

飢、**餓**、**饉**三字都有飢餓義。**飢**是吃不飽，食物不充分。另有**饑**字，本義為災荒，也就是年成不好，五穀無收。**餓**是極度的飢。**饉**是菜蔬無收。《爾雅·釋天》説："穀不熟為饑，蔬不熟為饉。"古人把菜蔬看得與穀物同樣重要，因而**饑饉**常連用。**餒**也是飢餓，引伸為喪氣，如**氣餒**、**勝不驕敗不餒**。

殍（piǎo）是餓死，也指餓死的人，如**餓殍**。在古籍中，**殍**有時寫作**莩**。

果腹是吃飽肚子，**枵**（xiāo）**腹**是肚子空着。

發酵酒和蒸餾酒

醇 醴 醪 清聖 濁賢 醞釀
麴蘗 糟粕 酬酢 醉鄉 雅量

酒是用穀物或果品釀造而成的一種飲料。在《康熙字典》裏，**酒**字是收入**酉**部的。原來**酒**字本作**酉**，後來**酉**字被借去作了地支第十位的專名，這才又給它加上個水旁，產生了**酒**字，使二者有了明顯的分工。

作為飲料的酒，有發酵酒和蒸餾酒之分：前者如米酒、黃酒、葡萄酒，酒精濃度低，成酒過程短，最短的一宿即熟；後者如燒酒，酒精濃度高，成酒後還須貯存多年，使之發生後熟作用。上古時代人們飲用的都是發酵酒，酒味厚的叫**醇**，酒味薄的叫**醨**（lí），**醴**（lǐ）是甜酒，**醪**（láo）是汁滓混合的酒，即酒釀。至於中國何時開始出現濃烈的蒸餾酒，據明代藥物學家李時珍在《本草綱目》卷二五中說："燒酒非古法也，自元時始創其法。"如果此說屬實，那麼蒸餾酒應是七百年前從阿拉伯傳入中國的。

酒釀成時汁與渣滓混在一起，是混濁的，經過過濾沉澱，除去渣滓，酒汁就清澈了，因而古人常說**清酒**、**濁酒**。據《三國誌·魏誌·徐邈傳》記載：東漢末年，曹操主政，因遭受災荒，禁酒極嚴，時人諱言**酒**字，便把**聖人**作為清酒的隱語，**賢人**作為濁酒的隱語。陸游《溯溪》詩有"閑攜清聖濁賢酒，重試朝南暮北風"之句，**清聖濁賢**即泛指酒。又曹操禁酒時，尚書郎徐邈私飲沉醉，對人自稱**中聖人**。陸龜蒙《添酒中六詠》有"嘗作酒家語，自言中聖人"之句，**中聖人**即指醉酒，也簡作**中聖**。

青州從事和**平原督郵**，分別是好酒和壞酒的隱語。據《世說新語·術解》載：東晉時桓溫手下有一個官員，善於辨別酒的好壞。他把好酒叫做**青州從事**，因為青州境內有個齊郡，以齊代臍，意思是說好酒喝下去，酒氣可以直達臍部；他把壞酒叫做**平原督郵**，因為平原境內有個鬲縣，以鬲代膈，意思是說壞酒喝下去，酒氣只能達到膈上。這裏說的**從事**和**督郵**都是古代官名。

醞釀是並列結構的合成詞，原意是造酒的發酵過程，現在多用以比喻辦事預先做好準備工作。

麴糵是釀酒用的發酵劑，俗稱**酒母**。《尚書·説命下》説："若作酒醴，爾惟麴糵。"沒有酒母就釀不成酒，故以**麴糵**喻指促使某種事業成功的必不可少的條件。

糟粕即酒渣，比喻事物粗劣無用的部分，與**精華**相對。

酒是杯中物，**舉杯**就意味着飲酒。**觴**是古代酒器，常用作酒杯的代稱，**舉觴**、**稱**（chēng）**觴**都是飲酒，**侑**（yòu）**觴**是勸人飲酒或陪人飲酒，**奉觴**是舉杯敬酒。**白**是酒杯或罰酒用的杯，**舉白**、**浮白**都是乾杯，**浮一大白**是滿飲一大杯。

酬酢本是賓主互相敬酒，主敬客為**酬**，客還敬為**酢**，現在則泛指朋友間應酬交際。

斟、**酌**兩字雙聲同義，都表示注酒於杯的意思，通稱**斟酒**；**斟酌**引伸為對某件事情反覆衡量考慮。**行酒**或**行觴**是説在席間依次斟酒。**酒過三巡**是説給全座斟酒三遍，也泛指多遍。

酣或**酣飲**是飲酒盡興。**酖**（dān）是嗜酒。**酗**是嗜酒無度，醉後行兇鬧事。

酒喝多了會醉，**醉鄉**就是喝醉以後神志不清的狀態。**酩酊**（mǐng dǐng）、**酕醄**（máo táo）形容大醉。**微醺**是稍有醉意。**宿酲**是隔夜醉酒未醒。**酡顏**是飲酒臉紅。

玉山將崩，是説酒醉後東倒西歪，語出《世説新語·容止》："嵇叔夜之為人也，岩岩若孤松之獨立，其醉也，傀俄若玉山之將崩。"嵇叔夜即嵇康，傀俄與巍峨同。也作**玉山自倒**，李白《襄陽歌》有句云："清風朗月不用一錢買，玉山自倒非人推。"

爛醉如泥，是説酒醉後癱軟如泥；又據唐人沈如筠《異物誌》説："泥為蟲名，無骨，在水則活，失水則醉，如一堆泥。"

酒量大小因人而異。據曹丕《典論·酒誨》記載，後漢末年荊州牧劉表因子弟驕貴好酒，特地製作三個大小不同的酒器：大的叫**伯雅**，容酒七升；其次叫**仲雅**，容酒六升；小的叫**季雅**，容酒五升。現在人們慣稱酒量大為**雅量**，就是由此而來的。翟灝《通俗編》解釋説："世稱雅量，謂能飲此器中酒，不及醉也。"又酒量也稱**戶**，酒量大的為**大戶**，酒量小的為**小戶**。《稱謂錄》卷二十七解釋説："席間健飲客曰大戶，量小者曰小戶。"白居易《久不見韓侍郎戲題四韻贈之》有"戶大嫌甜酒,才高笑小詩"之句,杜荀鶴《雪中別詩友》有"酒寒無小戶,請滿酌行杯"之句,可見唐時已慣用此詞。

豁拳也寫作**划拳**,是飲酒時助興取樂的一種遊戲,方法是兩人在揮拳和伸出手指的同時,各喊出一個數(從零到十),誰喊的數與兩人伸出手指數之和相符,誰就是勝者,負者認罰乾杯;也叫**拇戰**或者**拇陣**。

酤是**沽**的分別字:**沽**用於一般買賣,**酤**專用於酒的買賣。

古時酒店壘土為**壚**,安置酒甕,賣酒的坐在壚邊,叫做**當壚**。西漢卓文君當壚賣酒,是有名的歷史典故。酒店用布綴於竿頭,懸在門前,作為標幟,叫做**酒旗**或**酒帘**,俗稱**望子**或**幌子**。酒店裏的夥計叫做**酒保**。這些詞語在通俗小說戲曲中多見。

"酒,百藥之長"

三酉　杜康　忘憂物　銷愁藥
杯中物　酒澆壘塊　天祿

古代的文人學士,貪杯豪飲的很多,他們不但嗜酒如命,而且愛以酒為主題寫詩作文,於是在他們的筆下出現了酒的各種異名別稱。

三酉是酒的隱語。田藝蘅《留青日札‧酒名》說:"今人稱酒曰三酉,皆言三點水加酉也。"

從醫學的角度說,酒是一種極好的藥物,又是中藥製劑中無法替代的溶媒。醫字從酉,說明酒與醫密不可分。酒又有**百藥之長**的美稱,語出《漢書‧食貨誌下》"夫鹽,食肴之將;酒,百藥之長",說明酒在諸多藥物中的領袖地位。

根據修辭學上的借代法,有將製酒的人名作為酒的代稱的。曹操《短歌行》中有"何以解憂,惟有杜康"之句,**杜康**就是傳說中的首創釀酒技術的人。又據《洛陽伽藍記‧城西法雲寺》載:"河東人劉白墮善能釀酒,季夏六月,時暑赫羲,以罌貯酒,暴於日中。經一旬,其酒不動,飲之香美而醉,經月不醒。"後因以**白墮**作為酒的代稱。

酒是一種刺激性很強的飲料，古人認為酒能添興助樂，也能解憂消愁。《易林·坎之兌》："酒為歡伯，除憂來樂。"歡伯是說飲酒使人歡快。《晉書·裴楷傳》："長水校尉孫季舒嘗與崇（石崇）酣燕，慢傲過度，崇欲表免之。楷聞之，謂崇曰：足下飲人狂藥，責人正禮，不亦乖乎？崇乃止。"狂藥是說飲酒使人狂放。《南史·陳暄傳》："江諮議有言：酒猶兵也。兵可千日而不用，不可一日而不備；酒可千日而不飲，不可一飲而不醉。"本謂酒之消愁有如兵之克敵，後因以酒兵稱酒。陶潛《飲酒》詩："泛此忘憂物，遠我遺世情。"這是把酒稱為忘憂物。白居易《勸酒寄元九》詩："俗號銷愁藥，神速無以加。"這是把酒稱為銷愁藥。蘇軾《洞庭春色》詩："要當立名字，未用問升斗；應呼釣詩鈎，亦號掃愁帚。"這是把酒稱為釣詩鈎和掃愁帚。

　　飲酒必用酒杯和酒壺，因稱酒為杯中物或壺中物。前者見陶潛《責子》詩："天運苟如此，且進杯中物。"後者見張祜《題上饒亭》詩："唯是壺中物，憂來且自斟。"

　　《世說新語·任誕》載："王孝伯問王大：阮籍何如司馬相如？王大曰：阮籍胸中壘塊，故須酒澆之。"意思是說，阮籍與司馬相如相比，其他方面都相同，唯有阮籍經常用酒澆淋胸中鬱結的不平之氣這點，與司馬相如很不一樣。後因以酒澆壘塊或酒澆塊壘指借酒排遣憂愁。

　　酒的濃度有高低，酒性有的強勁，有的平和。"唐子西（唐庚）名酒之和者曰養生主，勁者曰齊物論。楊誠齋（楊萬里）名酒之和者曰金盤露，勁者曰椒花雨。"見彭大翼《山堂肆考》。《養生主》和《齊物論》都是《莊子》篇名。

　　《漢書·食貨誌下》有云："酒者天之美祿，帝王所以頤養天下，享祀祈福，扶衰養疾。"認為酒是上天美好的賞賜，因為天祿或美祿作為酒的美稱。南朝梁武帝《斷酒肉文》有云："酒是魔漿，故不待言。"認為酒之為惡有如魔鬼，因以魔漿作為酒的惡稱。元稹《寄吳士矩端公五十韻》有云："平生中聖人，翻然腐腸賊。"飲酒有害於腸胃，因以腐腸賊作為酒的惡稱。

　　古人把浮在酒面上的泡沫形象化地稱為浮蟻或者浮蛆。如張衡《南都賦》：“醪敷徑寸，浮蟻若萍。”歐陽修《招許主客》詩：
“樓頭破鑒看將滿，甕面浮蛆潑已香。”酒面泡沫呈白色的為**玉蛆**，
如梅堯臣《至靈璧鎮得杜挺之書》詩：“酒上玉蛆如笑花，一日倒
空罍與缶。”酒面泡沫呈綠色的為**綠蟻**，如白居易《問劉十九》詩：
“綠蟻新醅酒，紅泥小火爐。”

酒器種種

尊 爵 彝 角 觚 觥 觴 卮

人類自開始釀酒和飲酒便有
了酒器。中國釀酒的歷史悠
久，商周時代的貴族已經飲
酒成風，青銅製作的酒器不
僅品種繁多，而且裝飾精
美。考古學界根據青銅酒器的不同用途，概分為煮酒器、盛酒器
和飲酒器三大類，這裏選擇常見於古代詩文中的幾種酒器名稱，
分別介紹如下。

　　《説文》説：“尊，酒器也。”**尊**本是酒器的通稱，**尊彝**並舉，
泛指古代常用於祭祀等儀式中的禮器。**尊**也作專名用，指一種大
的敞口、高頸、圈足的盛酒器，作圓形或方形，盛行於商代和西
周初期。還有一些形制特殊的盛酒器，模擬鳥獸形態，統稱為**鳥
獸尊**，主要有鳥尊、象尊、虎尊、牛尊、羊尊。漢代以後，人們
飲酒用杯，**尊**又成了杯的代稱，在指酒杯這個意義上，**尊**又寫作
樽。還要說一下，由於在祭祀等儀式中，擔任祭酒的人都是地位
高和輩分高的尊者，故而**尊**引伸為貴長者之稱。

　　《説文》説：“爵，禮器也。”禮器即飲器，古時凡有禮儀必
飲酒，故名飲器為禮器。**爵**作通稱用時泛指飲酒器。**爵**作專名用
時是指一種深腹的煮酒器，作圓形或方形，前有便於液體流出的
流，後有雀尾狀的尾，旁有把手，口上有兩柱，底部有三足，可
以放在火上加溫。還要說一下，由於在祭祀等儀式中，照例是用
爵向貴者獻酒的，故而**爵**由煮酒的爵引伸為爵位的爵。

　　《説文》説：“彝，宗廟常器也。”**彝**與尊相同，都是酒器的
通稱。**尊彝**並舉，已見前述。又因為**彝**有常義，**彝倫**猶言倫常，

即儒家宣揚的常行不變的倫理道德，亦即三綱五常。

角的形狀與爵相似，前後兩尾對稱，無流無柱，用以溫酒和盛酒。在祭祀等儀式中，角的地位不高。朱駿聲在《說文通訓定聲》中說：“疑古酒器之始，以角為之，故觚觶觴觥等字多從角。”這裏所說的角，當是牛羊一類動物頭上所生中空的角。

觚（gū）是最常用的飲酒器，多與爵配套使用。觚的口呈喇叭狀，長頸、細腰、圈足，原有觚棱，到春秋後期改為無棱，孔子把這件事與當時禮崩樂壞、名實不符的現實聯繫起來，慨歎說：“觚不觚，觚哉觚哉！”（《論語·雍也》）翻譯成白話就是：觚不像個觚，這是觚嗎！這是觚嗎！又觚也是古代寫字用的木板，操觚就是寫文章，應注意分別。

觥（gōng）是盛酒器或飲酒器，器腹橢圓，有蓋和把手，由銳端往外注酒，底有圈足；器蓋做成帶角的獸頭形，或做成長鼻上捲的象頭形，也有整器作獸形的；有的器內還附有酌酒用的小勺。兕觥是作成犀牛形的觥，在《詩經》中數見：《周南·卷耳》“我姑酌彼兕觥”，指的是盛酒器；《豳風·七月》“稱彼兕觥，萬壽無疆”，指的是飲酒器。後代詩文也有將觥作為酒杯的代稱的，歐陽修《醉翁亭記》有“觥籌交錯，起坐而喧嘩者，眾賓歡也”之句，成語觥籌交錯至今仍常用；這裏的觥指飲酒用的杯子，籌指行酒令用的籌碼，酒杯酒籌交互錯雜，形容宴飲盡歡。

酒器中常見於詩文的還有觴。杜甫《贈衛八處士》詩有云：“主稱會面難，一舉累十觴；十觴亦不醉，感子故意長。”這裏的觴也是酒杯的代稱。觴又可作動詞用，表示飲酒，如范成大《宿胥口始聞雁》詩有“把酒不能觴，送目問行李”之句。

卮（zhī）是盛酒漿的器具，《史記·項羽本紀》中曾說到“項伯即入見沛公，沛公奉卮酒為壽，約為婚姻”，又說到項羽稱樊噲為“壯士”，“賜之卮酒”。漏卮是滲漏的卮，常用比喻指錢財流失。《莊子》書中數處用了卮言一詞，注家根據“卮滿則傾，卮空則仰，空滿任物，傾仰隨人”的道理，把卮言解釋為“隨人從變，己無常主”之言，後人則常用作對自己著作的謙稱。

"治其麻絲，以為布帛"

布衣　褐衣　衣裳　中衣　胸襟
左衽　聯袂　縉紳　深衣

衣服的功用有二：一是遮蔽身體，二是抵禦寒冷。

中國古代製作衣服的材料，主要是麻織品和絲織品。《禮記‧禮運》説："治其麻絲，以為布帛。"麻織出來的是**布**，絲織出來的是**帛**。古書上説到的**綿**和**絮**，都是絲綿，不是棉花；因為棉花的種植和用作紡織原料，在中國是相當晚的事情。至今還在使用的一些帶有**綿**字的文言詞語，如**綿薄**形容微弱，**綿長**形容久遠，**綿密**形容細緻周到，**綿延**形容連續不斷，都不能錯寫為棉。

布與**帛**相比較，前者質粗而後者質精，前者價低而後者價高。古代貴族穿帛製衣服的居多，庶人年老才能穿帛製衣服，一般都穿布製衣服，所以**布衣**成了平民百姓的代稱。《鹽鐵論‧散不足》説："古者庶人耄老而後衣絲，其餘則麻枲而已，故命曰布衣。"還有一種劣等衣服，稱為**褐**或者**短褐**，是用粗毛或者粗麻織成的，為窮人所穿用，所以**褐衣**或者**褐夫**成了貧民的代稱。

人們口語中常説的**衣裳**（shang），與衣服的意思相同。古代原非如此，"上曰衣，下曰裳"，**衣**和**裳**（cháng）是分開來解釋的——上身穿的叫**衣**，下身穿的叫**裳**，如《詩經‧邶風‧綠衣》説的"綠衣黃裳"。如果要表示衣服的意思，一般只用一個**衣**字，如**衣食**連稱就是指穿的和吃的。**衣**又可以作動詞用，讀去聲，作穿衣解釋。

襦是短衣，**衫**是單層短衣，**襖**是夾層短衣。**袍**是長衣，特指夾層裏裝有綿絮的長衣。

貼身穿的內衣稱為**褻衣**。司馬相如《美人賦》有云："女乃弛其上服，表其褻衣，皓體呈露，弱骨豐肌。"又稱**衷衣**，後來也寫作**中衣**。**衷**可由內衣義引伸出內心義，**衷心**、**苦衷**、**由衷之言**、**無動於衷**等詞語中的"衷"都作此解釋。《詩經‧周南‧葛覃》有"薄污我私，薄浣我衣"之句，這是把內衣稱為**私**，表示不願讓別人看到的意思。《詩經·秦風·無衣》又有"豈曰無衣，與子同澤"之句，這是把內衣稱為澤，因為它貼身而沾汗澤，後來也寫作襗。

衿是上衣的交領，即領子在胸前相交。《詩經·鄭風·子衿》有云："青青子衿，悠悠我心。"毛傳："青衿，青領也，學子之所服。"後因以青衿指學子，明清科舉時代專指秀才。

襟是上衣的前幅，衣襟正當前胸，因而襟懷與胸懷義同，還可並列成胸襟。衣襟又稱為衽。依照古代中原地區人民的習俗，交領的衣襟都是向右掩合的，而其時在中原地區以外的一些民族，衣襟卻是向左掩合的，名為左衽；後來常有在詩文中以左衽作為受異族統治的代詞的。

古代衣袖既長又大，垂臂時手不露出袖外，袖中可以藏物，所以稱為長袖、廣袖，而且有奮袖、振袖（表示奮發）、拂袖（表示忿怒）的說法。袖又叫袂，聯袂是同行，把袂是會晤，分袂是離別。

古人穿的上衣，不用鈕釦，也沒有口袋，只是在衣襟之間用一根根小帶子繫結起來，而在上衣外面的腰部，總束一根大帶，隨身攜帶的物件就繫在這根腰帶上。腰帶有貴賤等級之分。庶人穿麻織的布衣，束牛皮製的韋帶，所以韋帶和布衣一樣，也成了平民百姓的代稱。士大夫束的腰帶是絲織的，其名為紳（紳又特指束餘下垂的部分）。所謂搢紳，又作縉紳，本來的意思是官員上朝時將朝笏插在帶間，以供記事之用，後來就成了任官職者的代稱。還有舊時把地方上有地位有權勢的人稱為紳士，也是由此而來的。

裲襠是沒有領子和袖子的上衣，也簡作兩當。《釋名·釋衣服》說："裲襠，其一當胸，其一當背也。"後來叫做背心，當背當心，也與兩當之義相合。

前面說下身穿的叫裳，裳並不是褲而是裙，男女同用。庶人服勞役時不穿裙，而穿褌（kūn）或袴：褌是合襠的褲，袴是開襠的套褲。

此外還有深衣。深衣是上衣和下裳連在一起，下襬不開衩，將衣襟接長，向後擁掩。貴族平時穿深衣，是便服，而庶人則以深衣作為禮服。

絲織物品種

帛 繒 絹 縑 綃 紈 紗
縠 綺 錦 綢緞 綈袍

中國是世界上最早飼養家蠶和產絲的國家，絲織物的品種十分豐富，它們的名稱大都是單音的形聲字，在字典裏收入糸部。

先説一下**糸**、**絲**、**系**這三個字的區別。《説文》解釋説：“糸，細絲也，象束絲之形。”“絲，蠶所吐也。”“系，繫也。”**糸**是象形字，像一束絲的形狀，讀音如密（mì），一般只作部首用。**絲**也是象形字，像兩束絲的形狀。**系**是會意字，從爪從絲，指用繩子把東西捆好再打結。

各種絲織物總稱為**帛**為**繒**，據説古謂之帛，漢謂之繒，所以《説文》互訓。在造紙術發明以前，古人常在絲帛上寫字繪畫，**帛書**就是寫在絲帛上的文字，**帛畫**則是繪在絲帛上的圖畫。**竹帛**連稱，指竹簡和絲帛，兩者都是古代書寫用的材料，引伸指史冊。帛字還常與別的物名連用，表示財富，如**財帛**、**玉帛**。**玉帛**又是古代諸侯會盟朝聘時用的禮物，象徵和平，成語有**化干戈為玉帛**，干戈是古代兩種兵器，象徵戰爭。

絹是用未經煮練的生絲織成的帛，是絲織物中的基本品種。**縑**（jiān）是用雙絲織成的細絹。**縞**（gǎo）和**素**都是未經漂染的本色生絹。**練**的本義是把生絲煮熟，作名詞用是指煮練過的柔軟潔白的熟絹。這些字常連用成雙音節詞，如**絹素**、**縑素**、**縞素**。**素**作形容詞用，可從本色義引伸出純樸、不加修飾、不付代價、原本、往常等義，用它構成的詞很多，如**樸素**、**素淨**、**素養**、**素質**、**元素**、**平素**、**素常**、**我行我素**、**安之若素**都是。

綃、**紈**、**紗**、**縠**（hú）都是絲織物中的上品。**綃**是生絲織成的薄絹；**紈**也是薄絹，比綃更細更白。**紈袴**是用薄絹縫製的褲子，古時常用以指稱富貴人家的子弟，含鄙薄意。**紗**和**縠**的特點是經緯稀疏，輕者為**紗**，縐者為**縠**。還有**羅**本指絲織的捕鳥的網，後來也把輕薄而有透明紗眼的絲織物稱作**羅**。

作為服飾用的絲織物，除了質料精良以外，有的還特別加上文采。**綺**是"織素為文"，就是素地織紋起花的絲織物。**綾**與**綺**相仿，只是花紋不同。**錦**是"織采為文"，就是用彩色絲線織成有各種花紋圖案的絲織物。**繡**是"刺采為文"，就是用彩色絲線在絲織物上刺繡出各種圖像或文字。**綺、錦**作形容詞用，都有華美義，如**綺年**指青春少年，**錦箋**指精美的信箋。**錦繡**常用以形容美好的事物，如**錦繡河山、錦繡前程**。

現今泛稱各種絲織物為**綢緞**，古代並非如此。《説文》説："綢，綢繆也。"**綢繆**連用為疊韻聯綿詞，作纏繞解釋；成語有**未雨綢繆**，出自《詩經·豳風·鴟鴞》，意為在天雨之前把門窗捆綁牢固，後來比喻事前做好各項準備工作。**綢繆**又是纏繞的同義詞，表情意深厚不能解脱之意。《説文》無**緞**字，先秦古籍中亦未見以**緞**作絲織物名的例子。

綈是一種質地厚實而粗糙的絲織物。**綈袍**是一個著名的歷史典故。據《史記·范雎蔡澤列傳》載：戰國時范雎因事為魏國中大夫須賈所譖謗，被魏相魏齊毒打重傷。後來范雎化名張祿逃到秦國，做了秦相，準備出兵伐魏。須賈出使到了秦國，范雎打扮成窮苦僕人來到須賈住處，須賈見他衣着單薄，便取了一件綈袍相贈，等到發覺他就是秦相張祿，立時去衣露體請罪。事後范雎召見須賈，侮辱備至，但因須賈曾贈綈袍，有眷戀故人之意，沒有殺他。後世因以**綈袍垂愛、綈袍高義**表示不忘故人。

帽和鞋

冠 弁 冠 冕 幘
襆頭 履 屣 烏 屐

衣服是用來遮蔽身體和抵禦寒冷的，廣義地講，**帽**和**鞋**都是衣：**帽**是戴在頭上的衣——**頭衣**，**鞋**是穿在腳上的衣——**足衣**。

帽字出現得比較晚。上古時代，帽主要有**冠、弁、冕**三種，都是貴族男子戴的，有時又總稱為**冠**。

冠字作名詞用，讀陰平聲，相當於後世的帽子；作動詞用，讀去聲，意思是加冠。古代貴族男子二十歲行冠禮，一般在宗廟舉行，由大賓給他加冠，意味着從此進入了成年階段。古人蓄長髮，在頭頂上盤成髮髻，古代的冠只有一根不寬的冠梁，兩端連在冠圈上，戴起來像罩子一樣，從前到後罩在髮髻上，並不像後世的帽子那樣把頭頂全部蓋住。冠圈兩旁有兩根小絲帶，名為**纓**，可以在額下打結。秦漢以後，冠梁逐漸加寬，同冠圈連成覆杯的樣子；冠的名目和形制也日趨繁雜。

弁是古代貴族男子戴的比較尊貴的帽子，有**皮弁**、**爵弁**之分。**皮弁**（武冠）是用白鹿皮拼接做成的，尖頂，類似後世的瓜皮帽。**爵弁**（文冠）也作**雀弁**，色如雀頭，紅中帶黑，它的形制與冕略同，只是沒有旒，戴在頭上前後相平。

冕是古代帝王、諸侯以及大夫戴的禮帽，它用木頭做骨子，外面用布糊起來，上面黑色，下面紅色，戴在頭上，前低而後高。冕的前面掛着一串串用彩繩穿起來的小圓玉，名為**旒**，天子戴的有十二旒，諸侯戴的九旒。後來只有皇帝才能戴冕有旒，因此**冕旒**成了皇帝的代稱。王維《和賈至舍人早朝大明宮之作》有"九天閶闔開宮殿，萬國衣冠拜冕旒"的詩句，**衣冠**指文武百官，**冕旒**指皇帝。

冠冕一詞有多種意義，首先是用作仕宦的代稱，因為古代官吏都戴冠戴冕；人們用成語**冠冕堂皇**表示體面的意思，就是從這裏來的。其次，**冠冕**又常用來比喻居於首位或者出人頭地，因為冠和冕都是戴在頭上的。還有，**冠蓋**指官吏的冠服和車蓋，所以也用作仕宦的代稱。

以上說的都是古代貴族的帽子，至於平民百姓，他們沒有財力也沒有權利製置冠弁，只能用布裹在髮髻上當帽子用，其名為**幘**。平民的幘是黑色的或青色的，所以秦稱百姓為**黔首**，漢稱僕隸為**蒼頭**。幘有壓髮定冠的作用，後來貴族也戴幘，幘上再加冠；現在戲台上王侯將相冠下也有幘，免冠後就露出幘來了。

襆（fú）**頭**本來也是平民用的，類似現今北方農民用羊肚毛巾包頭的方法，從後而前，在額前打結。後來襆頭除在額前打結外，又在腦後紮成兩腳自然下垂；再後來取消了額前的結，腦後的兩腳用金屬絲撐起，襯以木片，稱為**展腳襆頭**，為文官所戴；兩腳向上在腦後相交，稱為**交腳襆頭**，為武官所戴。文武百官所戴的襆頭，通常用青黑色的紗做成，後世因稱**烏紗帽**。

古代製鞋的材料，有草、麻、葛、木、皮等。

先秦的鞋叫**屨**（jù）。屨有麻屨、葛屨，都是單底鞋。據說葛屨是夏天穿的，冬天穿皮屨。一般的屨是用麻繩編成的，編時邊編邊砸，使之結實耐穿。

削足適履和**截趾適屨**是同一成語的不同寫法：一句用的是**履**字，一句用的是**屨**字。履和屨都指腳上穿的鞋，大抵先秦古籍中用**屨**的多，漢代以後則用**履**的多。**履**又可作動詞用，是踩踏的意思，如**履冰**是說踏在冰上，**履尾**是說踩着虎尾。

屣是草鞋。草鞋是賤物，因而古人常以**敝屣**比喻不足珍惜的東西，以**脫屣**、**棄屣**比喻對事物之無所顧戀。

舄（xì）是複底鞋，有的在鞋底下面加上一層薄板，穿着它可以走到泥地裏去。**舄**也可以用作鞋的統稱。古人席地而坐，賓客入室則脫鞋就席，所以用成語**履舄交錯**來形容賓客眾多，意思是說坐席之外鞋子很多很亂。

屐是木鞋，底上是一塊厚板，而且前後有齒，可以在泥地裏行走。據《南史·謝靈運傳》載：南朝文學家謝靈運備有一種特製的木屐，屐底裝有活動的齒，上山時去掉前齒，下山時去掉後齒，人稱**謝公屐**或**靈運屐**。歷史上還有一個有名的關於**屐齒**的故事，說東晉大臣謝安派他的姪子謝玄等人在淝水前線大戰苻秦，當捷報送到時，謝安正與客人下棋，他看完捷報，毫無表情，只是慢吞吞地回答客人說：孩兒們已經殺退了賊兵。等到下棋完畢，謝安走回內室，因為心中喜悅，在過門檻時，"不覺屐齒之折"，見《晉書·謝安傳》。後來人們便用**屐齒之折**形容表面裝得鎮靜，而內心卻是激動萬分。

鞮（dī）是皮鞋。**靴**是長筒皮鞋，是從胡地傳入的。

附帶說一下**襪**。古代的襪是用布帛或者熟皮做的，穿時用帶繫住。古人以赤腳為敬，登席必須脫襪；赤腳稱為**跣**（xiǎn）或**跣足**，無跟的拖鞋稱為**跣子**或**靸**（sǎ）**鞋**。

"古人席地而坐，坐不離席"

上古時代，沒有椅子凳子之類的坐具，人們習慣於席地而坐，也就是鋪席於地，兩膝着席，臀部壓在腳跟上。這樣的**坐**與**跪**十分相似，只是腰肢不伸直——腰肢伸直是**跪**，臀部壓下是**坐**。席地而坐的人，起身之前必先跪。古書上有稱為**長跪**的，有稱為**跽**的，都是挺直上身而跪，是一種莊重恭敬的表示。再說，無論是坐是跪，人的兩腳都是向後的，如果兩腳和臀部同時着席，兩膝上聳，便稱為**踞**或**踞坐**；如果兩腳再向前伸展，以手着膝，形如簸箕，便稱為**箕踞**或**箕坐**：**踞**和**箕踞**，都是一種輕慢的態度。

人們席地而坐，席前例須放置**几**或者**案**，用來吃飯、讀書寫字和擱東西。

几比較小，几面狹長，下面兩端裝足，其高度還不及現今的椅凳。**几**還有一種作用，就是老人坐累了，可以伏在上面休息，如《孟子·公孫丑下》所説的"隱几而臥"。古時老人家居則憑几而息，外出則策杖而行，所以常以**几杖**連稱，作為養老敬老的用品和禮物。

案有多種作用，也有多種形制。**食案**有長方形的，有圓形的，長方形的四足，圓形的三足。"無足曰盤，有足曰案，所以陳舉食也。"（《急就篇注》）可見**舉案齊眉**故事中的**案**，實際上是一種輕而易舉的矮足托盤。至於**書案**，比几要大一些，也高一些，案面也是狹長的，兩端有寬足向內曲成弧形。

還有**牀**和**榻**。古人的**牀**，既可供人睡覺，也可供人坐着休息，前面說到的几和案，同樣可以放置在牀上使用。**榻**的形制和牀一樣，只是比較低矮。**榻**又特指備客留宿的牀，如**掃榻**表示迎客，**下榻**表示客人寄宿。

這以後經過一段相當長的時期，人們逐漸由席地而坐改為垂足而坐，由低坐改為高坐，桌子和椅凳的使用就越來越廣泛了。**桌**本寫作卓，是高而直的意思，後人加木作桌，以與"卓越"的卓相區別。**椅**本寫作倚，是依靠的意思，後人借了"椅桐梓漆"的椅

（木名，即山桐子）來作有靠背的坐具的名稱，也是為了便於區別。還有**凳**，以几為義符，説明這種沒有靠背的坐具，在外觀上與几相似。

席、**藉**、**薦**是一組同義字，都是編織成的鋪墊用具，供人坐臥其上的；分而言之，用農作物的莖稈編織成的叫**藉**或**薦**，用席草、蒲草、蘆葦一類草本植物編織成的叫**席**，以後又有用竹篾編成的席，稱為**篾席**。

古時室內鋪席，人們登堂入室必先脱鞋，然後席地而坐。席的長短不一，長的可坐數人，短的僅坐一人。一般鋪席兩層：直接接觸地面的一層篾席叫**筵**，直接接觸人體的一層草席叫**席**，筵比席略長，上下兩層合起來便是**筵席**。正因為古人席地而坐，飲食宴會都在席上，故而引伸出**酒席**、**酒筵**等詞；到了近代，**筵席**作為成桌酒菜的代稱，更是遠離它的本義了。

此外，在文言文中，還有一些與席有關的特殊名詞，如鋪在牀上供人睡覺用的席子叫**衽**（**衽**又作衣襟解釋）；竹篾編成的牀席，有稱為**笫**（zǐ，如**牀笫**）或**簀**（如曾子死前**易簀**）的，也有稱為**簟**（diàn，如**枕簟**）的。

再説古人席地而坐，坐不離席，因而**席**字又獲得了座位的引伸義，意思與**座**相當。**首席**是最尊的，**末席**是最卑的。下面介紹幾個歷史上的典故，便都是帶有**席**字的。

一是**前席**，意思是移坐到別人跟前。據《史記·商君列傳》記載：商鞅向秦孝公談論霸道，孝公聽得入神，不覺將坐席上的雙膝向對方移近。同樣，賈誼向漢文帝談論鬼神直到深夜，文帝聽得有味，也不覺移坐向前，見《史記·屈原賈生列傳》。

二是**奪席**，指議論過人，使別人相形見絀。事見《後漢書·戴憑傳》，説漢光武帝在某年元旦召集群臣講解經義並互相論辯，規定講得不通的，就奪去他的坐席給講得通的人，侍中戴憑以精通經義，奪得五十餘席，因而京都一時傳出"解經不窮戴侍中"的話。

三是**割席**，指朋友絕交。事見《世説新語·德行》，説漢朝末年管寧、華歆兩人坐在一張席上讀書，有大官乘車從門前經過，管寧照舊埋頭讀書，而華歆卻連忙丟下書本，出門觀看，管寧認為彼此志趣不同，把坐席割成兩片，跟華歆分開來坐，說：你不是我的朋友了。

當人們普遍使用椅凳一類坐具，由低坐改為高坐以後，仍然習慣於用席字來代表座位。如現今在會議場合，參加者中有發言權和表決權的為出席，有發言權而無表決權的為列席，未到的為缺席，主持會議的為主席；火車上的座位也有軟硬之分，設備較好的為軟席，設備較差的為硬席。

"鼎立"與"問鼎"

鐘鳴鼎食　鼎立　鼎甲　九鼎
問鼎　鼎力　鼎鼎　革故鼎新

鼎是古代的一種炊具，多用青銅製成，主要用來煮肉（盛肉），盛行於商周時期，漢代仍流行。當時的肉食並不像後來那樣切成小塊，而是把牲體分解為若干部分，也有不解體而煮全牲的，因此鼎都比較大。常見的鼎是圓腹三足，也有方腹四足的；鼎口處有兩耳，可以穿鉉，鉉是抬鼎用的槓子。腹下燒火，肉煮熟後就在鼎內取食；如果一餐有幾種肉食，就分幾個鼎來煮。成語**嘗鼎一臠**，意思是說嘗一塊肉就能知道鼎中食物的滋味，比喻可根據部分以推知全體。青銅製成的鼎，只有貴族才能享用，成語**鐘鳴鼎食**，是說進餐時鳴鐘列鼎而食，這反映了貴族奢華生活的一個方面。

鼎有三足，由此產生**鼎足、鼎立、鼎峙**等詞，表示三方並立或者三種勢力互相牽制的意思。明清兩代科舉制度，殿試一甲三名，第一名為狀元，第二名為榜眼，第三名為探花，總稱**鼎甲**。狀元居鼎甲之首，別稱**鼎元**。

用鼎煮肉，必須加足量的水，水燒開後會出現氣泡翻滾的現象，同時發出響聲，由此產生**鼎沸**一詞，用來形容局勢動盪不定，也可以形容聲音嘈雜，如**人聲鼎沸**。

《周易·鼎卦》上有"鼎折足，覆公餗"的話，說鼎足斷了，食物從鼎內倒出來，由此產生成語**折足覆餗**，比喻執政者力不勝任以至敗壞國事。

鼎又是古代的一種禮器，是帝王統治權力的象徵。傳說夏禹在位時，曾命令各地長官進獻青銅，鑄成**九鼎**，鼎上有各地物產的圖像，象徵天下九州都歸屬於夏王，這就是《左傳·宣公三年》所說的"貢金九牧，鑄鼎象物"。此後夏商周三代都把九鼎奉為傳國之寶，看作是至高無上、神聖不可侵犯的重器，王都建在哪裏，就把九鼎遷到哪裏。後人詩文中出現的一些帶有鼎字的動賓結構的雙音詞，大都與王位也就是政權有關。如**定鼎**表示建立政權確定國都；**遷鼎**表示遷都；**移鼎**表示改朝換代；**竊鼎**表示奪取政權。另外，**鼎祚**是同義並列的雙音詞，表示國運。

　　問鼎的故事發生在春秋中期。當時晉楚爭霸中原，楚莊王乘北上進攻陸渾之戎的機會，陳兵周都洛邑之郊，周定王派大夫王孫滿前去勞軍，楚莊王別有用心地詢問九鼎的大小輕重，王孫滿嚴正地說："周德雖衰，天命未改，鼎之輕重，未可問也。"終使楚軍退去。事見《左傳·宣公三年》。後因以**問鼎**表示圖謀王位，也有說**觀鼎**的。

　　鼎有重要的意思，也有大的意思，因而帝王的輔政大臣有**鼎臣**、**鼎輔**的別稱，他們的職位則別稱為**鼎司**、**鼎席**，豪門大族也有別稱為**鼎姓**、**鼎族**的；**鼎力**是大力，**鼎業**是大業。

　　鼎鼎是疊音詞，有盛大義，如**大名鼎鼎**就是。

　　《周易》有**鼎**、**革**兩卦，《雜卦》說："革，去故也；鼎，取新也。"由此產生的**鼎革**、**革故鼎新**、**鼎新革故**等詞語，意思是破除舊的，建立新的，可以用於改朝換代，也可以用於朝政的重大改革。

從"水清可鑒"
到"明鏡高懸"

鑑　鑒　照子　鑒定　借鑒
前車之鑒　人鑒　鏡鸞

　　人們整容照面，離不開**鏡**。現代的鏡製作比較簡單，只要在玻璃的背面塗上錫汞劑或銀汞就行了；古代的**鏡**則要複雜得多，它是用銅鑄厚圓片磨製而成的，這就是考古學家所說的**銅鏡**。

目前中國發現的最早的銅鏡屬於商代，但直到東周戰國時銅鏡才普遍使用。商周甲骨文和金文裏都沒有**鏡**字，只有**監**字。**監**是一種形似大盆的青銅器，裏面盛水，人站在它的旁邊向下俯視，可以照見自己的面容，即所謂**人監於水**。後來有了銅鏡，人們把銅鏡稱為**鑑**，就是在監字的左面加上一個金旁，也有把金旁加在下面寫成**鑒**的；再後來又稱為**鏡**，**鑒**和**鏡**本來是雙聲字。附帶再說一下：宋朝因避宋太祖祖父趙敬的名諱，將鏡字改為照，故又稱銅鏡為**照子**。

在文言文中，**鑒**字比**鏡**用得多，組詞能力也較強。**鑒**有照的意思，如**水清可鑒**；有審察的意思，可用以組成一些同義並列的雙音詞，如**鑒定**、**鑒別**、**鑒賞**、**賞鑒**。更為重要的是，古人常把一些可以作為警戒或引為教訓的事比作鏡子，藉以督促人們經常對照檢查自己的言行，由此產生了諸如**借鑒**、**借鏡**、**鑒戒**、**鏡戒**之類的詞。成語**前車之鑒**，源於古諺"前車覆，後車戒"，比喻把前人的失敗作為後人的鑒戒。成語**殷鑒不遠**，是《詩經·大雅·蕩》中"殷鑒不遠，在夏後之世"句的節略，說是可以作為鑒戒的往事並不久遠。唐太宗有一段名言："以銅為鑒，可正衣冠；以古為鑒，可知興替；以人為鑒，可明得失。"見《新唐書·魏徵傳》。這**三鑒**之中，當然以**人鑒**為第一要義，唐太宗之所以成為歷史上少見的明君，就在於他能知人又能用人。還有古代史書有稱為**鑒**的，取的也是鑒戒之義，如宋代司馬光主編的《資治通鑒》，詳細記述了歷代"君臣治亂成敗安危之跡"，為的就是供統治者從中取得應有的鑒戒。

唐代司空圖寫過一篇遊戲文章《容成侯傳》，用擬人化的手法，把鏡子稱為**容成侯**，又叫**壽光先生**，鏡子因而得此雅號。

傳說秦始皇宮裏有一面銅鏡，表裏光亮，能照見人的五臟六腑，鑒別人心的邪正，見《西京雜記》卷三，舊時因用**秦鏡高懸**或者**明鏡高懸**稱頌官吏審案斷獄公正嚴明。

據劉敬叔《異苑》卷三載：魏武帝曹操時，南方進獻山雞，公子曹沖叫人把一面大鏡放在牠的面前，牠看到了自己美麗的身影便舞個不停，直至困乏而死。後來因用**山雞舞鏡**表示顧影自憐之意。另有一個故事與此相類似，見南朝宋範泰《鶯鳥詩序》，説是孤鶯三年不鳴，臨鏡後以為見到了同類，便慨然悲鳴，展翅奮飛而死；後來因用**鏡裏孤鶯**或者**鏡鶯**表示夫婦生離死別、孤獨淒清的痛苦心情。

從"庭燎之光"
到"焚膏繼晷"

庭燎　焚膏繼晷　燈樹　燈花
　　　　　　　　燈蛾　蠟淚

現在人們看到**燭**字，就會想到蠟燭。上古時代沒有蠟燭，**燭**指的是火把。這種火把是把各種各樣的木材柴草以及蘆葦麻稭之類捆紮成一束一束，中間灌以油脂，夜晚燃點起來用於照明。火把有大有小，小的拿在手中，叫**燭**；大的立在地上，叫**燎** (liào)，也叫**大燭**或者**地燭**。

《詩經‧小雅‧庭燎》的首句説："夜如何其？夜未央，庭燎之光。"翻譯成白話就是：夜晚怎麼樣啦？還有一半多長，庭前火把輝煌。這裏説的**庭燎**，是在君主貴族庭院前燃點的火把，它除了用於夜晚照明之外，也是君主貴族在接待來賓時的一種禮制，所以《大戴禮記》有"天子百燎，公五十，侯伯子男三十"的説法。

由火把到油燈，是一個很大的進步。**燈**字《説文》作**鐙**，從金旁。《楚辭‧招魂》有"蘭膏明燭，華鐙錯些"之句，説明至遲在戰國時代已經使用油燈。早期是用獸類脂肪點燈，後來才改用植物油。成語有**焚膏繼晷**，是韓愈《進學解》中"焚膏油以繼晷"句的縮寫，**膏油**泛指點燈用的油料。古代的**燈**大都用青銅製成，上有盛油的盤，中有柱，下有底；也有的盤下為三足，旁有便於手持的長柄。**燈**的樣式不一：有作樹枝形的，每枝承一個油盤；有作人物形的，如**長信宮燈**；有作動物形的，如**朱雀燈**、**羊燈**；有柱作雁足形的，稱為**雁足燈**。這些燈都流行於漢晉時期。

檠是燈架。唐代宮中有用木雕成侍婢形象的燈架，稱為**燈婢**；還有分枝矗立形如大樹的燈架，稱為**燈樹**。都見於《開元天寶遺事》。

杜甫《獨酌成詩》有"燈花何太喜，酒綠正相親"之句，**燈花**是燈芯餘燼結成的花形物，古人以為將得錢財的喜兆。**燈蛾**指喜撲燈火的蛾蟲，比喻自取滅亡。

用白蠟製成圓柱形的蠟燭以供照明之用，可能開始於西晉時期。《世說新語·雅量》有"周仲智飲酒醉……舉蠟燭火擲伯仁"的記載，可以為證。但蠟燭的普遍使用當在唐朝。唐詩中慣用**蠟淚**一詞，便是把蠟燭燃點時淌下的液態蠟，比擬為人在悲傷時落淚。如李賀的"蠟淚垂蘭燼"，皮日休的"蠟淚漣漣滴繡閨"，還只是直率的描寫，而李商隱的"蠟炬成灰淚始乾"，杜牧的"蠟燭有心還惜別，替人垂淚到天明"，則是注入了熾烈的感情，因此成為感人至深的名句。

稚扇　羽扇　團扇

雉扇　羽扇　綸巾　紈扇　秋扇　摺扇

扇的使用，在中國已經有了很長久的歷史。最早的扇，是用野雞的尾羽做成的長柄大扇，稱為**雉尾扇**或**雉扇**，據說殷代就有了。不過這種扇並非用於取涼，而是由侍者拿在手中，為帝王貴族障塵蔽日之用，所以又稱**障扇**或**掌扇**；後來它成了帝王出行時護衛人員所持儀仗的一種，於是又有**儀仗扇**之名。

舊題晉人王嘉所作的《拾遺記》，說周昭王時涂修國進獻青鳳丹鵲各一雌一雄，夏季取鳳鵲的羽毛製成四把扇子，叫兩個美貌的歌女在昭王身邊搖扇，"輕風四散，泠然自涼"。這當然只是小說家言，不足憑信，但至少可以說明，周代已經有了用鳥類羽毛做成的用於搖風生涼的扇子，也就是後來人們說的**羽扇**。自漢末以至魏晉，**羽扇**特別風行。與**羽扇**相配的，是一種用青絲做成的頭巾，名為**綸**（guān）**巾**，相傳為諸葛亮所創製，故又稱**諸葛巾**。**羽扇綸巾**本是當時名士的裝束，但一些統兵作戰的主將也喜愛服用，以顯示自己從容瀟灑的風度，與**輕裘緩帶**意思近似。如史載諸葛亮"嘗服綸巾，持羽扇，指揮軍事"，見《三才圖會·衣服一》。

蘇軾在傳頌極廣的《念奴嬌・赤壁懷古》詞中，稱頌周瑜在赤壁之戰中大破曹兵的功績時說："遙想公瑾當年，小喬初嫁了，雄姿英發，羽扇綸巾，談笑間，檣櫓灰飛煙滅。"寥寥數語，生動地刻畫出了這位青年將領在面對強敵時鎮定自若的音容笑貌。

羽扇之外，還有用細絹做成的**紈扇**。這種扇一般為圓形或六角形，上面繡有山水、花卉、人物之類，古時多為宮中用品，故又稱**團扇、宮扇**。**紈扇**只有夏季使用，入秋即棄置一旁，因此常為一些失去君主寵愛的妃嬪們引以自況。著名的如漢成帝時班婕妤失寵，有人託名作《怨歌行》說："新裂齊紈素，鮮潔如霜雪，裁為合歡扇，團團似明月。出入君懷袖，動搖微風發。常恐秋節至，涼飆奪炎熱，棄捐篋笥中，恩情中道絕。"後世據此以**班姬詠扇**表示女子被遺棄後的哀怨之情，以**秋扇**代指失寵的女子。

最後還要說到**摺扇**，正名為**摺疊扇**，又稱為**聚頭扇**或**聚骨扇**；也有叫**撒扇**的，因為它收則摺疊，用則撒開；還有叫**腰扇**的，因為它可佩在腰間。這種扇是外來的，大約在北宋時從朝鮮傳入中國，蘇軾曾為其"展之廣尺餘，合之止兩指許"而驚歎。但直到明初永樂年間成祖下令大量仿製，才得以廣泛流傳。此後明清兩代都盛行**摺扇**，不僅用以取涼，而且在扇面上題字作畫，成了藝術價值很高的裝飾品和收藏品。

"玉，石之美"

玉女　玉成　瓊章　瑤漿
璏璠　瑕瑜　和璧

玉是一種溫潤而有光澤的美石。古人十分珍視玉，不僅廣泛用之於祭祀、喪葬、聘問、饋贈等莊嚴隆重的場合，而且給它加上種種神秘的道德色彩，有如《說文》所說："玉，石之美。有五德：潤澤以溫，仁之方也；觟理自外可以知中，義之方也；其聲舒揚敷以遠聞，智之方也；不撓而折，勇之方也；銳廉而不技，絜之方也。"**玉**字篆文作王，也就是三橫一豎，它與帝王的王的區別是：前者三橫之間的距離相等，而後者上面兩橫的距離相近；後來的隸書和楷書，為避免兩字相混，表玉石的王加點為玉，但在用作偏旁時仍然照舊。

在古人的心目中，玉是非常美好的和珍貴的，因而對許多美好和珍貴的事物，都加上玉字作修飾詞，如稱容貌美麗的人為玉人，稱美女為玉女，稱年輕貌美的男子為玉郎，稱美麗的容貌為玉色，稱潤澤的肌膚為玉肌，稱潔白的手為玉手。還有不少常用作對別人的敬詞，如玉體敬稱別人的身體，玉顏敬稱別人的容顏，玉趾敬稱別人的行止，玉音敬稱別人的言辭，玉札敬稱別人的書信，玉照敬稱別人的相片。

如果幫助別人把某件事情辦好或者達到某種目的，往往說“玉成其事”。玉成一詞出自張載《西銘》：“貧賤憂戚，庸玉女（汝）於成也。”意思是說，貧窮困難的處境，會使你奮進不止，它就像美玉一樣寶貴，可以幫助你取得成功。玉解釋為貴之如玉，成解釋為助之使成。後來玉成又有使事情圓滿無缺的意思，大致與成全同義。

在字典中，收入王部的字，大都與玉和玉器有關。

瑾和瑜都是美玉。成語有懷瑾握瑜，比喻人有純潔無瑕的美德。兩字常用作人名。三國時東吳名將周瑜字公瑾，是名和字相連貫的一個例子。

瓊和瑤也都是美玉，常用作稱美之詞，如稱美好的詩文為瓊章，珍美的筵席為瓊筵，美麗的園地為瑤圃，美酒為瑤漿。

璵（yú）和璠（fán）也都是美玉，兩字常連用，有作璵璠的，也有作璠璵的。

璞是蘊藏有玉的石頭，也指未經雕琢加工的玉。成語璞玉渾金，指未雕琢的玉，未冶煉的金，比喻人的品質純真。

珷玞（wǔ fū）也寫作碔砆，是像玉的石頭。元好問《論詩絕句》有云：“少陵自有連城璧，爭奈微之識碔砆。”少陵是杜甫的號，微之是元稹的字。

瑕是玉上的斑點，瑜是玉的光彩。瑕瑜連用，常用以比喻惡與善、短與長、劣與優，如成語瑕瑜互見、瑕不掩瑜、瑜不掩瑕都是。瑕字單用的，如白璧無瑕比喻完美無缺，白璧微瑕比喻美中不足。

玷也是玉上的斑點，也比喻人的缺點和過失。**玷污**、**玷辱**是名詞的使動用法，意思是使受污辱。

璧、**瑗**（yuàn）、**環**都是平圓形、正中有孔的玉器。《爾雅·釋器》説：“肉倍好謂之璧，好倍肉謂之瑗，肉好若一謂之環。”**肉**是圓形玉器的周邊，**好**（hào）是圓形玉器的中孔。這三種圓形玉器的區別是：**璧**的周邊寬度比中孔直徑大，**瑗**的周邊寬度比中孔直徑小，**環**的周邊寬度與中孔直徑一樣。

璧又是美玉的通稱。**拱璧**是兩手合抱的大璧，常用以比喻珍貴之物。**連璧**是並列的兩璧，常用以比喻並美的兩物。

和氏璧簡稱**和璧**。據《韓非子·和氏》載：春秋時楚人和氏（《新序·雜事五》作荊人卞和）在山中得一璞玉，先後獻給厲王和武王，都被認為是石頭，並以欺君之罪砍去和氏雙腳，及至文王即位，和氏抱璞哭於山下，文王使人剖璞，果得寶玉，稱為**和氏璧**。戰國時和氏璧為趙惠文王所得，秦昭王要求以十五城交換（因稱**連城璧**），秦強趙弱，趙王怕給了璧得不到城，於是趙國大臣藺相如自願帶璧來到秦國，見秦王無意償城，便巧妙地把璧安然送回趙國。詳見《史記·廉頗藺相如列傳》。後因用**完璧歸趙**比喻原物歸還，毫無損失，也有把物歸原主簡單地説成**奉璧**、**璧還**、**璧趙**或者**奉趙**的。

【生活】

品德 才能

聖賢　英俊　豪傑

聖人　賢人　英傑　豪強　俊乂
天才　方家　國器　翹楚　泰斗

《説文》説："聖，通也。"**聖**本來是通達事理的意思。歷代統治者把他們認為具有最高道德和智慧的、完美無缺的人稱為**聖人**。在儒家典籍中，**聖人**常用以指稱堯、舜、禹、湯、文、武、周公、孔子；自儒家定於一尊以後，**聖人**又特指孔子。明代還尊稱孔子為**至聖**，顏子為**復聖**，曾子為**宗聖**，子思為**述聖**，孟子為**亞聖**，他們都是早期儒家代表人物。

另外，對在某門學問或技術方面有特高成就的人，也尊稱為**聖**或**聖手**[1]，如漢代史學家、《史記》作者司馬遷被稱為**史聖**，唐代詩人杜甫被稱為**詩聖**，晉代書法家王羲之被稱為**書聖**，唐代畫家吳道子被稱為**畫聖**，漢代醫學家、《傷寒論》作者張仲景被稱為**醫聖**，明代藥學家、《本草綱目》作者李時珍被稱為**藥聖**。

《説文》又説："賢，多才也。"**賢人**就是富於道德和才能的人，如相傳孔門弟子先後有三千人，其中德才兼優的有七十二人，被稱為**七十二賢人**。

英、俊、豪、傑都是才智出眾的人。《淮南子‧泰族訓》説："故智過萬人者謂之英，千人者謂之俊，百人者謂之豪，十人者謂之傑。"可見它們的意思是相同的。這四個字還可以組合成多個雙音詞，如**英俊**、**英豪**、**英傑**、**俊傑**、**豪俊**、**豪傑**。不過有一點應該注意，那就是**英、俊、傑**一直用於褒義，而豪則有時用於貶義，如**豪強**、**豪猾**。

俊乂（yì）也是才智出眾的人。《尚書‧皋陶謨》有"俊乂在官"之句，孔穎達疏云："才德過千人為俊，百人為乂。"

彥是賢能之士。《詩經‧鄭風‧羔裘》有"彼其之子，邦之彥兮"之句，毛傳云："彥，士之美稱。"

髦是毛中的長毫，比喻英俊傑出之士。《爾雅‧釋言》説："髦，俊也。"邢昺疏云："毛中之長毫曰髦，士之俊選者借譬為名焉。"用**髦**字組成的雙音詞，有**英髦**、**髦俊**。

才指才智和能力，也指有才能的人。**天才**是非常之才。**軼才**

或**逸才**是過人之才。

家是掌握某種專門學識技能的人。**方家**或者説**大方之家**，指見識廣博的專家。

匠是在某一方面造詣很深的人。**大匠**、**哲匠**、**宗匠**指在學術上取得重大成就而為眾所推崇的巨匠。

器指才能，也指人才。**國器**是能夠主持國政的人才。**大器**、**偉器**、**重器**是能夠擔當重任的人才。**佳器**、**令器**是美才。

《孟子•滕文公下》有"於齊國之士，吾必以仲子為巨擘焉"之句，**巨擘**是大拇指，用在這裏比喻特出的人物。

《詩經•周南•漢廣》有"翹翹錯薪，言刈其楚"之句，**翹翹**形容高出的樣子，**楚**是荊木，**翹楚**本意為荊木高出眾薪，後來用以比喻出眾的人物。

《左傳•哀公十七年》："諸侯盟，誰執牛耳？"杜預注："執牛耳，尸盟者。"古時諸侯結盟，割牛耳取血盛在盤裏，主盟者執盤讓與會者分嚐，表示信守盟約。**執牛耳**本意為主盟者，後來泛指在某一方面居於領導地位的人物。

南金東箭，語出《爾雅•釋地》："東南之美者，有會稽之竹箭焉……西南之美者，有華山之金石焉。"古人認為南方的金石和東方的竹箭是華美貴重之物，後來用以比喻優秀的人才。

古人認為泰山在群山中最高，北斗為眾星所拱衛，因而用**泰山北斗**比喻眾所敬仰的人。語出《新唐書•韓愈傳贊》："自愈沒，其言大行，學者仰之如泰山北斗云。"**泰山北斗**有時簡作**泰斗**、**山斗**。

鐵中錚錚和**庸中佼佼**，都比喻才能較為突出的人物，**錚錚**是金屬器皿相撞擊的聲音，**佼佼**是美好的意思，語出《後漢書•劉盆子傳》。

注：

[1] 《抱朴子•辨問》説："世人以人所尤長，眾所不及者，便謂之聖。故善圍棋之無比者，則謂之棋聖，故嚴子卿、馬綏明於今有棋聖之名焉。善史書之絕時者，則謂之書聖，故皇象、胡昭於今有書聖之名焉。善圖畫之過人者，則謂之畫聖，故衛協、張墨於今有

畫聖之名焉。善刻削之尤巧者，則謂之木聖，故張衡、馬鈞於今有木聖之名焉。"又王觀國《學林》也説："古之人精通一事者，亦或謂之聖。漢張芝精草書，謂之草聖。宋傅琰仕武康、山陰令，咸著能名，謂之傅聖。梁王志善書，衛協、張墨皆善史書，皆謂之書聖。隋劉臻精兩《漢書》，謂之漢聖。唐衛大經邃於《易》，謂之易聖。嚴子卿、馬綏明皆善圍棋，謂之棋聖。張衡、馬鈞皆善刻削，謂之木聖。蓋言精通其事，而他人莫能及也。"由於年代久遠，兩書所舉"精通一事"的人物，大都不為今人所知曉。

"士者事也，任事之稱也"

士子　士庶　文士　名士
儒士　君子　小人

士是一個會意字。《説文》説："士，事也。數始於一，終於十，從十一。孔子曰：推十合一為士。"段玉裁注："士事疊韻。引伸之，凡能事其事者稱士。《白虎通》曰：士者，事也，任事之稱也。故《傳》曰：通古今，辨然否，謂之士。"這裏所説的"推十合一"（義近"聞一知十"、"舉一反三"）和"通古今，辨然否"，都是對中國古代士子特性的一種具體描寫。

據《左傳·昭公七年》記載，在古代社會中，人有十個等級，依次是王、公、大夫、士、皂、輿、隸、僚、僕、台。士處於社會等級的中間，介於統治者和被統治者之間——一部分士作為貴族的最低等級，是統治者，而另一部分士則是自由民，是被統治者，但他們在被統治的自由民中卻是地位最高的，因而有"士農工商"和"士為四民之首"的説法。

大抵在商代和西周，如前所述，士一直處於最低級貴族的地位；到了春秋戰國時期，由於社會生產力的發展，階級關係的變化，士已開始成為獨特的階層，主要是指以讀書求功名的知識分子，也就是通常説的士子。秦漢以後，士一方面成為統治階級知識分子的通稱，一方面又成為官僚集團的代稱，例如士大夫、士君子既指官僚也指有地位的讀書人。**隱士**、**處士**、**居士**都指有才德的隱居鄉野不願出來做官的讀書人。**士庶**連稱，士指官僚，庶指平民；**士族**指在政治上和經濟上享有特權的大姓豪門，**庶族**指寒微之家。

用士字構成的偏正式雙音詞很多，如**文士**、**學士**、**謀士**、**策士**、**辯士**，指的都是學有專長的知識分子；也有用作對人的美稱的，如**名士**、**高士**、**佳士**、**志士**、**義士**、**勇士**、**猛士**、**壯士**、**烈士**都是。

《説文》説："儒，柔也，術士之稱。"段玉裁注："術，邑中也，因以為道之稱。《周禮》：儒以道得民。注曰：儒有六藝以教民者。按六藝者，禮樂射御書數也。"春秋時期，**儒**本來是指熟悉詩書禮樂、在禮儀和教育等方面為貴族服務的一類知識分子，即《説文》所説的術士。孔子早期也從事過這類職業，後來他聚眾講學，把本來為貴族所專有的各種知識傳播到民間，並逐漸形成一個學派，這就是**儒學**。**儒士**、**儒生**原指崇信孔子學說的讀書人，後來因為儒學在中國思想意識中長期佔着統治地位，於是儒成了知識分子的通稱。

用儒字構成的偏正式雙音詞也不少。**儒宗**是儒者的宗師。**儒林**是儒者的群體，《史記》有《儒林列傳》，清代吳敬梓著有章回小説《儒林外史》。**通儒**是通曉儒學的人。**宿儒**是對儒學研究有素的人。**鴻儒**是學識淵博的儒者。**腐儒**是迂腐守舊的儒者。**儒將**是有學者風度或文官出身的將領。**儒醫**指原來讀書後來行醫的人。

在先秦古籍中，常見**君子**、**小人**這兩個互相對立的詞。總起來説，它們有兩種不盡相同的解釋。一種是把居於統治地位的貴族稱為**君子**，把居於被統治地位的勞動生產者稱為**小人**，如"君子勞心，小人勞力"（《左傳·襄公九年》），"勞心者治人，勞力者治於人"（《孟子·滕文公上》）就是；小人又叫**野人**，所以説"無君子莫治野人，無野人莫養君子"（《孟子·滕文公上》）。一種是把"有德者"稱為**君子**，把"無德者"稱為**小人**，如"君子坦蕩蕩，小人長戚戚"（《論語·述而》）就是。

"聲和則響清，
形正則影直"

蒼黃　　近朱近墨　　熏陶
目濡耳染　潛移默化　　影響

環境對人的影響是至關重要的。人們品德的優劣，才智的高低，性格和生活習慣的差異，往往不決定於先天的稟賦，而決定於客觀環境的影響。古人對此早有明確的認識，並且以各種形式反映在詞語中。

古人常用的比喻是**染**，也就是給各種衣料染色。《墨子‧所染》說："染於蒼則蒼，染於黃則黃，所入者變，其色亦變。五入必(畢)而已，則為五色矣。故染不可不慎也。"蒼是青色染料，黃是黃色染料，投入甚麼染料，就染成甚麼顏色，成語**入蒼則蒼，入黃則黃**，或簡作**蒼黃**，便常用來比喻人隨環境的變化而變化。

另一成語**近朱者赤，近墨者黑**，或簡作**近朱近墨**，源出西晉文學家傅玄《太子少傅箴》，也是比喻人每因環境的影響而改變其習性，接近好人能使人變好，接近壞人能使人變壞。

另外的比喻，有**熏**，是燃香熏物，使之沾上氣味；有**浸**，是把物體泡在水裏，使之逐漸濕透；有**陶**，是燒製陶器；有**冶**，是冶煉金屬。用這些單字可以組合成多個雙音詞，如**熏染**、**浸染**、**熏陶**、**陶冶**，都是表示環境給人以重大影響的意思。

成語**目濡耳染**，也作**耳濡目染**，是說耳目經常接觸，逐漸受到影響。**濡**本作**擩**，是沾染的意思。源出韓愈《清河郡公房公墓碣銘》："目擩耳染，不學以能。"

成語**潛移默化**，是說人的品性受到環境的影響，不知不覺地起了變化。源出《顏氏家訓‧慕賢》："潛移暗化，自然似之。"

《說苑‧雜言》記孔子的話說："與善人居，如入蘭芷之室，久而不聞其香，則與之化矣；與惡人居，如入鮑魚之肆，久而不聞其臭，亦與之化矣。"這裏用**蘭芷之室**（也作**芝蘭之室**）的香來比喻善，用**鮑魚之肆**的臭來比喻惡，更形象地說明人受環境的影響，不得不與之俱化。

影響是個古今通用的詞，表示對別人的思想行動發生作用，有如影之隨形，響之應聲。西晉作家傅玄在《太子少傅箴》說的"聲和則響清，形正則影直"，可以作為這個詞的最好注釋。

"蓬生麻中，不扶而直；白沙在涅，與之俱黑。"這是《荀子·勸學》中的話。蓬草生在大麻田裏，不用扶持，自然挺直，比喻人在良好的環境中健康成長。白沙混在黑泥裏，就都變成黑的了，比喻人在惡劣環境中沾染上了惡習。成語**蓬生麻中**和**白沙在涅**就由此而來。

另一成語**橘化為枳**，意義更為深刻。《晏子春秋·內篇雜下》解釋説："橘生淮南則為橘，生於淮北則為枳，葉徒相似，其實味不同，所以然者何，水土異也。"橘味甜美，枳味酸苦，由於水土的不同，淮南的橘子種在淮北就變成了枳[1]，比喻由於環境的影響，人的習性也會由好變壞，而且由好變壞很容易，由壞變好就難得多了。

注：
[1] 橘和枳都屬於芸香科，但不是同一種植物，橘不會變成枳，古人觀察不周，因而把兩者搞混了。

標準　規矩　模範

標準　榜樣　鵠的　繩墨　規矩
尺度　圭臬　模範　表率

標準是衡量事物的尺度，**榜樣**是值得仿效的好人好事。在古代漢語裏，與**標準**、**榜樣**義同或者義近的詞很多，它們大都是由兩個單字並列而成的雙音詞，取的是比喻義。

標是樹木的末梢，也就是頂端。《説文》有"木下曰本"、"木上曰末"的説法，**標**與**末**同義，因而也就與**本**相對，如治標、治本就是。**標**的字義由樹梢、頂端引伸為最高點，再引伸為測量高度的記號。**準**是水平面，引伸為測量水平的工具。**標**、**準**兩字並列成詞，用以比喻衡量事物的尺度。

鵠（gǔ）和**的**都解釋為箭靶的中心，也就是射箭的目標，**鵠的**並列成詞，與標準同義。**的**字還可與**標**或**準**並列，成為**標的**、**準的**。

繩墨是木工畫直線用的工具：木工從墨斗裏拉出線繩來，固定在木料上，繃緊一彈，一條直線就畫成了。**繩墨**也與標準同義。**繩**字還可與準並列成為**準繩**：準取其平，**繩**取其直。

　　規是校正圓形的用具，**矩**是校正方形的用具。《孟子·離婁上》説："不以規矩，不能成方圓。"《荀子·禮論》也説："規矩誠設矣，則不可欺以方圓。"**規矩**並列意為應當遵守執行的標準；用**規**字還可以組成**規則、規律、規章、規程、規模、規範、正規、常規、成規、定規、陳規、陋規、守規、犯規**等多個雙音詞。

　　尺和**度**是長度單位，**尺度**也是必須遵守執行的標準；用**度**字組成的雙音詞還有**法度、制度**等。

　　成語有**奉為圭臬**。**圭臬**即**圭表**，它是古代測量日影以定節氣和時間的天文儀器，包括**圭**和**表**兩部分：**表**是直立的標杆，也叫**臬**，**圭**是平臥的尺，**圭臬**作為合成詞，指標準。一説**臬**是射箭的目標，即靶心。

　　作為物件的名稱，**榜**和**樣**所指都不止一種：**榜**最初指匾額，後來指官府發佈的告示，科舉考試中又指公開張貼的錄取名單；**樣**則包括製造器物的模具，建築房屋的圖形。**榜樣**，兩字並列成詞，用以比喻值得仿效的好人好事。

　　製造器物，需有模具。模具有用木頭做的，叫**模**；有用竹頭做的，叫**範**；有用泥土做的，叫**型**。有了模具，製成的器物就歸於一律了，因而**模範、模型**都有榜樣的意思。

　　至於**楷模**或**模楷**，則是兩種木名的並列。據《淮南草木譜》(《廣群芳譜·木譜》引)説：模樹生在周公墳上，其葉春青夏赤秋白冬黑；楷樹生在孔子墳上，其幹枝疏而不屈。模樹色正，楷樹幹直，人們把**楷模**或**模楷**當作榜樣的同義詞，取的就是它們的品質正直，可資仿效。

　　表是測量日影的標杆。**率**的本意是捕鳥的網，引伸為遵循。**表率**也是榜樣的同義詞。

　　還有用旗幟來比喻榜樣的，則是近年來的新創造，如説樹立旗幟實際就是樹立榜樣。

炳燭　刺股　囊螢

三餘　韋編三絕　炳燭
刺股、懸梁　鑿壁偷光　囊螢

"書山有路勤為徑，學海無涯苦作舟。"學習，無論是學習書本知識還是學習生產技能，都不可能是一帆風順的，只有付出辛勤的努力，克服各種困難，才有希望取得優異的成績。古人勤學的故事很多，由此形成的詞語，有的至今還活在人們的口中或者筆下，成為激勵大家奮勇向上的精神力量。

要學習，就得善於利用時間。據《魏略》（《三國誌·魏誌》裴松之注引）記載：三國時魏人董遇以好學知名於世，他常教人利用**三餘**："冬者歲之餘，夜者日之餘，陰雨者時之餘。"這裏的**餘**是餘暇，也就是農業生產勞動之外的空閒時間——冬季是一年的空閒時間，夜晚是一天的空閒時間，雨天也是空閒時間，好好地利用這三餘，不是可以學到很多東西嗎！

韋編三絕講的是孔子讀書的故事，見於《史記·孔子世家》。**韋**是熟牛皮，古時用竹簡寫書，用牛皮繩把竹簡編聯起來，叫做**韋編**。孔子晚年喜愛《周易》，翻來覆去地讀，以至於把編聯竹簡的牛皮繩多次磨斷——**三絕**，可見他讀書的勤奮。

目不窺園或者**三年不窺園**，是西漢學者董仲舒的故事，說他放下室內的帷帳，專心治學，有三年之久無暇一窺室外園中景色，見《漢書·董仲舒傳》。

炳燭的意思是燃燭照明。據《說苑·建本》記載：師曠是春秋時晉國的樂師，儘管雙眼失明，仍然勤奮學習。有一次，晉平公問師曠說：我今年七十歲了，很想學習，只是覺得為時太晚了！師曠說：那為甚麼不燃燭照明呢？晉平公沒有聽懂這話是甚麼意思，於是師曠作了進一步的解釋："臣聞之：少而好學，如日出之陽；壯而好學，如日中之光；老而好學，如炳燭之明。炳燭之明，孰與昧行乎？"翻譯成白話就是：我聽人說過，少年好學好像旭日東升，光芒萬丈；壯年好學好像烈日當空，光焰奪目；老年好學，那就好像是晚上燃燭照明了。儘管燭光遠不及日光明亮，但是晚上有了燭光，豈不是比在黑暗中摸索行進強得多嗎？

炳燭或者**炳燭之明**，後來常用作老而好學的典故，也可解釋為夜以繼日，好學不倦。**炳燭**又作**秉燭**，意為手持照明的燭。《顏氏家訓·勉學》有云："老而學者，如秉燭夜行，猶賢乎瞑目而無見者也。"

學習需要刻苦耐勞，有時還得克服生理上的疲乏困倦。戰國時的蘇秦，在讀書倦極欲睡時，便用錐子刺自己的大腿，鮮血一直流到了腳上，見《戰國策·秦策一》。漢朝的孫敬，夜深讀書，特地用繩子繫住髮髻，懸在屋樑之上，以防睏睡，見《漢書》(《太平御覽》卷三六三引，今本《漢書》不載)。後人常用**刺股**、**懸樑**來形容刻苦自學，就來源於這兩人的故事。當然這些做法是愚蠢可笑的，但是他們這種肯下苦功的精神是可取的。

古代有一些貧苦人家的子弟，他們要在夜晚讀書，卻無錢購買燈油照明，於是又產生了一些動人的故事。如**鑿壁偷光**或者**穿壁引光**，是說漢朝匡衡鑿穿牆壁，晚上引進鄰家的燭光來讀書，見《西京雜記》卷二。如**映雪**，是說晉朝孫康在冬天的晚上，藉着積雪的反光來讀書，見《宋齊語》(《初學記》卷二引)。如**囊螢**，是說晉朝車胤夏天尋取幾十隻螢火蟲，用白絹做的袋子盛起來，晚上就靠螢火蟲發出的微弱的光亮照着讀書，見《晉書·車胤傳》。這些故事是中國歷史上一直流傳着的美談，但根據生活常識來判斷，卻不一定真實可靠。清朝的康熙皇帝，在六十八歲那年，曾經做過一個試驗：尋取螢火蟲幾百隻，盛在一隻袋子裏，用來照在書上，結果連書上的字畫都辨認不清，更不用說照着一行一行往下讀了[1]。**囊螢**如此，看來**映雪**和**鑿壁偷光**也大體如此吧！

注：

[1] 據《康熙東華錄》卷一〇七記載："六十年三月諭大學士等曰：書冊所載有不可盡信者，如云囊螢讀書。朕曾於熱河取螢數百，盛以大囊，照書字畫，竟不能辨。此書之不可盡信者也。"

【 品德 才能 】

"鍥而不捨，金石可鏤"

善始善終　功虧一簣　鍥而不捨
磨杵作針　一暴十寒

學貴有恆，事貴有恆。自古到今，無數事實證明，凡是在學問上或事業上有所建樹的人，都是能夠專心致志和持之以恆的。

恆解釋為永久和經常，因而可以組成**恆久、恆常、永恆**等並列結構的雙音詞。

始是開頭，**終**是結尾，**有始有終、善始善終、全始全終、自始至終、貫徹始終、始終如一、始終不懈**都是表示能夠持之以恆的意思；反之，**有始無終、虎頭蛇尾、半途而廢**就都是表示沒有恆心的了。

古人在說明求學或做事必須持之以恆的道理時，慣於使用比喻，日久相傳，有些比喻就成了習見常用的成語。

《論語・子罕》記載孔子的話說："譬如為山，未成一簣，止，吾止也。"翻譯成白話就是說：好比堆土成山，只要再加一筐土便成山了，如果懶得做下去，這是我自己停止的。現今通行的成語**功虧一簣**，源出《尚書・旅獒》的"為山九仞，功虧一簣"，說堆九仞高的土山，只差一筐土而未能完成。兩書的意思大致相同，只是字面上略有差異而已。

《勸學》是《荀子》的著名篇章，其中用了一連串的比喻，來告誡人們在學習上必須要有恆心："故不積跬步，無以至千里；不積小流，無以成江海。騏驥一躍，不能十步；駑馬十駕，功在不捨。鍥而捨之，朽木不折；鍥而不捨，金石可鏤。"意思是說，如果不積累許多個半步，就不能走完千里；如果不匯聚許多條小溪，就不能成為江海。良馬一躍而停，不滿十步；劣馬不停地走上十天，卻能遠行千里。用刀子刻東西，刻了一下就丟開，那麼腐爛的木頭也折不斷；刻下去不停手，那麼堅硬的金石也能刻出花紋來。後來**跬步千里、駑馬十駕、鍥而不捨、金石可鏤**都成了流傳久遠的成語，使用者一方面以庸才自謙，另一方面又以勤奮不懈自勵。

　　民間有**若要功夫深，鐵杵磨成針**的俗語。據明人曹學佺《蜀中廣記》記載，傳説唐代詩人李白曾在四川彭山象耳山中讀書，學業未成就要離去，在路過一條小溪時，看到一位老婦正在磨一根鐵棒，李白問她幹甚麼，她説要把它磨成一根針；李白聽了大為感動，於是回到山中繼續攻讀，直到學成為止。現在人們多用**磨杵作針**比喻力量雖小，只要持久不懈，也能完成艱巨的任務，與另一條俗語**世上無難事，只怕有心人**的意思相同。

　　反面的比喻也有。《孟子·告子上》説："雖有天下易生之物也，一日暴之，十日寒之，未有能生者也。"這是説即使有一種最容易生長的植物，如果曬它一天，冷它十天，也沒有能夠再長的。現在通行的成語**一暴（pù）十寒**，多用以比喻學習或工作沒有恆心，努力少，荒廢多，與俗語**三天打魚，兩天曬網**的意思相近。

"言而無信，不知其可也"

一諾千金　尾生之信　掛劍
輕諾寡信　食言而肥

　　信是個會意字，它的本意是誠實不欺，是說話算數，也就是講信用。古人以守信為美德，以失信為惡行。《論語》上説的"與朋友交，言而有信"（《學而》），"人而無信，不知其可也"（《為政》），《穀梁傳·僖公二十二年》説的"言之所以為言者，信也；言而不信，何以為言"，都表達了這樣的意思。

　　講信用的人必然説話慎重。《論語·顏淵》有"駟不及舌"的話。《鄧析子·轉辭》也説："一言而非，駟馬不能追；一言而急，駟馬不能及。"**駟**或**駟馬**是由四匹馬拉的車，是古代陸地上最快的交通工具，**舌**指口裏説的話；**駟不及舌**是説即使套上四匹馬拉的車，也追不回已經説出口的話，它和俗話説的**一言既出，駟馬難追**一樣，都是表明説話不容反悔的意思。

　　講信用的人必然十分重視自己的諾言，對別人的請託或者要求，決不隨意許諾，一經許諾，便須不折不扣地兑現。**一諾千金**

說的是漢初季布的事情。據《史記‧季布欒布列傳》載：季布本來是楚地遊俠，以信守諾言著稱，當地人流傳"得黃金百斤，不如得季布一諾"的謠諺，説如果能夠得到季布許諾一句話，比得到黃金百斤還要看重，極言其信譽之高。李白在《敍舊贈江陽宰陸調》詩中有"一諾許他人，千金雙錯刀"的句子，用的就是這一典故；句中的錯刀，是古代錢幣名。另外，**一諾千金**也有簡作**金諾**的。

講信用的人必然忠誠地履行與別人相約之事，即使遇到難以預料的特殊情況，也決不隨意棄約毀約。古代傳説尾生與一女子相約在橋下相會，到時女子不來，而河水上漲不已，尾生抱着橋柱不放，直至被水淹死。此事見於《莊子‧盜跖》，後來人們便以**尾生**代指堅守信約之人，以**尾生之信**、**尾生抱柱**、**柱下期信**代指堅守信約之事。

掛劍是對亡友守信的故事，見於《史記‧吳太伯世家》。説春秋時吳國公子季札出使北行，路過徐國時拜會徐君，徐君很喜愛季札所佩的寶劍，季札心知其意，但因為他出使上國必須佩劍，當時未能解劍相贈；等到他出使回來，又路過徐國，這時徐君已死，於是他將自己的佩劍解下，掛在徐君墓前的樹上，並對隨行的人説：當初我在心裏已經許諾將寶劍贈給徐君了，怎能因徐君的死而背棄我的初衷呢！後因以**掛劍**表示對亡友的思念和信守諾言。也説**延陵掛劍**，因季札封於延陵，人稱延陵季子。

言必信，行必果，語出《論語‧子路》。是説言語一定信實，行為一定果斷。

信及豚魚，語出《周易‧中孚卦》，是説對小豬和魚那樣微賤的動物都講信用，説明信用極好。

爽約是失約，**愆期**是誤期。

輕諾寡信，語出《老子》，是説輕易許諾，不守信約；後來也有寫成**輕言寡信**的，意思相同。

食言而肥，語出《左傳‧哀公二十五年》。據記載：魯哀公時，掌權的大夫孟武伯經常説話失信，哀公很不滿意。一次哀公設宴招待群臣，席間孟武伯問哀公的寵臣郭重：你怎麼長得這樣肥胖？哀公説："是食言多矣，能無肥乎？"這句話表面上是在説郭重，實際是在譏刺孟武伯。**食言而肥**的意思，就是說了話不算數，只圖自己得利。後來還有成語**自食其言**，食是吞沒的意思，把自己說的話吞沒了，也就是失信於人了。

附帶說一下，**信**字的本義是誠實可靠，由此引伸開去，有些按一定規律準時發生的事物和現象，也可用信來表示，如婦女一月一行的月經稱為**月信**或**信水**，每天定時漲落的海潮稱為**潮信**或**信潮**，每年隨季節變化定期定向吹來的季風稱為**風信**或**信風**，每年定期飛來飛去的候鳥稱為**信禽**。

謙虛使人進步，驕傲使人落後

目空一切　自命不凡　虛懷若谷
被褐懷玉　不露圭角

謙虛使人進步，驕傲使人落後。在中國歷史上，前人留下了不少有關反驕破滿的警句。《尚書・大禹謨》說："滿招損，謙受益。"《周易・謙卦》也說："人道惡盈而好謙。"歐陽修《易或問》說得更明白："貪滿者多損，謙卑者多福。"蘇轍《歷代論・陸贄》則從戒驕防驕立論，說："戒心之易忘，而驕心之易生。"

驕傲有多種說法：**驕慢**是驕傲和對人無禮；**驕矜**是驕傲和自我誇耀；**驕縱**是驕傲和放縱；**驕橫**是驕傲和強橫；**高傲**、**傲岸**是自高自大；**傲慢**、**倨傲**是輕視別人。

滿、**盈**、**溢**都可以作驕傲講。《說文》說："滿，盈溢也。"又說："盈，滿器也。"又說："溢，器滿也。"這三個字的本義，都是指水滿出於器皿，引伸為驕傲自滿。

驕傲有表現於人的目光的，由此形成的成語，如**目空一切**是說甚麼都不放在眼裏；**目中無人**、**目無餘子**是說眼裏沒有旁人；**目無下塵**是說看不起地位低微的人；**睥睨**（bì nì）**一切**是說眼睛斜視一切。

驕傲有表現於人的言談的，由此形成的成語，如**大言不慚**是說說大話不覺得慚愧；**出言不遜**是說說話傲慢無禮。

219

驕傲有表現於人的意態的，這方面的成語特別多，如**不可一世**，本謂不輕易讚許同時代的任何人，後多謂自以為冠絕一時，無人可比；**自命不凡**或**自負不凡**，意謂自以為了不起；**旁若無人**意謂不把旁邊的人放在眼裏，形容態度從容或者高傲；**鋒芒畢露**意謂愛好逞強顯能和表現自己；**顧盼自雄**或**顧盼自得**，意謂左顧右盼，得意忘形；**高視闊步**意謂眼睛向高處看，步子邁得很大，形容氣概不凡或者傲慢；**趾高氣揚**或**足高氣揚**，意謂走路時高高舉步，傲氣十足；**頤指氣使**或**目指氣使**，意謂用目光和面部表情來指使人，態度傲慢之至；**盛氣凌人**或**盛氣臨人**，意謂用驕橫的態度壓制人。

　　驕傲的反面是**謙虛**。**謙**的本義是恭敬，是推讓；**虛**的本義是空。**謙**、**虛**並列成詞，意思是不自滿，不自以為是，能夠接受別人的批評和意見。

　　表現**謙虛**的成語也不少，如**虛懷若谷**，意謂謙虛的胸懷如同山谷一樣的深廣；**深藏若虛**本為商人把貨物深藏起來，不讓別人看見，後用以比喻有真才實學的人不在人前賣弄；**被褐懷玉**意謂身穿粗衣，懷抱美玉，比喻有真才實學的人不求人知；**不露圭角**或**不見圭角**，意謂不露鋒芒，與**鋒芒畢露**正好相反。

"禍兮福之所倚，福兮禍之所伏"

禍福倚伏　塞翁失馬，安知非福
　　　　　失之東隅，收之桑榆

　　禍福倚伏，簡作**倚伏**，源出《老子》："禍兮福之所倚，福兮禍之所伏。"意思是說，在人們日常生活中，幸福常常潛伏着災禍的根苗，而災禍往往包孕着幸福的因素，禍與福是相反的，又是相成的。同樣意思的話，在別的古籍中也有，如"禍福相生"，是說禍與福互相依存轉化，出自《莊子·則陽》："安危相易，禍福相生。"又如"福為禍始，禍作福階"，是說禍與福可以互相轉換，原為晉代作家盧諶《贈劉琨》的詩句。

説到禍與福的相反相成，人們會很自然地想起成語**塞翁失馬，安知非福**。這原是見於《淮南子·人間訓》的一個寓言故事，説邊塞上一個老頭兒丟了一匹馬，大家來安慰他，他卻説：怎麼知道這不是福呢？不久這匹馬果然帶着駿馬回來了，於是大家都向他道賀。根據這個故事，後來人們便使用**塞翁失馬，安知非福**比喻雖然暫時受到損失，事後卻因此得益，也就是説禍事在一定條件下可以變為福事。

　　失之東隅，收之桑榆的意思，與**塞翁失馬，安知非福**有些近似。**東隅**是東方日出處，這裏借指早晨。**桑榆**是西方日落處（夕陽西下，餘光照在桑榆樹梢上），這裏借指晚上。**失之東隅，收之桑榆**，比喻開始時在一個方面失敗了，最終在另一方面獲得了勝利，語出《後漢書·馮異傳》。

　　福無雙至，禍不單行，是民間流行的諺語，説幸運的事不會接連來到，而不幸的事倒是接二連三地發生。《説苑·權謀》中有"此所謂福不重至，禍必重來者也"的記載，當是此語所本。

　　福生於微，禍生於忽，語出《説苑·談叢》，説禍福都產生於極細微因素的積累。

　　禍福無門，唯人所召，語出《左傳·襄公二十三年》，説禍福的降臨並非天定，都是人所自取的。

　　禍不妄至，福不徒來，語出《史記·龜策列傳》，説禍福不會無緣無故地到來。

　　無妄之災，語出《周易·無妄》："六三，無妄之災。或繫之牛，行人之得，邑人之災。"説的是有人把一頭牛繫在路邊，被過路的人牽走了，使住在鄰近的人平白地受到懷疑和搜捕，後來人們便以**無妄之災**稱意外的災禍。《戰國策·楚策四》記有人對楚國春申君説的"世有無妄之福，又有無妄之禍"的話，在《史記·春申君列傳》中作"世有毋望之福，又有毋望之禍"。**無妄之禍**和**無妄之福**，就是不能預期的禍福。

　　禍福是由兩個反義詞素並列而成的合成詞，**吉凶**也是如此。**吉**是吉利、幸運，**凶**是不吉利、不幸運。還有**休戚相關**的**休戚**，意為歡樂和憂愁，**休咎相應**的**休咎**，意為喜慶和災難；前者略同於禍福，後者略同於吉凶。

"貧而無諂，富而無驕"

富裕　學富五車　貧困
貧乏　窮極　窮盡

富與貧為反義字。富是財物多；貧是財物少或是沒有。"脫貧"意謂擺脫貧困；"致富"意謂實現富裕。

富是形聲字，《說文》解釋為"備也，一曰厚也"，完備和厚實，意味着財物多。富裕、富足、富實、富饒都是同義並列的合成詞，都表示財物多的意思。後來富也指一般事物的數量大和多，如學富五車的學富，是說讀書多，學問高；年富力強的年富，是說年紀還輕，未來的日子很長。

貧是會意字，由"貝"和"分"合成，"分"兼作聲符用。《說文》說："貧，財分少也。"段玉裁注："謂財分而少也；合則見多，分則見少。富，備也，厚也，則貧者不備不厚之謂。"一些帶貧字的雙音詞如貧困、貧乏、貧窶 (jù)、貧寒之類，都表示財物少或是沒有財物的意思。

古書上多見貧富對舉的文句，如"富者田連阡陌，貧者無立錐之地"（《漢書・食貨誌》），是形象地說明在古代社會中貧富懸殊的程度；又如"貧而無諂，富而無驕"（《論語・學而》），是為古代儒家所特別讚賞的，貧者和富者應當採取的處世哲學。

這裏有必要說一說窮字。現在人們把窮當作貧的同義字，貧窮兩字常連用，古代並非如此。《說文》說："窮，極也。"窮解釋為極，為盡，也就是極點或盡頭，成語有窮奢極侈、窮兇極惡、山窮水盡、無窮無盡，窮極、窮盡同義對舉十分顯明。窮由此引伸為沒有出路、不得顯貴之意，反義字是達，是通。《孟子・盡心上》有"窮則獨善其身，達則兼善天下"的名句，這裏的窮就是不通不達，說自己不在高位，不能貫徹自己的主張。此後才有把缺乏財物、生活沒有着落說成窮或窮困的，但那已是比較晚期的事了。

222

"貪，欲物也"

貪婪　貪饕　貪污　賄賂
苞苴　中飽　貪贓枉法

《説文》説："貪，欲物也。從貝，今聲。"貪字從貝，從貝的字大都與財物有關，貪就是愛好財物的意思；引伸為對某種事物無節制的索取，或者不知滿足的追求，如過量喝酒為貪杯，男子沉溺於情慾為貪色。

貪婪和貪饕都是並列式的合成詞：分開來説，貪是貪財，婪和饕是貪食；合起來説，貪婪、貪饕都表示貪得無厭、貪心不足的意思。

貪污也是一個並列式的合成詞：貪指貪取財物，污指行為不正。舊時官吏多有利用職務上的便利非法取得財物的，因此有貪官污吏之稱。先秦古籍中還有貪冒、貪墨、貪昧的説法，意思與貪污略同。

貪污的途徑之一是接受賄賂。賄和賂，作名詞用時本指財物，作動詞用時則是獻贈財物。在先秦古籍中，賄字較多用作名詞，賂字較多用作動詞。至於像現在這樣把賄賂理解為私下送財物而行請託，或者説用財物買通別人，那是後起的意義；在這種情況下，當事者必然有兩方，即一方是行賄者，另一方是受賄者。在古代，通常把用財物買通別人稱為賕（qiú），《史記》《漢書》中都有"受賕枉法"的話，受賕就是受賄。

賄賂有一個代稱，叫做苞苴（bāo jū）。苞苴是包裹魚肉用的蒲包；贈人禮物，必加包裹，因稱禮物為苞苴。後來苞苴由禮物引伸為賄賂。《荀子·大略》有"苞苴行歟，讒夫興歟"的話，楊倞注："貨賄必以物苞裹，故總謂之苞苴。"

賈誼《陳政事疏》説："古者大臣有坐不廉而廢者，不謂不廉，曰簠簋不飭。"簠簋（fǔ guǐ）是古代祭祀時用以盛食品的器具，一方一圓；不飭是不整頓，亦作不飾；簠簋不飭是對官吏受賄的一種委婉的説法，舊時彈劾貪官時常用。

現在人們把那種用不正當手段營私或把公共財物據為己有的行為稱為盜竊，是合乎這兩個字的古義的。講到盜和賊，竊和偷，古今字義都不相同。古代把搶東西的人叫做賊，把偷東西的人叫做盜。《荀子·正論》有"盜不竊，賊不刺"的話，楊倞注云："盜賊通名，分而言之，則私竊謂之盜，劫殺謂之賊。"後來則多以劫殺為**盜**，以私竊為**賊**，字義正好相反。古代**偷**字只作苟且或者刻薄解釋，而作偷竊解釋的是**竊**字；後來**偷**成了**竊**的同義詞，**偷**字多用於口語，**竊**字多用於書面語。魯迅在《孔乙己》文中所用的"竊書不能算偷"的諷刺話，正好說明**偷、竊**二字的同義關係。

監守自盜是盜竊自己看守的公共財物，也說**監主自盜**。

中飽是將經手的公共財物據為己有，也說**中飽私囊**。

貪污受賄或盜竊所得的財物叫做**贓款、贓物**。人們常說的**貪贓枉法**，枉作彎曲或歪斜解釋，與直相反；**枉法**指為了私人利益或某種企圖而歪曲和破壞法律，這主要是對政府工作人員而言。

"可以取，可以無取，取傷廉"

廉隅　羊續懸魚　一錢太守
清風兩袖　盜泉

廉字的本義是堂室的側邊，**隅**是角落，邊是直的，角上有棱；**廉**和**廉隅**都用來比喻為人品性方正。

廉與**貪**相對。從這個意義上說，**廉**就是不苟取，不苟得。《孟子·離婁下》說："可以取，可以無取，取傷廉。"柳宗元《四維論》也說："世人之命廉者，曰不苟得也。"他們都給**廉**字作了明確的解釋。再說得具體一點，一切擔任公職的官吏，不侵吞公家的財物，不接受別人的賄賂，這就是**廉**，反之就是**貪**。

人們常把廉潔奉公、不謀私利的人說成是**一塵不染**。這原是佛家語。佛家把色、聲、香、味、觸、法（法作為意識的境界，範圍最廣，包括人的一切認識對象）稱為**六塵**，把眼、耳、鼻、舌、身、意稱為**六根**，**六塵**產生於**六根**，因而把**六根清淨**說成**一塵不染**，也就是不為塵世物慾所牽累的意思；後來則借指人的品質純潔，絲毫沒有沾染上歪風邪氣。

歷史上有關居官清廉的典故很多，下面介紹一些習見常用的。

臣門如市，臣心如水，是西漢大臣鄭崇對哀帝表明心跡的話。前一句是說家裏車馬盈門，前來請託的人很多，像是集市一樣熱鬧；後一句是說自己清廉不貪，心地像水一樣的潔白。見《漢書‧鄭崇傳》。

　　羊續懸魚，是說東漢時南陽太守羊續生活儉樸，他的下屬送來生魚，他收下後把魚懸在庭前，不烹也不食，下次再有人送來他就拿出上次所懸的魚給來人看，從此就再也沒人來送魚了。見《後漢書‧羊續傳》。

　　一錢太守，是說東漢時會稽太守劉寵很有政績，後來他將要內遷為大臣，山陰縣有五六位老人遠道前來為他送行，每人各贈百錢，但他只受每人一大錢，人稱**一錢太守**。見《後漢書‧劉寵傳》。

　　一琴一鶴，是說宋代趙抃入蜀為官，隨身只帶一琴一鶴。神宗讚揚他說：“聞卿匹馬入蜀，以一琴一鶴自隨，為政簡易，亦稱是乎？”意思是希望他為政簡易，一如他行裝的簡單。見《宋史‧趙抃傳》。

　　清風兩袖，也寫作**兩袖清風**，是說明代抗擊瓦剌入侵的名臣于謙，早年做兵部侍郎時巡視河南，回京沒有攜帶任何禮物，人們傳頌他的一首詩說：“絹帕麻菇與線香，本資民用反為殃，清風兩袖朝天去，免得閭閻話短長。”見都穆《都公譚纂》。後以**清風兩袖**形容為官廉潔，囊空如洗。

　　最後說一說**盜泉**和**貪泉**。

　　盜泉在今山東泗水縣，據說縣境共有泉水八十七處，惟有盜泉不流，其餘都匯入泗河。《尸子》卷下說：“（孔子）過於盜泉，渴矣而不飲，惡其名也。”《淮南子‧說山訓》也說：“曾子立廉，不飲盜泉。”**盜**的古義是偷竊，後因喻稱不義之財為**盜泉**，以**不飲盜泉**喻指清廉自守。

　　貪泉在今廣州市西北郊石門附近，相傳飲了此泉之水，就會變得貪得無厭。東晉時執掌朝政的桓玄，想要革除嶺南地區的積弊，派了以廉潔聞名的吳隱之出任廣州刺史。吳隱之來到貪泉，有意酌水而飲，並題詩云：“古人云此水，一歃懷千金，試使夷齊飲，終當不易心。”他認為貪與不貪同泉水並無關係，只要自己意志堅定，就像伯夷、叔齊餓死不食周粟一樣，飲了貪泉之水也不會變得貪心。此事見載於《晉書‧吳隱之傳》，至今石門附近還留有**貪泉**石碑，上刻吳隱之的詩句，供過往遊人觀賞。後人詩文中有用**酌貪泉**的，有用**飲貪泉**的，都表示讚美官吏清廉之意。

性情

交際

喜為七情之首

喜事　喜蛛　新禧　新釐　歡喜
心悅誠服　手舞足蹈

喜為七情之首。《說文》說："喜，樂也。"喜來源於生活的幸福美滿，表現為情緒的歡樂愉快，因而人們常把使人歡樂的幸福之事稱為**喜事**，如所謂"人逢喜事精神爽"就是。在口語裏，還有把結婚說成**辦喜事**的，把婦女懷孕說成**有喜**的。

恭喜是常用的祝賀人家有喜事的客套話。歡度春節是大眾的喜事，所以春節期間人們見面照例互道**恭喜**。

喜字常被加在一些具體事物的名稱之上，構成偏正式的合成詞，如結婚時用以招待親友的有**喜酒**、**喜糖**；表示喜慶消息的有**喜報**、**喜訊**；舊時民間傳說以蜘蛛出現或鵲兒鳴叫為喜事來臨的先兆，稱為**喜蛛**、**喜鵲**。

喜字有歡樂義和幸福義，一些以喜為聲符的形聲字，也都以喜為義。每年春節人們常在賀年片上和書信上見到**新禧**、**年禧**、**春禧**之類的字樣，**禧**就是幸福吉祥的意思。**新禧**、**年禧**也可寫作**新釐**、**年釐**。**新釐**、**年釐**之**釐**，與用作數量單位的**分釐**之**釐**，字形相同而音義不同：後者讀lí，是**厘**的異體字，前者是**禧**的借字，不能寫作厘。

僖字也作吉利歡樂解釋，古代常用作君主的諡號，如周**僖**王、魯**僖**公，在《史記》中**僖**也用借字**釐**。

歡、**樂**、**欣**、**快**、**愉**、**忻**都是喜的同義字，由這些字組成的並列式合成詞，有**歡喜**、**歡樂**、**歡欣**、**歡快**、**歡愉**、**歡忻**、**欣喜**、**愉快**。

成語**心悅誠服**和**和顏悅色**中的**悅**，也是喜的同義字，**喜悅**是它們的並列合成詞。讀過《論語》的人都該記得，這部記錄孔子言行的經書，開頭第一句就是："子曰：學而時習之，不亦說乎？"這裏的**說**與**悅**並不同形，而音義卻是相同的。《說文》未收**悅**字，只收**說**字。段玉裁注："說者，今之悅字。"（儿部兌字下）上古時代漢字數量少，有的一個字要頂幾個字用，如**說**既表示解說的意思，又表示喜悅的意思，後來為了避免字義上的混淆，便產生了一個專表喜悅義的**悦**字，以與表解説義的**説**字相區別。這樣説，**説**與**悦**應是一對古今字：對於**悦**來説，**説**是古字；對於**説**來説，**悦**是區別字，即今字。

豫和**懌**都作喜悦解釋。《孟子・公孫丑下》有"夫子若有不豫色然"之句，**不豫**就是不悦；《史記・廉頗藺相如列傳》有"秦王不懌"的話，**不懌**也是不悦。

陶陶、**融融**、**泄泄**（yì yì）和**熙熙**，都是形容歡樂氣氛的疊音詞。**手舞足蹈**和**雀躍**，都是對狂歡場面的形象描繪。

怒髮衝冠

怒髮衝冠　厲色　怒目　瞋眦
　　　　　忿怒　恚怒

岳飛《滿江紅》詞，一開頭就是**怒髮衝冠**四字句。照常識講，人在盛怒的時候，頭髮是會略微向上豎起一些的，但是要豎得筆直，以至於把帽子都頂了起來，卻是絕不可能的事。用**怒髮衝冠**來形容人在盛怒時的表情和姿態，在《史記》中有不少例子，有的寫作"怒髮上衝冠"（《廉頗藺相如列傳》），有的寫作"髮盡上指冠"（《荊軻傳》），有的寫作"頭髮上指"（《項羽本紀》），實際上都是一種誇張的説法，後來一般都用四字成語**怒髮衝冠**，有時也簡作**髮指**或者**衝冠**。

怒是七情之一，也就是因為不滿意而感情激動，或者説生氣。發怒首先表現在面容上，即所謂**怒容滿面**、**怒形於色**。**作色**、**變色**是發怒時改變面容。**厲色**是發怒時面容嚴厲。**色霽**、**霽顏**是怒氣消釋，面容轉為和悦。

發怒時兩眼圓睜，稱為**怒目**，也叫**瞋**（chēn）**目**，如**怒目而視**、**瞋目而視**。**睚眦**也是睜大眼睛，引伸為極小的怨恨，如**睚眦必報**。魯迅《自嘲》詩有"橫眉冷對千夫指，俯首甘為孺子牛"之句，**橫眉**常與**怒目**連用，成為成語**橫眉怒目**，有時也説**橫眉努目**、**橫眉立目**或者**橫眉豎眼**。《史記・項羽本紀》還有**目眦盡裂**的話，是説盛怒時瞪着兩眼，以至於眼眶開裂，這當然也是一種誇張的説法，是現實生活中不可能發生的事。

發怒有時還會表現出種種粗暴的舉動。**大發雷霆**是説盛怒時高聲斥責。**暴跳如雷**是説盛怒時蹦跳呼叫。**攘臂**意為捋袖伸臂，**揎拳**意為捋袖伸拳，都是形容怒氣沖沖準備動武的樣子。**拂袖而去**的**拂袖**意為甩袖，表示很生氣地走了。

怒、忿、恚（huì）、慍、惱是一組同義字，它們都以心為義符。一般地講，怒、忿、恚的激動程度要比慍、惱嚴重一些：後者指心裏怨恨，暗中生氣，而前者則不僅怨在心裏，而且在外表上也有明顯的表現。這幾個字還經常並列成詞，如**忿怒**、**恚怒**、**恚忿**、**慍怒**、**惱怒**都是。順便説一下：**忿**、**憤**兩字同音不同義。《説文》段玉裁注説得很清楚："忿與憤義不同：憤以氣盈為義，忿以悁急為義。"**憤**是憋在心裏的意思，與**懣**、**悶**同義；**發憤**就是因為憋足了氣而下定努力奮鬥的決心。忿、憤兩字古義差別很大，後來逐漸接近，現在則大都以**憤**代**忿**，**忿**字少用而**憤**字多見。

竹上夭下的"笑"字

哂笑　開顔　解頤
忍俊不禁　絕倒　捧腹

笑是一個常用字，它有兩種寫法：一種就像現在常見的這樣，竹上夭下；另一種竹上犬下，多見於早期字書。但不管是後一種還是前一種，都很難從字形上對字義作出解釋。下面試列出前代學者的各種説法，以供讀者比較參考。

【一】《説文》説："笑，喜也，從竹從犬。"但喜樂之義怎樣與竹下之犬聯繫起來，誰也説不清楚。清代學者段玉裁為《説文》作注，他認為笑哭兩字都從犬，也都是會意字，"哭本謂犬嗥而移以言人"，笑也是如此，但對為何從竹"不敢妄言"。

【二】竹上夭下的笑字，唐代以前就有了。唐人唐玄度的《九經字樣》曾收錄此字，並引後魏楊承慶《字統》説："從竹從夭；竹為樂器，君子樂然後笑。"後來學者多從此説，如唐代李陽冰在刊定《説文》時，把字定為從竹從夭，説是"竹得風，其體夭屈，如人之笑"。清代王筠也説："夭者屈也，笑時肩背低卬之狀也。"近人葉德輝在《釋笑字義》中説得更明白："笑之從夭，毫無可疑，謂為從竹從犬，豈不大謬乎？"

《論語・憲問》有云："樂然後笑，人不厭其笑。"人在歡樂的時候會笑。文言中表現笑的詞語很多，下面列舉一些常見的例子。

哂和噱都是笑的同義字。哂是微笑，如**聊博一哂**。噱是大笑，如**可發一噱**。這裏要說明的是：**哂**之為笑，多含譏嘲鄙視之意，因而**哂笑**連用，義同**嗤笑**。

笑的表情主要在於面部，因此一些形容笑的詞語都從面容上產生。隋朝人侯君素著有一部笑話書，名為《啟顏錄》，**啟顏**以及**解顏**、**開顏**，都作歡笑解釋，**顏**指的是臉色。**破顏**是改愁容為笑容。**笑逐顏開**是笑容舒展開來。**強**（qiǎng）**顏歡笑**是勉強裝出笑容。

漢朝的匡衡善於說詩，當時人唱道："匡說詩，解人頤。"**頤**就是兩腮，人笑則兩腮開，因而**解頤**也作歡笑解釋。

莞爾而笑的**莞爾**形容微笑時的神情；**嫣然一笑**的**嫣然**形容婦女美麗動人的笑容；**粲然一笑**的**粲然**形容笑時露出潔白的牙齒，**粲**字還可以單用，如**以博一粲**。**啞然而笑**的**啞**是笑聲；**胡盧而笑**的**胡盧**，又作**盧胡**，是發自喉間的笑聲。

忍俊是忍笑、含笑，**忍俊不禁**是忍不住要發笑。

形容大笑，多用具體形象和動作，如**絕倒**，是說笑得身體前仰後合；如**捧腹**，是說大笑不能自持，得用兩手托住腹部；如**噴飯**，是說吃飯時笑得噴出飯來；如**哄堂**，是說很多人同時大笑，以致整個屋子都鬧哄哄的。

以上說的都是歡樂的笑，還有譏刺嘲諷的笑，常用的詞有**哂笑**、**嗤笑**、**訕笑**、**非笑**。

"哭本謂犬嗥而移以言人"

哭　泣　涕　號　啼　嗚咽
吞聲　失聲　號咷

《說文》把**哭**定為形聲字，它解釋說："哭，哀聲也；從吅，獄省聲。"分開來說，哭字的形符是吅，意思是驚呼；哭字的聲符是獄，只因獄的結構比較繁複，人們有意省去獄的大部分，只保留右旁的犬，所以説"獄省聲"。

《説文》的這種説法，曾被清代學者段玉裁批評為"勉強皮傅"。他在為《説文》作注時表示不同意"獄省聲"的解釋，認為哭字上吅下犬，是個會意字。他提出了"哭本謂犬嗥而移以言人"的設想，並舉出狡、獪、狂、默、猝、猥、狠、獷等三十字作為旁證，這些字都從犬，本意是表現狗的習性和動作，其後移以反映人的習性和動作。段氏的意見得到了後世一些學者的贊同，如徐灝在《説文解字注箋》中發揮説："段説是也。凡禽獸字義多藉以言人事，如篤本訓馬行頓遲而以為人之篤實，特本為牛父而以為人之奇特，群本謂羊群而以為群輩之稱。若犬之借義尤不可枚舉。哭為犬嗥而移以言人，可推而知也。"

另外，現代古文字研究者對哭字的來源也有些新的見解，如約齋《字源》解釋喪哭兩字時説："喪字從㗊亡。㗊本花蕚的象形，因其多口也當哭字用。哭亡為喪，本義是喪事的喪，引伸為喪失的喪。古體的㗊字中間像犬字，省了兩口變成現在的哭。"此説頗有創見，而且言之成理，也值得重視。

人在悲哀的時候會哭。**哭、泣、涕、號、啼**這五個字都是表現哭的，但大同之中有微別。

哭在上古是有聲有淚的哭，與現代可指無聲的哭不完全相同。**痛哭、慟哭**都是因悲哀過度而放聲流淚的哭，而**慟哭**更甚於**痛哭**。

泣字本作眼淚解釋，《詩經·邶風·燕燕》有"瞻望弗及，泣涕如雨"的句子，《史記·項羽本紀》有"項羽泣數行下"的話。後來以**泣**為細聲有淚的哭。《韻會》辨析説："大聲曰哭，細聲有涕曰泣。"**飲泣**是暗自流淚；**掩泣**是流淚時用衣袖或手帕把臉遮住；**啜泣**是一面流淚一面抽噎。

涕字的情況更複雜一些，它有好幾種解釋：一是眼淚，如人們常説的**痛哭流涕、感激涕零**就是，上古時沒有**淚**字，在説到眼淚時都用涕；一是鼻涕，如**涕淚交流**；一是哭，如**破涕為笑**。

號本是高聲叫嚷，引伸為帶言語的哭，也就是哭而有言，如**呼號、哀號**。

啼本是叫喊，引伸為放聲哭，如**悲啼**；現代一般只用於鳥啼和獸啼。

　　上古時這五個字是有分別的，但後來分別漸趨含混，可以互相替換，也常連用為**哭泣**、**涕泣**、**號哭**、**啼哭**、**號啼**。

　　在通常情況下，哭都是有聲的，哭聲有大有小，有高有低，因而形容哭聲的詞語很多。如**嗚咽**、**幽咽**都是低沉而微弱的哭聲；**吞聲**是哭而不敢出聲；**失聲**是哭不成聲；**號咷**、**嚎啕**都是高聲痛哭。唐代安史之亂將起，詩人杜甫從長安回到奉先縣探望家屬，遭到幼子餓死的慘痛，他在《自京赴奉先縣詠懷五百字》中描述當時的實況說："入門聞號咷，幼子餓已卒，吾寧舍一哀，里巷亦嗚咽。"又杜甫在被安史叛軍拘留長安時，春日潛行曲江風景區，對今昔盛衰深有感觸，在《哀江頭》詩的開頭寫道："少陵野老吞聲哭，春日潛行曲江曲。"這些都是很好的用例。除此之外，還有**呼天搶地**，也是形容哭聲的，那就更加是悲傷至極，哭得死去活來了。

　　描寫流淚的詞都從水旁，它們有的帶形容詞尾，如《詩經·小雅·大東》"睠言顧之，潸焉出涕"的**潸焉**，《禮記·檀弓上》"孔子泫然流涕"的**泫然**。有的是疊音詞，如《詩經·衛風·氓》"不見復關，泣涕漣漣"的**漣漣**；有的是聯綿詞，如《後漢書·馮衍傳》"淚汍瀾而雨集兮"的**汍瀾**（wán lán）。

"直言曰言，相答曰語"

豪言壯語　甜言蜜語　花言巧語
胡言亂語　流言蜚語

　　古代漢語中，在說話這個意義上，**言**和**語**是同義的動詞，但用法有着明顯的區別。且看前代注家的解釋：

　　【一】《詩經·大雅·公劉》"于時言言，于時語語。"毛傳："直言曰言，論難曰語。"（《說文》與此相同）

　　【二】《周禮·春官·大司樂》："以樂語教國子：興道諷誦言語。"鄭玄注："發端曰言，答述曰語。"

【三】《禮記·雜記》："三年之喪，言而不語，對而不問。"鄭玄注："言，言己事也；為人説為語。"

【四】《楚辭·七諫·初放》："言語訥澀兮。"王逸注："出口曰言，相答曰語。"

這就是説，**言**是主動地跟別人談話，**語**是回答別人的問話，或是互相交談。《論語·微子》："孔子下，欲與之言，趨而避之，不得與之言。"這是敍述孔子遇見楚國狂人接輿的情況：孔子下車，想同接輿談話，接輿卻趕快避開，孔子沒法同他談。《論語·子罕》："子曰：語之而不惰者，其回也歟！"這是記載孔子的話，説是顏回好學，同他談論學問從來不知懈怠。兩例中的**言**和**語**不能互換。

言和**語**在用作及物動詞時，區別尤為明顯。**言**一般只能帶指事物的賓語，如果賓語指人，也只能他指，不能指談話的對方。**語**不但能帶指事物的賓語，例如《莊子·在宥》的"又奚足以語至道"，而且在帶指人的賓語時，賓語可以是談話的對方，例如《論語·陽貨》的"吾語女（汝）"，還可以帶雙賓語，例如《左傳·隱西元年》的"公語之故"，《莊子·在宥》的"吾語女至道"。**語**在用作及物動詞時讀去聲 yù，在帶指人的賓語時作告訴解釋。

附帶説一下：在告訴這個意義上，**語**和**告**是同義詞，但如果是對上，特別是以大事報告祖宗或天帝，就只能用**告**，不能用**語**，例如諸葛亮《出師表》"不效則治臣之罪，以告先帝之靈"。**告**和**誥**同音同義，本同一詞，後人加以區分：以下對上為**告**，上對下為**誥**。又**告**和**訴**也是同義詞，但**告**是一般的告知，而**訴**有訴説痛苦、委屈或者控告別人的意思。（現代漢語的告訴，只有告知的意思，與古代漢語的告訴不同。）**訴**有時也寫作**愬**，兩者是古今字的關係。今愬為訴的異體字。

還要説一説**言**和**語**作名詞用時的情況。**言**和**語**作名詞用，都當言論或話語講，例如《論語·公冶長》"聽其言而觀其行"，《論語·季氏》"吾聞其語矣，未見其人也"。又成語有**豪言壯語、甜言蜜語、花言巧語、閒言碎語、胡言亂語、流言蜚語**。但名詞**言**和**語**又各有其特殊用法。《論語·衛靈公》："子貢問曰：有一言而可以終身行之者乎？子曰：其恕乎！"《白虎通·謚》："文者以一言為謚，質者以兩言為謚。"又詩體有**四言詩**、**五言詩**、**六言詩**、**七言詩**、**雜言詩**。這是以一個字為**一言**。《論語·為政》："詩三百，一言以蔽之，曰思無邪。"這是以一句話為**一言**。《左傳·昭公三年》："仁者之言，其利博哉！晏子一言而齊侯省刑。"這是以陳說一次為**一言**。所有這些用法都是**語**所少有的。**語**常用作諺語、俗語的省稱，例如《穀梁傳·僖公二年》"語曰唇亡則齒寒"；又以動作示意為**語**，如**目語**、**手語**、**旗語**、**燈語**；蟲鳥的鳴聲也叫**語**，如**蟲語**、**鳥語**、**蟬語**、**燕語**：這些用法又都是**言**所少有的。

能言善辯

口若懸河　唇槍舌劍　三寸舌
巧舌如簧　滑稽

語言是人類特有的一種交際工具。為了表達思想和交流感情的需要，古人十分強調掌握語言的規律，學會正確使用語言的本領。孔子聚徒講學，把言語與德行、政事、文學並列為四科，就是一個明顯的例子。

人們常用成語**懸河瀉水**來形容能言善辯，這用的是比喻手法，說某人講話時滔滔不絕，就像河水從高處傾瀉下來一樣；語出《世說新語·賞譽》："郭子玄（郭象）語議如懸河瀉水，注而不竭。"後來多說**口若懸河**，韓愈《石鼓歌》有"安能以此上論列，願藉辯口如懸河"之句。

另有一條成語叫作**下阪走丸**或**阪上走丸**：阪是斜坡，丸是彈丸，順着斜坡滾動彈丸，比喻事勢發展的迅速；也形容能言善辯，王仁裕《開元天寶遺事·走丸之辯》有云："張九齡善談論，每與賓客議論經旨，滔滔不竭，如下阪走丸也，時人服其俊辯。"

給（jǐ）有足義，引伸為言辭不窮，可組成**口給**、**辯給**、**給口**、**給對**等詞。

聲從口出，唇和舌是重要的發音部位，由這幾個字組成的詞語很多，表意大都與言辭或說話有關。如**天口**、**利口**是能言善辯；**杜口**、**緘口**、**鉗口**是閉口不言；**結口**是不敢說話；**失口**是說了不該說的話；**唇槍舌劍**或**舌劍唇槍**形容言辭鋒利；**舌敝唇焦**形容說話太多；**搖唇鼓舌**指依仗口才煽惑人心；**反唇**是頂嘴；**舌戰**是激烈爭辯；**嚼舌**是無謂爭辯；**饒舌**是說話囉嗦；**長舌**是說話搬弄是非；**學舌**是照搬別人說過的話。

　　三寸舌形容能說會道，以言辭勝人，源出《史記·平原君虞卿列傳》："毛先生以三寸之舌，強於百萬之師。"這裏說的毛先生，就是戰國時趙國平原君門下的食客毛遂。當秦軍圍攻趙都邯鄲時，他曾自薦隨同平原君前往楚國，說服楚王出兵幫助趙國擊敗秦軍，因而立了大功。又《史記·留侯世家》也記有"今以三寸舌為帝者師"的話。後世多說**三寸不爛之舌**，有時用於反面，帶有譏諷的意味。

　　簧是吹奏樂器裏的發聲薄片，用竹木或金屬製成。**巧舌如簧**本作**巧言如簧**，語出《詩經·小雅·巧言》；**一簧兩舌**語出《易林·巽之訟》：兩者都形容用動聽的言辭迷惑人心。

　　信口開河，亦作**信口開合**，是毫無根據隨口亂說的意思。

　　信口雌黃本作**口中雌黃**。《文選·劉峻〈廣結交論〉》："雌黃出其唇吻，朱紫由其月旦。"李善注引《晉陽秋》："王衍字夷甫，能言，於意有不安者，輒更易之，時號口中雌黃。"**雌黃**即雞冠石，黃色，可以製作顏料，古時寫字用黃紙，寫錯了就用雌黃塗抹後重寫。**信口雌黃**的意思是，不顧事實，輕下論斷，發現有不當之處便隨口更改，像是用雌黃塗改寫在紙上的錯字一樣。

　　眾口鑠金和**赤舌燒城**的意思相同：前者是說謠言多足以熔化金屬，後者是說讒言多足以燒毀城池，都表示造謠中傷為害之烈。還有**赤口毒舌**，形容言辭惡毒，出口傷人。

　　談吐、**吐屬**指言談時的措詞和態度，如**談吐大方**、**吐屬不凡**。**欬唾**（kài tuò）、**謦欬**（qǐng kài）也指言談，如**欬唾成珠**是說言談可貴，**親承謦欬**是說當面受教。

　　正言、**矢言**、**鯁言**、**讜言**都是正直之言。**箴言**、**諍言**是規勸之言。**忠言**是忠誠之言，成語有**忠言逆耳**。**嘉言**、**昌言**是善良之言。**要言**是簡明扼要之言。**邇言**是淺近之言。**汗漫之言**是指漫無邊際的話。**鑿空之言**是根據不足的話。**無稽之談**和**不根之談**都是毫無根據的言談。

款語是親切地談話。**絮語**是連續不斷地低聲談話。**耳語**是貼近別人的耳朵低聲說話。**私語**是密談。

詈（lì）**詞**是罵人的話。**囈**（yì）**語**是夢中說話。**譫**（zhān）**言**是病中胡言亂語。

滑稽是用言語或者動作引人發笑，這是一個古老的詞，最早的用例可以追溯到屈原在《卜居》中所說的"突梯滑稽，如脂如韋"。司馬遷作《史記》，特闢《滑稽列傳》專篇，敍述春秋戰國時代淳于髡、優孟、優旃等人的滑稽事跡。依照古注，**滑稽**的**滑**應讀骨（gǔ），但現今都改讀光滑的滑（huá）。

詼諧是說話富有風趣。**調侃**是用言語相嘲弄。**戲謔**是用言語開玩笑。

有一些常見的疊音詞與言語有關：**喃喃**、**喁喁**（yú yú）形容低聲細語；**娓娓**形容說話連續不倦；**呶呶**、**叨叨**形容說話嘮叨；**詹詹**形容說話煩瑣；**呐呐**、**訥訥**形容說話遲鈍；**噴噴**形容說話急速；**喋喋**、**聒聒**（guō guō）形容話多；**嘵嘵**（xiāo xiāo）形容爭論不休；**諤諤**形容直話直說；還有**吃吃**、**期期**、**艾艾**，都是形容口吃的人說話不流利的。

書信　尺牘　魚雁

簡　箋　牘　札　素　函
緘　啟　魚　素　雁書

在現代漢語中，**書信**是一個雙音詞，由**書**和**信**這兩個同義的單字聯合組成。古代則不然，信件一般只稱為**書**，而沒有稱為**信**的。

信字從人從言，是個會意字，即所謂"人言為信"。《說文》說："信，誠也。"**信**字的本義是信實，是信用。由此引伸開去，可靠的憑證也叫**信**，**信符**、**印信**之類的詞就是這樣產生的。以後，遇有緊要的話，派可靠的人帶去，就稱這人為**信**，如《世說新語·文學》中的"司空鄭衝馳遣信就阮籍求文"便是。當然，帶去的話不一定都是口頭的,也有的寫在紙上,以示格外鄭重,於是由帶話的人引伸到所帶的話,特別是寫在紙上的話,終於產生了**書信**一詞,但這是比較晚的事情。

古代除了把信件稱為**書**以外,還有稱為**簡、箋、牘、札、素**的。在沒有普遍用紙的時候,信件寫在竹片、木板和絲織品上面。**簡**(也有寫作**柬**的)是竹片,**箋**是小竹片(後來又把信紙叫做**箋**),**牘**是木板,**札**是小木板,**素**是白色的絹,這些都是寫信所用的材料,用來作為信件的代稱。還有**尺牘、尺素**,也是信件的代稱,因為寫信所用的木板和白絹長度通常都在一尺上下。

舊時所用信紙多為每頁八行,因稱書信為**八行書**。

信件也有稱為**函、緘、啟**的。**函**本指封套,**緘**本指封口,信件是它們的借代義。**啟**作為信件的別名,表示陳述之意,與開啟之**啟**有別。

有兩種動物跟書信的關係十分密切:一種是魚,一種是雁,因之**魚雁**常被用來指稱書信。南朝作家王僧孺《搗衣》詩有"尺素在魚腸,寸心憑雁足"的句子,說的就是這個。

為甚麼以魚代信呢?在漢代樂府詩《飲馬長城窟行》中有云:"客從遠方來,遺我雙鯉魚,呼童烹鯉魚,中有尺素書。"這裏的"雙鯉魚",一說是**函**,就是兩塊刻成鯉魚形狀的木板,一底一蓋,把信夾在中間,用繩子捆起來,並在結口處糊上黏土,加蓋印章為憑;一說是**緘**,就是把寫着信件內容的白絹結成魚形。不管哪種說法,魚總是假的,假魚當然不能烹,只不過詩人為了造語生動,才故意把拆信說成烹魚。後人在詩文中經常用作書信代稱的**雙鯉、魚素、魚書、魚信**等詞,都從此而來。

至於以雁代信,來源於一個著名的歷史故事。西漢時蘇武出使匈奴被扣,匈奴把他遷到北海邊(北海即今貝加爾湖),逼他投降,他堅持漢節十九年不屈。後來匈奴與漢朝和親,漢朝要求放還蘇武,匈奴卻謊稱蘇武早已死去。漢朝又派使臣到匈奴,蘇武的部屬常惠設法會見了漢使,並且教給漢使一條計策,於是漢使對匈奴王說:漢朝天子在一次射獵中獲得一隻雁,看到牠腳上繫着一封信,信上說蘇武正在北海邊牧羊。匈奴王聽了大吃一驚,只得承認蘇武並沒有死，並把他送回漢朝。這個**雁足傳書**的故事，在《漢書·蘇武傳》上有詳細記載，因而產生了諸如**雁書**、**雁札**、**鴻音**之類的書信代詞。

跪拜名目

頓首　叩頭　稽首　空首　肅拜
長揖　避席　膝行

閱讀古人書信，常見開頭或結尾處有**頓首**字樣，有的甚至信頭信尾都有，如南朝梁代丘遲勸告叛將陳伯之自魏歸梁的《與陳伯之書》，是當時駢文中的名篇，開頭說了"遲頓首陳將軍足下無恙"，結尾又說"丘遲頓首"，這**頓首**兩字到底作何解釋呢？

　　古人十分講究禮節，人與人相見必須行禮。由於行禮的場合不同，以及施禮者和受禮者的身份不同，禮節有輕有重，形式也多種多樣，其中較為常見的就是**跪拜**。

　　跪拜俗稱**叩頭**或**磕頭**。上古時代，沒有椅子凳子之類的坐具，人們習慣於席地而坐，也就是鋪席於地，兩膝着席，臀部壓在腳跟上。這種坐法，與跪十分相似，只是跪時腰肢要伸直，臀部不能壓下。在行跪拜禮時，身體先取跪姿，然後拱手至地，接着引頭至地。**跪拜**的名目很多，分述如下：

　　頓首——**頓首**的頓是短暫停留的意思。跪拜時引頭至地，在作短暫停留後立即舉起，稱為**頓首**。《周禮·春官·大祝》列舉跪拜的各種名目，賈公彥疏解釋說："頓首者，為空首之時，引頭至地，首頓地即舉，故名頓首。"**頓首**通用於平輩之間，至於書信頭尾寫上**頓首**字樣，則是作為敬辭用的。

　　稽首——**稽首**的稽 (qǐ) 是稽留的意思。比起頓首來，**稽首**要使頭在地上停留較多的時間。《周禮》賈公彥疏："稽是稽留之義，頭至地多時，則為稽首也。稽首，拜中最重，臣拜君之拜。"可知**稽首**是臣民對君主所行的跪拜大禮。

　　空首——**空首**的空是說跪拜時頭並沒有叩到地上，而是懸在空中。行**空首**禮時也是身體先取跪姿，然後拱手至地，接着引頭至手（不至地），所以又稱**拜手**。《周禮》賈公彥疏："空首拜，頭至手，所謂拜手是也。"古人在行稽首或頓首禮時，一般都要先行拜手禮。

肅拜——《周禮》賈公彥疏："肅拜者，拜中最輕。唯軍中有此肅拜。婦人亦以肅拜為正。"又《朱子語類》卷九十一説："問：古者婦人以肅拜為正，何謂肅拜？曰：兩膝跪地，手至地而頭不下為肅拜。"**肅拜**的**肅**是恭敬的意思，後來書信中常見**謹肅、肅啟**等字樣，都來源於**肅拜**。

古書上常説的**拜**，是前述**拜手**的省稱。**再拜**是先後拜兩次，表示禮節隆重，古人書信末尾署名下也有用**再拜**作為敬辭的。**再拜**之禮一般用於平輩之間，如果是臣民對君主，再拜之外還要行稽首禮，因而古書上可見**再拜稽首**連文。

除了跪拜之外，古代賓主相見的禮節有**揖**，俗稱**拱手**，也就是雙手合抱舉在胸前；還有**長揖**，是雙手合抱高舉並上下移動。兩者都表示敬意，而敬禮的程度則比跪拜為輕。

附帶説一説**避席**和**膝席**。古人席地而坐，**避席**是離開座位起立致敬，也叫**免席**。**膝席**是曲膝跪在席上，致敬時直身坐正，比起避席來要簡慢一些。至於**膝行**或**膝步**，意思是跪着行進，表示尊敬和畏服。

"有禮走遍天下"

禮　儀　冰敬　菲禮　獻芹
禮尚往來　投桃報李

古代贈送禮物的風氣盛行。婚喪喜慶，四時佳節，親戚朋友之間，為了表示慶賀或者弔唁，照例都得送禮。至於官場之中，彼此有所請託，往往藉送禮之名，行賄賂之實；特別是下級對上級，小官對大官，外官對京官，送禮可以説是例行故事，不送禮就會遇到種種麻煩。所謂"有禮走遍天下，無禮寸步難行"，説的就是這種情況。

贈送禮物，有用錢財的，有用實物的，貴賤多少不等。在行文時，古人習慣於把**禮物**簡稱為**禮**，也有說**儀**或**敬**的，如**賀禮**、**賀儀**、**賀敬**、**喜敬**是表示慶賀的；**壽禮**、**壽敬**是賀人生日的；**聘禮**、**彩禮**是定婚時或成婚時男家送給女家的；**奠儀**、**奠敬**是送給喪家的；**賻**（fù）**儀**是幫助人家辦喪事的；**贐**（jìn）**儀**、**程儀**是送給遠行者作路費的；**贄敬**本指初次見面時所送的禮物，後來也指致送老師的學費。

清代外官每年夏季和冬季照例要送給京官銀兩，夏季送的稱**冰敬**，冬季送的稱**炭敬**。又舊時送給媒人的酬勞也叫**冰敬**，取"冰泮婚成"之義。

作動詞用的**贈**字從貝，它的同義字也以從貝的居多，如**貽**、**賚**（lài）、**賷**（jī）都解釋為以物送人；也有從食的，如**饋**、**餉**、**饟**都是。

賜和**貺**（kuàng）指地位高的人把財物送給地位低的人，也指長輩把財物送給晚輩，**厚賜**、**厚貺**常用作客氣話，表示對別人所送禮物的看重。

贈送禮物的人都謙稱自己所送為**菲禮**或**菲儀**，菲是蘿蔔，極言其微薄不足道。也有說**獻芹**或者**芹獻**的，來源於《列子·楊朱》的一個寓言故事："昔人有美戎菽（豆類），甘枲莖（麻莖），芹萍子（結子的水芹）者，對鄉豪稱之。鄉豪取而嘗之，蜇於口，慘於腹。眾哂而怨之，其人大慚。"說結子的水芹本不受歡迎，但有人卻因自己喜愛而向富豪推薦，富豪食後很不好受，因而大家都譏笑和埋怨這個推薦的人。後來用**獻芹**或者**芹獻**表明所送禮物十分微薄，但情意真摯，兼有淺陋無知的人把極平常的事物視為珍奇的意思。

"千里寄鵝毛，物輕人意重"，是古代的俗諺，歐陽修曾取以入《梅聖俞寄銀杏》詩："鵝毛贈千里，所重以其人。"現在多說成"**千里送鵝毛，禮輕情意重**"。

禮尚往來，語本《禮記·曲禮上》："往而不來，非禮也；來而不往，亦非禮也。"說在禮節上應注重相互往來，有時也用於禮物的贈送和回贈。

投桃報李，語本《詩經·大雅·抑》："投我以桃，報之以李。"

投是贈送，報是回贈，表示朋友間的贈答來往，當然贈的不一定都是禮物。

卻之不恭，是說拒絕接受禮物未免失敬，語本《孟子·萬章下》：“卻之卻之為不恭。”

民間有把禮物稱為人情的。王實甫《西廂記》第一本第二折有句：“量着窮秀才人情則是紙半張，又沒甚七青八黃。”紙半張指詩文，七青八黃是金子成色，指錢財。後來人們用秀才人情指稱微薄的禮物，即來源於此。還有借花獻佛，比喻拿別人的東西做人情，在古代通俗小說和戲曲中常見。

“別時容易見時難”

分袂　睽違　訣別　參商
祖送　長亭　折柳

“黯然銷魂者，唯別而已矣！”一千五百年前南梁文學家江淹在《別賦》中說的這兩句話，表達了離愁別恨，引起過不少讀者的共鳴。說來也很難怪，古代交通阻塞，書信傳遞不便，加上社會動盪不定，天災人禍頻繁發生，“別時容易見時難”，自然會引起許多傷感。古代漢語中一些與離別有關的詞語，就是在這種情況之下產生的。

現在我們把分別叫做分手，在古人詩文中還有分袂、分襟、分飛等多種說法。分袂的袂是衣袖；分襟的襟是衣的前幅；分飛是根據古樂府“東飛伯勞西飛燕”之句縮略而成的。

睽違、睽隔、睽離都指人與人離別不得相見。闊別是遠別、久別；訣別是長別；永訣就是人死了。

杜甫《贈衛八處士》詩有云：“人生不相見，動如參與商。”參即中國古代天文中的參星，也就是二十八宿中的參宿；商即商星，也就是心宿。參商兩星東西相對，此出彼沒，因以比喻人與人分離後會面之難，後也引伸指雙方意願相距之遠。

祖本來是古代貴族出行時祭祀路神的一種迷信活動，後來則指在路上為人送行。如祖送是送行，祖餞是設宴送行，祖帳是為送行而設的帳幕，**祖席**、**祖筵**是送行的宴席。這些詞語在古代詩文中都常可見到。

李白《菩薩蠻》詞有"何處是歸程，長亭更短亭"之句。**長亭**、**短亭**是古代設在交通大道兩旁供行人休息的公共建築，也是設宴送行的地方——相傳每隔十里一個長亭，隔五里一個短亭。**長亭**累見於古代詩文，並成為常用的典故。

古代還有**折柳贈別**的習俗。大地上樹木多種多樣，為甚麼特別選中柳樹作為贈別之用呢？有人解釋說，**柳**與**留**諧音，折柳相贈，正是表示長久留念的意思。據說在古代長安城東，有一座霸橋，橋邊遍植柳樹，親友送客遠行，照例到此折柳相贈而別。這種習俗漢代已經有了，唐朝時特別盛行，在唐詩中有很多描寫，以後就把**折柳**作為送別的代稱了。

"征客關山路幾重"

旅人　旅程　旅次　征夫
客居　客次　遊子　征塵

旅行就是離家遠行，就是從一個地方到另一個較遠的地方去。古人旅行的目的各不相同，如漢代張騫通西域和明代鄭和下西洋，是為了政治的目的；晉代高僧法顯和唐代高僧玄奘西行求經，是為了宗教的目的；漢代司馬遷漫遊天下，是為了探尋古跡的目的；明代徐霞客萬里遠征，是為了地理考察的目的。以上這些都是特別知名的，至於一般的為數眾多的離家遠行的人，則大半是為了求官和謀生。

旅字的本義是守衛戰旗，後來引伸為古代軍隊編制，五百人為一旅。從軍隊的出征，又引伸為出外旅行，於是生發出一系列帶有**旅**字的合成詞：旅行的人稱為**旅人**、**旅客**，旅行中的同伴稱為**旅伴**，旅行的路程稱為**旅程**，旅行的路途稱為**旅途**，旅行途中暫住的地方稱為**旅次**，專供旅客住宿的場所稱為**旅舍**、**旅店**。還有**羈旅**是長久旅居外地的意思，**羈**解釋為停留。**逆旅**就是旅舍，逆解釋為迎接。

征字本是遠行的意思，後來又指軍隊出征。"征客關山路幾重"，從征字生發出來的合成詞更多，如**征人、征夫**指遠行的人，**征衣、征衫**指遠行者的衣衫，**征帆、征棹**（zhào）指遠行者所乘的舟船，**征車、征蓋、征輪、征馬、征鞍**指遠行者所乘的車馬，**征途**即旅途，**征程**即旅程，這些都是常見於古典詩詞中的。

客和主相對。從主的方面說，客是從外地來的人；從客的方面說，客是旅居外地的人。因此，把旅居外地稱為**客居**，把旅居外地的人稱為**客子**，把在外地的住處稱為**客次，旅舍、旅店**也稱**客舍、客店**，如果死在他鄉，則稱為**客死**。

還有把離家遠遊的人稱為**遊子**的，唐代詩人孟郊寫有《遊子吟》，其中"慈母手中線，遊子身上衣，臨行密密縫，意恐遲遲歸"等句，描寫母親對遠方遊子真摯的愛，至今萬口相傳。

古代交通工具十分簡陋，無論是陸上乘車還是水上乘船，行進速度都很慢，花費時間很長，有時遇到交通受阻，旅行者還不得不徒步行進。人們常說的**風塵僕僕**或者**僕僕風塵**，就是形容旅途中的勞累和困乏的，有些詩詞中出現**征塵、客塵**的說法，意思與**風塵**相同。

"生死肉骨"與"不共戴天"

恩深義重　雨露之恩　生死肉骨
結草　銜環　不共戴天

恩、惠、德、義四字意義有相近處，怨、恨、仇、冤四字意義也有相近處，這兩組近義字，反映了兩種截然對立的人際關係。用這些字作為詞素，又可以組成一系列的雙音詞，如**恩惠、恩德、怨恨、仇恨、仇怨、冤仇**是近義並列，**恩怨、恩仇**是反義並列。還有成語**恩深義重、忘恩負義**，恩和義是近義；**感恩戴德**，恩和德是近義；**以德報怨、以怨報德**，德和怨是反義；**恩將仇報**，恩和仇是反義。

說到恩，當事者必定有兩方：一方是**施恩者**，就是給別人以好處的人；另一方是**受恩者**，就是得到別人好處的人。不過人們總是把受恩者看作主要的一方，因為根據中國傳統的道德觀念，施恩者並不希望得到別人的報答，而受恩卻是要盡力報答別人的。

雨露之恩，是說恩德及人，有如雨露之於草木；**恩澤、德澤**意思與**雨露之恩**相同，這裏的**澤**作雨露解釋。**再造之恩**是使人再生之恩，也就是救命之恩。**生死肉骨**，或者**起死人，肉白骨**，是說使死人復生，使白骨長肉，比喻恩德的深厚無比。

關於**報恩**，有兩個著名的故事。一個是**結草**。據《左傳·宣公十五年》記載：春秋時晉國大夫魏武子有愛妾，無子；魏武子死後，他的兒子魏顆沒有讓她殉葬，而是將她另嫁了別人。後來魏顆與秦國力士杜回交戰，見一老人結草把杜回絆倒，因而捉住了杜回，夜間魏顆夢見那老人對他說：我是你所嫁婦人的父親，特來報答你不殺我女兒的恩德。另外一個故事是**銜環**，出自古代神怪小說《續齊諧記》（《後漢書·楊震傳》李賢注引），說是東漢楊寶年幼時救活了一隻受傷的黃雀，某夜有黃衣童子自稱西王母使者，銜白環四枚前來報恩，並且祝願楊寶子孫四代位登三公，後來果然應驗。這兩個故事都是宣揚因果報應之說的，作為感恩戴德的形象化詞語，**結草**和**銜環**可以單用，也可以連起來用。

說到**仇**，最嚴重的莫過於**不共戴天之仇**了。這話出自《禮記·曲禮上》："父之仇，弗與共戴天。"**戴**是加在頭上或者用頭頂着的意思，**不共戴天**就是不與仇人在同一個天底下生活，原意是說兒子要為父親報仇，後來則用以表示仇恨極深，勢不兩立。**貿首之仇**的**貿首**，也是說雙方仇恨極深，彼此都想取得對方的腦袋，大致與**不共戴天**意思相同。還有**切骨**，本指嚴寒深入於骨，後來也有用以形容深仇大恨的。

政治歷史

古往今來

太古　亙古　夙昔　累世
紀元　世紀　年代

"人事有代謝，往來成古今"（孟浩然《與諸子登峴山》詩），**古往今來**，構成了人類社會"邈矣悠哉"的歷史。

　　古與今相對。古是早已過去的年代，**太古**、**遠古**、**邃古**意思相同，都是年代最古的。**終古**、**萬古**、**千古**形容年代久遠，如**終古常新**、**萬古流芳**、**千古不磨**。千古又用作哀輓死者之辭，表示永別之意。**亙古**是從古到今，如**亙古奇聞**。**振古**是自古以來，如**振古如茲**。**曠古**是古來未有，如**曠古絕倫**。

　　昔也與今相對，如**撫今追昔**。昔就是從前，由此構成的雙音詞很多，如**往昔**、**古昔**、**夙昔**、**宿昔**，都是以往的意思。還有**曩昔**的曩與昔同義；**疇昔**的疇為語助，沒有實在意義。

　　紀是古代的紀年單位。通常以十二年為一紀，這在唐詩中有很多例子。如韋應物《京師叛亂寄諸弟》詩："弱冠遭世難，二紀猶未平。"李商隱《馬嵬》詩："如何四紀為天子，不及盧家有莫愁。"但也有把"紀"當作世的同義詞來用的，一紀就是一世。**年紀**二字連用，等於說年代或者年齡。

　　《說文》說："三十年為一世。"又說："代，更也。"世的原意是子承父業，父子年齡相距約為三十年，故以三十年為一世。後來世引伸指人的一生，如**今世**是今生，**來世**是來生，**沒世**是一輩子，**累世**是接連幾輩子；又指一個時代，如**當世**、**現世**、**近世**、**晚世**、**盛世**、**衰世**、**治世**、**亂世**、**清世**、**濁世**。代的原意是更替，是一個接替一個，多用於歷史上的分期，如**朝代**、**歷代**。世和代，在唐朝以前分得很清楚，如**三代**指夏、商、周三個朝代，不指三代人，而**三世**則指祖孫三代；唐朝因避太宗李世民諱，**世**字被**代**字所取代，後來兩字就混用了，不僅可以互換，可以並列為**世代**，而且可以重疊為**世世代代**。

　　《詩經·商頌·長發》有云："昔在中葉，有震且業。"毛傳："葉，世也。"陳奐傳疏："葉從枼聲，枼從世聲，故葉世同訓。"葉的用法相當於期，即表示一定的時間或期限，如說一個朝代的初葉、中葉、後葉、末葉，指的就是它的初期、中期、後期、末期。還有季是兄弟中排行最小的，因而把一個朝代的末了也叫季，如**宋季、明季**，史書有《宋季三朝政要》和《明季北略》《明季南略》。

紀元是歷史上紀年的起算年代。中國最早按照君主在位的年份紀年，也就是以新君即位的次年或當年為元年，按照元年、二年、三年的次序遞進，每更換一君即重新從元年起算，稱為**改元**，如公元前 827 年為周宣王元年，公元前 770 年為周平王元年，不設年號。到漢武帝時開始用年號紀年，他在位五十四年，改元十次，也就是更換年號十次，每更換一次年號都重新從元年起算，如建元元年、元光元年。此後直到元朝，一直沿用這種制度。明清兩代改行一帝一元制，新帝即位改元，用新的年號紀年，但直到去世或離位為止，中間不再改元，即不再更換年號，如明神宗萬曆朝四十八年，是明代皇帝在位時間最長的，清聖祖康熙朝六十一年，是清代皇帝在位時間最長的。

中國在辛亥革命推翻最後一個王朝——清朝以後，建立中華民國，改用陽曆，並以民國紀年；中華人民共和國成立後，改用公元紀年。公元以百年為一**世紀**，每世紀中又以十年為一**年代**，如 20 世紀 90 年代，指的是 1990—1999 年，到 2000 年便進入 21 世紀了。

改朝換代

朝代　改朝換代　皇朝　國朝
　　　　　　　勝朝　有夏

在中國古代史上，相繼出現了許多實行君主統治並且世代相傳的王朝，因而史書按王朝世系記載，按帝王年號紀年。以某一王朝從建立到滅亡的整個時期而言，可以叫**朝**，可以叫**代**，也可以**朝代**並稱，如**漢朝**與**漢代**一樣，**唐朝**與**唐代**一樣。成語**改朝換代**，**改朝**與**換代**意思也一樣。不過在對幾個朝代冠以數字總稱時，應服從長期形成的習慣，如夏商周**三代**不稱三朝；梁唐晉漢周**五代**不稱五朝；三國的吳、東晉、南朝宋齊梁陳，都以建康（今江蘇南京）為首都，有稱**六朝**的，也有稱**六代**的。

這裏應該提請注意的是，**朝**有時並非指某一王朝的整個時期，而是指某個君主的統治時期，如說**乾隆朝**指的是清高宗乾隆帝弘曆在位的六十年。杜甫《蜀相》詩有"三顧頻煩天下計，兩朝開濟老臣心"之句，**兩朝**指的是蜀漢先主劉備、後主劉禪在位時期。史書《三朝北盟會編》，敍述的是宋**三朝**——徽宗政和宣和年間、欽宗靖康年間、高宗建炎紹興年間對金通和用兵的歷史事實。

舊時史書有在朝代名稱前加帝王姓氏的習慣，依朝代先後次序排列是：

周朝天子姓姬，稱為**姬周**。

秦朝皇帝姓嬴，稱為**嬴秦**；**嬴秦**有時兼指戰國時期的秦國。

漢朝皇帝姓劉，稱為**劉漢**；其間王莽曾一度代漢稱帝，國號新，稱**新莽**。

三國鼎立時期，魏國皇帝姓曹，稱**曹魏**；吳國皇帝姓孫，稱**孫吳**，又因其地處江東，故稱**東吳**；劉備是漢朝遠支皇族，在蜀中建國，國號漢，稱**蜀漢**。

南朝時期，宋朝皇帝姓劉，稱**劉宋**；齊朝、梁朝皇帝都姓蕭，稱**蕭齊**、**蕭梁**；陳朝皇帝姓陳，不疊書。

北朝時期，北魏皇帝屬鮮卑族拓跋部，稱**拓跋魏**，後改本姓拓跋為元，又稱**元魏**；北齊皇帝姓高，稱**高齊**；北周皇帝姓宇文，稱**宇文周**。

隋朝皇帝姓楊，稱為**楊隋**。

唐朝皇帝姓李，稱為**李唐**；其間武則天曾一度代唐稱帝，國號周，稱**武周**。

宋朝皇帝姓趙，稱為**趙宋**。

元朝由蒙古族建立和統治，稱為**蒙元**。

明朝皇帝姓朱，稱為**朱明**。

清朝由滿族建立和統治，舊時稱為**滿清**。

有的一個朝代又劃分為幾個階段，也按先後次序列舉如下：

夏桀時，商湯起兵推翻夏朝，建立**商朝**，建都亳（今山東曹縣南），後盤庚遷都到殷（今河南安陽小屯村），因而**商朝**也稱**殷朝**，或**商殷**、**殷商**並稱。

商紂時，周武王繼承其父文王遺志，起兵推翻商朝，建立**周朝**，建都鎬（今陝西長安），後周平王在犬戎的威逼下，把都城東遷到洛邑（今河南洛陽），史稱平王東遷以前為**西周**，以後為**東周**。東周又分為**春秋**、**戰國**兩個時期：**春秋**因魯國編年史《春秋》得名，**戰國**因各諸侯國連年戰爭得名。

漢朝分為**西漢**、**東漢**兩個階段。劉邦滅了秦朝，打敗項羽，建立漢朝，建都長安（今陝西西安），史稱**西漢**或**前漢**；後來王莽代漢稱帝，建立新朝，很快就為農民起義軍所推翻，漢皇族劉秀乘機奪取起義軍的勝利果實，重建漢朝，改都洛陽，史稱**東漢**或**後漢**。**西漢**、**東漢**合稱**兩漢**。

晉朝分為**西晉**、**東晉**兩個階段。司馬炎代魏稱帝，建立晉朝，建都洛陽，史稱**西晉**；後來**西晉**為匈奴貴族建立的漢國所滅，北方從此進入十六國時期，同時司馬睿在南方重建晉朝，建都建康（今江蘇南京），史稱**東晉**。**西晉**、**東晉**合稱**兩晉**。

文學史上有**四唐**的説法，即將唐代詩歌劃分為**初唐**、**盛唐**、**中唐**、**晚唐**四個時期，後來也移用於劃分唐代歷史。

宋朝分為**北宋**、**南宋**兩個階段。趙匡胤代後周稱帝，國號宋，定都開封，是為**北宋**；後來**北宋**為金人所滅，宋皇族趙構在南京（今河南商丘）稱帝，隨即大舉南遷，改都臨安（今浙江杭州），是為**南宋**。**北宋**、**南宋**合稱**兩宋**。

關於王朝的稱謂，還有兩點值得一説。第一，古人稱本朝為**皇朝**，或稱**國朝**；**昭代**本謂政治清明，有時也用以美稱本朝。本朝人對前朝則稱為**勝朝**或**勝國**，意思是前朝已經覆滅，已經為本朝所戰勝。第二，舊時有在朝代名稱前附加**有**、**大**、**皇**等字的。加**有**字如《尚書·召誥》中的**有夏**、**有殷**，此後歷代沿用不斷，有字為語助，無義。加**大**、**皇**兩字的常見於書名，**大唐**、**大宋**、**大元**、**大明**、**大清**、**皇宋**、**皇元**、**皇明**、**皇清**都有。

天下國邦

天下　天子　國史　國家　國本
友邦　鄰邦　邦交

甚麼是**天下**？甚麼是**國**？甚麼是**邦**？在古籍中，這三個詞的界限是不很明確的，有時可以混用，有時又有所分別。

《禮記‧大學》上說："古之欲明明德於天下者，先治其國；欲治其國者，先齊其家；……家齊而後國治，國治而後天下平。"這裏將家、國、天下並舉，積家成國、積國成天下的意思是很明白的。大家知道，中國早在商代已開始分封諸侯，周武王滅商後，更是大規模地以封地連同居民分賞同姓子弟和異姓功臣，建立了大大小小的諸侯國，諸侯在他們的封國內有世襲的統治權，對周王有服從命令、定期朝貢和提供軍賦力役的義務。這就是《詩經‧小雅‧北山》上所說的"溥天之下，莫非王土，率土之濱，莫非王臣"的局面，在這種局面下，**國**指的乃是諸侯之國，而**天下**則包含所有的諸侯國，周王是天下的共主，即君權神授的**天子**。不過這種局面維持並不長久，到了春秋戰國時代，王室衰微，一些大的諸侯國稱霸稱雄，周天子就已經徒有虛名，再也無法對諸侯發號施令了。

秦始皇消滅割據稱雄的六國，建立了中國歷史上第一個統一的中央集權的國家，在此後的兩千年間，雖然經過多次的王朝更替，並曾出現過幾次割據的局面，但是總的來說，分裂是短期的和不正常的，而統一則是長期的和正常的。這樣，在人們的心目中，就逐漸地把**國**與**天下**混同起來了，例如取得王朝帝位可以說**得國**，也可以說**得天下**；失去王朝帝位可以說**失國**，也可以說**失天下**；執掌政權可以說**享國**，也可以說**享有天下**。在更多的情況下，**國**字還常用以指稱某個王朝，如**國朝**是本朝，**國號**是朝代名號，**國史**是一朝的歷史，**國姓**是皇帝的姓，**國諱**是所避忌的皇帝的名，**國喪**是帝后之喪，**國忌**是帝后的死日，**國儲**是太子，如此等等。

現代把具備土地、人民、主權三要素的實體稱為**國家**，**國**和**天下**有沒有這樣的意義呢？有的。拿**國**字來講，諸如**國本**指立國的根本，**國步**指一國的命運，**國是**指一國的大計，**國柄**指一國的大權，**國計**指一國的經濟，**國用**指一國的開支，這些**國**字都與**國家**意義相同。再拿**天下**來講，如今人常說的"**天下興亡，匹夫有責**"和**天下為公**、**天下一家**，這幾處的**天下**實際上都指**國家**。另外也有把**天下**作為世界或國際的同義詞使用的，但這是晚近的事情，古人沒有這樣的觀念。

最後還要說一下**邦**字。**邦**本來也是諸侯封國的名稱，並有"大曰邦，小曰國"的說法，後來在國家的意義上，**邦**與**國**為同義詞，如稱友好國家為**友邦**，稱結成同盟的國家為**盟邦**，稱鄰近的國家為**鄰邦**，並把國與國之間的正式外交關係稱為**邦交**。

"自古治時少而亂時多"

國泰民安　物阜民康　滄海橫流
板蕩　蜩沸　麻沸

治世與**亂世**相對。在中國歷史上，**治世**屈指可數，如西周初年的**成康之治**，西漢初年的**文景之治**，唐太宗時的**貞觀之治**，唐玄宗時的**開元之治**，而**亂世**則是頻繁出現、代不絕書的。正如宋代文學家歐陽修在《蘇氏文集序》中所說："自古治時少而亂時多。"蘇軾在《賀韓丞相啟》中也說："自古在昔，治少亂多。"

古代治世的標準，大致有這樣幾條：一是政治局勢穩定，二是社會秩序良好，三是農業生產發展，四是百姓安居樂業。古人詩文中所說的**平世**、**清世**、**清時**，指的都是治世；**治平**、**平治**、**太平**、**昇平**、**清平**、**清和**、**清明**、**安泰**、**安寧**指的都是治世的景象。

國泰民安，是說國家太平，人民安樂。

物阜民康，是說物產豐富，人民安康。

河清海晏，是說黃河水清，大海波平，比喻天下太平。**海不揚波**義同。還有**安瀾**，意為波浪平靜，也比喻局勢安定。

唐堯和虞舜是遠古傳說中的聖明之主，舊時因以**堯天舜日**或者**堯天**、**堯年**形容理想中的太平盛世。

《莊子·馬蹄》中有"含哺而熙（嬉），鼓腹而遊"的話，譯成白話就是：含着食物嬉戲，吃飽了就遊玩。這本來是古人想像中的原始社會無憂無慮的純樸生活，後來縮寫為成語**含哺鼓腹**，用以形容太平盛世中人們逍遙自得的歡樂景象。

表現亂世政局混亂的合成詞，有**變亂**、**動亂**、**紛亂**、**紛擾**、**擾亂**、**擾攘**、**騷亂**、**騷擾**、**騷動**；疊音詞**蠢蠢**、**蚩蚩**也是形容社會動盪不定的。

滄海橫流，是説海水四處奔流，常用來比喻天下大亂。

《詩經·大雅》有《板》《蕩》兩篇，都是譏諷周厲王的暴虐無道的，後世因以**板蕩**代稱亂世，如唐太宗賜蕭瑀詩有"疾風知勁草，板蕩識誠臣"之句；有時也指形勢危亂，如岳飛在《五嶽祠盟記》開頭所説"自中原板蕩，夷狄交侵"，就指金軍大舉攻宋，中原人民遭受戰亂的巨大苦痛。

"如蜩如螗，如沸如羹"，是上述《詩經·蕩》篇中的兩句。**蜩**（tiáo）、**螗**（táng）都是蟬的別名，**沸羹**是沸騰的羹湯。馬瑞辰通釋："按詩意蓋謂時人悲歎之聲如蜩螗之鳴，憂亂之心如沸羹之熟。"後來則比喻局勢的紛擾不寧，有時用成語**蜩螗沸羹**，有時用縮略語**蜩沸**。

還有，**麻沸**也形容形勢極度混亂。《漢書·王莽傳下》有云："江湖海澤麻沸，盜賊未盡破殄。"顏師古注："麻沸，言如亂麻而沸湧。"另有**糜沸**一詞，説像是粥在鍋中沸騰，與**麻沸**同義。

居安思危

危在旦夕　　安如泰山　　危如累卵
　　　　　　一髮千鈞　　魚游釜中

安是安全，**危**是危險。**居安思危**，安不忘危，説明安和危是互相對立的；**轉危為安**，**化險為夷**，説明安危之間又是可以互相轉化的。

謐也是安，**殆**也是危，**安謐**、**危殆**都是並列結構的合成詞。**岌岌**常用作狀語，表示危殆，如**岌岌可危**。

危在旦夕，是説危險就在眼前。**危機四伏**，**險象環生**，是説到處存在着危險的跡象。

古人形容安全或者危險，多用形象化的比喻，而形容危險的遠比形容安全的為多。請看：

安如泰山，是說像泰山一樣歸然不動；泰山居五嶽之首，是高山的代表。

安如磐石，是說像巨石一樣穩固；磐石是厚重的石頭。

安如覆盂，是說像把水盂倒放一樣不會傾倒；盂是盛液體的敞口器皿，覆是倒放。

危如累卵，是說像疊起來的蛋，極易滾下打破。

危如朝露，是說像是早晨的露水，一見陽光就會消失。

一髮千鈞，也作**千鈞一髮**，說一根頭髮繫着千鈞重物，形容情勢危急。

不絕如縷，說情勢危急，有如即將斷絕的一根細線。

間（jiān）**不容髮**，說生與死、成與敗極為接近，兩者之間容不下一根頭髮，也形容情勢危急。

如臨深淵，如履薄冰，說像靠近深淵邊緣一樣，像走在薄冰上面一樣，因為處境危險，所以行事格外謹慎。

魚游釜中，說魚兒在鍋裏游動，比喻身處絕境，無法逃脫滅亡的命運。

燕巢幕上，簡作**幕燕**，說燕子在帳幕上築巢，比喻置身於危險的境地。

厝（cuò）**火積薪**，說把火放在柴堆下面，比喻潛伏着極大的危險。

委肉虎蹊，說把肉棄置在餓虎出沒的路上，比喻處境危險，禍害即將到來。

虎尾春冰，說踩在老虎尾巴上，踏在春天的薄冰上，比喻危險異常。

虎口餘生，也作**虎口逃生**，比喻經歷極大的危險，僥倖保全性命。

懸崖勒馬，比喻到了危險的邊緣，及時醒悟回頭。

最後說一說危語。所謂**危語**，就是列舉一些危險的事情，來作為戲談的資料。在《世說新語·排調》裏記載着一個故事，說是東晉時一些官員聚在一起作危語，有說“矛頭淅米劍頭炊”的，有說“百歲老人攀枯枝”的，有說“井上轆轤臥嬰兒”的，而以顧愷之所說“盲人騎瞎馬，夜半臨深池”，構思最為奇妙，此後**盲人瞎馬**就作為一句形象生動的成語，廣泛地出現在人們的口頭和筆下。

“君天下曰天子”

皇帝　陛下　天子　皇上
聖上　萬歲　鑾駕

皇帝是中國古代王朝最高統治者的正式稱號。這個稱號是公元前 221 年秦王嬴政所定，此後直到公元 1912 年清朝愛新覺羅溥儀退位時為止，歷代君主均沿用不變。

在秦統一以前，夏朝君主活着的時候叫**后**，死後叫**帝**；商朝君主活着的時候叫**王**，死後叫**帝**，**后**變成了君主配偶的稱號；周朝的君主也叫**王**，到春秋時，一些諸侯國相繼僭越稱王，於是又尊稱周天子為**天王**。

秦王嬴政消滅割據稱雄的六國，建立了中國歷史上第一個統一的中央集權的國家，他自己以為“德兼三皇，功高五帝”，因稱**皇帝**。嬴政同時又決定他自己為始皇帝，後世子孫依次計數，二世三世至萬世傳之無窮，他萬萬沒有想到，秦朝只傳到二世就滅亡了，它是中國歷史上少有的幾個短命王朝之一。秦朝以後，要算漢朝傳位最久了，但是把西漢東漢加在一起，也不過經歷了二十四個皇帝，所謂傳之無窮，只不過是一種不切實際的空想。

皇帝是古代王朝君主的正式稱號，其他稱呼還有一些：

古代群臣尊稱帝王為**陛下**。**陛**是宮殿的台階，階前有專人擔任警衛，臣下有事報告，通常都由警衛者轉達；稱為**陛下**，就是因為不敢對帝王指名直呼。蔡邕《獨斷》卷上這樣解釋說：“陛下者：陛，階也，所由升堂也。天子必有近臣執兵陳於陛側，以戒不虞。謂之陛下者，群臣與天子言，不敢指斥天子，故呼在陛下者而告之，因卑達尊之意也。”

《禮記·曲禮下》説：“君天下曰天子。”古人認為君權是天神授予的，帝王秉承天意治理人民，因而稱為**天子**。帝王的容顏稱為**天顏**，帝王所作的詩文稱為**天章**。

還有稱皇帝為上或皇上的；今上就是現今在位的皇帝，《史記》作者司馬遷是漢武帝時人，書中的《孝武本紀》原作《今上本紀》。

有稱皇帝為**人君**或**人主**的，**君上、主上**同義。

有稱皇帝為**聖人**或**聖上**的。某些與皇帝有關的事物，也都加上一個聖字，如皇帝的命令稱為**聖旨**，皇帝的年歲和生日稱為**聖壽**。

有稱皇帝為**官家**的，據説是取“三皇官天下，五帝家天下”之義。

萬歲本來是歡呼祝頌之辭，後來多用作皇帝的代稱。

《詩經·大雅·蕩》有云：“蕩蕩上帝，下民之辟。”**辟**（bì）或**天辟**是君主的通稱；**復辟**指失位的君主恢復行使權力。

萬機本作**萬幾**，指帝王日常的紛繁政事，語本《尚書·皋陶謨》：“無教逸欲有邦，兢兢業業，一日二日萬幾。”把這話譯成白話，大意是説，治理國家的人不能貪圖安逸和享受，要知道一國之內每天都會發生上萬件事情，必須謹慎勤懇地去處理。據此，後人便以**日理萬機**來形容帝王每天都忙於處理政事，現在也有用來形容國家領導人工作繁重的。

宵衣旰食也是形容帝王勤於政事的。**宵衣**是說天不亮就穿衣起身，**旰食**是説天晚才吃午飯。**宵衣**和**旰食**，兩者都可以單用，也可以連在一起用，可以説成**宵衣旰食**或**旰食宵衣**，還可以縮略為**宵旰**。

無為而治是説君主無所事事而使天下太平，語出《論語·衛靈公》：“無為而治者，其舜也歟！”還有《周易·繫辭下》説“黃帝堯舜垂衣裳而天下治”，《尚書·武成》説周武王“垂拱而天下治”，**垂裳而治、垂拱而治**與**無為而治**意思一樣，**垂**是垂衣，**拱**是拱手。

宮本是房屋的通稱，後來專指帝王的住所，即**皇宮**。皇宮也稱**禁中**，是説這裏門禁森嚴，臣民不得任意出入；又稱**省中**，是説來到這裏必須留神察看，不可輕舉妄動。**宮禁**、**宮省**、**禁省**均可成詞。

現今北京故宮為明清兩代皇宮，舊稱**紫禁城**。**紫禁**的**紫**指古代天文學上三垣之一的**紫微垣**，也稱**紫宮**，古人以為天帝的居處，也喻指皇宮。

古代車馬相連，**駕**就是繫馬於車，或者説加車於馬；後來轉為名詞，指人們乘坐的馬車，也用作稱人行動的敬辭，如**大駕**、**尊駕**；特指帝王的車駕，也用作帝王的代稱，如**聖駕**、**御駕**。又古時帝王車駕備有青銅製成的馬鈴，其名為**鑾**，**鑾駕**也指帝王的車駕，並用作帝王的代稱；有時就單用一個鑾字，如**鳴鑾**是説帝王出行，**回鑾**是説帝王外出返回。

古代帝王出行時，照例要清道開路，斷絕行人來往，其名為**蹕**或**警蹕**；**蹕**也可代指帝王的車駕，如**扈蹕**是隨從護駕，**駐蹕**是車駕途中停留。

幸指帝王駕臨，也叫**臨幸**。**行幸**是帝王出行，**巡幸**是帝王巡行各地。**行在**是帝王行幸所到之處。

"聖人之大寶曰位"

登基　御宇　萬乘　寡人　垂簾
　　　欽命　宸居　宸衷

在古代，皇帝是高踞於萬人之上的人，他們的權力無所不包，甚至某些詞語也為他們所專用。

位的本義是位置，引伸為座位、職位，特指皇帝之位。由此而生發出來的詞，如**即位**、**踐位**是指皇帝登位，**在位**是指皇帝居位，**繼位**、**嗣位**是説由同姓親屬繼承帝位，**禪位**、**遜位**是説以帝位讓予別人，**篡位**是説用武力或其他強制手段奪取帝位。

皇帝即位，説法很多。有説**登基**的，基是根基；有説**登極**或**御極**的，極是頂端；有説**即阼**（zuò）、**踐阼**或**蒞阼**的，阼是皇帝在堂前主持祭禮時所站立的台階；有説**登大寶**的，語出《周易・繫辭下》"聖人之大寶曰位"。

白居易《長恨歌》首句云："漢皇重色思傾國，御宇多年求不得。"**御宇**意為統治全國，借指皇帝在位。

賈誼《過秦論》有"履至尊而制六合"之句，**至尊**意為至高無上的地位，古時多指帝位。《過秦論》又有"致萬乘之權"的話，周制王畿方千里，能出兵車一萬乘（一車四馬為乘），後因以**萬乘**（shèng）代指帝位。

古時以面向南為尊位，皇帝的座位面向南，故稱居帝位為**南面**，而**北面**則指稱臣於人。

古時皇帝謙稱自己為**孤**或**寡人**，成語**稱孤道寡**，意謂身居帝位。

皇帝年齡幼小，叫**沖齡**；**沖人**是幼年皇帝自稱的謙辭，等於説小子。

皇帝幼年即位，不能處理政事，由皇太后臨朝聽政，殿上用簾子遮攔，叫**垂簾**或**垂簾聽政**；由近親大臣暫代的，叫**攝政**；等到皇帝成年以後親自執政，叫**親政**。

古代大凡對皇帝的所作所為以及所用物件，都加上一個**御**字以示尊崇，如皇帝的詔諭為**御旨**；皇帝的賞賜為**御賜**；宋太宗時有大型類書《太平御覽》，書以**御覽**為名，表明它是為太宗按日閱覽的需要而編撰的。也有加一個**欽**字以示敬仰的，如皇帝的命令為**欽命**；由皇帝指令編撰並審定的書籍為**欽定**；由皇帝特命派遣出外辦理重大事件的官員為**欽差**或**欽差大臣**。

宸本是北辰（北極星）所在，後借指皇帝所居的宮殿，並用作皇帝、帝位的代稱，如**宸居**是皇帝居處，**登宸**是皇帝即位，**宸極**、**宸樞**都是帝位，**宸章**、**宸藻**都是皇帝的詩文，**宸札**、**宸翰**都是皇帝的書信，**宸謀**、**宸謨**、**宸慮**、**宸算**都是皇帝的謀劃，**宸斷**是皇帝的裁決，**宸衷**是皇帝的心意，**宸襟**是皇帝的胸懷，**宸聰**是皇帝的聽察，**宸眷**是皇帝的恩寵，這些都是在史書中常見的。還有**宸扆**（yǐ）是一個並列式結構的合成詞，也借指皇帝之位，**宸**是皇帝所居的宮殿，**扆**是皇帝座後畫有斧紋的屏風。

高官厚祿

宰相　仕宦　出缺　俸秩　冠帶
彈冠　振纓　乞骸骨

自從中國進入階級社會，產生了國家，有了政府機關，也就有了擔任各種公職的官員。在古籍中，**官**在作名詞用時，最初是指官署或者説官府，後來也指官職或者説官位，再後來就多指官員了，如**文官**、**法官**、**軍官**、**警官**之類的詞至今仍然使用。**官**也可作動詞用，意思是做官或是讓他做官。

古代官員有以**宰**稱的。**宰**本來是奴隷主家中掌管家務的總管，即《説文》所説“在屋下執事者”，以後曾用以稱一般官員，如**大宰**、**小宰**、**里宰**、**邑宰**、**宰人**、**宰夫**都是；再以後竟至把歷代王朝輔佐君主掌管國家大事的最高級官員稱為**宰相**，或是**宰執**、**宰輔**，宰字用在這裏是主宰、主管的意思。

《説文》説：“吏，治人者也。”**吏**在先秦是官員的通稱，大小官員都可以稱為**吏**；漢代以後，**吏**一般指低級官員，有時專指官署中擔任日常行政工作的屬員，即所謂**胥吏**。後世**官吏**並列成詞，泛指公職人員。

官僚中的**僚**也是官。《尚書·皋陶謨》有“百僚師師”之句，意思是説眾官員互相學習，互相效法。又古時有“同官為僚”之説，故把同在一個官署任職的人稱為**同僚**或者**僚友**，長官對同在一個官署任職的屬官稱為**僚屬**或者**僚佐**。

仕和**宦**都作做官解釋。用這兩個字作為詞素，可以構成許多雙音詞，如**仕路**、**仕途**、**宦途**意謂做官或升官的門徑，**宦況**、**宦情**、**宦味**意謂居官的景況和心情，**仕進**意謂進身為官，**宦遊**意謂在外求官，**宦囊**意謂做官所得財物，**宦海**意謂官場險惡有如風波不定的海洋。此外，**仕宦**也可以成詞。附帶説一下：古代的**宦官**，是指在宮廷內侍奉皇帝及其后妃的官員，由被閹割失去性能力的男子充任，與上文所説的作做官解釋的**宦**不同。

缺是空缺，有時也指官職或官位的缺額，如**出缺**、**補缺**、**實缺**。

古時官員所得的薪給，稱為**俸**或**祿**，成語有**尊官厚俸**、**高官**

厚祿；又稱**俸秩**、**祿秩**，**秩**的本意也指薪給，後來引伸指官員的品級。

古代的**冠**是貴族盛年男子特有的一種頭飾，擔任官職的人更是普遍戴冠，因此**冠帶**、**冠蓋**成了官吏或士大夫的代稱。**帶**是腰間束衣的大帶，**蓋**是車上的篷蓋。後世作為名詞用的**冠**，既是戴在頭上的各種帽子的總稱，又可以作為官吏所着官服的借稱，所以將要出來做官叫**彈冠**，棄官而去叫**掛冠**或**投冠**。

文言中表示出仕，還有多種不同的説法。如**振纓**，意與**彈冠**略同，**纓**是繫在頷下的帽帶。如**解巾**，意謂解除平民頭上所裹的頭巾，改戴官帽。如**釋褐**（hè），意謂脱去平民身上所穿的布衣，改着官服。

棄官和辭官也有多種説法。如**投簪**或**抽簪**，**簪**是把帽子紮牢在頭髮上的一種長針，古代擔任官職的人必須束髮整冠，而把簪抽去或者拋開，則意味着不戴官帽了，也就是棄官而去了。如**解龜**、**解組**、**解綬**、**解佩**都表示辭官不做的意思，**龜**是官印上的龜紐，**組**和**綬**是繫印紐的絲帶，**佩**是官服上的飾物。又如**投傳**、**投刺**也表示棄官或辭官，**傳**是出入門關所持的憑證，**刺**是進見上司所持的名片。

官員自請退職的稱為**引退**，因病引退的稱為**引疾**，因避嫌而引退的稱為**引避**；因年老而自請退休的稱為**乞身**，也可以説**乞骸骨**，翻譯成白話就是還我一身老骨頭。

任官受職和升官調職

授　除　拜　升　拔　遷　晉　貶
譖　罷　免　解　革　削　褫

在古代，君主政治和官僚政治是相互為用的：君主需要任用忠誠而有才能的官僚來維護自己的統治，而官僚需要擁戴君主來鞏固自己的權利。正因為君主政治和官僚政治的關係異常密切，今天閱讀古代史書特別是歷史人物傳記時，隨時都會遇到有關職官方面的疑難問題：一是職官的稱謂，二是表示官職任免升降的字詞。關於前者，另有專門的工具書（如《歷代職官表》之類）可供參考，這裏主要介紹後者。

先說有關任官授職和升官調職的字詞。

任的本義指攜帶物件的一種方式，即把物件抱在懷裏。三國時韋昭為《國語·齊語》"負任擔荷"一句作注說："背曰負；肩曰擔；任，抱也；荷，揭也。"這裏說的是四種攜帶物件的方式：**負**是揹在背上，**任**是抱在懷裏，**擔**是挑在肩上，**荷**（hè）是扛在身上（除此之外，還有**戴**，是把物件頂在頭上）。**任**後來引伸到職官上來，在用作動詞時表示任用或出任，如**委任、任職**；在用作名詞時表示職位，如**就任**。

授是給予的意思，引伸到職官上來，也表示任用。

除是更易的意思，引伸為任官授職。據《漢書·景帝紀》顏師古注引如淳說："凡言除者，除故官就新官也。"又代行職務的官員實授本職，稱為**真除**。

拜是一種表示恭敬的禮節，舊時有用一定的禮節授予官職的，故也稱授予官職為**拜**，如**拜相、拜將**。

升是向上提升，引伸為官職高升。在升官的意義上，又有寫作**昇**或**陞**的，今以**昇、陞**作為升的異體字。

拔和**擢**的意思是推舉或者選拔，一般指提升已有官職的人。

遷和**徙**都是移動的意思，也都可以用來表示調動官職，兩者的分別是：**徙**是一般的調動官職，**遷**是升官，而**左遷**是降職，因為古人尊右而卑左，這種分別在《史記》《漢書》中極為明顯。這裏還應該注意的是：有時**遷**又有貶謫的意思，如詩文中常用的**遷客**，指的就是被貶謫到邊遠地區去的官員。

晉與**進**是同義詞，**進**是向前進，**晉**還有向上升的意思，所以升官說**晉**或**晉升**。

再說有關貶官降職和罷官免職的字詞。

貶指降職。**謫**指因獲罪而被降職並被調到邊遠地區去。

罷、免、解是免去官職。**革、削、褫**（chǐ）、**奪**是革除官職。**錮**或**禁錮、廢錮**是革職以後永遠不再起用。

以法律為準繩

法律　科比　三尺　連坐　羅織
　　　推問　三赦　三宥

《説文》説："灋，刑也。平之如水，從水。廌所以觸不直者去之，從去。"古體的**法**是一個由水、廌、去三部分拼合而成的會意字：水是比喻其平如水；廌即獬豸，是古代神話中的一種異獸，形狀像羊，但只有一隻角，能夠辨別是非曲直，見人爭鬥，就用角觸理曲的一方；去是趕走的意思。把這三部分合起來，**法**字的本義是説，如果有人行為不正，大家應主持公道，對他實行制裁。至於現在的**法**字，省去了廌，只留下水和去，實際上是一個已經使用了千百年的簡化字。

從國家制定並強制執行這一點來説，**法**與**律**是同義詞，但所指的範圍有別：**法**所指的範圍大，多偏重於法令、制度；**律**所指的範圍小，多着重於具體的規則、條文。又在用作動詞時，**法**是仿效，如**法古**；**律**是約束，如**律己**。

法律作為一個並列式的合成詞，在現代漢語中，廣義所指包括憲法（國家的根本大法）和各種法令、法規在內，狹義專指憲法以外的普通法律。

科本作動詞用，意為判處刑罰，如**科刑**、**科罪**。後來也把判處刑罰的法律條文稱為**科**，如**作奸犯科**；在這一意義上，**科**與**律**可以互換，如**金科玉律**。

比是判例，即審判案件的成例。古代對法律沒有明文規定的案件，採用比照類似的法律條文和過去的判例作出判決的辦法，並把這些判例彙編成冊，經批准後具有與法律同樣的效力。**科比**並舉，統指法律條文和判案成例。《後漢書•桓譚傳》云："今可令通義理明習法律者，校定科比，一其法度。"李賢注："科謂事條，比謂類例。"

三尺法是法律的別名，也簡稱**三尺**，因為古時把法律條文寫在三尺長的竹簡上。《史記•酷吏列傳》："客有讓周（杜周）曰：君為天子決平，不循三尺法，專以人主意指為獄，獄者固如是乎？周曰：三尺安出哉，前主所是著為律，後主所是疏為令，當時為是，何古之法乎！"又在古籍中，**三尺**有時又用作劍的代稱，如漢高祖劉邦曾説"吾以布衣提三尺取天下",因為劍長也在三尺左右,讀者注意別把兩者攪混了。

在古籍中,常用"坐……"來説明犯罪緣由或判罰,如**坐法**、**坐罪**是因犯法而獲罪,**坐謫**是獲罪被貶,**坐贓**是犯貪污罪,**坐盜**是犯偷竊罪。**連坐**也稱**緣坐**、**相坐**、**隨坐**、**從坐**、**旁坐**,是因一人犯法而使有一定關係的人(如親屬、鄰里或主管者)連帶獲罪。**反坐**是對誣告者的懲處,如誣告別人殺人者,即以殺人罪反坐。

羅織的意思是虛構罪名,陷害無辜。**周納**的意思是苛細地援引法律條文,故意陷人於罪,也説**深文周納**。

辜是罪的同義字,**不辜**就是無罪。

訊和**鞫**都是審理案件。**訊**的本義是查問;**鞫**與**鞠**同,本義是追究。用**訊**字或用**鞫**字組成的雙音詞,有**審訊**、**訊問**、**鞫問**、**鞫訊**等。拷打逼供稱為**拷訊**或者**拷鞫**。

推問也是審理案件:**推**是推究,**問**是查問。俗話有**三推六問**,意謂多次審訊。

判決定案稱為**定讞**,也可以單説**讞**(yàn)。

赦是減輕或免除對犯罪者的刑罰,**宥**是對犯罪者寬大處理。古代有**三赦**、**三宥**的規定。**三赦**是:一赦幼弱(即無責任能力的兒童),二赦老耄(即七八十歲的老人),三赦蠢愚(即癡呆無知的人)。**三宥**是:一宥不識(即因不知法而犯罪),二宥過失(即因疏忽大意而犯罪),三宥遺忘(即因忘記法律的規定而犯罪)。均見《周禮·秋官·司刺》。

囚徒和囚牢

南冠　楚囚　赭衣　囹圄　圜土
請室　蠶室　枷鎖　桎梏

囚是個會意字,篆文方框像是一圈圍牆,中間關着一個面朝左而下彎腰的人。《説文》説:"囚,繫也。從人在口中。"

囚的本意是拘禁,即**囚禁**,作動詞用;引伸為被拘禁的人,即**囚徒**或**囚犯**,改作名詞用了。

牢也是個會意字,篆文外面像是一個圓頂的欄圈,把牛關在欄中，在欄門上再橫上一塊木頭。《說文》說："牢，閑也，養牛馬圈也。"**牢**的本義是飼養牲畜的欄圈，成語有**亡羊補牢**；引伸為作祭品用的牲畜，如牛羊豬三樣祭品齊全的稱為**太牢**，只用羊豬的稱為**少牢**。後來詞義擴大了，又把拘禁囚犯的場所也稱為**牢**，如**囚牢**，成語還有**畫地為牢**。飼養牲畜的欄圈必須堅固，以防牲畜逃跑，因而**牢**又由名詞轉化為形容詞，如**牢固**、**堅牢**，成語還有**牢不可破**。

囚徒和**囚牢**都有不少的別稱。

南冠、**楚囚**出自《左傳·成公九年》記載的一個故事。春秋中期，楚國和晉國長期爭霸，兩國頻繁地在中原地區進行戰爭，周圍的一些小國也隨時受到侵襲。在一次戰爭中，楚國樂官鍾儀被鄭國俘獲，鄭國把他獻給了晉國，被囚禁在晉國的一座庫房裏。兩年之後的一天，晉景公偶然來到庫房，見着了鍾儀，問道："南冠而縶者誰也？"（那個被綁的戴南國帽子的人是誰呀？）管事的人答道："鄭人所獻楚囚也。"於是晉景公叫人給他鬆了綁，對他進行了慰問，還讓他彈琴，他彈的也是南音——南國的樂曲。後人因以**南冠**、**楚囚**作為囚徒的代稱，兼表拘囚異地、懷念故鄉之意。

赭衣是古時囚犯所穿的赤褐色衣服，因以借指囚犯。

獄和**監**都是囚牢。**獄**本指訟事，引伸為罪案，如**斷獄**就是斷決訟事，或者審判罪案；後來則多指拘禁罪犯的囚牢。**監**是囚牢的俗稱。**監獄**、**牢獄**、**監牢**、**牢監**都是並列式合成詞。

囹圄也是囚牢，並可寫作**囹圉**。《釋名·釋宮室》說："囹，領也；圄，御也；領錄囚徒，禁御之也。"

《釋名·釋宮室》又說："獄又謂之圜土，築其表牆，其形圜也。"圜是圓形，**圜土**、**圜牆**都指牢獄，**圜室**則指牢房。

叢棘、**嚴棘**是牢獄的代稱；**棘**是有刺的草木，古代監獄為防犯人逃走，四周圍以刺棘，因有此稱。

狴（bì）和**犴**（àn）都是牢獄名。《詩經·小雅·小宛》有"宜岸宜獄"之句，朱熹注："岸，亦獄也。《韓詩》作犴。鄉亭之繫曰犴，朝廷曰獄。"又《孔子家語·始誅》說："孔子為大司寇，有父子訟者，夫子同狴執之。"王肅注："狴，獄牢也。"**狴**、**犴**、**獄**是同義字，**狴犴**、**犴狴**、**狴獄**、**犴獄**（**岸獄**）、**獄犴**都指牢獄。

還有兩個特殊的名稱。一個叫**請室**，意謂請罪之室，是古代專門囚禁有罪官吏的牢獄。另一個叫**蠶室**，是古代受宮刑者的牢獄，因為受過宮刑的人怕風寒，住處必須嚴密和溫和，就像養蠶所用的屋子一樣。

枷鎖是囚禁犯人的兩種刑具：**枷**是套在犯人脖子上的，用木板製成；**鎖**是由鐵環連接而成的鏈條，用來捆縛犯人的。後以**枷鎖**比喻所受的壓迫和束縛。

桎梏是拘繫犯人手腳的木製刑具，相當於現今的腳鐐手銬，"在足曰桎，在手曰梏"，後以**桎梏**比喻束縛人或事物的東西。

漢代以前拘禁犯人用繩索，稱為**縲紲**，也作**累紲**；漢代以後代以鐵製的連環索，也就是長鎖，稱為**鋃鐺**，也作**郎當**。

（右側豎排）**【政治 歷史】**

兩個 "五刑"

| 墨刑 | 劓刑 | 剕刑 | 宮刑 | 大辟 |
| 笞刑 | 杖刑 | 徒刑 | 流刑 | 死刑 |

古時**刑**和**罰**有分別：**刑**指肉刑和死刑，**罰**指用金錢贖罪；後來**刑**、**罰**並列成**刑罰**，泛指懲處罪犯的強制方法。

五刑是古代的五種刑罰，具體名稱為墨刑、劓刑、剕刑、宮刑、大辟，首見於《尚書•呂刑》，其中四種是殘害犯人肉體的肉刑，一種是剝奪犯人生命的死刑，現分別說明如下：

一是**墨刑**，是用刀刺刻犯人的面部，塗上黑墨，作為懲處的標記，後來又叫**黥刑**。楚漢戰爭中跟隨劉邦擊敗項羽的英布，起義前曾因犯罪黥面，因稱黥布。

二是**劓**（yì）**刑**，是割鼻子。與此相類似的還有割耳朵的**聝**（èr）**刑**。

三是**剕**（fèi）**刑**，又叫**刖刑**，是砍掉腳。與此類似的還有**臏刑**，是削去膝蓋骨。戰國時兵家孫臏的得名，就與他曾受過這種刑罰有關。

四是**宮刑**，又叫**椓刑**、**腐刑**，是毀壞犯人的生殖機能。《尚書》

孔傳："宮，淫刑也：男子割勢，婦女幽閉。"男子割勢是割掉睾丸。婦女**幽閉**，過去多以為是禁閉宮中，其實不然；據近人考證，**幽閉**乃是用棍棒捶擊婦女胸腹，人為造成子宮脫垂，同樣殘害肉體。**宮刑**最初用來懲處淫亂之罪，後來就沒有這種限制了。《史記》作者司馬遷只是因為替敗降匈奴的李陵辯解，得罪了漢武帝，從而被捕下獄，受到宮刑。

五是**大辟**（bì），是死刑的通稱。

五刑從商周時起即已實行，其後屢加更定，唐代正式改為笞刑、杖刑、徒刑、流刑、死刑五種，一直沿用至清，這裏也一一說明如下：

一是**笞**（chī）**刑**，是用荊條或竹板抽打犯人的背脊或臀腿，適用於輕罪犯人。

二是**杖刑**，是用棍棒抽打犯人的背脊或臀腿，比笞刑重，比徒刑輕。另有皇帝在朝廷上讓人用棍棒抽打臣下的肉刑，稱為**廷杖**，明代多用，常有大臣當廷被打死的。

三是**徒刑**，是拘禁犯人使在一定期間內服勞役，比杖刑重，比流刑輕。秦時已有此刑，稱為**城旦舂**，即強制男犯早起築城，女犯舂米。

四是**流刑**，是將犯人遣送到邊遠地區服勞役，比徒刑重，比死刑輕，也稱**流放**、**流配**、**徙邊**。另有將犯人押解到邊遠地區當兵或在軍中服勞役的，稱為**充軍**。至於**刺配**，則是墨刑與流刑的兼用，即在犯人面部刺刻標記，發往邊疆服役。

五是**死刑**，是五刑中最重的一種，也稱**極刑**。

說到古代的**死刑**，不僅名目繁多，而且手段之殘酷達到了駭人聽聞的地步，下面略作一些介紹：

斬是將犯人斬首，即**斷頭**。也稱**殊死**。《說文》說："殊，死也。"段玉裁注："凡漢詔云殊死者，皆謂死罪也。死罪者首身分離，故曰殊死。"

腰斬是將犯人肢體從腰部斬為兩截。腰斬用的刑具是**鈇質**，**鈇**像切草用的鍘刀，**質**是墊在刀下的砧板，犯人裸身伏在砧上受刑，稱為**伏質**。

梟首是將犯人斬首並高懸在木杆上示眾；因與傳說中母梟被幼梟啄食而死，僅留梟首空掛枝頭的情況相似，故有此稱。

　　棄市是在鬧市中將犯人處死並陳屍示眾。語出《禮記·王制》："刑人於市，與眾棄之。"

　　絞是用繩子將犯人勒死或吊死，也稱**縊殺**；由於絞可以保留全屍，因而比身首分離的斬為輕。

　　烹是將犯人投入滾水中煮死，又稱**鼎鑊**或**湯鑊**。**鼎鑊**本是古代炊具，也用作刑具，有足的為**鼎**，無足的為**鑊**，**湯**是滾水。

　　車裂，也稱**車磔**（zhé）、**轘**（huàn）**裂**，俗稱**五馬分屍**，是將犯人的頭和四肢分別拴在五輛車上，以五馬駕車，同時分馳，撕裂肢體。秦以前用於犯人死後，秦以後用於犯人未死之時。

　　凌遲，也作**陵遲**，又稱**寸磔**、**臠割**，俗稱**剮刑**或**千刀萬剮**。這是一種最殘酷的死刑，即用刀把肉一塊一塊從骨頭上割光，使犯人受盡痛苦而死，開始於五代。

　　附帶談一談**炮**（páo）**烙**。**炮烙**本作**炮格**，相傳是殷紂所用的一種酷刑，見載於《史記·殷本紀》："百姓怨望而諸侯有畔者，於是紂乃重刑辟，有炮格之法。"裴駰集解引《列女傳》說："膏銅柱，下加之炭，令有罪者行焉，輒墮炭中，妲己笑，名曰炮格之刑。"**炮**是燒烤，**格**是銅柱，格下燒炭，使之受熱發燙，讓受刑的人步行格上墜入火中燒死，這就是炮格之刑。後稱**炮烙**，**烙**是燒灼，**炮**、**烙**兩字同義並列，刑罰也逐漸轉變為用燒紅的鐵烙人。

　　古代刑罰不僅施於活着的人，有時還施於已經死去的人，所謂**戮屍**，即將已死的重罪犯人，挖墳開棺，斬戮屍體。清代呂留良死後因受文字獄牽連而被戮屍，就是眾所周知的一例。

　　古代一人犯死罪，有時親屬會牽連被殺，即所謂**夷族**、**赤族**或**族誅**、**族滅**。有夷三族的，指父母、兄弟、妻子（一說指父族、母族、妻族）；有夷九族的，包括從高祖到玄孫的直系親屬，以及旁系親屬中的兄弟、堂兄弟。明代方孝孺拒絕為成祖起草登極詔書，被誅滅十族（九族外加學生），死者八百七十餘人，是最為慘無人道的一例。

"符"和"節"都是信物

竊符救趙　仗節牧羊　虎符
魚符　使節　符節

戰國時魏信陵君**竊符救趙**的故事，是人所熟知的。當時秦兵圍攻趙都邯鄲，趙國向魏國求援，魏安釐王因害怕強秦，屯兵不敢前進，魏信陵君得到魏王寵妃如姬的幫助，**竊取**發兵的虎符，馳往魏將晉鄙軍中，殺死晉鄙，奪取兵權，進而擊敗秦兵，解了趙都邯鄲之圍。

西漢蘇武**仗節牧羊**的故事，也是人所熟知的。蘇武奉命出使匈奴遭囚禁，匈奴貴族對他多方威脅利誘，並把他送到北海邊無人處牧羊，他在那裏過着齧雪吞氈的艱苦生活，堅持十九年不屈，無論睡覺還是起身，手裏都拿着從長安帶來的節，以至節上的飾毛全都脫落。

信陵君竊符的**符**，蘇武仗節的**節**，都是古代的信物，也就是可以作為憑證的東西。

先說**符**。符是古代君主授予臣下的信物，用以作為傳達命令或調遣軍隊的憑證。符以銅鑄的為多，也有用金、玉、竹、木製成的，可從中剖分為兩半，有關雙方各執一半，稱為**剖符**；使用時兩半相合，表示已驗證可信，稱為**合符**。現在常用的**符合**、**相符**、**不符**等詞，就是從這裏產生的。現知最早的符是戰國時的，因製成虎形，故稱**虎符**。秦漢仍沿用虎符，符背刻有銘文，其字體稱為**刻符**，為《說文》所云"秦書八體"之一。嗣後到了唐代，高祖為避祖父李虎諱，廢除虎符，改用魚符，武則天改為龜符，中宗初年又恢復魚符。**魚符**分左右兩半，字都刻在符陰，上端有一同字，中縫處刻**合同**兩字，分開後，符的兩半都只有半個字，合在一起就相同了，所以稱為**合同**。現在工商企業之間簽訂的合同，也都是一式兩份，甲乙雙方各執一份作為憑證。

再說**節**。據《漢官儀》記載：漢代的節是"以竹為之，柄長八尺，以氂牛尾為其眊三重"，漢尺約合今市尺七寸，可知是在一根約長五尺半的竹柄上，束有上下三重用氂牛尾製成的節旄。再從上述蘇武的事跡可以看出兩點：一是漢代使臣所持的節，是皇帝授予的，意在表示持節者作為皇帝代表的身份；二是對於使臣來說，他所持的節又是皇帝和國家的象徵，因此一定要人在節在，以表示對皇帝和國家忠貞不貳的感情。正由於使臣持節，故產生**使節**一詞，一直沿用至今。另外，在漢代，除了派出的使臣以外，一般在傳達皇帝命令時，也是憑節為信的，只是這種節作為信物的制度，到唐代就逐漸衰落了，後來人們雖以**符節**連稱，實際上是單指符而言。

有的放矢

弓箭　弧矢　機栝　彎弓　彀中
箭羽　鵠的　飲羽

弓箭是弓和箭的合稱：弓是用來發射箭的，而**箭**則依靠弓的彈力被發射到遠處。

弓箭最早只是一種狩獵工具，後來發展成為遠射武器。原始的弓箭比較簡單粗糙。《周易‧繫辭下》說："弦木為弧，剡木為矢，弧矢之利，以威天下。"這裏所說的**弧矢**，就是原始的木製弓箭：弓是用堅硬的木枝彎成的，箭是用木棒削成的。隨着戰爭的發展，弓箭的結構和材料不斷進步，製作技術日益精良，並且出現了一種改進型的弓，其名為**弩**。《說文》解釋說："弩，弓有臂者。"弩就是有臂的弓，在這種弓的臂上裝上扳機，人在射箭前先把弓弦向後拉，掛在扳機的鈎子上，待到瞄準之後，用手扣動扳機，鈎子下墜，弓弦向前猛彈箭桿，使箭快速而準確地射向目標。古書上有**機栝**一詞，**機**指弩的發箭器，即扳機，**栝**是箭末扣弦處；**機栝**並稱，比喻辦事的權力。

弓的彈力來自用牛筋繩子做成的弓弦。**張**是拉緊弓弦，**弛**是放鬆弓弦。**張弛**或者**弛張**常用以形容事業的興廢和處事的寬嚴。成語**一張一弛**，出自《禮記‧雜記下》："張而不弛，文武弗能也；弛而不張，文武弗為也。一張一弛，文武之道也。"原意是說治理國家要寬嚴相濟，現多比喻生活和工作要有鬆有緊，有節奏地進行。

引是把弓拉滿。成語**引而不發**，出自《孟子‧盡心上》："君子引而不發，躍如也。"意思是說，善於教人射箭的人拉滿了弓，卻不把箭發射出去，只是擺出一副躍躍欲試的樣子，好讓學射的人自己去揣摩體會；現多比喻善於啟發引導。

彎弓是拉滿弓準備射箭。**貫弓**、**關弓**是**彎弓**的不同寫法，讀音與**彎弓**相同。

彀（gòu）是使勁拉弓。**彀中**指拉弓後射出的箭所能達到的有效範圍。據五代王定保《唐摭言‧述進士》載，唐太宗初行科舉考試時，一次看到許多新考取的進士前後排成長隊走了出來，不覺高興地說："天下英雄入吾彀中矣。"成語**入吾彀中**，意為落進我的圈套，或者說受我支配。

矢是箭的古稱。**鏃**和**鏑**都是金屬的箭頭。為了防止箭射出後因在空中旋轉而失去方向，須在箭末用線纏上幾排羽毛，稱為**箭羽**或者**箭翎**。

響箭和**鳴鏑**（dí）都是發射時會發出響聲的箭，古代軍隊多用以發佈命令。**嚆**（hāo）**矢**也是響箭，一般用來比喻事物的起始，因為人們聽到響聲總在中箭之先。

練習射箭用的靶子，古代稱為**射侯**或**侯**。射侯用獸皮和布製成。射侯面積的大小，取決於發射地點與目標間的距離；距離遠的侯大，距離近的侯小。射侯的中心部位名為**的**（dì），又名為**鵠**（gǔ），也可並稱**鵠的**；成語有**有的放矢**、**眾矢之的**。

古代有許多以善射聞名的射手，也留下好些形容善射的詞語，如**破的**是說發箭正中鵠的；**飲羽**是說發箭深入目標物，箭末羽毛隱沒不見；**百發百中**是說射箭每次都命中目標；**百步穿楊**是說能在百步之外用箭射穿指定的一片楊柳葉子。

戰爭是流血的政治

興兵　構兵　弭兵　兵戈　烽火
兵災　兵火　鏖戰　背水一戰

戰爭是流血的政治，是為了解決政治矛盾而進行的武裝鬥爭。歷來的戰爭可以分為正義的和非正義的兩類：一切符合人民群眾和民族根本利益的戰爭是**義戰**，一切違背人民群眾和民族根本利益的戰爭是**不義之戰**。

在古籍中，戰爭有着很多不同的説法。

作戰要有兵器，現在説武器。《説文》説："兵，械也。"**兵**字本作兵器解釋，後來引伸指戰士或軍隊，也就是手持兵器作戰的個人或人群，如**調兵遣將**。**戎**也是兵器，也引伸指軍隊，如**投筆從戎**。兵還用作戰爭的代稱：**興兵**是開戰，**構兵**是交戰，**弭兵**是停戰。

廣義的兵器，既包括攻擊性的，也包括防衛性的。攻擊性的如**刀**是用於近距離的短兵器，**戈**是用於中距離的長兵器，**弓箭**是遠射武器。防衛性的如**甲**是保護身體的衣服，**革**是皮製的甲，**干**是抵擋刀箭的盾牌。用這些兵器名稱並列構成的雙音詞，如**刀兵**、**兵戈**、**兵甲**、**兵革**、**干戈**，常用作兵器的統稱，並借指戰爭。再有**鋒鏑**一詞，**鋒**是刀口，**鏑**是箭頭，兩者並列，也泛指兵器，並引伸為戰爭。

還有一些戰爭的代稱，來源於古代利用烽火傳遞軍事警報的方法。據史書記載，早在西周時期，中國就已經建立了從地方到中央的烽火設施，漢代烽火制度更臻完善，以後歷代王朝相沿不廢。當時在邊境和通往邊境的道路上，每隔一定的距離，就築有一座烽火台，接連不斷。烽火台派兵士守衛，裏面儲備柴草，如果遇有緊急情況，便一個接一個地點燃烽火傳遞警報，一般是白天放煙，夜晚舉火。正因為烽火預示着軍事行動的到來，於是**烽火**、**烽煙**、**煙火**成了戰爭的借詞。也有説**烽燧**的，分開來説，白天放煙叫**烽**，夜晚舉火叫**燧**。也有説**狼煙**、**狼烽**的，據説點烽火多用狼糞，取其煙直上高空，聚而不散。此外，**烽鼓**、**煙塵**也指戰爭，**鼓**是戰鼓，**塵**是戰場上揚起的塵土。

戰爭給人民帶來的災禍，稱為**兵災**、**兵禍**、**戰禍**。成語**兵連禍結**，是説戰爭連續，災禍頻仍。戰爭中常發生焚燒破壞的事情，稱為**兵火**、**戰火**、**兵燹**（xiǎn）；**燹**本指野火，後來成為戰火的專用字。

關於作戰的詞語很多，這裏只介紹一些比較費解的。**搦戰**意為挑戰，多見於通俗小説。**酣戰**意為久戰不歇。**鏖戰**意為苦戰、激戰。**背水一戰**，是說沿河設陣，後無退路，表示與敵人決一死戰。**背城借一**，也簡作**借一**，語出《左傳·成公二年》，是說在自己的城下與敵人作最後決戰。

祭祀是"國之大事"

五禮　郊社　郊祭　社稷　社日　封禪　齋戒

古人非常重視**祭祀**，認為**祭祀**乃是"國之大事"。《周禮》把吉禮、凶禮、軍禮、賓禮、嘉禮總稱為**五禮**，居五禮之首的**吉禮**就是祭祀之禮。

祭與**祀**同義，兩字可替換使用，也可以並列成為一詞。從語源上說，**祭**與**薦**是同源字；《穀梁傳·桓公八年》范寧注："無牲而祭曰薦，薦而加牲曰祭。"說明兩字同是進獻食物，只不過有無牲與加牲之別而已。再有，**祀**與**祠**也是同源字；**祠**的原意是祭，本作動詞用，後來把舉行祭禮的廟堂也叫做**祠**，如**神祠**、**宗祠**，則是當作名詞用了。

在古人的心目中，天有**天神**，地有**地神**（地神名祇）；天上的日月星辰，風雨雷電，地上的山林川澤，田地莊稼，莫不有神。古代祭禮：每年冬至日帝王在南郊祭天稱為**郊**，夏至日在北郊祭地稱為**社**，合稱**郊社**。有時又泛稱在郊外祭祀天地為**郊祭**、**郊祀**。古人以為天圓地方，故在祭天時築圓形高台，稱為**圜丘**，祭地時築方形高台，稱為**方丘**。

這裏要解釋一下**社**字。《說文》說："社，地主也。《春秋傳》曰：共工之子句龍為社神。《周禮》：二十五家為社，各樹其土之所宜木。"**社**的本義是土地神，也就是神話傳說中管理一個小地面的神，不過古代的社神位望隆崇，並不像後世小說戲曲所描寫的土地神那樣卑微，所以**社**字與被尊為穀神的**稷**並列，組成**社稷**一詞，作為國家的代稱。

後來**社**的字義擴大了，人們把祭祀社神的場所也叫做**社**，如**里社**就是古時里中供奉社神的處所，以後**社**又成了相當於**里**的地方基層行政單位。另外**社**也可當作動詞用，作祭祀社神解，如每年春秋兩次祭祀社神的日子稱為**社日**，一般在立春、立秋後第五個戊日舉行，分別稱為**春社**、**秋社**；祭祀社神所供食品，分別稱為**社肉**、**社酒**、**社飯**。

　　封禪之説，由來已久。《史記·封禪書》説："自古受命帝王，曷嘗不封禪。"**封禪**是古代帝王祭祀天地的大典，一般在泰山舉行——在泰山上築壇祭天為**封**，在泰山下的梁父山闢場祭地為**禪**，兩者合稱**封禪**。在歷史上，秦始皇和漢武帝都曾在泰山舉行過盛大規模的封禪祭典，後代帝王仿效的很多，直到南宋以後，才轉換成另一種形式，即將**封禪**和**郊祭**合為一體。以明清兩代帝王為例，在首都北京，南有祭天的**天壇**，北有祭地的**地壇**，東有祭日的**日壇**，西有祭月的**月壇**；在天安門兩側，東是祭祀皇家祖先的**太廟**（現為勞動人民文化宮），西是祭祀土神和穀神的**社稷壇**（現為中山公園）；另外天壇附近還有供奉先農神牌的**先農壇**，**先農**就是古代神話傳説中最先教民耕種的人。

　　附帶説一下**齋戒**。古人在參加祭祀或其他重要典禮之前，沐浴更衣，不飲酒，不吃葷，不與妻室同房，整潔心身，以示虔誠，稱為**齋戒**：**齋**是變食（改變平常的飲食），**戒**是除不潔。《孟子·離婁下》有云："雖有惡人（面貌醜陋之人），齋戒沐浴，則可以祀上帝。"齋戒日期有長有短：短的隔夜，稱為**齋宿**；長的三至七天不等。

教育典籍

國學和私學

國學　鄉學　六藝　辟雍　入泮
太學　國子學　私塾　書院

中國古代教育制度的歷史十分悠久，據記載早在奴隸制時代就有了官辦的專門進行教育的機構——**學校**。《孟子·滕文公上》説："設為庠序學校以教之。庠者養也，校者教也，序者射也。夏曰校，殷曰序，周曰庠，學則三代共之，皆所以明人倫也。"《禮記·學記》也説："古之教者，家有塾，黨有庠，術有序，國有學。比年入學，中年考校。一年視離經辨志，三年視敬業樂群，五年視博習親師，七年視論學取友，謂之小成；九年知類通達，強立而不反，謂之大成。"這裏所説的**校**、**序**、**庠**（xiáng）、**學**，都是當時官辦學校的名稱。

試以西周的教育機構來説明。西周時設在王城和諸侯國都的**國學**，是大貴族子弟的學校；各地所設的**鄉學**，是一般貴族子弟的學校。根據貴族子弟的入學年齡和程度高下，國學分為**大學**和**小學**兩級。教學內容為**禮**（禮節儀式）、**樂**（音樂舞蹈）、**射**（射箭）、**御**（駕車）、**書**（寫字）、**數**（計算），合稱**六藝**；小學以書數為主，大學以禮樂射御為主。按照規定，貴族子弟八歲入小學，十五歲入大學；小學七年，大學九年，或者更長一些。

上古學校兼有養老的職能，這顯然是由於當時社會大都由經驗豐富的年長者承擔教育任務的緣故。《禮記·王制》説："有虞氏養國老於上庠，養庶老於下庠；夏后氏養國老於東序，養庶老於西序；殷人養國老於右學，養庶老於左學；周人養國老於東膠，養庶老於虞庠，虞庠在國之西郊。"這裏的**上庠**、**東序**、**右學**、**東膠**都是大學，**下庠**、**西序**、**左學**、**虞庠**都是小學；但也有説兩者都是大學，同在城郊學宮內，只不過有上堂下堂或楹東楹西之別而已。《禮記·王制》又説："大學在郊，天子曰辟雍，諸侯曰泮宮。"據説西周天子所設大學，四面環水，有如璧之圓形，故名**辟**（bì）**雍**；諸侯所設大學，前有半月形的水池，故名**泮宮**，後世稱入學為**入泮**或**游泮**，即來源於此。

太學和**國子學**都是中國古代的最高學府。太學始建於西漢，東漢大為發展；國子學始建於西晉，與太學並立。此後直到明清兩代或設太學，或設國子學（國子監），或兩者同設，名稱不一，制度也有變化，但都是最高學府，只是當兩者同設時，國子學的教育對象限於貴族官僚子弟。

歷代除了官辦學校之外，還有私人辦的學校。西周以前，學在官府。春秋時孔子首開私人講學之風；戰國時私學大盛。漢以後，私學成為學校教育的重要組成部分。明清時期的**私塾**是私學的一種，有塾師自設的**學館**、**蒙館**，有地主商人設立的**家塾**，也有以祠堂廟宇的地租收入或私人捐款舉辦的**義塾**。

另有一種名為**書院**的教育機構，一般選山林名勝之地作為院址，由著名學者自由講學其間；創辦者或為私人，或為官府。書院始建於唐代，大興於宋代，元代各路州府都設書院，明清時期仍然盛行。書院之特別知名者，有建於江西廬山的**白鹿洞書院**，建於湖南衡陽的**石鼓書院**，建於河南登封的**嵩陽書院**，建於河南商丘的**應天府書院**，建於湖南長沙的**嶽麓書院**，建於江蘇無錫的**東林書院**。

書籍與印刷

簡牘　韋編　汗青　殺青　卷軸
雕版印刷　付梓

中國最早的**書籍**，大都是用筆墨寫在竹片或木片上的，因此與書籍制度有關的單字，從**竹**從**片**的特別多。

古代書籍的材料是竹和木，具體地說，是截削成的狹長竹片和木片——寫在竹片上的叫**簡**，寫在木片上的叫**牘**，合起來稱**簡牘**，有時也把竹製的和木製的通稱為**簡**。

簡一般指單獨的竹片，如果把若干竹簡連串在一起，就叫做**策**，後來也寫作**冊**，現今書籍以冊計數即來源於此。

怎樣把首尾相接的若干竹簡連串起來呢？或是用絲繩，或是用皮繩，兩者通稱為**編**。孔子晚年喜愛《周易》，翻來覆去地讀，以至**韋編三絕**；**韋編**就是連串竹簡的牛皮繩子，把皮繩一次又一次地磨斷，可見他讀書的勤奮。

古人在竹簡上寫字，先要經過火烤脱水，讓青竹出汗，這樣寫起來方便，又可以防止腐蝕，後來便把**汗青**或**汗簡**作為書籍的代稱，有時表示成書之意。南宋民族英雄文天祥《過零丁洋》詩有“人生自古誰無死，留取丹心照汗青”的名句，這裏的**汗青**特指史書，意思是説，人要死得有價值，留下一顆赤紅的心，在史書上發出燦爛的光輝。

殺青的意思與**汗青**相同。但另有一解，説是古人著書，初稿寫在青竹皮上，以便隨時塗改，待改定後再削去青皮，寫在竹白上，因此後人便把書籍定稿稱為**殺青**。

以後發明了造紙術，有了寫在紙上的書（在此之前還有帛書，即寫在絲織品上的書）。紙書寫好以後，把若干張黏連起來成為長幅，從左到右捲作一束，稱為**卷**，書籍分卷即來源於此。每一卷書都用一根木棍作為軸心，以便隨時展開和收捲，就像現在看到的裝裱好的字畫一樣，所以書籍稱為**卷軸**。以後發明了印刷術，書籍都裝訂成冊，就只稱字畫為**卷軸**了。若干卷書用一個套子包起來，叫做**卷帙**，**帙**就是包書的套子，用布帛製成，書一套為一帙。現今人們有時還説**卷帙浩繁**的話，意思是書籍很多或者某一部書的篇幅很多。

現在我們看到的線裝古書，大部分是**雕版印刷**的。**雕版印刷**純靠手工操作，方法是先在木塊上刻上圖畫或文字，作為印版，然後用棕刷蘸墨刷在印版上，把紙張覆蓋上去，再用乾淨的棕刷擦過，圖文就印在紙上了。手工印刷需要雕版，而雕版必須用刀，因此有一些以刀為義符的形聲字與印刷有關。

先説一個**刊**字。古時**刊**指書版雕刻；現在**刊**可作動詞用，如**刊載**、**刊登**，也可以作名詞用，如**期刊**、**副刊**。刊字又有削除的意思，古時把文書寫在竹簡上，有錯誤就削除，這就是**刊**；**不刊**就是無須修改，或者説不可磨滅。成語**不刊之論**，指的是顛撲不破的至理名言，如果把它理解為沒有發表價值的議論，那就大錯特錯了。

再説**剞劂**（jī jué）兩字。**剞**是曲刀，**劂**是曲鑿，都是雕刻書版用的工具，後來並列成**剞劂**，用作雕版印刷的代稱。

人們常把書稿完成交付刻印稱為**付梓**，把書籍的刻印發行稱為**梓行**。**梓**是一種落葉喬木，生長較快，木質輕軟易刻，古時常用以作為雕版的材料，故有此稱。另外，如果刻印的是內容重要而又印數較多的書籍，則宜採用木質細膩的棗樹和梨樹為雕版材料（棗木和梨木內含糖分，容易被蟲蛀損，不利於長期保存，是其缺點），因此**梨棗**或者**棗梨**也成了雕刻書版的代稱，如說**交付梨棗**就是交付刻印，**災梨禍棗**就是濫刻濫印那些有害無益的書。

文具的擬人化

筆　毫　翰　毛穎　管城子
中書君　毛錐子　尖頭奴

人們寫字用的毛筆，是甚麼時候甚麼人發明的，現在難以考查明白。相傳秦代名將蒙恬是毛筆的發明人，但近年來在戰國時代的古墓中已經發現毛筆，可知製筆並不自秦代始。有一種説法，認為毛筆是早就有了的，到蒙恬時又對筆桿筆頭所用的材料和製作方法作了一些改進，使之更便於寫字，因此後人推崇他為製筆的始祖。這種説法比較可信。

筆從竹從聿。《説文》説：“聿，所以書也。楚謂之聿，吳謂之不律，燕謂之弗。”可知古代筆字本寫作**聿**，而**不律**則是筆字的析音。

毫是作筆頭用的尖毛，**管**是作筆桿用的細長管子：兩者常用作毛筆的代稱。人們常説的**揮毫**是揮筆寫字，**握管**、**搦**（nuò）**管**是執筆寫字，**染毫**是用筆蘸墨寫字。**寸毫**是説筆頭長不盈寸，**柔毫**、**弱毫**是説筆頭纖細而柔軟。現今文具店出售的毛筆，有用羊毛作筆頭的**羊毫**，用黃鼠狼毛作筆頭的**狼毫**，用紫色兔毛作筆頭的**紫毫**，兼用羊毛和黃鼠狼毛的**兼毫**；至於筆桿，則大都是斑竹管所作。

這裏要特別説一説**翰**字。**翰**是鳥的羽毛，古時有以羽毛為筆的，故也以**翰**作為毛筆的代稱，義同於**毫**。**毫翰**可以連用，也可以替換，如**揮毫**也説**揮翰**，**染毫**也説**染翰**，**寸毫**、**柔毫**、**弱毫**也説寸**翰**、**柔翰**、**弱翰**。**翰墨**是筆墨，借指文辭；**翰藻**是辭藻；**翰林**、**翰苑**是文辭彙集之處，猶今言文壇；**文翰**是文章；**書翰**是書信。

唐代文學家韓愈寫過一篇《毛穎傳》，用擬人化的手法描寫毛筆的歷史，頗有奇趣。文中虛擬了**毛穎**其人，**毛穎**即毛筆，因為毛筆用動物的毛製成，筆頭有鋒穎。文中又給毛筆加上了**管城子**、**中書君**的名號：**管城**説筆桿是竹管做的，**中書**是適合寫字使用的意思。以後**毛穎**、**管城子**、**中書君**便都成了毛筆的別稱，為一些詩文所引用。另外，在《毛穎傳》中，對墨、硯、紙也各取了一個擬人化的別名：墨叫**陳玄**，因為墨是黑色，而又愈陳愈好；硯叫**陶泓**，因為硯是用陶土燒成的，而又能容水（後又叫**石泓**）；紙叫**楮（chǔ）先生**，因為楮是造紙的原料。

毛筆的別名還有**毛錐子**，見於《新五代史·漢史·史弘肇傳》；**尖頭奴**，見於《魏書·古弼傳》，都因筆頭尖細而得名。

聲樂和器樂

五聲　八音　雅樂　俗樂　唱和
歌謠　管弦　絲竹

音樂是一種表演藝術，有用樂器演奏的音樂，稱為器樂；有歌唱的音樂，稱為聲樂（可以用樂器伴奏）。

關於音樂，中國古代有**五聲**和**八音**的説法。

五聲也叫**五音**，是古代五聲音階上的五個音級，名為**宮**、**商**、**角**、**徵（zhǐ）**、**羽**，大致相當於現行簡譜上的 1、2、3、5、6。

八音是古代對樂器的統稱，指**金**、**石**、**土**、**革**、**絲**、**木**、**匏**、**竹**八類：鐘（青銅製）屬金類，磬（石製）屬石類，塤（陶製）屬土類，鼓（蒙皮）屬革類，琴瑟（張弦）屬絲類，祝敔（木製）屬木類，笙竽（以匏為座）屬匏類，管籥（竹製）屬竹類。以現代音樂的標準來分，金石革木四類為打擊樂器，土匏竹三類為管樂器，絲類為弦樂器。

古代有**雅樂**與**俗樂**之分：**雅樂**指宮廷音樂，**俗樂**指民間音樂。**鄭聲**或**鄭衛之音**是春秋戰國時代流傳於鄭衛等國的民間音樂，因其音調柔弱，歷來受到儒家的貶斥，成為正統雅樂的對立面。曹植《當事君行》有云：「朱紫更相奪色，雅鄭異音聲。」**雅鄭**對舉，**雅**表正聲，**鄭**表淫邪之音。

唱和是歌唱時有人帶頭唱，有人隨聲應和。《荀子·樂論》有「唱和有應，善惡相象」之句。後來**唱和**又指文人以詩詞相贈答，義同**唱酬**。

在歌唱的意義上，**歌**、**謠**、**謳**是同義字。《詩經·魏風·園有桃》說：「心之憂矣，我歌且謠。」毛傳：「曲合樂曰歌，徒歌曰謠。」意思是說，**歌**是用樂器伴奏的正規歌唱，**謠**是沒有樂器伴奏的自由歌唱。後來**歌謠**並列，轉為名詞，泛指民間口頭流傳的各種韻語，包括**民歌**、**民謠**、**兒歌**、**童謠**在內。**謳**也是沒有樂器伴奏的自由歌唱。**謳歌**連稱兼有讚頌義，如《孟子·萬章上》說的「謳歌者不謳歌堯之子而謳歌舜」。

在樂器演奏的意義上，**吹**、**彈**、**鼓**、**擊**是近義字。**吹**是用嘴吹氣，適用於管樂器，如**吹笙**。**彈**是用手指撥弄，適用於弦樂器，如**彈琴**。**鼓**本為樂器名，作動詞用意為用手敲擊，適用於打擊樂器，如**鼓鐘**；但又兼有彈字義，適用於弦樂器，如**鼓琴**、**鼓瑟**。在先秦古籍中，弦樂器演奏一般用**鼓**不用**彈**，唐代以後用**彈**的多，用**鼓**的少。**擊**也是用手敲擊，適用於打擊樂器，如**擊鼓**。

管弦、**絲竹**是對管樂器和弦樂器的統稱，又泛指音樂。《晉書·孟嘉傳》有「絲不如竹，竹不如肉」的話，**肉**指從人口發出的歌聲，相對於樂器演奏的聲音而言，**肉竹**也泛指音樂。

急管繁弦是說樂器演奏得急促而繁復。**品竹彈絲**是說演奏各種樂器。**引商刻羽**指十分講究聲律的樂曲演奏。

形容樂聲的詞兒，有**高亢**，是說樂聲高昂宏亮；有**嘹亮**，是說樂聲清晰響亮；有**悠揚**，是說樂聲和諧而時高時低；有**婉轉**，是說樂聲柔和而曲折有致；還有**鏗鏘**，也是形容樂聲響亮有力的，但多指器樂。

抑揚頓挫，是說樂聲高低轉折，節奏分明；**抑**是降低，**揚**是提高，**頓**是停頓，**挫**是轉折。

人們常用珠玉來比喻歌聲，取其圓潤流暢之意。**珠圓玉潤**就是這樣的一句成語。此外，如**珠喉、珠歌、貫珠**，都是對美妙歌聲的形象性比喻。

也有用誇張手法來描繪各種樂聲的，如**高唱入雲**，是説樂聲響亮，直上雲霄；如**穿雲裂石**，是説樂聲高昂，可以衝上雲天，震裂巨石。還有**迴腸蕩氣**，極言樂聲之感人，致使肝腸迴旋，心氣激蕩。

中國的音樂起源很早，在先秦古籍中記載了不少樂聲感人的美麗傳説，並且流傳下來一些詞語，至今仍為人們所慣用。

薛譚和**秦青**是古代傳説中秦國兩位善歌的人。薛譚向秦青學習唱歌，還未曾完全學得秦青的本領，就告辭回家。秦青也不挽留，特地在城外的大路旁為薛譚餞行，席間秦青敲起拍板，放聲歌唱，歌聲震動樹林，連高空中飄動的浮雲也停了下來（原文是"聲振林木，響遏行雲"），薛譚聽了，連忙向秦青認錯，請求繼續從師學習，終身不敢再提回家的事。此事見載於《列子・湯問》，後來以成語**響遏行雲**形容歌聲嘹亮，就是由此而來的。

成語**餘音繞樑**，或作**繞樑三日**，也出自《列子・湯問》，是由秦青口述的一個故事。大意是説，**韓娥**很會唱歌，一次她到東方的齊國去，途中斷了糧，路過雍門（齊國的城門）時，只得以唱歌求食，她的歌聲動聽極了，以至於她離開雍門之後，那餘音一直在屋樑上迴蕩，一連三天沒有消失，附近居民還以為她沒有離去呢。後來人們便用**繞樑**來形容歌聲優美，使人回味無窮。

《荀子・勸學》有云："昔者瓠巴鼓瑟而流魚出聽，伯牙鼓琴而六馬仰秣。"**瓠巴**是古代傳説中齊國善鼓瑟的人，這裏説游魚聽到他的瑟聲會躍出水面；**伯牙**是古代傳説中楚國善鼓琴的人，這裏説正在吃草的馬匹聽到他的琴聲會抬起頭來。由此形成的成語**流魚出聽**（一作**潛魚出聽**）和**六馬仰秣**（簡作**仰秣**），一方面説明樂聲之美妙，另一方面也説明演奏者的學有專精：兩者都是足以感動萬物的。

戰國時代作家宋玉在《對楚王問》中講了一個故事，説是有人在楚國都邑郢城歌唱，起先他唱《下里》《巴人》，城中跟着他一起唱的有好幾千人；後來他唱《陽春》《白雪》，跟着他一起唱的就只有幾十人了。這裏說的**陽春白雪**和**下里巴人**都是當時楚國的歌曲名稱，前者屬於較高級的音樂，現在常用以比喻高深的文藝作品；後者屬於較低級的音樂，現在常用以比喻通俗的文藝作品。還有成語**曲高和寡**，也出自這個故事，原文作"其曲彌高，其和彌寡"，意思是說樂曲的格調越高，能夠跟着唱的人越少；本來比喻知音難得，現在也指言論或作品故作艱深，別人難於理解，多少含有一些諷刺意味。

聖經賢傳

五經　九經　十二經　十三經
四書　緯書　七緯　讖緯

張華《博物誌》云："聖人製作曰經，賢者著述曰傳。"成語**聖經賢傳**，是儒家典籍**經**和**傳**的統稱。

經的本義是織物的縱線，與之相對的是**緯**，即織物的橫線；經正而後緯成，沒有經就談不到緯，所以經是主要的。後來從織物引伸到了地面，把南北行的道路叫做**經**，東西行的道路叫做**緯**；現今地理學上將假定的沿地球表面與赤道垂直的東西分度線稱為經線，與赤道平行的南北分度線稱為緯線，也是同樣的意思。再後來**經**又有正常或尋常義，常規常法都名為**經**，**經常**還可以並列成詞，以表示經久常行之意。至於把某些被尊崇的典範的書籍稱之為**經**，據說是戰國時代開始的，起初並不局限於儒家經書，如道家的《老子》又有《道德經》之名，墨家的《墨子》書中重要部分又稱《墨經》都是；到漢武帝時罷黜百家，獨尊儒術，於是經成為儒家經書的特稱，但是後來的宗教徒也有把自己的典籍稱為經的，如道教的《玉皇經》，佛教的《金剛經》，基督教的《聖經》，伊斯蘭教的《古蘭經》，甚至專門敍述某種事物、某種技藝的書籍也有稱為**經**的，如《山海經》《水經》《茶經》。當然，在中國長期的社會文化中，人們在說到**經**時，通常是專指儒家經書而言。

說到儒家的**經**，它的範圍並不是一成不變的，而是有一個不斷擴大的過程。大致的情況是這樣的：漢武帝時立五經博士，**五**

經指的是《詩》《書》《易》《禮》《春秋》。唐代以科舉取士，在明經科中有**三禮**（《周禮》《儀禮》《禮記》）、**三傳**（《左傳》《公羊傳》《穀梁傳》），連同《詩》《書》《易》，名為**九經**。唐文宗時刻**石經**，將《論語》《孝經》《爾雅》列入，是為**十二經**。宋代又將《孟子》列入，因有**十三經**之稱。總的來看，**五經**是最基本的，五經之後增列的經書多為五經的附庸，如《左傳》《公羊傳》《穀梁傳》是解說《春秋》的，《禮記》是解說《儀禮》的。

另有所謂**四書**，因南宋理學家朱熹編撰《四書章句集注》而得名，此書取《禮記》中的《大學》《中庸》兩篇，與《論語》《孟子》配合，明清時代被定為必讀注本。

經書之外，又有**緯書**。緯書的特點是用儒家經義附會人事吉凶禍福，預言治亂興廢，內容多為奇特怪誕的神學迷信。緯書有《詩緯》《書緯》《易緯》《禮緯》《樂緯》《春秋緯》《孝經緯》七種，總稱**七緯**。緯書與巫師方士製作的**讖文**合稱**讖緯**。讖緯盛行於漢代，隋煬帝時嚴令焚燬，因而大部分失傳。

"注，灌也"

訓詁　經傳　箋　解　釋
章句　集解　義疏　注疏

我們閱讀古書，首先遇到的困難，就是語言的時代隔閡；好在一些比較重要的古書，前人大都作過注解，有的古書還有多種注本，這就給我們提供了不少方便。

清末學者陳澧在《東塾讀書記》中說："時有古今，猶地有東西，有南北，相隔遠則言語不通矣。地遠則有翻譯，時遠則有訓詁；有翻譯則能使別國如鄉鄰，有訓詁則能使古今如旦暮。"這裏所說的**訓詁**，也作**訓故**、**詁訓**、**故訓**，意思是解釋古書中詞語的意義；分開來說，用通俗的話來解釋詞義的叫**訓**，用當代的話來解釋古代詞語，或用普遍通行的話來解釋方言的叫**詁**。訓詁的內容很廣，為古書作注解是其中的主要部分。歷代的注家們，為了消除因時間距離而引起的隔閡，盡量設法把古人的語言變為當時的語言，實際上起了如同外語翻譯一樣的作用；當然，在翻譯過程中，誰也不能擔保一無錯誤，但是應該相信大部分是可靠的。

歷代注解古書的著作很多，體例形式各不相同，名稱也多種多樣，這裏介紹主要的幾種：

傳是最早注解古書的體裁，是傳述的意思。《説文》："傳，遞也。"《爾雅·釋言》："駰，遽，傳也。"胡韞玉《古書校讀法》説："以車曰傳，也曰駰，以馬曰遽，亦曰驛，皆所以達急速之事。……傳者由此達彼，引伸之，凡由此達彼者皆曰傳。"解釋古書中的詞語，把古人的語言變為後世的語言，也是由此達彼，因而也稱為**傳**。

傳的起源以《易傳》為最早。相傳孔子喜讀《周易》，曾經作過"象辭上下、象辭上下、繫辭上下、文言、説卦、序卦、雜卦"等十篇解釋《周易》卦辭爻辭的文字，統稱**十翼**，漢代學者在引用時則稱為《易傳》或《易大傳》。後來繼續這種體裁的著作有多種，解釋的對象都是古代儒家經典，做法各不相同。例如《春秋》的《左氏傳》用事實解釋《春秋》，《公羊傳》和《穀梁傳》用義理解釋《春秋》。又如《詩經》的《毛詩故訓傳》（簡稱《毛傳》）是依着經文逐字逐句解釋的，《韓詩外傳》則不依經文而別自為説。

這裏要特別説明一下，**經**和**傳**本來是分開的，兩者合稱**經傳**，舊時還有**聖經賢傳**的説法；後來以尊經之故，常把古代解釋經文的著作也稱為**經**，於是經書逐漸多了起來。正如章學誠在《文史通義·經解》中所説："今之所謂經，其強半皆古人所謂傳也。"例如《周易》，卦辭爻辭是經，十翼是傳，兩者本來各自單行，後來為了便於研讀，十翼被合入經文並行，於是人們在説到五經之一的《周易》時，事實上兼指經傳兩部分。又如《春秋》是經，《左傳》《公羊傳》《穀梁傳》都是傳，但後來三傳都被列為經，各自成為十三經之一。

注取義於灌注。《説文》："注，灌也。"古書文義艱深，需要解釋才能明白，猶如水道阻塞，需要灌注才能暢通，所以解釋古書也叫**注**。經學家鄭玄普遍為群經作注解，完整地保存到今天的有《周禮注》《儀禮注》《禮記注》，三部書都以注名（另一部完整的為《毛詩傳箋》，即《鄭箋》）。另外，保存到今天的較早的古書注本，還有高誘的《戰國策注》（殘缺）《淮南子注》《呂氏春秋注》，王弼的《周易注》《老子注》，郭象的《莊子注》等。後來注又成為對古書訓詁的通稱，如《十三經注疏》中的注，即包含《毛傳》《鄭箋》等不以注名的注本。

關於注，還有兩點要説明的。第一，注字也有寫作註的，兩字音義相同，這在漢魏時已經有了，段玉裁在《説文解字注》中説"漢唐宋人經注之字，無有作註者，明人始改注為註，大非古義"，並非事實。第二，最早的注本，都是和被注的古書本文分開的，兩者各自為書，後來才改變了這種形式，先寫好古書正文，再將注文分段寫在正文之下，於是兩書合為一書，注者和讀者都大感方便。

箋本是一種可供寫字用的小竹片；在使用簡冊的時代，人們讀書時隨手把心得體會記錄下來，繫在相應的竹簡上以備參考，這就是箋的作用。後來，箋用作動詞表示注解之意，用作名詞成為注解形式的一種。注解古書以箋為名，開始於鄭玄的《毛詩傳箋》，簡稱《鄭箋》。鄭玄説解《詩經》，以《毛傳》為依據，一方面對《毛傳》簡略隱晦之處加以闡明，另一方面提出自己不同於《毛傳》的意見。正如他在《六藝論》中説的："注詩宗毛為主，毛義若隱略，則更表明；如有不同，即下己意，使可識別也。"可見他之所以以箋名書，含有補充訂正原注之意，與自成一家言的注（如他的《周禮注》《儀禮注》《禮記注》）有所不同。不過，後來的箋注、箋釋、校箋之類，則都是獨當一面的著作，並非處於附屬的地位。

解的本義是解剖動物肢體。《説文》："解，判也，從刀判牛角。"王兆芳《文體通釋》説："解者，判也，判解書義也；主於釐析奧義，申明古訓。"訓詁本身就是分析詞義，故也稱為解。《管子》書中有《牧民解》《形勢解》《立政九敗解》《版法解》《明法解》等五篇，都是對本書相應篇章的解釋。《韓非子》有《解老》篇，是最早解釋《老子》並闡明《老子》思想的論著。漢人注書常以解詁連稱，現存何休的《春秋公羊傳解詁》便是。

釋與解同義。《説文》："釋，解也，從采，采取其分別物也。"

王兆芳《文體通釋》説："釋者，解也，解釋文字也；主於因文解文，正名事物。"中國最早的解釋詞義的專著《爾雅》十九篇，就都是以**釋**名篇的；首三篇《釋詁》《釋言》《釋訓》所收為一般詞語，將古書中同義詞分別歸併為各條，每條用一個通用詞作解釋；《釋親》《釋宮》《釋器》《釋樂》以下各篇，則是對於各種名物的解釋。

　　章句的特點，是在解釋詞義之外，再串講全章或全句的大意。**章句**與傳注的分別，有如劉師培在《國學發微》中所説："故傳二體，乃疏通經文之字句者也；章句之體，乃分析經文之章句者也。"也就因此，傳注一般比較簡明，而**章句**則難免繁瑣。漢代採用**章句**這種方式注解古書的較多，現存的有趙岐的《孟子章句》和王逸的《楚辭章句》。

　　集解是彙集各家解説。魏晉時代，由於前代對古書的注解繁多，開始出現了彙集各家解説的**集解**體裁。如何晏的《論語集解》，就集中了孔安國、包咸、馬融、鄭玄、王肅等人對《論語》的解釋，"集諸家之善，記其姓名，有不安者，頗為改易"。范寧也有《春秋穀梁傳集解》。後世的**集注**、**集釋**一類，都屬於同一體裁。但杜預的《春秋左氏經傳集解》，是把《春秋》和《左傳》合在一起解釋，與彙集各家解説的體例不同。對此，孔穎達在《春秋左傳正義》裏有具體説明："杜言集解，謂聚集經傳為之作解，何晏《論語集解》乃聚集諸家義理以解《論語》，言同而意異也。"

　　義疏的體例和**集解**相近，也在"引取眾説，以示廣聞"。南北朝時，**義疏**之學大興，著作至為繁雜，唐太宗命孔穎達等人撰修統一的《五經正義》，**正義**就是"正前人之疏義"的意思。**正義**所根據的注本：《易》用王弼注，《書》用偽孔安國傳，《詩》用毛公傳、鄭玄箋，《禮記》用鄭玄注，《左傳》用杜預集解。**正義**例不破注，只在舊注的基礎上有引伸發揮，而沒有其他不同的見解。在唐代，官修的五經義疏稱**正義**，私人寫的則直稱**疏**。**疏**是對**注**而言的，也是取義於治水，意思是既灌注了，還不流暢，需要再加以疏通。如賈公彥的《周禮疏》《儀禮疏》，便是當時的代表作。後人引用《五經正義》也簡稱**疏**，又把經書注本和疏本合為一編，因而有**注疏**的合稱，如《十三經注疏》。

史書體裁

太史　史館　春秋　史乘　檮杌
紀傳體　編年體　紀事本末體

《說文》說："史，記事者也。"史與事為同源字。古代的史，既指負責記錄帝王言行和國家政事的史官，也指用文字記載過去事實的史書。

古時各個朝代都有史官的設置。據說周代分設左史和右史。《禮記·王藻》說："動則左史書之，言則右史書之。"也就是說，左史記事，右史記言。但也有說右史記事，左史記言的，見《漢書·藝文誌》。

古時史官和曆官是不分的，太史便是兼管修史和推算曆法的朝廷大臣。西漢史學家司馬談、司馬遷父子先後任太史令，史稱太史公；司馬遷所作《史記》則稱太史公書。明清兩代由翰林院擔任修史工作，所以也稱翰林為太史。

史館是官修史書的機構，北齊時開始設立，由宰相主管，從此成為各個朝代沿用的制度。明清兩代修史事務由翰林院掌管。

春秋作為史學名詞，有兩種不同的解釋：第一，《春秋》是儒家經書之一，實為一部編年體史書，相傳是孔子依據魯國編年史整理而成，敘事極簡，常於一字之中寓褒揚或貶斥之意，因有所謂春秋筆法的說法。《春秋》有三傳：《左傳》以敘述事實為主，《公羊傳》《穀梁傳》以解釋義理為主。第二，春秋是古代各國編年體史書的通稱，如《墨子·明鬼》中就出現過"著在周之春秋"、"著在燕之春秋"、"著在宋之春秋"、"著在齊之春秋"的說法，甚至墨子還說過"吾見百國春秋"的話（今本《墨子》無此語，見於《隋書·李德林傳》所載《答魏收書》）。漢以後的史書，也有以春秋為名的，如西漢陸賈的《楚漢春秋》，東漢趙曄的《吳越春秋》，北魏崔鴻的《十六國春秋》，清代吳任臣的《十國春秋》。

《孟子·離婁下》有云："晉之乘，楚之檮杌，魯之春秋，一也。"乘（shèng）本是晉國史書專名，後世則以史乘作為一般史書的泛稱。檮杌（táo wù）本是楚國史書專名，後世也有沿用的，如北宋張唐英的《蜀檮杌》。

中國歷史悠久，記載歷代史事的書籍浩如煙海，史書體裁也是多種多樣，而其中最有勢力的便是**紀傳體、編年體、紀事本末體**三種。

紀傳體史書的特點是以人物傳記為中心。西漢司馬遷在他的著作《史記》中首創了這種體裁。《史記》是一部上起傳說中的黃帝、下迄漢武帝時期的大型中國通史，包括十二本紀、十表、八書、三十世家、七十列傳，共計一百三十篇。分開來說，**本紀**專記帝王，兼按時間順序排列各個時期的大事；**表**用以統系年代、世系和人物；**書**用以說明典章制度；**世家**記載王侯封國以及特殊人物；**列傳**記載人物以及邊疆域外民族。此後歷代王朝所修正史，基本上都採用這種體裁。因為這種體裁以**本紀、列傳**（後代多將世家併入**列傳**）為主要內容，**表、書**（後代多稱**誌**）屬於附錄性質，所以名為**紀傳體**。紀傳體的長處是能夠廣泛地記載各類人物的活動情況，並分門別類說明典章制度的原委，內容比較豐富；缺點是記事分散，不能完整地敘述每一歷史事件的過程，不能表明各個歷史事件之間的聯繫。

編年體史書是按年月日順序來記載史事的，起源於春秋時代，當時周王室和一些諸侯國的史官都著有編年史；後來被儒家奉為**五經**之一的《春秋》，相傳是孔子根據魯國史官的記載修訂而成的，是現存最早的編年史書。此後一些著名史書如《左傳》《漢書》《後漢書》《資治通鑑》《續資治通鑑長編》《續資治通鑑》以及歷朝實錄，都採用了這種體裁。編年體以時間為經，以事實為緯，容易看出同一時期之內各個歷史事件的聯繫，是其所長；但記事前後割裂，首尾不相連貫，歷史人物的生平和典章制度的原委也無從說明，則是其所短。

在編年體史書中有以**綱目**為名的，因稱**綱目體**。綱目體首創於南宋朱熹所編的《通鑑綱目》，它以大字提要稱**綱**（模仿《春秋》），以小字敘事稱**目**（模仿《左傳》），綱簡而目詳，詳簡適度，頗便檢閱。清人吳乘權等編的《綱鑑易知錄》，是舊時廣泛流行的一部歷史教科書，用的也就是這種綱目體。

紀事本末體是以歷史事件為中心的一種史書體裁，首創於南宋袁樞的《通鑑紀事本末》，他把《資治通鑑》所記上起周威烈王、下迄後周世宗一千三百六十二年間的史事，概括為二百三十九個題目，每個題目按照年代順序，抄錄《通鑑》原文，各自獨立成篇，以明起迄。此後又有明人陳邦瞻的《宋史紀事本末》和《元史紀事本末》，清人李有棠的《遼史紀事本末》和《金史紀事本末》，清人谷應泰的《明史紀事本末》，近人黃鴻壽的《清史紀事本末》。與紀傳、編年二體相比較，紀事本末體的優點是能夠完整地敍述歷史事件的全部過程，而缺點則在於不能說明同時期各個歷史事件之間的聯繫。

正史種種

正史　二十四史　別史　雜史
　　通史　斷代史

正史之名，始見於南朝梁代阮孝緒所著《正史削繁》一書（已佚）。紀傳體的史書，都以帝王傳記為綱，因而被歷代王朝認作**正史**，意思是最正規最重要的史書。《隋書·經籍誌》在史部下首列《史記》《漢書》等紀傳體史書為**正史**，並說：“自是世有著述，皆擬班馬，以為正史，作者尤廣。”唐朝史學家劉知幾在《史通》中以正史與雜述並舉，凡記一朝大典如《尚書》《春秋》等，都稱**正史**。《明史·藝文誌》又以紀傳、編年二體並稱**正史**。到清朝乾隆年間編輯《四庫全書》，確定《史記》至《明史》二十四種紀傳體史書為**正史**，非經皇帝批准不得擅自增列，從此**正史**就成了**二十四史**的專稱。

說到**正史**，隨着歷史上朝代的更換和時間的推移，它的種數有一個從少到多、不斷增加的過程。魏晉南北朝時期稱《史記》《漢書》《東觀漢記》為**三史**，唐時改以《後漢書》代替《東觀漢記》；後來加上《三國誌》，稱為**四史**，也叫**前四史**，因在正史中位置居前。《舊唐書·經籍誌》史部正史類列有《史記》《漢書》《後漢書》《三國誌》《晉書》《宋書》《南齊書》《梁書》《陳書》《魏書》《北齊書》《周書》《隋書》**十三史**，宋人加《南史》《北史》《新唐書》《新五代史》，共為**十七史**，南宋民族英雄文天祥在被元軍押解到大都以後，就曾說過“一部十七史不知從何說起”的話。明朝在十七史以外，加上《宋史》《遼史》《金史》《元史》，稱為**二十一史**；清朝又加上新修成的《明史》，和原有的《舊唐書》《舊五代史》，稱為**二十四史**。進入民國以後，1920年史學家柯劭忞撰成《新元史》，對《元史》多作補正，次年由徐世昌以大總統名義列入正史，於是有**二十五史**之名；如果再加上1927年由清史館修成的《清史稿》，那就是**二十六史**了。據統計，這二十六史共有四千多卷，四千多萬字，從第一部《史記》記載傳說中的黃帝開始，到最末一部《清史稿》記載至清朝滅亡為止，前後歷時四千多年，它反映了中華民族的偉大歷史進程，是研究中國歷史不可缺少的基本文獻。

在舊時普遍採用的圖書分類法中，對於一些雜記歷代或一代史實的史書多稱為**別史**，對於一些只記一事始末或一時見聞的史書則稱為**雜史**，以示與正史有別。

在前述二十六史中，前四史（《史記》《漢書》《後漢書》《三國誌》）《宋書》《南齊書》《梁書》《陳書》《魏書》《北齊書》《南史》《北史》《新五代史》《新元史》等屬於史家私人撰修，其餘都是由官方主持撰修的。從唐朝起，中國就開始形成由政府設立史館撰修前朝史書的傳統，如唐代修南北朝史和隋史，五代修唐史，宋代修五代史，元代修宋遼金史，明代修元史，清代修明史，以至民國修清史，也就因此，紀傳體史書得以前後銜接，自成獨立體系。

史書又有**通史**和**斷代史**之分：**通史**通貫古今，**斷代史**以朝代為斷限。在二十六史中，除了《史記》是通史外，其餘都是斷代史；其中《南史》《北史》和《五代史》包舉數朝，但仍屬斷代史範圍。

"無韻者筆也，有韻者文也"

文　筆　駢文　古文
韻文　散文　詩

講到文體，首先要說明的是，從古到今，各個時代的文體種類和名稱是不盡相同的，就其大者而言之，主要有**文**和**筆**之分，**駢文**和**古文**之分，**韻文**和**散文**之分。

把文體分為**文**和**筆**兩大

類，是六朝人的概念，他們把無韻之文稱為**筆**，把有韻之文稱為**文**，表明他們是輕**筆**而重**文**的。這種說法最先見之於梁代文學理論家劉勰所著《文心雕龍·總術》，他說："今之常言，有文有筆，以為無韻者筆也，有韻者文也。"梁元帝蕭繹在《金樓子·立言》中，則泛稱有情采的詩賦為**文**，議論敍述一類的文章為**筆**。後代論文也有重視文筆之分的，如清代學者阮元主張以有韻對偶者為**文**，以無韻散行者為**筆**。

駢文起源於秦漢，形成在魏晉，南北朝時大為興盛，佔據了文壇的統治地位。**駢文**的特點是全篇以雙句為主，講究對仗和聲律，便於上口誦讀。這種文體在六朝時還只稱為**今體**或是**麗辭**，直到唐代作家柳宗元在他的《乞巧文》中才把它描述為"駢四儷六，錦心繡口"，從而出現了**駢文**這一名稱。又因為駢文中多有以四字六字相間為句的，故又稱**四六文**。**駢文**的興起，對中國文學的發展曾起過一定的積極作用：它根據漢語文字的特點，組織成整齊美觀的對偶形式，挑選色彩鮮明的字句給人以美感，利用典故表達複雜的情景事物，促進讀者的聯想，又注重音調的鏗鏘悅耳，增強文章的音響和節奏效果，這些都極大地豐富和提高了中國文學的藝術性能和技巧，對散文也發生了良好的影響。但是**駢文**發展到後來，產生了很大弊病，它的末流，忽略了思想內容的重要意義，一味堆砌華麗的辭藻，玩弄數不清的典故，音調方面的限制也越來越多，以致造成文風的萎靡和形式僵化，成為文學發展道路上的極大障礙，於是**古文**順應時勢要求，起來跟它進行鬥爭，並且逐步取它的地位而代之。

甚麼叫做**古文**呢？**古文**的意思是指古代散文，這是唐代中期以韓愈、柳宗元為首的**古文運動**的倡導者，為了區別於稱為**時文**的駢文，給先秦兩漢用散文形式寫的各種文章所題的名稱，後來**古文**就作為散文的專稱流傳了下來。如舊時作為啟蒙讀本的《古文觀止》，係清初康熙年間吳楚材、吳調侯二人編選，收的就是上起東周、下至明末的二百多篇散文（間有少量駢文）。另外，中唐古文運動除了要求從形式上反對駢文對於文字的拘束限制之外，還要求從思想內容上反對駢文的空虛無聊和浮華輕豔，因此

古文一詞除了有古代散文的含義之外，又兼有古代道統的含義。

至於**韻文**和**散文**的區別，在文學史上也是早已有之的。概括地説，**韻文**泛指用韻的作品，如歌謠、辭賦、詩、詞、曲以及有韻的頌、讚、箴、銘、哀、誄等，**散文**泛指不用韻也不重排偶的散體作品，包括經傳、史書、諸子在內。

附帶説一下**詩**和**文**。**詩**有時統指詩、詞、曲，也有時單指詩（古體詩和近體詩）；**文**有時統指詩、文，也有時單指文（有韻之文和無韻之文）：究竟如何理解，須視具體情況而定。

論説文體裁

論　説　辯　原　解　釋

中國古代的論説文，源於先秦諸子散文，不過先秦時代還沒有單篇的論説文；漢代以後，單篇論説文才多起來，表現形式也日益多樣，同時根據其內容、用途、寫法的不同，分為若干體裁，如**論**、**説**、**辯**、**原**、**解**等，這些體裁雖然各有其一定的特徵，但它們之間並沒有甚麼明確的界限。現分別説明如下。

論是議論，它的説理方式以論證為主。這類文章的內容，包括論政、論史、論學、論文等幾個方面。現存單篇以西漢賈誼《過秦論》和東方朔《非有先生論》為最早。前者所説的“過秦”是指責秦政之失；作者論述秦王朝迅速覆滅的原因，歸結為仁義不施，失去民心，旨在接受歷史教訓、鞏固統治。後者假託非有先生在吳國做官，三年默然無言，吳王問其政，非有先生乘機用一些朝廷中諫諍遇禍的歷史故事啟發吳王，中心思想是論述君主必須虛心納諫，勇於刷新政治，才能興國免禍。這兩篇文章充分代表了西漢初年政論文的風格：漢初離先秦未遠，一些作家在説理論政時，常常不自覺地帶有先秦策士游説的言談色彩，這與後世的論文有明顯的區別。東漢以後，論文的風格有很大的變化，大都根據一個論點做周詳的推理論證，着重在説理透徹，見解精深，雖然筆法變化無常，但游説的味道已經逐漸蜕盡，其中如三國魏文帝曹丕的《典論論文》，南朝齊梁范縝的《神滅論》，唐代柳宗元的《封建論》，宋代蘇軾的《留侯論》，都是千古傳誦的名篇。

說是説明，它的説理方式以解釋為主。以說為篇名的文章，唐宋以後日益增多。這類文章大都帶有某些雜文、隨筆的性質，或寫一時感觸，或記一得之見，題目可大可小，行文也比較自由隨便（但一般不用這種形式來評論人物和重大政治問題）。名篇如唐代韓愈的《師說》，説明師的作用和從師的必要；韓愈的《雜說四》，以千里馬為喻，説明知遇之難；柳宗元的《捕蛇者說》，借寫一個捕蛇者的悲慘命運，説明苛政對人民的危害，都具有很高的文學價值。還有宋代周敦頤的《愛蓮說》，以一百多字的篇幅，通過對蓮花形神的刻畫，讚美了一種講究節操、不受污染的人格，全文語言優美，意境清新，是一篇別具一格的藝術小品。

辯的特點主要是駁論。辯的遠源雖然可以上溯到《孟子》，但它被視為古代論說文的一體，則是唐代才有的。以辯為篇名的文章，如韓愈的《諱辯》，是與當時某些人辯論避諱問題的；柳宗元的《桐葉封弟辯》，是辯駁《呂氏春秋》和《說苑》記述周公史實的荒謬的：兩者都是古文名篇。

原是推本求源的意思，由《周易‧繫辭》"原始要終"句而來，《淮南子》中的《原道訓》，《文心雕龍》中的《原道》篇，是最早的以原為篇名的文章。唐代韓愈寫有《原道》《原性》《原毀》《原人》《原鬼》，合稱"五原"，是後世公認的原體代表作。明末清初黃宗羲寫的《原君》《原臣》，影響也很大。

解的意思是釋疑解惑。以解為篇名的文章可分為兩種。一種是採用問答的形式，先假設有人提出疑問，然後加以解釋，此體由西漢揚雄《解嘲》開其端，而唐代韓愈的《進學解》，則是因襲《解嘲》的形式而寫作的。另一種為解釋某類問題或書中某些語句而作，除以解為篇名外，更多的以釋為篇名，如清代汪中的《釋三九》。

下行公文

命誥誓令制詔策
敕諭旨誡檄移

古代的下行公文，源於《尚書》中的**命**、**誥**、**誓**。**命**是君主對臣下講的話，如《尚書》中的《說命》記的是商王武丁任傅說為大臣時講的話；《微子之命》記的是周公旦攻滅武庚後封微子於宋時講的話。發佈政令時用**誥**，如《尚書》中的《湯誥》是商湯滅夏後建都於亳時發佈的文告；《洛誥》是周公旦歸政於周成王和營建洛邑告成時發佈的文告。軍隊誓師時用**誓**，如《尚書》中的《湯誓》是商湯出兵伐夏時發佈的動員令；《泰誓》是周武王出兵伐商時發佈的動員令。

戰國時代，下行公文稱**命**和**令**。秦始皇時改命為**制**，改令為**詔**。蔡邕《獨斷》說："制誥者，王之言必為法制也，詔猶誥也；三代無其文，秦漢有也。"漢朝把皇帝下達的文書分為四種：一是**策書**，二是**制書**，三是**詔書**，四是**敕書**。《文心雕龍·詔策》分別說明它們的本意和作用："敕戒州部，詔誥百官，制施赦命，策封王侯。策者簡也，制者裁也，詔者告也，敕者正也。"又說："《詩》云畏此簡書，《易》稱君子以制數度，《禮》稱明君之詔，《書》稱敕天之命，並本經典以立名目。"說明**策**、**制**、**詔**、**敕**都是根據經典來確立的名稱。

後世還有把皇帝的命令或者指示稱為**諭**、**旨**的，如**上諭**、**聖旨**。

從民國到現在，中央政府對地方政府，上級機關對下級機關，在下達帶有強制性、指揮性、規定性的文件時，一般也稱為**令**或**命令**，內容包括發佈重要的法律、法令，規定重大的行政措施，任免和獎懲主管官員等。又有**訓令**和**指令**，前者用於對下級有所曉諭，後者用於因下級呈報而有所指示。

附帶還要說一說**誡**與**教**，**檄**與**移**，這些並不是君主下達的文書，但同樣是表示上下尊卑關係的。

誡是規勸告誡之文，如班昭為規誡即將出嫁的幾個女兒而作的《女誡》七篇。

教是教導訓誨之文，如諸葛亮的《與群下教》。

檄是一種軍事文書，其作用有二：一是激勵自己的士氣，一是揭露敵人的罪惡；正如《文心雕龍·檄移》所説："凡檄之大體，或述此休明，或敍彼苛虐。"古時檄文書寫在二尺長的木簡上，所以《説文》釋**檄**為"二尺書"。又古時徵調軍隊的檄文，上插鳥羽，表示緊急，必須快速傳遞，稱為**羽檄**。**檄**又稱**露布**或**露版**，意思是把寫有檄文的木版露在外面，不加封套，讓人盡快知曉，等於説公開宣佈。檄文在唐以前主要用散文，唐以後則多用駢體。陳琳寫的《為袁紹檄豫州》，駱賓王寫的《代李敬業傳檄天下文》，是檄文中的名篇。

　　移與**檄**有相似之處，因此兩者常合稱**檄移**；不同的是，移文是行於內部的，它雖也用來指斥和責備對方，但它所指責的對方不是要用武力打倒的敵人。孔稚珪的《北山移文》很有名，實際上它是用莊嚴言辭來描寫遊戲題材，即所謂寓莊於諧。又古時以公文來往於不相統屬的平行官署之間，也叫**移文**。

上行公文

上書　章　奏　表　議　疏
封事　彈事　奏摺　對策

　　古代的上行公文名目很多。戰國時代都稱**上書**。秦始皇時改上書為**奏**。漢代分為**章**、**奏**、**表**、**議**四種，《文心雕龍·章表》説"章以謝恩，奏以按劾，表以陳情，議以執異"，可見四者本來是各有其作用的，但後來逐漸變得沒有多大分別了。此外還有**疏**、**封事**、**彈事**等多種。

　　上書的意思是臣下寫給君主的書信。《史記》〈李斯列傳〉載李斯進諫秦王一段："斯乃上書曰'臣聞……'"（一般古文選本題為《諫逐客書》），是現存**上書**中最早的一篇。

　　奏的意思是臣下向君主進言陳事。《文心雕龍·奏啟》解釋説："昔唐虞之臣，敷奏以言；秦漢之輔，上書稱奏。陳政事，獻典儀，上急變，劾愆謬，總謂之奏。奏者，進也，言敷於下，情進於上也。"明清兩代官員向皇帝奏事的文書，用摺本繕寫，稱為**奏摺**或**摺子**，奏摺頁數行數和每行字數，都有固定格式。

章是用來謝恩的上書，**表**是用來陳述衷情的上書。《文心雕龍・章表》説明取名的由來説：“章者明也。《詩》云為章於天，謂文明也；其在文物，赤白曰章。表者標也。《禮》有《表記》，謂德見於儀；其在器式，揆景曰表。章表之目，蓋取諸此也。”《昭明文選》文體分類中有**表**無**章**，**表**類所收如諸葛亮的《出師表》，李密的《陳情表》，劉琨的《勸進表》，都是古文中的名篇。唐宋以後，表文應用漸廣，如**賀表**、**謝表**等，多為虛應故事之作。表文作為向皇帝進言的文書，有一定格式；一般開頭寫“臣某言”，結尾寫“拜表以聞”或“臣某頓首”之類。

　　議是用來議論政事和陳述不同意見的上書。《文心雕龍・議對》解釋説：“周爰諮謀，是謂為議；議之言宜，審事宜也。”又稱**駁議**：“駁者雜也，雜議不純，故曰駁也。”柳宗元有《駁復仇議》，是古文中的名篇。這裏需要説明的是：後世用**議**作為篇名的文章，並不都是上朝議事的，故徐師曾《文體明辨》特意把**議**分為**奏議**和**私議**兩種，**私議**指的是某些文人學士就某些問題發表私人見解的議論文章。

　　對策和**射策**是**議**的別體，所以**議對**連稱。古代考試取士，由皇帝出題目，寫在簡策上，叫做**策問**。應考的人按題陳述自己的意見，叫做**對策**。如果在好些簡策上都寫上題目，讓應考的人隨意取答，那就叫做**射策**。晁錯、公孫弘、董仲舒都以對策著名。

　　疏是分條陳述的意思，後用作上奏皇帝的文書的通稱。賈誼有《陳政事疏》（《古文觀止》節選，題作《治安策》），晁錯有《論貴粟疏》，都很有名。

　　封事是一種機密的奏議。古時臣下上書奏事都是開封的，如果事涉機密，為防洩露，用皂囊封緘呈進，故稱**封事**，也稱**封章**，如胡銓請斬權奸秦檜的《戊午上高宗封事》。

　　彈事也稱**彈章**，是彈劾官吏的奏議。吳曾祺《文體芻言》説：“凡按劾有罪則用之；謂之彈文者，如彈丸之加鳥也。”《昭明文選》收有沈約、任昉彈事三篇。

　　附帶説一説**箋**，也寫作**牋**（今牋為箋的異體字），這是向上級或尊長者的上書，多用以呈送皇后、太子、諸王，如《昭明文選》

所收陳琳《答東阿王箋》，吳質《答魏太子箋》等篇。

作傳"本史家之事"

本紀　列傳　本傳　別傳　外傳
內傳　小傳　事略　行狀

吳曾祺《文體芻言》説："傳者，傳也，所以傳其人賢否善惡，以垂示萬世；本史家之事，後則文人學士亦往往效為之。"這段話説明了作傳的本意和傳記文的發展線索。

作傳"本史家之事"。司馬遷作《史記》，首創以寫人物為中心的**紀傳**體；**紀**是**本紀**，用以記述帝王事跡，**傳**是**列傳**，用以記述帝王以外的人物事跡（《史記》還有**世家**一類，記述王侯和特殊人物的事跡，後代的紀傳體史書則取消世家，統稱列傳）。《史記》以後，不僅歷代正史都沿用這種體制，而且"文人學士亦往往效為之"，傳記文從此獨立於史書之外而獲得廣泛的發展。

傳記的名目很多，這裏略舉一些：

史書上的傳記稱為**史傳**。歷代正史都是官方編纂或者由官方指定的，相對於**史傳**而言，史書之外由文人學士所寫的傳記稱為**私傳**。

家傳是子孫記述其父祖事跡，收錄在家譜中的傳記。

史傳和**家傳**都是**本傳**；**本傳**之外的傳記，或對**本傳**的補充記載，則稱為**別傳**。

外傳和**內傳**都以記載傳主的遺聞軼事為主，與**別傳**有某些相似之處，但因其多出自小説家之手，較多虛構和想像的成分，如《漢武帝內傳》《趙飛燕外傳》。

傳奇小説也有以**傳**作為篇名的，如《柳毅傳》《李娃傳》《霍小玉傳》《鶯鶯傳》。

小傳是簡短的傳記：有記述一人生平事跡的，如李商隱有《李賀小傳》，陸游有《姚平仲小傳》；有採集多人軼事彙成一編的，如江盈科有《明十六種小傳》。又彙編詩文總集時，略述作者籍貫履歷，附錄於書的前後或分列於篇首姓名之下，也稱**小傳**，如錢謙益的《列朝詩集小傳》。

關於**自傳**，有幾點要說明的：一、傳記總是記述死人事跡的，而自傳寫的卻是活人，是作者自己。二、自傳文有的用"自傳"作為篇名，如陸羽有《陸文學自傳》，劉禹錫有《子劉子自傳》；也有的並未標明"自傳"字樣，實際上是自傳文，如附在《史記》末尾的《太史公自序》是作者司馬遷的自傳，附在《論衡》末尾的《自紀篇》是作者王充的自傳，曹丕的《自敍》、江淹的《自序傳》、劉知幾的《自敍》，都是自述生平之作。三、自傳都用第一人稱來寫，但也不一定，如陶淵明的《五柳先生傳》，白居易的《醉吟先生傳》，歐陽修的《六一居士傳》，就是用第三人稱寫的。

事略是傳記的一種，通常用於追記已故親友的生平梗概，如歸有光有《先妣事略》，是古文中的名篇。也有記述若干人物事跡而彙編成書的，如錢謙益的《國初群雄事略》，李元度的《國朝先正事略》，這是因為作者並非史官而述史事，故稱事略而不稱傳，表示它的地位低於官修史書的意思。

行狀作為文體名稱，是一種特定用途的傳記，也叫**狀**或**行述**。古代一些有名望的人死後，他的家屬或門生故舊，為了向朝廷請求賜給他謚號或者請求在官修史書中給他立傳，便把死者世系、籍貫、生卒年月及生平事跡詳細記錄下來，送呈上去，作為參考，這是最初的行狀文。後來行狀文日益增多，則是請人替死者撰寫墓誌銘文的需要。一般地說，行狀文的作者熟悉死者情況，作品內容比較真實，缺點是往往多有浮誇溢美之辭。

還有**逸事狀**，它不像正式的**行狀**那樣全面介紹死者的生平事跡，而僅記死者的某些逸事，應視為**行狀**的變體。

碑刻與書法

刻石　碑誌　墓碑　墓誌銘
碑碣　摩崖　碑帖

《說文》說："碑，豎石也。"王筠注："古碑有三用：宮中之碑，識日景也；廟中之碑，以麗牲也；墓所之碑，以下棺也。"上古時代的碑，是豎立在地面上的一塊塊石頭，其作用有三：一是豎立在宮室前面，用以觀察日影；二是豎立在宗廟前面，用以拴繫牲畜；三是豎立在墓上，用以引棺入穴：所有這些古碑，都是沒有文字的。

　　大約從秦代開始在石頭上雕刻文字，秦時叫**刻石**，漢以後叫**碑**；其文辭則稱**碑文**，也稱**碑誌**或**碑銘**。**誌**作記載解釋；**碑誌**就是用碑記事的意思。**銘**作雕刻解釋；上古殷周時代曾在銅器上刻字記事，其文辭稱為**銘文**，後來把文字刻在石碑上，碑文也相沿而稱**碑銘**。早期的銅器銘文，都用簡短古奧的韻文寫成，後來的碑文體制有了變化，一般是前有散文記事，後有韻語讚頌；這樣，按照習慣，又把碑文前面的散文部分稱為**誌**，後面的韻語部分稱為**銘**，碑文就由誌和銘兩部分組成，不過也有的碑文是有誌無銘的。

　　古代的碑文，根據其用途和內容，可以分為三種：一、封禪和記功的碑文，如秦始皇《泰山刻石》、班固《封燕然山銘》、韓愈《平淮西碑》。二、記述建築物興建緣由的碑文，如韓愈《南海神廟碑》、蘇軾《表忠觀碑》。三、記載死者生前事跡的碑文，豎立在墓前的稱為**墓碑**或**墓表**，墓碑大都有銘，墓表無銘。古代堪輿家宣稱墓的東南為神行的道路，將碑豎立在神道上，因稱**神道碑**或**神道表**。還有**墓誌銘**，也是記載死者生前事跡的，前有誌，後有銘；一般是用兩塊方石，一底一蓋，底刻誌銘，蓋刻標題，入葬時埋在墓穴裏，為的是防備地形變遷，便於後人辨認。在古代碑文中，墓碑、墓表、墓誌銘一類數量很多，其中有些文辭優美的作品出自名家之手，成為古今傳頌的名篇；某些歷史人物的碑誌還有一定的史料價值。

　　石碑的用途漸廣，數量漸多，碑的形制也有了一定的規格。**碑**是統稱，細分則長方形的刻石叫**碑**，圓首形的或形在方圓之間、上小下大的刻石叫**碣**，合稱**碑碣**。**碑刻**指刻有文字的碑石。碑刻的上端稱**碑額**或**碑首**，碑額用篆書題字的稱**篆額**，用隸書題字的稱**題額**。碑刻的底座稱**碑趺**或**碑座**。**螭首龜趺**是說碑首蛟龍形，碑座龜形；**圭首方趺**是說碣首三角形，碣座方形。碑刻除正面碑文外，往往將建碑者的姓名刻在背面，也有作題記的，稱為**碑陰**。

摩崖是把文字直接刻在山崖石壁之上。

還要說一說碑刻與書法的關係。刻碑的用意原不在傳播書法，但某些碑刻由於書法精美，因而被人用紙和墨拓印下來，成為學書的範本，如東漢摩崖刻石《石門頌》（隸書）、東漢碑刻《張遷碑》（隸書）、北魏碑刻《張猛龍碑》（正楷）、唐代碑刻《麻姑仙壇記》（顏正卿正楷）、唐代碑刻《玄秘塔碑》（柳公權正楷），就是其中著名的。碑之外，還有帖。**帖**是筆札，用墨寫在紙上或絹帛上；後來又有**刻帖**，也稱**法帖**，就是把筆札勾摹下來，刻在石塊上或木板上，再用紙和墨拓印，為的是給書法愛好者提供名家法書的複製品，著名的如王羲之的行書法帖《蘭亭序帖》和《快雪時晴帖》，王獻之的行書法帖《中秋帖》，陸機的草書法帖《平復帖》。這樣一來，碑的拓本和帖的拓本就都成了黑紙白字，再經過剪裁和裝裱，成卷成冊，形式也相同，結果是**碑帖**混名合一，有時索性就把作學書範本用的碑帖拓本統稱之為**帖**，而不再分哪些是碑哪些是帖了。

"自出機杼"
和"匠心獨運"

屬文　腹稿　機杼　匠心
急就章　推敲　佶屈聱牙

文和**章**本來都指錯綜華美的花紋。現今人們把獨立成篇的、有組織的文字稱為**文章**，是後起的、引伸的意義。

文章是作者用筆寫在簡上或紙上的，**命筆**是執筆作文，**命題**是出題作文，**命意**是寫作前的構思，**意在筆先**是說作文先構思成熟，然後下筆。

屬文是寫文章，**屬草、屬稿**是說作文先起草稿，屬讀如囑。

預先想好還沒有寫出來的文稿，稱為**腹稿**；文稿一提筆就寫成，彷彿預先做好了的一樣，稱為**宿構**。

機杼和**杼柚**都比喻文章的構思佈局：**機**是織布機；**杼**是梭；**柚**是筘，讀如軸。成語有**自出機杼**，意謂獨創新意。

匠心、匠意指文章的精巧構思，成語有**匠心獨運**。

急就章或急就篇現指匆促寫成的文章。急就本為古代童蒙識字課本，為漢元帝時黃門令史游所作，因首句有急就二字，故名。另據宋人晁公武《郡齋讀書誌》解釋說："急就者，謂字之難知者，緩急可就而求焉。"於理亦通。

推敲的故事為讀者所熟知。據宋人胡仔《苕溪漁隱叢話前集》卷十九引錄：唐代詩人賈島騎驢賦詩，得句"鳥宿池中樹，僧敲月下門"，句中的敲字又想改用推字，一時猶豫不決，便在驢上用手做或推或敲的樣子，無意中衝撞了京尹韓愈，因向韓愈說明情況，韓愈立在馬旁，想了好一會兒，才說："作敲字佳矣。"後因以推敲指寫作中反覆斟酌字句，也引伸為對某些情狀或思想意圖的反覆研究分析。

文從字順是説用字造句通順妥帖，語出韓愈《南陽樊紹述墓誌銘》："既極乃通發紹述，文從字順各識職。"

加點是寫文章時用筆點去應刪除的字句。文不加點是説文章一氣寫成，無須修改。

餖飣也作飣餖，本意為在盤中堆疊蔬果以供陳設，後多用以比喻在文章中堆砌辭藻典故的不良傾向，大致與獺祭同義。胡適《文學改良芻議》有云："餖飣獺祭，古人早懸為厲禁。"

佶屈聱牙，形容字句艱澀生硬，讀起來不順口。語出韓愈《進學解》："周誥殷盤，佶屈聱牙。""周誥"指《大誥》《康誥》等，"殷盤"指《盤庚》，都是《尚書》中的篇名。

抄襲是竊取別人的文章以為己作；剿襲、剽襲、剽竊、剽賊均與抄襲同義。

"妙筆生花"
的故事

大手筆　妙筆生花　江郎才盡
才高八斗　嘔心瀝血　雕肝琢腎

寫文章用筆。古代流傳至今的一些夢筆的故事，它們的主人公都是寫文章的高手。據《晉書·王珣傳》載：晉武帝時，大臣王珣曾在夢中見有人給了他一支如椽（椽是安在檁上支架屋面和瓦片的木條）的大筆，醒後對人説：「此當有大手筆事。」果然不久武帝駕崩，朝中哀祭辭章都由王珣起草。後來便用**大手筆**或**如椽筆**稱讚別人有傑出的寫作才能。**生花妙筆**或**妙筆生花**也是讚美文才出眾的，説唐朝大詩人李白年少時夢見筆頭開花，從此才華橫溢，名聞天下。見五代王仁裕《開元天寶遺事》。至於成語**江郎才盡**中的江郎，指的是南梁文學家江淹，他少時以文章著名，晚年夢見一男子，自稱郭璞，對他説：「吾有筆在卿處多年，可以見還。」江淹當即從懷中取出五色筆給了這男子，從此才思減退，所作詩文無佳句，因有**才盡**之説。

曹植是曹操的兒子，曹丕的弟弟，是漢末建安文學的代表作家。有關曹植的兩個成語故事特別有名。一個是**下筆成章**，説曹操看到兒子曹植寫的文章，問：「汝倩人耶？」（倩人就是請人代筆。）曹植跪地答道：「言出為論，下筆成章，顧當面試，奈何倩人！」見《三國誌・魏誌・陳思王植傳》。還有**才高八斗**或者**八斗之才**，出自南朝詩人謝靈運的一段話：「天下才共一石，曹子建獨得八斗，我得一斗，自古及今共用一斗。」見《南史・謝靈運傳》。於此可見當時人們對曹植詩作的推崇程度。

衙官屈宋，是唐代詩人杜審言（杜甫祖父）自誇之詞，原話是「吾文章當得屈宋作衙官」，見《新唐書・杜審言傳》。**屈宋**是戰國時大作家屈原、宋玉，**衙官**是軍府的屬官。要以屈宋作衙官，就是自誇文章高出屈宋，但後多用以稱讚別人文才出眾。

壓倒元白的元白，是唐代著名詩人元稹和白居易。據五代王定保《唐摭言》卷三載：唐朝寶曆年間，宰相楊嗣復在新昌里第設宴賦詩，詩人元稹和白居易都在座，刑部侍郎楊汝士詩後成，最佳，元白歎服。這天汝士大醉，歸家對子弟説：「我今日壓倒元白。」意思是説自己的詩作勝過了同時代的名家。

嘔心瀝血和**雕肝琢腎**，是兩條同義成語，都形容寫作時的窮思苦索，精益求精。兩條成語都由前後兩部分並列而成，它們各有各的出處，現分錄如下：

嘔心——李商隱《李長吉小傳》：「遇有所得，即投書囊中。及暮歸，太夫人使婢受囊出之，見所書多，輒曰：是兒要當嘔出心乃已爾。"

瀝血——韓愈《歸彭城》詩："刳肝以為紙，瀝血以書辭。"

雕肝琢腎——韓愈《贈崔立之評事》詩："勸君韜養待徵招，不用雕琢愁肝腎。"又歐陽修《答聖俞莫飲酒》詩："朝吟搖頭暮蹙眉，雕肝琢腎聞退之。"

"畫龍點睛" 和 "點鐵成金"

一氣呵成　探驪得珠　畫龍點睛
點鐵成金　奪胎換骨

形容文思敏捷的典故很多，這裏說兩個特別著名的。一個是**倚馬可待**，說東晉大臣桓溫北伐，軍中正需要起草緊急文書，因命袁虎倚在即將出發的戰馬旁邊動筆，袁虎手不停揮，不多時就寫滿了七張紙。見《世說新語·文學》。另一個是**刻燭成詩**，說南齊竟陵王蕭子良夜集學士作詩，在點燃的蠟燭上刻線記時，作詩四韻的，限在燃燭一寸的時間內完成。見《南史·王僧孺傳》。還有用比喻的，如把文思敏捷的人比作順流而下的**下水船**，文思遲鈍的人便被比作逆流而上的**上水船**了。

　　一氣呵成形容文章氣勢旺盛，首尾貫通。**一瀉千里**比喻文筆奔放，就像江水奔流直下一樣。

　　探驪得珠是《莊子·列御寇》中的寓言。驪是驪龍的省稱，即黑色的龍，傳說牠頷下有珠，十分珍貴。寓言說有貧家子潛入深淵，得千金之珠，他的父親對他說：千金之珠必在驪龍頷下，你能得珠是正好碰上牠睡着的時候，如果牠醒過來，那你早就沒命了。**探驪得珠**本是一種冒大險得大利的行為，後多用以比喻寫詩作文能得命題精蘊。《唐詩紀事》卷三九收錄了一則中唐詩人會詩的故事，說白居易、元稹、劉禹錫、韋楚客四人聚在一起，各賦《金陵懷古》詩，劉禹錫先成，白居易看過以後說："四人探驪龍，子先獲珠，所餘鱗角何用耶！"於是三人罷作。這裏以驪珠與鱗角對舉，實際上就是以精華與糟粕對舉。

據《歷代名畫記》卷七記載：南朝梁武帝崇信佛教，所建佛寺，多命畫家張僧繇畫壁。一次，張僧繇在金陵安樂寺壁上畫了四條白龍，不點眼睛，說是"點睛即飛去"。人們認為他的說法荒唐，執意請他給龍點上眼睛。頃刻之間，雷電擊破寺壁，兩條已點睛的龍駕雲飛上天去，兩條未點睛的龍還留在原處。**畫龍點睛**原意是形容張僧繇作畫的神妙，後常用以比喻寫詩作文在關鍵處用一二警句點明要旨，使內容更為精闢傳神。

點鐵成金原指古代方士用靈丹使鐵變成金子的法術，後多比喻將別人的文字稍加改動，使之具有新意或者妙處。正如黃庭堅在《答洪駒父書》中所說："老杜（杜甫）作詩，退之（韓愈）作文，無一字無來處，蓋後人讀書少，故謂韓杜自作此語耳。古之能為文章者，真能陶冶萬物，雖取古人之陳言入於翰墨，如靈丹一粒點鐵成金也。"

奪胎換骨本是道家語，意思是奪別人之胎而轉生，換去俗骨而成仙骨，後比喻寫詩作文模仿前人而不露痕跡，並有所創新。宋人釋惠洪《冷齋夜話‧換骨奪胎法》對此有具體說明："山谷云：詩意無窮，而人之才有限，以有限之才追無窮之意，雖淵明、少陵不得工也。然不易其意而造其語，謂之換骨法；窺入其意而形容之，謂之奪胎法。"

"運斤成風"
及其他

運斤成風　斧正　潤色　刪削
點竄　信口雌黃

運斤成風的故事，見於《莊子》書中。大意是說，楚國郢城有人在鼻尖上塗了一層薄如蠅翅的白粉，讓匠石（匠人名石）給他砍掉，只見匠石掄斧生風，順着郢人的鼻尖砍了過去，白粉被砍得乾乾淨淨，鼻子卻一點沒受損傷，而郢人也就始終泰然自若地站在那裏，臉色一點沒變。根據這個故事，後來人們便使用**斧正、斧政、削政、郢政、郢斧、斧削、斤削**等作為請人修改作品的謙詞，意思是恭維對方出手不凡，修改起來就像匠石"運斤生風"一樣，乾淨利落，恰到好處。斤，即斧。

清代文論家魏際瑞在《伯子論文》中，曾舉**削政、斧政、郢政**等為例，對遣詞造句故作艱深的毛病進行了嚴肅的批評。他說："人以文字就質於人，稱曰正之；忽念政者正也，改稱曰政；又念正者必須刪削，乃曰削政；又念斧斤所以削也，轉曰斧政；又念善斧斤者莫如郢人，易曰郢政，且或單稱曰郢；而最奇者以為孔子筆削《春秋》，而《春秋》絕筆於獲麟，遂曰麟郢。愈文而愈不通，令人絕倒。"他所說的這種"愈文而愈不通"的現象，在古代詩文中並不少見，它不但被人傳為笑柄，而且常給讀者帶來麻煩，是不足為訓的，只不過因為**斧正**之類的詞語歷來為人們所沿用，所以仍有必要在這裏予以介紹。

修改作品的一個方面是文字上的加工，常用的詞有**修飾**和**潤色**：前者是使之更加美好和完善，後者是使之更有光彩。

刪削是修改作品的另一個方面。**刪削**兩字都從刀，因為古代作品是用毛筆蘸墨寫在竹簡上的，修改時得用刀子刮去錯誤或者多餘的字，這就是**刪削**。**刪、削**又是兩個同義字，可以分開來用，也可以合在一起用。**刊**也從刀，解釋為削，**刊落**也就是削除。

點竄是刪改的意思，分開來說，**點**是刪除文字，**竄**是改易文字。**塗乙**是改竄的意思，用筆把字抹去叫**塗**，字有遺脫勾添叫**乙**。

改竄文字有稱為**雌黃**的。雌黃是一種礦物，可用以製作黃色顏料；古人用黃紙寫字，發現錯誤，就用雌黃塗掉重寫。後來人們稱不顧事實、隨口亂說為**信口雌黃**，則是一種比喻性的說法。

建築

交通

殿在前而宮在後

宮　室　殿　宮殿　外朝　內廷
宮廷　宮闕　宮闈

《周易‧繫辭下》説："上古穴居而野處，後世聖人易之以宮室。"遠古時代，人們掘地為穴，半陷在地平面下，一直到了商代，才有版築堂基上棟下宇的建造，才從地平面下升到地平面上。《爾雅‧釋宮》説："宮謂之室，室謂之宮。"總起來説，作為房屋住宅的通稱，**宮**和**室**乃是同義字，但是如果分開來説，這兩個字又是有分別的：**宮**指整所房屋，外面有圍牆包着，**室**只是其中的一個居住單位。正如《説文》段玉裁注所云："宮言其外之圍繞，室言其內，析言則殊，統言不別也。"

上古時代，**宮**泛指一般的房屋住宅，沒有貴賤之分，無論何人所居，都可以稱**宮**；秦漢以後，**宮**的字義縮小，專指帝王的住所，如秦有**阿房宮**，漢有**未央宮**。《爾雅》郝懿行疏云："古者貴賤同稱宮，秦漢以來，惟王者所居稱宮焉。"另外，祀奉神祇的處所也有稱**宮**的，如道教的**上清宮**、**太清宮**。

殿的情況與**宮**相類似。**殿**本來泛指高大的房屋。《漢書‧黃霸傳》顏師古注云："古者屋之高嚴通呼為殿，不必宮中也。"後來**殿**的字義縮小，也專指帝王的住所。另外，佛教寺院內僧眾供佛的處所，一般稱為**大雄寶殿**。

宮和**殿**成為帝王住所的專稱以後，在實際為各種建築物命名時又有一些講究。以北京舊紫禁城為例，它是明清兩代遺留下來的一個龐大的**宮殿**建築群，整個佈局有**外朝**和**內廷**之分：**外朝**是皇帝舉行大典、召見群臣和行使權力的主要場所，以**太和殿**、**中和殿**、**保和殿**為中心，**文華殿**、**武英殿**為兩翼；**內廷**是皇帝處理日常政務和帝后妃嬪皇子公主們起居遊玩的場所，有**乾清宮**、**坤寧宮**、**東六宮**、**西六宮**等建築。這就可見，殿在前而宮在後，殿大而宮小，用現代的話來説，殿是辦公用房，宮是生活用房，當然這兩者並沒有嚴格的界限，混用名稱的情況也是有的。

宮的組詞能力要比**殿**強得多。並列結構的合成詞，如**宮廷**，本指帝王的住所，也可用作古代最高統治集團的代稱；**宮闕** (què) 也

【 建築　交通 】

313

指帝王的住所，闕是宮門前兩邊供瞭望用的樓台；**宮闈**指后妃所居之處，**宮掖**指妃嬪所居之處，闈是宮中側門，掖即掖庭，是宮中旁舍。偏正結構的合成詞，如**東宮**指太子所居的宮，也用以指太子；**後宮**指妃嬪所居的宮，也用以指妃嬪；**離宮**是帝王正宮以外臨時居住的宮室；**行宮**是京城以外供帝王出行時居住的宮室；至於把宮中供役使的女子稱為**宮人**、**宮女**、**宮娥**，更是人所熟知，不必贅述。

"由也升堂矣，未入於室也"

堂　室　序　閣　廂　升堂
中堂　堂官　四堂

古人在建造房屋前，先要夯土為基，整幢房屋就建造在一個高出地面成四方形的台基上。房屋前部中央是**堂**，坐北朝南，主要用於舉行吉凶大禮、接待賓客和日常生活起居，而不用於寢臥；堂的後面是**室**，是供家人起居和寢臥的地方。室的東西兩側是**東房**和**西房**。堂在前，室在後，堂前又有台階，進堂必須升階，入室必須過堂，所以說**升堂入室**（語出《論語·先進》"由也升堂矣，未入於室也"）。堂在外，室在內，本於"男子主外，女子主內"的傳統觀念，所以丈夫稱妻子為**室**或**室人**。

古時堂前沒有門，堂上東西有兩根楹柱。堂東西兩壁的牆叫**序**，堂內靠近序的地方也就稱為**東序**、**西序**。堂後有牆，把堂與室房隔開，室和房各有戶與堂相通。又序外東西各有一個小夾室，叫**東夾**、**西夾**，這就是**閣**；東夾、西夾前面的空間叫**東堂**、**西堂**，這就是**廂**。閣和廂有戶相通，廂前也有台階。

《說文》說："堂，殿也。"這是以漢代之今釋先秦之古。段玉裁注云："古曰堂，漢以後曰殿。古上下皆稱堂，漢上下皆稱殿，至唐以後，人臣無有稱殿者矣。"本來高大的堂屋就是**殿**，先秦時叫**堂**不叫**殿**，漢代連平民百姓家中的堂屋也叫**殿**，唐代以後，**殿**才成為帝王住所的專稱。

舊時**堂**還指官府議論政事和審理案件的場所，如在通俗小說戲曲中常見的**升堂**、**坐堂**就是。也有直稱某些官員為某堂的。如**中堂**作為對宰相的慣稱，北宋時已有，因宰相在中書省內的政事堂辦公而得名；元代沿稱。明時習稱大學士為**中堂**，因明代大學士實際掌握宰相權力，其辦公處在內閣，中書居東西兩房，大學士居中，故稱**中堂**；清代則包括協辦大學士在內都稱**中堂**。又如明清通稱中央各部尚書、侍郎、各寺卿官和知府、知縣為**堂官**；清各省總督因例兼兵部尚書銜，故亦稱**部堂**。

私人住宅之有堂名，大約開始於唐代，以後有許多人家用本姓的典故來作堂名，如楊姓有**四知堂**，是用漢代楊震説"天知神知，我知子知"的典故；張姓有**百忍堂**，是用唐代張公藝"書百餘忍字"的典故；王姓有**三槐堂**，是用宋代王祐"手植三槐於庭"的典故；周姓有**愛蓮堂**，是因為宋代理學家周敦頤寫有名篇《愛蓮説》。

私人開店也有用堂名作店名的，其中以藥店為多，如北京有樂家老舖**同仁堂**，杭州有**胡慶餘堂**。

文人以堂為名，大致有兩種情況。一種是用作書齋名，如清代紀昀的**閱微草堂**，俞樾的**春在堂**。一種是用作別號或表字，如近人研究甲骨文字成績最著者羅振玉號**雪堂**，王國維號**觀堂**，董作賓字**彥堂**，郭沫若號**鼎堂**，時人合稱**四堂**。

祠廟寺觀

廟　祠　觀　寺　庵　太廟
文廟　道宮　道觀　佛寺

在中國古代，祀奉祖先名人和神鬼仙佛的場所很多，大別言之，可以分為三類：一是祭祀祖先名人和鬼神的，等級高的叫**廟**，等級低的叫**祠**；二是道士供奉玉皇、老君、列仙的，大的叫**宮**，小的叫**觀**；三是佛教徒供奉釋迦牟尼以及諸佛菩薩的，和尚住的叫**寺**，尼姑住的叫**庵**。

北京天安門東側有一組由三座大殿和三進庭院所合成的龐大建築群，現在是北京市勞動人民文化宮，在明清兩代是皇家的祖廟——**太廟**，裏面供奉着列祖列宗的牌位，並定期祭祀。照例每一個皇帝死後，在太廟立室祀奉，都要給他題一個某祖某宗的名號，叫做**廟號**。皇帝的廟號，從漢朝起就有了，後代的史書大都是用廟號來稱呼皇帝的。

在古代，除皇家有太廟外，大臣們也都有各自的**家廟**。著名的碑刻《顏家廟碑》，就是唐代書法家顏真卿為他的家廟所書寫。至於一般士大夫，則有**宗祠**或**祠堂**。山東嘉祥有《武梁祠畫像》石刻，就是東漢末年武家祠堂裏的裝飾壁畫。

歷史上有一些聖人賢人、忠臣烈士以及德才出眾之輩，後人為了崇敬他們，也有為他們立廟立祠的。各地都有**文廟**和**武廟**：**文廟**祀奉的是孔子，也稱**孔廟**；**武廟**祀奉的是關羽，或是關羽、岳飛合祀，也稱**關帝廟**、**岳王廟**。孔子曾被稱為"至聖先師"和"素王"，關羽死後被尊為"關聖帝君"，岳飛死後被追封為"鄂王"，他們在人們的心目中是和帝王同級的，所以都稱為**廟**。等而下之，如屈子祠、杜工部祠、蘇文忠祠，就都只能稱**祠**不能稱**廟**了。

此外還有各種各樣祀奉鬼神的廟：有的是政府規定的，如各地都有的**東嶽廟**；有的是民間自己建造的，如**土地廟**、**龍王廟**。

道教是中國土生土長的一種宗教，盛行於唐宋時期。道士供奉列仙的場所，有**道宮**、**道觀**兩級，前者大而後者小。如成都的**青羊宮**始建於唐，重建於清；蘇州的**玄妙觀**始建於晉，原名真慶道院，元時改為今名。

佛教是世界三大宗教之一，漢時傳入中國，逐漸形成具有中國特色的一些宗派。佛教徒供奉諸佛的場所叫**佛寺**，如洛陽**白馬寺**為漢明帝年間天竺僧人用白馬馱載經像東來之所，西安**慈恩寺**為唐代高僧玄奘譯經之所，都是歷史特別長久的；至於**庵**，乃是小寺，並多指尼姑所居，又稱**尼庵**。

亭 台 樓 閣

亭　驛亭　台榭　樓　鐘樓
樓車　閣　滕王閣

在談到古代園林建築時，人們習慣於將**亭台樓閣**四者並提，它們各有各的特點。

亭在古代有多種用途。《釋名·釋宮室》説："亭，停也，亦人所停集也。"早期的**亭**是建築在道路兩旁供過往旅客停留休息的房舍，也作為親友遠行送別之處，因而有"十里一**長亭**，五里一**短亭**"的說法。**亭**的設置也可以用於偵察敵情、監守盜賊和傳遞信息，如**驛亭**、**烽火亭**之類。秦漢時，**亭**還是鄉以下的一級行政機構。《漢書‧百官公卿表》上說："大率十里一亭，亭有長，十亭一鄉。"漢高祖劉邦在領導農民起義反秦之前就曾任泗水亭長。至於把**亭**作為一種專供觀賞用的有頂無牆的小型建築物，大致是六朝以後的事，它們大多用竹木磚石等材料建成，平面一般呈圓形、方形、扇形或八角形。現今北京宣武區的**陶然亭**，山東濟南大明湖的**歷下亭**，安徽滁縣琅琊山的**醉翁亭**，湖南長沙嶽麓山的**愛晚亭**，都是廣為人知的名亭。

　　台的特點是居高臨下，可以瞭望四方。《說文》說："台，觀四方而高者。"**台**大多由土石堆積而成，高一丈以上，平頂，一般呈四方形，有的台上有屋，有的沒有屋。《說文》又說："榭，台有屋也。"**榭**就是建在台上的開敞式木屋，只有楹柱，沒有牆壁。所謂"土高曰台，有木曰榭"，說的就是這種情況。古代的**台榭**是統治者尋歡作樂的場所，因而成語有**歌台舞榭**和**舞榭歌台**。

　　樓本來指高處的建築物，古代城牆上和宮殿四角多有樓，用於瞭望遠方，還有用於報時的**鐘樓**和**鼓樓**。《說文》說："樓，重屋也。"**重屋**解釋為重簷之屋，並非多層樓房。因為古代的房屋建築主要是向平面發展，而不是向空間發展，加以建築材料全用土木，支撐力量有限，一般認為先秦時沒有上下都可以住人的樓房；樓房的出現當在戰國晚期，漢代則顯然有了住人的樓房，而且不止兩層。後世茶肆酒店也有稱**茶樓**、**酒樓**的；用於作戰的車船有疊層的，則稱為**樓車**、**樓船**。至於園林建築中的**樓**，主要是用以居高眺望，其中歷史最久的，有湖北武昌的**黃鶴樓**，湖南岳陽的**岳陽樓**，四川成都的**望江樓**，雲南昆明的**大觀樓**。

　　閣是樓房的一種，平面呈四方形、六角形或八角形，一般兩層，四周開窗。古代的**閣**多作藏書用，如漢代宮中有**天祿閣**、**石渠閣**；宋代宮中有**天章閣**；清代修成《四庫全書》，特仿照寧波**天一閣**的式樣，建造**文淵**、**文源**、**文津**、**文溯**、**文宗**、**文匯**、**文瀾**七閣收藏。在一些宗教建築中，供奉高大佛像的多層建築物也稱為**閣**，如河北承德避暑山莊普寧寺內的**大乘閣**，河北正定隆興寺內的**大悲閣**，北京雍和宮內的**萬福閣**，天津薊縣獨樂寺內的**觀音閣**。至於供觀賞用的閣，當以江西南昌贛江邊的**滕王閣**聲名最著，北洋軍閥統治期間曾被燒燬，現已重建完成；聳立於山東蓬萊丹崖山頂的**蓬萊閣**，歷來是觀海勝地，有仙境之稱。

説房道屋

阿房宮　房下　長房　蜂房
愛屋及烏　高屋建瓴

房和**屋**現今都表示供人居住的建築物，還可以並列成**房屋**，但兩字來源不同，本義也不同。

　　房和**旁**是同源字，字義又有聯繫。《説文》説："房，室在旁也。"段玉裁注："凡堂之內，中為正室，左右為房，所謂東房西房也。"桂馥注："古者宮室之制，前堂後室，前堂之兩頭有夾室，後室之兩旁有東西房。"古代房屋建築，前部中央為堂，坐北朝南，堂的後面是室，室的東西兩旁是房，東面的為東房，西面的為西房。總起來説，**房**的本義是正室兩旁的房間，**房**是從**旁**得名的。

　　這裏順便説一説**阿房宮**的讀音。據《史記·秦始皇本紀》載：秦始皇三十五年，以咸陽人多，宮城狹小，決定在渭南上林苑中營建朝宮，"先作前殿阿房，東西五百步，南北五十丈，上可以坐萬人，下可以建五丈旗"。全部工程至秦亡時尚未完成，也未正式命名，因其前殿在阿房，時人即稱之為阿房宮，後為項羽所焚燬。**阿房**兩字讀音為ē páng，作近旁解釋。《漢書·賈山傳》顏師古注云："房字或作旁，云始皇作此殿，未有名，以其去咸陽近，且號阿房。阿，近也。"晚唐文學家杜牧作有《阿房宮賦》，是古文中的名篇。

　　屋和**幄**是古今字，同出一源。《説文》有屋字而無幄字。屋的本義是帷帳，後來屋專用作房屋的屋，因而在屋旁加巾為**幄**，表帷帳義，以與表房屋義的屋相區別。也就是説，**屋**和**幄**是一對古今字，對於幄來説，屋是古字；對於屋來説，幄是區別字，即今字。

　　房和**屋**由於本義不同，引伸義也有差別。

　　房是正室兩旁的房間，房有多間，可供家庭成員分住，因而舊時有指妻妾為**房**的，如對人謙稱己妻為**房下**，稱繼娶之妻為**填房**，稱妾為**偏房**；也有指家族的分支為**房**的，如**長房、本房、堂房、遠房**。某些物體分成間隔狀的各個部分也叫**房**，如**蜂房、蓮房**。現今**房**一般泛指住房，如**平房、樓房**，有時也單指房間，如**臥房、客房**。

屋的情況有所不同。**屋**的本義是帷帳，引伸指屋頂。**屋宇**連用，**屋**是屋頂，**宇**是屋簷。成語**愛屋及烏**，源出《尚書大傳·牧誓》"愛人者兼其屋上之烏"；**高屋建瓴**，源出《史記·高祖本紀》"譬猶居高屋之上建瓴水也"。兩例中的**屋**都作屋頂解。現今**屋**也泛指住房或單指房間，但構詞能力比**房**弱，使用頻率比**房**低。

宅廬館舍

陰宅　草廬　館舍　舍下
寒舍　退避三舍

宅、**廬**、**館**、**舍**是一組同義字，作名詞用表示房屋的意思，作動詞用表示居住的意思，但大同之中有小異，彼此不能混用。

《說文》說："**宅**，人所託居也。"**宅**與**託**同源，指的是人們託身定居之所，即房屋。在古代，**宅**是人們居處的通稱，既可以指華麗的大屋，也可以指簡陋的小屋。廣義的**宅**還包括房前屋後的空地，如《孟子·梁惠王上》所說："五畝之宅，樹之以桑，五十者可以衣帛矣。"俗語也有**深宅大院**的說法。另外，**宅**又指死人安葬的墓地，即後代所稱的**陰宅**。《荀子·禮論》有云："日朝卜日，月夕卜宅，然後葬也。"**宅**作動詞用，由居住引伸為處於某種境地之中，如**宅位**意謂居官任職，**宅憂**意謂遭父母之喪。

如果說**宅**是人們長期定居之所，那麼**廬**就是臨時寄居之所。《說文》說："**廬**，寄也，秋冬去，春夏居。"**廬**與**里**、**閭**是同源字。《漢書·食貨誌》說："在野曰廬，在邑曰里。"**廬**通常指那些在野外臨時搭蓋的簡陋住屋。《詩經·小雅·信南山》有云："中田有廬，疆場有瓜。"鄭玄箋："中田，田中也；農人作廬焉，以便其田事。"這裏的**廬**就是為農事的需要而在田中臨時搭蓋的窩棚。另外，**廬**又泛指簡陋小屋，如諸葛亮《出師表》："先帝不以臣卑鄙，猥自枉屈，三顧臣於草廬之中。"**草廬**意謂結草為廬，為隱居不仕者所居住。古代還把守喪期間在父母墓旁搭蓋的小屋稱為**倚廬**。《禮記·喪服大記》說："父母之喪，居倚廬，不塗。"孔穎達疏："居倚廬者謂於中門之外，東牆下，倚木為廬，故云居倚廬。不塗者，但以草夾障，不以泥塗之也。"又古代在大道上設置的專供旅客休息的房舍也有稱**廬**的，《周禮·地官·遺人》說："凡國野之道，十里有廬，廬有飲食；三十里有宿，宿有路室。"這裏的**廬**和**路室**都是旅舍：**廬**只供飲食，**路室**兼供食宿。**廬**作動詞用，表示臨時寄居的意思，**廬旅**指旅居，"旅"與"廬"同義。

　　館和**舍**本義同指旅館、客舍。《說文》說："館，客舍也。"又說："市居曰舍。"段玉裁注："食部曰館，客舍也，客舍者何也，謂市居也。"但兩者字義擴大為房屋後，便有了較大的不同：**館**一般指莊重華麗可供多數人進行各種活動的大型建築物，現代的圖書館、博物館、天文館、文化館、陳列館、展覽館都由此得名；**舍**多指普通的住房，因而可以謙稱自己的家為**舍下**、**舍間**、**寒舍**、**敝舍**，謙稱自己的卑幼親屬為**舍弟**、**舍侄**。**館**和**舍**作動詞用，表示住宿或安排別人住宿，但**舍**表示住宿多指暫住一夜，或特指行軍打獵時的臨時住宿。《左傳·莊公三年》："凡師一宿為舍，再宿為信，過信為次。"孔穎達疏："舍者，行軍一日止而舍息也。"古代行軍往往走三十里就住下過夜，因而以三十里為一舍，成語**退避三舍**就是主動後撤九十里，比喻對人讓步，避免衝突。

牆壁與版築

牆　壁　堵　垣　墉　禍起蕭牆
版築　金湯　女牆

供人居住或作其他活動的房屋，一般都有牆壁。牆壁的作用大致有二：一是抵禦風寒，二是遮攔視線；除此以外，如果遇到天災人禍的突然襲擊，牆壁還可以在一定程度上保障人們生命財產的安全。

　　牆、壁、堵、垣、墉是一組同義字，在古代字書上大都採用互訓的辦法，如《說文》："牆，垣蔽也。""壁，垣也。""堵，垣也。"

"垣，牆也。""墉，城垣也。"但是大同中也有小異。**牆**最初是指用蒺藜等有刺植物圍成的屏障，引伸開來，只要是起屏障作用的都可稱牆；壁最初是指遮擋風寒的建築物，引伸開來，軍營周圍的防禦工事也稱壁；**堵**是用土築成的牆，長高各一丈的土牆為一堵；**垣**是圍牆，**墉**是城牆，所以有"卑曰垣，高曰墉"的說法。以上是就各自的本義而言的，到了後來，這些字就互相混用，並沒有嚴格的分別。

成語**禍起蕭牆**，源出《論語‧季氏》所記孔子的話："吾恐季孫之憂，不在顓臾，而在蕭牆之內也。"魯國大夫季孫把持國政，準備攻打魯國的附庸顓臾，孔子加以指責，說季孫將要碰到的麻煩，不在外部而在內部。這裏說的**蕭牆**，就是古代國君或貴族住宅門外作屏蔽用的小牆，也就是俗話說的**照壁**；**禍起蕭牆**就是禍患發生在內部。

《孟子‧告子下》有"傅說舉於版築之間"的話。傅說，商代人，原是傅岩地方從事版築的奴隸，後被商王武丁任為大臣，治理國政。古時築牆，用兩版相夾，中間裝滿泥土，用杵舂實，就成為土牆，名為**版築**（也寫作**板築**），後來多用以泛指土木建築方面的事。

城的本義是城牆，也就是都邑四周用作防禦的牆，引伸為城市，就是城牆範圍內的區域。**城**與**郭**對舉時，城指內城，郭指外城；**城郭**連用時，即指一般的城。還有**城池**，城是城牆，池是護城河，古時都邑四周都有城牆和護城河，因稱**城池**。**金城湯池**，簡作**金湯**，指防守嚴密的城池，《漢書‧蒯通傳》顏師古注："金以喻堅，湯喻沸熱不可近。"

女牆是城牆上面呈凹凸形的小牆，亦稱**女垣**，又叫**堞**（dié）或**埤堄**（pì nì，也寫作**俾倪**或**睥睨**）。關於**女牆**這一名稱的由來，一般採用《釋名‧釋宮室》的說法："言其卑小比之於城，若女子之於丈夫也。"實際並非如此，它是一種對女子性器官的崇拜，因為古代戰爭以城池的攻守為主，把城上小牆建成形似女陰的凹凸形，並且稱之為**女牆**，其用意乃是把它作為神物來供奉和瞻拜，希望在戰爭中得到神的庇護，從而獲致勝利。當然，作為一種歷史和宗教現象，對女子性器官的崇拜會在許多地方表現出來，遺留下來，而**女牆**不過是其中的一例。

"門，人之所由"

門第　自立門戶　門楣　戶限
戶樞　戶牖

房屋之類的建築物，必有門戶供人出入。在這一意義上，門和戶是同義字。《漢書·五行誌下之上》説："門，人之所由。"《白虎通·五祀》説："戶者，人所出入。"門戶還經常連用，如《孟子·盡心上》説"昏暮叩人之門戶求水火，無勿與者"就是。

但是大同之中有小異，如果相對而言，則門大而戶小，門外而戶內。古時房屋的門比較高大，有的可供車騎出入，而戶則比較低小，一般只能容二三人同時出入。門和戶在建築物中的位置也不同。門是整個房屋對外的出入口，而戶只是房屋內部的出入口。古時房屋結構是前堂後室，經門升堂，再由戶入室，門和戶的分別是很明顯的。《説文》還有"半門曰戶"的解釋，意思是説單扇為戶，雙扇為門，這從它們本來的字形也可以看出來。

門和戶都能引伸當人家講，如門第是人家等第，戶口是一家的人口，門當戶對指結親的兩家社會地位和經濟狀況相當，自立門戶指成年的子女各自獨立成家。

闔、扉、扇三字的本意都是可以開關的門扇。《爾雅·釋宮》説："闔謂之扉。"《禮記·月令》有"乃修闔扇"之句，鄭玄注："用木曰闔，用竹葦曰扇。"闔字後來引伸作閉合講。扉字可以構成扉頁一詞，即圖書封面之內印有書名、著者等項目的一頁。扇字後來轉指搖動生風以取涼的用具。

門楣是門框上的橫樑，舊時富貴人家門樑高大，因以門楣借指門第。戶限或者門限是門檻。陳隋間書法家智永禪師，是晉代王羲之七世孫，住吳興永福寺，繼承祖法，精通書藝，當時來向他求書的人很多，住處門檻為之穿穴，成語戶限為穿就是這樣來的，後來他在住處的門檻上裹以鐵皮，人稱鐵門限，見唐代張彥遠《法書要錄》。戶樞是門上的轉軸，成語戶樞不蠹是説門上轉軸因經常轉動而不會被蟲蛀壞，比喻經常運動的東西不致受外物侵蝕，常與流水不腐連用，語出《呂氏春秋·盡數》，不蠹原作不螻。

窗、牖（yǒu）、向都是房屋通風採光的裝置。《説文》説："在牆曰牖，在屋曰窗。"段玉裁注："屋，在上者也。"古時開在屋頂上的叫窗，即現在所說的天窗，開在牆上的叫牖，即現在所說的窗。牖和向的不同是：牖是朝南的窗，向是朝北的窗。《說文》段玉裁注："古者室必有戶有牖，牖東戶西，皆南向。"牖和戶方向相同，所以戶牖可以並列。《論語·雍也》記伯牛生病，孔子前往探視，"自牖執其手"，因為客人一般不進入主人室內，故孔子隔着南窗執手而語。至於向的本義為北窗，一般語文詞典都引《詩經·豳風·七月》中的"塞向墐戶"為例，把這句話翻譯成口語就是：塞好朝北的窗子，用泥塗好柴門；後來向由北窗引伸為朝着或者對着，成為背（朝着相反的方向）的反義字，它的本義反而很少為人所知了。

廁所的代稱

溷　圊　更衣　茅廁　東　解手
出恭　遺矢　小遺

專供人大小便的處所，現在通稱廁所，或簡稱廁，而在古代，廁所卻有更多的說法。

《釋名·釋宮室》說："廁，雜也，言人雜廁在上非一也；或曰溷，言溷濁也；或曰圊，言至穢之處，宜常修治使潔清也；或曰軒，前有伏似殿軒也。"溷（hùn）、圊（qīng）、軒都是廁的別稱，由這些字並列而成的雙音合成詞，有廁溷、溷廁、圊溷、溷圊、溷軒等，都作廁所解釋，在古書上都有用例。

這裏要特別說一說軒。軒是個常用字，又是個多義字，在作名詞用時，它的常用義，一是古代一種有帷幕而前頂較高的車子，一是有窗檻的長廊或小屋（舊時多用為書齋名或茶樓飯館的字號），至於它的廁所義，因較為少見，也就較少為人所知，以至在注解古書時出錯。有一個明顯的例子，是說漢武帝一次路過他的姐姐平陽公主家，看中了她家的歌女衛子夫（即後來的衛皇后），漢武帝起身解手，衛子夫隨侍在側，兩人就在廁所裏發生了肉體關係。《史記·外戚世家》在敍述這件事時說："是日，武帝起更衣，子夫侍尚衣，軒中得倖。"這裏所說的更衣乃是大小便的婉詞，軒是廁所，過去有些注家解釋為在車上更換衣服，是不對的，清代學者黃生曾在所著《義府》中予以駁正，可參看。還要說一下，古代貴族之家的廁所是極為華麗的。據《世說新語·汰侈》載："石崇廁常有十餘婢侍列，皆麗服藻飾，置甲煎粉、沉香汁之屬，無不畢備；又與新衣着令出，客多羞不能如廁。"石崇就是晉代那個以曾與外戚王愷鬥富著稱的暴發戶，有人推測他家的廁所就是仿照漢代平陽公主家設置的，不過規模又有所擴大；從這裏也可以看出，用**更衣**作為大小便的婉詞，確有其事實上的依據，並非憑空虛構。

廁所還有一些俗稱，如**茅廁**、**毛廁**、**毛司**、**茅房**、**茅樓**，大致因舊時農村廁所簡陋，多用茅草蓋頂而得名。比較費解的是**東**。在宋元明清的通俗戲曲小說中，有單用一個**東**字稱廁所的，如《京本通俗小說·拗相公》"荊公見屋旁有個坑廁，討一張毛紙，走去登東"，**登東**就是上廁所；有用**東廁**或**東司**稱廁所的，如《初刻拍案驚奇》卷二一"此必有人家幹甚緊事，帶了來用，因為上東廁，掛在壁間，丟下了的"，《古今小說》卷十五"定睛再看時，卻是史大漢彎蹲在東司邊"；有用**東淨**或**東圊**稱廁所的，如《金瓶梅詞話》第十九回"西門慶正在後邊東淨裏出恭"，《西遊記》第六十七回"但颳西風，有一股穢氣，就是淘東圊也不似這般惡臭"。至於**東**的由來，各人說法不一：有的說因為舊時廁所多建在住房東角；有的說古代神話稱廁所之神為登司，後來登音訛而為東。

俗稱大小便為**解手**。解手應為**解溲**（sōu）；**溲**是便溺，即屎尿。《史記·扁鵲倉公列傳》記有"湧疝也，令人不得前後溲"的話，司馬貞索隱云："前溲謂小便，後溲謂大便也。"

出恭是大便的婉詞，起源於明代科舉考試制度。明代國子監學規，每班給予**出恭**、**入敬**牌，以防生員擅離本班；科舉考試時，考場內也有此牌，考生要上廁所，必先領牌。後因稱大便為**出恭**，有時也把大便稱為**出大恭**，把小便稱為**出小恭**。

古時還有把大便稱為**遺矢**（矢即屎），把小便稱為**小遺**的。前者的最早用例是《史記·廉頗藺相如列傳》"廉將軍雖老，尚善飯，然與臣坐，頃之三遺矢矣"；後者的最早用例是《漢書·東方朔傳》"朔嘗醉入殿中，小遺殿上"。

道路是供人或車通行的

通衢　康莊大道　蹊徑　阡陌
衝要　棧道

"地上本沒有路，走的人多了，也便成了路。"（魯迅語）**路**，古時也叫**道**，現代則把**道**、**路**兩字組成為一個並列結構的雙音詞。詞典上給**道路**下的定義是地面上供人或車通行的部分；如果道路比較寬闊，兩旁建有供人居住的房屋，那就是**街道**了。

在行政區劃上，唐代分全國為若干道，宋代分全國為若干路，**道**和**路**都曾用作地方最高一級政區的名稱，其地位大致相當於現在的省。

在路的意義上，**途**、**涂**、**塗**三字相同，今以**途**為正寫。**途**也是可以通車的大路，但不及**道**和**路**那樣寬闊。古代注家有"途容乘車一軌，道容二軌，路容三軌"的説法（見《周禮·地官·遂人》鄭玄注），**軌**是大車兩輪之間的距離，其寬度為古制八尺。

衢和**逵**都是縱橫交錯的大路；**通衢**、**長衢**、**長逵**等詞在古書中多見。

成語有**康莊大道**，指的是寬闊平坦的大路；《爾雅·釋宮》有云："五達謂之康，六達謂之莊。"**康莊**是四通八達的意思。**康途**、**康衢**、**康逵**都可成詞。

徑是不能通車的小路。《説文》説："徑，步道也。"段玉裁注："此云步道，謂人及牛馬可步行而不容車也。"**徑**是小路，**蹊**也寫作**徯**，比徑更小，由行人經常往來踐踏而成。《説文》徯字下段注："凡始行之以待後行之徑曰蹊。"《史記·李將軍列傳》所引"桃李不言，下自成蹊"的古諺（桃樹李樹不會講話，人自會在樹下走出路來），正好説明了"始行之以待後行之"這個解釋。

路徑、**途徑**、**蹊徑**等詞，今人多有當作方法、門道講的，那是取它們的比喻義。

阡陌是田間小路：**阡**是南北方向的，**陌**是東西方向的。**陌路人**或簡作**陌路**，指乍見而素不相識的人，也就是彼此無關的路人。白居易《重到城寄元九七絕句》有云："每逢陌路猶嗟歎，何況今

325

朝是見君。"

衝是交通要道，**衝要、要衝**是諸多要道的會合之處。

棧道是架空的通道，在懸崖絕壁上鑿孔打椿鋪板而成；中國古代在現今陝西、甘肅、四川、雲南等省都建有棧道，《戰國策·秦策三》就記有"棧道千里通於蜀漢"的話。**棧道**又稱**閣道**，或**棧閣**並稱。另外，建在高樓之間的天橋，古時稱為**複道**，也有稱**棧閣**的。

陽關大道本來專指經過陽關通向西域的大道，後來泛指通行便利的大路，**陽關**是古關名，在今甘肅敦煌縣西南，漢唐時和玉門關同為聯繫西域各地的交通門戶，宋代以後，中國與西方的陸路交通逐漸衰落，此關也就毀棄無存了。

羊腸小道的羊腸，比喻道路曲折而狹窄，多用以指山路，王維《燕子龕禪師》便有"山中燕子龕，路劇羊腸惡"的詩句。**鳥道**極言山路的艱難險峻，只有飛鳥可度，李白名篇《蜀道難》有句云："西當太白有鳥道，可以橫絕峨眉巔。"

坎坷形容道路不平，坑坑窪窪，後多用以比喻人生憂患。**崎嶇**形容山路不平，比喻處境困難。

船是水上交通工具

舟 船 舠 舴艋 舫 舸
舳艫 方舟 舟楫 風檣

船是水上交通工具，主要用於客貨運輸和捕魚作業，也可用於水上作戰。古代的船多用木材建造，靠人力和風力推進，直到十九世紀後半期，才有用機器推進的鋼船出現，一般統稱為**輪船**。

舟和**船**是同義字，大致先秦時名為**舟**，漢代以後通稱**船**。最初的舟是用一根巨大的木頭剖開挖空而成的，即《周易·繫辭下》所謂"刳木為舟"，也就是**獨木舟**，後來才發展到聚集許多木板以成一船。在現代漢語中，**舟**和**船**有着文言和口語的差別。

隨着古代造船技術的不斷進步，製成的船大小不等，用途各殊，名稱也就多種多樣。下面舉一些習見常用的。

舠是小船，其形如刀，有時也簡作刀，《詩經・衛風・河廣》有“誰為河廣，曾不容刀”之句。

　　舴艋是形似蚱蜢的小船，如李清照《武陵春》詞有句：“只恐雙溪舴艋舟，載不動許多愁。”

　　舫本指一般的船，如東船西舫，後來多指小船，如某些風景區的游舫、畫舫。

　　舸本指大船，後來也指一般的船，如百舸爭流。

　　舶原意是航海大船，船舶為兩字並列合成詞，用作船的總稱。

　　艦是大型戰船。蒙衝、餘皇都是古代戰船名。樓船是有樓的大船，古代多用於作戰。

　　蘇軾《赤壁賦》以“舳艫千里”描寫三國赤壁之戰前曹操帶領水師南下的強大陣容：舳是船後把舵處，艫是船前刺棹處，舳艫意為首尾銜接的船隻。

　　方舟的意思是兩船相並，《莊子・山木》有“方舟而濟於河”的話。

　　用竹木編排而成的渡水用具，現在叫筏，古代叫桴，《論語・公冶長》有“道不行，乘桴浮於海”的話。

　　艙是船內乘人或載物的部位。舷是船的兩邊，從船尾向船首看，左側為左舷，右側為右舷。

　　艄是船尾，船尾有控制航向的舵，因稱掌舵的人為艄公，也有寫作梢公的。

　　古時木船靠人力和風力推進，使用的工具和設備有以下幾種：

　　槳和櫓都是划船用的。《正字通》說：“長大曰櫓，短小曰槳；縱曰櫓，橫曰槳。”楫 (jí)、棹 (zhào)、橈 (ráo) 都是槳的別名。古書上常見舟楫連稱，泛指船隻。又《尚書・說命上》記商王武丁對大臣傅說發表的文告中說：“若濟巨川，用汝作舟楫。”後世因以舟楫比喻擔當重任的宰輔大臣。還有篙是撐船用的，篙人就是撐船的人。

　　桅和檣是豎立在船上的柱杆，帆是張掛在桅杆上用以承受風力的布篷；風帆、風檣都指乘風揚帆的船。縴是拉船前進的繩索，

縴夫就是拉縴的人。**纜**是繫船的繩索，**解纜**就是開船。

古時陸地交通靠車馬

萬乘　軺車　輜車　鳳輦　肩輿
輻輳　轅門

古時陸地交通靠車馬。戰國以前，馬是專為拉車用的，因而**車馬**相連：駕車就是駕馬，乘馬就是乘車。直到戰國後期，趙武靈王胡服騎射，從匈奴學來了騎馬術，騎馬之風才逐漸盛行起來，但用馬拉車的仍然所在多有。

有用馬拉的車，也有用牛拉的車。馬車車廂小，叫**小車**，除供貴族出行外，還用之於作戰。古時以一車四馬為一**乘**（shèng），周制王畿方千里，可出戰車萬乘，因稱周王為**萬乘之君**（後來還有以**萬乘**借指帝位的），又諸侯大國地方千里，可出戰車千乘，因稱**千乘之國**。到戰國時，由於車戰的發達，戰車的多少往往成為各國強弱的標誌，有的大國也自稱**萬乘**。至於牛車，車廂大，叫**大車**，一般只用來載運貨物。

古代各種馬車的設備不同，名稱也就不同。如**軺車**是一種有蓋無帷的輕便車，只駕一馬；**軺傳**則駕二馬，專用於驛站傳遞公文；**輜車**是一種有帷有蓋的大型馬車，既可載物，又可供人躺臥。

《說文》說："輦，挽車也。"**輦**是人力推挽的車，秦漢以後專指皇帝及后妃所乘的車，因為車上繡鳳，又叫**鳳輦**。**輦下**是京都的別稱，表示其地在皇帝車駕之下。

李白作《上皇西巡南京歌》，中有"誰道君王行路難，六龍西幸萬人歡"之句，**六龍**是皇帝車駕的代稱，因為古時天子乘車駕六馬。漢樂府《陌上桑》寫一太守在路上調戲採桑女子羅敷遭到拒絕，中有"使君從南來，五馬立踟躕"之句，**五馬**是太守的代稱，因為古時一乘四馬，漢代太守出行增加一馬，合為五馬。

古時馬車的車廂叫**輿**，是乘人的部位，後來又把抬人的轎子稱為**肩輿**。

古時一車有兩個輪子，故車一乘即稱一**兩**。《孟子·盡心下》云：“武王之伐殷也，革車三百兩，虎賁三千人。”後來寫作**輛**。**車輛**兩字並列，用作車的總稱。

　　車輪中心有孔穿軸的圓木叫**轂**，四周的輻條都湊集在中心——轂上，稱為**輻輳**（fú còu），後來常用以比喻人或物從四面八方聚集到一起。

　　車軸是一根橫樑，兩端露在轂外，上面插着一個用青銅製成的銷子，以防車輪外脫；這個銷子叫**轄**，它在行車中起着重要的作用，《淮南子·人間訓》就說過“夫車之所以能千里者，其要在三寸轄”的話，後來**轄**引伸為管轄的意思。

　　軌是古時車子兩輪之間的距離，引伸為兩輪在泥道上碾出來的痕跡，這痕跡也稱為**轍**。

　　轅是駕車用的車槓，壓在車軸上，伸出車廂的前端。商周的車都是獨轅，轅在正中，漢以後多為雙轅車，左右各一。古時帝王出外巡狩田獵，住宿在險阻的地方，用車子作為屏障，出入處仰起兩輛車子，使兩車的轅槓相向交接，形成一個半圓形的門，稱為轅門，後來轅門也指領兵將帥的營門以及督撫等官署的外門。

“速於置郵而傳命”

驛站　郵驛　傳車　置郵　羽書

　　應用接力方法傳遞官方文書的驛傳制度，在中國古代有很長久的歷史。簡單地說，就是在從首都通往全國各地的交通大道上，每隔一定的距離，設置一個驛站，站內備有車馬，以供往返傳遞官方文書之用，同時建有房舍，以供過往行人休息住宿之需。在傳遞官方文書的意義上，**驛**、**郵**、**傳**、**置**四字是同義字。

　　先說**驛**。**驛**的本義是供傳遞官方文書用的馬匹，引伸為傳遞文書的人暫住的場所，即**驛站**。由**驛**構成的雙音詞很多，如驛站的馬稱為**驛馬**，騎馬傳遞文書的人稱為**驛騎**，為方便驛騎和傳車快速通行而修築的大道稱為**驛道**，驛站傳遞的文書稱為**驛書**，驛站設置的旅舍稱為**驛館**，管理驛站的官員稱為**驛吏**。現時全國各地仍有以**驛**作為地名的，如江蘇銅山縣北部、津浦鐵路線上的利國驛，雲南祥雲縣中部、滇緬公路線上的雲南驛，都是從前設置驛站之處。

次說**郵**。統而言之，**郵**和**驛**同是為傳遞官方文書而專設的機構，因而**郵驛**連稱。但分而言之，兩者又自有其不同之處：一、**驛**是用馬傳，而**郵**是用步傳，也就是靠人步行傳遞。二、**郵**應負輾轉傳遞文書的全部責任，傳書人是郵所指派而非發書人所指派，而**驛**只供給傳書人以馬匹，傳書人須由發書人指派。由**郵**字構成的雙音詞，如**郵館**相當於**驛館**，**郵吏**相當於**驛吏**。

再次說**傳**（zhuàn）。傳的特點是備有專供政府官員因公乘坐的馬車。這種車稱為**傳車**，又叫**遽**。**傳車**一般用四匹馬拉，因稱**乘**（shèng）**傳**。**傳舍**則指供人住宿的旅舍。**傳**的作用和傳遞文書的**驛**不同，但方法相同，就是每隔一定距離改換一次交通工具，以便提高行進速度。

又次說**置**。置字本為動詞，是設置的意思，後來把設置的驛站也稱為**置**，則是當作名詞用了。《孟子·公孫丑上》記孔子的話說："德之流行，速於置郵而傳命。"這裏的**置郵**應是兩個名詞的並列，而不是動詞和賓語的連屬。此外還有雙音詞**置傳**，也是如此。

古代驛站傳遞文書的效率是相當高的。以驛傳制度最為完善的唐朝為例，當時的驛道以京城長安為中心，向四方輻射，直到邊遠地區，大約每三十里設置一個驛站，全國有驛站一千六百多處，服役人員在五萬以上。如果遇到緊急文書，驛馬每天能傳遞三百里以上。天寶年間安祿山在范陽（治今北京）發動叛亂，其時唐玄宗正在陝西臨潼華清宮行樂，兩地相隔三千里，而唐玄宗在六天之內就接到了這個緊急情報。又唐玄宗為了讓寵妃楊貴妃吃到新鮮荔枝，從長安到四川涪陵專設一條驛傳路線，由各地驛站特派專人和快馬，日夜兼程，飛速傳送，更是人所周知的荒唐事。附帶說一下，古時有所謂**羽書**或者**羽檄**，是徵調軍隊以及報告軍情的文書，上面插有鳥羽，表示緊急，必須迅速傳遞，其性質大致相當於後世的**雞毛信**。

"行商曰商，坐商曰賈"

商賈　裨販　牙行　市肆
市井　貨殖　貿遷

商是一種職業的名稱，又是一個朝代的名稱。這兩者之間有無聯繫？史學家吳晗在《從商品生產想到中國商人的起源》一文中指出：一、據文獻、甲骨文和殷墟遺物的情況看來，商朝已經有了貨幣，用貝以朋計算，有來自各地的許多商品，商業是相當發達的。二、契封於商，商是地名，商人之名是從商這個地名轉為朝代名而來的；盤庚遷亳以後，雖然改稱殷了，但習慣上還保存着商的稱呼，殷商並稱，殷人即商人。三、武王伐紂滅殷，周人取得了統治權，殷遺民過着被監視的生活，他們既無政治權利，又失去了土地，只好東跑西跑做買賣，日子久了，商業就成為殷遺民的主要職業，商人成為從事商業活動的職業的專稱，成為古代社會士農工商四民之一，所以說商人（做買賣的人）出於商人（殷遺民），商（職業）出於商（朝代）。

在古書中，常見**商賈**並稱，**賈**（gǔ）也是做買賣的人。漢代經學家鄭玄在給《周禮》作注時說："行曰商，處曰賈。"（《天官·大宰》）又說："通物曰商，居賣物曰賈。"（《地官·司市》）這就是說，**賈**是在固定地址經營商業的**坐商**，**商**是沒有固定營業地址、經常往來於各地區間販運貨物的**行商**，不過此後不久，**商賈**就成為買賣人的通稱，不再有行坐之分了。

賈又可作動詞用，意為做買賣，如《韓非子·五蠹》中說的"長袖善舞，多錢善賈"。成語**餘勇可賈**，也簡作**賈勇**，是以**賈**表示賣出的例子，源出《左傳·成公二年》："欲勇者，賈余餘勇。"杜預注："賈，賣也，言己勇有餘，欲賣之。"**賈害**是以**賈**表示買進的例子，源出《左傳·桓公十年》："匹夫無罪，懷璧其罪，吾焉用此，其以賈害也。"意思是說自己招惹禍害，就像商人為了謀利買進貨物一樣。

販是買貨出賣，也指現買現賣的小商人。**裨**（pí）**販**是小販。**販夫販婦**是男女小販。**負販**是擔貨買賣的小販。

為買賣雙方介紹生意並從中賺取佣金的中間商人，現在叫做**捐客**，古時稱為**儈**或**市儈**，也有稱為**牙人**、**牙郎**或**牙儈**的，並把為買賣雙方議價說合的商行稱為**牙行**，把牙人抽取的佣金稱為**牙錢**。

《說文》說：「市，買賣所之也。」**市**是民眾集中進行貨物交易的場所，正如《周易・繫辭下》所說：「日中為市，致天下之民，聚天下之貨，交易而退，各得其所。」**肆**或**市肆**、**商肆**是市中店舖。**市曹**、**市廛**（chán）是店舖集中之處。**市**也可作動詞用，意為買進，引伸為收買、換取，如**市義**是說收買人心，贏得正義的名聲；**市恩**是說施捨恩惠，換取別人的好感。

古書上常把市場說成**市井**，這個名詞是怎樣得來的，眾說不一。這裏介紹三種：一、「凡言市井者，市，交易之處，井，共汲之所，故總而言之也。」見《漢書・貨殖傳》顏師古注。二、「古人未有市，若朝聚井汲水，便將貨物於井邊貨賣，故言市井也。」見《史記・平準書》張守節正義。三、「立市必四方，若造井之制，故曰市井。」見《管子・小匡》尹知章注。三說之中，似以前二種較為接近事實。

孔子的學生端木賜（子貢），是春秋末年的富商，《論語・先進》記孔子對他的評論說：「賜不受命而貨殖焉，億則屢中。」何晏注：「子貢貨殖，謂居財貨以生殖也。」後因以**貨殖**指經商謀利，也指富商；《史記》特闢《貨殖列傳》，敍述春秋戰國以至秦漢一些富商的致富事跡，《漢書》也設有《貨殖傳》。

貿或**貿易**義同交易，也就是從事商品活動。**貿遷**是販運買賣，也寫作**懋遷**。

買和**賣**相對：**買**是用錢換貨，**賣**是用貨換錢。古時的**購**是懸賞求得的意思，購的並不是商品，如《史記・項羽本紀》記項羽烏江自刎前對人說，「吾聞漢購我頭千金」，就是說劉邦懸賞千金求得他的腦袋；後來才擴大為買進一般的商品，成了**買**的同義詞。**售**和**鬻**（yù）都是**賣**的同義詞。**沽**、**酤**同音，它們既可表示賣出，也可表示買進，只是**酤**的對象只能是酒，而**沽**的對象不限，可以是酒，也可以是別的東西。

糴（dí）和**糶**（tiào）相對：**糴**是買進糧食，**糶**是賣出糧食。

商業上有借貸行為和賒欠行為。從借貸行為說，**貸**和**貣**（tè）相對：**貸**是借錢予人，**貣**是向人借錢。從賒欠行為說，**賒**（shē）和**賒**（shì）相對：我欠人為**賒**，人欠我為**賖**。

生物

飛禽走獸

飛禽　走獸　五禽戲
家禽　珍禽　禽獸

在現代漢語裏，**禽**和**獸**是有嚴格分別的：飛在天空的動物叫**禽**，走在陸上的動物叫**獸**，**飛禽走獸**，不容相混；可是古代並不完全如此。

《周禮・考工記》説："天下大獸五：脂者，膏者，裸者，羽者，鱗者。"脂者指牛羊，膏者指豬，裸者指虎豹等淺毛動物，羽者指鳥類，鱗者指水族。這裏是明明白白把鳥類和水族也稱為**獸**了。

五禽戲是中國古代的一種體育鍛煉方法，為漢末醫學家華佗所倡導，主要是模仿各種動物的姿態和動作，展手伸足，俯身仰首，藉以加速血液循環，增進健康，防止疾病。《後漢書・方術傳》記華佗對吳普説："吾有一術，名五禽之戲：一曰虎，二曰鹿，三曰熊，四曰猿，五曰鳥。亦以除疾，並利蹄足，以當導引。"五禽之中，除鳥以外，都是獸類，如此説來，獸類也可以稱為**禽**了。

原來古代禽和獸是可以互名的。

先説**禽**。禽與**擒**為同源字。禽字可能先用做動詞，指擒拿的行為動作，後用做名詞，指擒獲的對象。**禽**字在用做名詞時，本來是包括鳥獸在內的，既可以指擒獲的飛鳥，也可以指擒獲的走獸，還可以統指鳥獸兩者，後來詞義縮小，才專指"二足而羽"的動物，成為鳥的同義字，如現在人們常説的**飛禽、珍禽、猛禽、游禽、鳴禽、家禽**都是。同時又出現了一個專做動詞用的**擒**字，以與做名詞用的**禽**字相分別，不過分別的只是字形，字音還是相同的。關於**禽**字用做名詞時的詞義，前輩文字學家曾經作過具體詳盡的説明。如段玉裁在《説文解字注》中説："凡經典禽字，有謂毛屬者，有謂羽屬者，有兼舉者。故《白虎通》曰：禽者何？鳥獸之總名，明為人所禽制也。"又如桂馥在《説文解字義證》中説："禽獸二字，對文則分。《字林》：兩足曰禽，四足曰獸。《爾雅・釋鳥》：二足而羽謂之禽，四足而毛謂之獸。《匡謬正俗》云：是總別飛走大名是也。鳥獸亦通稱為禽。"

再説**獸**與**狩**為同源字，它們也是名詞和動詞的關係。**狩**是打獵，**獸**是獵取的對象：這些都與**禽**相同。不同的是**禽**的詞義範圍比獸大，如前所述，**禽**既可指鳥類，也可指獸類，而**獸**通常限指"四足而毛"的動物，像前述"天下大獸"把鳥類和水族都包括在內的情況，實際上只是一個罕見的特例。

最後還要説一下，當**禽獸**兩字並列成詞時，通常都兼指鳥類和獸類，但也有單指獸類的。《禮記‧曲禮》有"鸚鵡能言，不離飛鳥，猩猩能言，不離禽獸"之句，孔穎達疏云："語有通別。別而言之，羽則曰禽，毛則曰獸。通而為説，鳥不可曰獸，獸亦可曰禽。故鸚鵡不曰獸，猩猩通曰禽也。"這裏的**禽獸**應作為獸類的通名來看待，過去有人把它解釋成偏義複詞，是不對的。

狐疑　鯨吞　鵲噪

雌雄	牝牡	狼藉	狐疑	鼠竄
鯨吞	鵠立	雁行	鵲噪	

人有男女兩性，禽獸也有雌雄兩性。**雌雄**兩字都從隹。《説文》説："雄，鳥父也。""雌，鳥母也。"**雄**本指公鳥，**雌**本指母鳥，後來則把陽性的動物都稱為**雄**，把陰性的動物都稱為**雌**。其他物體也有分**雌雄**的，如植物有雄竹、雌竹；礦物有雄黃、雌黃；霓虹雙出，色彩鮮明的為雄（虹），色彩淺淡的為雌（霓）；春秋時吳王闔閭命干將鑄成二劍，雄號干將，雌號莫邪。

舊時**雌雄**並列，常用以比喻勝負，勝者為雄，負者為雌。成語有**決一雌雄**，意思是一次決定勝負，語出《史記‧項羽本紀》所記項羽對漢王劉邦説的一段話："天下匈匈數歲者，徒以吾兩人耳！願與漢王挑戰決雌雄，毋徒苦天下之民父子為也。"舊時又以**雄飛**與**雌伏**相對，前者表示奮發有為，後者表示無所作為，語出《後漢書‧趙典傳》所記趙温的話："大丈夫當雄飛，安能雌伏。"所有這些，實際都是古代社會男尊女卑觀念在詞語中的反映。

牝（pìn）**牡**兩字都從牛。《説文》説："牡，畜父也。""牝，畜母也。"**牡**本指公畜，後來擴大為指陽性的禽獸；**牝**本指母畜，後來擴大為指陰性的禽獸。古代注家有"飛曰雌雄，走曰牝牡"的説法，認為**雌雄**限用於飛禽，**牝牡**限用於走獸，事實並非如此。

牝牡相對，可用以比喻門上的鎖，鎖簧為牡，鎖孔為牝。《禮記·月令》有"戒門閭，修鍵閉"之句，鄭玄注："鍵，牡；閉，牝也。"孔穎達疏："凡鎖器，入者謂之牡，受者謂之牝。"又用以比喻地形的高低，如《大戴禮記·易本命》說的"丘陵為牡，溪谷為牝"。韓愈《贈崔立之評事》有"可憐無益費精神，有似黃金擲虛牝"的詩句，**虛牝**就是虛谷。**牝牡**有時還用作男女生殖器的代稱，如東方朔《神異記》說的"男露其牡，女張其牝"。

成語**牝雞司晨**，又作**牝雞晨鳴**或**牝雞牡鳴**，是說母雞代替公雞報曉啼明，舊時用以比喻婦人篡權亂政。語本《尚書·牧誓》："古人有言曰：牝雞無晨；牝雞之晨，惟家之索。"孔傳："喻婦人知外事。雌代雄鳴則家盡，婦奪夫政則國亡。"史書上有直指專權的婦人為**牝雞**的，還有稱唐代武則天當權的年代為**牝朝**的，都從此得名。

飛禽走獸，種類繁多，活動範圍廣泛，它們各有其獨特的生理結構和生活習性，人們根據長期觀察所得到的印象，取它們的某些特徵作為喻體，用以比擬人世間各種不同的事物形態，並由此形成許多習見常用的詞。

狼是一種害獸，行走時常回頭向後看，以防受到襲擊，因此以**狼顧**表示人有後顧之憂。《戰國策·齊策一》云："秦雖欲深入，則狼顧，恐韓魏之議其後也。"據傳說狼群常在窩裏墊草而睡，起來時便用腳亂踩亂踏一陣，因此以**狼藉**形容縱橫雜亂的樣子，如**杯盤狼藉**；又引伸為破敗不可收拾的意思，如**聲名狼藉**。**狼藉**的**藉**解釋為踐踏，有時也寫作**狼籍**。

狐性多疑，因稱遇事猶疑不決為**狐疑**。《漢書·文帝紀》云："方大臣誅諸呂迎朕，朕狐疑，皆止朕，唯中尉宋昌勸朕。"顏師古注："狐之為獸，其性多疑，每渡冰河，且聽且渡，故言疑者而稱狐疑。"又舊時迷信狐善魅人，因稱用手段迷惑人為**狐媚**或**狐惑**。

水獺貪食，常把捕來的魚陳列水邊，像是用來作為祭物似的，《禮記·月令》早有"獺祭魚"的說法，後人因用**獺祭**或**獺祭魚**比喻在詩文中堆砌典故的不良傾向。宋人吳炯《五總誌》載："唐李商隱為文，多檢閱書史，鱗次堆積左右，時謂為獺祭魚。"另有一解，認為"祭就是殺。以獺為例，獺性殘，食魚往往只吃一兩口就拋掉，捕魚能力又強，所以每食必拋掉許多吃剩的魚。人們稱堆砌故實為獺祭，即取堆積殘餘之物之意"，見今人陸宗達、王寧著《古漢語詞義答問》。

刺蝟全身長着尖銳的棘毛，攢起像箭一樣，**蝟集**比喻事情繁多，有如蝟毛叢集。

兔子是一種跑得很快的小獸，**兔脫**形容脫逃的迅速。

鼠竄是説倉皇逃走，像老鼠一樣到處亂竄。

鯨是生活在海洋中的巨型哺乳動物，**鯨吞**是巨鯨吞食，比喻吞併。

在鳥類中，天鵝的頸特別長，而鶴的頸和腳都長，**鵠立**（鵠hú，即天鵝）、**鵠望**、**鶴立**、**鶴望**都是延頸而立，仰頭而望，表示盼望等待的意思。

雁是一種候鳥，每年秋分後成群飛往南方，次年春分後飛回北方，一次要飛經幾千里的路程。群雁在長距離飛行時，始終排成一字形或人字形，像是士兵列隊一樣，由此產生的**雁行**（háng）、**雁序**、**雁字**、**雁陣**等詞，都是表明行列整齊而有次序的意思。另外，**雁行**還可以用來比喻兄弟。《禮記・王制》有"兄之齒，雁行"的話，意思是兄長弟幼，兄弟出行時按年齡排列，正有如群雁高飛時按隊形排列，而如果兄弟分散的話，便有如**雁行**之折翼了。這樣的用法，在古代韻文中多見。

鵲亦名喜鵲，鵲聲噪雜，舊俗以為喜兆，稱為**鵲噪**或**鵲喜**。

雀躍則以麻雀的跳躍來比喻愉快興奮到極點。

蟲，古時泛指一切動物

五蟲　蟲豸　蠅頭　蛾術
蠖屈　蠶食　蠱惑

蟲，古時泛指包括人在內的一切動物。《禮記・月令》將動物與季節相配，説春月"其蟲鱗"，夏月"其蟲羽"，中央"其蟲倮"，秋月"其蟲毛"，冬月"其蟲介"。《大戴禮記・曾子天圓》説得更清楚："毛蟲之精者曰麟,羽蟲之精者曰鳳,介蟲之精者曰龜,鱗蟲之精者曰龍,倮蟲之精者曰聖人。"又《大戴禮記‧易本命》也說："有羽之蟲三百六十,而鳳凰為之長;有毛之蟲三百六十,而麒麟為之長;有甲之蟲三百六十,而神龜為之長;有鱗之蟲三百六十,而蛟龍為之長;倮之蟲三百六十,而聖人為之長。"具體地說,禽類為**羽蟲**,獸類為**毛蟲**,蟲類為**介蟲**或**甲蟲**,魚類為**鱗蟲**,人類為**倮蟲**(無羽毛鱗甲蔽身之意):合稱**五蟲**。

在古籍中,可以找到不少用**蟲**字泛指一切動物的例子:有稱虎為**戾蟲**的,見《戰國策‧秦策》;有稱馬為**蠢蟲**的,見《淮南子‧修務訓》。還有《莊子》有兩處用了**二蟲**字樣,一處指蜩和學鳩,一處指鳥和鼴鼠。

不過**蟲**字的這種詞義並不鞏固,後來就縮小到只指昆蟲和蟲類小動物了。《爾雅》特設《釋蟲》一篇,與《釋魚》《釋鳥》《釋獸》並列(另有《釋畜》一篇,畜指被稱為六畜的家養動物),這和今天人們把動物概分為鳥獸蟲魚四大類也完全相同。《爾雅‧釋蟲》還說:"有足謂之蟲,無足謂之豸。"豸(zhì)本指長脊獸,引伸為無腳的蟲,**蟲豸**並稱,泛指昆蟲和類似昆蟲的小動物。

蟲有許多種,牠們各自有其獨特的生理結構和生活習性,因而用牠們作比喻,便能表示人世間多種不同的事物形態。

蠅頭比喻微小的事物;**蠅頭微利**指微不足道的財利,**蠅頭小楷**指字體細小的楷書,**蠅頭細書**指小字書本。

蠅營是說蒼蠅無休止地飛來飛去,比喻到處鑽營的卑劣行徑,語出《詩經‧小雅‧青蠅》:"營營青蠅,止於樊,豈弟君子,無信讒言。"

蠅糞點玉比喻好人因細小的過錯而受到誹謗和誣衊,《埤雅‧釋蟲》解釋說:"青蠅糞尤能敗物,雖玉猶不免,所謂蠅糞點玉是也。"另有一解,說**蠅糞**比喻讒言,**蠅糞點玉**意謂讒言能使好人受到玷污。

蚊負比喻能力小而任務重,語出《莊子‧應帝王》:"其於治天下也,猶涉海鑿河,而使蚊負山也。"成語有**蚊力負山**。

聚蚊成雷比喻眾口詆毀會釀成可怕的後果,也簡作**蚊雷**。

蜂起、**蜂擁**形容許多人紛紛而起，一擁而前，有如群蜂齊飛；**蜂聚**、**蟻聚**形容結集的人很多，有如聚集的蜂群或蟻群。

　　舊時書信中多有用**蟻慕**表示向慕之意的，它出自《莊子・徐無鬼》中"羊肉不慕蟻，蟻慕羊肉，羊肉膻也"的話，說的是羊肉能招蟻，比喻人有高德高才，所以為別人所向慕。另外，也有用**如蟻附膻**比喻趨炎附勢、追名逐利的穢行的。

　　蚍蜉是一種大蟻。**蚍蜉撼樹**比喻不自量力，出自韓愈《調張籍》詩："李杜文章在，光焰萬丈長，不知群兒愚，那用故謗傷，蚍蜉撼大樹，可笑不自量。"

　　《禮記・學記》有"蛾子時術之"的話，**蛾**在這裏音義均與蟻同，指蚍蜉，即大蟻，**術**是學習。**蚍蜉**之子從小就學着搬運土塊，日復一日，終於築成了小的土堆，後因以**蛾術**比喻學問須經長期積累才能有所成就。也作**蟻術**。清代學者王鳴盛積三十年而成《蛾術編》一書，書名即取義於此。

　　蠖屈是**蠖屈求伸**的縮寫，出自《周易・繫辭下》："尺蠖之屈，以求信（伸）也。"尺蠖體形細長，行動時一伸一縮，休息時能伸直如樹枝。原文說尺蠖之所以彎曲牠的身體，是為了向前伸展，喻以退為進的意思。

　　蠶食比喻逐漸侵吞，像蠶吃桑葉一樣。

　　蟬蛻比喻解除束縛或發生質變，像知了從幼蟲變為成蟲時脫皮去殼一樣。

　　蜻蜓點水是說蜻蜓飛行於水面上，尾部觸水即起，比喻淺嚐輒止，只看表面現象。

　　螳臂當車是說螳螂舉起前腿想阻擋車子前進，比喻不自量力，出自《莊子・人間世》："汝不知夫螳螂乎？怒其臂以當車轍，不知其不勝任也。"

　　蠕是像蚯蚓那樣爬行。**蟄**是動物冬季潛伏在泥土中或洞穴中不食不動，並不限於蟲類。**蛀**和**蠹**是小蟲齧蝕木頭、書籍和衣物。**螫**是蜂和蠍用毒刺刺人。

　　蠱是傳說中的一種毒蟲，能把自己的毒傳染給別人，引伸開來，用種種手段或者語言迷惑別人，使別人受害於不自覺中，便叫做**蠱惑**，另有寫作**鼓惑**的，那就和**搖唇鼓舌**的意思差不多了。

"世有伯樂，然後有千里馬"

千里馬　伯樂　鞭策　千金買骨
馬空冀北　馬首是瞻

"世有伯樂，然後有千里馬。"（韓愈《雜説四》）把有才能的人比作千里馬，把能夠識別人才的人比作伯樂，這在今天已經是人人耳熟能詳的了。

良馬日行千里，不僅跑得快，而且跑得遠，所以稱為**千里馬**。**伯樂**則是中國歷史上最有名的相馬能手，相傳為春秋時人。

《楚辭‧九辯》有"卻騏驥而不乘兮，策駑駘而取路"之句。**騏**和**驥**都是良馬，這裏比喻英才；**駑**和**駘**都是劣馬，這裏比喻庸才。

駿也是良馬。神話傳説中周穆王有**八駿**，《穆天子傳》載其名稱為**赤驥、盗驪、白義、逾輪、山子、渠黃、華騮、綠耳**。

北朝民歌《木蘭詩》有句："東市買駿馬，西市買鞍韉，南市買轡頭，北市買長鞭。"**鞍**是放在馬背上供人騎坐的器具；**韉**（jiān）是襯托馬鞍的墊子；**轡**（pèi）是牽馬的韁繩；**鞭**和**策**是趕馬的鞭子。**鞭策**相連，本指趕馬，引伸為驅使、督促之意。還有**銜**是放在馬口內用以勒馬的嚼子，**銜轡**相連，借喻法紀。

駕御、**駕馭**是趕馬前進的意思；**馳驅**、**驅馳**、**馳騁**、**馳驟**是趕馬快跑的意思。

古代兩馬並駕一車的為**駢**，駢字後來引伸為並列、對偶，如肩挨肩為**駢肩**（形容人多），句式整齊並且講究對仗和聲律的文體為**駢文**。一車駕三馬的為**驂**。一車駕四馬的為**駟**。如俗語説的**一言既出，駟馬難追**，與《論語‧顏淵》説的**駟不及舌**一樣，都是表明説話應當慎重的意思。

《戰國策‧燕策一》記載戰國時郭隗對燕昭王講了一個諷喻性故事，説有一位國王用千金求千里馬，三年不能得，後來他的侍臣花了五百金買了一匹死馬的骨頭回來，國王大怒，侍臣説，這樣一來，天下都知道你肯出高價買馬，好馬就會找上門來了。果然，不到一年，就買到了三匹千里馬。後因以成語**千金買骨**比喻渴望求得賢能之人。

"伯樂一過冀北之野，而馬群遂空。"這是韓愈《送石處士序》中的話。冀北是古時出產良馬的地區，伯樂一經過那裏，那裏的良馬就被搜羅一空。**馬空冀北**的成語，意在説明有識之士能夠識拔真才。

驥服鹽車，讓千里馬去拉運鹽的車子，比喻對人才使用不當，造成浪費。語出《戰國策·楚策四》。

老馬識途，説明富有經驗的人能帶領新手工作。語出《韓非子·説林上》。

"老驥伏櫪，志在千里；烈士暮年，壯心不已。"這是曹操《步出夏門行》中的詩句。通常單取**老驥伏櫪**四字，表示有志之士雖然年老仍有雄心大志。

馬首是瞻，語出《左傳·襄公十四年》。古代作戰時士兵看着主將的馬頭決定進退，比喻服從某人指揮或樂於追隨某人。

馬齒徒增，馬的牙齒隨着年齡的增長而增添，所以看馬齒就知馬的年歲，後來用作自稱年歲白白增長的謙詞，語出《穀梁傳·僖公二年》。

龜，四靈之一

甲骨　卜辭　元龜　龜齡　龜趺
龜貝　龜裂

《禮記·禮運》説："麟鳳龜龍，謂之四靈。"**四靈**之中，麟鳳龍三者在生物界都無蹤跡，惟有**龜**是確有的一種爬行動物。

龜之所以成為靈物，是因為牠與**占卜**有關。上古時代，特別是在商朝，奴隸主貴族迷信鬼神，上自國家大事，下至私人生活小事，照例都要占卜一番。占卜所用的材料，一是龜甲，二是獸骨，合稱**甲骨**；早商多用牛羊鹿豬的肩胛骨，晚商則龜甲和動物肩胛骨並用。龜甲多用腹甲，也有用背甲的。在占卜之前，先要把甲骨刮削平整，在背面鑽孔鑿眼，然後用火在鑽孔上燒灼，這樣在甲骨的正面就會出現或縱或橫的裂紋（卜兆），人們正是觀察這些裂紋來預測行事的吉凶禍福。有時還把占卜的經過以及有關的年月日人名都刻寫在甲骨上，這種刻辭就稱為**卜辭**；又因為這些文字是刻寫在甲骨上的，所以稱為**甲骨文**。自從清朝末年在河南安陽殷墟發現有文字的甲骨以來，到目前已出土了十萬餘片，都是盤庚遷殷到紂亡二百餘年間的遺物，它們是中國最古的文字，也是中國最古的歷史記載。

古書上有以**卜筮**並提的，也有以**蓍**（shī）**龜**並提的。這裏指的是兩種不同的預測吉凶禍福的方法：一種叫卜，就是前面所說的燒灼龜甲觀察裂紋；一種叫**筮**，用的材料是蓍草（菊科多年生草本植物）的莖，根據草莖的排列方式判斷吉凶：兩者就其方法來講是**卜筮**，就其材料來講是**蓍龜**。再有蓍龜也有說**龜策**的，《史記》有《龜策列傳》一篇，是前代卜筮一類事跡的真實紀錄。

元龜是古代用於占卜的大龜，比喻為可資借鑒的往事。《三國誌・吳誌・吳主傳》："斯則前世之懿事，後王之元龜也。"劉琨《勸進表》："前事之不忘，後事之元龜也。"宋真宗時輯成類書《冊府元龜》，書名即取此義。

相傳龜的壽命特別長，有的可以活到千年以上，因以**龜齡**祝人長壽。《史記・龜策列傳》有"南方老人用龜支牀足，行二十餘歲，老人死，移牀，龜尚生不死"的記載，後世因以**龜牀**指隱者的臥具。

古人用的印章，常把印紐刻成龜形，因以**龜**作為印章的代稱：印紐稱為**龜紐**，繫印紐的綬帶稱為**龜綬**。還有碑下石座也多有刻成龜形的，稱為**龜趺**（fū）。

古代有用龜甲作貨幣的，稱為**龜貝**。

龜在神話中也有出現。劉敬叔《異苑》卷三記東吳時，有人入山遇到一隻大龜，便把牠捆綁起來，裝在船上運回，夜晚繫船在一棵大桑樹下，聽見桑樹與龜對話，桑樹稱呼龜為**元緒**，從此龜得了元緒這個雅號。

先知君也是龜的雅號，見馮贄《雲仙雜記》卷九。

古人對龜十分尊敬，常將龜字與其他寶物之名並列成詞，如龜鼎、龜鏡、龜玉。古人用龜字起名的也不少，如唐代的李龜年和陸龜蒙，一個是音樂家，一個是文學家。後來龜成為侮辱妻子有外遇的人的詈詞，人們對龜的形象就感到厭惡了。

龜字又可以讀作 jūn，意思是開裂。龜裂、龜坼既可以指皮膚因受凍而開裂，也可以指田地因受旱而開裂，在凍裂的意義上，後來龜多寫作皸。

"飛龍在天"

龍　飛龍　龍顏　龍袍　葉公好龍
　　　　　　　　　龍生九子

中國是龍的國度，中國人是龍的傳人；在中國大地上，從大河上下到大江南北，到處都可以看到矯健活潑的龍的形象以及以龍命名的多種建築設施。

然而，作為中華民族的靈魂的龍，在生物界並無蹤跡可尋。《説文》説："龍，鱗蟲之長，能幽能明，能細能巨，能短能長，春分而登天，秋分而潛淵。"一些學者經過長期研究後認為，龍是在漫長的歷史過程中，由各個部落的不同的圖騰綜合起來的，牠集中了許多動物的形象：蛇的身，馬的頭，鹿的角，虎的腳，鷹的翼，魚的鱗，虛構成為一種既能在地面行走又能升天入水的神奇動物，與洪荒時代曾經縱橫逞威的大爬行動物恐龍完全是兩回事。

虛構的龍，彼此形象不盡相同。《廣雅·釋魚》："有鱗曰蛟龍，有翼曰應龍，有角曰虯龍，無角曰螭龍。"《楚辭·離騷》王逸注："有角曰龍，無角曰虯。"二説顯有出入。

《周易·乾卦》説："九五，飛龍在天，利見大人。"《周易》每卦六爻，每爻有由兩個字合成的爻題，如這裏所説的乾卦"九五"，九表示爻的性質為陽爻，五表示爻的自下而上的次序為第五爻。古代術數家認為龍是神物，乾卦"九五"中的"飛龍在天"象徵着人君的居高臨下，因以飛龍借指帝王，以九五或九五之尊借指帝王之位，以**龍飛**借指帝王即位。

在古代，被當作神物的龍是帝王統治權力的標誌，許多與帝王有關的事物，都被冠上一個龍字。如皇帝的容貌叫**龍顏**，皇帝的後代叫**龍種**；皇帝穿的是**龍袍**，睡的是**龍牀**，坐的是**龍椅**，乘的是**龍輿**；皇帝死了婉稱**龍馭賓天**，意思是說皇帝乘龍升天，到天宮作客去了。

葉公好龍和**屠龍之技**，是與龍有關的兩個寓言故事。前者出自《新序・雜事五》，說葉公子高很喜愛龍，家裏到處都畫着龍，天上的龍知道了，便來到他家，龍頭從窗口向室內伸，龍尾拖在堂屋裏，葉公一看是真龍，登時嚇得魂飛魄散，拼命往外奔逃；後來便用**葉公好龍**作為成語，來比喻表面上愛好某種事物，實際上並不真的愛好，甚至對它懷有畏懼情緒。後者出自《莊子・列御寇》，說朱泙漫跟隨支離益學習殺龍的技術，耗費了全部家財，花了三年時間才學成，然而卻沒有地方去施展他的那套本領，因為世界上根本沒有龍這種東西；後來用**屠龍之技**作為成語，來比喻雖有高深造詣，卻全然不切實用。

民間有**龍生九子**的傳聞，說是"龍生九子不成龍，各有所好"，舊時因以比喻同胞兄弟性格志趣各不相同；至於九子的具體名稱及其所好，在明人筆記中多有記載，但諸書說法不一。現據《升庵外集》卷九五分述如下：

一曰**贔屭**（bì xì），形似龜，好負重，今石碑下的龜趺是也。

二曰**螭**（chī）**吻**，形似獸，性好望，今屋上獸頭是也。

三曰**蒲牢**，形似龍而小，性好叫吼，今鐘上紐是也。

四曰**狴犴**（bì àn），形似虎，有威力，故立於獄門。

五曰**饕餮**（tāo tiè），好飲食，故立於鼎蓋。

六曰**霸下**，性好水，故立於橋柱。

七曰**睚眦**（yá zì），性好殺，故立於刀鐶。

八曰**金猊**（ní），形似獅，性好煙火，故立於香爐。

九曰**椒圖**，形似螺蚌，性好閉，故立於門鋪首。

草繁木茂

松柏　桃李　桑梓　桑榆
杞梓　芝蘭　蒿蘿

地球上生長着各種各樣的植物，有高大的喬木，有矮小的灌木，還有莖幹柔軟的草本植物。在漢語中，有一些雙音詞是由兩種植物的名稱並列而成的，也有一些成語是包含着兩種植物的名稱的，它們往往有着從字面上看不出來的比喻義和引伸義，下面介紹的是其中比較常見的一部分。

松柏是常綠喬木，枝葉繁茂，能耐嚴寒。《論語‧子罕》記孔子的話說："歲寒然後知松柏之後彫也。"彫同凋（今彫為雕之異體字）。後因以**松柏後凋**比喻人的堅貞品格，也簡作**後凋**。

《詩經‧小雅》有一篇題為《天保》的詩，連用九個如字來祝頌君主福壽綿長，最後一個是"如松柏之茂，無不爾或承"，後人用**松柏常青**或**松柏之茂**祝人長壽便從此而來。

桃和李同屬薔薇科，同在春季開花，同為重要果品。《詩經‧周南‧桃夭》有"桃之夭夭，灼灼其華"之句，又《召南‧何彼穠矣》有"何彼穠矣，華如桃李"之句，兩詩都與婚嫁有關，後因縮寫為成語**夭桃穠李**，比喻男女年少貌美，用作祝頌婚嫁美滿之辭。

桃李並列成詞，一般用以指稱所栽培的後輩或者學生。源出《韓詩外傳》卷七："夫春樹桃李者，夏得陰其下，秋得其實；春樹蒺藜者，夏不可採其葉，秋得其刺焉。"原意是說培養人才就像種樹一樣，應該選擇優良品種。由此形成的成語：**門牆桃李**指稱別人所培養的學生；**桃李盈門**、**桃李滿天下**稱頌別人培養的優秀人才人數既多，分佈又廣。

古諺**桃李不言，下自成蹊**，見於《史記‧李將軍列傳》，說桃樹李樹不會講話，人自會在樹下走出路來，比喻實至名歸，尚事實不尚虛名。

古樂府《雞鳴》云："桃生露井上，李樹生桃傍。蟲來齧桃根，李樹代桃僵。樹木身相代，兄弟還相忘。"原意是說樹木能共患難，兄弟卻不能互愛互助。後來形成成語**李代桃僵**，轉用為互相頂替或代人受過之意。

桑和梓是兩種常見的落葉喬木，桑葉是家蠶的主要飼料，梓木可作器具，古人常把它們栽在住宅旁邊。《詩經・小雅・小弁》有“維桑與梓，必恭敬止”之句，正因為見到桑樹和梓樹就會思念家鄉，故以**桑梓**作為家鄉的代稱。

桑樹和榆樹都長得很高，當夕陽西下時餘光照在它們的樹梢上，因以**桑榆**借指日暮。成語**失之東隅，收之桑榆**，東隅指日出處，**桑榆**指日落處。**桑榆**又用以比喻人的晚年，劉禹錫《酬樂天詠老見示》詩中的“莫道桑榆晚，微霞尚滿天”，是人們經常引用的。

杞梓是兩種美好的木材，比喻優秀的人才，説見《國語・楚語上》。**樗櫟**（chū lì）是兩種不材之木，比喻無用之人，説見《莊子・逍遙遊》和《人間世》，後多用作自謙之辭。

芝和蘭都是高雅的香草，艾是低俗的藥草。**芝蘭**並列，比喻人才之美。**蘭艾**連稱，比喻人的善惡。**芝艾**連稱，比喻人的貴賤。附帶説一下：這裏説的**蘭**並非今人所指蘭科的蘭花，而是菊科的蘭草；這種多年生草本植物，在古代“可紉可佩可藉可膏可浴”，用途既廣，種植也多，在《詩經》《楚辭》裏都有記載，注意別把它和蘭花搞混了。

《詩經・小雅・頍弁》云：“蔦與女蘿，施於松柏。”蔦和女蘿是兩種攀緣植物，常纏繞在大樹之上，舊時因以**蔦蘿**並列，比喻同別人的親戚關係，並表示依附於別人之意。

非草非木的竹

松筠　筻片　此君　青士
胸有成竹　竹馬　竹林七賢

晉人戴凱之《竹譜》在論述竹子的性狀時，認為竹“不剛不柔，非草非木”，“若謂竹是草，不應稱竹，今既稱竹，則非草可知矣。竹是一族之總名，一形之遍稱也。植物之中有草木竹，猶動品之中有魚鳥獸也”。眾所周知，現今植物學界將竹列為禾本科植物，不過禾本科植物多數是草本，木質部不發達，植株較矮小，基幹一般柔軟，而竹則為木質植物，高大而挺直，顯然與稻麥之類有所不同，因此，前人說竹非草非木，將竹與草木並列為三，實在也不無道理。

篁是竹林，或者說是叢生的竹子。《楚辭·九歌·山鬼》有"余處幽篁兮終不見天"之句。

筠是竹子的青皮，後來也用作竹子的代稱。《禮記·禮器》云："其在人也，如竹箭之有筠也，如松柏之有心也，故貫四時而不改柯易葉。"因為松樹和竹子材質堅韌，經冬不凋，所以在古代詩文中有以松筠作為志操堅貞的象徵的，如"志等松筠，心同鐵石"就是。

篾是竹子劈成的薄片。舊時通俗戲曲小說將專在豪富人家幫閒湊趣的門客稱為篾片。魯迅在《幫忙文學與幫閒文學》一文中這樣說："那些會唸書、會下棋、會畫畫的人，陪主人唸唸書，下下棋，畫幾筆畫，這叫做幫閒，也就是篾片。"

筍是竹根所生的嫩芽：冬季芽在土中已肥大而可採掘者為冬筍，春季芽向上生長突出地面者為春筍，均可供食用。箬（ruò）和籜（tuò）是筍殼。

竹子有一個雅號叫做此君。東晉名士王徽之，十分愛好竹子，有次他寄居在一處空屋中，隨即叫人種起竹子來，有人問他為何如此，他說："何可一日無此君耶？"稱竹子為此君即由此而來。事見《晉書·王徽之傳》。文人愛好竹子，還可以舉宋代蘇軾作為代表，他在《於潛僧綠筠軒》詩中寫道："可使食無肉，不可居無竹，無肉令人瘦，無竹令人俗。人瘦尚可肥，俗士不可醫，傍人笑此言，似高還似癡。若對此君仍大嚼，世間那有揚州鶴。"詩中的此君即指竹子。蘇軾又有《此君亭》詩云："寄語庵前抱節君，與君到處合相親。"抱節君也是竹子的雅號。

唐人雍陶《韋處士郊居》詩云："門外晚晴秋色老，萬條寒玉一溪煙。"寒玉是竹子的喻稱，因竹質清寒似玉。宋人陸游《晚到東園》詩云："岸幘尋青士，憑軒待素娥。"竹色常青，青士是把竹子擬人化了。

竹子有明顯的節，節間中空，破竹時只須劈開上端，底下的就都順着刀刃分開來了。成語勢如破竹、迎刃而解以及刀過竹解，就是形容作戰或工作節節勝利的，也比喻事情容易辦理，源出《晉書‧杜預傳》："今兵威已振，譬如破竹，數節之後，皆迎刃而解，無復着手處也。"

宋代畫家文同，字與可，以畫竹著名，蘇軾在《文與可畫篔簹谷偃竹記》中說他"畫竹必先得成竹於胸中"，因有成語**胸有成竹**或**成竹在胸**，後來常用以比喻做事之前心裏已經有了通盤打算，好比畫竹時心裏有一幅竹子的形象一樣。

竹馬是小孩放在胯下當馬騎的竹竿。**竹馬之好**是童年以騎竹馬為遊戲的朋友，語出《世說新語‧方正》："卿故復憶竹馬之好不？"這話是晉武帝對諸葛靚說的，他倆幼時很要好。後來李白《長干行》又有句云："郎騎竹馬來，繞牀弄青梅。同居長干里，兩小無嫌猜。"由此形成成語**青梅竹馬**和**兩小無猜**，表示幼男幼女天真無邪地一起玩耍。

竹報平安的出處比較偏僻。據唐人段成式《酉陽雜俎》續集卷十載：太原不產竹子，只童子寺有竹一窠，才幾尺高，寺中管事和尚視為至寶，定例每天要報竹平安。後以**竹報平安**指平安家信，也簡稱**竹報**。

竹頭木屑，說的是東晉陶侃的故事。陶侃做官時很注意節儉，有次造船，他叫人把丟棄的竹頭木屑都收集起來，後來果然派了很大的用場。見《晉書‧陶侃傳》。現在一般用**竹頭木屑**指稱可以利用的廢物廢料。

竹林七賢是魏晉間文人名士嵇康、阮籍、山濤、向秀、阮咸、王戎、劉伶七人的合稱，他們在當時政治局勢動盪不安之際，曾在山陰（今河南修武）作竹林之遊，因以**竹林**或**竹林之遊**比喻無視名利的君子之交。見《晉書‧嵇康傳》。又其中阮籍、阮咸兩人為叔姪，故也以**竹林**比喻叔姪關係。

竹夫人是古人夏天睡覺時放在牀上取涼的一種用具，用薄竹片編成，或用整段竹子製成，圓柱形，中間通空，四周開洞，又名**竹姬**、**竹奴**。

【生物】

花是植物的精英

牡丹　芍藥　蘭花　菊花
荷花　梅花　花友

花是植物的精英，色彩鮮豔，香味芬芳，品種多樣，姿態各殊，歷來是人們的觀賞對象。

花與華是同源字。《說文》說："花，草木華也。"又說："華，榮也。"依照《說文》的說法，花是花朵，作名詞用，華是開花，作動詞用；但實際上，古書中也有用華作名詞的，如《詩經·周南·桃夭》就有"桃之夭夭，灼灼其華"的句子。《爾雅·釋草》曰："木謂之華，草謂之榮。"木本植物開花叫華，草本植物開花叫榮，榮華本指草木開花，後來用以表示興旺發達的意思，是取它的比喻義。

英的本義是花，落英繽紛中的落英就是落花。成語含英咀華，英華並用，借喻事物中的精粹部分。

葩也是花，奇葩就是奇花。韓愈《進學解》有"詩正而葩"之句，說《詩經》思想純正而文辭華美，後因別稱《詩經》為葩經。

花草指供觀賞用的花和草。卉是各種觀賞用草的總稱，花卉義同花草。

姹紫嫣紅指各色嬌豔的花；紛紅駭綠是說繁茂的花葉隨風擺動。

牡丹為著名觀賞植物，號稱花中之王。唐人李正封有詠牡丹的詩句："國色朝酣酒，天香夜染衣。"盛讚牡丹的色香俱佳，非一般花卉可比，從此國色天香或天香國色成了牡丹的別稱，後來也用來形容女性的美麗。宋人周敦頤在《愛蓮說》中以三種花比三種人："菊，花之隱逸者也；牡丹，花之富貴者也；蓮，花之君子者也。"花中牡丹的色豔香濃，儼然是人間的豪富顯貴，牡丹之所以被稱為富貴花，就是由此而來的。還有唐宋時洛陽牡丹最盛，因稱牡丹為洛陽花。又據《開元天寶遺事》記載：一次唐明皇酒後與楊貴妃同賞牡丹，說是"此花香豔，尤能醒酒"，因稱牡丹為醒酒花。至於姚黃和魏紫，本是兩種名貴的牡丹：一種是宋代姚姓人家培育的千葉黃花，一種是五代魏仁溥家的千葉肉紅花，以後連成姚黃魏紫，就成了牡丹優良品種的通稱，也有簡作姚魏的。

芍藥有**離草**、**可離**、**將離**的別稱，因為古時有情人離別時互贈芍藥的習俗，《詩經·鄭風·溱洧》有云："維士與女，伊其將謔，贈之以勺（芍）藥。"

蘭花開放時清香四溢，經久不散，因被稱為**國香**、**王者香**、**香祖**。

菊花品種繁多，花的顏色和形狀因品種而異，只因它在秋季開花，古人以五色配五行，秋令在金，故以黃色為正，稱為**黃花**。**明日黃花**語出蘇軾《九日次韻王鞏》："相逢不用忙歸去，明日黃花蝶也愁。"這裏的**明日**指重陽節後，古人照例在重陽節觀賞菊花，重陽節後菊花逐漸萎謝，所以**明日黃花**用來比喻已經過時的事物。菊花又別稱**九華**，因在夏曆九月開放。

荷花就是**蓮花**。**蓮**本是蓮子，後多與**荷**混用。**芙蓉**是荷花的別稱，但後來也有稱木芙蓉為**芙蓉**的，因此應十分注意兩者的分別。《古詩十九首》中的"涉江採芙蓉，蘭澤多芳草"，白居易《長恨歌》中的"歸來池苑皆依舊，太液芙蓉未央柳"，兩處的**芙蓉**都是水生的荷花；而作為成都市別稱的**芙蓉城**，泛指湖南省境的**芙蓉國**，兩處的**芙蓉**都是旱地種植的木芙蓉。

梅花有**一枝春**的雅號，來源於南朝陸凱的一首詩。陸凱與范曄是好友，當江南早春來到時，陸凱特地折了一枝梅花，通過驛使寄給在長安的范曄，並有詩云："折花逢驛使，寄與隴頭人，江南無所有，聊贈一枝春。"北宋詩人林逋隱居杭州西湖孤山，賞梅養鶴，留下了**梅妻鶴子**的佳話；他寫過一首題為《山園小梅》的詩，中有"疏影橫斜水清淺，暗香浮動月黃昏"的名句，把梅花的體態和香味寫得惟妙惟肖，以後**暗香疏影**四字就成了梅花的代稱。

花友、**花客**是對於諸多名花的雅稱。宋代曾慥以十種花各題名目：荼蘼為**韻友**，茉莉為**雅友**，瑞香為**殊友**，荷花為**淨友**，岩桂為**仙友**，海棠為**名友**，菊花為**佳友**，芍藥為**豔友**，梅花為**清友**，梔子為**禪友**，是為**十友**。宋代張景修以十二種花各題名目：牡丹為**貴客**，梅為**清客**，菊為**壽客**，瑞香為**佳客**，丁香為**素客**，蘭為**幽客**，蓮為**靜客**，荼蘼為**雅客**，桂為**仙客**，薔薇為**野客**，茉莉為**遠客**，芍藥為**近客**，是為**十二客**。均見明都卬《三餘贅筆》。

生物名稱同旁字

枇杷　薔薇　犰狳　鷦鴣　蚯蚓
駱駝　麒麟

在漢語生物名稱中，有一部分雙音節的聯綿詞。這些聯綿詞是由上下兩個形聲字聯綴而成的，兩字的形旁相同，也就是部首相同，不但看起來整齊劃一，而且能極方便地顯示出各自的類別和屬性。

下面舉一些習見常用的例子。

枇杷、檸檬、橄欖、檳榔、梧桐（以上木部）

芍藥、薔薇、葡萄、芙蓉、茉莉、萵苣（wō jù）、芫荽（yán suī）、薏苡（yì yǐ）、茯苓、苜蓿（mù xù）（以上草部）

犰狳、猞猁、猢猻、狒狒、猩猩（以上犬部）

鷦鴣、鵪鶉、鵜鶘、鸚鵡、鴛鴦（以上鳥部）

蚯蚓、螞蟥、螺螄、蛞蝓（kuò yú）、蛤蜊、蜈蚣、蜘蛛、蟒蛸（xiāo shāo）、蟉蟊（qiú móu）、蚱蜢、蟋蟀、蟑螂、蜻蜓、蝴蝶、螞蟻、蟾蜍、蝌蚪、蜥蜴、蠑螈、蝙蝠（以上蟲部）

駱駝（馬部）

麒麟（鹿部）

這裏有幾件事要説明一下。

第一，在這些聯綿詞中，有的上下兩字聲母相同，如枇杷、蜘蛛都為雙聲；有的上下兩字韻母相同，如芍藥、蜻蜓都為疊韻；有的上下兩字重疊，如狒狒、猩猩；也有不少既非雙聲也非疊韻。

第二，聯綿詞的上下兩字是一個整體，不能拆開。但在某些特殊場合，可以用其中的一字（通常是用下一個字）代替兩字，或者説是簡稱，如桐花即梧桐花，蛛絲即蜘蛛絲；麒麟是古代傳説中的仁獸，麟角喻指珍貴罕見的人物。

第三，字無定形是聯綿詞的一大特點，而上述生物名稱，卻全都字形穩定，這當然是由於用了同旁字的緣故。也有這樣的情況，如苜蓿本有目宿、牧蓿、木粟等多種寫法，駱駝本有橐它（tuó tuó）、橐（tuó）他、橐佗、橐駝等多種寫法，後來用了同旁的苜蓿、駱駝，易認易記，字形就自然而然地定於一了。

352

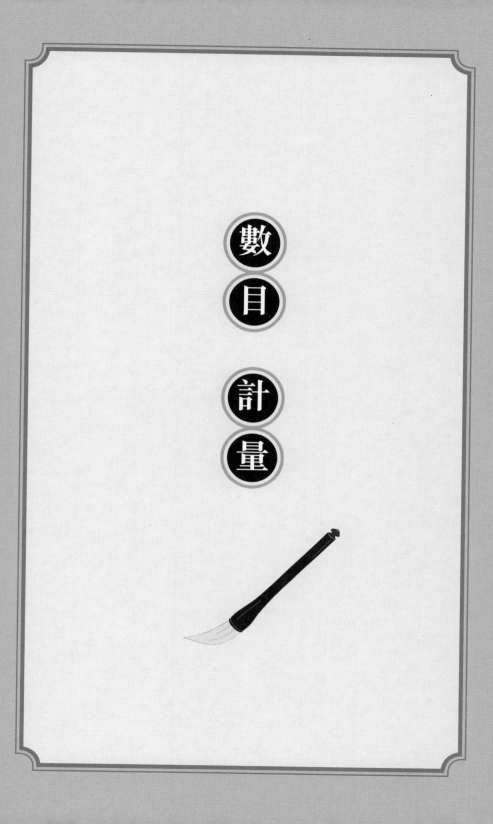

數目

計量

大寫數字

用漢字記數有兩種寫法：一種是小寫——一二三四五六七八九十；一種是大寫——壹貳叁肆伍陸柒捌玖拾。小寫數字筆畫過於簡單，為了防止塗改，所有公私文書以及有關銀錢進出或往來的憑證，習慣上必須使用大寫數字。

大寫數字據說是唐代武后則天所定，其後明太祖朱元璋又下令推廣，並一直沿用至今。就其來源來說，這十個字可以分為如下兩類：

一類是字義相通的，有**壹**、**貳**、**叁**、**伍**四個字。**壹**本來是專一、一致的意思；**貳**本來是不專一、不一致的意思；**叁**是**參**的變形，可以用作分數的分母，參之一就是三分之一；**伍**是古代軍隊和戶籍的一種編制單位，兵士五人、居民五家都叫**伍**：這四個字的意義與小寫一、二、三、五並不完全相同，但是在某些場合可以互相通用。

另一類是同音假借的，有**肆**、**陸**、**柒**、**捌**、**玖**、**拾**六個字。**肆**解釋為放肆或市肆；**陸**解釋為陸地；**柒**是漆樹；**捌**是一種農具；**玖**是一種似玉而非玉的淺黑色石頭；**拾**解釋為撿拾：這六個字與小寫四、六、七、八、九、十並無意義上的聯繫，只是因為同音而被借用。

十進位制是最常用的記數法，供這種記數法用的十、百、千三字也有大寫，就是在原字的左邊加單人旁，變成了**什**、**佰**、**仟**。

萬是千的十倍。萬位以上，古代用**億**、**兆**、**京**、**垓**、**秭**來表示，具體說法不一：一種以十萬為億，十億為兆，十兆為京，十京為垓，十垓為秭；一種以萬萬為億，萬億為兆，萬兆為京，萬京為垓，萬垓為秭。古人多用**億兆**極言數目之大；**京和垓**在古書中少見；**秭**從禾旁，本用以計算糧食收成之多，《詩經·周頌·豐年》有"豐年多黍多稌，亦有高廩，萬億及秭"之句，就是一個明顯的用例。

古書上有**倍蓰**一詞，**倍**是一倍，**蓰**是五倍。

廿是二十，大寫為念。卅是三十，讀音為 sà。卌是四十，讀音為 xì。皕是二百，讀音為 bì。

漢字中沒有 0，在用十進位制記數遇有空位時，用**零**表示。

數目有單數和雙數之分，單數為**奇**（jī），雙數為**偶**。又不成整數的零數稱為**奇零**，也有寫作**畸零**的。

伍 什 佰 仟

行伍　篇什　什百　家什
　　　什錦　仟佰

伍、什、佰、仟四字都是會意字，左右結構：左邊是單人旁，右邊是普通的數目字。

伍本是表示以五為單位的量詞：古代軍隊編制以五人為**伍**，居民組織以五戶為**伍**，一伍之長稱**伍長**或**伍伯**；後來泛指軍隊，可構成**隊伍**、**行伍**、**入伍**、**退伍**之類的合成詞；又引伸為同列、同夥，成語有**相與為伍**、**羞與為伍**，**為伍**就是做夥伴。

什本也作量詞用，表示以十為單位：軍隊以十人為**什**，居民以十戶為**什**，一什之長稱**什長**。《詩經》中的"雅"和"頌"將每十篇編為一**什**，朱熹注云："雅頌無諸國別，故以十篇為一卷而謂之什，猶軍法以十人為什也。"後因以**篇什**作為詩篇的代稱。**什**還多用於表示分數或倍數：**什一**是十分之一，**什二**是十分之二，**什三**是十分之三，**什二三**是十分之二或三；《孟子·滕文公上》有句："或相倍蓰，或相什百"，**什百**就是十倍百倍。

以十為一個單位，往往內部並不單一，故**什**可引伸為雜為多，如**什器**、**什物**、**家什**指的就是各種各樣的日常生活用具。《史記·五帝本紀》記"（舜）作什器於壽丘"，司馬貞索隱云："什，數也，蓋人家常用之器非一，故以什為數，猶今云什物也。"俗語有"**什錦糖**、**什錦餅乾**、**葷什錦**、**素什錦**"，都是用多種原料製成或多種花樣拼成的，**什錦**同樣取義於雜。以上這些詞中的**什**，無一例外地都讀"十"音。曾見有人著文說**什物**、**什器**以至方言詞**勞什子**中的什都要改讀"雜"音，其實並無根據；也於理不通。

什字另有 shén 音，出現在疑問代詞**什麼**中，**什麼**與**甚麼**相同。這裏不細談。

佰和**仟**的字義比較簡單：軍隊中百人為**佰**，千人為**仟**，特指百人之長、千人為長。兩字並列，一般都說**仟佰**，很少說**佰仟**的，因為**仟**是平聲字，**佰**是仄聲字，先平後仄符合漢語習慣。

從古到今，**伍、什、佰、仟**又用作"五、十、百、千"的大寫數字，只是"十"另有大寫數字**拾**，而且用**拾**的多，用**什**的少。

成語中的數字

萬紫千紅　十拿九穩　九牛一毛
一暴十寒　三番兩次　七零八落

有不少的成語，在四個字之中就有兩個是數字，分析一下這些成語的結構和數位的用法，倒是一件極有興味的事。

萬、千、百這幾個數字，在成語中常見。**萬紫千紅、萬水千山、千軍萬馬、千絲萬縷、千頭萬緒、千言萬語、千辛萬苦、千真萬確、千變萬化、千呼萬喚、千方百計、千錘百煉、千嬌百媚、百孔千瘡、盈千累萬**這些成語，從形式上說，它們的上半部和下半部都成工整的對偶，而從意義上說，其中的數字又都是盡量往多裏說的。

十和**九**相連，通常用來表示絕大部分，如**十拿九穩、十室九空**。如果連用兩個**百**字或**十**字，那就是表示全部了，如**百戰百勝、百發百中、十全十美**。

九字如果和表示極少的**一**字相連，應當作極多看，而不能當作實數看，如**九牛一毛、九死一生**。

一字在成語裏用得最多，用法也最複雜。一種是表示極少，用來與表示極多的**萬、百、千、十**相對，如**一暴十寒、一呼百諾、百無一是、一字千金、一刻千金、一諾千金、一飯千金、一擲千金、一日千里、一瀉千里、一落千丈、一髮千鈞、千載一時、千篇一律、千慮一得、一本萬利、萬眾一心、聞一知十、懲一儆百、掛一漏萬**。一種也是表示少，大都與另一個表示少的**一**或**半**字相連，如**一朝一夕、一絲一毫、一鱗半爪、一知半解**。還有一種應當作實數看，大都與另一個實數連用，如**一舉兩得、一箭雙雕、一唱三歎、一波三折、舉一反三**。

兩個半字連用時，是表示一半對一半的意思，如**半推半就、半信半疑**。

有些成語中的兩個數字，都是不定數，它們既可以表示多，如**三番兩次、三心兩意、三令五申、四分五裂、五花八門**，又可以表示少，如**三言兩語**。

六是三的倍數，八是四的倍數，十是五的倍數，因之六與三、八與四、十與五也常在成語中構成對仗，如**三推六問、四面八方、四通八達、四平八穩、五光十色、五風十雨**。

最奇怪的是連用七和八來表示零亂、雜亂的意思，如**七零八落、七拼八湊、七顛八倒、七上八下、七手八腳、七嘴八舌、橫七豎八**，這完全是根源於口語的習慣，並無多大道理可講。

以上所舉例子，成語中的兩個數字都是間隔開來的：要麼出現在第一個字和第三個字的位置（這類特別多），要麼出現在第二個字和第四個字的位置（這類比較少）。至於兩個數字重疊起來的，則極為罕見，出現在前面兩個字位置的如**三五成群**，出現在後面兩個字位置的如**氣象萬千**，而出現在當中兩個字位置的，就只有**亂七八糟**這個口語，再無別的。

古人不比今人高

黍尺　指尺　咫尺　九仞
尋常　墨丈　步武

尺是古代基本長度單位，十寸為一尺，十尺為一丈。**尺**又是度器的總稱，只要是計量長度的用具，不論長短，都稱為**尺**：就用途言，有木工尺、營造尺、裁縫尺；就製作材料言，有木尺、竹尺、鋼尺、皮尺。

上古時代人們是怎樣計量長度的呢？這裏介紹兩種**尺法**。一稱是把一百粒黍子（中國北方一種重要的糧食作物，去皮後叫黃米）接連排列起來，取其長度作為一尺的標準，稱為**黍尺**——橫排的為**橫黍尺**，又叫**度尺**；縱排的為**縱黍尺**；橫黍尺一尺等於縱黍尺八寸一分。另一種是把人的中指中節的長度作為一寸，十倍為尺，稱為**指尺**。這兩種尺法，由於黍粒大小有差，各人中指長短不同，因此尺度並不一致，也不夠嚴密。

讀者常在古書上讀到某人身長七尺、八尺的話，這並不是因為古人比今人高，而是因為古代的尺比今天的市尺短。在中國歷史上，各個朝代尺的長度都不相同，總的趨勢是時代越後尺越長，但都比今天的市尺（33.3 厘米）短。

《漢書•律曆誌上》説："度者，分寸尺丈引也，所以度長短也。"古代長度單位採用**分寸尺丈引**十進位制：十分為一寸，十寸為一尺，十尺為一丈，十丈為一引。至於分以下的長度單位，則有**厘毫絲忽**。《孫子算經》卷上解釋説："度之所起，起於忽。欲知其忽，蠶吐絲為忽。十忽為一絲，十絲為一毫，十毫為一厘，十厘為一分。"

此外，古代還有一些特殊的長度單位名稱。

咫——《説文》："咫，中婦人手長八寸謂之咫，周尺也。"周代所定長度單位，都以人體某一部位的長度為準。周制每尺八寸，長度相等於中等身材婦人的手長，特稱為**咫**。後代多以八寸為**咫**，並以**咫尺**形容距離很近，也形容微小。

仞——《説文》："仞，伸臂一尋八尺。"**仞**是人平伸兩臂的長度。周代以八尺為一**仞**，漢代以七尺為一**仞**，這顯然是由於各代尺長不同的緣故。至於古書上常見的**九仞**、**百仞**、**千仞**、**萬仞**之類，都非實指，只不過極言其高其深而已。

尋常——"八尺為尋，倍尋為常。"**尋**是八尺，**常**是一丈六尺。

墨丈——"五尺為墨，倍墨為丈。"**墨**是五尺，兩墨為一丈。

步武——古人常用人行走時的步數來計算道路的里程。**步**有兩種解釋：一種説跨出一足為**跬**（kuǐ），再跨出一足為**步**。另一種則把跨出一足也混稱為**步**。作為長度單位，"六尺為步，半步為武"，**步武**連稱，意為相距不遠。

舍——古代行軍以三十里為一舍，成語**退避三舍**，就是退兵九十里，常用以比喻避免與人衝突，主動對人讓步。

"五尺童子"與"三尺童子"

丈夫　七尺　五尺童子
三尺童子　三寸舌　三寸金蓮

男女兩人結婚以後，男子成為女子的丈夫。**丈夫**之名從何而來？《說文》解釋説："周制以八寸為尺，十尺為丈，人長八尺，故曰丈夫。"周代的一尺相當於中等身材婦人的手長，約在 16—17 厘米之間，而一丈約在 160—170 厘米之間，正是成年男子的身長，可見**丈夫**本指身長一丈的男子漢，後來才移作女子對其配偶的稱謂。

在古代漢語中，用身長作為各種不同年齡的人的代稱的，還有不少。

人所共知，在中國歷史上，各個朝代尺的長度是不同的。據專家研究考證，從戰國時代起，經秦漢以至魏晉，尺的長度大致在 23—24 厘米之間，唐宋明清逐步加長。成書於戰國時代的《周禮·地官》在敍述鄉大夫的職掌時説："國中自七尺以及六十，野自六尺以及六十有五，皆徵之（徵服勞役）。"注家認為這裏的**七尺**指的是二十歲，已成年；**六尺**指十五歲，未成年。古人還常把未成年的孤兒稱為**六尺之孤**，如《論語·泰伯》有"可以託六尺之孤，可以寄百里之命"的話；把一般成年人的身軀稱為**七尺之軀**，借指男子漢，如《荀子·勸學》有"小人之學也，入乎耳，出乎口，口耳之間則四寸耳，曷足以美七尺之軀哉"的話。

同樣是童子（豎子），古書上有說**五尺童子**的，也有說**三尺童子**的，這顯然是由於朝代有先後、尺長有大小的緣故。請看下面的例子：

【一】《孟子·滕文公上》："從許子之道，則市價不貳，國中無偽，雖使五尺之童適市，莫之或欺。"

【二】《荀子·仲尼》："仲尼之門，五尺之豎子言羞稱乎五伯。"五伯即五霸。

【三】漢揚雄《解嘲》："五尺童子，羞比晏嬰與夷吾。"

【四】晉李密《陳情表》："外無期功強近之親，內無應門五尺之童。"

【五】唐李白《醉後贈從甥高鎮》："時清不及英豪人，三尺童兒唾廉藺。"

【六】唐韓愈《論淮西事宜狀》："乘其力衰，三尺童子，可使制其死命。"

【七】宋胡銓《戊午上高宗封事》："夫三尺童子，至無知也，指犬豕而使之拜，則怫然怒。"

【八】清李漁《閒情偶寄·詞曲》："三尺童子，觀演此劇，皆能了了於心，便便於口。"

前面四例都作**五尺**，後面四例則改為**三尺**，因為從唐宋以至明清，尺長逐漸增大，越來越接近於現今的市尺，**五尺**之數已不合乎童子身長的實際，改為**三尺**乃是勢所必然。

還有三寸，在與人體有關的詞語中，有**三寸舌**，也有**三寸金蓮**（或**三寸銀鈎**），這兩者的實際長度並不相同。**三寸舌**是形容能言善辯的，《史記》中曾記有毛遂"以三寸之舌強於百萬之師"和張良"以三寸舌為帝者師"的話。**三寸金蓮**是指舊時婦女纏過的小腳；婦女纏腳的惡習，五代時才有，宋時逐漸流行。**三寸舌**的長度，以戰國時的尺長計算，約為 7 厘米；**三寸金蓮**的長度，以宋代的尺長計算，將近 10 厘米：同是**三寸**而差距很大，同樣是由於朝代不同所致。

權是秤錘，衡是秤桿

衡器　權衡　銓衡　石　銖
　　　　錢　升　斗

權與**衡**是計量物體重量的器具，也就是人們習見常用的秤，**權**指秤錘，**衡**指秤桿。現今則把各種稱物用的器具，包括秤和後起的天平，統稱之為**衡器**。**權衡**並列，引伸為比較、評量的意思，通常作動詞用，如**權衡**利害、**權衡**得失之類。

銓也是秤。《說文》說："銓，稱也。"**銓衡**並列成詞，義同**權衡**。

稱和秤，古代可以通用，在用作名詞時讀去聲，在用作動詞時讀陰平聲。現今則以秤為名詞，以稱為動詞，兩者不相混淆。

戥（děng）是一種小秤，專門用來稱金銀珠寶等貴重物品的，有時也用來稱藥品，俗稱戥子，也寫作等子。

斤是計量重量的基本單位。現今一市斤合公制 500 克。古代斤的重量，各個時期多有不同，總的趨勢是時代越後斤量越大。

除斤以外，古代計量重量的單位還有：

【一】三十斤為一鈞，四鈞為一石。成語一髮千鈞的千鈞，雷霆萬鈞的萬鈞，都表示極大的份量。石（dàn）是一百二十斤；它又可以用作容積單位，是十斗。

【二】十黍為一絫，十絫為一銖，六銖為一錙，四錙為一兩。古代用黍子作為計量的標準，以十粒黍子的重量為一絫，百粒黍子的重量為一銖，六百粒黍子的重量為一錙，二千四百粒黍子的重量為一兩。黍絫、錙銖、銖兩這些詞，都表示極輕微的份量。

【三】十六兩為一斤。歷代沿用，直到近年才改行一市斤等於十市兩的十進位制。

【四】唐代將一兩定為十錢，取消二十四銖為一兩的進位制。

【五】宋代在錢下增設十進位制的分、厘、毫、絲、忽，這些本是長度單位，從此兼作重量單位用。

再說一下容量單位。容量的基本單位是升。現今一市升合公制 1000 毫升。古代各個時期的升容量不同，總的趨勢也是逐漸增大。先秦時期四升為豆，四豆為區（ōu），四區為釜，十釜為鍾。漢代以兩龠（yuè）為合（gě），十合為升，十升為斗，十斗為斛（hú）。宋代改以五斗為斛，兩斛為石（dàn）。

正色和間色

絳　朱　赤　丹
青　蒼　碧　玄

我們周圍的物體呈現着綺麗繽紛的色彩。色彩是物體反射的光通過人的視覺產生的印象，光的波長不同，人眼所感覺出來的色彩也就不同。古人以紅、黃、藍、白、黑五者為**正色**，其他為**間（jiàn）色**。**正色**包含紅、黃、藍三原色；**間色**則是原色相互混合而成的第二次色，如紅和黃混合成橙色，黃和藍混合成綠色，藍和紅混合成紫色。

色彩有深淺的不同，便有叫法的不同。我們現在把像火一樣的色彩叫作**紅**，上古時代則叫作**赤**；**朱**比赤深，是大紅；**絳**比朱更深，是深紅；**丹**比赤淺，而古人所說的**紅**，比丹還要淺，乃是赤中帶白的淺紅。因此，如果按照深淺來排列這五種色彩的次序，應該是絳、朱、赤、丹、紅。不過，到了中古時代，朱和赤，赤和紅，就經常混用，不大有分別了。此外還有**殷（yān）**，是赤中帶黑的暗紅，就像動物的血曬乾了那樣的色彩。

字典裏有**赤**部。收在赤部裏的字，如**赭**是紅色的土；**赧**是因羞愧而臉紅；**赫**形容紅似火燒，引伸為勃然震怒。

《說文》說："**藍**，染青草也。"**藍**本不指色彩，而是一種草本植物蓼藍，用它的葉子可以提煉出染料靛青來，這種染料染出來的色彩就是**青**，因此說**青出於藍**。至於直接用**藍**來表示色彩，那是比較晚期的事情。

在漢語中，**青**作為一個表示色彩的詞，詞義是模糊的。**青**最早指藍色，也就是像晴天天空一樣的色彩，如**青天白日**。後來**青**又兼指綠色，也就是草和樹葉長得茂盛時的色彩，如**青草**就是綠草；這一方面是因為**青**本來所表示的藍色是三原色之一，而綠色是由藍色和黃色混合而成的間色，兩者有其接近之處，但另一方面，在一般人的印象中，**青**畢竟要比**綠**深一些，**綠草**畢竟要比**青草**嫩一些，所以兩者還是有分別的。至於把青等同於黑，那是比較晚期的事情，如黑布可以說成**青布**，黑的頭髮可以說成**青絲**。又據《晉書·阮籍傳》載，竹林七賢之一的阮籍能為**青白眼**：青眼指黑眼珠，當對人表示尊重或喜愛時，眼睛正着看，黑眼珠在中間；白眼指眼球上的白色部分，當對人表示輕蔑或憎惡時，眼睛朝上或向旁邊看，便會露出眼白來；由此衍化出來的**青盼**、**青睞**、**垂青**之類的詞，都有一個青字，都是把青等同於黑。

除青以外，**蒼**也表示藍色，但有深淺的不同，簡單地説，**青**是藍色，**蒼**是深藍色。當然混用的情況是常有的，如**青天**又叫**蒼天**、**蒼穹**，**青苔**又叫**蒼苔**。

碧原來是形容玉的。玉色有青白、青綠兩種，故碧色也有淺藍和綠兩種，前者如**碧空**、**碧落**，後者如**碧綠**、**碧草**。

《説文》説：“黑，火所燻之色也。”黑像是被火燻過一樣的色彩，所以字下從火。

玄是黑中帶赤，與黑相比，黑深而玄淺。**玄**有時又指高空的青色。《周易·坤卦》説：“夫玄黃者，天地之雜也，天玄而地黃。”後因以**玄黃**作為天地的代稱。

緇是染成黑色的布，有時也指黑色，舊時僧徒多穿黑布做的衣服，故稱僧人為**緇衣**，稱僧眾為**緇徒**、**緇流**。僧道並稱**緇黃**，因僧人穿黑衣，道士戴黃冠。僧俗並稱**緇素**，因僧徒穿黑衣，常人着素服。

烏是一種常見的鳥，通體羽毛為黑色，因而也以烏指黑。唐人劉禹錫寫過一首題為《烏衣巷》的懷古詩：“朱雀橋邊野草花，烏衣巷口夕陽斜；舊時王謝堂前燕，飛入尋常百姓家。”烏衣巷在今南京市東南，三國吳時的都城衛戍部隊駐此，因官兵身着黑色軍服，稱之為烏衣營，駐地名叫**烏衣巷**，地處秦淮河邊，是六朝有名的商業區和王公貴族的住宅區，至今尚存部分遺址。

黑和**白**是相對的，在漢語中，**黑白**對舉常用以比喻是非善惡，如成語**黑白分明**、**混淆黑白**就是。

收在**白**部裏的字，或者說以白為義符的字，大都有潔白義和明亮義，如**皚皚**形容白雪；**皎皎**形容月光或者星光；**皤**形容鬚髮之白；**皙**形容皮膚之白。**皓首**猶言白頭，借指老年，如秦末東園公、甪里先生、綺里季、夏黃公四人隱於商山，年皆八十餘，時稱**商山四皓**。

與白部一樣，收在**黑**部裏的字，或者説以黑為義符的字，大都有墨黑義和昏暗義，如**黔黑**、**黰黑**都形容面貌之黑；戰國時秦國以及秦代稱百姓為**黔首**，因為秦時百姓都用黑布包頭；**墨**是寫字繪畫用的黑色顏料；**黛**是古代婦女用以畫眉的青黑色顏料；**黡**（yǎn）是人體皮膚上所生的黑痣。古代有一種肉刑：用刀在犯人的臉上刺字，並染上黑色，作為懲罰的標記，稱為**墨刑**或者**墨面**，也稱為**黥**。

有人問：青紅皂白的**皂**收在白部裏，為甚麼卻是表示黑色的呢？原來皂字本寫作草，指的是可以用作黑色染料的櫟實，後來草字被借去代替艸木之艸，故另造皂字來表示黑色。宋人徐鉉在校注《説文》時就説過："今俗以草為艸木之艸，別作皂字為黑色之皂。"清人李富孫在《説文辨字正俗》中説得更清楚："按艸草二字音義俱異。艸木字當作艸，草為櫟實，今人相沿以草為艸木字，此字訛變已久，今亦鮮知為櫟實者。"據此可知**皂**是草的訛變，它雖收在白部裏，卻與白色無關。

"同心之言，其臭如蘭"

無聲無臭　　臭味相投　　蘭芷之室
　　　　鮑魚之肆　　乳臭未乾

在現代漢語中，作為形容詞，**香**和**臭**是對立的：**香**是氣味好聞，**臭**是氣味難聞。

但是**臭**字的本意並非如此。**臭**是一個會意字：上部是鼻子（自），下邊是一條狗。《説文》解釋説："臭，禽走臭而知其跡者，犬也。"意思是説，狗的嗅覺很靈敏，牠用鼻子聞一聞氣味，就能知道別的動物的行蹤。可見這個**臭**字原是當動詞用的，後來字義分化了，人們為了在字形上加以區別，便給**臭**的動詞義加個口旁，變成了**嗅**，讀音為 xiù。

在文言文中見得比較多的，是當名詞用的**臭**字，解釋為氣味，讀音也是 xiù。成語**無聲無臭**，就是沒有聲音也沒有氣味，比喻人默默無聞，或是做事毫無影響。成語**臭味相投**，就是氣味相投，比喻同類的人彼此情意相合。氣味不管是好聞的還是難聞的，都名之為臭。《尚書•盤庚中》孔穎達疏：“臭是氣之別名，古者香氣穢氣皆名為臭。”《周易•繫辭上》說：“同心之言，其臭如蘭。”意思是說，思想感情一致的人所說的話，它的氣味就像蘭草一樣芳香；蘭草是古人佩在身上的香草，這裏照樣用了一個臭字來稱說它的香味。

臭字既多義又多音，當它用作和**香**相對的形容詞時，讀音就變成了 chòu。《說苑•雜言》記有一段說明環境對人的影響的話：“與善人居，如入蘭芷之室，久而不聞其香，則與之化矣；與惡人居，如入鮑魚之肆，久而不聞其臭，亦與之化矣。”**蘭芷之室**（也作**芝蘭之室**）是香的，**鮑魚之肆**是臭的，兩者明顯對立。人們常說的“不能流芳百世，亦當遺臭萬年”，**流芳**和**遺臭**也是明顯對立。

臭字的名詞義和形容詞義極易混淆，以致發生誤讀的情況。這裏再舉兩個例子。人們常用**滿身銅臭**來譏諷那些唯利是圖的人，也常用**乳臭未乾**來譏誚那些無知的年輕人，**銅臭**指銅錢的氣味，**乳臭**指乳汁的氣味，兩個**臭**字都應讀 xiù，有人看到這兩個詞都含有一些貶義，便把兩個**臭**字都讀成**臭氣熏天**的臭了，顯然是犯了想當然的錯誤。

附帶說一下**一薰一蕕**。這個成語出自《左傳•僖公四年》：“一薰一蕕，十年尚猶有臭。”**薰**（xūn）是香草，比喻善類；**蕕**（yóu）是臭草，比喻惡物。香草和臭草混雜在一起，只聞其臭不聞其香；同樣，善人和惡人共處，善行往往為惡行所掩蓋。《孔子家語•致思》說：“薰蕕不同器而藏，堯桀不共國而治，以其類異也。”正是這個成語的最好解釋。

伯仲　軒輊　頡頏

世界上的事物千差萬別，根據一定的標準，把彼此有某種聯繫的事物加以對照，從而辨別其異同或者高下，這樣的方法就是比較。

文言中關於比較的詞語很多：有表示相同或相等的，有表示相近或相似的，有表示相異和相反的。

一是最小的整數；一些帶有**一**字的詞語，如**同一**、**統一**、**劃一**、**一致**、**一律**、**一例**，都包含着相同的意思。**千篇一律**又作**千篇一體**，本來是說一千篇文章都是同樣內容，也比喻按一個格式機械地辦事，不知變通。**如出一轍**是說某些人的言論和行動完全相同，像是一個車輪碾壓出來的痕跡。

齊、**侔**、**埒**（liè）都表示相等的意思。《楚辭·九歌·雲中君》有"與日月兮齊光"的句子，就是說像日月一樣光明。《韓非子·五蠹》有"侔三王"的句子，就是說像夏禹、商湯、周文王一樣建功立業。《史記·平準書》有"富埒天子"的句子，就是說像皇帝一樣富有。

匹和**敵**都作對等、相當解釋，**匹敵**是兩字並列。**倫比**就是類比，成語**無與倫比**，是說沒有能比得上它的。**媲美**就是比美，成語**先後媲美**，是說後來的比得上先前的。

不相上下是說彼此程度相等，難分高低。這類比喻性的詞語，有**不分伯仲**或者**伯仲之間**，伯仲指兄弟排行次序，伯是老大，仲是老二。有**不分軒輊**，車頂前高如仰為**軒**，車頂前低如俯為**輊**（zhì）。有**頡頏名輩**，**頡頏**（xié háng）是鳥兒上下飛行不定的樣子，向上飛為**頡**，向下飛為**頏**。有**並駕齊驅**，**並駕**是幾匹馬並排拉一輛車，**齊驅**是一齊快跑。

互不相下，是說雙方力量相等，勢成對立。這類比喻性的詞語，有**抗衡**，本意為車上兩衡相對，衡是車轅頭上的橫木；有**分庭抗禮**，本意為賓主分立庭院兩邊，相對行禮；有**旗鼓相當**，本意為兩軍對陣，勢均力敵。

異和**殊**都作不同解釋，**迥異**和**懸殊**都是相差很遠的意思。人們常把極大的差別說成**天壤之別**、**霄壤之別**、**判若天淵**、**判若雲泥**，天壤、霄壤、天淵、雲泥的意思都和天地一樣。還有**徑**是門外小路，**庭**是堂前院子，**大相徑庭**也比喻相距很遠。至於**相左**的左是違反的意思，**意見相左**就是意見相反。

正確和錯誤

正確　錯誤　準確　差錯　謬誤
以訛傳訛　張冠李戴

正確和準確，錯誤和差錯，是兩組同義詞，詞的結構方式相同，但是在用法上有其細微的差別，不容混淆。簡單地説，正確與錯誤相對，它們是從性質上來説的，使用範圍比較寬，既可以用於具體行動，也可以用於思想、意見、態度之類的抽象事物；而準確與差錯相對，它們是從效果上來看的，使用範圍比較窄，只能用於具體的事情和工作，如計算、測量等。

正確的意思着重在一個對字上，不對就是錯。形容正確的成語很多，如至理名言指的是極為正確而又極有價值的言論；不刊之論指的是不可磨滅的言論；不易之論指的是不可更改的言論；顛撲不破是説經得起客觀實際的檢驗；放之四海而皆準是説任何地方都適用；天經地義是説真理歷久不變，也比喻理所當然，無可置疑。

準確的意思着重在一個準字上，不準就是差。形容準確的成語，大多帶有數量詞，如百無一失、萬無一失、不失毫釐、不差分毫、不差毫髮、不差累黍、毫髮不爽、毫釐不爽。另有形容射箭或射擊準確的成語，如箭不虛發、彈無虛發、百發百中、百步穿楊（意謂能在百步以外用箭射穿選定的某一片楊柳葉子）。

説到錯誤，這裏首先要説明一下，當錯誤講的錯字，現在用得很多，而古代並非如此。錯字本來的意思，是在器物上用金屬絲鑲嵌成花紋或者文字，如成語錯彩鏤金（鏤是雕刻）就是；錯字的另一種解釋是銼刀，也指磨刀石，如《詩經・小雅・鶴鳴》所説的"他山之石，可以為錯"就是；引伸為交叉、複雜，如交錯、雜錯、錯雜、錯亂就是；總之，古代錯字不當錯誤講，在文言中説到錯誤時，一般只用誤，不用錯。還有謬、訛是誤的同義字，謬誤、訛誤是用並列方式構成的雙音詞。成語大謬不然是大錯特錯；謬種流傳是錯誤的東西流傳下去；以訛傳訛是把本來就不正確的東西又錯誤地傳開去，結果越傳越錯。

和錯誤一樣，差錯這個詞也出現得很晚。古代常見的形容差錯的成語，大都與書籍在傳抄和刊印過程中出現的錯字有關，如**三豕涉河**是己亥涉河之誤；**魯魚帝虎**是把魯字誤寫為魚，把帝字誤寫為虎；**別風淮雨**是列風淫雨之誤。另外還有成語**張冠李戴**，比喻認錯了對象或是弄錯了事實，那當然是更大的差錯了。

説難道易

容易　易於反掌　探囊取物
垂手而得　難於上青天

難和**易**這兩個單字所表達的意義相反：**難**是做起事來費力，**易**是做起事來不費力。

在口語中，當人們需要表示易的意思時，一般不單説**易**字而説**容易**，但是在表示難的意思時，卻沒有一個能與容易相對應的雙音詞。那麼，這**容易**兩字究竟是怎麼來的，又作何解釋呢？

容易兩字來源於**談何容易**。早在西漢時代，以詼諧滑稽著稱於世的文學家東方朔，曾作《非有先生論》一文，假託非有先生在吳國做官，三年默然無言，吳王問其故，非有先生乘機用一些在昏暗朝廷中諫諍遇禍的歷史故事啟發吳王，促使吳王改革政治，舉賢才，遠佞人，佈德惠，施仁義，終於在三年之後，"海內晏然，天下大治"。這是一篇借古諷今的名作，篇中四次用了**談何容易**的話，原意是說臣下向君王進言豈可輕易，或者倒過來說臣下豈可輕易向君王進言；**何容**兩字連讀，當豈可講，**易**是輕易，即慎重的反面。只是到了後來，至遲從魏晉時代開始，情況有了改變，人們逐漸習慣於把**容易**連綴成文，作為難的反義詞，如"別時容易見時難"，而**談何容易**則用以表示"説來容易做來難"的意思（用文言文的説法就是"言之匪艱，行之維艱"），與它的原意可以說是風馬牛不相及了。

從來形容做起來不費力的易事，多用比喻，下面舉一些例子：《史記·汲鄭列傳》有**發蒙振落**，《淮南子·人間訓》有**折槁振落**，都比喻輕而易舉：**發蒙**是揭開蒙覆在物品上的罩子，也有的説是揭開遮蓋在眼睛上的巾帕；**折槁**是折斷枯枝；**振落**是搖落樹葉。

易於反掌，亦作**易如反掌**，是說容易得像翻轉手掌一樣，源出《孟子·公孫丑上》。

　　如指諸掌，是說容易得像以手指掌一樣，源出《論語·八佾》。

　　如運諸掌，是說容易得像把東西放在手掌上撥弄一樣，源出《列子·楊朱》。

　　如湯沃雪，亦作**如湯灌雪**、**如湯潑雪**，是說容易得像是把熱水澆在雪上使其消融，源出枚乘《七發》。

　　如拾地芥，本作**俯拾地芥**，是說容易得像是俯身拾取地上的小草，源出《漢書·夏侯勝傳》。

　　探囊取物，是說容易得像掏口袋取東西，源出《新五代史·南唐世家》。

　　一舉手之勞，是說只要花費一次抬手那樣的輕微勞動；**不費吹灰之力**，是說無須花費任何一點微小力氣。這兩句成語都是形容事情的輕而易舉的：前者從正面說，後者從反面說。

　　垂手而得的**垂手**是雙手下垂，**唾手可得**的**唾手**是往手上吐唾沫，這兩句成語說明東西極容易得到或者事情極容易辦成。**一蹴而就**說踏一腳就能成功，也形容事情的輕而易舉。

　　對事情越是熟悉，做起來就越是容易，**駕輕就熟**或者**輕車熟路**，常用來說明這種情況，它是韓愈《送石處士序》中"若駟馬駕輕車就熟路"一句的縮寫，原意為拉着裝載很輕的車走在很熟的路上。

　　事情的容易辦成，還歸根於時機成熟，或者說條件具備，成語**水到渠成**、**瓜熟蒂落**都用來說明這種情況。

　　相對地說，形容難的詞語要少一些。人們所熟知的，如**難於上青天**出自李白古詩《蜀道難》；如**戛戛乎其難哉**出自韓愈《答李翊書》。

　　除了難和易之外，有些事情的能否辦成，還有一個客觀條件是否許可或者主觀努力是否見效的問題。有關這方面的比喻性的詞語也不少，如**畫脂鏤冰**（在凝固的油脂上繪畫，在冰上雕刻）、**挑雪填井**、**炊沙作飯**、**鑽冰求酥**，都是因為違反客觀規律，以致徒勞無功，至於**挾泰山以超北海**（挾着泰山跨過北海），那更是主觀幻想，絕無實現的可能，正如《孟子·梁惠王上》中所説的"是誠不能也，非不為也"。

"快""慢"本不表速度

快　慢　速　迅　疾
捷　遲　徐

形容速度的高低，現今用得最多的是**快**、**慢**兩字：速度高而費時短的為**快**，速度低而費時長的為**慢**。

可是如果探究起字的本源來，**快**、**慢**兩字卻與速度沒有任何意義上的聯繫。**快**、**慢**都是形聲字，形符是**心**，表明屬於心理活動範圍。《説文解字》説："**快**，喜也。""**慢**，惰也。"**快**的本義是高興，**慢**的本義是怠惰；**愉快**、**暢快**、**快樂**、**快慰**、**大快人心**、**先睹為快**、**怠慢**、**簡慢**等諸多詞語，就都是從**快**、**慢**的本義上生發出來的。後來不知出於甚麼原因，**快**、**慢**獲得了表示速度高低的意義，在使用頻率上逐漸超過了它們的本義；大致的情況是這樣：上古時代可以説是絕無僅有，中古時代有較多出現，大量應用則是近代現代的事。

古語中表示快速的意思，一般用**速**字，**火速**、**神速**都是高速，成語有**欲速則不達**。**迅**字的本義是鳥類快飛，在古人的心目中，飛鳥的速度是高速度，所以**迅**在表示速度上快於**速**；**迅雷不及掩耳**兼表來勢急迫或一閃而過之意。**疾**字本指急病，也表示快速，往往帶有緊迫感，**疾風知勁草**就是如此。還有**捷**字也可作快速解，多與人的體力以至智力的靈敏有關，如**捷足**是步伐快，**捷給**是言辭快。

相對來説，表示慢速度的通常只用**遲**、**徐**兩字。《説文解字》説："**遲**，徐行也。""**徐**，安行也。"兩字都與行走速度有關，字義互相交叉而用法又有差別：**遲**字主要指行進遲滯，與**速**相對；**徐**字主要指緩步而行，與**疾**相對。現今**遲**、**速**正逐漸為**慢**、**快**所代替，**徐**、**疾**正逐漸為**緩**、**急**所代替。

"刻削之道，鼻莫如大，目莫如小"

太　丕　巨　碩　碩大無朋
細　纖　微　細民

大是個象形字。《説文》説："大，天大地大人亦大，故大象人形。"在古文字中，**大**像是一個人正面站在那兒，兩手兩腳一起張開，這樣自然就顯得身體格外粗大了。

小是個會意字。《説文》説："小，物之微也，從八，｜見而分之。"小字中間是一件細長之物，兩側是個八字，就是分的意思，一物分成二物，當然就比原物小了。不過現今文字學家多認為小字在甲骨文中寫作三點，像是散落的塵沙，表示物之細小，是象形字而不是會意字。

大與**小**相對，沒有大就無所謂小，沒有小就無所謂大。《韓非子·説林下》有一段話，形象地説明了**大**與**小**的相對關係："刻削之道，鼻莫如大，目莫如小。鼻大可小，小不可大也；目小可大，大不可小也。"翻譯成白話是説，雕刻人像的步驟，鼻子先要刻大一些，眼睛先要刻小一些。鼻子大了可以變小，小了就沒法變大；眼睛小了可以變大，大了就沒法變小。

太、**丕**、**巨**、**碩**都與**大**同義。**太**是**大**的分化字，可作定語用，表示大中之大，最大，極大；也可作狀語用，表示超過限度，太大。**丕**限用於文言詞語中，如**丕業**即大業，**丕變**即大變。**巨**、**碩**是**大**的方言同義字。《方言》卷一："巨，碩，大也。齊宋之間曰巨、曰碩。"**巨大**、**碩大**常並列成詞。成語有**碩大無朋**，意思是大到沒有別的能夠與之相比。

細、**纖**、**微**都與**小**同義。《説文》説："細，微也。"中古以前，**細**是**小**的同義字，兩字可以互相置換，如**細民**即小民，**細節**即小節，後來才逐步變成粗的反義字。**纖**是**小**的方言同義字，進入大眾語以後，多表小而又小之意，如**纖塵不染**的**纖**。**微**的本義是隱蔽，引伸指細小，成語有**謹小慎微**。三字之中，以**細**的構詞能力為強，**細小**、**纖細**、**細微**並列成詞，**巨細**對舉成詞。

"物有本末，
事有終始"

始終　本末　起訖　發端
鼻祖　先河　濫觴　發軔

《禮記·大學》云："物有本末，事有終始。"這裏的兩句話，前一句和後一句的整體意義相同。

始與終相對。始的本義是頭胎女嬰，引伸為事情的開頭；終的本義是繩端打結，引伸為事情的結尾。始終並舉，表示事情進行的全過程。成語有善始善終、全始全終、慎始敬終、貫徹始終、始終不渝、始終如一，説明做事要從頭至尾堅持不懈；而有始無終則指做事半途而廢。

本與末相對。《説文》説："木下曰本，木上曰末。"本的本義是樹根，引伸為事物的根本；末的本義是樹梢，引伸為事物的末節。本末常用以比喻事情從頭至尾的經過，和始終同義。也有説顛末的，顛是人的頭頂。

始終的同義詞還有起訖：起是開始，訖是終結。

表示開始的字詞很多，下面舉一些習見常用的。

初。《説文》説："初，始也，從刀從衣，裁衣之始也。"用刀裁剪衣料是製作衣服的開始。《詩經·大雅·蕩》有"靡不有初，鮮克有終"的句子，是説事情都有個開頭，但很少能做到結尾。俗語有"早知今日，悔不當初"的話，説早知道有今天的結果，後悔當初不該那樣行事。

端。端是事物的一頭或一方面，開端、發端、造端、肇端都是起頭的意思。《莊子·大宗師》有"反覆終始，不知端倪"的句子。端倪作何解釋，有多種説法。一説端倪表示事物具體而微的起頭：端同耑，是草木的最初狀態（篆書耑的上半像草木初生發芽抽葉，下半像根鬚）；倪同兒，是人的最初狀態（篆書兒像個生下不久的小孩，頭頂上還有沒有封閉的囟門）。一説，端是頭緒，倪是邊際。一説，端指山頂，倪指水邊。

祖。祖是祖先，是一個家族的世代久遠的先輩，因而有起始的引伸義。鼻祖是最初的祖先。《方言》卷一三説："鼻，始也。獸之初生謂之鼻，人之初生謂之首；梁益之間謂鼻為初，或謂之祖。"據此可知**鼻祖**乃是西漢時代梁益兩州（今四川）的方言。又在揚雄所作《反離騷》中有"有周氏之嬋嫣兮，或鼻祖於汾隅"之句，**鼻祖**亦即始祖。另外，**不祧之祖**也是始祖。古代貴族家廟中陳列着祖先的牌位（神主），除始祖外，世代久遠的要依次遷移到祧廟中合祭。**祧**本作名詞用，指遠祖的廟，後來用作動詞，表示遷掉遠祖牌位之意，**不祧**就是不遷，**不祧之祖**就表示不是遠祖而是始祖了。

萌芽、**胚胎**和**權輿**。**萌芽**是草木的嫩芽，**胚胎**是在母體內發育成長的胎兒：兩者都喻指事物的開端。**權輿**本謂草木萌芽的狀態，也作起初講。《詩經·秦風·權輿》寫一個沒落貴族嗟歎生活水平下降時說："於！我乎，夏屋渠渠。今也每食無餘。于嗟乎！不承權輿！"翻譯成白話就是：唉！我呀，曾住過大屋高房。如今啊這頓愁着那頓糧。唉唉！比起當初真是不一樣！（余冠英譯文）這可算是古籍中最早出現**權輿**的一例。

先河。《禮記·學記》："三王之祭川也，皆先河而後海，或源也，或委也，此之謂務本。"河是水源所自來，海是河水流聚處，先河後海意味着分清源流，後人因以**先河**表示創始在先的意思，也指某些事物的創始人。

濫觴。濫是水滿，觴是古代的酒杯。《荀子·子道》有云："昔者江出於岷山，其始出也，其源可以濫觴。"意思是説，在江河的發源處，水非常淺，只能浮起酒杯。後來便以**濫觴**喻指事情的起始。

發軔。停車時用木頭止住車輪轉動為**軔**，待到車子開動時，首先得把木頭抽去，是為**發軔**。**發軔**本來是説起程或者出發，後來也喻指事情的開始。

大輅椎輪。蕭統在《文選序》中說過"椎輪為大輅之始"的話。**大輅**是古代大車，**椎輪**是原始的無輻車輪；華美的大車是從只有無輻車輪的原始車開始的，因以**大輅椎輪**比喻事物由創始逐步發展以至大成的進化過程，也指某些事物的創始人。

破天荒包含着開天闢地頭一回的意思，源出於一個歷史故事。據孫光憲《北夢瑣言》記載：唐朝時荊州士人考舉人多不中，人們稱為**天荒**，後來有個叫劉蛻的考中了，稱為**破天荒**。**天荒**是自古以來未曾開墾過的處女地，**破天荒**便是指頭一回動土了。

破題兒的由來，也與科舉制度有關。舊時科舉考試所用的八股文，規定用起首兩三句點明題目要義，稱為**破題**；後來引伸原意，用**破題兒**來表示事情的第一次。

"得道多助，失道寡助"

多 少 眾 群 夥 寡
鮮 稀 罕

多和少是互相對立的數量觀念：數量大的為多，數量小的為少。

眾和群都表示多的意思。**眾多**是常用的並列合成詞。古人有"人三為眾"的說法，眾本指許多人，如**眾志成城、眾口鑠金、眾擎易舉、眾怒難犯、眾醉獨醒、眾叛親離**；後來也指許多同類的事物，如**眾星拱北、眾矢之的**。古人又有"獸三為群"的說法，群本為禽獸相聚之稱，如**鶴立雞群、害群之馬**；後來擴大為成群的人或許多同類事物，如**群策群力、超群絕倫、群輕折軸、離群索居**。

夥和**夠**都作眾多解，還可以並列成**夥夠**，如左思《魏都賦》有"繁富夥夠"之句。

寡和**鮮**（xiǎn）都是少的同義字。在少的意義上，**寡**可以與多相對，如**裒**（póu）**多益寡**，又如**得道多助，失道寡助**；**寡**又可以與**眾**相對，如**寡不敵眾**，又如**眾寡懸殊**。同樣，在少的意義上，**鮮**可以與**寡**並列，如**寡廉鮮恥**。

稀和**罕**都有少義，可以並列成**稀罕**。物以稀為貴，稀罕的東西是難得和少有的。**稀罕**本來寫作**希罕**，在少的意義上，**稀**和**希**相同，**稀**是後起的分別字，以別於希望的**希**。

《戰國策‧秦策四》說："積薄而為厚，積少而為多。"《漢書‧董仲舒傳》也說："聚少成多，積小致巨。"說明點滴積累，可以由少變多。也就因此，一些由表示重複、連續、頻繁、聚集之類意思的**層、疊、屢、數**（shuò）等字構成的詞語，如**層見疊出、層**

（頁邊）特徵 對比

出不窮、屢見不鮮、數見不鮮，都常用以形容事物之多。

多和少既是數量觀念，因此不少表示多或少的詞語，都與數量的計算有關，如**不一而足**、**不知凡幾**、**不計其數**、**不可勝數**、**不勝枚舉**、**數不勝數**、**舉不勝舉**、**指不勝屈**是形容事物之多的，而**寥寥無幾**、**屈指可數**則是形容事物之少的。

《抱朴子‧極言》有"為者如牛毛，獲者如麟角"的話，用**牛毛**比喻很多，用**麟角**比喻很少。其他比喻性質的成語，還有形容很多的**車載斗量**，形容很少的**寥若晨星**。

成語**更**（gēng）**僕難數**，源出《禮記‧儒行》："遽數之不能終其物，悉數之乃留，更僕未可終也。"這裏的**數**是講話。原來的意思是說，要講的事情很多，如果一件一件地講，要花很多時間，講到僕人換班也講不完；**更僕難數**本意是說講話很多，後來則用以形容事物多到不可勝數。

恆河沙數為佛經中語，形容數量極多，像恆河裏的沙那樣無法計算；恆河是南亞大河，流經印度和孟加拉國，自古為印度佛教徒尊為聖河。

古人以右為尊，以左為卑

右姓　右職　左遷　左道
閭右　右衽　左衽

左右是表示方位的，**東西南北**也是表示方位的，兩相比較，後者固定而前者不固定。具體地說，在面向南方時，以東為左，西為右，面向北方時相反；在面向西方時，以南為左，北為右，面向東方時相反。表現在地名上，山東稱**山左**，山西稱**山右**，是以東西為左右的例子；廣西郁江有二源，南源叫**左江**，北源叫**右江**，是以南北為左右的例子。

古人習慣於以右為尊，以左為卑，因而在表示高貴、重要的意義時，常在名詞上加一個**右**字來形容，如**右姓**、**右族**指世家大族，**右職**指重要職務。右還可以作動詞用，表示崇尚之意，如右文意為崇尚文治，**右武**意為崇尚武功。

《史記‧廉頗藺相如列傳》說到"以相如功大，拜為上卿，位在廉頗之右"；舊時按照職務高低排名，職高的在右，職低的在左，位在某之右等於說位在某之上。

《漢書‧高帝紀下》："賢趙臣田叔、孟舒等十人，召見與語，漢廷臣無能出其右者。"顏師古注："古者以右為尊，言材用無能過之者，故云不出其右也。"成語**無出其右**，翻譯成白話就是沒有人能超過他或他們。

遷本謂調動官職，一般指升職，但如果加一個左字成為**左遷**，就轉而指降職了。**左轉**、**左降**也指降職。再如**左道**指邪道，**左計**指計謀不佳，**相左**指意見相反，這些都是卑左尊右的明證。

《左傳‧襄公十年》記晉國大臣范宣子的話說："天下所右，寡君亦右之；所左，亦左之。"孔穎達疏："人有左右，右便而左不便，故以所助者為右，不助者為左。"又《戰國策‧魏策二》："張儀相魏，必右秦而左魏。"高誘注："右，親也；左，疏外也。"這兩個例子都是用**右**表示親近和贊助，用**左**表示疏遠和不贊助。

秦代戶口編制，"以富強為右，貧弱為左"，意思是富戶集中住在里巷的右邊，貧民集中住在里巷的左邊，因以**閭右**代指富戶，以**閭左**代指貧民，**閭**是里巷的大門。

唯一以左為尊的場合是在車上。古人平時乘車，總是讓尊者坐在左邊，駕車的人在中間，另有一人在右邊陪乘，據說這是因為人都習慣於使用右手操作，這樣安排座位可使尊者不致感到不便的緣故。成語**虛左以待**，就是說空着左邊的座位等待貴賓的到來，左座成為上座，右座當然是下座了。

下面再介紹幾組左右相對的詞語。

左衽和**右衽**——**衽**是衣襟。古代中原地區人民所穿的衣服，前襟都是向右開的，稱為**右衽**，而其時在中原地區以外的一些少數民族，衣襟卻是向左開的，稱為**左衽**；後來古人常在詩文中用**左衽**作為受異族統治的代稱，其實**左衽**、**右衽**不過是彼此習俗不同而已。

左袒和**右袒**——**左袒**是脫去左袖，露出左臂；**右袒**是脫去右袖，露出右臂。漢初呂氏專政，太尉周勃決意清除呂氏，維護劉氏，在軍中對眾人說，擁護呂氏的右袒，擁護劉氏的左袒，全軍都左袒擁劉，見《史記‧呂太后本紀》。後稱偏護一方為**左袒**，對兩方面都不幫助為**不為左右袒**。

左券和**右券**——**券**是契約。古代契約分為左右兩聯，雙方各執其一；**左券**就是左聯，**右券**就是右聯。因為左券常用為索債的憑證，故以**操左券**或**穩操左券**比喻有成事的充分把握。

歷史事件和人物（舉例）

約法　沉舟
楚歌（楚漢戰爭）

約法三章　破釜沉舟　鴻門宴
鴻溝　四面楚歌

歷時五年之久的楚漢戰爭，最後以項羽烏江自刎、劉邦正式建立西漢王朝而告結束。由於《史記》對這次戰爭的精彩描寫以及後人不斷採作小說戲曲題材，許多與它有關的成語典故至今仍然活在人們的口中和筆下，下面所舉就是其中的一部分。

秦末農民起義是由陳勝、吳廣首先發動的，他倆失敗之後，劉邦、項羽所領導的兩支起義軍成為反秦主力，項羽兵力遠較劉邦為強。為了推翻秦朝統治，起義軍作出決定，由劉邦領兵向西略地入關，項羽往北救趙入關，並且約定"先入定關中者王之"。公元前206 年，劉邦攻下了秦都咸陽，廢除秦的嚴刑苛法，與關中父老**約法三章**：殺人者死，傷人及盜抵罪。這**約法三章**四字本來是特指，後來則作為一句成語，用以泛指對某件事或者某項工作規定一些簡單的條款。

此時，項羽也引兵渡河，終於殲滅了秦軍主力。《史記》在敍述這段史事時說："項羽乃悉引兵渡河，皆沉船，破釜甑，燒廬舍，持三日糧，以示士卒必死，無一還心。"後來人們把這段話濃縮成為成語**破釜沉舟**（打破飯鍋，沉掉渡船），表示只有前進，決不後退，也就是下定決心幹到底的意思。

接下去就是**鴻門宴**了。項羽在消滅秦軍主力後，進駐鴻門。經過項羽叔父項伯的調解，劉邦親至鴻門會見項羽。在宴會上，項羽謀士范增召來武將項莊，暗地裏囑他以舞劍為名，伺機刺殺劉邦。項伯見情勢緊急，也立刻拔劍起舞，用身體掩護劉邦，最後樊噲帶劍執盾闖入，劉邦得以乘隙脫險。後來人們常用**項莊舞劍，意在沛公**（沛公即劉邦）作為典故，來比喻說話或行動雖然表面上另有名目，實則想乘機害人，就是出自**鴻門宴**的故事。

楚漢戰爭相持階段，劉邦的父親曾為項羽所俘虜。項羽派人威脅劉邦說："如果你不停止進攻，我就把你老子殺來吃掉。"劉邦用無賴的口吻回答說："我與你起義時曾約為兄弟，我的老子就是你的老子，如果你一定要殺你的老子，那就請分給我一杯肉羹吧。"這次又是項伯說情，劉邦父親才沒有被殺。現在人們用**分我杯羹**來表示要求分享利益，與原意已不盡相符。

鴻溝一詞，現在用來比喻明顯的界線，它本是古代運河的名稱（今河南滎陽北），當項羽兵力逐漸從優勢轉為劣勢時，曾被迫與劉邦達成和議，平分天下，以鴻溝為界，以西歸漢，以東歸楚。

最後決戰的時刻到了。公元前202年，劉邦將項羽圍困在垓下（今安徽靈璧南），項羽糧盡援絕，又聽到四面楚歌，以為漢軍已盡得楚地，因乘夜突圍南走，到烏江（今安徽和縣東北）自刎而死。由此產生成語**四面楚歌**，後世多用以比喻孤立無援、四面受敵的處境。

進履　借箸
封留（張良）

博浪飛椎　圯橋進履　借箸
運籌帷幄　封留　赤松遊

張良，字子房，是漢初三傑之一，在楚漢戰爭中，他作為劉邦的主要謀士，作出了許多重大的貢獻。

張良剛一登上歷史舞台，就做了一件令人驚心動魄的大事。原來張良的祖父和父親在戰國時曾相繼為韓國相國，秦國滅韓以後，他為了替韓國報仇，變賣家產，結交刺客，乘秦始皇東遊的機會，在博浪沙（今河南原陽東南）用鐵椎狙擊秦始皇未中。後來人們在詩文中多有用**博浪飛椎**、**椎秦**之類的詞語的，指的就是這件事，有時也用作報仇行刺的歷史典故。

博浪飛椎未中，秦始皇下令大事搜捕，於是張良更姓改名，逃到了下邳（今江蘇睢寧北），偶然在橋上遇見老人黃石公。老人為了考驗張良，故意把鞋子掉到橋下，命張良替他取鞋，張良見他年老，強忍着怒氣取來鞋子，並且跪着替他穿上。接着老人又命張良五天後天明來橋上相會，頭兩次張良都因後到，遭到老人的斥責，到第三次，張良半夜就先去等候在橋上，老人很是高興，隨即取出一部書交給張良，說"讀此書可為王者師矣"，原來這部書便是《黃石公兵法》。從此張良悉心鑽研，終於成為劉邦的得力軍師。這個故事很有名，因而後人多有用**圯橋進履、取履、跪履**等表示屈己尊老、求取教益，也有用**圯上傳書、黃石授書**等表示傳授用兵策略的。（"圯"就是橋，據說下邳人稱橋為圯。）

在楚漢戰爭中，一次，有人勸說漢王劉邦立六國後代共同攻楚，這時張良從外面前來拜見漢王，漢王正在進餐，便以此事相告，並詢問張良意見如何。張良回答說："臣請借前箸為大王籌之。"意思是：請借漢王面前所用的筷子，為漢王指畫形勢。隨即提出了八條反對意見。後來有用**借箸、借籌、前箸**作為籌劃良謀的代稱的，即來源於此故事。

劉邦建立了西漢王朝，論功行賞，他說："運籌策帷帳中，決勝千里外，子房功也。"在帳幕中對戰略作出全面的策劃，在戰場上取得預期的勝利，正說明張良對戰局判斷的準確和計劃的周詳，成語**運籌帷幄**就是這樣形成的。

張良輔漢功高，本來劉邦要叫他自己擇取齊地三萬戶為封邑，但他不願當萬戶侯，只求封在留縣（今江蘇沛縣東南），稱為留侯。後來他又表示："願棄人間事，欲從赤松子遊耳。"根據這些記載，後人因用**擇留、封留**表示不居功自傲，不貪求高官厚祿，用**慕赤松、赤松遊**表示功成身退，假託求仙以期自脫。

漂母　出胯
功人（韓信、蕭何）

漂母　一飯千金　胯下之辱
國士無雙　多多益善　蕭規曹隨

漢初三傑，除了張良之外，還有兩位是韓信、蕭何。

韓信少時家貧，常在淮陰城下釣魚。有位在水邊漂洗衣物的老婦，見韓信餓得發慌，便把自己帶來的飯分一些給他吃，接連幾十天都是這樣。後來韓信拜將封王，特地把這位老婦找來，賜她千金以為報答。根據這個故事所產生的詞語很多，如用**漂母**指施恩的人，用**食依漂母**指有本領的人處於窮困的境地，用**漂母食、漂母餐**指急人之難，用**一飯千金**、**千金一飯**指報恩厚重。

韓信少時雖然家貧，身上卻老是帶着一把劍。淮陰城裏有個屠夫的兒子，有意侮辱韓信，便當着眾人對他說：「我看你就是個膽小鬼。你敢和我拼一拼嗎？你敢，就拿起劍來刺我；不敢，就從我的褲襠底下鑽過去。」韓信仔細地把這人看了一會，估計自己敵他不過，便爬着從他的褲襠底下鑽了過去，引起眾人大笑。後來人們用**胯下人**、**胯下韓侯**指能夠忍受侮辱的人，用**胯下之辱**、**出胯**指有才能的人未顯達時遭人侮辱，都出自這個故事。

在楚漢戰爭中，韓信初屬項羽，後歸劉邦。蕭何在劉邦面前大力舉薦韓信，稱讚他是**國士無雙**，於是劉邦擇日齋戒，設立壇場，用隆重的儀式拜韓信為大將，後來韓信果然屢建奇功。如今人們說的**韓壇**、**將壇**就是軍中拜將的高台，**登壇**就是被任為大將，**拜壇**就是任用其人為將領。至於**國士無雙**或者**無雙士**，則常用以稱譽才能出眾的人。

一次，劉邦和韓信談論各位將領的才能。劉邦問道：「你看我能帶多少兵？」韓信答道：「最多不過十萬。」劉邦又問：「那麼你呢？」韓信答：「臣多多而益善耳。」就是說他自己統率軍隊，越多越好。後來**多多益善**成了一句常用習見的成語，並不限指帶兵，而是各種事物都可以用。

關於蕭何的詞語，首先要說的是**功人功狗**。楚漢戰爭結束之後，劉邦大封功臣，蕭何位最高，一些將領認為蕭何沒有戰功，表示不服。劉邦說：「你們知道打獵是怎麼一回事嗎？在打獵的時候，追捕野獸的是獵狗，而發現並給獵狗指示野獸蹤跡的是人，你們都是功狗，而蕭何才是功人啊！」後人因以**功狗**比喻戰將，以**功人**比喻謀臣。

漢初蕭何為丞相，主持制訂各種律令制度，後來曹參繼任，全照蕭何的一套成規辦事。當時有民謠說：「蕭何為法，顜若畫一；曹參代之，守而勿失。」成語**蕭規曹隨**就是這樣來的。

還有**成也蕭何，敗也蕭何**，說事情的成敗都由一個人造成，也比喻出爾反爾，反覆無常。這原是宋代流傳的一句俗話，說的是韓信的事情，因為當初向劉邦大力舉薦韓信的是蕭何，後來協助呂后設計殺害韓信的也是蕭何，如果站在韓信的立場上來看問題，自然是**成也蕭何，敗也蕭何**了。

望梅　雞肋
捉刀（曹操）

挾天子以令諸侯　望梅止渴
雞肋　捉刀　老驥伏櫪

曹操是東漢末年具有雄才大略的政治家和軍事家，也是很有成就的文學家。從古到今，有關曹操的一些故事一直流傳眾口，有的還被濃縮成為慣用的詞語。

"今操（曹操）已擁百萬之眾，挾天子而令諸侯，此誠不可與爭鋒。"這是諸葛亮《隆中對》中的話，說的是建安元年曹操把漢獻帝迎往許昌，用皇帝的名義號令各方，先後削平各地割據勢力，結束了北方的分裂狀態。後來人們便常用**挾天子以令諸侯**來比喻假借名義發號施令。

望梅止渴見於《世說新語》，說的是曹操帶兵行軍，路上斷了水源，軍士口渴難熬。曹操靈機一動，傳令道："前面不遠處有個大梅林，樹上結了很多梅子，既甜又酸，可以解渴。"軍士聽了，嘴裏都流出口水來，不再感到口渴了，這樣才得以走到有水的地方。以後**望梅止渴**就成了一句比喻性的成語，用來形容某些空想家自欺的行徑。

雞肋就是雞的肋骨，一般用來表示食之無味、棄之可惜的意思。據《三國誌》裴注引《九州春秋》說，曹操在進攻漢中時，因為一時未能得手，準備撤兵回去。這時正巧有人進來請問晚間的口令，曹操便隨口說了**雞肋**二字。這事給曹操屬下的官員楊修知道了，便立刻收拾行裝。別人問他怎會知道曹操的心意，他說："雞肋是食之無味、棄之可惜的東西，曹操把漢中比作雞肋，所以我知道他要後撤了。"果然沒有幾天，曹操便下令撤兵。**雞肋**一詞就是這樣產生的，後來它除了常見於詩文外，還多次被用作書名，著名的如宋人晁補之的《雞肋集》和莊季裕的《雞肋編》。

捉刀，現在的解釋是代人作文，原來並非如此。據《世說新語》

載：匈奴派來使臣求見魏王曹操，曹操覺得容貌醜陋，不足以使來使敬畏，於是叫他部下的一名武官崔琰代為接見，而他自己卻持刀站在坐榻旁邊，裝作是侍衛的武士。接見完畢，曹操暗地派人去問匈奴使臣說：「你覺得魏王怎麼樣？」使臣答道：「魏王風度高雅，然而在坐榻旁邊那個持刀的人，才是真正的英雄呢！」因為《世說新語》原文中有**捉刀**兩字，捉者握也，後人就把它的原意引伸開來，作為代人作文的代詞。

「老驥伏櫪，志在千里，烈士暮年，壯心不已。」是曹操的詩句，通常單取**老驥伏櫪**四字，比喻有志之士雖然年老仍有雄心壯志。

說到曹操，曹操就到，這句俗語明明白白點了曹操的名，當然與曹操有密切關係。原來曹操在起兵之初，曾與呂布大戰於濮陽城中，曹操被呂布擊敗；呂布派騎兵追捕曹操，追兵與曹操相遇而不識，問道：「曹操何在？」曹操指着另一個騎馬奔逃的人答道：「乘黃馬走者是也。」於是追兵趕忙去追捕乘黃馬者，而曹操得以逃脫。此事見載於《三國誌》裴松之注引《獻帝春秋》，因為它很有點戲劇性，日久相傳，民間就出現了**說到曹操，曹操就到**這句俗語，多少帶點事出偶然或是出人意表的意味。

鞠躬　臥龍
三顧（諸葛亮）

鞠躬盡瘁　臥龍　三顧茅廬
隆中對策　借東風　空城計

「臣鞠躬盡力，死而後已。」是三國時代蜀漢丞相諸葛亮的名言，以此表示他一定忠於職守，不辭勞苦，竭盡全力，到死方休。這話出自諸葛亮的《後出師表》，據查此表未曾收入文集，只見於《三國誌》裴注所引張儼《默記》，因此後人多有懷疑它是偽作的。不過由於它為舊時多種古文選本所選錄，讀過的人多，影響也廣，**鞠躬盡瘁，死而後已**之句，更是眾口流傳，常用以形容某些仁人志士為國為民貢獻一切力量的高尚品德。

諸葛亮，字孔明，青年時代隨叔父避亂荊州，隨後隱居在湖北襄陽以西的隆中，常把自己和春秋時代政治家管仲、戰國時代軍事家樂毅相比，並被人稱為**臥龍**。後世多有用**臥龍**來比喻俊傑之士隱居不出的，就是由此而來。

　　在諸葛亮二十七歲那年，當時正處於流亡狀態的劉備，親自到隆中諸葛亮所住的茅廬裏去拜訪，邀請他出來共圖大業，頭兩次沒有見到，第三次才受到諸葛亮的熱誠接待。後來諸葛亮在《前出師表》裏說："先帝不以臣卑鄙，猥自枉屈，三顧臣於草廬之中，咨臣以當世之事，由是感激，遂許先帝以驅馳。"指的就是這件事。爾後便常用**三顧**、**三顧茅廬**、**三顧隆中**等詞語，來表示誠心去拜訪和邀請，也表示帝王的知遇。現在也有人用**初出茅廬**來指稱首次參加工作，有時還包含着初入社會缺乏實際經驗的意思。

　　劉備三顧茅廬，諸葛亮向他提出了實現統一的策略，這就是佔據荊益兩州，安撫西南各族，聯合孫權，對抗曹操，史稱**隆中對策**。後來劉備正是根據這個策略，聯孫攻曹，取得了赤壁之戰的勝利，並佔領荊益兩州，建立蜀漢政權，形成魏蜀吳三國鼎峙的局面。

　　劉備死後，諸葛亮承擔了蜀漢政權的全部實際責任。為了鞏固後方，傳說諸葛亮曾出兵南中，與當地酋長孟獲作戰，七次生擒了他，又七次釋放了他，最後孟獲表示願意服從蜀漢管轄，不再背叛。由此形成的成語**七擒七縱**，後來多用以比喻運用有收有放的策略控制對方，使對方心悅誠服。

　　由於各種條件的限制，諸葛亮沒有能夠完成實現統一的目標，他在晚年曾五次領兵北伐曹魏，爭奪中原，在五十四歲時病死於五丈原軍中。當時魏蜀兩軍正在渭南對陣，諸葛亮死後，蜀將姜維、楊儀指揮退兵，魏將司馬懿揮兵追擊，姜維、楊儀回師向魏軍猛衝，作出決一死戰的樣子，司馬懿怕遭諸葛亮的暗算，不敢再追，於是蜀軍得以從容退去。當時老百姓流傳一句諺語，說是**死諸葛走生仲達**（司馬懿字仲達），現在有時也還用它，表示人雖不在而餘威猶在。

　　有兩條關於諸葛亮的俗語，都出自長篇歷史小說《三國演義》。一條是**借東風**，説在赤壁之戰中，諸葛亮作法，借三日三夜東南大風火燒曹操水師，使孫劉聯軍大獲全勝。後因以**借東風**喻指憑藉某種外力達到預期目的。又諸葛亮原話**萬事俱備，只欠東風**，也作俗話用。

另一條是**空城計**，説蜀魏相爭，蜀將馬謖失守街亭，魏將司馬懿直逼西城，諸葛亮無兵可遣，於是大開城門，自己在城樓上彈琴飲酒，司馬懿疑城內有埋伏，引兵退去。在京劇三國戲中，**空城計**本是一個名詞性的劇目，後來人們多説**唱空城計**、**演空城計**，以表示故佈疑陣，迷惑別人的意思，改變成為動賓結構的俗語了。